Iwan Turgenjew

AUFZEICHNUNGEN EINES JÄGERS

Herausgegeben und übersetzt
von Vera Bischitzky

Carl Hanser Verlag

Die Arbeit an der Übersetzung wurde gefördert
vom Deutschen Übersetzerfonds e.V.,
dem Freundeskreis zur Förderung literarischer und
wissenschaftlicher Übersetzungen e.V. und
der Autonomen NPO »Institut für Übersetzung«, Russland.

ИНСТИТУТ ПЕРЕВОДА

AD VERBUM

1. Auflage 2018

ISBN 978-3-446-26018-4

Umschlag: Peter-Andreas Hassiepen, München
Motiv: Wilhelm Amandus Beer,
Jagdgesellschaft bei Smolensk (1890), © akg-images
Satz: Satz für Satz, Wangen im Allgäu
Druck und Bindung: CPI books GmbH, Leck
Printed in Germany

AUFZEICHNUNGEN
EINES JÄGERS

CHOR UND KALINYTSCH

Wen es einmal aus dem Landkreis Bolchow in den von Shisdra verschlagen hat, der war gewiss verblüfft, wie sehr sich der Menschenschlag im Gouvernement Orjol von dem im Kalugaer Gouvernement unterscheidet. Die Orjoler Bauern sind von kleinem Wuchs, geduckt und mürrisch, sie blicken finster, wohnen in elenden Katen aus Espenholz und leisten Frondienste, Handel treiben sie keinen, sie ernähren sich schlecht und tragen Bastschuhe; die Kalugaer Zinsbauern dagegen wohnen in geräumigen Häusern aus Kiefernholz, sind hochgewachsen, blicken kühn und heiter drein, haben reine, weiße Gesichter, handeln mit Öl und Teer und tragen feiertags Stiefel. Die Dörfer im Orjolschen (es ist hier vom östlichen Teil des Gouvernements Orjol die Rede) liegen meist inmitten von Ackerflächen, in der Nähe einer Senke, in der sich mit der Zeit ein schmutziger Tümpel gesammelt hat. Außer vereinzelten Korbweiden, die den Menschen stets zu Diensten stehen, und zwei, drei dürren Birken sieht man im Umkreis einer Werst keinen einzigen Baum; eine Kate klebt an der anderen, und auf den Dächern liegt fauliges Stroh … Die Kalugaer Dörfer dagegen sind meist von Wald umgeben; hier stehen die Häuser freier und aufrechter da und sind mit Schindeln gedeckt; die Tore schließen fest, die Flechtzäune um die Wirtschaftshöfe sind weder löchrig noch umgestürzt, und sie laden nicht jedes vorüberkommende Schwein zu Gast … Auch der Jäger hat es im Gouvernement Kaluga besser. Im Gouvernement Orjol werden die letzten Wälder, das letzte

Buschwerk, das hier Fläche* heißt, in fünf Jahren verschwunden sein, von den Sümpfen nicht zu reden; in dem von Kaluga dagegen erstrecken sich die Nutzwälder über Hunderte, die Sümpfe über Dutzende von Werst, und auch der Birkhahn, dieser edle Vogel, ist noch nicht ausgerottet, die gutmütige Sumpfschnepfe gibt es hier und das emsige Rebhuhn erheitert und verschreckt durch sein plötzliches Auffliegen Schützen und Hund.

Als ich einmal im Kreis Shisdra auf der Jagd war, begegnete mir im Gelände ein kleiner Kalugaer Gutsbesitzer, Polutykin, ein leidenschaftlicher Jäger und folglich vortrefflicher Mensch, dessen Bekanntschaft ich machte. Er war allerdings nicht ganz frei von gewissen Schwächen: so hielt er beispielsweise um die Hand sämtlicher reicher Bräute im Gouvernement an und vertraute, wurden ihm Hand und Haus versagt, seinen Kummer mit gebrochenem Herzen allen Freunden und Bekannten an, den Eltern der Bräute jedoch schickte er weiterhin Geschenke in Gestalt saurer Pfirsiche und anderer unreifer Erzeugnisse seines Gartens; gern erzählte er wieder und wieder ein und denselben Witz, über den, ungeachtet des Wertes, den Herr Polutykin ihm beimaß, entschieden niemand je lachen konnte; er pries die Werke von Akim Nachimow und die Erzählung »Pinna«; er stotterte; nannte seinen Hund Astronom; statt *freilich* sagte er *freili* und pflegte bei sich zu Hause die französische Küche, deren Geheimnis nach Ansicht seines Kochs darin bestand, den natürlichen Geschmack einer jeden Speise

* Als »Flächen« bezeichnet man im Gouvernement Orjol große dichte Gebüschmassen; der Orjolsche Dialekt zeichnet sich überhaupt durch eine Vielzahl eigenwilliger, bisweilen überaus treffender, bisweilen aber recht unsinniger Wörter und Wendungen aus.

komplett zu verändern: Fleisch schmeckte bei diesem Meister seines Fachs nach Fisch, Fisch nach Pilzen, und die Makkaroni schmeckten nach Schießpulver; dafür aber kam keine einzige Mohrrübe in die Suppe, ohne zuvor die Gestalt eines Rhombus oder Trapezes angenommen zu haben. Sieht man allerdings von diesen wenigen, geringfügigen Schwächen ab, war Herr Polutykin, wie schon gesagt, ein vortrefflicher Mensch.

Gleich am ersten Tag unserer Bekanntschaft lud mich dieser Herr Polutykin ein, in seinem Haus zu übernachten.

»Bis zu mir werden es fünf Werst sein«, sagte er, »zu Fuß ist das zu weit; lassen Sie uns zuerst bei Chor einkehren.« (Der Leser wird es mir nachsehen, dass ich sein Stottern nicht wiedergebe.)

»Wer ist dieser Chor?«

»Einer meiner Leute ... Es ist nur ein Katzensprung von hier.«

Wir begaben uns also auf den Weg zu ihm. Mitten im Wald, auf einer gerodeten, urbar gemachten Lichtung, erhob sich Chors einsames Gehöft. Es bestand aus einigen durch Zäune miteinander verbundenen Blockhäusern aus Kiefernholz; vor dem Haupthaus wölbte sich ein von dünnen Pfosten gestütztes Schutzdach. Wir traten ein. Ein großer, hübscher junger Mensch von zwanzig Jahren kam uns entgegen.

»Ah, Fedja! Ist Chor zu Hause?« fragte ihn Herr Polutykin.

»Nein, der ist in die Stadt gefahren«, antwortete der Bursche lächelnd und ließ eine Reihe schneeweißer Zähne sehen. »Befehlen Sie, das Fuhrwerk anzuspannen?«

»Ja, mein Bester, spann an. Und bring uns Kwas.«

Wir traten ins Haus. Kein einziges Susdaler Bild klebte an den sauberen Balkenwänden; in der Ecke, vor dem schweren silberbeschlagenen Heiligenbild, brannte das ewige Licht; der Tisch aus Lindenholz war erst unlängst frisch gehobelt und gescheuert worden; zwischen den Balken und an den Fensterstöcken waren keine flinken Schwaben auf Wanderschaft, noch versteckten sich dort grüblerische Kakerlaken. Bald erschien der junge Bursche mit einem großen weißen Krug voll gutem Kwas, einem gewaltigen Stück Weißbrot und einem Dutzend Salzgurken in einer Holzschüssel. Er stellte alles auf den Tisch, lehnte sich gegen die Tür und warf uns lächelnd hin und wieder Blicke zu. Wir hatten unseren Imbiss noch nicht beendet, als der Wagen schon polternd an der Treppe vorfuhr. Wir gingen hinaus. Ein rotbäckiger Lockenkopf von fünfzehn Jahren saß als Kutscher auf dem Wagen und bändigte nur mit Mühe den wohlgenährten scheckigen Hengst. Sechs junge Riesen, die einander und Fedja sehr ähnelten, umstanden den Leiterwagen. »Lauter Kinder von Chor!« sagte Polutykin. »Lauter junge Iltisse«, ergänzte Fedja, der uns auf die Vortreppe gefolgt war. »Und das sind nicht mal alle: Potap ist im Wald und Sidor ist mit dem alten Chor in die Stadt gefahren … Denk dran, Wassja«, fuhr er an den Kutscher gewandt fort, »fahr geschwind: du kutschierst schließlich den Barin. Nur da, wo es holprig wird, fahr langsamer, sonst machst du den Wagen kaputt und rüttelst dem Barin die Eingeweide durch!« Die übrigen Iltisjungen schmunzelten über Fedjas Dreistigkeit. »Setzt Astronom hinein!« rief Herr Polutykin feierlich. Nicht ohne Vergnügen hob Fedja den gekünstelt lächelnden Hund in die Höhe und setzte ihn am Boden des Wagens ab. Wassja gab dem Pferd die Zügel. Wir fuhren los. »Dies hier ist übrigens mein Kontor«, sagte Herr Polutykin plötzlich zu mir und deutete auf ein kleines, niedriges Haus, »möchten Sie eintreten?« – »Gern.« – »Es steht jetzt leer«, bemerkte er beim Absteigen, »doch es lohnt trotzdem, einen Blick hineinzuwerfen.« Das Kontor bestand aus zwei leeren Zimmern. Der Wächter, ein einäugiger Alter, kam vom Hof herbeigelaufen. »Grüß dich, Minjaitsch«, sagte Herr Polutykin, »und wo bleibt das Wasser?« Der Alte verschwand und kam gleich darauf mit einer Flasche Wasser und zwei Gläsern zurück. »Probieren Sie«, sagte Polutykin zu mir, »ich habe hier gutes Quellwasser.« Wir tranken jeder ein Glas, wobei sich der Alte tief vor uns verneigte. »Nun denn, jetzt können wir wohl fahren«, bemerkte mein neuer Bekannter. »In diesem Kontor habe ich dem Kaufmann Allilujew vier Desjatinen Wald zu einem vorteilhaften Preis verkauft.« Wir stiegen wieder ein und rollten schon nach einer halben Stunde auf den Hof des Herrenhauses.

»Sagen Sie bitte«, fragte ich Polutykin beim Abendessen, »wieso lebt Chor eigentlich abseits von Ihren anderen Leuten?«

»Der Grund ist folgender: er ist ein kluger Mann. Vor fünfundzwanzig Jahren ist ihm das Haus abgebrannt; da ist er zu meinem seligen Vater gekommen und hat gesagt: ›Erlauben Sie mir, Nikolai Kusmitsch‹, sagt er, ›mich bei Ihnen im Wald anzusiedeln, im Sumpfland. Ich will Ihnen auch einen guten Zins zahlen.‹ – ›Weshalb willst du denn ins Sumpfland?‹ – ›Nun, ich möchte es eben; aber ich bitte Sie, Batjuschka Nikolai Kusmitsch, mich dann auch zu keiner Arbeit mehr heranzuziehen, den Zins aber, den setzen Sie fest, wie es Ihnen beliebt.‹ – ›Fünfzig Rubel im Jahr!‹ –

›Einverstanden.‹ – ›Aber ohne Rückstände, hörst du!‹ – ›Versteht sich, ohne Rückstände …‹ So ließ er sich also im Sumpfland nieder. Und seitdem heißt er Chor, der Iltis.«

»Und, ist er reich geworden?« fragte ich.

»Ja, reich geworden ist er. Jetzt zahlt er mir hundert Silberrubel Zins, und ich werde wahrscheinlich noch was draufschlagen. Wie oft ich zu ihm gesagt habe: ›Kauf dich frei, Chor, kauf dich doch frei! …‹ Er aber, die Bestie, versichert nur, er wisse nicht, wovon; habe angeblich kein Geld, sagt er … Von wegen!«

Am nächsten Tag gingen wir gleich nach dem Tee wieder auf die Jagd. Als wir durchs Dorf fuhren, ließ Herr Polutykin den Kutscher vor einem niedrigen Häuschen halten und rief laut: »Kalinytsch!« – »Gleich, Batjuschka, gleich«, erklang eine Stimme vom Hof, »will nur die Bastschuhe zubinden.« Wir fuhren im Schritt weiter; hinter dem Dorf holte uns ein Mann ein, er war um die vierzig, hochgewachsen und mager und hielt seinen kleinen Kopf irgendwie in die Höhe gereckt. Das war Kalinytsch. Sein gutmütiges, hier und da von Pockennarben gezeichnetes gebräuntes Gesicht gefiel mir auf den ersten Blick. Kalinytsch ging (wie ich später erfuhr) jeden Tag mit seinem Barin auf die Jagd, trug ihm die Tasche, bisweilen auch das Gewehr, erkundete, wo sich Vögel niedergelassen hatten, holte Wasser, sammelte Erdbeeren, baute Laubhütten, lief den Jagdwagen holen; ohne ihn konnte Herr Polutykin keinen Schritt tun. Kalinytsch war ein heiterer, überaus sanftmütiger Mensch, unablässig sang er halblaut vor sich hin, blickte sorglos umher, sprach ein wenig näselnd, kniff seine hellblauen Augen zusammen, wenn er lächelte, und griff häufig mit der Hand nach seinem schütteren Spitzbart. Er schritt besonnen, doch mit großen Schritten aus, leicht auf einen langen, dünnen Stock gestützt. Im Laufe des Tages richtete er mehrmals das Wort an mich und ging mir ohne Liebedienerei zur Hand, um seinen Barin aber kümmerte er sich wie um ein Kind. Als uns die unerträgliche Mittagsglut zwang, eine Zuflucht zu suchen, führte er uns ins tiefste Waldesdickicht zu seinen Bienenstöcken. Kalinytsch öffnete eine Hütte, in der Büschel trockener duftender Kräuter hingen, bereitete uns ein Lager auf frischem Heu, selbst aber stülpte er sich eine Art Sack mit einem Netz über den Kopf, nahm ein Messer, einen Topf und ein schwelendes Holzscheit und begab sich zu den Bienenstöcken, um eine Wabe für uns herauszuschneiden. Zum klaren warmen Honig tranken wir Quellwasser und schlummerten beim monotonen Summen der Bienen und dem geschwätzigen Rascheln der Blätter ein.

Ein leichter Windstoß weckte mich … Ich schlug die Augen auf und erblickte Kalinytsch: er saß auf der Schwelle der halboffenen Tür und schnitzte einen Löffel. Lange konnte ich mich nicht sattsehen an seinem Gesicht, das sanft und klar war wie der Abendhimmel. Auch Herr Polutykin war aufgewacht. Wir erhoben uns nicht sofort. Wenn man lange gelaufen ist und tief geschlafen hat, ist es wohltuend, reglos auf dem Heu zu liegen; der ermattete Körper genießt die Ruhe, in leichter Hitze glüht das Gesicht, eine süße Trägheit lässt dich die Augen schließen. Endlich standen wir auf und gingen bis zum Abend wieder auf die Pirsch. Beim Abendessen kam ich noch einmal auf Chor und Kalinytsch zu sprechen. »Kalinytsch ist ein guter Kerl«, sagte Herr Polutykin, »fleißig und arbeitsam; an seiner Wirtschaft gibt es nichts auszusetzen, freili kann er sich nicht darum kümmern: ich halte ihn ja dauernd von der Arbeit ab. Jeden Tag geht er mit mir auf die Jagd … Was soll da aus der Wirtschaft werden, urteilen Sie selbst.« Ich stimmte ihm zu, und wir gingen schlafen.

Am nächsten Tag musste Herr Polutykin in einer Streitsache mit seinem Nachbarn Pitschukow in die Stadt fahren. Der Nachbar Pitschukow hatte ein Stück von Polutykins Land umgepflügt und auf dem fremden Acker eines seiner Bauernweiber ausgepeitscht. Ich fuhr also allein auf die Jagd und beschloss, bevor es Abend wurde, bei Chor einzukehren. Auf der Schwelle des Hauses empfing mich ein alter Mann – kahl, von kleiner Statur, breitschultrig und untersetzt, es war Chor. Neugierig betrachtete ich diesen Chor. Seine Züge erinnerten an Sokrates: die gleiche hohe, zerfurchte Stirn, die gleichen kleinen Äugelein, die gleiche aufgeworfene Nase. Gemeinsam traten wir ins Haus. Wieder war es Fedja, der mir Milch und Schwarzbrot brachte. Chor setzte sich auf eine Bank, strich seelenruhig über seinen krausen Bart und begann ein Gespräch mit mir. Er war sich seiner Würde offenbar bewusst, seine Art zu reden und seine Bewegungen waren bedächtig, bisweilen lächelte er spöttisch unter dem langen Schnurrbart.

Wir sprachen über die Aussaat, über die Ernte, über das Leben der Bauern … Er schien mir in allem zuzustimmen; mit der Zeit aber wurde mir das peinlich, und ich hatte das Gefühl, mich falsch auszudrücken … Alles nahm einen irgendwie seltsamen Verlauf. Chor äußerte sich mitunter sonderbar, vermutlich aus Vorsicht … Hier ein Beispiel unseres Gesprächs:

»Hör mal, Chor«, sagte ich zu ihm, »wieso kaufst du dich nicht frei von deinem Barin?«

»Wieso sollte ich mich freikaufen? Ich kenne meinen

Barin inzwischen, und auch meine Abgaben kenne ich … Wir haben einen guten Barin.«

»Aber es ist doch besser, frei zu sein«, bemerkte ich.

Chor sah mich von der Seite an.

»Versteht sich«, sagte er.

»Und wieso kaufst du dich dann nicht frei?«

Chor schüttelte den Kopf.

»Womit sollte ich mich denn freikaufen, Batjuschka?«

»Na, lass gut sein, Alter …«

»Würde Chor unter die Freien geraten«, fuhr er halblaut und wie zu sich selbst fort, »würden sich die Bartlosen über Chor stellen.«

»Dann rasiere dir doch selbst den Bart ab.«

»Tja, ein Bart, was ist das schon? Ein Bart ist wie Gras, das kann man mähen.«

»Was hindert dich also?«

»Kann sein, dass Chor womöglich unter die Kaufleute gerät; die Kaufleute haben ein gutes Leben, aber die haben Bärte.«

»Du treibst doch selbst Handel, oder nicht?« fragte ich ihn.

»Ich handele hin und wieder mit Öl und mit Teer … Soll ich dir den Wagen anspannen lassen, Batjuschka?«

»Du hältst deine Zunge schön im Zaum, und gewitzt bist du auch«, dachte ich bei mir.

Laut aber sagte ich: »Nein, einen Wagen brauche ich nicht; ich will morgen hier in deiner Gegend auf die Jagd gehen, wenn du erlaubst, übernachte ich in deiner Scheune.«

»Sei mir willkommen. Wird es in der Scheune aber bequem genug für dich sein? Ich werde den Weibern sagen, dass sie dir Bettzeug bringen und ein Kopfkissen hinlegen. He, Weiber!« rief er und erhob sich, »Weiber, kommt her! … Und du, Fedja, geh mit. Das Weibervolk ist bekanntlich dumm, wie man weiß.«

Eine Viertelstunde später geleitete mich Fedja mit einer Laterne in die Scheune. Ich warf mich auf das duftende Heu, zu meinen Füßen rollte sich der Hund zusammen; Fedja wünschte mir eine gute Nacht, dann knarrte die Tür und schlug zu. Lange konnte ich nicht einschlafen. Eine Kuh trottete zur Tür und schnaufte ein paarmal geräuschvoll; mein Hund knurrte sie im Bewusstsein seiner Würde an; ein Schwein lief vorbei und grunzte nachdenklich; irgendwo in meiner Nähe begann ein Pferd Heu zu kauen und zu schnauben … Schließlich schlummerte ich ein.

Im Morgengrauen weckte mich Fedja. Dieser fröhliche, flinke Bursche gefiel mir sehr; und soweit ich es beurteilen konnte, war er auch der Liebling des alten Chor. Beide flachsten sehr liebevoll miteinander. Der Alte kam mir aus dem Haus entgegen. War es, weil ich die Nacht unter seinem Dach verbracht hatte, oder aus einem anderen Grund, jedenfalls war Chor viel freundlicher zu mir als am Tag zuvor.

»Der Samowar steht für dich bereit«, sagte er lächelnd, »komm Tee trinken.«

Wir setzten uns an den Tisch. Eine stattliche Frau, es war eine seiner Schwiegertöchter, brachte einen Krug mit Milch. Alle seine Söhne traten nacheinander in die Stube.

»Wie gut geraten sie sind!« sagte ich zum Alten.

»Ja«, sagte er und biss ein winziges Stück Zucker ab, »wie's aussieht, kann sich niemand bei mir oder meiner Alten beklagen.«

»Und sie wohnen alle bei dir?«

»Alle. Sie wollen es selbst so.«

»Und alle sind verheiratet?«

»Nur der Schlingel hier, der heiratet nicht«, antwortete er und deutete auf Fedja, der nach seiner Gewohnheit an der Tür lehnte. »Wasska ist noch jung, der kann warten.«

»Wozu heiraten«, entgegnete Fedja, »mir geht es auch so gut. Was soll ich mit einer Frau? Damit wir uns in die Haare kriegen?«

»Ach, du bist mir einer … ich kenne dich! Trägst silberne Ringe … Willst doch nur mit den Mägden anbandeln … ›Hüte dich, Schamloser!‹« fuhr der Alte fort und äffte die Mägde nach. »›Ich kenne dich, du Früchtchen mit den weißen Händen!‹«

»Was soll an Weibern schon Gutes sein?«

»Das Weib ist für die Arbeit geschaffen«, bemerkte Chor ernst. »Das Weib ist die Dienerin des Mannes.«

»Wozu brauche ich eine Arbeiterin?«

»Genau, mit fremden Händen die Kartoffeln aus dem Feuer holen, das gefällt dir. Eure Sorte kennen wir.«

»Dann verheirate mich doch, wenn es so ist. Oder? Was ist? Warum sagst du nichts?«

»Es reicht, es reicht, du Witzbold. Wozu den Barin mit deinen Angelegenheiten belästigen. Ich werde dich schon noch verheiraten … Und du, Batjuschka, nimm's uns nicht übel: der Kindskopf ist noch jung, hat noch nicht genug Verstand beisammen.«

Fedja schüttelte den Kopf …

»Ist Chor daheim?« ertönte eine Stimme hinter der Tür, die mir bekannt vorkam, und Kalinytsch trat mit einem Büschel Walderdbeeren in die Stube, die er für seinen Freund

Chor gepflückt hatte. Der Alte begrüßte ihn herzlich. Erstaunt betrachtete ich Kalinytsch: von einem Bauern, ich gebe es zu, hatte ich derartige »Liebesbezeigungen« nicht erwartet.

An diesem Tag ging ich vier Stunden später als gewöhnlich auf die Jagd und verbrachte auch die folgenden drei Tage bei Chor. Mich fesselten meine neuen Bekannten. Ich kann nicht sagen, wodurch ich ihr Vertrauen gewonnen hatte, doch sie redeten ganz ungezwungen mit mir. Mit Vergnügen hörte ich ihnen zu und beobachtete sie. Beide Freunde ähnelten einander überhaupt nicht. Chor war ein bedächtiger Mann, ein praktisch veranlagter, administrativer Kopf und Rationalist; Kalinytsch dagegen gehörte zu den Idealisten und Romantikern, die begeisterungsfähig und träumerisch sind. Chor fand sich zurecht in der Wirklichkeit, das heißt: er hatte sich ein Heim aufgebaut, ein Sümmchen beiseitegelegt und kam gut aus mit seinem Barin und der übrigen Obrigkeit; Kalinytsch dagegen ging in Bastschuhen und schlug sich gerade so durch. Chor hatte eine große, ihm ergebene und einträchtige Familie in die Welt gesetzt; auch Kalinytsch hatte einst eine Frau gehabt (die er gefürchtet hatte), Kinder aber besaß er nicht. Chor durchschaute Herrn Polutykin; Kalinytsch aber blickte voller Ehrfurcht zu seinem Herrn auf. Chor liebte Kalinytsch und nahm ihn unter seine Fittiche; Kalinytsch liebte und verehrte Chor. Chor sprach wenig, lachte still in sich hinein und dachte sich sein Teil; Kalinytsch äußerte sich überschwänglich, wenn er auch nicht so redegewandt war wie ein schlagfertiger Fabrikarbeiter … Doch Kalinytsch war mit Vorzügen gesegnet, die selbst Chor anerkannte, so konnte er Blutungen besprechen, Angst und Raserei bannen und Würmer austreiben; die Bienen ließen sich von ihm leiten, er hatte in allem eine leichte Hand. Einmal bat Chor in meiner Anwesenheit Kalinytsch darum, ein soeben gekauftes Pferd in den Stall zu führen, und Kalinytsch erfüllte die Bitte des alten Skeptikers mit gewissenhaftem Ernst. Kalinytsch stand der Natur näher; Chor den Menschen und der Gesellschaft; Kalinytsch lag nichts an langen Überlegungen, er glaubte alles blindlings; Chor dagegen schwang sich sogar dazu auf, das Leben ironisch zu betrachten. Er hatte vieles gesehen, wusste viel, und ich habe vieles von ihm gelernt. So erfuhr ich beispielsweise aus seinen Erzählungen, dass in den Dörfern jeden Sommer vor der Mahd ein kleines eigentümliches Gefährt auftaucht. In diesem Gefährt sitzt ein Mann im Kaftan und verkauft Sensen. Zahlt man bar, nimmt er einen Rubel fünfundzwanzig Kopeken, oder anderthalb Rubel in Assignaten; kauft man auf Kredit, drei Rubel und einen Silberrubel. Natürlich kaufen bei ihm alle Bauern auf Kredit. Zwei, drei Wochen später kommt er wieder und treibt das Geld ein. Die Bauern haben gerade den Hafer geschnitten, folglich können sie zahlen; so gehen sie mit dem Kaufmann in die Schenke und begleichen dort ihre Schuld. Manche Gutsbesitzer kamen nun auf den Gedanken, selbst Sensen gegen Bargeld einzukaufen und sie zum selben Preis auf Kredit an die Bauern weiterzugeben; den Bauern aber passte das gar nicht, sie ließen sogar die Köpfe hängen, wurden sie dadurch doch um das Vergnügen gebracht, die Sensen abzuklopfen, ihrem Klang zu lauschen, sie in den Händen zu drehen und den durchtriebenen Händler aus der Stadt zwanzigmal zu fragen: »Was ist, Bruder, taugt die Sense auch wirklich was?« Auch beim Kauf von Sicheln geht es ähnlich zu, mit dem einzigen Unterschied, dass sich hier die Weiber in die Angelegenheit mischen und den Verkäufer bisweilen dazu bringen, ihnen, zu ihrem eigenen Nutzen, versteht sich, eine Tracht Prügel zu verabreichen. Am meisten aber haben die Weiber in folgenden Fällen das Nachsehen: Die Rohstofflieferanten für die Papierfabriken beauftragen mit dem Ankauf von Lumpen eine spezielle Art von Mensch, die in manchen Gegenden »Adler« heißt. Ein solcher »Adler« erhält vom Kaufmann zweihundert Rubel in Assignaten und begibt sich auf Beutezug. Doch im Gegensatz zum edlen Vogel, dessen Namen er trägt, greift er nicht offen und kühn an: im Gegenteil, der »Adler« nimmt Zuflucht zu List und Tücke. Er lässt seinen Wagen irgendwo im Gebüsch am Dorfrand stehen und macht sich über die Wirtschaftshöfe und Stallungen auf den Weg, ganz wie ein Wanderer oder einfach ein Tagedieb. Die Weiber wittern sein Kommen und stehlen sich fort, ihm entgegen. Hals über Kopf werden sie handelseinig. Für ein paar Kupfergroschen geben sie dem »Adler« nicht nur allerlei unbrauchbare Fetzen, sondern oft sogar die Hemden ihrer Männer und die eigenen Trachtenröcke. In letzter Zeit haben sich die Weiber darauf verlegt, sich selbst zu bestehlen und ihren Hanf wegzugeben, insbesondere den feinen Spinnhanf, eine wichtige Erweiterung des Betätigungsfeldes der »Adler«. Die Männer aber sind ihrerseits auf der Hut und greifen beim geringsten Verdacht, beim entferntesten Gerücht, dass ein »Adler« im Anflug sei, schnell und behende zu Disziplinar- und Vorbeugungsmaßnahmen. Ist es nicht tatsächlich kränkend? Hanf zu verkaufen ist schließlich Männersache, und sie tun es doch auch, nicht in der Stadt – in die Stadt müsste man sich selbst auf den Weg machen –, sondern an reisende Händler, die, in Ermangelung von Waagen, das Pud mit vierzig Handvoll ansetzen, und man weiß ja, was für eine hohle Hand der Russe machen kann und was für eine Handfläche er hat, insbesondere, wenn er sich anstrengt!

Etliche solcher Geschichten hörte ich, der in derlei Dingen unerfahren und auf dem Land nicht »ansässig« war (wie man bei uns im Orjolschen sagt). Chor aber erzählte nicht nur, er fragte mich auch über vieles aus. Als er hörte, ich sei im Ausland gewesen, war seine Neugier geweckt … Kalinytsch stand ihm nicht nach; ihm aber hatten es vor allem Naturbeschreibungen angetan, die Beschreibung von Bergen, Wasserfällen, außergewöhnlichen Gebäuden und großen Städten; Chor beschäftigten administrative und staatliche Fragen. Er ging alles der Reihe nach durch. »Ist es bei denen genauso wie bei uns, oder anders? … Sag schon, Batjuschka, wie denn? …« – »Oh! Ach! Um Himmels willen!« rief Kalinytsch immer wieder, während ich erzählte; Chor dagegen schwieg, zog die dichten Brauen zusammen und bemerkte nur ab und zu: »So etwas würde bei uns nicht durchgehen; aber das, das ist gut, das heißt Ordnung halten.« Sämtliche seiner Fragen kann ich hier nicht wiedergeben, es lohnt auch nicht; aus unseren Gesprächen jedoch gewann ich eine Erkenntnis, mit der die Leser wahrscheinlich durchaus nicht rechnen werden, die Erkenntnis, dass Peter der Große vor allem Russe gewesen ist, und zwar Russe insbesondere in seinen Umgestaltungen. Ein Russe ist so sehr von seiner Stärke und Robustheit überzeugt, dass er imstande ist, über sich hinauszuwachsen: er denkt nicht viel an die Vergangenheit und schaut kühn nach vorn. Was gut ist, das gefällt ihm, was vernünftig ist, das will er haben, woher es aber kommt, das ist ihm einerlei. Mit seinem gesunden Menschenverstand macht er sich gern über die kühle deutsche Vernunft lustig; doch Chors Worten zufolge sind die Deutschen ein interessantes Völkchen, von dem zu lernen er bereit sei. Dank seiner Sonderstellung, seiner faktischen Unabhängigkeit, sprach Chor mit mir über vieles, das man von einem anderen auch nicht mit der Brechstange herausgebracht hätte, wie sich die Bauern ausdrücken, und auch mit dem Mühlstein nicht gemahlen bekommt. Er war sich seiner Stellung wohl bewusst. In meinen Unterhaltungen mit Chor hörte ich zum ersten Mal die einfache, kluge Rede eines russischen Bauern. Seine Kenntnisse waren auf ihre Art recht umfangreich, lesen aber konnte er nicht; Kalinytsch dagegen konnte es. »Dieser Strolch kann lesen und schreiben«, bemerkte Chor, »auch seine Bienen sind noch nie eingegangen.« – »Und haben deine Kinder lesen und schreiben gelernt?« Chor schwieg. »Der Fedja.« – »Und die anderen?« – »Die anderen nicht.« – »Wieso denn nicht?« Der Alte blieb mir die Antwort schuldig und wechselte das Thema.

Übrigens, wie klug er auch sein mochte, so war er doch voller Vorurteile und Voreingenommenheit. Frauen zum Beispiel verachtete er aus tiefster Seele, war er aber guter Laune, machte er sich über sie lustig und verspottete sie. Seine Frau, ein zänkisches, altes Weib, kam den ganzen Tag nicht vom Ofen herunter und keifte und schimpfte ohne Unterlass; die Söhne beachteten sie nicht weiter, ihre Schwiegertöchter aber hielt sie in Furcht und Schrecken. Es ist kein Zufall, dass die Schwiegermutter in einem russischen Lied singt: »Was für ein Sohn bist du bloß, was für ein Familienvater! Deine Frau schlägst du nicht, schlägst sie nicht, mein Junge …« Einmal kam mir in den Sinn, Partei für die Schwiegertöchter zu ergreifen, ich wollte Chors Mitgefühl wecken; er aber entgegnete mir seelenruhig: »Wieso beschäftigen Sie sich mit solchen Nichtigkeiten, sollen sich die Weiber ruhig zanken … Bringt man sie auseinander, wird's noch ärger. Es lohnt nicht, sich die Hände schmutzig zu machen.«

Manchmal kroch die böse Alte vom Ofen herunter, lockte mit den Worten: »Komm her, komm her, mein Hündchen!« den Hofhund aus der Diele herbei, um dann mit dem Feuerhaken auf seinen mageren Rücken einzuprügeln, oder sie stellte sich unter das Vordach und »kläffte«, wie sich Chor ausdrückte, jeden an, der vorüberkam. Ihren Mann allerdings fürchtete sie, und sie trollte sich zurück auf den Ofen, wenn er es befahl.

Besonders interessant aber war es, zuzuhören, wie Chor und Kalinytsch stritten, wenn es um Herrn Polutykin ging. »Der, mein Lieber«, sagte Kalinytsch, »geht dich gar nichts an.« – »Und weshalb lässt er dir keine Stiefel nähen?« fragte Chor. »Ach was, Stiefel! … Wozu brauche ich Stiefel? Ich bin Bauer …« – »Ich bin auch Bauer, aber sieh mal …« Bei diesem Wort hob Chor ein Bein in die Höhe und zeigte Kalinytsch seinen Stiefel, von dem man hätte glauben können, er sei aus Mammutleder gefertigt. »Du bist ja auch was Besseres«, antwortete Kalinytsch. »Wenn er dir wenigstens was für Bastschuhe geben würde: du begleitest ihn schließlich auf die Jagd; jeden Tag gehen da Bastschuhe drauf.« – »Er gibt mir was für Bastschuhe.« – »Ja, im letzten Jahr hat er dir zehn Kopeken geschenkt.« Kalinytsch wandte sich ärgerlich ab, Chor aber brach in Gelächter aus, wobei seine kleinen Augen völlig verschwanden.

Kalinytsch sang recht angenehm und spielte ein wenig Balalaika. Chor hörte ihm ein Weilchen zu, legte dann den Kopf zur Seite und fiel mit klagender Stimme ein. Besonders liebte er das Lied »Ach, du mein schweres Los«. Fedja ließ keinen Anlass ungenutzt, den Vater aufzuziehen. »Was bist du so ergriffen, Alter?« Chor aber stützte die Wange in die Hand, schloss die Augen und fuhr fort, sein Los zu beklagen … Bei anderer Gelegenheit jedoch gab es keinen tätigeren Menschen als ihn: ständig war er mit etwas beschäftigt – bald besserte er den Wagen aus, bald stützte er den Zaun ab, oder er überprüfte das Pferdegeschirr. Besonders reinlich allerdings war er nicht, und als ich ihn einmal darauf hinwies, antwortete er mir, »im Haus muss es danach riechen, dass jemand drin wohnt«.

»Aber sieh dir nur einmal an«, entgegnete ich ihm, »wie sauber es in Kalinytschs Imkerei ist.«

»Die Bienen würden sonst eingehen, Batjuschka«, sagte er seufzend.

»Und du«, fragte er mich ein anderes Mal, »hast du ein eigenes Gut?« – »Ja.« – »Weit von hier?« – »An die hundert Werst.« – »Und lebst du auf deinem Gut, Batjuschka?« – »Ja.« – »Aber meist ziehst du mit dem Gewehr umher, oder?« – »Das stimmt.« – »Das machst du richtig, Batjuschka; schieß nach Herzenslust Birkhühner und wechsle den Dorfältesten öfter aus.«

Am Abend des vierten Tages schickte Herr Polutykin nach mir. Ungern nahm ich vom Alten Abschied. Gemeinsam mit Kalinytsch setzte ich mich in den Wagen. »So leb denn wohl, Chor, bleib gesund«, sagte ich. »Leb wohl, Fedja.« – »Leb wohl, Batjuschka, leb wohl, und vergiss uns nicht.«

Wir fuhren los; das Abendrot war gerade entflammt. »Morgen werden wir herrliches Wetter haben«, bemerkte ich und schaute in den hellen Himmel. »Nein, es wird regnen«, entgegnete mir Kalinytsch, »die Enten planschen, und auch das Gras riecht ziemlich stark.« Wir fuhren durch das Buschwerk. Kalinytsch sang halblaut, hüpfte auf dem Bock auf und nieder und schaute in den Abendhimmel …

Am nächsten Tag verließ ich das gastfreundliche Dach des Herrn Polutykin.

JERMOLAI UND DIE MÜLLERSFRAU

Eines Abends begab ich mich mit dem Jäger Jermolai auf den »Schnepfenstrich« … Vielleicht aber wissen nicht alle meine Leser, was ein Schnepfenstrich ist. So hören Sie denn, meine Herrschaften.

Eine Viertelstunde vor Sonnenuntergang, im Frühling, gehen Sie in ein Wäldchen – mit der Flinte, doch ohne Hund. Irgendwo am Waldesrand suchen Sie sich einen Standort, schauen sich um, prüfen das Zündhütchen und wechseln einen Blick mit ihrem Kameraden. Die Viertelstunde ist verstrichen und die Sonne untergegangen, im Wald aber ist es noch hell; die Luft ist rein und klar; die Vögel zwitschern geschwätzig; das junge Gras funkelt heiter in smaragdenem Glanz … Sie warten. Im Waldesinnern dunkelt es allmählich; purpurn kriecht das Abendrot langsam über Wurzeln und Stämme der Bäume, immer höher und höher, von den unteren, noch fast kahlen Zweigen zu den reglosen, in Schlaf sinkenden Wipfeln … Nun verlieren auch die Wipfel ihren Glanz; der rosige Himmel färbt sich tiefblau. Der Waldgeruch verstärkt sich, ein Hauch warmer Feuchtigkeit weht heran; der herbeigewehte Luftzug erstirbt kurz vor Ihnen. Die Vögel schlummern ein – nicht alle auf einmal, sondern nach Arten: zuerst verstummen die Finken, kurz darauf die Rotkehlchen, ihnen folgen die Ammern. Dunkler und dunkler wird es im Wald. Die Bäume verschmelzen zu großen, schwarz schimmernden Massen; am blauen Himmel zeigen sich schüchtern die ersten Sterne. Alle Vögel schlafen. Allein die Rotschwänzchen und einige kleine Spechte trällern noch ein paarmal schläfrig vor sich hin ... Doch nun sind auch sie verstummt. Noch einmal erschallt über Ihnen die klangvolle Stimme eines Laubsängers; irgendwo ruft traurig ein Pirol und die erste Nachtigall beginnt zu schlagen. Vor Ungeduld vergehen Sie schier, und plötzlich – dies werden nur die Jäger unter Ihnen verstehen –, plötzlich erklingt in der tiefen Stille ein ganz besonderes Gekrächze und Gezischel, man hört das gleichmäßige Schlagen munterer Flügel, und eine Waldschnepfe, den langen Schnabel anmutig gesenkt, kommt Ihrem Schuss schwebend aus einer dunklen Birke entgegengeflogen.

Dies bedeutet »auf dem Schnepfenstrich stehen«.

Ich begab mich also mit Jermolai auf den Schnepfenstrich; doch verzeihen Sie, meine Herrschaften, zunächst muss ich Sie mit Jermolai bekanntmachen.

Stellen Sie sich einen etwa fünfundvierzigjährigen Mann vor, hochgewachsen, mager, mit langer schmaler Nase, niedriger Stirn, kleinen grauen Augen, zerzaustem Haar und breiten spöttischen Lippen. Dieser Mann ging sommers wie winters in einem gelblichen Nankingkaftan deutscher Machart umher, den er allerdings mit einer Schärpe gürtete; er trug blaue Pluderhosen und eine Lammfellmütze, die ihm ein verarmter Gutsbesitzer einst aus einer Laune heraus geschenkt hatte. An seiner Schärpe befestigt waren zwei Beutel, einer vorn, kunstvoll in zwei Hälften abgeteilt, für Pulver und Schrot, der andere hinten, für das Federwild; den Zunder für die Lunte zupfte Jermolai aus seiner offenbar unerschöpflichen Mütze. Vom Geld, das er für das verkaufte Wildbret bekam, hätte er mit Leichtigkeit eine Patronen- und eine Jagdtasche kaufen können, doch er dachte nicht im Traum an eine solche Anschaffung, lud seine Flinte wie eh und je und versetzte damit all jene in Erstaunen, die Zeugen der Kunst wurden, mit der er der Gefahr begegnete, Pulver und Schrot zu verschütten oder zu vermischen. Er hatte eine einläufige Flinte mit Feuersteinschloss, die zudem die unselige Eigenschaft eines erbarmungslosen »Rückstoßes« besaß, weshalb Jermolais rechte Wange stets dicker war als die linke. Wie er mit dieser Flinte treffen konnte, begriff nicht einmal der hellste Kopf, doch er traf. Er hatte auch einen Hühnerhund mit Namen Valetka, ein höchst sonderbares Geschöpf. Jermolai fütterte ihn nie. »Das fehlte noch, einen Hund zu füttern«, sagte er, »Hunde sind kluge Tiere, sie finden ihr Futter schon selber.« Und tatsächlich: obwohl Valetka sogar unbeteiligte Passanten ob seiner unglaublichen Magerkeit in Erstaunen versetzte, lebte er, und er lebte lange; mehr noch, trotz seiner bedauerlichen Lage war er kein einziges Mal fortgelaufen und hatte auch nie die Absicht bekundet, seinen Herrn verlassen zu wollen. Nur einmal, in seiner Jugend, war er, von Liebe erfüllt, für zwei Tage verschwunden; doch diese Torheit hatte sich bald verflüchtigt. Valetkas bemerkenswerteste Eigenschaft war seine unfassbare Gleichgültigkeit gegen alles auf der Welt … Hätte es sich nicht um einen Hund gehandelt, ich würde sagen, er sei »enttäuscht« gewesen. Gewöhnlich saß er da, den Stummelschwanz unter sich gezogen, blickte finster drein, zuckte von Zeit zu Zeit zusammen und lächelte nie. (Bekanntlich besitzen Hunde die Fähigkeit zu lächeln, sie lächeln sogar sehr lieb.) Er war über die Maßen hässlich; kein müßiger Knecht aus dem Gesinde ließ sich die Gelegenheit entgehen, gehässig über sein Äußeres herzuziehen; doch Valetka ertrug all diesen Spott, ja sogar die Schläge, mit erstaunlicher Kaltblütigkeit. Einen besonderen Spaß mit ihm machten sich die Köche. Sie ließen sofort alles stehen und liegen und stürzten sich mit Geschrei und Geschimpfe auf ihn, wenn er, aus einer Schwäche heraus, die nicht allein Hunden eigen ist, seine hungrige Schnauze durch die halb offenstehende Tür der verführerisch warmen und duftenden Küche steckte.

Auf der Jagd tat er sich durch große Ausdauer hervor und hatte auch eine gute Witterung; holte er aber zufällig einmal einen angeschossenen Hasen ein, so fraß er ihn voller Behagen auf, bis zum letzten Knöchelchen, irgendwo im kühlen Schatten, unter einem grünen Strauch, in gebührendem Abstand von Jermolai, der dann in sämtlichen bekannten und unbekannten Dialekten Flüche ausstieß.

Jermolai gehörte einem meiner Nachbarn, einem Gutsbesitzer alten Schlages. Die Gutsbesitzer alten Schlages mögen keine Schnepfen und halten sich lieber an ihr häusliches Geflügel. Allenfalls bei außergewöhnlichen Anlässen, als da sind: Geburtstage, Namenstage oder Wahlen, schreiten die Köche der Gutsbesitzer alten Schlages zur Zubereitung der langschnäbligen Vögel und denken sich, einmal in Rage geraten, wie sie Russen immer dann befällt, wenn sie nicht genau wissen, was sie tun, derart seltsame Zutaten aus, dass die Gäste die servierten Speisen zwar überwiegend interessiert und aufmerksam betrachten, sich aber nicht entschließen können, sie auch zu kosten. Jermolai war aufgetragen, einmal im Monat für die herrschaftliche Küche je zwei Paar Birkhühner und Rebhühner zu liefern, im Übrigen aber war ihm erlaubt zu leben, wo und wie er wollte. Man verzichtete auf ihn, denn er eignete sich für keinerlei Arbeit, war »zu nix zu gebrauchen«, wie man bei uns in Orjol sagt. Pulver und Schrot gab man, wie sich versteht, nicht an ihn aus und folgte dabei genau den gleichen Regeln, nach denen er seinen Hund nicht fütterte. Jermolai war ein überaus seltsamer Mensch: unbeschwert wie ein Vogel, ziemlich gesprächig, zerstreut und allem Anschein nach unbeholfen; dem Alkohol war er sehr zugetan, es hielt ihn nie an einem Ort, beim Gehen schlurfte er mit den Füßen und schaukelte von einer Seite zur anderen, und derart schlurfend und schaukelnd legte er dennoch an die sechzig Werst am Tag zurück. Er setzte sich den unterschiedlichsten Abenteuern aus: nächtigte in Sümpfen, auf Bäumen oder Dächern, unter Brücken, war mehr als einmal auf Böden, in Kellern und Scheunen eingesperrt, verlor seine Flinte, den Hund, die notwendigsten Kleidungsstücke, steckte schwere Prügel ein, kehrte aber dennoch nach einer gewissen Zeit heim, immer bekleidet, mit Flinte und Hund. Ihn fröhlich zu nennen wäre falsch, obwohl er sich fast immer in recht aufgeräumter Stimmung befand; kurz – er war ein rechter Kauz. Jermolai hielt gern einen Plausch mit einem guten Menschen, besonders bei einem Becher Branntwein, doch auch hier hielt es ihn nicht lange: plötzlich steht er auf und geht hinaus. »Wohin, zum Teufel, willst du? Es ist stockdunkel.« – »Nach Tschaplino.« – »Was willst du dich denn nach Tschaplino schleppen, das sind zehn Werst?« – »Ich will dort beim Sofron übernachten.« – »Übernachte doch hier.« – »Nein, das geht nicht.« Und Jermolai macht sich auf den Weg, mit Valetka, in die finstere Nacht, durchs Gebüsch und durch Wasserlöcher, der Sofron aber, der lässt ihn vielleicht gar nicht auf den Hof und geht ihm womöglich noch an den Kragen: Was soll denn das, anständige Leute zu belästigen. Dafür konnte sich niemand mit Jermolai in der Kunst messen, im Frühjahr, bei Hochwasser, Fische zu fangen und mit bloßen Händen Krebse und Federwild aufzuspüren, Wachteln anzulocken, Habichte abzurichten und Nachtigallen mit der »Waldgeistpfeife« und dem »Kuckucksruf«* zu fangen. Nur eines konnte er nicht: Hunde dressieren; dafür fehlte ihm die Geduld. Auch eine Frau hatte er. Einmal in der Woche besuchte er sie. Sie lebte in einer elenden, halbverfallenen Kate, schlug sich irgendwie und irgendwomit durch. Nie wusste sie am Abend, ob sie am nächsten Tag satt würde, und hatte überhaupt ein bitteres Los. Jermolai, dieser sorglose und gutmütige Mann, behandelte sie hart und grob, gab sich zu Hause furchtgebietend und streng, und seine arme Frau wusste nie, womit sie es ihm recht machen sollte, sie zitterte vor seinem Blick, kaufte ihm für die letzte Kopeke Branntwein und deckte ihn unterwürfig mit ihrem Schafspelz zu, wenn er sich majestätisch auf dem Ofen ausstreckte und in tiefen Schlaf versank. Mehr als einmal hatte auch ich Gelegenheit, unwillkürliche Regungen einer gewissen finsteren Grausamkeit bei ihm zu beobachten: mir gefiel nicht, mit welchem Gesichtsausdruck er einen angeschossenen Vogel totbiss. Doch Jermolai blieb nie länger als einen Tag zu Hause; in der Fremde dann wurde er wieder zu »Jermolka«, wie er im Umkreis von hundert Werst hieß und wie er sich bisweilen auch selbst nannte. Der letzte Hofknecht fühlte sich diesem Vagabunden überlegen und schlug wohl gerade deshalb ihm gegenüber einen freund-

* Nachtigallliebhabern sind diese Ausdrücke vertraut: man bezeichnet damit die schönsten Triller im Nachtigallengesang.

lichen Ton an; das Bauersvolk machte sich anfangs einen Spaß daraus, ihn wie einen Hasen auf dem Feld zu jagen und zu fangen, ließ ihn dann aber in Gottes Namen laufen; hatte man einmal erkannt, dass er ein Sonderling war, rührte ihn niemand mehr an, gab ihm sogar zu essen und plauderte mit ihm … Diesen Mann also hatte ich als Jäger beschäftigt und mit ihm begab ich mich auf den Schnepfenstrich in den großen Birkenhain am Ufer der Ista.

Bei vielen russischen Flüssen ist, wie bei der Wolga, ein Ufer steil, das andere flaches Wiesenland; so ist es auch bei der Ista. Dieses kleine Flüsschen windet sich überaus launenhaft, kriecht wie eine Schlange, keine halbe Werst fließt es geradeaus, anderswo wiederum kann man es von einer hohen Erhebung aus zehn Werst weit überblicken, mit all den Wehren, Wasserlöchern, Mühlen und Gemüsegärten, den Gänseherden und dem Weidengebüsch. Fische gibt es in der Ista ohne Zahl, vor allem Döbel (wenn es heiß ist, fangen sie die Bauern unter den Büschen mit bloßen Händen). Kleine Strandläufer fliegen pfeifend die steinigen Ufer entlang, von denen klare, kalte Quellen rieseln; Wildenten schwimmen inmitten der Weiher und schauen vorsichtig um sich; Reiher ragen im Schatten auf, in den Buchten, am Fuße der Steilufer …

Wir standen etwa eine Stunde auf dem Schnepfenstrich, hatten zwei Paar Waldschnepfen erlegt, wollten vor Sonnenaufgang noch einmal unser Glück versuchen (man kann auch am Morgen auf den Schnepfenstrich gehen) und beschlossen, in der nahe gelegenen Mühle zu übernachten. Wir verließen den Wald und stiegen vom Hügel hinab. Über den Fluss glitten dunkelblaue Wellen; von nächtlicher Feuchtigkeit erfüllt, verdichtete sich die Luft. Wir klopften ans Tor. Die Hofhunde schlugen an. »Wer ist da?« ertönte eine heisere, verschlafene Stimme. »Wir sind Jäger: lass uns ein zur Nacht.« Keine Antwort. »Wir zahlen auch.« – »Ich will's dem Herrn sagen … Kusch, ihr Verfluchten! … Verrecken sollt ihr!« Wir hörten den Knecht ins Haus gehen; bald schon kam er zum Tor zurück. »Nein«, sagte er, »der Herr will nicht, dass ich euch einlasse.« – »Weshalb denn nicht?« – »Er hat Angst; ihr seid Jäger: wer weiß, ob ihr nicht die Mühle in Brand steckt; ihr habt doch allerlei entzündliches Zeug bei euch.« – »Was für ein Unsinn!« – »Uns ist erst im vorletzten Jahr die Mühle abgebrannt: Aufkäufer haben bei uns übernachtet und haben sie, scheint's, in Brand gesteckt.« – »Aber wir können doch nicht im Freien übernachten, Freundchen!« – »Das ist eure Sache …« Unter Stiefelgepolter verschwand er.

Jermolai wünschte ihm die verschiedensten Heimsuchungen an den Hals. »Lassen Sie uns ins Dorf gehen«, sagte er schließlich seufzend. Doch bis zum Dorf waren es etwa zwei Werst … »Wir übernachten hier«, sagte ich, »die Nacht ist warm; für Geld wird uns der Müller sicher Stroh bringen lassen.« Jermolai war ohne Widerrede einverstanden. Wieder klopften wir. »Was wollt ihr denn noch?« ertönte von neuem die Stimme des Knechts. »Nein heißt nein.« Wir erklärten ihm, was wir wollten. Er ging sich mit seinem Herrn beraten und kehrte mit diesem zusammen zurück. Die Pforte knarrte. Der Müller erschien, ein hochgewachsener Mann mit feistem Gesicht, Stiernacken und dickem, rundem Bauch. Er war mit meinem Vorschlag einverstanden. Hundert Schritte von der Mühle entfernt befand sich ein kleiner, nach allen Seiten offener Unterstand. Dorthin brachte man uns Heu und Stroh; der Knecht stellte auf der Wiese am Fluss den Samowar auf, hockte sich davor und blies eifrig ins Abzugsrohr … Die auflodernden Kohlen erleuchteten hell sein junges Gesicht. Der Müller lief seine Frau wecken und bot mir schließlich an, im Haus zu übernachten; ich aber zog es vor, im Freien zu bleiben. Die Müllersfrau brachte uns Milch, Eier, Kartoffeln und Brot. Bald siedete das Wasser im Samowar, und wir begannen Tee zu trinken. Über dem Fluss stieg Dunst auf, es war windstill; ringsum schlugen die Wachteln; von den Mühlrädern klangen schwache Geräusche herüber: Tropfen fielen von den Schaufeln und durch die Riegel des Wehrs sickerte Wasser. Wir entzündeten ein Feuerchen. Während Jermolai in der Asche die Kartoffeln garte, schlummerte ich ein … Leises, verhaltenes Flüstern weckte mich. Ich hob den Kopf: vor dem Feuer saß die Müllersfrau auf einem umgedrehten Bottich und unterhielt sich mit meinem Jäger. Zuvor schon hatte ich an ihrer Kleidung, ihren Körperbewegungen und der Aussprache in ihr eine Frau aus dem Hausgesinde erkannt, sie war keine Bäuerin und auch keine Städterin: doch erst jetzt konnte ich ihre Gesichtszüge genauer betrachten. Sie mochte dreißig Jahre alt sein; ihr mageres, blasses Gesicht bewahrte noch Spuren großer Schönheit; besonders gefielen mir ihre Augen, die groß und traurig waren. Sie hatte die Ellbogen auf die Knie gestützt und das Gesicht in die Hände geschmiegt. Jermolai saß mit dem Rücken zu mir und legte Späne ins Feuer.

»In Sheltuchinaja geht wieder die Seuche um«, sagte die Müllersfrau, »Vater Iwan sind beide Kühe draufgegangen … Herr im Himmel, erbarme dich!«

»Und was ist mit euren Schweinen?« fragte Jermolai nach einer Pause.

»Denen geht's gut.«

»Ihr könntet mir wenigstens mal ein Ferkel schenken.«

Die Müllersfrau schwieg, dann seufzte sie.

»Mit wem sind Sie eigentlich unterwegs?« fragte sie.

»Mit einem Barin, aus Kostomarowo.«

Jermolai warf einige Tannenzweige ins Feuer; die Zweige begannen sofort einträchtig zu knistern, dicker weißer Qualm wehte ihm direkt ins Gesicht.

»Wieso hat uns dein Mann nicht ins Haus gelassen?«

»Er fürchtet sich.«

»Ach, der Fettwanst ... Arina Timofejewna, sei so lieb und bring mir ein Gläschen Branntwein!«

Die Müllersfrau erhob sich und verschwand in der Finsternis. Jermolai sang halblaut:

»Als zur Liebsten ich ging so manchen Tag,
all meine Stiefel zerrissen ich hab ...«

Arina kam mit einer kleinen Karaffe und einem Glas zurück. Jermolai erhob sich, schlug das Kreuz und leerte das Glas in einem Zug. »Herrlich!« sagte er.

Die Müllersfrau setzte sich wieder auf den Bottich.

»Was ist, Arina Timofejewna, kränkelst du immer noch?«

»Ja, immer noch.«

»Was hast du denn?«

»Nachts macht mir der Husten zu schaffen.«

»Der Barin scheint eingeschlafen zu sein«, murmelte Jermolai nach kurzer Pause. »Geh bloß nicht zum Arzt, Arina: der macht's nur schlimmer.«

»Ich geh sowieso nicht.«

»Komm mich doch mal besuchen.«

Arina senkte den Kopf.

»Meine Frau, die werd ich solange fortjagen«, fuhr Jermolai fort … »Das mache ich.«

»Sie sollten lieber den Barin wecken, Jermolai Petrowitsch: schauen Sie nur, die Kartoffeln sind gar.«

»Ach, der kann ruhig ratzen«, bemerkte mein treuer Diener gleichgültig, »hat sich die Hacken abgelaufen, jetzt schläft er.«

Ich drehte mich auf dem Heu um. Jermolai stand auf und kam zu mir.

»Die Kartoffeln sind gar, Sie können essen.«

Ich trat unter dem Vordach heraus; die Müllersfrau erhob sich vom Bottich und wollte gehen. Ich knüpfte ein Gespräch mit ihr an.

»Habt ihr diese Mühle schon lange gepachtet?«

»Das zweite Jahr, seit Pfingsten.«

»Woher stammt dein Mann?«

Arina hatte meine Frage nicht gehört.

»Wo dein Mann her ist«, wiederholte Jermolai und hob die Stimme.

»Aus Beljow. Ein Stadtbürger aus Beljow.«

»Bist du auch aus Beljow?«

»Nein, ich gehöre einem Herrn … das heißt, ich gehörte einem Herrn.«

»Welchem denn?«

»Herrn Swerkow. Jetzt bin ich frei.«

»Was für ein Swerkow?«

»Alexander Silytsch.«

»Warst du nicht Kammerjungfer bei seiner Frau?«

»Woher wissen Sie das? Ja.«

Nun betrachtete ich Arina mit doppeltem Interesse und voller Anteilnahme.

»Ich kenne deinen Herrn«, fuhr ich fort.

»Sie kennen ihn?« antwortete sie halblaut und senkte den Blick.

Ich muss dem Leser erzählen, warum ich Arina mit so großer Anteilnahme ansah.

Während meiner Petersburger Zeit hatte ich Herrn Swerkow zufällig kennengelernt. Er bekleidete einen recht hohen Posten und galt als tüchtig und beschlagen. Er hatte eine beleibte, rührselige, weinerliche und böse Frau, eine gewöhnliche, schwierige Person, und auch einen Sohn, ein richtiges Herrensöhnchen, verwöhnt und dumm. Das Äußere des Herrn Swerkow nahm wenig für ihn ein: aus einem breiten, fast viereckigen Gesicht blickten schlaue Mäuseaugen und ragte eine große, spitze Nase mit geweiteten Nasenlöchern; die kurzgeschorenen grauen Haare erhoben sich wie eine Bürste über der gefurchten Stirn, seine dünnen Lippen bewegten sich unablässig und lächelten süßlich. Meist stand Herr Swerkow breitbeinig da, die dicken Hände tief in den Taschen. Einmal ergab es sich, dass wir zu zweit in der Kutsche über Land fuhren. Wir kamen ins Gespräch. Als erfahrener, tüchtiger Mann wollte mich Herr Swerkow auf den »Weg der Wahrheit« führen.

»Gestatten Sie mir die Feststellung«, flötete er zum Schluss, »dass ihr jungen Leute über sämtliche Angelegenheiten aufs Geratewohl urteilt; ihr kennt euer eigenes Vaterland schlecht; Russland ist euch unbekannt, meine Herrschaften, so ist das! … Ihr lest nichts als deutsche Bücher. Sie zum Beispiel haben mir gerade dies und jenes über das, nun, über das Gesinde erzählt … Gut, ich will nicht mit

Ihnen streiten, das stimmt alles; doch Sie kennen es nicht, wissen nicht, was für eine Bande das ist.« Herr Swerkow schneuzte sich laut und nahm eine Prise Tabak. »Wenn Sie erlauben, will ich Ihnen eine kleine Geschichte erzählen: das könnte Sie interessieren.« Herr Swerkow räusperte sich. »Sie wissen ja, was für eine Frau ich habe; ein gütigeres Geschöpf findet sich schwerlich noch einmal, da werden Sie mir zustimmen. Ihre Kammerjungfern haben das reinste Paradies auf Erden … Doch meine Frau hat es sich zur Regel gemacht, keine Kammerjungfern zu beschäftigen, die verheiratet sind. Das ist auch wirklich unpassend: da kommen Kinder, dies und jenes, wie soll sie sich da vernünftig um ihre Herrin kümmern und deren Gewohnheiten im Auge behalten: ihr steht der Sinn nicht danach, sie hat anderes im Kopf. Man muss die menschliche Natur berücksichtigen. Einmal waren wir auf der Durchreise in unserem Dorf, das wird, was soll ich sagen, um nicht zu lügen, vielleicht fünfzehn Jahre wird das her sein. Da sehen wir, dass unser Dorfältester eine Tochter hat, eine sehr hübsche; sie hatte sogar etwas Anschmiegsames an sich. Meine Frau sagt zu mir: ›Coco‹, Sie verstehen, so nennt sie mich, ›lass uns dieses Mädchen nach Petersburg mitnehmen; sie gefällt mir, Coco …‹ Ich sage: ›Wir nehmen sie mit, gern.‹ Der Dorfälteste ist natürlich außer sich vor Freude; mit einem solchen Glücksfall hat er ja, Sie verstehen, nie im Leben rechnen können … Das Mädel, das dumme Ding, fängt natürlich an zu weinen. Zuerst ist es ja tatsächlich schlimm: das Elternhaus, und überhaupt … das ist nicht weiter verwunderlich. Doch bald hatte sie sich an uns gewöhnt; zunächst kam sie in die Mägdestube; dort hat man ihr alles beigebracht. Und was denken Sie? … Das Mädel machte unglaubliche Fortschritte; meine Frau war ganz Feuer und Flamme für sie und hat sie schließlich an den anderen vorbei zur Kammerjungfer auserkoren … denken Sie nur! … Man muss ihr Gerechtigkeit widerfahren lassen: noch nie hatte meine Frau eine solche Kammerjungfer gehabt, wirklich noch nie; sie war arbeitsam, bescheiden, gehorsam – einfach alles, was man sich nur wünschen kann. Meine Frau, das muss ich zugeben, verwöhnte sie allerdings ein wenig zu sehr, kleidete sie aufs feinste, verköstigte sie vom herrschaftlichen Tisch, auch Tee durfte sie trinken … alles, was man sich nur denken kann! So diente sie meiner Frau etwa zehn Jahre. Plötzlich aber, eines schönen Tages, stellen Sie sich das bloß vor, kommt Arina, sie hieß Arina, unaufgefordert zu mir ins Kabinett und fällt mir zu Füßen … Das kann ich, ich sage es Ihnen geradeheraus, nicht ausstehen. Niemand sollte seine Würde vergessen, nicht wahr? ›Was willst du?‹ – ›Batjuschka, Alexander Silytsch, ich bitte um Gnade.‹ – ›Wieso?‹ – ›Erlauben Sie mir zu heiraten.‹ Ich war verblüfft, das gebe ich zu. ›Aber weißt du denn nicht, du dumme Gans, dass die Herrin keine andere Jungfer hat?‹ – ›Ich will der Herrin ja weiter dienen.‹ – ›Was für ein Unsinn! Die Herrin hält keine verheirateten Mädchen.‹ – ›Malanja kann doch an meine Stelle treten.‹ – ›Misch dich nicht in Angelegenheiten, die dich nichts angehen!‹ – ›Wie Sie befehlen‹ … Ich gebe zu, ich war sprachlos. Ich will Ihnen sagen, was für ein Mensch ich bin: nichts kränkt mich so sehr, ich will hinzufügen, nichts beleidigt mich so stark wie Undankbarkeit … Da gibt es nichts dran zu deuteln, Sie wissen ja, was für eine Frau ich habe: ein Engel durch und durch, und unbeschreiblich gütig … Selbst ein Bösewicht hätte wohl Mitleid mit ihr. Ich warf Arina hinaus. Denke mir, sie wird schon Vernunft annehmen; ich will einfach nicht an das Böse glauben, wissen Sie, an die schwarze Undankbarkeit der Menschen. Und was meinen Sie? Ein halbes Jahr später kam sie mit derselben Bitte wieder zu mir. Da habe ich sie, ich gebe es zu, wutentbrannt hinausgeworfen und ihr gedroht, es meiner Frau zu sagen. Ich war empört … Doch stellen Sie sich meine Bestürzung vor: kurz darauf kommt meine Frau zu mir, in Tränen aufgelöst und so aufgeregt, dass ich sogar einen Schreck bekam. ›Was ist denn passiert?‹ – ›Arina …‹ Sie verstehen … es ist mir peinlich, es auszusprechen. ›Das kann nicht sein! … wer ist es denn?‹ – ›Der Lakai Petruschka.‹ Ich war außer mir. So bin ich nun mal … Halbheiten kann ich nicht ausstehen! … Petruschka … traf keine Schuld. Bestrafen hätte ich ihn können, doch ihn traf meiner Meinung nach keine Schuld. Arina … Tja, tja, was soll man da noch sagen? Ich habe natürlich sofort angeordnet, sie kahlscheren und in grobe Leinwand kleiden zu lassen und sie ins Dorf zurückzuschicken. Meine Frau hat eine gute Kammerjungfer verloren, doch das war nun nicht mehr zu ändern: Unordnung im Haus darf man schließlich nicht dulden. Ein krankes Glied sollte man besser auf einen Schlag abtrennen … Jetzt urteilen Sie selbst, Sie kennen meine Frau schließlich, sie ist ja, sie ist ja letzten Endes ein Engel! … Und sie hing doch so an Arina, und Arina wusste das und hat sich nicht geschämt … Wie? Das stimmt doch, oder? … Ach, was soll's! Auf jeden Fall gab es keinen anderen Ausweg. Mich aber, also mich selbst, hat die Undankbarkeit dieses Mädchens lange verbittert und gekränkt. Was man auch sagen mag … Herz und Gefühl suchen Sie bei diesen Leuten vergebens! Wie man den Wolf auch füttert, er schielt doch immer nach dem Wald … Das soll mir eine Lehre sein! Ich wollte Ihnen nur beweisen …«

Herr Swerkow wandte sich ab, ohne zu Ende gesprochen zu haben, wickelte sich fester in seinen Mantel und unterdrückte tapfer die unwillkürliche Erregung.

Jetzt wird der Leser vermutlich verstehen, warum ich Arina voller Teilnahme ansah.

»Bist du schon lange mit dem Müller verheiratet?« fragte ich sie schließlich.

»Seit zwei Jahren.«

»Hat es dein Herr etwa erlaubt?«

»Ich wurde freigekauft.«

»Von wem?«

»Von Saweli Alexejewitsch.«

»Wer ist das?«

»Mein Mann.«

Jermolai lächelte in sich hinein.

»Hat Ihnen mein Herr etwa von mir erzählt?« fügte Arina nach einer Pause hinzu.

Ich wusste nicht, wie ich ihre Frage beantworten sollte.

»Arina!« rief der Müller von fern. Sie stand auf und ging fort.

»Ist ihr Mann ein guter Mensch?« fragte ich Jermolai.

»Halbwegs.«

»Und haben sie Kinder?«

»Sie hatten ein Kind, es ist gestorben.«

»Sie hat dem Müller wohl gefallen, was? … Hat er viel bezahlt, um sie freizukaufen?«

»Das weiß ich nicht. Sie kann lesen und schreiben. Das ist in ihrem Geschäft … na … das ist nicht schlecht. Sie wird ihm wohl auch gefallen haben.«

»Kennst du sie schon lange?«

»Schon lange. Ich war früher öfter bei ihrer Herrschaft. Das Gut liegt nicht weit von hier.«

»Und den Lakaien Petruschka, kennst du den auch?«

»Den Pjotr Wassiljewitsch? Natürlich, den hab ich gekannt.«

»Wo ist er denn jetzt?«

»Bei den Soldaten.«

Wir schwiegen.

»Sie ist wohl nicht gesund?« fragte ich Jermolai schließlich.

»Gesund? Davon kann keine Rede sein! … Morgen haben wir wohl Glück mit den Schnepfen. Es könnte nichts schaden, wenn Sie jetzt schlafen.«

Ein Schwarm Wildenten zog surrend über uns hinweg, und wir hörten, wie er sich unweit von uns auf dem Fluss niederließ. Es war mittlerweile völlig dunkel geworden und auch kühl; im Wald schlug hell die Nachtigall. Wir krochen ins Heu und schliefen ein.

DER HIMBEERQUELL

Anfang August ist es oft unerträglich heiß. Zwischen zwölf und drei Uhr ist nicht einmal mehr der entschlossenste und charakterfesteste Mensch in der Lage zu jagen, und auch der treueste Hund beginnt »dem Jäger die Sporen zu putzen«, das heißt, er trottet mit schmerzlich zusammengekniffenen Augen und übertrieben weit heraushängender Zunge langsam hinterher, wedelt als Reaktion auf die Vorwürfe seines Herrn nur demütig mit dem Schwanz und zieht ein betretenes Gesicht, läuft aber nicht voraus. An einem solchen Tag war ich einmal auf der Jagd. Lange wehrte ich mich gegen die Versuchung, auch nur für einen Augenblick im Schatten zu rasten; lange hatte mein unermüdlicher Hund das Buschwerk durchstöbert, obwohl er sich wohl selbst nichts Rechtes von seiner fieberhaften Tätigkeit versprach. Schließlich aber zwang mich die drückende Hitze, daran zu denken, dass wir unsere letzten Kräfte und Fähigkeiten schonen mussten. Mit Müh und Not schleppte ich mich zum Flüsschen Ista, das meine geneigten Leser schon kennen, stieg den Hang hinab und lief über den gelben, feuchten Sand in Richtung der Quelle, die im ganzen Umkreis unter dem Namen »Himbeerquell« bekannt ist. Diese Quelle entspringt einer Spalte in der Uferböschung, die sich mit der Zeit in eine schmale, tiefe Senke verwandelt hat, und mündet zwanzig Schritte weiter mit fröhlichem, geschwätzigem Geplätscher in den Fluss.

Eichengebüsch überwucherte die Hänge der Senke; rund um die Quelle grünte kurzes, samtiges Gras; die Sonnenstrahlen erreichten fast nie die silbrig-kühle Feuchte. Als ich die Quelle erreicht hatte, lag dort eine Schöpfkelle aus Birkenrinde im Gras, die wohl ein Bauer zur allgemeinen Benutzung zurückgelassen hatte. Ich trank mich satt, streckte mich im Schatten aus und schaute in die Runde. An der Bucht, die durch den in den Fluss mündenden Quell entstanden war und die ständig feines Gekräusel bedeckte, saßen mit dem Rücken zu mir zwei alte Männer. Einer der beiden, der ziemlich stämmig und groß war und einen dunkelgrünen sauberen Kaftan und eine gefütterte Schirmmütze trug, angelte; der andere, mager und klein, trug einen halbseidenen geflickten Rock und keine Mütze, er hielt einen Topf mit Würmern auf den Knien und fuhr sich hin und wieder mit der Hand über den grauen Kopf, als wolle er ihn vor der Sonne schützen. Ich sah ihn mir genauer an und erkannte in ihm Stjopuschka aus Schumichino. Ich bitte den Leser, mir zu gestatten, dass ich ihm diesen Mann vorstelle.

Einige Werst von meinem Dorf entfernt befindet sich das große Kirchdorf Schumichino, mit einer zu Ehren der heiligen Kosma und Damian errichteten Kirche aus Stein. Dieser Kirche gegenüber prangte einst ein weitläufiges, prachtvolles Herrenhaus, umgeben von zahlreichen Anbauten, Wirtschaftsgebäuden, Werkstätten, Pferdeställen, winterfesten Pflanzenschutzhäusern, Remisen, Badehäusern und Sommerküchen, Nebengebäuden für Gäste und für die Verwalter, Orangerien, Schaukeln für das Volk und anderen, mehr oder weniger nützlichen Gebäuden. In diesem Herrenhaus lebten reiche Gutsbesitzer, alles ging bei ihnen seinen üblichen Gang, als eines schönen Tages diese ganze Pracht bis auf den Grund niederbrannte. Die Herrschaft übersiedelte in ein anderes Heim, und das Gut verödete. Die ausgedehnte Brandstätte verwandelte sich in einen Gemüsegarten, aus dem hier und da Ziegelhaufen ragten – die Reste der einstigen Fundamente. Aus den heil gebliebenen Balken zimmerte man rasch eine kleine Holzhütte zusammen, deckte sie mit Barkenplanken, die zehn Jahre zuvor für den Bau eines Pavillons in gotischem Stil angeschafft worden waren, und brachte darin den Gärtner Mitrofan samt seiner Frau Axinja und sieben Kindern unter. Mitrofan hatte die herrschaftliche Tafel über hundertfünfzig Werst Entfernung mit Gemüse und Kräutern zu beliefern; Axinja wurde mit der Aufsicht über eine Tiroler Kuh betraut, die für viel Geld in Moskau erworben worden war, der jedoch leider jegliche Fähigkeit der Fortpflanzung versagt blieb, weshalb sie seit ihrer Anschaffung keine Milch gab; außerdem unterstand ihrer Obhut ein Enterich mit rauchgrauem Schopf – das einzige »herrschaftliche« Geflügel, das übriggeblieben war; den Kindern waren ihrer Minderjährigkeit wegen keinerlei Pflichten auferlegt, was sie im Übrigen nicht hinderte, gänzlich der Trägheit zu verfallen. Bei diesem Gärtner war ich zweimal über Nacht geblieben, im Vorübergehen hatte ich einige Gurken gepflückt, die Gott weiß warum schon im Sommer riesengroß geraten waren, unangenehm wässrig schmeckten und eine dicke, gelbe Schale hatten. Hier war es auch, dass ich Stjopuschka zum ersten Mal begegnete. Außer Mitrofan und seiner Familie und dem alten, tauben Kirchendiener Gerassim, der aus Barmherzigkeit in einem Kämmerchen bei einer einäugigen Soldatenfrau lebte, gab es in Schumichino niemanden aus dem Gesinde, denn Stjopuschka, mit dem ich den Leser bekanntmachen möchte, kann schwerlich als

Mitmensch im Allgemeinen noch als zum Gesinde gehörig im Besonderen betrachtet werden.

Jeglicher Mensch hat zumindest eine wie auch immer geartete Stellung in der Gesellschaft oder wenigstens irgendwelche Bindungen; jedermann aus dem Gesinde erhält, wenn schon keinen Lohn, dann zumindest ein sogenanntes »Deputat«: Stjopuschka jedoch erhielt entschieden keinerlei Unterhalt und war mit niemandem verwandt, niemand wusste etwas über ihn. Er besaß nicht einmal eine Vergangenheit; man sprach nicht von ihm; selbst in der Revisionsliste wurde er wohl kaum aufgeführt. Man munkelte, er sei einst Kammerdiener gewesen; doch wer er war, woher er stammte, wessen Sohn er war, wie er unter die Untertanen von Schumichino geraten und auf welche Weise er zu seinem halbseidenen Kaftan gekommen war, den er seit undenklichen Zeiten trug, wo er lebte und wovon – darüber hatte niemand die leiseste Vorstellung, und, um die Wahrheit zu sagen, diese Fragen beschäftigten auch niemanden. Großvater Trofimytsch, der die Stammbäume des gesamten Gesindes in aufsteigender Linie bis ins vierte Glied kannte, auch der hatte nur ein einziges Mal gesagt, Stepan sei, wenn er nicht irre, mit einer Türkin verwandt, die der selige Barin, der Brigadier Alexej Romanytsch, im Tross vom Feldzug mitzubringen geruht hätte. Selbst an Feiertagen, an Tagen, wenn jedermann mit Geldgeschenken und Speis und Trank nach altem russischem Brauch bedacht wurde, mit Brot und Salz, Buchweizenpiroggen und Branntwein – selbst an diesen Tagen stellte sich Stjopuschka nicht bei den bereitstehenden Tischen und Fässern ein, weder verneigte er sich, noch näherte er sich dem Barin zum Handkuss oder trank, unter dem Blick und auf das Wohl der Herrschaft, in einem Zug das Glas aus, das von der fetten Hand des Verwalters ausgeschenkt wurde; es konnte allenfalls vorkommen, dass eine gute Seele dem armen Schlucker im Vorübergehen ein Stück von seiner nicht aufgegessenen Pirogge zusteckte. Am Ostersonntag tauschte man den Osterkuss mit ihm, doch er schob die besudelten Ärmel nie zurück, um ein rot gefärbtes Ei aus seiner hinteren Tasche hervorzuholen, damit er es aufgeregt und blinzelnd der jungen Herrschaft oder gar der Herrin selbst darbringen konnte. Den Sommer über hauste er in einem Verschlag hinter dem Hühnerstall und im Winter im Vorraum des Badehauses; war strenger Frost, übernachtete er auf dem Heuboden. Man hatte sich an seinen Anblick gewöhnt, manchmal bekam er einen Fußtritt, doch nie sprach jemand mit ihm, und auch er selbst hatte wohl noch nie im Leben den Mund aufgetan. Nach dem Brand kam dieser von Gott und der Welt verlassene Mensch beim Gärtner Mitrofan unter, oder, wie man in Orjol sagt, er »fand Unterschlupf« bei ihm. Der Gärtner ließ ihn in Ruhe, weder sagte er zu ihm: Du kannst bei mir wohnen, noch jagte er ihn fort. Stjopuschka wohnte auch gar nicht beim Gärtner: er lebte und webte im Gemüsegarten. Wenn er ging oder sich bewegte, dann völlig geräuschlos; furchtsam nieste oder räusperte er sich in die Hand; ewig war er beschäftigt, machte sich im Stillen zu schaffen, die reinste Ameise – und das nur, um zu essen, einzig und allein, um zu essen. Und tatsächlich, hätte er sich nicht von früh bis spät um sein Essen gesorgt, mein Stjopuschka wäre hungers gestorben. Es ist schlimm, wenn man morgens nicht weiß, wovon man am Abend satt werden soll! Bald sitzt Stjopuschka am Zaun und nagt an einem Rettich, saugt an einer Mohrrübe oder zerpflückt einen schmutzigen Kohlkopf; bald schleppt er ächzend einen Eimer mit Wasser irgendwohin; bald entfacht er ein Feuer unter einem kleinen Topf und wirft allerlei schwarze Brocken hinein, die er unter seinem Hemd hervorholt; bald klopft er bei sich im Verschlag mit einem Stück Holz einen Nagel ein, um ein Brettchen für sein Brot anzubringen. Und all dies tut er schweigend, immer auf der Hut, kaum hat man sich's versehen, ist er schon verschwunden. Manchmal ist er auch für zwei Tage fort; seine Abwesenheit fällt natürlich niemandem auf ... Dann aber ist er plötzlich wieder da und schichtet erneut irgendwo am Zaun verstohlen Kleinholz unter einen Dreifuß. Er hat ein kleines Gesicht, gelbliche Augen, die Haare hängen ihm herab bis an die Brauen, eine spitze Nase, sehr große Ohren, durchscheinend wie bei einer Fledermaus, und einen Bart, von dem man meinen könnte, er sei vor zwei Wochen gestutzt worden, der aber niemals weder kürzer noch länger wird. Diesen Stjopuschka also traf ich am Ista-Ufer in Gesellschaft eines anderen Alten.

Ich trat zu ihnen, grüßte und setzte mich neben sie. In Stjopuschkas Gefährten erkannte ich ebenfalls einen Bekannten: es war der freigelassene Diener des Grafen Pjotr Iljitsch ***, Michajlo Saweljew, mit Spitznamen Tuman. Er wohnte bei einem schwindsüchtigen Bürger aus Bolchow, der eine Herberge betrieb, in der ich öfter abstieg.

All die jungen Beamten und anderen Müßiggänger, die auf der Orjoler Landstraße reisen (die in ihren gestreiften Federbetten versunkenen Kaufleute haben kein Auge dafür), können bis zum heutigen Tag unweit des großen Dorfes Troizkoje direkt an der Straße ein völlig verfallenes zweistöckiges Holzhaus gewaltigen Ausmaßes sehen, mit eingestürztem Dach und dicht vernagelten Fenstern. In der Mittagsstunde, bei klarem, sonnigem Wetter, gibt es nichts Trostloseres als diese Ruine. Hier hatte einst der für seine Gastfreundschaft gerühmte Graf Pjotr Iljitsch gelebt, ein reicher Würdenträger des vergangenen Jahrhunderts. Bisweilen kam das ganze Gouvernement bei ihm zusammen, tanzte und vergnügte sich nach Herzenslust, beim ohrenbetäubenden Lärm der hauseigenen Kapelle, dem Geprassel der Feuerwerke und der Römischen Lichter; so manches alte Mütterchen wird sich, wenn es an den verlassenen herrschaftlichen Gemäuern vorüberkommt, wohl seufzend der verflossenen Zeiten und seiner verflossenen Jugend erinnern. Lange Jahre schwelgte der Graf in Zechgelagen, lange Jahre wandelte er leutselig lächelnd inmitten der Schar seiner unterwürfigen Gäste einher; sein Vermögen jedoch reichte bedauerlicherweise nicht für ein ganzes Leben. Völlig verarmt begab er sich nach Petersburg, um dort eine Anstellung zu suchen, und starb in seinem Hotelzimmer, ohne das Geringste erreicht zu haben.

Tuman hatte bei ihm das Amt des Haushofmeisters versehen und noch zu Lebzeiten des Grafen die Freiheit erhalten. Er hatte ein angenehmes, ebenmäßiges Gesicht und mochte siebzig Jahre alt sein. Beinahe immer lächelte er, so wie heute nur noch jene lächeln, die aus den Zeiten Katharinas stammen: gutmütig und zugleich erhaben; beim Reden schob er langsam die Lippen vor, schloss sie dann ebenso langsam wieder, sah einen freundlich aus zusammengekniffenen Augen an und sprach ein wenig näselnd. Auch das Schneuzen und Tabakschnupfen ging bei ihm gemächlich vonstatten, ganz so, als erledige er eine bedeutsame Arbeit.

»Was ist, Michajlo Sawelitsch«, begann ich, »hast du schon was gefangen?«

»Schauen Sie im Korb nach: zwei Barsche und fünf Döbel … Zeig sie ihm, Stjopa.«

Stjopuschka hielt mir den Korb entgegen.

»Wie geht's dir denn, Stepan?« fragte ich ihn.

»E-e-e-es geht, Batjuschka, ich komme zurecht«, antwortete Stepan stotternd, als hingen Riesengewichte an seiner Zunge.

»Und Mitrofan, ist er gesund?«

»Ja, gesund, w-w-was denn sonst, Batjuschka.«

Der Ärmste wandte sich ab.

»Sie beißen heute schlecht« sagte Tuman, »es ist zu heiß; die Fische haben sich alle unter den Sträuchern verkrochen und schlafen … Steck mal einen Wurm an den Haken, Stjopa.«

Stjopuschka griff sich einen Wurm, legte ihn auf die Handfläche, schlug zweimal drauf, steckte ihn an den Haken, spuckte auf den Wurm und gab ihn Tuman.

»Danke, Stjopa … Und Sie, Batjuschka«, wandte er sich wieder mir zu, »sind Sie auf der Jagd?«

»Wie du siehst.«

»Aha … Was haben Sie denn da für einen Hund, ist das ein englischer oder einer aus Kurland?«

Der Alte gab gelegentlich gern an, als wollte er sagen: auch ich habe etwas von der Welt gesehen!

»Welche Rasse das ist, weiß ich nicht, ist aber ein guter Hund.«

»Aha … Belieben Sie mit Hunden zu jagen?«

»Ich habe zwei Meuten.«

Tuman lächelte und schüttelte den Kopf.

»So ist das nun mal: Einer liebt Hunde, ein anderer will sie nicht geschenkt. Mit meinem einfachen Verstand denke ich mir das so: Hunde sollte man halten, um seine Stellung zu zeigen … Dann müsste aber auch alles seine Ordnung haben: Pferde, wie es sich gehört, und Hundeknechte, wie es sich gehört, und alles andere. Der selige Graf – er ruhe in Frieden! – war, offen gesagt, kein leidenschaftlicher Jäger, Hunde aber hat er gehalten, und zweimal im Jahr ist er zur Jagd ausgefahren. Dann haben sich die Hundeknechte in ihren roten Kaftanen mit Tressen auf dem Hof versammelt, haben ins Horn geblasen; Seine Erlaucht geruhten herauszukommen, dann wurde Seiner Erlaucht das Pferd gebracht; Seine Erlaucht stieg auf, der Oberjäger half ihm mit den Füßen in die Steigbügel, nahm seine Mütze ab und überreichte ihm die Zügel in der Mütze. Seine Erlaucht geruhte dann mit der Hetzpeitsche zu knallen, die Hundeknechte stimmten ihr Geschrei an, und dann ging es hinaus aus dem Hof. Der Leibjäger ritt hinter dem Grafen und führte die beiden Lieblingshunde vom Barin an einer seidenen Leine. Wie der alles im Blick hatte … Da saß er, der Leibjäger, hoch oben auf seinem Kosakensattel, mit roten Backen, und seine Augen huschten nur so umher … Gäste waren bei dieser Gelegenheit natürlich auch da. Man hat sich vergnügt und die Ehre war gewahrt … Ach, hat sich losgerissen, der Asiate!« sagte er plötzlich und zog die Angel heraus.

»Der Graf hat, wie man hört, sein Leben genossen«, sagte ich.

Der Alte spuckte auf den Wurm und warf die Angel wieder aus.

»Ein ganz großer Mann war das, so viel ist gewiss. Die

vornehmsten Persönlichkeiten aus Petersburg haben ihn besucht. Da saßen sie mit ihren blauen Schärpen am Tisch und speisten. Tja, auch im Bewirten war er ein Meister. Oft rief er mich: Tuman, hieß es dann, für morgen brauche ich frische Sterlets, lass welche besorgen, hörst du? – Zu Befehl, Euer Erlaucht. Bestickte Kaftane, Perücken, Spazierstöcke, Duftwasser, Ladekolon der besten Sorte, Tabaksdosen, riesengroße Bilder – hat er alles direkt aus Paris kommen lassen. Bankette waren das, Herr im Himmel! Und erst die Fierwerke, die Spazierfahrten! Sogar aus Kanonen wurde gefeuert. An Musikanten waren es allein vierzig Mann. Und einen deutschen Kapellmeister hat er auch beschäftigt, wie eingebildet der war; wollte mit den Herrschaften an einem Tisch essen; Seine Erlaucht haben ihn dann zum Teufel gejagt: Meine Musikanten verstehen ihr Handwerk auch allein, hat er gesagt. Man weiß ja: das Wort des Herrn ist Gesetz. Getanzt haben sie, bis zum Morgengrauen, vor allem Lakosses-Matradura … He … he … he, hab ich dich erwischt, Freundchen!« Der Alte zog einen kleinen Barsch aus dem Wasser. »Hier, nimm, Stjopa … War eben ein richtiger Barin«, fuhr der Alte fort, nachdem er die Angel wieder ausgeworfen hatte, »und er hatte ein gutes Herz. Zwar hat er unsereinen auch manchmal geschlagen, aber er hat's schnell wieder vergessen. Allerdings hat er sich Matresskis gehalten. Ach, diese Matresskis, du lieber Himmel! Die waren es, die ihn zugrunde gerichtet haben. Er hat sich ja vor allem welche aus dem niedrigen Stand ausgesucht. Da fragt man sich, was wollten sie denn noch. Aber nein, das Teuerste aus ganz Europija musste es sein! Aber andererseits: Warum nicht zu seinem Vergnügen leben, das ist nun mal Herrenart … zugrunde richten allerdings sollte man sich nicht. Besonders die eine: Akulina hat sie geheißen; inzwischen ist sie tot, sie ruhe in Frieden! Ein einfaches Mädel, die Tochter vom Polizeigehilfen aus Sitowo, wie boshaft die war! Hat dem Grafen manchmal sogar Ohrfeigen verpasst. Völlig behext hat sie ihn. Und meinen Neffen hat sie unter die Soldaten gesteckt: der hatte ihr Scheklade aufs neue Kleid geschüttet … und er war nicht der Einzige. Tja … Aber es war trotzdem eine schöne Zeit!« fügte der Alte mit einem tiefen Seufzer hinzu, senkte den Blick und verstummte.

»Euer Barin war wohl streng, wie ich sehe«, begann ich nach einer kleinen Pause.

»Das war damals so üblich, Batjuschka«, entgegnete der Alte und wiegte den Kopf.

»Heute gibt es so etwas nicht mehr«, bemerkte ich, ohne ihn aus den Augen zu lassen.

Er sah mich von der Seite an.

»Heute ist es anders, versteht sich«, murmelte er und warf die Angel weit hinaus.

Wir saßen im Schatten; doch auch im Schatten war es drückend. Die schwere, glühende Luft war buchstäblich erstorben; das heiße Gesicht sehnte sich nach einem Windhauch, vergeblich. Die Sonne brannte mit unverminderter Kraft vom Himmel, der mit der Zeit tiefblau geworden war; uns gegenüber, am anderen Ufer, schimmerte gelb ein Haferfeld, in dem hier und da Wermut wuchs. Es rührte sich kein einziger Halm.

Etwas weiter flussabwärts stand ein Bauernpferd bis zu den Knien im Wasser und wedelte träge mit dem feuchten Schwanz; bisweilen kam ein großer Fisch unter dem herabhängenden Gesträuch an die Oberfläche, ließ Luftblasen aufsteigen, sank dann wieder sachte auf den Grund und hinterließ langsam leichtes Gekräusel. Grillen zirpten im ausgeblichenen Gras; Wachteln schlugen gleichsam unwillig; Habichte glitten über die Felder, hielten in der Luft inne und schlugen, den Schwanz zum Fächer gebreitet, geschwind mit den Flügeln. Wir saßen reglos, von der Hitze gelähmt. Plötzlich waren aus der Senke hinter uns Geräusche zu hören: jemand stieg hinab zur Quelle. Ich blickte mich um und sah einen etwa fünfzig Jahre alten staubbedeckten Mann, gekleidet in Kittel und Bastschuhe, den geflochtenen Quersack und seinen Bauernrock über der Schulter. Er beugte sich über die Quelle, trank gierig und richtete sich wieder auf.

»He, bist du's, Wlas?« rief Tuman und sah zu ihm hinüber. »Grüß dich, mein Lieber. Wo hat es dich denn hergeweht?«

»Grüß dich, Michajla Sawelitsch«, sagte der Mann und trat zu uns, »von weit her.«

»Wo hast du gesteckt?« fragte ihn Tuman.

»Bin nach Moskau gewandert, zum Barin.«

»Weshalb?«

»Bin mit einer Bitte bei ihm gewesen.«

»Was denn für eine?«

»Dass er den Zins runtersetzt oder mich für Frondienste einteilt, oder vielleicht umsiedelt … Mein Sohn ist doch gestorben, allein schaff ich das jetzt nicht mehr.«

»Dein Sohn ist gestorben?«

»Ja. Er ist tot«, fügte der Mann hinzu und schwieg. »Er war Kutscher, in Moskau; hat den Zins für mich gezahlt.«

»Seid ihr denn neuerdings Zinsbauern?«

»Ja.«

»Und was sagt dein Barin?«

»Was soll er schon sagen? Fortgejagt hat er mich. Er sagt, was unterstehst du dich, damit zu mir zu kommen: dafür ist der Verwalter zuständig; du, sagt er, hättest es erst dem Verwalter sagen sollen ... und wohin soll ich dich überhaupt umsiedeln? Zahl erst mal die Rückstände, sagt er. War völlig außer sich.«

»Und dann hast du dich auf den Heimweg gemacht?«

»Ja. Ich wollte noch rausfinden, ob der Verstorbene nicht irgendwelche Sachen hinterlassen hat, aber es ist mir nicht geglückt. Ich habe zu seinem Hauswirt gesagt: ›Ich bin der Vater von Filipp‹, aber er sagt zu mir: ›Woher soll ich wissen, ob das stimmt? Dein Sohn hat auch‹, sagt er, ›nichts hinterlassen; er schuldet mir sogar noch was.‹ Da bin ich wieder gegangen.«

Er erzählte uns das alles mit einem Lächeln, als ginge es gar nicht um ihn; in seinen kleinen, zusammengekniffenen Augen aber schimmerte eine Träne und seine Lippen zuckten.

»Und jetzt gehst du nach Hause?«

»Wohin sollte ich sonst gehen? Natürlich nach Hause. Meine Frau wird sich schon vor Hunger in die Hand beißen.«

»Du könntest doch ... wart mal ...«, sagte Stjopuschka plötzlich verlegen, verstummte aber sofort wieder und begann im Topf herumzustochern.

»Willst du nun zum Verwalter?« fuhr Tuman fort und sah Stjopa verwundert an.

»Weshalb sollte ich zu dem gehen? ... Ich bin sowieso im Rückstand mit den Zahlungen. Mein Sohn war vor seinem Tod ein Jahr lang krank und hat nicht mal seinen eigenen Zins bezahlt ... Bei mir ist das halb so schlimm, ist sowieso nichts zu holen … Wie man's auch dreht, Bruder, es kommt nichts dabei raus, mein Kopf versagt den Dienst!« Er lachte. »Der kann sich auf den Kopf stellen, der Kintiljan Semjonytsch …«

Wieder lachte Wlas.

»Was soll das? Das ist nicht gut, Bruder Wlas«, sagte Tuman bedächtig.

»Wieso nicht gut? Ach …«

Wlas versagte die Stimme.

»Diese Hitze aber auch«, fuhr er fort und wischte sich das Gesicht mit dem Ärmel ab.

»Wer ist denn euer Barin?« fragte ich.

»Graf ***, Walerian Petrowitsch.«

»Der Sohn von Pjotr Iljitsch?«

»Genau, der Sohn von Pjotr Iljitsch« antwortete Tuman. »Der selige Pjotr Iljitsch hat ihm noch zu Lebzeiten das Dorf überschrieben, in dem Wlas wohnt.«

»Und, ist er gesund?«

»Ja, gesund ist er, Gott sei Dank«, antwortete Wlas. »Ganz rot angelaufen im Gesicht.«

»Tja, Batjuschka«, fuhr Tuman, an mich gewandt, fort, »in der Moskauer Gegend, das wär was, aber sein Pachtland ist hier.«

»Wie viel Abgaben zahlt ihr je Familie?«

»Fünfundneunzig Rubel«, murmelte Wlas.

»Da sehen Sie's; und dabei haben sie nur ein winziges Stück Land, das ist doch fast alles herrschaftlicher Wald.«

»Ja, und auch den, heißt es, haben sie verkauft«, bemerkte Wlas.

»Tja, da sehen Sie's. Stjopa, gib mir mal einen Wurm … He, Stjopa? Was ist, bist du eingeschlafen?«

Stjopuschka fuhr zusammen. Der Bauer setzte sich zu uns. Wieder schwiegen wir. Vom anderen Ufer her klang ein schwermütiges Lied … Traurig saß er da, der arme Wlas …

Eine halbe Stunde später gingen wir auseinander.

DER LANDARZT

Eines Herbsttags, auf dem Rückweg von einem weit entfernten Jagdgrund, erkältete ich mich und wurde krank. Glücklicherweise überkam mich das Fieber in der Kreisstadt, im Gasthof; ich ließ einen Doktor rufen. Eine halbe Stunde später erschien der Arzt, ein kleiner, magerer, schwarzhaariger Mann. Er verordnete die übliche Schwitzkur, verfügte, mir Senfpflaster aufzulegen, ließ den Fünfrubelschein überaus geschickt unter seinem Ärmelaufschlag verschwinden, wobei er allerdings trocken hüstelte und zur Seite blickte, war schon im Begriff, den Heimweg anzutreten, geriet dann aber ins Reden und blieb. Das Fieber quälte mich; ich sah einer schlaflosen Nacht entgegen und war froh, mit einem vernünftigen Menschen plaudern zu können. Tee wurde gebracht, und mein Doktor fing an zu erzählen. Er war nicht dumm, drückte sich gewandt und recht amüsant aus. Merkwürdig geht es zu auf Erden: da lebt man bisweilen lange mit jemandem zusammen und ist einander freundschaftlich zugetan, spricht mit ihm jedoch kein einziges Mal freimütig, von Herzen; mit einem anderen aber ist man gerade eben bekannt geworden, und kaum hat man sich's versehen, plaudert man selbst oder der andere, wie bei der Beichte, haarklein alles aus. Wodurch ich das Vertrauen meines neuen Bekannten gewonnen hatte, kann ich nicht sagen, er jedoch kam mir nichts, dir nichts »in Fahrt«, wie man sagt, und erzählte mir eine recht erstaunliche Begebenheit; ich meinerseits möchte seine Erzählung dem geneigten Leser zur Kenntnis bringen und will versuchen, mich mit den Worten des Medikus auszudrücken.

»Sie werden gewiss«, begann er mit kraftloser, zittriger Stimme (eine Folge des Konsums puren starken Schnupftabaks), »Sie werden gewiss den hiesigen Richter Mylow nicht kennen, Pawel Lukitsch? … Sie kennen ihn nicht … Das spielt auch keine Rolle.« Er hüstelte und rieb sich die Augen. »Nun, es war folgendermaßen, tja, wie soll ich sagen, genau genommen zur Zeit der Großen Fasten, als gerade das Tauwetter eingesetzt hatte. Ich sitze bei ihm, bei unserem Richter, und spiele Préférence. Unser Richter ist ein guter Mensch und ein großer Freund des Préférence-Spiels. Plötzlich«, mein Arzt gebrauchte oft das Wort plötzlich, »sagt er zu mir: Ihr Diener fragt nach Ihnen. Ich sage: Was will er? Wie ich höre, hat er eine Nachricht für Sie, wahrscheinlich von einem Kranken. Lass mal sehen, sage ich zum Diener. Tatsächlich: es geht um einen Kranken … Nun gut, das ist unser täglich Brot, Sie verstehen … Die Sache war folgende: eine Gutsbesitzerin schreibt mir, eine Witwe; ihre Tochter, sagt sie, liege im Sterben, kommen Sie, um Himmels willen, die Pferde sind schon unterwegs, um Sie abzuholen. Das ginge ja noch … Aber sie wohnt zwanzig Werst entfernt von der Stadt, es ist Nacht, und die Wege, die sind grauenhaft! Noch dazu ist sie arm, mehr als zwei Silberrubel werden nicht rausspringen, und auch das ist fraglich, ich werde mich wohl mit Leinwand begnügen müssen und irgendwelchem Kleinkram. Doch in erster Linie ruft die Pflicht, Sie verstehen: ein Mensch liegt im Sterben. Ich übergebe also dem Beamten Kalliopin meine Karten und mache mich auf den Heimweg. Da steht schon ein Wägelchen vor dem Haus; dickbäuchige Bauernpferde, ihr

Fell – der reinste Filz, und der Kutscher sitzt aus lauter Hochachtung ohne Mütze da. Tja, denke ich, man sieht, deine Herrschaft isst nicht von goldenen Tellern, mein Lieber ... Sie lachen, aber ich sage Ihnen: Aus Armut muss unsereiner auf alles achtgeben ... Wenn der Kutscher dasitzt wie ein Fürst, die Mütze nicht zieht, spöttisch in seinen Bart grinst und mit der Peitsche wedelt, kann man getrost mit zwei Scheinchen rechnen! Hier aber, das sehe ich gleich, liegen die Dinge anders. Doch es ist nichts zu machen: die Pflicht geht vor. Ich packe die nötigsten Arzneien zusammen und fahre los. Glauben Sie mir, ich hab's kaum geschafft. Ein höllischer Weg: überall Rinnsale, Schnee, Schlamm, Wasserlöcher, außerdem war ein Damm gebrochen – einfach schrecklich! Dennoch bin ich irgendwie angekommen. Ein kleines Haus, mit Stroh gedeckt. In den Fenstern Licht: man wartet also. Ich trete ein. Eine alte Frau kommt mir entgegen, ehrwürdig, mit Häubchen. ›Retten Sie sie‹, sagt die Mutter, ›sie stirbt.‹ Ich sage: ›Beunruhigen Sie sich bitte nicht ... Wo ist die Kranke?‹ – ›Hier entlang bitte.‹ Ich sehe: ein kleines reinliches Zimmer, in der Ecke das ewige Licht und im Bett bewusstlos ein Mädchen von zwanzig Jahren. Sie glüht nur so vor Hitze und atmet schwer, hat hohes Fieber. Auch zwei andere Mädchen sind im Raum, ihre Schwestern, ganz verstört und in Tränen aufgelöst. ›Gestern‹, sagen sie, ›war sie noch völlig gesund und hat mit Appetit gegessen; heute Morgen hat sie über Kopfschmerzen geklagt, und gegen Abend ist sie plötzlich in diesen Zustand verfallen ...‹ Wieder sage ich: ›Beunruhigen Sie sich bitte nicht‹, das muss ich als Arzt sagen, wissen Sie, und ich mache mich ans Werk. Ich lasse sie zur Ader, ordne Senfpflaster an, verschreibe eine Mixtur. Dabei sehe ich sie immer wieder an, wissen Sie, bei Gott, ein solches Gesicht habe ich mein Lebtag nicht gesehen … mit einem Wort, eine Schönheit! Mitleid erfasst mich. So angenehme Züge, und diese Augen … Gott sei Dank tritt eine Wirkung ein; ihr bricht der Schweiß aus; kurz, sie kommt zu sich; blickt sich um, lächelt, streicht mit der Hand übers Gesicht … Die Schwestern beugen sich über sie, fragen: ›Wie geht es dir?‹ – ›Es geht‹, antwortet sie und dreht sich um … Ich schaue nach ihr, sie ist eingeschlafen. Tja, sage ich, jetzt wollen wir die Kranke allein lassen. Auf Zehenspitzen gehen wir hinaus; nur die Magd bleibt für alle Fälle bei ihr. Im Salon steht schon der Samowar auf dem Tisch, auch Jamaikarum: ohne den kommen wir in unserem Beruf nicht aus. Man schenkt mir Tee ein und bittet mich, über Nacht zu bleiben … Ich hatte nichts dagegen: wie hätte ich um diese Zeit auch fahren sollen! Die alte Frau stöhnt in einem fort. ›Was haben Sie?‹ sage ich. ›Sie wird leben, beunruhigen Sie sich bitte nicht, ruhen Sie besser selbst ein wenig aus, es geht auf zwei Uhr.‹ – ›Sie lassen mich aber wecken, wenn etwas vorfällt?‹ – ›Ja, natürlich.‹ Die Alte zieht sich zurück, auch die Mädchen gehen in ihr Zimmer; mir wird das Bett im Salon gerichtet. Ich lege mich nieder, kann aber nicht einschlafen, wie kommt das nur! Als ob ich mich nicht genug abgerackert hätte. Auch geht mir meine Kranke nicht aus dem Sinn. Schließlich halte ich es nicht aus und stehe auf; will mal nachschauen, denke ich, was die Patientin macht. Ihr Schlafzimmer lag direkt neben dem Salon. Ich stehe also auf, öffne sacht die Tür, mein Herz schlägt wie verrückt. Ich sehe mich um: die Magd schläft mit offenem Mund und schnarcht sogar, die Bestie! Die arme Kranke aber liegt da, mit ausgebreiteten Armen, das Gesicht mir zugewandt! Ich trete ans Bett … Plötzlich schlägt sie die Augen auf und blickt mich an! … ›Wer sind Sie, wer sind Sie?‹ – Ich werde verlegen. ›Haben Sie keine Angst, gnädiges Fräulein‹, sage ich, ›ich bin Arzt, bin gekommen, um zu sehen, wie es Ihnen geht.‹ – ›Sie sind Arzt?‹ – ›Ja, Arzt … Ihre Frau Mutter hat nach mir geschickt; wir haben Sie zur Ader gelassen, gnädiges Fräulein; jetzt sollten Sie schlafen, und in zwei, drei Tagen werden Sie, so Gott will, wieder auf die Beine kommen.‹ – ›Ach, ja, ja, Doktor, lassen Sie mich nicht sterben … bitte, bitte.‹ – ›Wie kommen Sie darauf, um Gottes willen!‹ Sie hat wohl wieder Fieber, denke ich bei mir und fühle ihr den Puls: tatsächlich, Fieber. Sie sieht mich an und nimmt plötzlich meine Hand. ›Ich will Ihnen sagen, warum ich nicht sterben möchte, ich will es Ihnen sagen … jetzt sind wir allein; aber bitte, zu niemandem ein Wort … so hören Sie …‹ Ich beuge mich zu ihr herab; sie kommt mit ihren Lippen ganz dicht an mein Ohr, ihr Haar berührt meine Wange, ich gestehe, mir selbst schwindelte, und sie beginnt zu flüstern … Ich verstehe kein Wort … Ach ja, sie phantasiert … Sie flüstert und flüstert, ganz überstürzt und wohl auch nicht auf Russisch, dann verstummt sie, zuckt zusammen, lässt den Kopf aufs Kissen sinken und droht mir mit dem Finger. ›Zu niemandem ein Wort, Doktor …‹ Ich beruhigte sie, so gut ich konnte, gab ihr zu trinken, weckte die Magd und ging hinaus.«

Wieder nahm der Medikus mit einer gewissen Verbitterung eine Prise und erstarrte für einen Augenblick.

»Entgegen meinen Erwartungen ging es der Kranken«, fuhr er fort, »am nächsten Tag allerdings nicht besser. Ich überlegte eine Weile und beschloss dann, dazubleiben, obwohl andere Patienten auf mich warteten … Das darf man natürlich nicht auf die leichte Schulter nehmen: die Praxis leidet darunter. Doch erstens befand sich die Kranke tatsächlich in einem kritischen Zustand, und zweitens fühlte ich mich, ehrlich gesagt, stark zu ihr hingezogen. Außerdem gefiel mir die Familie. Sie waren zwar nicht wohlhabend, aber außerordentlich gebildet … Der Vater ist ein gelehrter Mann gewesen, ein Schriftsteller; er starb natürlich in Armut, seinen Kindern aber hat er eine sehr gute Erziehung angedeihen lassen; auch Bücher hinterließ er viele. War es, weil ich mich sehr um die Kranke bemühte oder aus anderen Gründen, jedenfalls gewann man mich im Hause lieb, ich wage zu behaupten, wie einen Verwandten … Indessen hatte fürchterliches Tauwetter eingesetzt, sämtliche Wege waren gänzlich unbefahrbar geworden; selbst die Arznei konnte nur mit Mühe aus der Stadt beschafft werden … Der Gesundheitszustand der Kranken besserte sich nicht … Tag um Tag verging … Doch dann … plötzlich …« Der Arzt verstummte. »Ich weiß nicht recht, wie ich es sagen soll …« Wieder nahm er eine Prise, räusperte sich und nippte am Tee. »Ich sage es Ihnen geradeheraus, meine Kranke … wie soll ich sagen … ob sie sich in mich verliebt hatte … oder nein, verliebt wohl nicht … in jedem Fall … tja, wie soll ich sagen …« Der Arzt senkte den Blick und errötete.

»Nein«, fuhr er lebhaft fort, »was heißt verliebt! Man muss schließlich seinen Platz kennen. Es war ein gebildetes Mädchen, klug, belesen, ich dagegen habe sogar mein Latein völlig vergessen, so viel steht fest. Auch mit meiner Erscheinung«, der Arzt sah lächelnd an sich herab, »kann ich keinen Staat machen. Doch ganz so dumm hat der Herrgott mich wohl doch nicht erschaffen: schwarz und weiß kann ich unterscheiden; und das eine oder andere begreife ich schon. Zum Beispiel habe ich durchaus verstanden, dass es keine Liebe war, was Alexandra Andrejewna – sie hieß Alexandra Andrejewna – für mich empfand, sondern eine sozusagen freundschaftliche Empfindung, vielleicht auch Achtung. Obwohl sie sich in dieser Beziehung vielleicht täuschte, denn in ihrer Lage, urteilen Sie selbst … Im Übrigen«, fügte der Arzt hinzu, der all diese abgehackten Sätze sichtlich verlegen und ohne Atem zu holen heraussprudelte, »habe ich mich wohl ein wenig vergaloppiert … Auf diese Weise werden Sie das alles nicht verstehen … also, wenn Sie gestatten, will ich der Reihe nach erzählen.«

Er trank sein Glas Tee aus und sprach mit ruhigerer Stimme weiter.

»Nun also. Meiner Kranken ging es schlechter und schlechter. Sie sind kein Mediziner, gnädiger Herr; Sie können nicht verstehen, was in unsereinem vorgeht, vor allem in der ersten Zeit, wenn man zu ahnen beginnt, dass man der Krankheit nicht Herr werden kann. Das Selbstvertrauen schwindet dahin! Man verliert plötzlich den Mut, das lässt sich gar nicht beschreiben, meint, alles vergessen zu haben, was man wusste, und denkt, der Kranke vertraue dir nicht mehr, glaubt, dass auch die anderen bereits bemerkt haben, dass du nicht weiterweißt und dass sie dir die Symptome nur noch widerstrebend mitteilen, dass sie dich schief ansehen, tuscheln … ach, wie schrecklich das ist! Es muss doch eine Arznei gegen diese Krankheit geben, denkst du, man muss sie nur finden. Diese hier vielleicht? Du probierst – nein, das ist es nicht! Man gibt der Arznei auch nicht genug Zeit zu wirken … bald greift man zum einen Mittel, bald zu einem anderen. Und dann schaut man ins Rezeptbuch … hier müsste es doch stehen, denkst du!

Manchmal schlägt man das Buch sogar aufs Geratewohl auf, wirklich und wahrhaftig: vielleicht, denkst du, hilft dir das Schicksal … Unterdessen liegt der Patient im Sterben; ein anderer Arzt hätte ihn vielleicht retten können. Ein Konsilium muss her, sagst du dir; ich allein kann die Verantwortung nicht übernehmen. Wie dumm man aber in diesen Fällen dasteht! Nun, mit der Zeit findet man sich damit ab, es macht einem nichts mehr aus. Stirbt der Mensch, ist es nicht deine Schuld: du hast getan, was in deiner Macht stand. Aber was zusätzlich belastend ist, du siehst, wie blind man dir vertraut, und begreifst, dass du außerstande bist zu helfen. Genau dieses Vertrauen hatte Alexandra Andrejewnas gesamte Familie in mich: man dachte nicht mehr daran, dass ihre Tochter in Gefahr war. Ich habe sie auch meinerseits beruhigt, habe versichert, dass es nicht weiter schlimm sei, selbst aber war ich ratlos. Zu allem Unglück hatte das Tauwetter mittlerweile solche Ausmaße angenommen, dass der Kutscher bisweilen ganze Tage brauchte, um die Arznei zu holen. Ich kam nicht mehr aus dem Krankenzimmer heraus, konnte mich nicht losreißen, erzählte allerlei komische Geschichten, spielte Karten mit ihr. Nachts wachte ich an ihrem Bett. Die alte Frau dankte mir unter Tränen; ich aber dachte bei mir: ›Ich verdiene deine Dankbarkeit nicht.‹ Ich gestehe es Ihnen offen, jetzt gibt es ja keinen Grund mehr, etwas zu verheimlichen, ich hatte mich in meine Kranke verliebt. Und auch Alexandra Andrejewna hatte Zuneigung zu mir gefasst: niemanden außer mir ließ sie noch in ihr Zimmer. Sie unterhielt sich mit mir, fragte mich aus, wo ich studiert hätte, wie ich lebte, wer meine Eltern seien, mit wem ich verkehrte. Dabei spürte ich, dass sie nicht hätte sprechen dürfen; verbieten aber, es ganz entschieden verbieten, das konnte ich nicht. Immer wieder griff ich mir an den Kopf und dachte: ›Was tust du eigentlich, du Halunke?‹ Oder sie nahm meine Hand, blickte mich an, lange, lange blickte sie mich an, wandte sich dann ab, seufzte und sagte: ›Wie gut Sie sind!‹ Ihre Hände waren heiß und die Augen groß und sehnsuchtsvoll. ›Ja‹, sagte sie, ›Sie sind ein lieber, ein guter Mensch, nicht so wie unsere Nachbarn … nein, Sie sind anders, Sie sind anders … Wieso habe ich Sie früher nicht gekannt!‹ – ›Alexandra Andrejewna‹, sagte ich, ›beruhigen Sie sich … ich fühle es auch, glauben Sie mir, ich weiß nicht, womit ich das verdient habe … nur, beruhigen Sie sich, um Gottes willen, beruhigen Sie sich … alles wird gut, Sie werden wieder gesund.‹ Ich muss Ihnen indessen sagen«, fügte der Arzt hinzu, beugte sich vor und zog die Brauen hoch, »dass sie kaum mit den Nachbarn verkehrten, der Kleinadel war nicht standesgemäß für sie, mit den Reichen aber, das verbot sich aus Stolz. Ich sage Ihnen: Eine außergewöhnlich gebildete Familie war das, das schmeichelte mir natürlich, wissen Sie. Nur von mir nahm sie die Arznei an … sie richtete sich mit meiner Hilfe auf, die Ärmste, nahm sie ein und schaute mich an … wie mein Herz klopfte. Doch ihr ging es immer schlechter: sie wird sterben, dachte ich, sie wird unweigerlich sterben. Glauben Sie mir, am liebsten hätte ich mich selbst in den Sarg gelegt; und die Mutter, die Schwestern sahen ja alles, schauten mir in die Augen … das Vertrauen schwand dahin. ›Was ist? Wie geht es ihr?‹ – ›Alles wird gut, alles wird gut.‹ Von wegen gut, zum Verrücktwerden war es. Da saß ich wieder einmal nachts allein bei der Kranken. Auch die Magd saß bei ihr und schnarchte, dass sich die Balken bogen … Der unglücklichen Magd aber konnte man es nicht verübeln: auch sie hatte sich ja verausgabt. Alexandra Andrejewna hatte sich schon den ganzen Abend sehr schlecht gefühlt; das Fieber quälte sie. Bis Mitternacht warf sie sich hin und her; schließlich schlief sie ein; zumindest bewegte sie sich nicht und lag still. Das ewige Licht in der Ecke vor dem Heiligenbild brannte. Ich sitze da, wissen Sie, die Augen geschlossen, und schlummere auch. Plötzlich ist mir, als hätte mir jemand einen Stoß in die Seite versetzt, ich wende mich um … Herr im Himmel, mein Gott! Alexandra Andrejewna schaut mich unverwandt an … die Lippen geöffnet, die Wangen brennen nur so. ›Was ist Ihnen?‹ – ›Doktor, ich werde sterben, nicht wahr?‹ – ›Gott bewahre!‹ – ›Nein, Doktor, nein, sagen Sie bitte nicht, dass ich am Leben bleiben werde … sagen Sie das nicht … wenn Sie wüssten … so hören Sie, um Himmels willen, verheimlichen Sie mir meinen Zustand nicht!‹ Und dabei geht ihr Atem schnell. ›Wenn ich jetzt genau wüsste, dass ich sterben muss … ich würde Ihnen alles erzählen, alles!‹ – ›Alexandra Andrejewna, ich bitte Sie!‹ – ›So hören Sie doch, ich habe gar nicht geschlafen, ich sehe Sie schon lange an … Um Himmels willen … Ich vertraue Ihnen, Sie sind ein guter, ein ehrlicher Mensch, ich beschwöre Sie bei allem, was mir heilig ist, sagen Sie mir die Wahrheit! Wenn Sie wüssten, wie wichtig das für mich ist … Doktor, um Himmels willen, sagen Sie es mir, bin ich in Lebensgefahr?‹ – ›Was soll ich Ihnen sagen, Alexandra Andrejewna, ich bitte Sie!‹ – ›Um Himmels willen, ich flehe Sie an!‹ – ›Ich kann Ihnen nicht verheimlichen, Alexandra Andrejewna, dass tatsächlich Gefahr besteht, doch Gott ist barmherzig …‹ – ›Ich werde sterben, ich werde sterben …‹ Und sie freute sich gleichsam, ihr Gesicht heiterte sich sogar auf; ich erschrak.

›Fürchten Sie sich nicht, fürchten Sie sich nicht, der Tod macht mir keine Angst.‹ Dann richtete sie sich plötzlich auf und stützte sich auf den Ellenbogen. ›Jetzt … ja, jetzt kann ich Ihnen sagen, dass ich Ihnen von ganzem Herzen dankbar bin, dass Sie ein lieber, ein guter Mensch sind und dass ich Sie liebe …‹ Ich sah sie an wie von Sinnen; mir war angst und bange zumute … ›Hören Sie, ich liebe Sie …‹ – ›Alexandra Andrejewna, wodurch habe ich das verdient?‹ – ›Nein, nein, Sie verstehen mich nicht … du verstehst mich nicht …‹ Und plötzlich streckte sie die Arme aus, schlang sie um meinen Kopf und küsste mich … Glauben Sie mir, ich hätte beinahe geschrien … ich sank auf die Knie und barg meinen Kopf im Kissen. Sie schwieg; ihre Finger zitterten in meinem Haar; sie weinte. Ich versuchte sie zu trösten, aufzurichten … ich weiß heute nicht mehr, was ich alles gesagt habe. ›Sie werden die Magd aufwecken, Alexandra Andrejewna‹, sagte ich, ›ich danke Ihnen … glauben Sie mir … nur beruhigen Sie sich.‹ – ›Aber nicht doch, nicht doch‹, sagte sie immer wieder. ›Die anderen sind mir einerlei; dann wachen sie eben auf und kommen herein, das stört mich nicht: ich werde sowieso sterben … Was bist du so verzagt, wovor fürchtest du dich? Schau mich an … Oder lieben Sie mich vielleicht nicht, vielleicht habe ich mich auch getäuscht … wenn es so sein sollte, verzeihen Sie.‹ – ›Alexandra Andrejewna, was reden Sie? … Ich liebe Sie, Alexandra Andrejewna.‹ Sie sah mir direkt in die Augen und breitete die Arme aus. ›Dann umarme mich doch …‹ Ich sage es Ihnen offen: Ich begreife nicht, dass ich in jener Nacht nicht den Verstand verloren habe. Mir war klar, dass sich meine Kranke zugrunde richtete; ich sah, sie war nicht ganz bei Sinnen; ich begriff auch, dass sie mich gar nicht beachtet hätte, wäre sie nicht sicher gewesen, dass sie sterben muss; aber mit fünfundzwanzig Jahren zu sterben, ohne je geliebt zu haben, das war es, was sie quälte, deshalb klammerte sie sich vor lauter Verzweiflung an mich, verstehen Sie jetzt? Sie ließ mich nicht mehr los. ›Haben Sie Erbarmen mit mir, Alexandra Andrejewna, und auch mit sich selbst‹, sagte ich. – ›Aber warum‹, sagte sie, ›was soll ich bereuen? Ich werde doch sowieso sterben …‹ Dies wiederholte sie ohne Unterlass. ›Wenn ich wüsste, dass ich weiterleben und wieder ein achtbares Fräulein sein würde, müsste ich mich natürlich schämen, ja, schämen … aber so?‹ – ›Wer hat Ihnen denn gesagt, dass Sie sterben werden?‹ – ›Ach, nein, genug, du machst mir nichts vor, du kannst nicht lügen, schau dich an.‹ – ›Sie werden leben, Alexandra Andrejewna, ich werde Sie gesund machen, und dann werden wir Ihre Frau Mutter um ihren Segen bitten … wir werden den Bund der Ehe schließen und glücklich sein.‹ – ›Nein, nein, Sie haben mir Ihr Wort gegeben, dass ich sterben muss … du hast es mir versprochen … du hast es gesagt …‹ Bitter war mir zumute, bitter, aus vielerlei Gründen. Urteilen Sie selbst, was mitunter für merkwürdige Dinge geschehen: es scheint nicht der Rede wert, aber es tut weh. Plötzlich fiel ihr ein, mich nach meinem Namen zu fragen, nach meinem Vornamen, nicht nach meinem Familiennamen. Zu meinem Unglück heiße ich Trifon. Ja, ja; Trifon, Trifon Iwanytsch. Im Hause wurde ich ja nur Doktor genannt. Mir blieb nichts übrig, als zu sagen: ›Trifon, gnädiges Fräulein.‹ Sie kniff die Augen zu, schüttelte den Kopf und murmelte etwas auf Französisch, oh, es war nichts Gutes, und dann lächelte sie, auch irgendwie ungut. So verbrachte ich fast die ganze Nacht bei ihr. Gegen

Morgen verließ ich das Zimmer, völlig benommen; nach dem Tee ging ich wieder zu ihr. Mein Gott, mein Gott! Sie war nicht wiederzuerkennen: elend wie ein Leichnam. Bei meiner Ehre, ich begreife nicht, begreife entschieden nicht, wie ich diese Folter ertragen habe. Noch drei Tage und drei Nächte quälte sich meine Kranke … aber was für Nächte das waren! Was sie mir nicht alles sagte! … Und in der letzten Nacht, denken Sie nur, sitze ich neben ihr und bitte Gott nur um eines: Nimm sie so schnell wie möglich zu dir, und mich dazu … Plötzlich stürzt die alte Mutter herein … Tags zuvor schon hatte ich ihr, also der Mutter, gesagt, dass wenig Hoffnung besteht und es nichts schaden würde, den Geistlichen zu rufen. Als die Kranke ihre Mutter sieht, sagt sie: ›Gut, dass du gekommen bist … schau uns an, wir lieben uns, haben uns verlobt.‹ – ›Was redet sie da, Doktor, was meint sie?‹ Ich erstarrte. ›Sie phantasiert‹, sage ich, ›das Fieber …‹ Sie aber: ›Hör auf, hör auf, gerade noch hast du mir etwas ganz anderes gesagt, und du hast den Ring von mir angenommen … wieso verstellst du dich? Meine Mutter ist ein guter Mensch, sie wird verzeihen, und verstehen, ich werde sterben und habe keinen Grund zu lügen; gib mir deine Hand …‹ Ich sprang auf und lief hinaus. Die alte Frau erriet natürlich alles.

Ich will Sie aber nicht länger ermüden, es fällt mir ehrlich gesagt auch schwer, an all das zurückzudenken. Meine Kranke starb am nächsten Tag. Der Herr schenke ihr das Himmelreich«, fügte der Arzt hastig und mit einem Seufzer hinzu. »Vor ihrem Tod bat sie ihre Angehörigen hinauszugehen und uns beide allein zu lassen. ›Verzeihen Sie mir‹, sagte sie, ›ich habe mich Ihnen gegenüber vielleicht schuldig gemacht … die Krankheit … aber glauben Sie mir, ich habe nie jemanden mehr geliebt als Sie … vergessen Sie mich nicht … und hüten Sie meinen Ring …‹«

Der Arzt wandte sich ab; ich nahm seine Hand.

»Ach«, sagte er, »lassen Sie uns von etwas anderem sprechen, oder wollen Sie vielleicht eine kleine Partie Préférence mit mir spielen? Für unsereinen schickt es sich nicht, sich derart erhabenen Gefühlen hinzugeben. Unsereiner sollte nur an eines denken: dass die Kinder nicht schreien und die Frau nicht keift. Inzwischen habe ich mich nämlich, wie man so schön sagt, verehelicht … Tja … Hab eine Kaufmannstochter geheiratet: siebentausend Mitgift. Akulina heißt sie; das passt zu Trifon. Ein böses Weib, muss ich Ihnen sagen, zum Glück schläft sie den ganzen Tag … Was halten Sie also von einer Partie Préférence?«

Wir spielten Préférence um eine Kopeke. Trifon Iwanytsch gewann zweieinhalb Rubel von mir und ging spät nach Hause, höchst erfreut über seinen Sieg.

MEIN NACHBAR RADILOW

… Im Herbst halten sich die Waldschnepfen oft in alten Lindengehölzen auf. Davon gibt es bei uns im Gouvernement Orjol ziemlich viele, denn unsere Vorväter teilten bei der Wahl ihres Wohnsitzes unbedingt zwei Desjatinen guten Bodens für Obstgärten mit Lindenalleen ab. Fünfzig oder siebzig Jahre später verschwanden diese Güter, die »Adelsnester«, allmählich vom Antlitz der Erde, die Häuser vermoderten oder wurden abgetragen und verkauft, die steinernen Nebengebäude verwandelten sich in Trümmerhaufen, die Apfelbäume starben ab und wurden zu Brennholz verarbeitet und die Einfriedungen und Flechtzäune abgerissen. Nur die Linden wuchsen wie eh und je aufs trefflichste immer weiter, umgeben von gepflügten Feldern, und künden unserer leichtsinnigen Generation noch heute von »den entschlafenen Vätern und Brüdern«. Eine alte Linde ist ein prachtvoller Baum … Selbst die erbarmungslose Axt des russischen Bauern verschont sie. Ihre Blätter sind klein, die mächtigen Äste breiten sich weit nach allen Seiten aus, unter ihnen herrscht ewiger Schatten.

Als ich einmal mit Jermolai auf Rebhuhnpirsch durch die Felder streifte, bemerkte ich in einiger Entfernung einen verwilderten Garten, und lenkte meine Schritte dorthin. Eben hatte ich seinen Saum erreicht, als unter heftigem Flügelschlagen aus dem Gebüsch eine Waldschnepfe aufflog. Ich schoss, und im selben Augenblick ertönte einige Schritte von mir entfernt ein Schrei: das verängstigte Gesicht eines jungen Mädchens schaute zwischen den Bäumen hervor und verschwand sofort wieder. Jermolai kam herbeigelaufen. »Wieso schießen Sie: hier wohnt ein Gutsbesitzer.«

Bevor ich ihm noch antworten konnte und bevor mir mein Hund mit vornehmer Gebärde den erlegten Vogel gebracht hatte, hörte ich eilige Schritte, und aus dem Unterholz trat mit unzufriedener Miene ein hochgewachsener, schnurrbärtiger Mann heraus und blieb vor mir stehen. So gut ich konnte, bat ich um Verzeihung, stellte mich vor und offerierte ihm den Vogel, den ich auf seinen Ländereien geschossen hatte.

»Einverstanden«, sagte er lächelnd zu mir, »ich nehme ihn gern, aber nur unter der Bedingung, dass Sie zum Essen bei uns bleiben.«

Ehrlich gestanden war ich von seiner Einladung nicht sehr angetan, sie abzulehnen aber war ausgeschlossen.

»Ich bin der hiesige Gutsbesitzer und Ihr Nachbar, Radilow, vielleicht haben Sie von mir gehört«, fuhr mein neuer Bekannter fort. »Heute ist Sonntag, da sollte das Essen bei uns recht ordentlich sein, sonst hätte ich Sie nicht eingeladen.«

Ich entgegnete, was man in derartigen Fällen zu entgegnen pflegt, und folgte ihm. Ein erst unlängst instand gesetzter Weg führte uns bald aus dem Lindenhain hinaus; wir kamen in den Gemüsegarten. Zwischen alten Apfelbäumen und wuchernden Stachelbeerbüschen schimmerten runde, blassgrüne Kohlköpfe; Hopfen rankte sich in Windungen an langen Stangen in die Höhe; dicht nebeneinander ragten aus den Beeten braune Gerten, sie waren mit vertrocknetem Erbsenkraut umwunden; große flache Kürbisse sielten sich geradezu auf dem Boden; Gurken lugten gelblich unter ihren gezahnten, staubigen Blättern hervor; am Flechtzaun wucherten hohe Brennnesseln; an zwei, drei Stellen sah man Inseln von tatarischem Geißblatt, Holunder und Heckenrosen, Reste der einstigen »Rabatten«. Neben einem kleinen Fischkasten, der mit rötlichem, schleimigem Wasser gefüllt war, kam ein von Pfützen umgebener Brunnen zum Vorschein. In diesen Pfützen planschten und watschelten geschäftige Enten; auf der Wiese nagte ein am ganzen Leib zitternder Hund mit zusammengekniffenen Augen an einem Knochen; eine gescheckte Kuh rupfte gleichmütig Gras und schlug sich hin und wieder mit dem Schwanz gegen den mageren Rücken. Der Weg bog zur Seite ab; hinter dicken Weiden und Birken kam ein altes, graues Häuschen mit Schindeldach und schiefer Vortreppe zum Vorschein. Radilow blieb stehen.

»Übrigens«, sagte er und schaute mir gutmütig und offen ins Gesicht, »ich habe es mir überlegt; vielleicht möchten Sie gar nicht mitkommen: in diesem Falle …«

Ich ließ ihn nicht ausreden und versicherte, dass es mir im Gegenteil sehr angenehm sei, bei ihm zu Mittag zu essen.

»Nun, wie Sie meinen.«

Wir gingen ins Haus. Ein junger Bursche im langen Kaftan aus dickem blauem Tuch kam uns auf der Treppe entgegen. Radilow wies ihn sogleich an, Jermolai ein Glas Wodka zu bringen; mein Jäger verneigte sich ehrerbietig vor dem Rücken des großherzigen Spenders. Aus der mit allerlei bunten Bildern bepflasterten Diele, in dem Vogelbauer hingen, traten wir in ein kleines Zimmer, Radilows Kabinett.

Ich legte meine Jagdausrüstung ab und stellte die Flinte

in die Ecke; der Bursche im langschößigen Kaftan mühte sich geschäftig, mir den Schmutz aus den Kleidern zu klopfen.

»Lassen Sie uns in den Salon gehen«, sagte Radilow freundlich, »ich möchte Sie mit meiner Mutter bekanntmachen.«

Ich folgte ihm. Im Salon saß auf dem mittleren Diwan eine kleine, alte Frau in braunem Kleid und weißer Haube mit gütigem, schmächtigem Gesicht und scheuem, traurigem Blick.

»Liebe Mutter, darf ich vorstellen: unser Nachbar ***.«

Die alte Frau erhob sich leicht und verneigte sich vor mir, ohne dabei ihren dicken Garnbeutel, der aussah wie ein Sack, aus den mageren Händen zu legen.

»Sind Sie schon länger in unserer Gegend?« fragte sie mit schwacher, leiser Stimme und blinzelte.

»Nein, erst seit kurzem.«

»Und wie lange wollen Sie bleiben?«

»Ich denke, bis zum Winter.«

Die alte Frau verstummte.

»Und dies«, sagte Radilow und deutete auf einen großen, hageren Mann, den ich beim Eintritt in den Salon gar nicht bemerkt hatte, »dies ist Fjodor Micheitsch … Auf geht's, Fedja, zeig dem Gast deine Kunst. Wieso hast du dich in die Ecke verkrochen?«

Fjodor Micheitsch erhob sich sofort von seinem Stuhl, nahm eine elende Geige vom Fensterbrett, griff sich den Bogen, aber nicht am Ende, wie es üblich ist, sondern in der Mitte, presste die Geige gegen die Brust, schloss die Augen und begann drauflos zu tanzen, wobei er ein Liedchen sang und auf den Saiten herumsägte. Er mochte siebzig Jahre alt sein; ein langer Nankingrock schlotterte traurig um seine dürren, knochigen Glieder. Er tanzte; bald schüttelte er verwegen den kleinen kahlen Kopf, bald hielt er gleichsam ersterbend in der Bewegung inne, reckte seinen sehnigen Hals, stampfte mit den Füßen auf der Stelle und ging bisweilen, mit merklicher Mühe, in die Knie. Aus seinem zahnlosen Mund drang eine hinfällige Stimme. Radilow entnahm meinem Gesichtsausdruck wohl, dass mir Fedjas »Kunst« kein großes Vergnügen bereitete.

»Nun gut, alter Junge, es reicht«, sagte er, »kannst gehen und dir die Belohnung abholen.«

Fjodor Micheitsch legte die Geige sofort zurück aufs Fensterbrett, verneigte sich zuerst vor mir, dem Gast, dann vor der alten Frau, danach vor Radilow und ging hinaus.

»Er war einst ebenfalls Gutsbesitzer«, fuhr mein neuer Bekannter fort, »und reich, dann aber hat er sich ruiniert, jetzt lebt er bei mir … Zu seiner Zeit war er einer der ersten Draufgänger im Gouvernement; zwei Frauen hat er ihren Männern entführt, Sänger hat er sich gehalten und auch selbst aufs trefflichste gesungen und getanzt … Aber wie wär's mit einem Wodka? Das Essen steht ja schon auf dem Tisch.«

Das junge Mädchen kam herein, das ich flüchtig im Garten gesehen hatte.

»Da ist ja auch Olja«, sagte Radilow und wandte leicht den Kopf um, »machen Sie sich bitte bekannt und seien Sie ihr gewogen … Nun denn, gehen wir zu Tisch.«

Wir begaben uns ins Speisezimmer und nahmen Platz. Während wir aus dem Salon hinübergingen und uns setzten, sang Fjodor Micheitsch, dessen Äuglein von der »Belohnung« blitzten und dessen Nase nun rötlich schimmerte:

»Lasst den Ruf des Sieges erschallen!« Für ihn war in der Ecke auf einem kleinen Tisch ohne Tischtuch gesondert gedeckt. Der arme Alte zeichnete sich nicht durch Reinlichkeit aus, deshalb hielt man ihn stets in einiger Entfernung von den anderen. Er bekreuzigte sich, seufzte und stürzte sich auf das Essen wie ein Haifisch. Das Essen war tatsächlich nicht schlecht, und da Sonntag war, wurden auch das unvermeidliche Weingelee und Baisers serviert. Bei Tisch erging sich Radilow, der zehn Jahre in einem Infanterieregiment gedient hatte und auch in die Türkei einmarschiert war, in allerlei Geschichten; ich hörte ihm aufmerksam zu und beobachtete dabei verstohlen Olga. Sie war nicht besonders hübsch; ihr entschlossener und ruhiger Gesichtsausdruck jedoch, die hohe weiße Stirn, ihr üppiges Haar und besonders ihre braunen Augen, die nicht groß, aber klug, klar und lebhaft waren, hätten auch jeden anderen an meiner Stelle beeindruckt. Sie schien jedem einzelnen Wort Radilows zu folgen; es war keine Anteilnahme, in ihrem Gesicht spiegelte sich leidenschaftliche Aufmerksamkeit. Dem Alter nach hätte Radilow ihr Vater sein können; er duzte sie, doch ich hatte sofort das Gefühl, dass sie nicht seine Tochter war.

Im Laufe des Gesprächs erwähnte er seine verstorbene Frau, »ihre Schwester«, wie er hinzufügte und auf Olga deutete. Sie errötete jäh und senkte den Blick. Radilow verstummte und wechselte das Thema. Die alte Frau sagte während des ganzen Essens kein Wort, aß fast nichts und traktierte auch mich nicht mit Speisen. Ihre Züge zeugten von einer ängstlichen, hoffnungslosen Erwartung, von jener Altersschwermut, bei der sich das Herz des Betrachters schmerzlich zusammenzieht. Gegen Ende des Mittagessens wollte Fjodor Micheitsch gerade anfangen, die Hausherren und den Gast »zu preisen«, Radilow aber warf mir einen Blick zu und bat ihn zu schweigen; der alte Mann fuhr sich mit der Hand über die Lippen, blinzelte, verbeugte sich und nahm wieder Platz, diesmal jedoch auf dem äußersten Rand des Stuhls. Nach dem Essen ging Radilow mit mir hinüber in sein Kabinett.

Menschen, die unablässig ein Gedanke oder eine Leidenschaft beschäftigt, haben etwas gemeinsam, eine gewisse äußerliche Ähnlichkeit in ihrem Verhalten, wie unterschiedlich sie in ihren Eigenschaften, Fähigkeiten, ihrer Stellung in der Gesellschaft oder ihrer Erziehung auch sein mögen. Je länger ich Radilow betrachtete, desto mehr schien er mir zu dieser Kategorie von Menschen zu gehören. Er sprach über seine Wirtschaft, über die Ernte, die Mahd, über den Krieg, über Klatschgeschichten im Landkreis und die baldigen Wahlen, er sprach ungezwungen, sogar mit Anteilnahme, plötzlich aber seufzte er, ließ sich im Sessel zurücksinken, wie ein von schwerer Arbeit erschöpfter Mensch, und fuhr sich mit der Hand über das Gesicht. Seine gütige, mitfühlende Seele schien von einem einzigen Gefühl durchdrungen und erfüllt. Mich hatte schon gewundert, dass ich bei ihm keine einzige Leidenschaft entdecken konnte, weder für das Essen noch für Alkohol, weder für die Jagd noch für Kursker Nachtigallen, weder für Tauben, die an der Fallsucht leiden, noch für die russische Literatur, weder für Passgänger noch für Husarenuniformen, weder für das Karten- oder Billardspiel noch für Tanzabende, weder für Fahrten in die Gouvernements- oder die Hauptstädte noch für Papier- oder Zuckerfabriken, weder für bunt angestrichene Pavillons noch für das

Teetrinken oder für zur Raserei gebrachte Seitenpferde, nicht einmal für bis unter die Achseln gegürtete dicke Kutscher, jene unübertrefflichen Kutscher, deren Augen bei jeder Bewegung ihres Halses aus unerfindlichen Gründen zu schielen beginnen und hervorquellen … »Was ist das nur für ein Gutsherr!« dachte ich. Dabei machte er überhaupt nicht den Eindruck eines griesgrämigen und mit seinem Schicksal unzufriedenen Menschen; im Gegenteil, er strahlte gleichbleibendes Wohlwollen, Gastfreundschaft und eine beinahe kränkende Bereitschaft aus, sich mit jedem Erstbesten anzufreunden. Allerdings spürte man auch, dass er außerstande war, Freundschaften zu schließen, einem anderen Menschen tatsächlich nahezukommen, und zwar nicht, weil er kein Bedürfnis nach anderen Menschen gehabt hätte, sondern weil sein gesamtes Leben nach innen gerichtet war. Wenn ich Radilow betrachtete, konnte ich ihn mir nicht glücklich vorstellen, weder heute noch zu irgendeiner anderen Zeit. Auch war er kein schöner Mann; doch in seinem Blick, seinem Lächeln, in seinem ganzen Wesen lag etwas außerordentlich Anziehendes verborgen, ja, ausdrücklich verborgen. Deshalb auch hatte man vermutlich das Bedürfnis, ihn näher kennenzulernen und sich mit ihm anzufreunden. Natürlich kam auch bisweilen der Gutsherr und Steppenbewohner in ihm zum Vorschein; doch trotz alledem war er ein ganz wunderbarer Mensch.

Gerade waren wir dabei, über den neuen Adelsmarschall des Kreises zu sprechen, als an der Tür plötzlich Olgas Stimme erklang: »Der Tee ist aufgetragen.« Wir gingen in den Salon. Fjodor Micheitsch saß wie zuvor in seiner Ecke zwischen dem Fenster und der Tür, die Beine bescheiden zusammengestellt. Radilows Mutter strickte einen

Strumpf. Durch die offenstehenden Fenster wehte vom Garten herbstliche Frische und der Duft von Äpfeln herein. Olga schenkte geschäftig Tee ein. Ich betrachtete sie jetzt mit noch größerer Aufmerksamkeit als während des Mittagessens. Sie sprach sehr wenig, wie alle Mädchen aus der Provinz, doch ich bemerkte an ihr nicht das Bedürfnis, etwas Schönes zu sagen, begleitet von jenem quälenden Gefühl der Leere und Kraftlosigkeit; weder seufzte sie, gleichsam aus einem Überfluss an unaussprechlichen Empfindungen, noch verdrehte sie kokett die Augen oder lächelte verträumt und rätselhaft. Ihr Blick war ruhig und gleichmütig, wie ein Mensch schaut, der von einem großen Glück ausruht oder von großer Aufregung. Ihr Gang, ihre Bewegungen, alles war entschlossen und frei. Sie gefiel mir sehr.

Radilow und ich nahmen unsere Unterhaltung wieder auf. Ich erinnere mich nicht mehr, wie wir zu der allbekannten Feststellung gelangten, dass häufig die unwichtigsten Dinge einen größeren Eindruck hinterlassen als die wirklich wesentlichen.

»Ja«, sagte Radilow, »das habe ich an mir selbst erfahren. Sie müssen wissen, ich war verheiratet. Nicht lange … drei Jahre; meine Frau ist bei der Geburt gestorben. Ich dachte, dass ich sie nicht überlebe; wie sehr es wehtat; ich war vernichtet, weinen aber konnte ich nicht – wie von Sinnen ging ich umher. Sie wurde angekleidet, wie es Brauch ist, auf den Tisch gelegt, hier, in diesem Zimmer. Der Geistliche kam, auch die Kirchendiener, sie begannen zu singen, zu beten, mit Weihrauch zu räuchern; ich fiel mit dem Gesicht zu Boden auf die Knie, Tränen aber konnte ich keine vergießen. Mein Herz war gleichsam versteinert und der

Kopf ebenso, ein bleierner Zustand hatte von mir Besitz ergriffen. So verging der erste Tag. Ob Sie es glauben oder nicht, in der Nacht habe ich sogar geschlafen. Am nächsten Morgen ging ich zu meiner Frau hinüber, es war Sommer, die Sonne beschien sie von Kopf bis Fuß, ganz hell. Und plötzlich sah ich …«, hier zuckte Radilow unwillkürlich zusammen. »Was denken Sie? Eines ihrer Augen war nicht ganz geschlossen, und über dieses Auge lief eine Fliege … Wie vom Blitz getroffen sank ich zu Boden, und als ich wieder zu mir kam, begann ich zu weinen und konnte mich lange, lange nicht beruhigen …«

Radilow verstummte. Ich sah ihn an und dann Olga … Nie werde ich ihren Gesichtsausdruck vergessen. Die alte Frau legte den Strumpf auf die Knie, nahm ein Taschentuch aus ihrem Beuteltäschchen und wischte sich verstohlen eine Träne ab. Da erhob sich plötzlich Fjodor Micheitsch, ergriff seine Geige und stimmte mit heiserer, wüster Stimme ein Lied an. Er hatte uns wohl aufheitern wollen; doch wir zuckten beim ersten Ton zusammen und Radilow bat ihn aufzuhören.

»Im Übrigen«, fuhr er fort, »was vorbei ist, ist vorbei; die Vergangenheit lässt sich nicht zurückholen, und außerdem … alles in dieser Welt hat sein Gutes, wie wohl Voltaire gesagt hat«, fügte er eilig hinzu.

»Ja«, entgegnete ich, »natürlich. Außerdem übersteht man jedes Unglück, es gibt keine noch so schlimme Lage, aus der man nicht wieder hinausfände.«

»Glauben Sie?« sagte Radilow. »Tja, wer weiß, vielleicht haben Sie recht. Ich lag einmal halbtot mit Fleckfieber in der Türkei im Lazarett. Räumlichkeiten gab es kaum, es war ja Krieg, aber immerhin! Plötzlich bringen sie noch mehr

Kranke, aber wohin mit ihnen? Der Arzt hastet hin und her, kein Platz. Er tritt an mein Bett, fragt den Feldscher: ›Lebt er noch?‹ Der antwortet: ›Heute Morgen hat er noch gelebt.‹ Der Arzt beugt sich über mich, hört: ich atme. Es passt ihm nicht, dem Guten. ›Was für eine zähe Natur aber auch‹, sagt er, ›sterben wird er so oder so, aber er röchelt noch, zieht es in die Länge, nimmt den anderen nur den Platz weg.‹ – ›Oje‹, denke ich bei mir, ›schlecht steht's um dich, Michajlo Michajlytsch …‹ Aber ich bin wieder gesund geworden und lebe immer noch, wie Sie sehen. Sie werden also recht haben.«

»Ich habe in jedem Fall recht«, antwortete ich. »Selbst wenn Sie gestorben wären, so wären Sie dennoch aus dieser ausweglosen Lage herausgekommen.«

»Versteht sich, versteht sich«, sagte er und schlug plötzlich kräftig mit der Hand auf den Tisch … »Man muss nur eine Entscheidung treffen … Was nützt einem eine ausweglose Lage … Wieso zögern und es unnötig in die Länge ziehen …«

Olga stand schnell auf und ging hinaus in den Garten.

»Los, Fedja, ein Tanzlied!« rief Radilow.

Fedja sprang auf, lief mit jenem stutzerhaften, besonderen Schritt durchs Zimmer, mit dem die allseits bekannte »Ziege« um den dressierten Bären tänzelt, und sang: »Wie bei uns zu Haus vor dem Tor.«

An der Auffahrt ertönte das Rattern eines leichten Wagens, kurz darauf trat ein hochgewachsener, breitschultriger, stämmiger alter Mann ins Zimmer, der Einhöfer Owsjanikow … Owsjanikow jedoch ist eine so markante, originelle Persönlichkeit, dass wir, die Erlaubnis meiner Leser vorausgesetzt, im nächsten Kapitel auf ihn zu sprechen kommen. Jetzt will ich nur noch hinzufügen, dass ich mich am nächsten Tag mit Jermolai im Morgengrauen erneut auf die Jagd begab und von der Jagd nach Hause fuhr. Eine Woche später kehrte ich wieder bei Radilow ein, traf aber weder ihn noch Olga zu Hause an. Zwei Wochen darauf erfuhr ich, dass er ganz plötzlich verschwunden sei, er hatte seine Mutter zurückgelassen und war in Begleitung seiner Schwägerin mit unbekanntem Ziel fortgefahren. Das ganze Gouvernement war in Aufruhr und sprach von diesem Ereignis, erst da verstand ich Olgas Gesichtsausdruck während Radilows Erzählung. Ihr Gesicht hatte nicht nur von Mitgefühl gezeugt: in ihm loderte auch Eifersucht.

Vor meiner Abreise besuchte ich die alte Frau Radilowa noch einmal. Sie spielte mit Fjodor Micheitsch im Salon Karten.

»Haben Sie Nachricht von Ihrem Sohn?« fragte ich sie schließlich.

Die alte Frau fing an zu weinen. Weitere Fragen nach Radilow stellte ich dann nicht mehr.

DER EINHÖFER OWSJANIKOW

Denken Sie sich, lieber Leser, einen untersetzten, hochgewachsenen Mann von siebzig Jahren, mit einem Gesicht, das in gewisser Weise an Krylow erinnert, mit klarem, klugem Blick unter buschigen Brauen, würdevoller Haltung, gemessener Rede und bedächtigem Gang, und Sie haben eine Vorstellung von Owsjanikow. Er trug einen bis oben zugeknöpften weiten blauen Rock mit langen Ärmeln, ein lila Seidentuch um den Hals, blankgeputzte Stiefel mit Quasten und ähnelte im Grunde einem wohlhabenden Kaufmann. Er hatte schöne Hände, weiß und weich, und nestelte, während er sprach, oft an den Knöpfen seines Rockes. Mit seiner Würde und Gemessenheit, seinem Verstand und seinem Phlegma, seiner Geradlinigkeit und seinem Eigensinn erinnerte er mich an die russischen Bojaren der vorpetrinischen Zeiten … Ihr Paraderock hätte ihm gut zu Gesicht gestanden. Er war einer der letzten Vertreter des alten Jahrhunderts. Alle Nachbarn achteten ihn außerordentlich und betrachteten es als Ehre, mit ihm bekannt zu sein. Seine Genossen, die anderen Einhöfer, zogen schon von fern die Mützen und waren stolz auf ihn, es hätte nicht viel gefehlt und sie hätten ihn angebetet.

Es ist im Allgemeinen auch heute noch schwer, einen Einhöfer von einem leibeigenen Bauern zu unterscheiden: um seine Wirtschaft steht es gerade so schlecht wie um die der Bauern, seine Kälber kommen aus dem Buchweizen nicht heraus, die Pferde halten sich kaum auf den Beinen, und ihr Zaumzeug besteht aus Stricken. Owsjanikow bildete die Ausnahme von dieser allgemeinen Regel, wenn er auch nicht für reich galt. Zusammen mit seiner Frau lebte er in einem gemütlichen, reinlichen Haus, Gesinde hatte er wenig, er kleidete seine Leute auf russische Weise und nannte sie Arbeitsmänner. Sie waren es auch, die seinen Boden bearbeiteten. Weder spielte er den Adligen, noch kehrte er den Gutsbesitzer heraus, nie »vergaß er sich«, wie man zu sagen pflegt, nie nahm er bei der ersten Aufforderung Platz, stets erhob er sich, wenn ein neuer Gast eintrat, doch mit einer solchen Würde und majestätischen Zuvorkommenheit, dass sich der Gast unwillkürlich tief vor ihm verneigte. Owsjanikow hielt nicht aus Aberglauben an den alten Bräuchen fest (er war innerlich recht unabhängig), sondern aus Gewohnheit. So mochte er beispielsweise keine gefederten Equipagen, da er sie unbequem fand, weshalb er entweder in einem leichten einspännigen Wagen ausfuhr oder in seinem kleinen schönen, mit einem Lederkissen versehenen Pferdefuhrwerk, und er lenkte seinen guten braunen Traber selbst (er hielt nur braune Pferde). Sein Kutscher, ein rotbäckiger Bursche, das Haar zum russischen Rundschnitt frisiert, stets in blaugrauem, mit einem Riemen gegürteten Kaftan und flacher Schafsfellmütze, saß ehrfürchtig daneben.

Nach dem Mittagessen schlief Owsjanikow, und sonnabends ging er ins Badehaus. Er las nur geistliche Bücher (wobei er sich mit wichtiger Miene eine runde silberne Brille auf die Nase setzte), stand früh auf und legte sich früh zu Bett. Den Bart allerdings rasierte er sich und das Haar trug er auf deutsche Art. Gäste empfing er überaus liebenswürdig und gastfreundlich, verbeugte sich jedoch weder sonderlich tief vor ihnen, noch lief er geschäftig hin und her und bewirtete sie auch nicht mit allerlei getrockneten oder gesalzenen Leckerbissen. »Frau!« pflegte er dann langsam und ohne aufzustehen zu sagen, wobei er ihr leicht den Kopf zuwandte, »bring den Herrschaften etwas zum Knabbern.«

Getreide zu verkaufen, diese Gottesgabe, hielt er für eine Sünde, und im vierziger Jahr, während der großen Hungersnot und der schrecklichen Teuerung, verteilte er seine sämtlichen Vorräte an die Gutsbesitzer und Bauern der Umgebung; im Jahr darauf zahlten sie ihm voller Dankbarkeit ihre Schuld in Naturalien zurück.

Oft kamen Nachbarn mit der Bitte zu Owsjanikow, einen Streit zu schlichten und Frieden zwischen ihnen zu stiften, und fast immer beugten sie sich dem Urteil und hörten auf seinen Ratschluss. Vielen war es möglich, dank seiner Vermittlung endgültig ihre Flurgrenzen festzulegen … Nach zwei oder drei Zusammenstößen mit Gutsbesitzerinnen erklärte er jedoch, er wolle künftig von jeglicher Vermittlung zwischen Personen weiblichen Geschlechts Abstand nehmen. Eile, Hast, Weibergeschwätz und Durcheinander konnte er nicht ausstehen.

Einmal fing sein Haus Feuer. Ein Arbeiter kam mit dem Schrei »Feuer! Feuer!« außer Atem zu ihm gelaufen. »Was schreist du so?« sagte Owsjanikow ruhig. »Bring mir erst mal meine Mütze und den Stock …«

Auch fuhr er seine Pferde gern selbst ein. Eines Tages galoppierte ein feuriges Bitjuk-Pferd* mit ihm bergab in

* Als Bitjuk-Pferde bezeichnet man eine Pferderasse, die im Gouvernement Woronesh gezüchtet wurde, unweit des berühmten »Chrenowoje« (des einstigen Gestüts der Grafen Orlow).

Richtung einer Senke. »Nicht so hastig, du grünes Fohlen, wirst dir noch den Hals brechen«, sagte Owsjanikow gutmütig zu ihm und stürzte einen Augenblick später samt seinem Wagen, dem hinter ihm sitzenden Burschen und dem Pferd in die Senke. Glücklicherweise war der Boden sandig und niemand wurde verletzt. Nur das Pferd hatte sich den Fuß verstaucht. »Da siehst du es«, fuhr Owsjanikow mit ruhiger Stimme fort und erhob sich, »ich hab es dir ja gesagt.«

Auch eine Frau nach seinem Geschmack hatte er gefunden. Tatjana Iljinitschna Owsjanikowa war hochgewachsen, ernst und schweigsam und ewig eingehüllt in ein braunes seidenes Umschlagtuch. Es wehte einen eine gewisse Kälte von ihr an, obwohl sich nie jemand über ihre Strenge beklagt hatte, im Gegenteil, viele arme Schlucker nannten sie Mütterchen und Wohltäterin. Ihre ebenmäßigen Gesichtszüge, die großen, dunklen Augen, die zarten Lippen zeugten auch jetzt noch von ihrer einst weithin bekannten Schönheit. Kinder hatte Owsjanikow nicht.

Ich lernte ihn bei Radilow kennen, wie der Leser schon weiß, fuhr zwei Tage später zu ihm und traf ihn zu Hause. Er saß in einem großen Ledersessel und las in den Heiligenlegenden. Eine graue Katze schnurrte auf seiner Schulter. Er empfing mich, wie es seine Gewohnheit war, freundlich und würdevoll, und wir begannen ein Gespräch.

»Sagen Sie, Luka Petrowitsch, es stimmt doch, früher, zu Ihrer Zeit, war es besser?« sagte ich unter anderem.

»Manches war wirklich besser, meine ich«, entgegnete Owsjanikow, »wir haben ruhiger gelebt; man hatte auch ein besseres Auskommen, ja … Aber jetzt ist es trotzdem besser; und Ihre Kinder werden es noch besser haben, so Gott will.«

»Und ich hatte gedacht, Luka Petrowitsch, Sie würden mir die alten Zeiten preisen.«

»Nein, ich habe keine Veranlassung, die alten Zeiten besonders zu preisen. Sie beispielsweise sind jetzt Gutsbesitzer, genau so ein Gutsbesitzer wie Ihr seliger Großvater einer war, dieselbe Macht aber werden Sie nicht mehr haben! Sie sind ja auch ein anderer Mensch als er. Uns bedrücken jetzt ganz andere Herren; doch ohne das geht es wohl nicht. Die Zeit heilt hoffentlich alle Wunden. Nein, was ich in meiner Jugend erlebt habe, das gibt es jetzt nicht mehr.«

»Und was zum Beispiel?«

»Nun, nehmen wir noch einmal Ihren Großvater. Er war ein mächtiger Mann! Hat unsereinem viel Unrecht angetan. Sie kennen vielleicht den Acker, ja, natürlich kennen Sie Ihr Land, also den Acker zwischen Tschaplygino und Malinino … Heute haben Sie Hafer drauf stehen … Er gehört ja uns, das ganze Ackerland gehört uns, Ihr Großvater hat es uns weggenommen; er kam angeritten, hat drauf gezeigt und gesagt: ›Mein Besitz‹, und hat es sich einfach angeeignet. Mein seliger Vater (Gott schenke ihm das Himmelreich!) war ein gerechter, aber auch heißblütiger Mensch, er hat es nicht ertragen, wer möchte schon gern sein Eigentum verlieren, und hat Klage bei Gericht eingereicht. Er ganz allein, die anderen haben sich nicht angeschlossen – aus Angst. Das hat man dann Ihrem Großvater hinterbracht. Pjotr Owsjanikow, hieß es, hat Beschwerde gegen Sie geführt, weil Sie ihm Land weggenommen haben … Ihr Großvater schickte auf der Stelle seinen Jägermeister Bausch und dessen Leute zu uns … Die griffen sich meinen Vater und brachten ihn auf Ihr Gut. Ich war damals ein kleiner Junge, bin ihnen barfuß nachgelaufen. Tja, und dann? … Sie brachten ihn zu Ihrem Haus und haben ihn unter den Fenstern halb totgeprügelt. Und Ihr Großvater, der steht auf dem Balkon und schaut zu; Ihre Großmutter sitzt am Fenster und schaut ebenfalls zu. Mein Vater schreit: ›Mütterchen, Marja Wassiljewna, helfen Sie mir, haben wenigstens Sie Erbarmen!‹ Sie aber, sie erhebt sich nur und schaut weiter zu. Dann hat er meinem Vater das Wort abgenommen, auf das Land zu verzichten, er sollte noch dankbar sein, dass er ihn am Leben gelassen hat. Und seither ist es in Ihrem Besitz. Gehen Sie mal Ihre Bauern fragen, wie der Acker heißt. Knüttelacker heißt er, weil er ihn sich mit dem Knüttel angeeignet hat. Und deshalb haben wir kleinen Leute auch keinen Grund, den alten Zeiten sonderlich nachzutrauern.«

Ich wusste nicht, was ich Owsjanikow entgegnen sollte, und wagte kaum, ihn anzusehen.

»Und dann hatten wir damals noch einen anderen Nachbarn, Komow, Stepan Niktopolionytsch. Wie der meinem Vater zugesetzt hat: kein Mittel hat er gescheut …. Er war ein Trunkenbold und hat gern auch andere freigehalten, und wenn er was getrunken hatte und auf Französisch ›c'est bon‹ gesagt und sich die Lippen geleckt hat, hätte man am liebsten alle Heiligenbilder rausgetragen! Allen Nachbarn hat er Einladungen geschickt. Seine Troikas standen stets abfahrbereit; kam man aber nicht, tauchte er sofort selbst bei einem auf …

Was war das für ein merkwürdiger Mensch! War er nüchtern, log er nicht; kaum aber hatte er was getrunken, begann er zu erzählen, er hätte in Piter an der Fontanka drei

Häuser: das eine rot, mit einem Schornstein, das zweite gelb, mit zwei Schornsteinen, und das dritte blau, ohne Schornstein, und drei Söhne (dabei war er gar nicht verheiratet): einer sei bei der Infanterie, der zweite bei der Kavallerie und der dritte lebe in den Tag hinein … Und er behauptete, in jedem der Häuser wohne einer dieser Söhne, den Ältesten besuchten Admiräle, den zweiten Generäle und den Jüngsten lauter Engländer! Dann erhob er sich und sagte: ›Auf das Wohl meines ältesten Sohnes, er ist der Ehrerbietigste von allen!‹ und brach in Tränen aus. Schlimm wurde es, wenn jemand ablehnte. ›Dich erschieße ich!‹ hieß es dann, ›und glaub ja nicht, dass ich zulasse, dass man dich begräbt! …‹ Oder er sprang auf und schrie: ›Tanzt, Kinder Gottes, euch zur Freude und mir zum Trost!‹ Da haben sie dann getanzt, ob sie wollten oder nicht, sie haben getanzt. Und wie er seine leibeigenen Mägde gequält hat. Es kam vor, dass sie nächtelang im Chor singen mussten, bis zum Morgengrauen, und die, die am höchsten singen konnte, bekam eine Belohnung. Wurden sie aber müde, legte er den Kopf in die Hände und klagte: ›Ach, ich unglückliche Waise! Im Stich lassen sie mich Armen!‹ Die Stallknechte haben den Mägden sofort wieder Beine gemacht. Mein Vater hatte es ihm besonders angetan: was blieb ihm übrig, als sich dreinzuschicken! Fast ins Grab gebracht hat er ihn, er hätte ihn wirklich noch ins Grab gebracht, aber er ist selber gestorben, da kann man nur dankbar sein: ist betrunken vom Taubenhaus gestürzt … Tja, solche Nachbarn hatten wir!«

»Wie sich die Zeiten doch geändert haben!« bemerkte ich.

»Ja, ja«, bestätigte Owsjanikow. »Doch auch das muss

gesagt werden: Früher haben die Adligen üppiger gelebt. Von den hohen Würdenträgern ganz zu schweigen: in Moskau konnte ich sie mir zur Genüge ansehen. Es heißt, auch dort seien sie heute ausgestorben.«

»Sie waren in Moskau?«

»Ja, aber das ist lange her, sehr lange. Ich bin jetzt bald dreiundsiebzig, nach Moskau bin ich gefahren, als ich noch keine sechzehn war.«

Owsjanikow seufzte.

»Wen haben Sie denn dort gesehen?«

»Viele Würdenträger hab ich gesehen; jeder hat sie damals gesehen; ihre Häuser standen jedermann offen, sie lebten auf so großem Fuße, dass man nicht herauskam aus dem Staunen. Mit dem seligen Grafen Alexej Grigorjewitsch Orlow-Tschesmenski allerdings konnte es niemand aufnehmen. Den Alexej Grigorjewitsch hab ich oft gesehen; mein Onkel war bei ihm Haushofmeister. Der Graf wohnte am Kaluger Tor, in der Schabolowka. Ein großer Herr war das! Diese Haltung, diese Güte und Freundlichkeit kann man sich nicht vorstellen und auch nicht beschreiben. Allein seine Körpergröße, die Kraft, der Blick! Solange man ihn nicht kannte, nicht bei ihm war, fürchtete man sich geradezu; ging man aber zu ihm, war es, als ob dich die liebe Sonne wärmt, es wurde einem ganz froh zumute. Jeden hat er vorgelassen, für alles hat er sich begeistert. Beim Pferderennen ist er selbst mitgeritten und hat's mit allen aufgenommen; nie hat er jemanden gleich zu Anfang überholt, wollte ihn nicht kränken oder blamieren, erst ganz zum Schluss ist er an ihm vorbeigezogen; und wie freundlich er war, hat seine Gegner getröstet, ihre Pferde gelobt. Und erstklassige Turmantauben hatte er. Manchmal ging er hinaus, setzte sich in einen Sessel und befahl, die Tauben fliegen zu lassen; rings auf den Dächern hatte er seine Leute mit Flinten aufgestellt, gegen die Habichte. Und zu Füßen des Grafen stand eine große Silberschüssel mit Wasser; darin hat er die Tauben beobachtet.

Arme und Bettler haben zu Hunderten von seinem Brot gelebt … und wie viel Geld er weggegeben hat! Wenn er aber böse wurde, das war das reinste Donnerwetter. Alle haben sich gefürchtet, doch es gab keinen Grund zur Sorge: kaum hatte man sich's versehen, lächelte er schon wieder. Und seine Festgelage – ganz Moskau hat er betrunken gemacht! … Und was war er für ein Tausendsassa! Hat schließlich die Türken geschlagen. Auch Ringkämpfe liebte er; aus Tula, aus Charkow, aus Tambow, von überallher brachte man ihm Kraftprotze. Wen er besiegte, den belohnte er; wenn aber jemand ihn besiegte, dann überschüttete er ihn förmlich mit Geschenken und küsste ihn auf den Mund … Einmal veranstaltete er, als ich in Moskau war, eine solche Hetzjagd, wie es sie in Russland noch nie gegeben hatte: sämtliche Jäger aus dem ganzen Reich wurden eingeladen, und er hat einen Tag bestimmt, drei Monate hat er ihnen Zeit gegeben. Dann haben sie sich versammelt. Sie brachten ihre Hunde mit, Waidmänner – ein ganzes Heer ist zusammengekommen, wie es im Buche steht! Zuerst haben sie nach Herzenslust gezecht, und dann ging's zum Stadttor hinaus. Das Volk ist in Scharen zusammengeströmt! … Und was denken Sie? … Der Hund Ihres Großvaters hat alle überholt.«

»War das nicht Tausendschön?« fragte ich.

»Ja, Tausendschön, Tausendschön war's … Der Graf hat ihn auch gleich belagert: ›Verkauf mir‹, sagte er, ›deine Hündin: nimm dir dafür, was du willst.‹ – ›Nein, Graf‹, antwortete Ihr Großvater, ›ich bin kein Kaufmann: nicht mal den schäbigsten Lumpen würde ich verkaufen; aber wenn's um die Ehre ginge, wäre ich sogar bereit, meine Frau abzutreten, Tausendschön aber nicht … Lieber begebe ich mich selbst in Gefangenschaft.‹ Alexej Grigorjewitsch hat ihn dafür gelobt: ›Das gefällt mir‹, hat er gesagt. Ihr Großvater brachte sie dann in der Kutsche zurück; und als Tausendschön gestorben war, hat er sie mit Musik im Park begraben – hat die Hündin begraben und ihr einen Grabstein mit Inschrift hingestellt.«

»Alexej Grigorjewitsch hat wohl, wie's aussieht, nie jemanden gekränkt«, bemerkte ich.

»Ja, so ist das immer: Nur wer selbst im Seichten schwimmt, der kriegt Schrammen.«

»Und was für ein Mensch war dieser Bausch?« fragte ich nach einer Pause.

»Wie kommt es, dass Sie von Tausendschön gehört haben, von Bausch aber nicht? … Er war Oberjäger und Piqueur bei Ihrem Großvater. Ihr Großvater hat ihn nicht weniger geliebt als den Hund. Ein verwegener Bursche war das, was Ihr Großvater auch befahl, alles führte er blitzschnell aus, und sei es, auf Messers Schneide zu spazieren … Und wie der Wald widerhallte, wenn er mit Geschrei und Peitschenknall die Hunde hetzte – wie Stöhnen klang es. Es kam aber auch vor, dass ihn plötzlich der Hafer stach, dann sprang er vom Pferd und legte sich nieder … Kaum aber hörten die Hunde seine Stimme nicht mehr, war es aus! Sie ließen ab von der heißen Fährte und waren durch nichts in der Welt mehr vom Fleck zu bewegen. Oh, wie wütend Ihr Großvater da wurde! ›Wenn ich diesen Nichtsnutz nicht aufhänge, will ich nicht weiterleben! Das Innerste will ich diesem Antichrist nach außen stülpen! Die Fersen will ich dieser Mörderbrut durch die Gurgel ziehen!‹ Und immer endete es damit, dass er zu ihm schickte, um zu erfahren, was er denn wolle, weshalb es nicht weitergehe. Meist hat Bausch Branntwein verlangt, wenn er getrunken hatte, stand er wieder auf, und weiter ging's mit ho-ho-ho.«

»Sie lieben die Jagd wohl auch, Luka Petrowitsch?«

»Ich würde gern auf die Jagd gehen … das stimmt, aber jetzt ist es zu spät, meine Zeit ist vorbei, in jungen Jahren allerdings … ja, wissen Sie, in meinem Stand gehört sich das auch nicht. Es den Adligen gleichzutun, das ziemt sich nicht für unsereinen. Zwar gibt es auch in unserem Stand den einen oder anderen, der trinkt und der ein Bruder Leichtfuß ist und sich den Herrschaften anschließt … aber was hat er davon? Er macht sich nur lächerlich. Man gibt ihm ein elendes, klappriges Pferd, schlägt ihm dauernd die Mütze vom Kopf; lässt ihn die Hetzpeitsche spüren und tut so, als gelte sie dem Pferd; er aber soll immerzu lachen und auch die anderen zum Lachen bringen. Nein, sage ich Ihnen: je geringer der Stand, desto strenger halte auf dich, sonst machst du dich zum Gespött. Ja«, fuhr Owsjanikow seufzend fort, »viel Wasser ist geflossen, seit ich auf der Welt bin: heute haben wir andere Zeiten. Besonders beim Adel sehe ich große Veränderungen. Der Kleinadel ist entweder im Staatsdienst oder nicht mehr auf dem Land ansässig; wer aber dem höheren Adel angehört, den erkennt man überhaupt nicht wieder. Ich habe sie lange beobachtet, diese höheren Adelsleute, als es um die Landvermessung ging. Und ich muss Ihnen sagen, mein Herz freut sich bei ihrem Anblick: sie sind umgänglich und höflich. Was mich aber erstaunt: sie haben sämtliche Wissenschaften studiert, sprechen so gewandt, dass es einem ans Herz rührt, von ihren eigentlichen Geschäften aber verstehen sie nichts, nicht einmal für den eigenen Nutzen haben sie ein Gefühl – die Verwalter, ihre eigenen Leibeigenen, alle machen mit ihnen, was sie wollen, haben sie völlig in der Gewalt. Sie kennen vielleicht Koroljow, Alexander Wladimirytsch, was das für ein Adliger ist. Ein Bild von einem Mann und reich ist er, Niversitäten hat er besucht, soll auch im Ausland gewesen sein, und er spricht so verständlich und bescheiden und gibt uns allen die Hand. Kennen Sie ihn? … Nein, dann hören Sie. In der vergangenen Woche waren wir in Berjosowka, sind dort auf Einladung von Nikifor Iljitsch zusammengekommen, dem Schiedsmann. Nikifor Iljitsch, der Schiedsmann, sagt zu uns: ›Das Land muss neu vermessen werden, meine Herren, es ist eine Schande, unsere Gegend hinkt allen anderen hinterher: lassen Sie uns ans Werk gehen.‹ Das taten wir denn auch. Dann gab es Gerede, Streitereien, wie das eben so geht; unser Bevollmächtigter erhob Einwände. Als Erster aber hat Porfiri Owtschinnikow Krach geschlagen … Und weshalb? … Der besitzt ja nicht mal einen Werschok Land: ist im Auftrag seines Bruders da. Schreit: ›Nein! Mich haut ihr nicht übers Ohr! Nein, da seid ihr an den Falschen geraten! Her mit den Flurkarten! Schafft mir den Landvermesser her, her mit dem Christusverkäufer!‹ – ›Aber was, um Himmels willen, ist denn Ihre Forderung?‹ – ›Glaubt wohl, ihr habt's mit einem Dummkopf zu tun? He? Meint ihr, ich würde euch jetzt mir nichts, dir nichts meine Forderung mitteilen? … Nein, zeigt mir erst mal die Pläne, das wäre ja gelacht!‹ Und dabei haut er mit der Faust auf die Karte. Marfa Dmitrewna hat er zutiefst gekränkt. Sie schreit: ›Wie können Sie es wagen, meine Reputation zu besudeln?‹ – ›Ihre Reputation‹, sagt er, ›wünsche ich nicht mal meiner braunen Stute.‹ Mit Müh und Not haben sie ihn mit Madeira ruhiggestellt. Und als sie ihn beruhigt hatten, fingen andere an zu meutern. Da sitzt der gute Alexander Wladimirytsch Koroljow in einer Ecke, beißt auf seinem Stockknauf herum und schüttelt nur immer den Kopf. Wie unangenehm mir das war, ich konnte kaum an mich halten, am liebsten wäre ich fortgelaufen. Was soll der Mann bloß von uns denken? Da steht mein Alexander Wladimirytsch plötzlich auf und macht Anstalten, dass er reden will. Der Schiedsmann wird unruhig und sagt: ›Meine Herrschaften, Alexander Wladimirytsch möchte etwas sagen.‹ Das muss man den Adligen lassen: sie waren auf der Stelle still. Alexander Wladimirytsch fängt also an, sagt, wir hätten wohl vergessen, warum wir zusammengekommen seien; die Landvermessung sei zweifellos für alle Eigentümer von Vorteil, aber was sei eigentlich ihr Zweck? Doch wohl, dass es der Bauer leichter hätte, dass er müheloser arbeiten könne, um mit den Abgaben zurechtzukommen; heute sei es ja so, dass er sein eigenes Land nicht kenne und zum Pflügen nicht selten fünf Werst weit fahren müsse – was soll man da verlangen. Dann sagte Alexander Wladimirytsch, es sei eine Sünde, wenn sich die Gutsbesitzer nicht um das Wohlergehen ihrer Bauern kümmerten, die Bauern seien ihm von Gott anvertraut, wenn man es recht bedenke, sei ihr Nutzen ja unser aller Nutzen, alles gehöre doch zusammen: wenn es ihnen gutgeht, geht es auch uns gut, geht es ihnen schlecht, geht es auch uns schlecht … folglich sei es Sünde und unvernünftig, wegen Nichtigkeiten nicht zuzustimmen … Und immer so weiter … Wie der redete! Das ging einem ans Herz … Die Adligen ließen alle den Kopf hängen, und ich war den Tränen nahe. Wahrhaftig, nicht mal in den alten Büchern findet man solche Reden … Und womit endete es? Er selber hat vier Desjatinen moosiges Sumpfland nicht abgetreten, hat sich geweigert, es zu verkaufen. Er sagt: ›Diesen Sumpf werde ich mit meinen Leuten trockenlegen und eine Tuchfabrik auf dem Land errichten, mit sämtlichen Neuerungen. Ich‹, sagt er, ›habe den Platz dafür nun mal festgelegt: ich habe da so meine Vorstellungen …‹ Als wenn das wahr wäre, dabei ist sein Nachbar, der Anton Karassikow, bloß zu geizig gewesen, Koroljows Verwalter hundert Rubel in Assignaten zuzustecken. So sind wir denn auseinandergegangen, ohne etwas erreicht zu haben. Alexander Wladimirytsch aber, der fühlt sich bis heute im Recht und redet dauernd von der Tuchfabrik, nur mit dem Trockenlegen des Sumpfs fängt er nicht an.«

»Und wie geht es auf seinem Gut zu?«

»Er führt lauter Neuerungen ein. Die Bauern sind nicht begeistert, aber auf sie zu hören, hat auch keinen Sinn. Alexander Wladimirytsch macht es richtig.«

»Wieso, Luka Petrowitsch? Ich dachte, Sie halten an den alten Zeiten fest?«

»Bei mir ist es was anderes. Ich bin ja kein Adliger und auch kein Gutsbesitzer. Was habe ich schon für eine Wirtschaft? … Ich kann auch gar nicht anders. Ich versuche, gerecht zu sein und nach dem Gesetz zu handeln – Gott sei Dank! Die jungen Herren lieben die Verhältnisse nicht, die wir früher hatten, und das ist gut so. Man muss langsam Vernunft annehmen. Nur eines ist schlimm: Die jungen Herren treiben es allzu toll. Sie behandeln die Bauern wie

Puppen: drehen sie hin und her, machen sie entzwei und werfen sie dann fort. Und die Verwalter, auch sie sind ja Leibeigene, oder die deutschen Inspektoren, die nehmen die Bauern dann wieder unter ihre Fuchtel. Wenn auch nur einer der jungen Herren ein Beispiel gäbe, wenn er zeigen würde: So muss man es machen! … Wohin soll das alles führen? Sollte ich wirklich sterben, ohne die neue Zeit gesehen zu haben? … Was hat das bloß zu bedeuten? Das Alte ist vorbei, aber das Neue hat noch nicht angefangen!«

Ich wusste nicht, was ich Owsjanikow antworten sollte. Er schaute sich um, rückte näher an mich heran und fuhr halblaut fort:

»Haben Sie von Wassili Nikolaitsch Ljuboswonow gehört?«

»Nein, habe ich nicht.«

»Dann erklären Sie mir doch bitte, was das zu bedeuten hat. Mir ist das unbegreiflich. Seine Bauern haben es mir erzählt, aber ich werde nicht klug daraus. Er ist ja, müssen Sie wissen, ein junger Mensch, erst kürzlich hat er nach dem Tod seiner Mutter das Erbe angetreten. Er reist also auf sein Gut. Die Leute versammeln sich, um ihren Barin in Augenschein zu nehmen. Wassili Nikolaitsch kommt zu ihnen heraus. Die Leute schauen – was ist das! – der Barin trägt Plüschhosen, wie ein Kutscher, und Stiefel hat er an, mit Pelzbesatz, ein rotes Bauernhemd und einen Kutscherrock; auch einen Bart hat er sich wachsen lassen, und auf dem Kopf trägt er eine komische Mütze, und er verzieht auch so merkwürdig das Gesicht, ob er betrunken ist oder nicht, kann man nicht erkennen, aber bei Verstand war er jedenfalls nicht. ›Seid gegrüßt, Leute! Gott schütze euch.‹ Die Bauern verneigen sich tief, allerdings schweigend: sie waren eingeschüchtert, wissen Sie. Er selbst scheint auch eingeschüchtert zu sein. Er fängt an, eine Rede zu halten: ›Ich bin Russe‹, sagt er, ›und ihr seid Russen; ich liebe alles Russische … hab eine russische Seele, und auch mein Blut ist russisch …‹ Plötzlich kommandiert er: ›Na los, liebe Kinder, singt mal ein russisches Volkslied!‹ Den Leuten schlotterten die Knie; sie waren ganz durcheinander. Einer fasst sich ein Herz und stimmt ein Lied an, geht dann aber schnell in die Hocke und versteckt sich hinter den anderen … Wundern muss man sich aus folgendem Grund: Wir haben hier schon alle möglichen Gutsbesitzer gehabt, tollkühne Herren und ungestüme Trunkenbolde, die sich auch wie die Kutscher kleideten, und die haben sogar selber getanzt, Gitarre gespielt, mit dem Hofgesinde gesungen und gezecht und mit den Bauern Gelage veranstaltet; dieser aber, der Wassili Nikolaitsch, war wie eine holde Maid: fortwährend hat er Bücher gelesen oder was geschrieben, oder er hat altrussische Verse aufgesagt, geredet aber hat er mit keinem, ganz menschenscheu war er, ist immerzu durch den Park spaziert, ganz so, als quäle ihn eine Sehnsucht oder ein Kummer. Der Verwalter hat es zuerst mit der Angst bekommen: vor Wassili Nikolaitschs Ankunft ist er zu allen Bauerngehöften gelaufen und hat den Leuten seine Aufwartung gemacht, der Katze war wohl klar, wes Fleisch sie gefressen hatte! Und die Bauern haben Hoffnung geschöpft und gedacht: ›Na warte, Freundchen! Man wird dich schon noch zur Verantwortung ziehen, Halunke; der wird dir Beine machen, du Blutsauger! …‹ Aber stattdessen kam es so, wie soll ich es Ihnen erklären? Nicht mal der Herrgott wird klug daraus! Wassili Nikolaitsch lässt ihn kommen und sagt, wobei er rot wird und schnell atmet: ›Du musst gerecht sein und niemanden knechten, hörst du?‹ Und seitdem hat er ihn nie wieder zu sich gerufen! Lebt auf seinem eigenen Gut wie ein Fremder. Der Verwalter aber, der war erleichtert; und die Bauern, die wagen sich nicht zu Wassili Nikolaitsch vor: sind verängstigt. Und noch etwas ist erstaunlich: der Barin grüßt sie und schaut sie freundlich an, ihnen aber krümmen sich die Bäuche vor Angst. Was hat das zu bedeuten, Batjuschka, sagen Sie es mir! … Vielleicht bin ich auch dumm und alt geworden, ich begreife es einfach nicht.«

Ich entgegnete Owsjanikow, dass Herr Ljuboswonow vermutlich krank sei.

»Krank? Dick, wie der ist, und was für ein Mondgesicht er hat, dabei ist er noch jung … Ach, weiß der Himmel!« Und Owsjanikow seufzte tief.

»Lassen wir die Adligen mal beiseite«, begann ich, »was können Sie mir über die Einhöfer sagen, Luka Petrowitsch?«

»Nein, das ersparen Sie mir besser«, sagte er hastig, »ich könnte Ihnen zwar einiges erzählen … aber wozu!« Owsjanikow winkte ab. »Lassen Sie uns lieber Tee trinken … Bauern sind nun mal Bauern; aber, um die Wahrheit zu sagen, was bleibt uns schon übrig?«

Er verstummte. Der Tee wurde serviert. Tatjana Iljinitschna erhob sich von ihrem Platz und setzte sich näher zu uns heran. Im Laufe des Abends war sie mehrmals leise hinausgegangen und ebenso geräuschlos wieder zurückgekehrt. Im Zimmer herrschte Schweigen. Owsjanikow trank langsam und bedächtig eine Tasse nach der anderen.

»Mitja war heute hier«, sagte Tatjana Iljinitschna halblaut.

Owsjanikows Gesicht verfinsterte sich.

»Was wollte er?«

»Um Verzeihung bitten.«

Owsjanikow schüttelte den Kopf.

»Tja, wissen Sie«, fuhr er an mich gewandt fort, »was soll man mit seinen Verwandten tun? Loswerden kann man sie schließlich nicht … Gott hat mich mit einem Neffen gesegnet. Ein kluger Kopf ist er und gewitzt, das ist keine Frage; gelernt hat er gut, nur Nutzen habe ich keinen von ihm zu erwarten. Er war im Staatsdienst, hat den Dienst aber quittiert, weil nicht mit einer Beförderung zu rechnen war. Er ist ja kein Adliger. Und auch Adlige steigen nicht sofort zum Generalsrang auf. Jetzt hat er keine Anstellung … Das wäre alles halb so schlimm, aber er ist unter die Händelsucher gegangen! Setzt für die Bauern Bittgesuche auf, schreibt Berichte, sagt den Schutzleuten, wo's langgeht, deckt die Schliche der Landvermesser auf, treibt sich in Schenken rum und verkehrt mit abgedankten Soldaten, mit Bürgern aus der Stadt und mit den Hausknechten in den Herbergen. Das kann ja nicht gutgehen! Die Polizeihauptleute und Kreispolizeichefs haben ihm schon mehr als einmal gedroht. Er aber weiß sich zu helfen, reißt Possen und bringt sie zum Lachen, nachher aber macht er ihnen Schwierigkeiten … Doch genug davon, sitzt er nicht vielleicht bei dir in der Kammer?« fügte er an seine Frau gewandt hinzu. »Ich kenne dich doch, weiß, wie gutmütig du bist, nimmst ihn immer in Schutz.«

Tatjana Iljinitschna senkte den Blick, lächelte und errötete.

»Hab ich's doch gewusst«, fuhr Owsjanikow fort. »Ach, was musst du ihn so verzärteln! Dann sag ihm, dass er reinkommen soll, von mir aus, dem teuren Gast zuliebe will ich nachsichtig sein mit dem Dummkopf … Na, hol ihn schon her …«

Tatjana Iljinitschna ging zur Tür und rief:

»Mitja!«

Mitja, ein großer, schlanker Bursche von achtundzwanzig Jahren mit lockigem Haar, trat ins Zimmer, blieb aber, als er mich sah, auf der Schwelle stehen. Er war auf deutsche Art gekleidet, doch schon die unnatürlich weiten Puffärmel waren ein deutliches Zeichen, dass sie nicht nur ein russischer Schneider genäht hatte, sondern einer von echt russischem Schrot und Korn.

»Na, komm schon her«, sagte der Alte, »was zierst du dich? Dank deiner Tante sei dir verziehen … Darf ich vorstellen, Batjuschka«, fuhr er fort und deutete auf Mitja, »mein leiblicher Neffe, aber ich komme nicht mit ihm zurecht. Die letzten Tage sind angebrochen!« Wir begrüßten uns. »Na, dann erzähl mal, was du wieder angestellt hast. Was wirft man dir vor, so red schon.«

Mitja wollte sich offenbar in meiner Anwesenheit weder äußern noch rechtfertigen.

»Später, Onkel«, murmelte er.

»Nein, nicht später, sondern jetzt«, beharrte der Alte. »Es ist dir unangenehm vor dem Herrn Gutsbesitzer, das weiß ich, aber desto besser, quäle dich ruhig. Nun also, sag schon … Wir hören.«

»Ich muss mich nicht schämen«, begann Mitja lebhaft und schüttelte den Kopf. »Urteilen Sie selbst, Onkel. Die Einhöfer aus Reschetilowo sind zu mir gekommen und haben gesagt: ›Hilf uns, Bruder.‹ – ›Worum geht es?‹ – ›Die Sache ist die: unsere Getreidespeicher sind in einwandfreiem Zustand, das heißt, besser geht es gar nicht; plötzlich kommt ein Beamter zu uns, mit dem Auftrag, die Speicher zu begutachten. Das tut er und sagt: Eure Speicher sind nicht in Ordnung, es gibt große Mängel, das muss ich der Obrigkeit melden. – Welche Mängel denn? – Das lasst mal meine Sorge sein, sagt er ... Wir haben uns beratschlagt und beschlossen: wir müssen dem Beamten was zustecken, der alte Prochorytsch aber, der war dagegen, sagt: Damit macht man denen nur den Mund wässrig. Was soll das denn? Oder gibt es etwa überhaupt keine Gerechtigkeit mehr? ... Wir haben auf den Alten gehört, der Beamte aber wurde böse, reichte Klage ein und schrieb einen Bericht. – Und jetzt will man uns zur Verantwortung ziehen.‹ – ›Sind eure Speicher denn wirklich in einwandfreiem Zustand?‹ fragte ich. – ›Gott ist unser Zeuge, in einwandfreiem Zustand, mit der vorgeschriebenen Menge an Getreide ...‹ – ›Na‹, sagte ich, ›dann habt ihr nichts zu befürchten‹ und setzte ein Schreiben für sie auf ... Noch ist unklar, zu wessen Gunsten die Sache entschieden wird ... Dass man sich bei Ihnen in dieser Angelegenheit aber über mich beschwert hat, das liegt doch auf der Hand: das Hemd ist einem eben näher als der Rock.«

»Jedem, aber dir offenbar nicht«, sagte der Alte halblaut. – »Und was sind das für Geschichten mit den Bauern aus Schutolomowo?«

»Woher wissen Sie das?«

»Ich weiß es eben.«

»Auch hier bin ich im Recht, urteilen Sie selbst. Von den Bauern aus Schutolomowo hat sich ihr Nachbar, Bespandin, vier Desjatinen Land angeeignet, hat es einfach umgepflügt. Mein Land, sagt er. Die Leute aus Schutolomowo sind Zinsbauern, ihr Gutsbesitzer ist im Ausland, wer sollte sich also für sie einsetzen, was meinen Sie? Das Land aber gehört zweifellos ihnen, seit alters her ist es Leibeigenenland. Sie kamen also zu mir und sagten: Schreib ein Gesuch. Das habe ich getan. Bespandin hat es erfahren und angefangen zu drohen: ›Ich‹, sagt er, ›werde diesem Mitka das Genick brechen, wenn ich ihm nicht gleich den ganzen Kopf abreiße …‹ Wollen wir doch mal sehen, wie er ihn mir abreißt, noch ist er dran.«

»Na, gib nicht so an: das wird kein gutes Ende nehmen, mit dir und deinem Kopf«, sagte der Alte, »du hast ja völlig den Verstand verloren!«

»Aber Onkel, waren Sie es nicht, der immer zu mir gesagt hat …«

»Ich weiß schon, weiß, was du mir sagen willst«, unterbrach ihn Owsjanikow, »es stimmt, der Mensch muss nach Gerechtigkeit streben und ist verpflichtet, seinem Nächsten zu helfen. Man soll zuweilen auch selbstlos sein … Aber tust du das etwa? Lässt du dich nicht in die Schenke einladen? Bewirten sie dich etwa nicht? Machen sie etwa keine Bücklinge vor dir? Heißt es vielleicht nicht: ›Dmitri Alexeitsch, hilf uns, wir wollen's dir auch vergelten, Batjuschka‹, und dann holen sie verstohlen ein Silberrubelchen oder einen Blauen unterm Rock vor und stecken ihn dir zu? Wie? Ist es so? Sag schon, ist es so?«

»Das habe ich mir tatsächlich zuschulden kommen lassen«, antwortete Mitja und senkte den Blick, »von den Armen aber nehme ich nichts, und ich mache auch niemandem was vor.«

»Heute nimmst du nichts, wenn es dir aber selbst mal schlechtgeht, wirst du's nehmen. Du machst niemandem etwas vor … ach, ja! Das sind wohl alles Heilige, die du in Schutz nimmst! … Und was ist mit Borka Perechodow? Wer hat sich für ihn eingesetzt? Wer hat ihn unter seine Fittiche genommen, wie?«

»Ja, das stimmt, Perechodow war selbst schuld an seiner Lage …«

»Staatsgelder hat er veruntreut … Das ist kein Spaß!«

»Aber bedenken Sie doch, Onkel: die Armut, die Familie …«

»Von wegen Armut … Ein Säufer und Spieler ist er, jawohl!«

»Mit dem Trinken hat er aus Kummer angefangen«, sagte Mitja und senkte die Stimme.

»Aus Kummer! Hättest ihm ja helfen können, wenn du so ein weiches Herz hast, stattdessen sitzt du mit dem Suffkopf in der Schenke. Dass er schöne Reden halten kann, was soll daran Besonderes sein?«

»Er ist ein herzensguter Mensch …«

»Das sagst du über alle … Hat man ihm eigentlich«, fuhr Owsjanikow an seine Frau gewandt fort, »das geschickt … na, du weißt schon …«

Tatjana Iljinitschna nickte.

»Wo hast du dich in den letzten Tagen bloß herumgetrieben?« sagte der Alte wieder.

»Ich war in der Stadt.«

»Hast wahrscheinlich Billard gespielt, endlos Tee getrunken, auf der Gitarre geklimpert, dich in Amtsstuben rumgedrückt, in Hinterzimmern Gesuche aufgesetzt und mit den Kaufmannssöhnchen großgetan. So war es doch? Sag schon!«

»So wird es wohl gewesen sein«, sagte Mitja lächelnd.

»Ach ja, fast hätte ich es vergessen: Anton Parfenytsch Funtikow bittet Sie am Sonntag zu einen Imbiss zu sich.«

»Zu diesem Dickwanst fahre ich nicht. Der tischt dir einen hundert Pud schweren Fisch auf und tut ranzige Butter dazu. Der soll mir gestohlen bleiben!«

»Ich habe übrigens Fedossja Michajlowna getroffen.«

»Was für eine Fedossja?«

»Die vom Gutsbesitzer Garpentschenko, der auf der Auktion Mikulino gekauft hat. Die Fedossja aus Mikulino. Sie hat in Moskau als Näherin gelebt und Zins gezahlt, immer pünktlich gezahlt hat sie den Zins, hundertzweiundachtzig Rubel und fünfzig Kopeken im Jahr … Sie versteht ihr Handwerk: hatte in Moskau gute Aufträge. Jetzt hat Garpentschenko ihr befohlen zurückzukommen, gibt ihr aber keine Arbeit. Sie wäre auch bereit, sich freizukaufen, das hat sie auch ihrem Barin gesagt, er aber äußert sich einfach nicht. Sie kennen den Garpentschenko doch, Onkel, können Sie ihn nicht einmal darauf ansprechen? … Fedossja würde für ihren Freikauf einen guten Preis zahlen.«

»Doch wohl nicht von deinem Geld? Na gut, ich will es ihm sagen. Ich weiß bloß nicht«, fuhr der Alte mit unzufriedener Miene fort, »dieser Garpentschenko ist, Gott möge mir verzeihen, ein Halsabschneider: er kauft Wechsel auf, verleiht Geld gegen Zinsen, kauft Güter, die unter den Hammer kommen … Wieso hat es ihn bloß in unsere Gegend verschlagen? Ach, diese Zugereisten! Was soll man von denen schon erwarten, aber wir werden sehen.«

»Legen Sie ein gutes Wort bei ihm ein, Onkel.«

»Gut, ich will es versuchen. Bloß du, pass auf, pass mir ja auf! Na, schon gut, rechtfertige dich nicht … Gott schütze dich, Gott schütze dich! … Nur pass in Zukunft auf, denn sonst, Mitja, bei Gott, nimmt es mit dir kein gutes Ende, bei Gott, dann gehst du vor die Hunde! Ich kann dir ja nicht immer aus der Klemme helfen … hab auch selber keinen Einfluss. Na, dann geh jetzt, mit Gott.«

Mitja ging hinaus. Tatjana Iljinitschna folgte ihm.

»Schenk ihm Tee ein, du Hätscheltantchen«, rief Owsjanikow ihr nach. – »Der Bursche ist nicht dumm«, fuhr er fort, »hat auch ein gutes Herz, aber ich habe Angst um ihn … Doch im Übrigen, entschuldigen Sie, dass ich Sie so lange mit diesem dummen Zeug belästigt habe.«

Die Tür zur Diele öffnete sich. Herein trat ein kleiner, grauhaariger Mann in einem Samtrock.

»Ah, Franz Iwanytsch!« rief Owsjanikow. »Ich grüße Sie! Wie geht es immer so?«

Gestatten Sie, lieber Leser, Sie auch mit diesem Herrn bekanntzumachen.

Franz Iwanytsch Lejeune, mein Nachbar, ein Orjoler Gutsbesitzer, hatte den Ehrentitel eines russischen Adligen auf etwas ungewöhnliche Weise erlangt. In Orléans von französischen Eltern geboren, war er in seiner Eigenschaft als Trommler zusammen mit Napoleon zur Eroberung Russlands ausgezogen. Zunächst lief alles wie geschmiert, und unser Franzose marschierte erhobenen Hauptes in Moskau ein. Auf dem Rückzug jedoch fiel der arme Monsieur Lejeune, halb erfroren und ohne Trommel, Smolensker Bauern in die Hände. Diese Bauern sperrten ihn über Nacht in eine leere Walkmühle, führten ihn am nächsten Morgen zu einem Eisloch am Wehr und forderten vom Trommler »de la grrrande armée«, ihnen die Ehre zu erweisen und unters Eis zu tauchen. Monsieur Lejeune wollte auf ihren Vorschlag nicht eingehen und begann die Smolensker Bauern seinerseits in französischem Dialekt zu überzeugen, ihn nach Orléans ziehen zu lassen. »Dort, messieurs«, sagte er, »wohnt meine Mutter, une tendre mère.« Die Bäuerlein aber, wohl in Unkenntnis der geografischen Lage der Stadt Orléans, beharrten weiterhin auf ihrem Ansinnen der Unterwasserreise entlang des sich in Windungen dahinziehenden Flüsschens Gniloterka, wobei sie ihn bereits mit leichten Stößen gegen die Hals- und Rückenwirbel anspornten, als plötzlich zu Lejeunes unbeschreiblicher Freude Glockengeläut erklang und am Wehr ein großer Schlitten mit einem außerordentlich bunten Teppich über dem übertrieben hohen Rücksitz haltmachte, vor den eine Troika falber Wjatkapferde gespannt war. Im Schlitten saß ein dicker, rotbäckiger Gutsbesitzer im Wolfspelz.

»Was macht ihr da?« fragte er die Bauern.

»Den Franzos ertränken, Batjuschka.«

»Aha«, entgegnete der Gutsbesitzer gleichgültig und wandte sich ab.

»Monsieur! Monsieur!« schrie der arme Teufel.

»Sieh mal einer an«, sagte der Wolfspelz vorwurfsvoll, »in zwanzig verschiedenen Zungen seid ihr in Russland eingefallen, habt Moskau in Brand gesteckt, ihr Verfluchten, das Kreuz von Iwan dem Großen weggeschleppt, und jetzt heißt es musjö, musjö! Plötzlich ziehst du den Schwanz ein! Wie man sich bettet, so liegt man ... Filka-a, fahr zu!«

Die Pferde zogen an.

»Ach, warte mal!« sagte der Gutsbesitzer ... »He du, musjö, kennst du dich aus mit Musik?«

»Sauvez moi, sauvez moi, mon bon monsieur!« wiederholte Lejeune in einem fort.

»Das ist mir ein Völkchen! Kein Einziger von denen kann Russisch! Mjusik, mjusik, saweh mjusik wuh? Saweh? Na, sag schon! Kompreneh? Saweh mjusik wuh? Saweh auf dem Klavier shueh?«

Endlich begriff Lejeune, was der Gutsbesitzer von ihm wollte, und nickte bestätigend mit dem Kopf.

»Oui, monsieur, oui, oui, je suis musicien; je joue de tous les instruments possibles! Oui, monsieur … Sauvez moi, monsieur!«

»Bedank dich bei deinem Gott«, entgegnete der Gutsbesitzer … »Lasst ihn frei, Leute; hier habt ihr zwei Zehner für Wodka.«

»Danke, Batjuschka, danke. Nehmen Sie ihn mit.«

Sie setzten Lejeune in den Schlitten. Er war vor Freude ganz außer sich, weinte, zitterte, verbeugte sich, dankte dem Gutsbesitzer, dem Kutscher, den Bauern. Er hatte nichts als ein grünes Wams mit rosa Bändern am Leib, dabei herrschte grimmiger Frost. Der Gutsbesitzer betrachtete schweigend seine blau angelaufenen, erstarrten Glieder, wickelte den Unglücklichen in seinen Pelz und brachte ihn nach Hause. Das Gesinde lief zusammen. Schnell wurde der Franzose aufgewärmt, verköstigt und eingekleidet. Dann führte ihn der Gutsbesitzer zu seinen Töchtern.

»Hier, Kinder«, sagte er zu ihnen, »habe ich einen Lehrer für euch gefunden. Ihr habt mir ja dauernd in den Ohren gelegen mit eurem ›Lass uns ein Instrument lernen und Französisch‹: da habt ihr euren Franzosen, er spielt auch das Fortopjano … Na, musjö«, fuhr er fort und deutete auf ein schäbiges Klavierlein, das er vor fünf Jahren einem Juden abgekauft hatte, der im Übrigen mit Eau de Cologne handelte, »zeig uns deine Kunst, shueh!«

Mit stockendem Herzen setzte sich Lejeune auf den Stuhl: noch nie im Leben hatte er ein Klavier angerührt.

»So shueh doch, shueh!« wiederholte der Gutsbesitzer.

Der Ärmste schlug verzweifelt auf die Tasten, als wäre es seine Trommel, und spielte, wie es sich gerade ergab … »Die ganze Zeit dachte ich«, erzählte er später, »mein Retter würde mich am Kragen packen und aus dem Haus werfen.« Doch zum äußersten Erstaunen des unfreiwilligen Improvisators klopfte ihm der Gutsbesitzer nach einer kleinen Weile wohlwollend auf die Schulter. »Gut, gut«, sagte er, »ich sehe, dass du es kannst; und jetzt geh und ruh dich aus.«

Zwei Wochen später siedelte Lejeune von diesem Gutsbesitzer zu einem anderen über, einem reichen und gebildeten Mann, dem er wegen seiner fröhlichen und sanften Art gefiel, heiratete die Pflegetochter, trat in den Staatsdienst, wurde in den Adelsstand erhoben, verheiratete seine Tochter mit dem Orjoler Gutsbesitzer Lobysanjew, einem Dragoner a. D. und Verseschmied, und übersiedelte auch selbst nach Orjol.

Und ebendieser Lejeune oder, wie er heute heißt, Franz Iwanytsch, trat in meiner Anwesenheit bei Owsjanikow ein, mit dem er freundschaftlich verbunden war …

Vielleicht aber hat der Leser schon genug davon, mit mir beim Einhöfer Owsjanikow zu sitzen, weshalb ich beredt verstummen will.

LGOW

»Lassen Sie uns nach Lgow fahren«, sagte eines Tages der meinen Lesern schon bekannte Jermolai zu mir, »dort können wir in Hülle und Fülle Enten schießen.«

Obwohl Wildenten für einen richtigen Jäger nichts besonders Verlockendes an sich haben, hörte ich in einstweiliger Ermangelung anderen Federwilds auf meinen Jäger (wir schrieben Anfang September: die Waldschnepfen waren noch nicht da, den Rebhühnern über die Felder nachzulaufen, hatte ich aber mittlerweile satt) und begab mich auf den Weg nach Lgow.

Lgow ist ein großes Steppendorf mit einer sehr alten einkuppligen Kirche aus Stein und zwei Mühlen am sumpfigen Flüsschen Rossota. Dieses Flüsschen mündet fünf Werst von Lgow entfernt in einen kleinen See, der an den Rändern und hier und da auch in der Mitte von dichtem Schilf überwuchert ist. In diesem See nun, in seinen Buchten oder den windgeschützten Stellen im Schilf, war eine Unzahl von Enten aller möglichen Varietäten zu Hause: Stockenten, Grauenten, Spießenten, Krickenten, Tauchenten und dergleichen. In kleinen Gruppen flogen sie ständig hin und her und strichen über das Wasser, ertönte aber ein Schuss, erhoben sich derartige Wolken, dass der Jäger unwillkürlich mit der Hand nach seiner Mütze griff und gedehnt ausrief: Tssss!

Ich streifte mit Jermolai am See entlang, doch erstens halten sich Enten, die vorsichtige Vögel sind, nicht direkt am Ufer auf; und zweitens wären unsere Hunde, auch wenn eine zurückgebliebene oder unerfahrene Krickente von unseren Schüssen getroffen worden wäre und ihr Leben verloren hätte, nicht imstande gewesen, sie aus dem dichten Schilf herauszuholen, denn selbst wenn sie sich in edelster Weise aufgeopfert hätten, konnten sie dort weder schwimmen noch auf den Grund tauchen und würden sich nur unnötig ihre kostbaren Nasen an den scharfen Schilfrändern zerschnitten haben.

»Nein«, sagte Jermolai schließlich, »so geht das nicht, wir brauchen ein Boot … Lassen Sie uns nach Lgow umkehren.«

Gesagt, getan. Kaum hatten wir einige Schritte zurückgelegt, als uns aus dem dichten Weidengebüsch ein räudiger Hühnerhund entgegensprang, ihm folgte ein mittelgroßer Mann in einem abgetragenen blauen Rock, gelblicher Weste und gris-de-lin- oder bleu-d'amourfarbigen Hosen, die nachlässig in seinen löchrigen Stiefeln steckten, er trug ein rotes Tuch um den Hals und eine einläufige Flinte über der Schulter. Während unsere Hunde mit dem ihrer Rasse eigenen chinesischen Zeremoniell das ihnen neue Individuum beschnupperten, das sich offenbar fürchtete, den Schwanz einzog, die Ohren spitzte und sich mit gefletschten Zähnen und ohne die Knie zu beugen schnell um sich selbst drehte, trat der Unbekannte auf uns zu und begrüßte uns überaus höflich. Er mochte fünfundzwanzig Jahre alt sein; seine langen, stark mit Kwas getränkten dunkelblonden Haare hingen in starren Strähnen herab, die kleinen braunen Augen zwinkerten freundlich, das ganze Gesicht, das mit einem schwarzen Tuch verbunden war, als hätte er Zahnschmerzen, lächelte geziert.

»Gestatten Sie, dass ich mich vorstelle«, begann er mit

weicher, einschmeichelnder Stimme, »ich bin der hiesige Jäger Wladimir … Als ich von Ihrer Ankunft hörte und erfuhr, dass Sie geruhten, sich ans Ufer unseres Sees zu begeben, habe ich beschlossen, Ihnen, wenn Sie nichts dagegen haben, meine Dienste anzubieten.«

Der Jäger Wladimir redete haargenau wie ein junger Provinzkomödiant, der die Rolle des ersten Liebhabers spielt. Ich war mit seinem Vorschlag einverstanden, und noch bevor wir Lgow erreicht hatten, kannte ich bereits seine ganze Lebensgeschichte. Er war ein freigelassener Leibeigener aus dem Hofgesinde, in früher Jugend hatte er das Musizieren erlernt, dann war er Kammerdiener gewesen, er konnte lesen und schreiben, las, soviel ich feststellen konnte, irgendwelche Schmöker und lebte jetzt, wie viele in Russland, ohne einen Groschen Bargeld und ohne feste Anstellung und nährte sich wohl beinahe von nichts anderem als von himmlischem Manna. Er drückte sich außerordentlich gewählt aus und hielt wohl große Stücke auf seine Manieren; offenbar war er auch ein großer und allem Anschein nach erfolgreicher Schürzenjäger: russische Mädchen lieben Wortgewandtheit. Er ließ mich übrigens wissen, er besuche bisweilen benachbarte Gutsbesitzer, fahre auch zu Gast in die Stadt, spiele Préférence und verkehre mit Hauptstädtern. Er lächelte unvergleichlich und ganz unterschiedlich; besonders gut zu Gesicht stand ihm ein bescheidenes, beherrschtes Lächeln, das um seine Lippen spielte, wenn er den Reden anderer lauschte. Er hörte Ihnen zu, teilte Ihre Auffassung, verlor aber dennoch nicht das Gefühl der eigenen Würde, und es schien, als wolle er Ihnen zu verstehen geben, dass auch er gegebenenfalls seine Meinung äußern könnte. Jermolai, der nicht allzu gebildet und schon gar nicht »subtil« war, duzte ihn zunächst. Man musste gesehen haben, mit welchem spöttischen Lächeln Wladimir seinerseits Sie zu ihm sagte …

»Weshalb tragen Sie das Tuch?« fragte ich ihn. »Haben Sie Zahnschmerzen?«

»Nein«, entgegnete er, »das ist die verhängnisvolle Folge einer Unvorsichtigkeit. Ich hatte einen Freund, ein guter Mensch, doch ganz und gar kein Jäger, wie das manchmal so ist. Eines Tages sagte er zu mir: ›Lieber Freund, nimm mich mit auf die Jagd: ich würde gern wissen, was daran so schön ist.‹ Ich wollte ihm den Wunsch natürlich nicht abschlagen, besorgte ihm eine Flinte und nahm ihn mit. Und dann jagten wir nach Herzenslust; schließlich beschlossen wir zu rasten. Ich setzte mich unter einen Baum; er dagegen begann Gewehrgriffe zu üben, wobei er auf mich zielte. Ich bat ihn, damit aufzuhören, doch aus Unerfahrenheit hörte er nicht auf mich. Ein Schuss löste sich, und ich verlor mein Kinn und den Zeigefinger der rechten Hand.«

Bald waren wir wieder in Lgow. Sowohl Wladimir als auch Jermolai vertraten die Ansicht, es sei unmöglich, ohne Boot auf die Jagd zu gehen.

»Sutschok besitzt einen Kahn«, sagte Wladimir, »aber ich weiß nicht, wo er ihn versteckt hat. Wir müssten bei ihm vorbeigehen.«

»Bei wem?« fragte ich.

»Hier wohnt ein Mann mit Spitznamen Sutschok.«

Wladimir machte sich mit Jermolai auf den Weg zu Sutschok. Ich sagte ihnen, ich würde an der Kirche auf sie warten. Als ich die Gräber auf dem Friedhof betrachtete, stieß ich auf eine mit der Zeit schwarz gewordene viereckige Urne mit folgenden Inschriften: auf der einen Seite auf

Französisch: »Ci-gît Théophile Henri, vicomte de Blangy«; auf der zweiten: »Unter diesem Stein ruht der Leib eines französischen Untertanen, Graf Blangy, geboren 1737, gestorben 1799, er lebte 62 Jahr«; auf der dritten: »Friede seiner Asche« und auf der vierten:

»Unter diesem Steine ruhet ein französischer Emigrant;
von vornehmem Geschlecht und mit Verstand,
beweint hat er Gemahlin und all seine Lieben,
dahingemetzelt wurden sie, nur er ist geblieben,
sein Heimatland, mit Füßen getreten von Tyrannen,
verließ er und zog von dannen.
Am rettenden Ufer in russischen Landen hernach
fand er im Alter ein gastfreundlich Dach;
war Lehrer den Kindern, den Eltern Freund hienieden …
der Höchste Richter schenkte ihm ewigen Frieden.«

Dann kamen auch schon Wladimir, Jermolai und der Mann mit dem seltsamen Spitznamen Sutschok und unterbrachen meine Gedanken.

Der barfüßige, zerlumpte und zerzauste Sutschok machte den Eindruck eines Mannes aus dem Gesinde, der sein Gnadenbrot bekam. Er war vielleicht sechzig Jahre alt.

»Hast du ein Boot?« fragte ich.

»Ja, hab ich«, antwortete er mit tonloser, brüchiger Stimme, »aber es ist nicht zu gebrauchen.«

»Was ist denn damit?«

»Ist aus dem Leim gegangen; und aus den Löchern sind die Bolzen rausgefallen.«

»Das macht doch nichts!« sagte Jermolai. »Die kann man mit Werg zustopfen.«

»Ja, ich weiß«, bestätigte Sutschok.

»Was ist überhaupt dein Amt?«

»Bin Fischer bei der Herrschaft.«

»Was, du bist Fischer und dein Boot ist nicht in Ordnung?«

»In unserem Fluss gibt's ja gar keine Fische.«

»Fische mögen kein rostiges Sumpfwasser«, bemerkte mein Jäger wichtigtuerisch.

»Na dann«, sagte ich zu Jermolai, »lauf los, besorge Werg und reparier uns das Boot, und beeil dich.«

Jermolai verschwand.

»Und wenn wir doch untergehen?« sagte ich zu Wladimir.

»Gott ist barmherzig«, antwortete er. »Zumindest kann man davon ausgehen, dass der See nicht tief ist.«

»Das stimmt, tief ist er nicht«, bemerkte Sutschok, der irgendwie seltsam sprach, wie benommen, »auf dem Grund sind Algen und Schlingpflanzen, er ist ganz zugewachsen. Es gibt aber auch Untiefen.«

»Aber wenn es so viele Schlingpflanzen gibt«, bemerkte Wladimir, »kann man ja nicht rudern.«

»Wer wird denn mit einem flachen Kahn rudern? Staken muss man. Ich werde mitkommen; ich habe eine Stange, aber es geht auch mit einem Spaten.«

»Mit einem Spaten, das wird schwierig, da kommt man an manchen Stellen nicht bis zum Grund«, sagte Wladimir.

»Stimmt, das wird schwierig.«

Ich ließ mich auf dem Grab nieder und wartete auf Jermolai. Wladimir zog sich anstandshalber etwas zurück und setzte sich ebenfalls. Sutschok blieb mit gesenktem Kopf und die Hände nach alter Gewohnheit auf den Rücken gelegt stehen.

»Sag mir doch«, begann ich, »bist du hier schon lange Fischer?«

»Das siebente Jahr schon«, antwortete er zusammenfahrend.

»Und was hast du früher gemacht?«

»Früher war ich Kutscher.«

»Wer hat dich denn als Kutscher entlassen?«

»Die neue Herrin.«

»Welche Herrin?«

»Na, die, die uns gekauft hat. Sie werden sie nicht kennen: Aljona Timofewna, so eine dicke … jung ist sie auch nicht mehr.«

»Und wie kam sie drauf, dich zum Fischer zu machen?«

»Weiß der Himmel. Sie ist zu uns gekommen, von ihrem Stammgut, aus Tambow, hat das Gesinde zusammenrufen lassen und ist dann zu uns rausgekommen. Wir haben ihr erst mal die Hand geküsst, sie hatte nichts dagegen, ist nicht böse geworden … Dann hat sie uns der Reihe nach ausgefragt: was jeder arbeitet, welches Amt er innehat. Dann kam die Reihe an mich; sie hat mich gefragt: ›Was ist dein Amt?‹ Ich sage: ›Kutscher.‹ – ›Kutscher? Was bist du schon für ein Kutscher? Schau dich an: Was für ein Kutscher bist du denn? Du taugst nicht zum Kutscher, von jetzt ab bist du Fischer, und rasier dir den Bart ab. Immer, wenn ich komme, lieferst du Fisch für die herrschaftliche Tafel, hörst du? …‹ Seitdem bin ich Fischer. ›Und dass du mir den See in Ordnung hältst, hörst du …‹ Wie soll man den denn in Ordnung halten?«

»Und wem habt ihr früher gehört?«

»Dem Sergej Sergeitsch Pechterew. Er hat uns geerbt. Aber er hat uns nicht lange besessen, nur sechs Jahre. Bei ihm war ich Kutscher … aber nicht in der Stadt, da hat er andere gehabt, sondern auf dem Land.«

»Und warst du die ganze Zeit Kutscher, von Jugend an?«

»Woher denn! Kutscher bin ich erst bei Sergej Sergeitsch geworden, davor war ich Koch, aber auch nicht in der Stadt, sondern auf dem Land.«

»Bei wem warst du denn Koch?«

»Na, beim früheren Barin, bei Afanassi Nefedytsch, dem Onkel von Sergej Sergeitsch. Der Afanassi Nefedytsch hatte ja Lgow gekauft, und Sergej Sergeitsch hat das Gut dann von ihm geerbt.«

»Von wem hat er es gekauft?«

»Von Tatjana Wassiljewna.«

»Von welcher Tatjana Wassiljewna?«

»Na, von der, die im vorletzten Jahr gestorben ist, aus der Bolchower Gegend … oder vielmehr der Karatschewer, als alte Jungfer … Verheiratet war sie nie. Sie kennen sie nicht? Wir sind durch ihren Vater, Wassili Semjonytsch, in ihren Besitz gekommen. Sie hat uns lange besessen … an die zwanzig Jahre.«

»Und warst du auch bei ihr Koch?«

»Zuerst war ich Koch, ja, dann aber bin ich Koffischenk geworden.«

»Was bist du geworden?«

»Koffischenk.«

»Was ist das denn für ein Amt?«

»Ich weiß nicht, Batjuschka. Ich war für das Buffet zugeteilt und hieß Anton, und nicht Kusma. So hat es die Herrin befohlen.«

»Dein richtiger Name ist Kusma?«

»Kusma.«

»Und du warst die ganze Zeit Koffischenk?«

»Nein, nicht die ganze Zeit: ich war auch Kamadiant.«

»Was du nicht sagst.«

»Aber ja doch, war ich … hab im Kejater gespielt. Unsre Herrin hatte sich ein Kejater eingerichtet.«

»Welche Rollen hast du denn gespielt?«

»Wie meinen Sie das?«

»Was hast du im Theater gemacht?«

»Wissen Sie das denn nicht? Sie haben mich geholt und ausstaffiert; so ausstaffiert bin ich dann rumgegangen, oder ich stand oder saß, wie es sich eben ergab. Sie sagten: Sag dies, sag das, und ich hab's gesagt. Einmal sollte ich einen Blinden darstellen … Unter jedes Augenlid haben sie mir eine Erbse gesteckt. Aber ja doch!«

»Und was warst du dann?«

»Dann war ich wieder Koch.«

»Und wieso hat man dich wieder als Koch eingesetzt?«

»Weil mein Bruder weggelaufen war.«

»Und beim Vater deiner ersten Herrin, was warst du da?«

»Da hab ich allerlei Ämter gehabt: zuerst war ich Botenjunge, dann Vorreiter, dann Gärtner, auch Hundeführer war ich.«

»Hundeführer? … Bist du mit den Hunden auch zur Jagd geritten?«

»Ja, auch mit Hunden bin ich ausgeritten, einmal bin ich vom Pferd gestürzt und hab auch das Pferd verletzt. Unser alter Barin war sehr streng; er hat befohlen, mich auszupeitschen und in die Lehre nach Moskau zu geben, zu einem Schuster.«

»Wie, in die Lehre? Du warst doch sicher kein Kind mehr, als du Hundeführer wurdest?«

»Ich werde so um die zwanzig gewesen sein.«

»Und dann mit zwanzig Jahren in die Lehre, wie soll das gehen?«

»Es wird wohl gehen, wenn der Barin es befiehlt. Aber zum Glück ist er bald gestorben, und ich konnte zurück ins Dorf.«

»Und wann hast du das Kochhandwerk erlernt?«

Sutschok hob sein mageres, gelbliches Gesicht und schmunzelte.

»Was gibt's da schon groß zu lernen? ... Selbst die Weiber kochen!«

»Tja«, sagte ich, »du hast in deinem Leben einiges gesehen, Kusma! Was machst du denn jetzt als Fischer, wo es bei euch doch keine Fische gibt?«

»Ich beklage mich nicht, Batjuschka. Gott sei Dank, dass man mich zum Fischer bestimmt hat. Einen anderen, der genauso alt ist wie ich, den Andrej Pupyr, haben sie in die Papierfabrik gesteckt, zum Schöpfen, die Herrin hat es befohlen. Es ist Sünde, sein Brot umsonst zu essen, sagt sie ... Dabei hatte der Pupyr noch auf Gnade gehofft: sein Großneffe sitzt ja als Kontorist im herrschaftlichen Kontor. Der hatte versprochen, bei der Herrin ein gutes Wort für ihn einzulegen. Gutes Wort, dass ich nicht lache! ... Wo doch der Pupyr diesen Neffen kniefällig angefleht hat, hab's selbst gesehen.«

»Hast du eine Familie? Warst du verheiratet?«

»Nein, Batjuschka, verheiratet war ich nicht. Die selige Tatjana Wassiljewna, Gott schenke ihr das Himmelreich, hat niemandem erlaubt zu heiraten. Gott bewahre! Manchmal hat sie gesagt: ›Ich bin ja auch unverheiratet, was soll das denn! Was wollen die nur?‹«

»Und wovon lebst du jetzt? Bekommst du Lohn?«

»Von wegen Lohn, Batjuschka! … Zu essen geben sie mir, Gott sei's gedankt! Ich bin's zufrieden. Möge der Allmächtige unserer Herrin ein langes Leben schenken!«

Jermolai kam zurück.

»Das Boot ist ausgebessert«, sagte er streng. »Geh und hol die Stange! …«

Sutschok lief die Stange holen. Die ganze Zeit, während meiner Unterhaltung mit dem armen alten Mann, hatte ihn der Jäger Wladimir mit verächtlichem Lächeln gemustert.

»Ein einfältiger Mensch«, sagte er, als dieser gegangen war, »und völlig ungebildet, ein ungehobelter Bauerntölpel durch und durch. Nicht einmal Hofknecht würde ich den nennen … und wie er angegeben hat … Was für ein Schauspieler will der schon gewesen sein, sagen Sie selbst! Sie hätten sich nicht mit ihm abgeben sollen!«

Eine Viertelstunde später saßen wir schon in Sutschoks Boot. (Die Hunde hatten wir unter der Aufsicht des Kutschers Jegudiil in der Hütte zurückgelassen.) Es war nicht besonders bequem, doch Jäger sind nicht wählerisch. Am hinteren stumpfen Ende stand Sutschok und stakte; ich saß mit Wladimir auf dem Querbalken des Bootes; Jermolai hatte sich vorn eingerichtet, direkt am Bug. Trotz des Wergs hatten wir bald Wasser unter den Füßen. Glücklicherweise war das Wetter ruhig, der See schien zu schlafen.

Wir kamen nur langsam voran. Mit Mühe zog der Alte seine lange Stange, die ganz mit den grünen Ranken der Schlingpflanzen umwunden war, aus dem zähen Schlamm;

auch die vielen runden Blätter der Seerosen hinderten unser Boot am Vorwärtskommen. Schließlich erreichten wir das Schilf, und der Spaß begann. Unter Getöse flogen die Enten auf, sie rissen sich, durch unser unerwartetes Auftauchen in ihren Besitzungen gleichsam erschreckt, los vom See, ihnen hinterher erschallten einträchtig unsere Schüsse, und es war eine Freude, anzusehen, wie sich diese kurzschwänzigen Vögel in der Luft überschlugen und schwer auf dem Wasser aufprallten. Aller getroffenen Enten konnten wir natürlich nicht habhaft werden: die nur leicht angeschossenen tauchten unter; andere, die auf der Stelle tot waren, fielen in so dichtes Schilf, dass nicht einmal Jermolais Luchsaugen sie entdecken konnten; dennoch war unser Boot gegen Mittag bis an den Rand gefüllt mit Federwild.

Zu Jermolais großer Erleichterung schoss Wladimir keineswegs erstklassig, nach jedem danebengegangenen Schuss wunderte er sich, untersuchte seine Flinte, blies in den Lauf, staunte und erläuterte uns schließlich den Grund, warum er danebengeschossen hatte. Jermolai schoss wie immer erfolgreich, ich, wie üblich, ziemlich schlecht. Sutschok sah uns mit den Augen eines Menschen zu, der von klein auf in herrschaftlichen Diensten gestanden hatte, und rief von Zeit zu Zeit: »Da, da ist noch eine Ente!« und kämpfte gegen den Juckreiz auf seinem Rücken, doch nicht mit den Händen, sondern indem er die Schultern bewegte. Das Wetter war herrlich: runde weiße Wolken zogen still und hoch über uns dahin und spiegelten sich klar im Wasser; ringsum raschelte das Schilf; der See funkelte an manchen Stellen in der Sonne wie Stahl. Wir waren gerade im Begriff, ins Dorf zurückzukehren, als plötzlich etwas recht Unangenehmes geschah.

Schon länger hatten wir bemerkt, dass allmählich immer mehr Wasser in unser Boot eindrang. Wladimir wurde beauftragt, es mit einer Schöpfkelle auszuschöpfen, die mein vorausschauender Jermolai für den Fall der Fälle einer unaufmerksamen Frau entwendet hatte. Solange Wladimir seiner Pflicht nachkam, lief alles reibungslos. Gegen Ende der Jagd aber, gleichsam zum Abschied, stiegen die Enten in derartigen Scharen auf, dass wir kaum mit dem Laden der Flinten nachkamen. Im Eifer des Gefechts gaben wir nicht acht auf den Zustand unseres Bootes, da neigte sich durch eine heftige Bewegung Jermolais (der gerade versuchte, eine erlegte Ente zu erreichen, und sich mit dem ganzen Körper über den Rand des Bootes beugte) das altersschwache Schiff zur Seite, lief voll und sank feierlich auf den Grund, glücklicherweise an einer seichten Stelle. Wir schrien auf, doch es war schon zu spät: einen Augenblick später standen wir bis zum Hals im Wasser, umgeben von den Körpern der an die Oberfläche gestiegenen toten Enten. Wenn ich heute an die erschrockenen, bleichen Gesichter meiner Gefährten zurückdenke (und auch mein Gesicht hat sich damals wohl kaum durch rosige Frische ausgezeichnet), muss ich jedes Mal lachen; in jenem Moment jedoch, ich gebe es zu, war mir ganz und gar nicht zum Lachen zumute. Jeder von uns hielt seine Flinte über den Kopf, auch Sutschok hob, wohl aus der Gewohnheit, es der Herrschaft gleichzutun, seine Stange in die Höhe. Jermolai brach das Schweigen als Erster.

»Zum Henker«, murmelte er und spuckte ins Wasser, »was für ein Pech! Und an allem bist du schuld, alter Teufel!« fügte er, an Sutschok gewandt, wütend hinzu. »Was ist das bloß für ein Kahn, den du da hast?«

»Tut mir leid«, stammelte der Alte.

»Und du bist mir auch einer«, fuhr mein Jäger, den Kopf in Richtung Wladimir gewandt, fort, »wo hattest du deine Augen? Weshalb hast du nicht geschöpft? Du, du, du ...«

Wladimir aber war nicht nach Widerspruch zumute: er zitterte wie Espenlaub, seine Zähne klapperten, und er lächelte völlig unsinnig. Wo waren seine schönen Reden geblieben, wo sein feines Gefühl für Anstand und das Bewusstsein seiner Würde!

Der verfluchte Kahn schwankte leicht unter unseren Füßen ... Im Augenblick des Schiffbruchs war uns das Wasser außerordentlich kalt vorgekommen, doch bald hatten wir uns daran gewöhnt. Kaum war der erste Schreck gewichen, sah ich mich um; zehn Schritt von uns entfernt wuchs überall Schilf; in der Ferne, über seinen Spitzen, war das Ufer zu sehen. »Schlecht«, dachte ich.

»Was machen wir jetzt?« fragte ich Jermolai.

»Mal sehen: übernachten jedenfalls nicht«, antwortete er. »Hier, halt mal die Flinte«, sagte er zu Wladimir.

Wladimir gehorchte ohne Widerrede.

»Ich geh eine Furt suchen«, fuhr Jermolai zuversichtlich fort, als müsste es in jedem See unbedingt eine Furt geben, er nahm Sutschoks Stange und machte sich auf den Weg in Richtung Ufer, wobei er vorsichtig den Boden abtastete.

»Kannst du überhaupt schwimmen?« fragte ich ihn.

»Nein, kann ich nicht«, ertönte seine Stimme aus dem Schilf.

»Dann wird er wohl ertrinken«, sagte Sutschok gleichmütig, der auch vorher schon nicht die Gefahr, sondern unseren Zorn gefürchtet hatte und jetzt ganz gelassen war, nur hin und wieder schwer atmete, aber keine Veranlassung zu sehen schien, seine Lage zu verändern.

»Völlig sinnlos wird er draufgehen«, fügte Wladimir jammernd hinzu.

Mehr als eine Stunde verging, bis Jermolai zurückkehrte. Diese Stunde kam uns vor wie eine Ewigkeit. Zuerst hatten wir einander noch eifrig zugerufen; dann beantwortete er unsere Rufe immer seltener, und schließlich verstummte er ganz. Im Dorf läutete es zur Abendmesse. Wir sprachen nicht mehr, vermieden sogar, einander anzusehen. Enten flogen über unsere Köpfe hinweg; manche waren im Begriff, sich neben uns niederzulassen, erhoben sich aber plötzlich wieder und stoben unter Getöse davon. Wir erstarrten allmählich vor Kälte. Sutschok fielen die Augen zu, als würde er einschlafen.

Zu unserer unbeschreiblichen Freude kehrte Jermolai schließlich zurück.

»Na, was ist?«

»Ich war am Ufer; habe die Furt gefunden … Kommen Sie.«

Wir wollten sofort aufbrechen; er aber holte zuerst unter dem Wasser einen Strick aus der Tasche, band die erlegten Enten an den Beinen zusammen, nahm beide Enden zwischen die Zähne und watete voraus; Wladimir folgte ihm und ich folgte Wladimir. Sutschok beschloss die Prozession. Bis zum Ufer waren es etwa zweihundert Schritt, Jermolai lief kühn und ohne haltzumachen voran (so gut hatte er sich den Weg eingeprägt), nur hin und wieder rief er: »Mehr nach links, rechts ist eine Untiefe« oder »Mehr nach rechts, links sinkt man ein …«. Bisweilen reichte uns das Wasser bis an die Kehle, und der arme Sutschok, der kleiner war als wir anderen, tauchte sogar zweimal unter und stieß Luftblasen aus: »Na, na, na!« rief Jermolai ihm ärgerlich zu, und Sutschok rappelte sich auf, strampelte mit den Beinen, sprang in die Höhe und gelangte auf diese Weise an eine seichtere Stelle, wagte aber auch in der äußersten Not nicht, nach meinen Rockschößen zu greifen. Erschöpft, schmutzig und nass erreichten wir schließlich das Ufer.

Zwei Stunden später saßen wir bereits alle, so gut es ging getrocknet, in einer großen Scheune beim Abendessen. Der Kutscher Jegudiil, ein äußerst schwerfälliger, nachdenklicher und schläfriger Mensch, stand am Tor und traktierte Sutschok eifrig mit Tabak. (Ich habe festgestellt, dass sich die Kutscher in Russland sehr schnell anfreunden.) Sutschok schnupfte mit wahrer Inbrunst, bis ihm fast übel wurde: er spuckte aus, hustete und empfand offensichtlich großes Wohlbehagen. Wladimir sah müde aus, er hatte den Kopf zur Seite geneigt und sprach wenig. Jermolai rieb unsere Flinten trocken. Die Hunde wedelten in Erwartung ihres Haferbreis übertrieben schnell mit den Schwänzen; die Pferde stampften und wieherten unter dem Vordach … Die Sonne ging unter; in breiten, purpurnen Streifen zerstreuten sich ihre letzten Strahlen; immer kleiner wurden die goldenen Wölkchen, die über den Himmel zogen, wie eine auslaufende, zerstiebende Welle … Aus dem Dorf ertönten Lieder.

DIE BESHIN-WIESE

Es war ein herrlicher Julitag, einer jener Tage, die sich nur dann einstellen, wenn das Wetter für lange Zeit beständig ist. Vom frühesten Morgen an ist der Himmel klar; das Morgenrot leuchtet nicht wie ein Brand: es breitet sich aus als sanfter rötlicher Schein. Die Sonne ist kein Feuerball, sie glüht nicht wie bei sengender Dürre, ist auch nicht mattpurpurn wie vor einem Sturm, sie strahlt hell und freundlich – friedlich taucht sie unter einem schmalen, langgezogenen Wölkchen auf, erstrahlt in frischem Glanz und versinkt dann wieder hinter dem violetten Schleier. Der obere, zarte Saum der in Schlangenlinien gewundenen Wolke funkelt; ihr Glanz erinnert an gehämmertes Silber … Doch dann brechen die spielenden Strahlen wieder hervor, und majestätisch und heiter, sich gleichsam aufschwingend, steigt die mächtige Leuchte in die Höhe. Gegen Mittag taucht meist eine Vielzahl goldgrauer runder hoher Wolken mit zarten weißen Rändern auf. Wie Inseln in einem endlos dahinströmenden Fluss, der sie mit seinen transparenten Armen von gleichmäßigem Blau umflutet, bewegen sie sich kaum vom Fleck; weiter hinten, dem Horizont entgegen, fließen sie zusammen, drängen sich aneinander, kein Himmelsblau ist mehr zu sehen; sie selbst sind jetzt azurblau wie der Himmel und von Licht und Wärme durchdrungen. Die zarte, blasslila Farbe des Horizonts verändert sich den ganzen Tag lang nicht und ist überall gleich, wohin man auch schaut; nirgends verdunkelt sich der Himmel, auch ballt sich kein Gewitter zusammen; lediglich hier und da ziehen sich bläuliche Streifen darüber hin: dort geht ein kaum merklicher Regen nieder. Gegen Abend lösen sich diese Wolken auf; die letzten, dunkel und schemenhaft wie Rauch, ballen sich in rosa Schleiern vor der untergehenden Sonne; dort, wo sie so sachte untergegangen ist wie sie am Himmel aufging, steht für kurze Zeit ein scharlachroter Glanz über dem dämmernden Land, und leise blinkend, wie eine behutsam getragene Kerze, erscheint über ihr der Abendstern. An solchen Tagen sind alle Farben gedämpft; sie sind hell, aber nicht grell; alles trägt den Stempel einer zu Herzen gehenden Sanftheit. An solchen Tagen kann es sehr heiß sein, manchmal ist es auch drückend schwül über den leicht abschüssigen Feldern; doch der Wind treibt die angestaute Gluthitze auseinander und wirbelnde Windstöße – das untrügliche Zeichen beständigen Wetters – ziehen als hohe weiße Säulen zwischen den Äckern über die Feldwege. Die trockene, reine Luft riecht nach Wermut, gemähtem Roggen und Buchweizen; selbst eine Stunde vor Einbruch der Nacht spürt man keine Feuchtigkeit. Das ist das Wetter, das sich jeder Landwirt für die Getreideernte wünscht …

Genau an einem solchen Tag war ich einmal im Gouvernement Tula, im Landkreis Tschern, auf Birkhahnjagd. Ich hatte ziemlich viele Vögel aufgespürt und erlegt; die prall gefüllte Jagdtasche schnitt mir unbarmherzig in die Schulter; das Abendrot verblasste schon, und in der noch hellen, wenn auch nicht mehr von den Strahlen der mittlerweile untergegangenen Sonne beschienenen Luft begannen sich schon kalte Schatten zu verdichten und auszudehnen, als ich schließlich beschloss, nach Hause zurückzukehren. Mit schnellen Schritten durchquerte ich einen langgezogenen

Streifen Gebüsch, kletterte auf einen Hügel, erblickte aber, statt der erwarteten vertrauten Ebene mit dem Eichenwäldchen zur Rechten und der kleinen weißen Kirche in der Ferne, eine völlig andere, unbekannte Gegend. Mir zu Füßen erstreckte sich ein schmales Tal; direkt gegenüber erhob sich wie eine steile Wand dichter Espenwald. Verblüfft blieb ich stehen und blickte mich um … Oh, dachte ich, da bin ich ja ganz woanders hingeraten: bin wohl zu weit nach rechts abgekommen. Verwundert über meinen Irrtum, stieg ich schnell vom Hügel hinab. Sofort umfing mich eine unangenehme, stehende Feuchtigkeit, ganz so, als wäre ich in einen Keller geraten; das dichte, hohe feuchte Gras auf dem Grund des Tals schimmerte weiß wie ein ausgebreitetes Tischtuch; mir war irgendwie unheimlich, es zu durchqueren. So schnell wie möglich kletterte ich auf die andere Seite und ging, mich links haltend, am Espenwald entlang. Schon flogen Fledermäuse über seinen schlummernden Wipfeln, sie zogen ihre geheimnisvollen Kreise und flatterten am dunklen, wolkenlosen Himmel; flink und pfeilgerade flog in der Höhe ein verspätetes Habichtjunges, das seinem Nest zueilte. »Bin ich erst mal am Ende des Waldstückes«, dachte ich bei mir, »werde ich schon auf den Weg treffen; eine Werst Umweg aber habe ich wohl gemacht!«

Schließlich gelangte ich an das Ende des Waldes, von einem Weg aber war weit und breit nichts zu sehen: vor mir lag weithin wucherndes niedriges Gebüsch und dahinter erkannte man in der Ferne ein brachliegendes Feld. Wieder blieb ich stehen. »Was ist das nur? … Wo bin ich denn?« Ich rief mir in Erinnerung, wie und wohin ich im Laufe des Tages gegangen war … »Ach so! Das ist der Parachino-Busch«, rief ich schließlich, »genau! Und das dort müsste das Wäldchen von Sindejewo sein … Aber wie bin ich bloß hierhergeraten? So weit? … Merkwürdig! Jetzt muss ich mich wieder rechts halten.«

Ich schlug den Weg nach rechts ein, durch das Buschwerk. Inzwischen kam die Nacht näher, sie wuchs wie eine Gewitterwolke: es schien, als steige die Dunkelheit zusammen mit dem Abenddunst von überallher auf, ja, als ergieße sie sich sogar aus der Höhe. Ich fand einen kaum begangenen, zugewachsenen Pfad, folgte ihm und schaute aufmerksam nach vorn. Ringsum wurde es schnell dunkel, alle Laute erstarben – nur die Wachteln schlugen noch hin und wieder. Ein kleiner Nachtvogel, der lautlos und niedrig auf seinen weichen Flügeln dahinschwebte, prallte beinahe mit mir zusammen und floh erschrocken zur Seite. Ich trat aus dem Gebüsch und lief den Feldrain entlang. Nur mit Mühe konnte ich in der Ferne noch etwas erkennen; ringsum schimmerte undeutlich das Feld; dahinter erhob sich, jeden Augenblick näher kommend, in riesigen Schwaden die bedrohliche Finsternis. Dumpf hallten meine Schritte in der immer kühleren Luft. Der verblassende Himmel begann wieder zu blauen, aber es war nun das Blau der Nacht, und in ihm flimmerten und flackerten kleine Sterne.

Was ich für ein Wäldchen gehalten hatte, erwies sich als dunkle, runde Anhöhe. »Wo bin ich bloß?« sagte ich noch einmal laut vor mich hin, blieb zum dritten Mal stehen und sah fragend meinen gelbgescheckten englischen Hund Dianka an, das klügste aller vierbeinigen Wesen, das ich kenne. Doch das klügste aller vierbeinigen Wesen wedelte nur mit dem Schwanz, zwinkerte niedergeschlagen mit den müden Augen und gab mir nicht den geringsten vernünftigen Rat. Ich schämte mich vor ihm und schritt verzweifelt aus, als wüsste ich plötzlich, wohin ich gehen müsste, umrundete die Anhöhe und fand mich in einer kleinen gepflügten Senke wieder. Sofort bemächtigte sich meiner ein merkwürdiges Gefühl. Diese Senke sah aus wie ein beinahe regelmäßiger Kessel mit schräg abfallenden Seitenwänden; von ihrem Grund ragten einige große weiße Steine empor, es schien, als hätten sie sich dort zu einer Geheimversammlung zusammengefunden. So still und finster war es, so flach und verzagt hing der Himmel über ihr, dass sich mir das Herz zusammenzog. Zwischen den Steinen fiepte leise und klagend ein kleines Tier. Ich beeilte mich, wieder zurück auf die Anhöhe zu kommen. Noch immer hatte ich die Hoffnung nicht aufgegeben, den Rückweg zu finden; jetzt aber konnte ich mich endgültig davon überzeugen, dass ich mich hoffnungslos verlaufen hatte. Deshalb versuchte ich nun auch nicht mehr, die Umgebung wiederzuerkennen, die fast völlig in der Finsternis versunken war, sondern ging geradeaus, aufs Geratewohl, immer den Sternen nach … So lief ich, mühsam einen Fuß vor den anderen setzend, etwa eine halbe Stunde lang. Noch nie im Leben war ich wohl in einer so verlassenen Gegend gewesen: nirgends schimmerte ein Licht, kein Laut war zu hören. Ein leicht abfallender Hügel folgte dem nächsten, endlos reihte sich Feld an Feld, die Büsche schienen vor meinen Augen aus dem Boden zu wachsen. Ich ging immer weiter und wollte mich schon irgendwo bis zum Morgen niederlegen, als ich plötzlich vor einem fürchterlichen Abgrund stand.

Schnell zog ich meinen bereits ausgestreckten Fuß zurück und erblickte im beinahe undurchdringlichen Dunkel der Nacht tief unter mir eine weite Ebene. Ein breiter Fluss wand sich in einem sich von mir entfernenden Halbkreis durch sie hindurch; der stahlgraue Widerschein des Wassers, das bisweilen vage blinkte, zeigte an, wohin er strömte. Der Hügel, auf dem ich stand, brach senkrecht in die Tiefe; seine gewaltigen Umrisse zeichneten sich dunkel ab in der bläulichen Luft, und direkt unter mir, in einem Winkel, der vom Abhang und der Ebene gebildet wurde, nahe beim Fluss, der an dieser Stelle reglos dalag wie ein dunkler Spiegel, glommen und rauchten plötzlich direkt unter dem Steilhang einträchtig nebeneinander zwei rote Feuerchen. Um sie herum bewegten sich Menschen, schwankten Schatten, bisweilen wurde die vordere Hälfte eines kleinen Lockenkopfs hell beleuchtet …

Schließlich begriff ich, wohin ich geraten war. Diese Wiese ist in unserer Gegend als Beshin-Wiese bekannt … Nach Hause zurückzukehren war allerdings völlig ausgeschlossen, besonders zur Nachtzeit; auch versagten mir die Füße vor Müdigkeit den Dienst. So beschloss ich, zu den Feuern hinabzusteigen und in der Gesellschaft jener Leute, die ich für Viehtreiber hielt, den Morgen abzuwarten. Glücklich gelangte ich nach unten, doch ich hatte den letzten Zweig, an dem ich mich festhielt, noch nicht losgelassen, als plötzlich zwei große, weiße, zottelige Hunde unter bösartigem Gebell auf mich zustürzten. Rund um die Feuer ertönten helle Kinderstimmen; zwei, drei Jungen erhoben sich schnell vom Boden. Ich beantwortete ihre fragenden Rufe. Sie kamen auf mich zugelaufen, riefen sofort die Hunde zurück, die besonders das Erscheinen meiner Dianka gereizt hatte, und ich ging zu ihnen.

Ich hatte mich geirrt, als ich die um jene Feuer sitzenden Menschen für Viehtreiber gehalten hatte. Es waren Bauernkinder aus den umliegenden Dörfern, die eine Pferdeherde hüteten. In der heißen Sommerzeit treibt man bei uns die Pferde über Nacht auf die Weide: tagsüber würden ihnen die Fliegen und Bremsen keine Ruhe lassen. Die Herde am Abend auf die Weide zu treiben und im Morgengrauen wieder heimwärts, das ist ein großes Fest für die Bauernjungen. Ohne Mützen und in alten Halbpelzen stürmen sie unter fröhlichem Gekreisch und Geschrei auf den kühnsten Kleppern mit Armen und Beinen schlenkernd dahin, vollführen hohe Sprünge und lachen schallend. Dann steigt feiner Staub in gelben Säulen auf und weht über die Wege; weithin hallt das einträchtige Getrappel, die Pferde jagen mit gespitzten Ohren vorwärts; allen voran galoppiert ein zottliger Rotfuchs mit erhobenem Schweif und Kletten in der zerzausten Mähne.

Ich erzählte den Jungen, dass ich mich verirrt hätte, und setzte mich zu ihnen. Sie fragten, woher ich sei, verstummten dann und rückten zur Seite. Wir unterhielten uns ein wenig. Ich legte mich unter einen kahlgenagten Strauch und blickte in die Runde. Ein großartiges Bild bot sich mir dar. Um die Feuer erzitterte ein runder rötlicher Widerschein und erstarb bald, gleichsam von der Dunkelheit verschluckt; eine auflodernde Flamme warf bisweilen zuckende Lichtreflexe über die Umrisse des Kreises hinaus; eine zarte Lichtzunge beleckte die kahlen Zweige eines Weidenbuschs und verschwand sofort wieder; spitze, lange Schatten, die sich für einen Augenblick losrissen, rückten nun ihrerseits nah an die Feuer heran: die Finsternis rang mit dem Licht. Bisweilen, wenn die Flamme schwächer brannte und der Lichtkreis sich verengte, tauchte aus der sich nähernden Finsternis plötzlich ein Pferdekopf auf, braun, mit geschlängelter Blesse oder ganz weiß, schaute mit einem langen, stumpfen Blick zu uns herüber, kaute dabei eifrig die langen Grashalme, senkte sich dann und versank sogleich wieder. Man hörte nur noch, wie das Pferd weiterkaute und schnaubte. Von einem erleuchteten Ort aus kann man schwer erkennen, was sich im Finstern tut, weshalb alles ringsum in einen gleichsam schwarzen Vorhang gehüllt zu sein schien; doch weiter hinten, dem Horizont entgegen, erhoben sich wie langgezogene Flecken undeutlich Hügel und Wälder. Der klare, dunkle Himmel stand in seiner ganzen geheimnisvollen Herrlichkeit feierlich und unermesslich hoch über uns. Süß zog sich der Brustkorb zusammen, wenn er jenen besonderen, berauschenden und frischen Duft einsog – den Duft einer russischen Sommernacht. Man hörte fast keinen Laut … Zuweilen sprang im nahen Fluss plätschernd ein großer Fisch aus dem Wasser, wodurch das Schilf am Ufer, von der heranrollenden Welle zart ins Schwanken gebracht, kaum vernehmbar raschelte … Nur die Feuer knisterten leise.

Die Jungen saßen im Kreis um die Feuer; auch die beiden Hunde saßen hier, die mich so gern zerfleischt hätten. Noch lange konnten sie sich nicht mit meiner Anwesenheit abfinden, schläfrig blinzelnd schielten sie ins Feuer und knurrten hin und wieder im außerordentlichen Bewusstsein ihrer Würde; zuerst knurrten sie, dann winselten sie nur noch, als bedauerten sie die Unmöglichkeit, ihr Verlangen in die Tat umzusetzen. Es waren fünf Jungen: Fedja, Pawluscha, Iljuscha, Kostja und Wanja. Ihre Namen hatte ich aus den Gesprächen erfahren, und ich möchte die Leser nun mit ihnen bekanntmachen.

Der älteste von ihnen, Fedja, war vielleicht vierzehn Jahre alt. Es war ein schlanker Junge mit feinen, hübschen, ein wenig zu zarten Gesichtszügen, lockigem, blondem Haar, hellen Augen und einem beständigen Lächeln, das halb fröhlich war, halb zerstreut. Allem Anschein nach entstammte er einer reichen Familie und war wohl nicht aus einer Notwendigkeit, sondern aus reinem Vergnügen mit aufs Feld hinausgeritten. Er trug ein buntes Kattunhemd mit gelber Borte; der kleine neue Bauernrock, den er übergeworfen hatte, hielt sich gerade eben auf seinen schmalen Schultern; am hellblauen Gürtel hing ein Kamm. Seine kurzschäftigen Stiefel gehörten unzweifelhaft ihm selbst und nicht seinem Vater. Der zweite Junge, Pawluscha, hatte bzerzaustes schwarzes Haar, graue Augen und breite Backenknochen, sein Gesicht war blass und pockennarbig, er hatte einen großen, doch ebenmäßigen Mund und einen mächtigen Kopf, der reinste Bierkessel, wie der Volksmund sagt, sein Körper war untersetzt und plump. Es war ein unansehnlicher Bursche – daran gab es nichts zu deuteln –, aber er gefiel mir dennoch: er sah sehr klug und aufrichtig aus, und aus seiner Stimme sprach Kraft. Mit seiner Kleidung konnte er keinen Staat machen: sie bestand lediglich aus einer einfachen Hanfbluse und geflickten Hosen. Das Gesicht von Iljuscha, dem dritten Jungen, war eher nichtssagend: mit einer Hakennase, langgezogen und kurzsichtig, drückte es eine dumpfe, schmerzliche Besorgtheit aus; seine aufeinandergepressten Lippen bewegten sich nicht, die zusammengezogenen Brauen gingen nicht auseinander, man meinte, er kneife wegen des Feuers beständig die Augen zusammen. Seine flachsblonden, fast weißen Haare ragten als spitze Strähnen unter der flachen Filzkappe hervor, die er sich immer wieder mit beiden Händen über die Ohren zog. Er trug neue Bastschuhe und Fußlappen; ein dreimal um den Leib geschlungener dicker Strick gürtete gewissenhaft seinen sauberen, schwarzen Kittel. Sowohl er wie Pawluscha waren allem Anschein nach nicht älter als zwölf Jahre. Der vierte, Kostja, ein etwa zehnjähriger Knabe, weckte mein Interesse durch seinen nachdenklichen, traurigen Blick. Sein Gesicht war klein, mager und sommersprossig, nach unten lief es spitz zu wie bei einem Eichhörnchen, die Lippen konnte man kaum erkennen; einen sonderbaren Eindruck machten jedoch seine großen, schwarzen, glänzenden Augen: sie schienen etwas sagen zu wollen, wofür die Sprache – zumindest seine Sprache – keine Worte besaß. Er war von kleinem Wuchs, schwächlichem Körperbau und recht ärmlich gekleidet. Den letzten, Wanja, hatte ich zunächst gar nicht bemerkt: er lag friedlich unter einer Bastmatte auf dem Boden und streckte nur hin und wieder seinen dunkelblonden Lockenkopf hervor. Dieser Junge war höchstens sieben Jahre alt.

Ich lag also etwas abseits unter einem Strauch und betrachtete die Jungen. Über einem der Feuer hing ein kleiner Kessel, darin kochten Kartoffeln. Pawluscha kniete davor, gab acht auf ihn und stocherte mit einem Span im kochenden Wasser. Fedja lag, die Rockschöße ausgebreitet, auf einen Ellbogen gestützt da. Iljuscha saß neben Kostja und blinzelte noch immer angestrengt. Kostja ließ ein wenig den Kopf hängen und schaute in die Ferne. Wanja rührte sich nicht unter seiner Bastmatte. Ich stellte mich schlafend. Allmählich nahmen die Jungen ihr Gespräch wieder auf.

Zuerst schwatzten sie über dies und das, über die Arbeit des nächsten Tages, über die Pferde: plötzlich aber wandte sich Fedja an Iljuscha, nahm gleichsam den Faden der unterbrochenen Unterhaltung wieder auf und fragte ihn:

»Was ist denn nun, hast du den Domowoi wirklich gesehen?«

»Nein, gesehen habe ich ihn nicht, das kann man doch gar nicht«, antwortete Iljuscha mit heiserer, schwacher Stimme, die haargenau seinem Gesichtsausdruck entsprach, »aber gehört habe ich ihn … Und nicht nur ich.«

»Wo hält er sich denn bei euch auf?« fragte Pawluscha.

»In der alten Schöpfmühle.«

»Arbeitet ihr denn in der Fabrik?«

»Aber ja doch. Mein Bruder Awdjuschka und ich, wir sind Papierglätter.«

»Was du nicht sagst, Fabrikarbeiter! …«

»Woran hast du ihn denn erkannt?« fragte Fedja.

»Also, das war so. Mein Bruder Awdjuschka, dann noch Fjodor Michejewski, Iwaschka Kossoi, der andere Iwaschka, der von den Roten Hügeln, und noch Iwaschka Suchorukow und außerdem noch andere Jungs, zusammen waren wir vielleicht zehn, also die ganze Schicht, wir mussten in der Papiermühle übernachten, also, nicht einfach so, Nasarow, der Aufseher, der hat das verlangt; er hat gesagt: ›Was wollt ihr euch erst die Mühe machen und nach Hause gehen, Kinder; morgen gibt's viel Arbeit, bleibt besser gleich hier.‹ Wir sind also geblieben, und wie wir da alle zusammenliegen, sagt Awdjuschka plötzlich: ›Und was machen wir, Jungs, wenn der Domowoi kommt?‹ … Kaum hatte er das gesagt, der Awdej, da hören wir plötzlich, wie jemand über unseren Köpfen rumläuft; wir lagen ja unten, das Geräusch kam aber von oben, vom Rad. Wir hören: da geht einer, die Bretter biegen sich nur so unter ihm und knarren; und dann ist er über unsere Köpfe gestiegen; auf einmal ist das Wasser übers Rad geströmt und gerauscht hat es, was das für ein Lärm war; und wie es geklappert hat, das Rad, und gedreht hat es sich; der Schieber aber, der war doch runtergelassen. Wir haben uns gewundert: wer hat den bloß hochgezogen, damit das Wasser fließen kann; das Rad aber hat sich gedreht und gedreht und dann ist es stehengeblieben. Er aber, er ist wieder oben zur Tür, dann die Treppe runter; in aller Ruhe ist er runtergestiegen; die Stufen haben richtig geächzt unter ihm … Dann ist er an unsere Tür gekommen, hat gewartet, gewartet, und mit einem Mal ist die Tür aufgeflogen. Das war vielleicht ein Schreck, wir gucken, sehen aber nichts … Dann plötzlich bewegt sich in einer Bütte das Sieb, erst ist es hochgegangen, dann untergetaucht, bewegt sich durch die Luft, als hätte jemand Papier geschöpft, und dann ist es wieder zurück an seinen alten Platz. Von einer anderen Bütte ist plötzlich ein Haken vom Nagel gesprungen und dann wieder zurück; dann hat es sich angehört, als ob jemand an der Tür ist und hustet und blökt wie ein Hammel, ganz laut … Wir haben uns alle zusammengedrängt, sind einer unter den anderen gekrochen … Was hatten wir damals für eine Angst!«

»Sieh mal an!« sagte Pawel. »Wieso hat er denn gehustet?«

»Weiß ich nicht; vielleicht weil es feucht war.«

Alle schwiegen.

»Was ist«, fragte Fedja, »sind die Kartoffeln gar?«

Pawluscha prüfte sie.

»Nein, noch nicht … Da plätschert was«, fügte er hinzu und wandte das Gesicht dem Fluss zu, »wahrscheinlich ein Hecht … Schaut mal, eine Sternschnuppe.«

»Jetzt will ich euch was erzählen, Jungs«, sagte Kostja

mit dünnem Stimmchen, »hört mal, was vor kurzem mein Vater erzählt hat, als ich dabei war.«

»Wir hören«, sagte Fedja gönnerhaft.

»Ihr kennt doch Gawrila, den Zimmermann aus der Siedlung?«

»Natürlich, den kennen wir.«

»Und wisst ihr auch, warum er immer so traurig ist und immer schweigt, wisst ihr das? Ich will euch sagen, warum er immer so traurig ist. Einmal ist er, hat mein Vater gesagt, in den Wald gegangen, Nüsse sammeln. Er ist also in den Wald gegangen, Nüsse sammeln, hat sich verlaufen und ist Gott weiß wo gelandet. Er geht und geht, Jungs, aber nein, er kann und kann den Weg nicht finden; inzwischen war es schon Nacht. Da hat er sich unter einen Baum gesetzt; ich will lieber abwarten, bis es hell wird, denkt er und döst ein. Und wie er so döst, hört er plötzlich, dass ihn jemand ruft. Er macht die Augen auf und sieht sich um – niemand da. Er döst wieder ein – wieder ruft es. Wieder guckt er, guckt: da sitzt vor ihm eine Russalka in den Zweigen, schaukelt und ruft ihn zu sich, und dabei biegt sie sich nur so vor Lachen, sie lacht und lacht … Und der Mond, der schien, ganz hell und klar, alles war zu sehen, Jungs. Sie ruft ihn also, ist selber ganz hell und weiß, wie sie da auf dem Zweig sitzt, wie eine Plötze oder ein Gründling, auch die Karauschen sind so weiß und silbrig … Der Zimmermann Gawrila erstarrt, Jungs, sie aber kichert und lockt ihn immerzu mit der Hand zu sich heran. Gawrila wollte schon aufstehen und der Russalka gehorchen, Jungs, aber Gott der Herr hat ihm einen Gedanken eingegeben und er hat das Kreuz geschlagen … Aber wie schwer ihm das gefallen ist, das Kreuz zu schlagen, Jungs; seine Hand, hat er erzählt, war wie versteinert, hat sich nicht vom Fleck bewegen wollen … So was! … Als er aber das Kreuz geschlagen hatte, da ist der kleinen Russalka das Lachen vergangen, plötzlich hat sie angefangen zu weinen … Sie hat geweint, Jungs, und sich die Augen mit den Haaren getrocknet, grün waren die, die Haare, wie Hanf. Gawrila, der hat sie immer nur angeschaut, und dann hat er sie gefragt: ›Wieso weinst du denn, du grüner Waldgeist?‹ Da sagt die Russalka zu ihm: ›Hättest dich nicht bekreuzigen sollen, Menschensohn‹, sagt sie, ›bis ans Ende aller Tage hättest du mit mir in Freuden leben können; ich weine und gräme mich, weil du dich bekreuzigt hast; und nicht nur ich werde mich grämen: auch du wirst dich bis an dein Lebensende grämen.‹ Mit diesen Worten, Jungs, ist sie verschwunden, Gawrila aber hat gleich gewusst, wie er aus dem Wald herauskommen kann … Und seitdem ist er traurig.«

»So was aber auch«, sagte Fedja nach einer kleinen Pause, »wie kann denn ein Waldungeheuer die Seele eines Christenmenschen zugrunde richten – er hat doch nicht auf sie gehört?«

»Doch, doch, das geht«, sagte Kostja, »Gawrila hat noch gesagt, dass sie ein zartes Stimmchen gehabt hat, so klagend wie eine Kröte.«

»Und das hat dein Vater erzählt?« fragte Fedja.

»Ja, hat er. Ich hab oben auf dem Bett gelegen und alles gehört.«

»Komisch! Aber wieso ist er traurig? … Er hat ihr wohl gefallen, deshalb hat sie ihn bestimmt gerufen?«

»Ja, gefallen hat er ihr!« sagte nun Iljuscha. »Natürlich! Totkitzeln wollte sie ihn, das wollte die nämlich! Das machen sie doch immer, die Russalkas.«

»Hier sind sicher auch welche«, sagte Fedja.

»Nein«, antwortete Kostja, »hier ist ein reiner, freier Ort, hier sind keine. Allerdings ist der Fluss nah.«

Alle verstummten. Plötzlich hörte man irgendwo in der Ferne einen langgezogenen, hell klingenden, beinahe seufzenden Laut, einer jener unerklärlichen nächtlichen Laute, die bisweilen in der tiefsten Stille ertönen, sich ausbreiten, in der Luft stehen und schließlich langsam verwehen, gleichsam ersterben. Man lauscht, nichts scheint da zu sein und doch klingt es. Es schien, als rufe jemand lange, lange fern am Horizont und ein anderer antworte ihm aus dem Wald mit dünnem, schrillem Gelächter, und als gleite ein zischendes, schwaches Pfeifen über den Fluss. Die Jungen warfen einander Blicke zu und fuhren zusammen …

»Gott steh uns bei!« flüsterte Ilja.

»Ach, ihr Angsthasen«, rief Pawel, »wovor fürchtet ihr euch? Guckt mal, die Kartoffeln sind gar.«

Alle rückten an den Kessel heran und begannen die dampfenden Kartoffeln zu essen; nur Wanja rührte sich nicht.

»Was hast du denn?« sagte Pawel.

Doch er kam nicht unter seiner Bastmatte hervor. Der Kessel leerte sich schnell.

»Und habt ihr gehört, Jungs«, begann Iljuscha, »was neulich bei uns in Warnawizy passiert ist?«

»Am Wehr?« fragte Fedja.

»Ja, ja, am Wehr, beim Durchbruch. Das ist sowieso ein unreiner Ort, unheimlich ist es da, und noch dazu so abgelegen. Überall Senken und Schluchten, und in den Schluchten wimmelt es von Schlangen.«

»Was ist denn nun passiert, erzähl schon …«

»Also, das war so: Du weißt das vielleicht nicht, Fedja, bei uns liegt nämlich ein Ertrunkener begraben; er hat sich vor langer Zeit ertränkt, da war der See noch tief; sein Grab kann man immer noch sehen, aber auch nicht mehr richtig. Gerade mal ein kleiner Hügel ist übriggeblieben … Vor kurzem also hat der Verwalter den Hundewärter Jermil zu sich gerufen und gesagt: ›Hol mal die Post ab, Jermil.‹ Der Jermil reitet bei uns nämlich immer zur Post; seine Hunde sind ihm alle eingegangen: sie bleiben bei ihm nie am Leben, wer weiß warum, noch nie sind sie am Leben geblieben, aber er ist ein guter Hundewärter, kann alles. Jermil ist also zur Post geritten, hat sich in der Stadt rumgetrieben, und auf dem Rückweg war er nicht mehr nüchtern. Es war schon Nacht, eine helle Nacht war's: der Mond schien … Jermil reitet am Wehr entlang, das lag an seinem Weg. Er reitet also, der Hundewärter Jermil, und sieht: beim Ertrunkenen, auf dem Grab, läuft ein Lämmchen hin und her, ein weißes, lockiges, hübsches Lämmchen. Da denkt sich Jermil: ›Das nehme ich mit, es geht hier sonst noch ein‹, er steigt ab und nimmt es hoch … Das Lamm rührt sich nicht. Jermil zurück zu seinem Pferd, das Pferd aber scheut, es schnaubt, sein Kopf zittert; er beruhigt es, sitzt auf mit dem Lamm und reitet los; das Lamm hält er vor sich hin. Er guckt: das Lamm sieht ihm direkt in die Augen. Ihm wurde angst und bange, dem Jermil: so was habe ich ja noch nie erlebt, denkt er, dass ein Lamm jemandem in die Augen sieht; aber er bleibt ruhig; hat ihm das Fell gestreichelt und gesagt: ›Bäh, bäh!‹ Da hat das Lamm plötzlich die Zähne gefletscht und auch ›bäh, bäh‹ gesagt …«

Er hatte das letzte Wort kaum zu Ende gesprochen, da sprangen plötzlich beide Hunde auf, stürzten mit sich überschlagendem Gebell vom Feuer davon und verschwanden in der Finsternis. Alle Jungen fuhren zusammen. Wanja kam hastig unter seiner Bastmatte hervor. Pawluscha lief schreiend den Hunden hinterher. Schnell verhallte ihr Gebell … Man hörte die aufgestörte Pferdeherde unruhig umherlaufen. Pawluscha rief laut: »Grauer! Schwarzer!« Kurz darauf verstummte das Gebell; Pawels Stimme wehte nur noch schwach von ferne herüber … einige Zeit verging; die Jungen warfen sich überraschte Blicke zu, als erwarteten sie, dass etwas passieren würde … Plötzlich ertönte das Getrappel eines herbeigaloppierenden Pferdes; dicht am Feuer kam es jäh zu stehen, und Pawluscha, der sich an der Mähne festgehalten hatte, sprang flink herab. Auch die beiden Hunde kamen in den Lichtkreis gelaufen und setzten sich mit heraushängenden roten Zungen sofort nieder.

»Was gibt's? Was war los?« fragten die Jungen.

»Nichts«, antwortete Pawel und deutete in Richtung des Pferdes, »die Hunde haben wohl was gewittert. Ich dachte, da ist ein Wolf«, fügte er mit gleichgültiger Stimme hinzu und atmete schnell.

Ich konnte mich nicht sattsehen an Pawluscha. Er war in diesem Augenblick sehr schön. Sein unansehnliches Gesicht, vom schnellen Reiten erhitzt, leuchtete vor Verwegenheit, entschlossen und kühn. Ohne Gerte in der Hand war er mitten in der Nacht, ohne zu zögern, allein auf einen Wolf losgeritten … »Was für ein wunderbarer Junge«, dachte ich, während ich ihn betrachtete.

»Hat man hier denn schon mal Wölfe gesehen?« fragte Kostja verängstigt.

»Hier gibt es immer viele«, antwortete Pawel, »aber nur im Winter sind sie gefährlich.«

Wieder kauerte er sich ans Feuer. Eine Hand auf dem zottligen Nacken eines der Hunde, saß er am Boden. Das frohe Tier hielt lange den Kopf still und schaute Pawluscha mit dankbarem Stolz von der Seite her an.

Wanja war wieder unter seiner Bastmatte verschwunden.

»Was für Gruselgeschichten du uns erzählt hast, Iljuschka«, sagte Fedja, dem es als Sohn eines reichen Bauern zukam, den Ton anzugeben (selbst sprach er wenig, als fürchte er, seine Würde zu verlieren). »Der Unreine hat sogar die Hunde dazu gebracht, dass sie bellen … Ich habe gehört, dass es bei euch wirklich nicht geheuer ist.«

»In Warnawizy? … Oh ja, ja, das stimmt, es ist nicht geheuer bei uns! Immer wieder hat man dort den seligen Barin gesehen, heißt es. Er geht in einem langschößigen Kaftan herum, stöhnt in einem fort und sucht etwas auf dem Boden. Einmal ist ihm Großvater Trofimytsch begegnet: ›Was suchst du denn da auf dem Boden, Batjuschka Iwan Iwanytsch?‹«

»Das hat er ihn gefragt?« unterbrach ihn Fedja verblüfft.

»Ja, das hat er gefragt.«

»Der ist aber mutig, der Trofimytsch … Und was hat er geantwortet?«

»›Ich suche den Sprengwurz, das Zauberkraut‹, sagt er. Ganz dumpf hat er es gesagt: den Sprengwurz, das Zauberkraut. – ›Und wozu brauchst du das Zauberkraut, Batjuschka Iwan Iwanytsch?‹ – ›Es drückt mich, das Grab, es drückt mich, Trofimytsch: fort will ich, fort …‹«

»Sieh mal einer an!« bemerkte Fedja. »Hat wohl nicht lange genug gelebt.«

»Das ist aber seltsam«, sagte Kostja. »Ich dachte, Tote kann man nur am Totengedenktag sehen.«

»Tote kann man zu jeder Zeit sehen«, mischte sich im Brustton der Überzeugung Iljuscha ein, der sich, soweit ich es beurteilen konnte, in sämtlichen Spielarten des Volksglaubens auskannte …

»Am Totengedenktag kann man auch die sehen, die noch im selben Jahr sterben müssen. Man muss sich nur nachts auf die Kirchenstufen setzen und den Weg im Auge behalten. Die an dir vorbeigehen auf dem Weg, die werden noch im selben Jahr sterben. Im letzten Jahr hat sich Tante Uljana bei uns auf die Stufen gesetzt.«

»Und, hat sie jemanden gesehen?« fragte Kostja neugierig.

»Aber ja doch. Zuerst hat sie lange, lange dagesessen und hat niemanden gesehen oder gehört … nur ein Hund hat irgendwo gebellt … Plötzlich guckt sie: da geht ein Junge den Weg lang, mit nichts als einem Hemd. Sie guckt genauer hin – da war's Iwaschka Fedossejew.«

»Der im Frühjahr gestorben ist?« unterbrach ihn Fedja.

»Genau der. Geht vorbei, ohne den Kopf zu heben … Aber Uljana hat ihn erkannt … Dann sieht sie plötzlich eine Frau vorbeilaufen. Sie guckt und guckt, ach, du liebe Güte, das ist sie ja selber, die da auf dem Weg langgeht, Uljana selber.«

»Sie selber, wirklich?« fragte Fedja.

»Bei Gott, sie selber.«

»Aber sie ist doch noch nicht tot?«

»Das Jahr ist ja auch noch nicht zu Ende. Sieh sie dir bloß mal an: sie hält sich ja kaum noch auf den Beinen.«

Wieder verstummten alle. Pawel warf eine Handvoll trockener Zweige ins Feuer. Schnell verkohlten sie in der jäh auflodernden Flamme, knisterten und qualmten und krümmten sich dann mit nach oben gebogenen verkohlten Enden. Der Widerschein des Lichts breitete sich flackernd nach allen Seiten aus, besonders in die Höhe. Plötzlich kam eine weiße Taube direkt auf das Licht zugeflogen, flatterte, ganz vom heißen Schein beleuchtet, ängstlich auf der Stelle und verschwand dann wieder flügelschlagend.

»Die hat wohl nicht nach Hause gefunden«, bemerkte Pawel. »Jetzt wird sie weiterfliegen, bis sie irgendwo ankommt, und wo sie ankommt, wird sie übernachten.«

»Was meinst du, Pawluscha«, sagte Kostja, »könnte das nicht auch eine gerechte Seele gewesen sein, die in den Himmel fliegt?«

Pawel warf noch eine Handvoll Zweige ins Feuer.

»Kann sein«, sagte er schließlich.

»Sag mal, Pawluscha«, begann Fedja, »habt ihr in Schalamowo auch das Himmelszeichen* gesehen?«

»Als die Sonne nicht mehr zu sehen war? Aber ja doch.«

»Da habt ihr euch sicher auch erschrocken?«

»Nicht nur wir. Auch unser Barin hat es mit der Angst bekommen, als es dunkel wurde, was denkst du denn, obwohl er uns vorher erklärt hat, dass ein Himmelszeichen kommen wird. Und die Köchin im Gesindehaus, die hat, kaum war es dunkel, mit der Ofengabel sämtliche Töpfe im Ofen kaputtgeschlagen. Wer wird denn jetzt noch essen, hat sie gesagt, das ist der Weltuntergang. Und dann ist die ganze Kohlsuppe ausgelaufen. Und was für Gerüchte bei uns im Dorf im Umlauf waren, mein Lieber, es hieß, weiße Wölfe werden kommen und die Menschen fressen, Raub-

* So nennen die Leute bei uns eine Sonnenfinsternis.

vögel kommen angeflogen, sogar Trischka* wird man bald sehen können.«

»Was für einen Trischka denn?« fragte Kostja.

»Kennst du den nicht?« mischte sich aufgeregt Iljuscha ein. »Was bist du denn für einer, dass du den Trischka nicht kennst? Ihr seid ja die reinsten Hinterwäldler in eurem Dorf, ja, richtige Hinterwäldler! Der Trischka, das ist einer, der vollbringt Wundertaten, wenn er kommt; dann brechen die letzten Tage an. Und solche Wunderkräfte hat der, dass man ihn nicht wird ergreifen können, und auch tun wird man ihm nichts können: solche Wunderkräfte hat der. Wenn ihn die Christenmenschen zum Beispiel werden ergreifen wollen und mit Knüppeln auf ihn losgehen und ihn umzingeln, dann wird er sie ablenken, so ablenken, dass sie sich dann gegenseitig totschlagen. Und wenn man ihn zum Beispiel im Gefängnis einsperrt und er um eine Kelle Wasser bittet und man ihm die Kelle bringt, dann taucht er darin unter, und weg ist er. Legt man ihn in Ketten, braucht er nur in die Hände zu klatschen, und schon fallen sie ab von ihm. Dieser Trischka wird durch die Dörfer ziehen und die Städte, und er wird, der Trischka, hinterlistig, wie er ist, die Christenmenschen verführen … Aber man wird ihm nichts anhaben können … So ein Wundermann ist das.«

»Ja, ja«, fuhr nun Pawel mit seiner bedächtigen Stimme fort, »so einer ist das. Den also haben sie bei uns erwartet. Sobald das Himmelszeichen erscheinen wird, haben die Alten gesagt, kommt der Trischka. Und dann war es da. Alles ist auf die Straßen und auf die Felder geströmt und hat ge-

* Im Volksglauben klingt in der Gestalt des »Trischka« vermutlich die Legende vom Antichrist an.

wartet, was nun werden wird. Bei uns hat man ja, wie ihr wisst, nach allen Seiten gute Sicht. Sie gucken – da kommt jemand den Berg runter, von der Siedlung her, ganz seltsam sieht er aus, und der Kopf so sonderbar … Alle schreien los: Oj, da kommt Trischka! Oj, Trischka kommt, und rennen auseinander! Unser Dorfältester klettert in einen Graben; seine Frau ist im Spalt unter dem Hoftor steckengeblieben und hat aus Leibeskräften geflucht und geschrien, und ihren Hofhund hat sie so verschreckt, der hat sich von der Kette losgerissen und ist über den Flechtzaun in den Wald gerannt; und Kuskas Vater, der Dorofeitsch, der ist ins Haferfeld gesprungen, hat sich dort hingehockt und hat angefangen, wie eine Wachtel zu rufen: Einen Vogel, hat er gedacht, wird der Bösewicht, der Mörder, vielleicht verschonen. So verängstigt waren alle! … Aber der Mann, der da kam, das war unser Böttcher Wawila: er hatte sich einen neuen Deckelkrug gekauft und über den Kopf gestülpt.«

Alle Jungen lachten los, verstummten dann aber wieder für einen Augenblick, wie das oft geschieht, wenn Menschen sich im Freien unterhalten. Ich schaute mich um: feierlich und majestätisch stand die Nacht; die feuchte Frische des späten Abends war einer mitternächtlichen trockenen Wärme gewichen; noch lange würde sie als sanfter Schleier über den schlafenden Feldern liegen; bis zum ersten Geraschel, bis zum ersten Rauschen und Säuseln des Morgens, bis zu den ersten Tautropfen des Morgengrauens blieb noch viel Zeit. Der Mond war nicht zu sehen: um diese Zeit zeigt er sich erst spät. Die unzähligen goldenen Sterne schienen um die Wette zu funkeln und sacht in Richtung Milchstraße zu schwimmen, und tatsächlich, wenn man sie betrachtete, empfand man selbst vage den raschen, stetigen Lauf der Erde …

Plötzlich ertönte zweimal hintereinander über dem Fluss ein seltsamer, gellender, schmerzlicher Schrei und wiederholte sich etwas später noch einmal aus der Ferne …

Kostja fuhr zusammen. »Was ist das?«

»Das ist ein Reiher, der schreit«, entgegnete Pawel ruhig.

»Ein Reiher«, wiederholte Kostja … »Und was war das, Pawluscha, was ich gestern Abend gehört habe«, fügte er nach einer kleinen Weile hinzu, »vielleicht weißt du es …«

»Was hast du denn gehört?«

»Das war so: ich war aus Kamennaja Grjada nach Schaschkino unterwegs; zuerst bin ich durch unser Nusswäldchen gegangen und dann über die Wiese, dort, wo sie die Biegung macht, da ist doch die Wassersenke*, die ist ganz mit Schilf zugewachsen; ich bin also an der Wassersenke entlang, Jungs, da stöhnt es in dieser Senke plötzlich, ganz kläglich: u-u … u-u … u-u! Ich hab's mit der Angst gekriegt, Jungs: es war ja schon spät, und die Stimme klang so jämmerlich. Ich hätte fast selber angefangen zu weinen … Was kann das wohl gewesen sein?!«

»In dieser Senke haben Räuber im vorletzten Jahr den Waldhüter Akim ertränkt«, sagte Pawluscha, »vielleicht war es seine Seele, die geklagt hat.«

»Das kann sein, Jungs«, entgegnete Kostja und riss seine

* Wassersenke – ein tiefer Graben mit Frühjahrswasser, das von der Schneeschmelze übriggeblieben ist, der selbst im Sommer nicht austrocknet.

ohnehin schon großen Augen auf … »Ich wusste ja nicht, dass Akim in dieser Senke ertränkt worden ist: dann hätte ich mich noch viel mehr erschrocken.«

»Dort soll es auch ganz winzige Frösche geben«, fuhr Pawel fort, »die so kläglich schreien.«

»Frösche? Nein, nein, Frösche waren das nicht … auf keinen Fall …« Wieder schrie der Reiher über dem Fluss. »Zum Kuckuck mit ihm«, entfuhr es Kostja unwillkürlich, »es hört sich an, als schreit da der Waldgeist.«

»Der Waldgeist schreit nicht, er ist stumm«, sagte Iljuscha, »er schlägt höchstens in die Hände und macht Krach …«

»Hast du ihn etwa schon gesehen, den Waldgeist, oder was?« unterbrach ihn Fedja spöttisch.

»Nein, gesehen habe ich ihn nicht, Gott behüte, dass ich ihn zu Gesicht bekomme; aber andere haben ihn gesehen. Vor kurzem hat er bei uns einen Mann gefoppt: er hat ihn durch den Wald geführt, immer im Kreis um eine Lichtung rum … Erst als es hell wurde, hat er nach Hause zurückgefunden.«

»Und, hat er ihn gesehen?«

»Ja. Ganz groß ist er gewesen, sagt er, und finster, hinter einem Baum hat er sich versteckt, genau konnte man ihn nicht erkennen, hat sich wohl vor dem Mondlicht in Acht genommen, und wie er geguckt hat, geguckt hat er mit seinen Glotzaugen, und geblinzelt hat er, geblinzelt …«

»Ein Graus!« rief Fedja, fuhr zusammen und zog die Schultern hoch. »Pfui!«

»Wieso muss sich diese Brut überhaupt auf Erden breitmachen?« bemerkte Pawel. »Das verstehe ich wirklich nicht!«

»Fluche nicht, sonst hört er es noch«, sagte Ilja.

Wieder wurde es still.

»Guckt doch mal, guckt doch, Jungs«, ertönte plötzlich Wanjas kindliche Stimme, »guckt euch doch bloß mal Gottes Sternlein an, wie ein Bienenschwarm!«

Er streckte sein frisches Gesicht unter der Bastmatte hervor und hob langsam, auf die Faust gestützt, seine großen, stillen Augen. Die Augen aller anderen Jungen richteten sich nun auch gen Himmel und senkten sich nicht so bald wieder.

»Sag mal, Wanja«, sagte Fedja liebevoll, »was ist eigentlich mit deiner Schwester Anjuta, geht es ihr gut?«

»Ja«, antwortete Wanja.

»Sag ihr, sie soll uns mal besuchen kommen, warum kommt sie denn nicht?«

»Weiß ich nicht.«

»Sag ihr, sie soll kommen.«

»Werd ich tun.«

»Sag ihr, sie bekommt auch ein Geschenk von mir.«

»Ich auch?«

»Du auch.«

Wanja seufzte.

»Ach nein, ich brauche nichts. Gib es lieber ihr: sie ist ein so gutes Mädchen.«

Wanja legte seinen Kopf wieder auf den Boden. Pawel stand auf und griff nach dem leeren Kessel.

»Wohin willst du?« fragte ihn Fedja.

»Zum Fluss, Wasser schöpfen: hab Durst.«

Die Hunde erhoben sich und folgten ihm.

»Pass bloß auf und fall nicht in den Fluss!« rief ihm Iljuscha hinterher.

»Wieso soll er reinfallen?« sagte Fedja. »Er ist doch vorsichtig.«

»Ja, vorsichtig ist er. Aber es kann alles Mögliche geschehen: vielleicht beugt er sich vor, fängt an, Wasser zu schöpfen, und dann packt ihn plötzlich der Wassergeist bei der Hand und zieht ihn zu sich runter. Und dann heißt es: Der Junge ist wohl ins Wasser gefallen ... Von wegen gefallen! Seht doch, da schleicht er durchs Schilf«, fügte er lauschend hinzu.

Das Schilf bewegte sich tatsächlich, es raschelte.

»Stimmt es eigentlich«, fragte Kostja, »dass die närrische Akulina verrückt geworden ist, seit sie im Wasser war?«

»Ja, seit damals ... Und wie sie aussieht! Dabei heißt es, sie sei mal schön gewesen. Der Wassergeist hat sie behext. Er hat wohl nicht damit gerechnet, dass man sie wieder rauszieht. Er hat sie bei sich unten am Grund behext.«

Ich bin dieser Akulina mehrmals begegnet. In Lumpen gehüllt, schrecklich mager, mit kohlschwarzem Gesicht, wirrem Blick und ewig gefletschten Zähnen, trat sie stundenlang auf der Stelle, irgendwo auf der Straße, die knochigen Arme gegen die Brust gedrückt und langsam von einem Fuß auf den anderen tretend, wie ein wildes Tier im Käfig. Was man auch zu ihr sagte, sie verstand nichts, nur bisweilen kicherte sie krampfhaft.

»Akulina soll ins Wasser gegangen sein«, fuhr Kostja fort, »weil ihr Liebster sie betrogen hat.«

»Genauso war's.«

»Und erinnerst du dich noch an Wassja?« setzte Kostja traurig hinzu.

»Was für ein Wassja?« fragte Fedja.

»Na der, der ertrunken ist«, antwortete Kostja, »hier im

Fluss. Was war das für ein Junge! Ach, was für ein Junge! Wie hat ihn seine Mutter, die Feklista, geliebt, den Wassja! Und geahnt hat sie's, die Feklista, dass ihm das Wasser den Tod bringen wird. Wenn Wassja im Sommer mit uns anderen Kindern zum Baden an den Fluss gegangen ist, hat sie jedes Mal am ganzen Leib gezittert. Den anderen Frauen, denen hat es nichts ausgemacht, sie sind mit ihren Waschtrögen vorbeigeschwankt, Feklista aber hat ihren Trog auf den Boden gestellt und hat immerzu gerufen: ›Komm zurück, komm zurück, mein Sonnenschein! Ach, komm doch zurück, mein kleiner Falke!‹ Wieso er später ertrunken ist, weiß Gott allein. Er hat am Ufer gespielt, auch seine Mutter war da, hat Heu gerecht; plötzlich hört sie, wie Luftblasen aus dem Fluss aufsteigen, und dann ist nur noch Wassjas Mütze auf dem Wasser zu sehen gewesen. Seitdem ist die Feklista nicht mehr bei sich: sie kommt zum Fluss und legt sich dorthin, wo er ertrunken ist; sie legt sich hin, Jungs, und singt ein Lied, wisst ihr noch, Wassja hat immer so ein Lied gesungen, das singt sie nun und weint dazu, weint und klagt Gott bitter ihr Leid …«

»Da kommt ja Pawluscha«, sagte Fedja.

Pawel trat mit dem vollen Kessel in der Hand ans Feuer.

»Tja, Kinder«, begann er nach einer Weile, »es geht nicht mit rechten Dingen zu.«

»Was ist denn?« fragte Kostja hastig.

»Ich hab Wassjas Stimme gehört.«

Alle fuhren zusammen.

»Was redest du da, was redest du da«, stammelte Kostja.

»Bei Gott. Ich hatte mich gerade übers Wasser gebeugt, da höre ich plötzlich, wie mich Wassjas Stimme ruft, direkt aus der Tiefe: ›Pawluscha, Pawluscha!‹ Ich lausche, da ruft es wieder: ›Pawluscha, komm her!‹ Ich bin gleich weggelaufen. Wasser hab ich aber doch noch schnell geschöpft.«

»Ach, du liebe Güte! Ach, du liebe Güte!« riefen die Jungen und bekreuzigten sich.

»Das war der Wassergeist, der dich gerufen hat, Pawel«, sagte Fedja. »Wir haben ja gerade von ihm gesprochen, also von Wassja.«

»O weh, das ist ein schlechtes Zeichen«, sagte Iljuscha langsam.

»Das macht nichts, von mir aus!« sagte Pawluscha entschlossen und setzte sich wieder. »Seinem Schicksal entkommt man nicht.«

Die Jungen verstummten. Man konnte sehen, Pawels Worte hatten sie tief beeindruckt. Sie streckten sich am Feuer aus, als wollten sie nun schlafen.

»Was ist das?« fragte Kostja plötzlich und hob den Kopf.

Pawel lauschte.

»Da fliegen Schnepfen, sie pfeifen.«

»Wohin fliegen sie denn?«

»Dahin, wo es keinen Winter geben soll.«

»Gibt's denn so ein Land?«

»Ja.«

»Und ist es weit von hier?«

»Weit, sehr weit, hinter den warmen Meeren.«

Kostja seufzte und schloss die Augen.

Es waren schon mehr als drei Stunden vergangen, seit ich mich zu den Jungen gesellt hatte. Endlich war auch der Mond aufgegangen; ich hatte ihn nicht gleich bemerkt, so klein und schmal war er. Die Nacht war noch immer so majestätisch wie zuvor … Doch viele der Sterne, die gerade eben hoch am Himmel gestanden hatten, neigten sich schon dem dunklen Rand der Erde zu; ringsum war es nun völlig still geworden, so still, wie es gewöhnlich erst gegen Morgen zu sein pflegt: alles schlief den festen, reglosen, morgendlichen Schlaf. Die Luft roch schon nicht mehr so stark, wieder schien sich Feuchtigkeit auszubreiten … Wie kurz die Sommernächte doch sind! … Zusammen mit dem Feuer war auch das Gespräch der Jungen erstorben … Sogar die Hunde schlummerten; auch die Pferde hatten sich, soweit ich es im sacht schimmernden, schwachen Licht der Sterne erkennen konnte, mit gesenkten Köpfen niedergelegt … Süßer Dämmer umfing mich und ich schlief ein.

Ein frischer Hauch glitt über mein Gesicht. Ich schlug die Augen auf: es tagte. Noch war das Morgenrot nirgends zu sehen, im Osten aber schimmerte es schon hell. Ringsum konnte man nun, wenn auch verschwommen, alles erkennen. Der blassgraue Himmel hellte sich auf, kühlte gleichsam ab und wurde blauer; die Sterne blinkten bald mit schwachem Schein, bald verschwanden sie; der Boden wurde feucht, auf den Blättern sammelte sich Tau, hier und da erklangen schon geschäftige Laute, allerlei Stimmen und ein schwaches, frühes Lüftchen wehte bereits über den Erdboden. Mein Körper antwortete ihm mit einem leichten, frohen Schauer. Rasch stand ich auf und ging hinüber zu den Jungen. Um das verglimmende Feuer gelagert, schliefen alle wie die Toten; nur Pawel richtete sich halb auf und blickte mich unverwandt an.

Ich nickte ihm zu und ging am dampfenden Fluss entlang nach Hause. Ich hatte noch keine zwei Werst zurückgelegt, da ergossen sich schon rings um mich her über die feuchte Wiese und vorn über die grünenden Hügel vor mir, von Wald zu Wald, über die lange staubige Straße in meinem Rücken, über die glitzernden, rot beschienenen Sträucher und über den Fluss, der im lichten Nebel verschämt blaute, zuerst purpurne, dann rote, goldene Fluten des jungen, heißen Lichts … Alles begann sich zu regen, erwachte, fing an zu singen, zu lärmen, zu schwatzen. Überall schimmerten dicke Tautropfen wie funkelnde Diamanten; rein und klar hallte mir Glockenklang entgegen, ebenfalls von der morgendlichen Kühle gleichsam geläutert, und plötzlich jagte, von ebenjenen Jungen getrieben, die ausgeruhte Pferdeherde an mir vorbei …

Leider muss ich ergänzen, dass Pawel noch im selben Jahr starb. Er ist nicht ertrunken, sondern bei einem Sturz vom Pferd ums Leben gekommen. Wie schade, es war ein so wunderbarer Junge!

KASSJAN VON DER KRASSIWAJA METSCH

In einem rüttelnden Pferdewagen, erschöpft von der drückenden Hitze eines wolkenverhangenen Sommertages (bekanntlich ist die Hitze an derartigen Tagen mitunter noch unerträglicher als an klaren Tagen, besonders wenn kein Wind weht), war ich auf dem Rückweg von der Jagd. Ich schlummerte, der Wagen schaukelte, und ich hatte mich mit verdrossener Langmut dem feinen, weißen Staub zum Fraß ausgeliefert, der unablässig unter den vor Trockenheit rissigen, polternden Rädern von der ausgefahrenen Straße emporstob, da wurde meine Aufmerksamkeit plötzlich durch eine außergewöhnliche Unruhe und aufgeregte Bewegungen meines Kutschers geweckt, der bis dahin noch fester geschlafen hatte als ich. Er zerrte an den Zügeln, rutschte auf seinem Bock hin und her und schrie auf die Pferde ein, wobei er immer wieder zur Seite blickte. Ich schaute mich um. Wir fuhren durch eine ausgedehnte, gepflügte Ebene; in ungewöhnlich sanft abfallenden, gewellten Hängen liefen niedrige, ebenfalls gepflügte Hügel darüber hin; man überblickte etwa fünf Werst unbesiedelten Landes; nur kleine Birkenhaine in der Ferne durchbrachen mit ihren rundgezackten Wipfeln die fast waagerechte Linie des Horizonts. Schmale Pfade zogen sich durch die Felder, verschwanden in Senken, wanden sich über Anhöhen, und auf einem von ihnen, der etwa fünfhundert Schritt vor uns die Straße kreuzte, erkannte ich eine Prozession. Sie war es, zu der mein Kutscher die ganze Zeit blickte.

Es war ein Trauerzug. Voran fuhr in einem einspännigen Wagen im Schritttempo der Geistliche; der Küster saß neben ihm und lenkte; dem Wagen folgten vier Männer mit entblößten Häuptern, sie trugen den mit einem weißen Leintuch bedeckten Sarg; zwei Frauen folgten dem Sarg. Die dünne, weinende Stimme einer der beiden wehte plötzlich zu mir herüber; ich hörte sie wehklagen. Verzweifelt ertönte dieser monotone, hoffnungslos-traurige Refrain inmitten der leeren Felder. Der Kutscher trieb die Pferde an: er wollte dem Trauerzug zuvorkommen. Unterwegs einem Toten zu begegnen, das ist ein schlechtes Vorzeichen. Es gelang ihm tatsächlich, vorbeizupreschen, bevor der Tote die Straße erreicht hatte; wir waren aber noch keine hundert Schritt weitergefahren, als etwas unserem Wagen einen starken Stoß versetzte, so dass er sich zur Seite neigte und beinahe umgestürzt wäre. Der Kutscher brachte die scheuenden Pferde zum Stehen, beugte sich von seinem Bock herunter, schaute nach, winkte ab und spuckte aus.

»Was ist los?« fragte ich.

Mein Kutscher kletterte langsam und schweigend vom Wagen.

»Was ist denn?«

»Die Achse ist gebrochen … ist durchgeschmort«, antwortete er finster und ordnete den Geschirrriemen des Seitenpferdes mit einem solchen Ingrimm, dass es beinahe zur Seite taumelte, dann aber zum Stehen kam, schnaubte, sich schüttelte und seelenruhig mit den Zähnen unter dem Knie seines Vorderbeins herumschabte.

Ich stieg ab, stand eine Zeitlang auf der Straße und überließ mich vage dem Gefühl einer unangenehmen Verwunderung. Das rechte Rad war fast völlig unter den Wagen geraten und hatte, wohl in stummer Verzweiflung, seine Nabe nach oben gekehrt.

»Was sollen wir jetzt tun?« fragte ich schließlich.

»Der da ist schuld!« sagte mein Kutscher und deutete mit der Peitsche auf den Trauerzug, der schon auf die Straße eingebogen war und sich uns näherte. »Das habe ich schon oft festgestellt«, fuhr er fort, »es ist wahrhaftig ein Vorzeichen, wenn man einem Toten begegnet ... Ja.«

Und wieder schikanierte er das Seitenpferd, das, als es seinen Ärger und seine Grobheit bemerkte, beschloss, still zu bleiben. Nur hin und wieder wedelte es zaghaft mit dem Schweif. Ich ging ein Weilchen auf und ab und blieb dann vor dem Rad stehen.

Inzwischen hatte uns der Tote eingeholt. Gemächlich bog der Trauerzug von der Straße auf das Gras aus und zog an uns vorüber. Wir nahmen die Mützen ab, grüßten den Geistlichen und wechselten Blicke mit den Trägern. Sie kamen nur mit Mühe voran; hoch hoben sich ihre breiten Brustkörbe. Von den beiden Frauen, die dem Sarg folgten, war die eine sehr alt und blass; ihre reglosen, vom Kummer entstellten Gesichtszüge wahrten den Ausdruck einer strengen, feierlichen Würde. Sie ging schweigend, nur bisweilen drückte sie die magere Hand an die dünnen, eingesunkenen Lippen. Die andere, eine junge Frau von fünfundzwanzig Jahren, hatte rote, feuchte Augen, ihr Gesicht war vom Weinen geschwollen; als sie mit uns auf einer Höhe waren, hörte sie auf zu wehklagen und bedeckte ihr Gesicht mit dem Ärmel ... Doch dann hatte uns der Tote überholt, war wieder auf die Straße eingebogen, und wieder ertönte ihr klagender, herzzerreißender Gesang. Schweigend folgte mein Kutscher dem gleichmäßig schwankenden Sarg mit den Augen und wandte sich dann zu mir.

»Das ist Martyn, der Zimmermann, den sie begraben«, sagte er, »aus Rjabaja.«

»Woher weißt du das?«

»Das habe ich an den Frauen erkannt. Die Alte ist seine Mutter und die Junge seine Frau.«

»War er denn krank?«

»Ja ... er hatte das hitzige Fieber! ... Vorgestern hat der Verwalter nach dem Doktor geschickt, aber der war nicht zu Hause ... War ein guter Zimmermann; hat mal einen über den Durst getrunken, aber ein guter Zimmermann, das war er. Man sieht ja, wie sich die Frau grämt ... Das weiß man doch: Weibertränen fließen nicht auf Bestellung. Die sind wie Wasser ... Tja.«

Er bückte sich, kroch unter dem Zügel des Seitenpferds hindurch und ergriff mit beiden Händen das Krummholz.

»Was sollen wir nun aber machen?« fragte ich.

Zunächst stützte sich mein Kutscher mit dem Knie gegen die Schulter des Deichselpferdes, rüttelte ein paarmal am Krummholz, rückte das Schutzpolster zurecht, kroch dann wieder unter den Zügeln des Seitenpferds hindurch, gab ihm im Vorbeigehen einen Schlag aufs Maul und trat an das Rad heran, er trat heran und holte, ohne es aus den Augen zu lassen, langsam unter seinen Kaftanschößen eine Schnupftabaksdose aus Birkenrinde hervor, zog langsam den Deckel an einem kleinen Riemen in die Höhe, steckte ebenso langsam zwei seiner dicken Finger in die Dose (die beiden passten mit Müh und Not hinein), zerrieb den Tabak gemächlich, krauste schon im Voraus die Nase, schnupfte bedächtig, wobei er bei jeder Prise lange ächzte, und versank dann mit schmerzlich zusammengekniffenen, zwinkernden, tränenden Augen in tiefes Sinnen.

»Also, was ist?« sagte ich schließlich.

Mein Kutscher verstaute die Schnupftabaksdose wieder sorgsam in der Tasche, schob sich die Mütze tief in die Stirn, ohne die Hände zu Hilfe zu nehmen, allein durch eine Kopfbewegung, und stieg nachdenklich auf seinen Bock.

»Wohin willst du denn?« fragte ich ihn verwundert.

»Steigen Sie bitte ein«, entgegnete er ruhig und ergriff die Zügel.

»Aber wie wollen wir denn fahren?«

»Es wird schon gehen.«

»Aber die Achse …«

»Steigen Sie bitte ein.«

»Aber die Achse ist doch gebrochen …«

»Ja, gebrochen ist sie; aber bis zum Weiler kommen wir … im Schritttempo. Hinter dem Wäldchen, dort rechts, ist eine Siedlung, Judiny heißt sie.«

»Und du glaubst, wir schaffen es bis dahin?«

Mein Kutscher blieb mir die Antwort schuldig.

»Ich gehe lieber zu Fuß«, sagte ich.

»Wie Sie meinen …«

Und er schwang die Peitsche. Die Pferde setzten sich in Bewegung.

Wir kamen tatsächlich bis zum Weiler, obwohl das rechte Vorderrad kaum noch hielt und sich ganz sonderbar drehte. Auf einer Anhöhe wäre es beinahe abgesprungen; mein Kutscher aber schrie es mit zorniger Stimme an, und wir kamen wohlbehalten hinunter.

Die Siedlung Judiny bestand aus sechs niedrigen, kleinen Katen, die sich schon zur Seite neigten, obwohl sie vermutlich erst kürzlich errichtet worden waren, denn noch nicht alle Höfe waren eingezäunt. Als wir in diese Siedlung hineinfuhren, begegneten wir keiner Menschenseele; nicht einmal Hühner waren auf der Straße zu sehen und auch keine Hunde; nur ein einziger, schwarz und mit Stummelschwanz, kam, als er uns sah, hastig aus einem völlig ausgetrockneten Trog herausgesprungen, in den ihn vermutlich der Durst getrieben hatte, und schlüpfte sogleich, ohne zu bellen, geschwind unter einem Tor hindurch. Ich ging zur ersten Kate, öffnete die Tür zur Diele, rief – niemand antwortete. Ich rief noch einmal: hinter einer weiteren Tür ertönte hungriges Miauen. Ich stieß sie mit dem Fuß auf: eine magere Katze strich an mir vorbei und funkelte im Dunkeln mit ihren grünen Augen. Ich steckte den Kopf ins Zimmer und sah nichts als Finsternis, Qualm und Leere. Ich trat auf den Hof, auch dort war niemand … In einem Verschlag muhte ein Kalb; eine lahme graue Gans watschelte etwas abseits ihres Wegs. Ich begab mich hinüber zur zweiten Kate – auch in der zweiten Kate war keine Menschenseele. Ich ging hinaus auf den Hof …

Mitten auf dem hell beschienenen Hof lag in der prallen Sonne, mit dem Gesicht zum Boden, den Kopf mit einem Bauernrock bedeckt, ein Junge, wie mir schien. Einige Schritte von ihm entfernt, neben einem klapprigen Wägelchen, stand unter einem Strohdach ein mageres Pferd in zerrissenem Geschirr. Das Sonnenlicht, das in Strahlen durch die Ritzen des baufälligen Schutzdachs fiel, warf kleine bunt schimmernde Flecken auf sein zottliges, rotbraunes Fell. In einem Starenkasten hoch oben tschilpten die Stare und schauten mit ruhiger Neugier herab aus ihrer luftigen Behausung. Ich trat an den Schlafenden heran und weckte ihn …

Er hob den Kopf, sah mich und sprang sofort auf …

»Was gibt's? Was ist los?« murmelte er im Halbschlaf.

Ich antwortete nicht sofort: zu sehr verblüffte mich sein Äußeres. Stellen Sie sich einen Zwerg von fünfzig Jahren vor, mit einem kleinen, braungebrannten, runzligen Gesicht, einer spitzen Nase, braunen, kaum sichtbaren Äugelein und gelocktem, dichtem schwarzem Haar, das wie der Hut auf einem Pilz auf seinem winzigen Kopf saß. Sein ganzer Körper war außerordentlich gebrechlich und mager, und es ist nicht mit Worten wiederzugeben, wie ungewöhnlich und seltsam sein Blick war.

»Was gibt's?« fragte er mich erneut.

Ich erklärte ihm, worum es sich handelte, er hörte mir zu, ohne mich aus seinen langsam zwinkernden Augen zu lassen.

»Kannst du uns nicht eine neue Achse besorgen?« fragte ich schließlich. »Ich würde auch gern dafür zahlen.«

»Wer seid ihr denn? Etwa Jäger?« fragte er und musterte mich von Kopf bis Fuß.

»Jäger.«

»Ihr schießt die Vöglein am Himmel, nicht wahr? … Und die Tiere des Waldes? … Ist es nicht Sünde, Gottes Vöglein zu töten, unschuldiges Blut zu vergießen?«

Der seltsame Alte sprach sehr gedehnt. Auch der Klang seiner Stimme erstaunte mich. Sie hörte sich nicht nur nicht hinfällig an, sie war überraschend angenehm, jugendlich und fast weiblich zart.

»Eine Achse habe ich nicht«, sagte er nach einer kleinen

Weile, »diese hier passt nicht«, er deutete auf sein Wägelchen, »ihr habt sicher einen großen Wagen.«

»Kann man denn im Dorf keine auftreiben?«

»Von wegen Dorf! … Hier hat auch niemand eine … und es ist auch keiner da: alle sind bei der Arbeit. Geht mit Gott«, sagte er plötzlich und legte sich wieder auf den Boden.

Einen derartigen Ausgang hätte ich nie im Leben erwartet.

»Hör mal, Alter«, sagte ich und berührte ihn an der Schulter, »tu mir den Gefallen und hilf.«

»Geht mit Gott! Ich bin müde: war in der Stadt«, sagte er und zog den Rock über den Kopf.

»So tu mir doch den Gefallen«, beharrte ich, »ich … ich bezahle doch.«

»Dein Geld brauche ich nicht.«

»Ich bitte dich, Alter …«

Er richtete sich halb auf und setzte sich, die dünnen Beine gekreuzt.

»Ich könnte dich vielleicht zum Einschlag bringen. Kaufleute haben hier ein Waldstück gekauft, Gott sei ihr Richter, sie holzen den ganzen Wald ab, auch ein Kontor haben sie gebaut, Gott sei ihr Richter. Bei denen könntest du eine Achse bestellen oder eine fertige kaufen.«

»Das ist ja wunderbar!« rief ich freudig. »Wunderbar! … Gehen wir.«

»Eine gute Achse aus Eichenholz«, fuhr er fort, ohne sich vom Fleck zu rühren.

»Ist es weit bis zu diesem Einschlag?«

»Drei Werst.«

»Aha. Wir könnten deinen Wagen nehmen.«

»Ach, nein ...«

»Lass uns gehen«, sagte ich, »lass uns gehen, Alter! Mein Kutscher wartet draußen auf mich.«

Unwillig stand der Alte auf und ging mit mir hinaus auf die Straße.

Mein Kutscher war gereizt: er hatte die Pferde tränken wollen, im Brunnen aber gab es nur wenig Wasser, das außerdem scheußlich schmeckte, der Geschmack aber ist, wie die Kutscher sagen, die Hauptsache ... Beim Anblick des Alten grinste er, nickte ihm zu und rief:

»Ah, Kassjanuschka! Grüß dich!«

»Grüß dich, Jerofej, du gerechter Mann!« antwortete Kassjan niedergeschlagen.

Sogleich teilte ich dem Kutscher den Vorschlag mit; Jerofej erklärte sich einverstanden und fuhr auf den Hof. Während er die Pferde mit besonnener Geschäftigkeit ausspannte, stand der Alte mit der Schulter gegen das Tor gelehnt da und betrachtete bald ihn, bald mich missmutig. Er schien unzufrieden: unser plötzlicher Besuch erfreute ihn offenbar nicht sonderlich.

»Haben sie etwa auch dich umgesiedelt?« fragte ihn plötzlich Jerofej, als er das Krummholz abnahm.

»Ja, mich auch.«

»Tss!« ließ sich mein Kutscher durch die Zähne vernehmen. »Hast du schon gehört, der Martyn, der Zimmermann ... du kennst ihn doch, den Martyn aus Rjabaja?«

»Ja, kenne ich.«

»Tja, der ist gestorben. Wir sind gerade seinem Sarg begegnet.«

Kassjan fuhr zusammen.

»Gestorben?« sagte er und schlug die Augen nieder.

»Ja, gestorben. Wieso hast du ihn nicht kuriert? Du kannst das doch, sagt man, bist doch ein Kräuterweib.«

Mein Kutscher machte sich offenbar über den Alten lustig und verspottete ihn.

»Ist das hier dein Wagen?« fügte er hinzu und wies mit der Schulter darauf.

»Ja, meiner.«

»Das soll ein Wagen sein … ein schöner Wagen ist das!« wiederholte er, griff nach der Deichsel und hätte ihn beinahe umgeworfen … »Ein schöner Wagen! … Womit wollt ihr denn zum Einschlag fahren? … In diese Deichsel passt unser Pferd nicht rein: wir haben große Pferde, die hier aber …?«

»Womit ihr fahren wollt, weiß ich nicht«, antwortete Kassjan, »ich habe höchstens dies Tierchen da«, fügte er seufzend hinzu.

»Mit dem da?« fragte Jerofej, trat an Kassjans Klepper heran und tippte ihm verächtlich mit dem Mittelfinger der rechten Hand gegen den Hals. »Sieh mal einer an«, sagte er vorwurfsvoll, »ist eingeschlafen, das Luder!«

Ich bat Jerofej, das Pferd so schnell wie möglich anzuspannen. Ich hatte Lust bekommen, selbst mit Kassjan zum Einschlag zu fahren: dort gibt es oft Birkhühner. Als das Wägelchen abfahrbereit war und ich mich mit meinem Hund irgendwie auf dem verzogenen, roh zusammengezimmerten Boden eingerichtet und Kassjan sich zusammengekauert mit missmutigem Gesichtsausdruck vorn auf dem Wagenrand niedergelassen hatte, kam Jerofej zu mir und flüsterte mit geheimnisvoller Miene:

»Das haben Sie recht getan, Batjuschka, dass Sie mitfahren. Der ist doch, also, der ist doch ein Gottesnarr, sein

Spitzname ist Floh. Ich weiß gar nicht, wie Sie ihn überhaupt haben verstehen können.«

Ich wollte Jerofej antworten, dass mir Kassjan bis jetzt als durchaus verständiger Mensch vorgekommen war, doch mein Kutscher fuhr sogleich flüsternd fort:

»Passen Sie aber auf, welchen Weg er einschlägt. Und die Achse, die suchen Sie besser selber aus: suchen Sie eine haltbare Achse aus ... Was ist, Floh«, setzte er laut hinzu, »lässt sich bei euch ein Stück Brot auftreiben?«

»Such nur, vielleicht findest du was«, entgegnete Kassjan, zog die Zügel an und wir fuhren los.

Zu meiner großen Überraschung lief sein Pferdchen gar nicht schlecht. Während der gesamten Fahrt bewahrte Kassjan striktes Schweigen, meine Fragen beantwortete er abgehackt und unwillig. Bald hatten wir den Einschlag erreicht und fuhren beim Kontor vor, einem hohen Holzhaus, das einsam über einer kleinen Senke stand, die behelfsmäßig mit einem Damm versehen worden war und in der sich mittlerweile ein Teich gesammelt hatte. In diesem Kontor fand ich zwei junge Handelsgehilfen, mit schneeweißen Zähnen, süßlichen Augen, süßlicher, flinker Zunge und einem süßlich-spitzbübischen Lächeln, kaufte bei ihnen eine Achse und begab mich zum Einschlag. Ich hatte angenommen, Kassjan würde beim Pferd bleiben und auf mich warten, plötzlich aber kam er mir entgegen.

»Na, willst wohl Vögel schießen gehen«, fragte er, »wie?«

»Ja, wenn ich welche finde.«

»Ich komme mit ... Darf ich?«

»Natürlich darfst du.«

Wir gingen los. Etwa eine Werst breit war der Wald abgeholzt. Ich gebe zu, dass ich häufiger Kassjan ansah als meinen Hund. Den Spitznamen Floh trug er zu Recht. Sein schwarzer, unbedeckter Kopf (die Haare allerdings ersetzten jede Mütze) huschte nur so durchs Gebüsch. Er bewegte sich außerordentlich flink und schien beim Laufen zu springen, ständig bückte er sich und pflückte irgendwelche Kräuter, die er unter sein Hemd steckte, murmelte vor sich hin und warf mir und meinem Hund die ganze Zeit forschende, merkwürdige Blicke zu. Im niedrigen Gebüsch, im Unterholz und in gerodeten Waldstücken halten sich oft kleine graue Vögel auf, die zwitschernd von Strauch zu Strauch fliegen und sich im Flug plötzlich fallen lassen. Kassjan ahmte sie nach, und sie antworteten ihm; eine junge Wachtel flog tschilpend vor seinen Füßen auf, er schickte ihr ein Tschilpen hinterher; eine Lerche erhob sich flügelschlagend und hell trällernd über ihm in die Lüfte, Kassjan stimmte ein in ihren Gesang. Mit mir aber redete er nicht …

Das Wetter war herrlich, schöner als zuvor; die Hitze allerdings hatte noch immer nicht nachgelassen. Hoch oben zogen kaum erkennbar vereinzelte Wolken über den klaren Himmel, gelblichweiß, dem letzten Schnee im Frühling gleich, flach und langgezogen, wie gereffte Segel. Ihre gezackten Ränder, flaumig und leicht wie Baumwolle, veränderten sich jeden Augenblick, langsam, doch unverkennbar; sie lösten sich auf, diese Wolken, ohne Schatten zu werfen. Lange streiften wir durch den Einschlag. Junge Schösslinge, noch nicht höher als ein Arschin, umstanden mit ihren dünnen, glatten Stengelchen die schwärzlichen, niedrigen Baumstümpfe: runde poröse Wucherungen mit grauen Rändern, dieselben Wucherungen, aus denen man Zunder kocht, klebten an diesen Baumstümpfen; Walderdbeeren streckten ihre rosa Ranken über ihnen aus; Pilzfamilien standen dicht gedrängt beisammen. Ständig verfingen sich die Füße und blieben im hohen Gras hängen, das von der heißen Sonne gesättigt war; überall flimmerte es vor den Augen vom blendenden, metallischen Funkeln der jungen rötlichen Blätter an den kleinen Bäumen; überall schimmerten die blauen Trauben der Vogelwicke, die goldenen Blütenkelche des Hahnenfußes und die zur Hälfte violetten, zur Hälfte gelben Blüten des Ackerveilchens; hier und da, am Rande zugewucherter Wege, auf denen sich Reifenspuren im kurzen rötlichen Gras abzeichneten, ragten, zu Klaftern getürmt und von Regen und Wind dunkel geworden, Holzstapel auf, die schwache, schmale rechteckige Schatten warfen, anderen Schatten gab es weit und breit nicht. Bald kam ein leichter Luftzug auf, bald erstarb er wieder: plötzlich wehte er einem direkt ins Gesicht und schien stärker zu werden – alles fing fröhlich an zu rauschen, kam in Bewegung und wirbelte umher, graziös wiegten sich die federnden Spitzen der Farne, dass es eine Freude war … doch dann erstarb er, und wieder wurde alles still. Nur die Grillen zirpten einmütig und gleichsam erbittert – wie ermüdend dieser ununterbrochene, scharfe, trockene Ton doch ist. Er passt zu der nicht nachlassenden Mittagshitze, ist gleichsam aus ihr geboren, gleichsam der glutheißen Erde entsprungen.

Wir stöberten kein einziges Gesperre auf und gelangten schließlich zu einem neuen Einschlag. Dort lagen kürzlich gefällte Espen traurig auf der Erde und erdrückten mit ihrer Last das Gras und das niedrige Gesträuch; an manchen hingen die noch grünen, doch schon abgestorbenen Blätter welk an den reglosen Zweigen; an anderen waren sie schon vertrocknet und hatten sich eingerollt. Von den frischen, weißlich-goldenen Spänen, die in Haufen rings um die hellen, feuchten Baumstümpfe lagen, wehte ein charakteristischer, überaus angenehmer, würziger Geruch herüber. In der Ferne, gegen den Wald hin, hallten dumpf die Äxte, hin und wieder fiel feierlich und leise ein gelockter Baum zu Boden, als verneige er sich und breite die Arme aus …

Lange konnte ich keinen Vogel ausfindig machen; schließlich flog aus dem dichten, mit Wermut überwucherten Eichengesträuch ein Wachtelkönig auf. Ich schoss; er überschlug sich in der Luft und fiel zu Boden. Als Kassjan den Schuss hörte, hielt er sich schnell die Hand vor die Augen und rührte sich nicht, bis ich das Gewehr nachgeladen und den Wachtelkönig aufgehoben hatte. Als ich weiterlief, ging er zu dem Ort, an dem der geschossene Vogel herabgestürzt war, beugte sich zum Gras nieder, auf das einige Blutstropfen gefallen waren, schüttelte den Kopf und blickte mich verängstigt an … Später hörte ich, wie er flüsterte: »Eine Sünde! … Ach, eine Sünde ist das!«

Schließlich zwang uns die Hitze, in den Wald zu gehen. Ich lagerte mich unter einem hohen Haselnussstrauch, über dem ein junger, schlanker Ahorn anmutig seine leichten Zweige ausgebreitet hatte. Kassjan setzte sich auf das dicke Ende einer gefällten Birke. Ich betrachtete ihn. Schwach zitterten in der Höhe die Blätter, ihre zartgrünen Schatten glitten sacht über seinen in einen dunklen Bauernrock gehüllten gebrechlichen Körper und sein kleines Gesicht. Er schaute nicht auf. Seines Schweigens überdrüssig, legte ich mich auf den Rücken und ergötzte mich am friedlichen Spiel des Blattgewirrs am fernen lichten Himmel. Wie angenehm es ist, im Wald auf dem Rücken zu liegen und nach oben zu schauen! Es scheint, als blicke man in ein bodenloses Meer, das sich weit *unter* einem ausbreitet, als ragten die Bäume nicht vom Erdboden auf, sondern hingen herab, wie Wurzeln riesiger Pflanzen, und fielen senkrecht in glasklaren Wogen in die Tiefe; die Blätter an den Bäumen sind bald durchscheinend wie Smaragde, bald verdichten sie sich zu einem golden schimmernden, fast schwarzen Grün. Irgendwo, weit, weit entfernt, am Ende eines dünnen Zweiges, steht unbeweglich ein einzelnes Blatt vor einem blauen Stück des klaren Himmels, neben ihm schaukelt ein zweites und gemahnt mit seiner Bewegung an das Spiel der Schwanzflosse eines Fisches, als sei es eine willkürliche und nicht vom Wind verursachte Bewegung. Wie geheimnisvolle unterirdische Inseln kommen runde weiße Wolken herbeigeschwommen und ziehen still weiter, doch plötzlich geht ein Zittern durch dieses Meer, und die gleißende Luft, die sonnenübergossenen Zweige und Blätter, alles erbebt in flüchtigem Glanz, ein munteres zitterndes Rauschen hebt an, dem endlosen, leisen Plätschern der plötzlich heranrollenden Dünung gleich. Man regt sich nicht und schaut: es lässt sich nicht mit Worten beschreiben, wie froh, wie leicht und süß einem zumute wird. Und schon zaubert jenes tiefe, reine Blau ein Lächeln auf deine Lippen, unschuldig, wie das Blau selbst, wie die Wolken am Himmel, und in langsamer Gedankenkette gehen dir glückliche Erinnerungen durch den Kopf, und es scheint, als wandere der Blick weiter und weiter und ziehe dich mit sich, in jenen stillen, schimmernden Abgrund, und es ist unmöglich, sich loszureißen von dieser Höhe, dieser Tiefe …

»Barin, Barin!« hörte ich plötzlich Kassjans wohlklingende Stimme.

Erstaunt setzte ich mich auf; bisher hatte er kaum auf meine Fragen geantwortet, plötzlich aber richtete er selbst das Wort an mich.

»Was ist?« fragte ich.

»Wieso bloß hast du das Vöglein getötet?« begann er und sah mir direkt ins Gesicht.

»Was heißt, wieso? … Der Wachtelkönig ist Wild, man kann ihn essen.«

»Nicht deshalb hast du ihn getötet, Barin: als ob du ihn essen würdest! Zu deinem Vergnügen hast du ihn getötet.«

»Aber du isst doch sicherlich auch Gänse oder Hühner, zum Beispiel?«

»Diese Vögel hat Gott für die Menschen bestimmt, ein Wachtelkönig aber, das ist ein freier Waldvogel. Und nicht nur er allein: viele gibt es davon, alles mögliche Waldgetier, auch Feld- und Flussgetier und Tiere des Sumpfes, der Wiesen, der Berge und Täler – es ist Sünde, sie zu töten, lass es doch auf Erden leben, bis zu seinem Ende … Dem Menschen ist andere Speise zugedacht; andere Speise und auch anderes Getränk: Brot, die Gottesgabe, das Wasser des Himmels und das zahme Getier von Vorväterzeiten her.«

Erstaunt sah ich Kassjan an. Seine Worte flossen ihm frei von den Lippen; er suchte nicht danach und sprach mit stiller Begeisterung und sanftem Ernst, wobei er bisweilen die Augen schloss.

»Also ist es deiner Meinung nach auch Sünde, Fische zu töten?« fragte ich.

»Fische haben kaltes Blut«, entgegnete er überzeugt, »Fische sind stumme Geschöpfe. Sie haben keine Angst, und sie freuen sich nicht: Fische sind Geschöpfe ohne Sprache.

Fische fühlen nichts, ihr Blut ist nicht lebendig … Blut«, fuhr er nach einer Weile fort, »Blut ist etwas Heiliges! Das Blut sieht Gottes liebe Sonne nicht, es verbirgt sich vor dem Licht … es ist eine große Sünde, wenn das Blut ans Licht kommt, eine große Sünde und ein großer Frevel … Oh, ein großer Frevel!«

Er seufzte und schlug die Augen nieder. Ich muss gestehen, ich betrachtete diesen seltsamen Alten mit größter Verwunderung. Seine Worte klangen nicht wie die eines einfachen Mannes: so spricht das Volk nicht und auch kein Schönredner. Seine Rede war wohlüberlegt, feierlich und sonderbar … Nie hatte ich Ähnliches gehört.

»Sag mal, Kassjan«, begann ich, ohne sein leicht errötendes Gesicht aus den Augen zu lassen, »welches Gewerbe betreibst du?«

Er beantwortete meine Frage nicht sofort. Einen Augenblick lang irrten seine Augen unruhig hin und her.

»Ich lebe, wie es mir Gott der Herr befiehlt«, sagte er schließlich, »ein Gewerbe aber, nein, ein Gewerbe betreibe ich nicht. Ich bin ganz unverständig, von klein auf; ich arbeite, so weit meine Kräfte reichen, aber ich bin ein schlechter Arbeiter … Wozu tauge ich schon! Gesund bin ich nicht, auch meine Hände sind zu nichts nutze. Nur im Frühjahr, da fange ich Nachtigallen.«

»Du fängst Nachtigallen?… Aber hast du nicht gesagt, dass man das Getier des Waldes und des Feldes und auch alles andere Getier nicht anrühren soll?«

»Töten soll man es nicht, das stimmt; der Tod nimmt sich von selbst das Seine. So war's auch bei Martyn, dem Zimmermann: der lebte, der Zimmermann Martyn, aber lange hat er nicht gelebt, ist gestorben; und seine Frau, die grämt sich jetzt, um ihren Mann und um die kleinen Kinder … Den Tod kann weder der Mensch noch das Getier überlisten. Der Tod, der hat es nicht eilig, doch weglaufen kann man auch nicht vor ihm; helfen aber sollte man ihm nicht … Die Nachtigallen, die töte ich ja nicht, Gott bewahre! Ich fange sie nicht, um ihnen ein Leid zu tun, nicht um ihnen das Lebenslicht zu nehmen, sondern zum Ergötzen der Menschen, ihnen zur Freude und zum Trost.«

»Gehst du bis nach Kursk, um sie zu fangen?«

»Ja, auch bis nach Kursk und manchmal noch weiter, wie es sich gerade ergibt. Dann übernachte ich im Moor und hinter den Wäldern, auf den Feldern, allein, in der Wildnis: da pfeifen die Schnepfen, die Hasen klagen, die Erpel schnattern … Abends stöbere ich sie auf, früh am Morgen lausche ich ihrem Gesang, und wenn es dämmert, werfe ich die Netze über die Büsche … Manche Nachtigall singt so wehmütig, so süß … ganz wehmütig.«

»Und verkaufst du sie?«

»Ich gebe sie an gute Menschen ab.«

»Und was machst du noch?«

»Wie meinen Sie das, was ich noch mache?«

»Welcher Tätigkeit gehst du nach?«

Der Alte schwieg ein Weilchen.

»Keiner … Bin ein schlechter Arbeiter. Aber lesen und schreiben, das kann ich.«

»Du kannst lesen und schreiben?«

»Lesen und schreiben kann ich. Gott der Herr hat geholfen, und gute Menschen.«

»Und hast du Familie?«

»Nein, Familie habe ich nicht.«

»Wieso? Sind etwa alle gestorben?«

»Nein, es ist mir nicht beschieden gewesen. Es liegt ja alles in Gottes Hand, wir gehen alle unter Gottes Schutz; gerecht sollte der Mensch sein – darauf kommt es an! Also gottgefällig.«

»Und Verwandte hast du auch keine?«

»Die habe ich … ja … also …«

Der Alte zögerte.

»Sag mir doch«, begann ich, »ich habe gehört, wie dich mein Kutscher fragte, weshalb du Martyn nicht geheilt hast. Kannst du denn heilen?«

»Dein Kutscher ist ein gerechter Mann«, antwortete mir Kassjan nachdenklich, »doch auch nicht ohne Sünde. Kräuterweib nennen sie mich … Was für ein Kräuterweib bin ich schon! … Wer kann überhaupt heilen? Alles liegt in Gottes Hand. Es gibt aber … es gibt aber Kräuter und Blumen, die helfen, das ist gewiss. Zum Beispiel der Zweizahn, das ist ein gutes Kraut für den Menschen; auch der Wegerich; von ihnen zu reden ist nicht schlimm: das sind reine Kräuter Gottes. Andere aber nicht: sie helfen zwar, aber es ist Sünde; sogar von ihnen zu reden ist Sünde. Es sei denn, man sagt ein Gebet … Da gibt es bestimmte Sprüche … Wer da glaubet, der wird selig werden«, fügte er hinzu und senkte die Stimme.

»Und dem Martyn hast du nichts gegeben?« fragte ich.

»Hab's zu spät erfahren«, antwortete der Alte. »Nun ja! Jeder hat sein Schicksal. Ihm war kein langes Leben auf Erden beschieden, dem Zimmermann Martyn, kein langes Leben: so ist das nun mal. Nein, wem nicht bestimmt ist, auf Erden zu leben, den wärmt die liebe Sonne nicht wie die anderen, und auch das tägliche Brot nützt ihm nichts, er wird abberufen … Ja; Gott sei seiner Seele gnädig.«

»Ist es lange her, seit ihr zu uns umgesiedelt wurdet?« fragte ich nach einer kleinen Weile.

Kassjan fuhr zusammen.

»Nein, nicht lange: vier Jahre werden es sein. Unter dem alten Barin haben wir alle in unseren angestammten Orten gelebt, durch die Vormundschaft aber sind wir umgesiedelt worden. Unser alter Barin war eine sanfte Seele, demütig war er. Gott schenke ihm den ewigen Frieden! Die Vormundschaft hat natürlich richtig gehandelt; es musste wohl so sein.«

»Und wo habt ihr früher gelebt?«

»Wir sind von der Krassiwaja Metsch.«

»Ist das weit von hier?«

»An die hundert Werst.«

»Und, war es dort besser?«

»Besser war's … besser. Unser Zuhause lag am Fluss, weites Land, wohin man blickt; hier aber nichts als Enge und trockener Boden … Ganz mutterseelenallein sind wir hier. Wenn man bei uns, an der Krassiwaja Metsch, auf eine Anhöhe steigt, mein Gott, was man da nicht alles sieht … Den Fluss und die Wiesen und den Wald; dann die Kirche, und dahinter wieder Wiesen. Weit, weit hinaus ins Land kann man sehen. Wie weit man sehen kann … Man schaut und schaut, ach ja! Hier allerdings sind die Böden besser, fruchtbaren, guten Lehmboden gibt es hier, sagen die Bauern; doch für mich findet sich überall ein Stück Brot.«

»Was ist, Alter, sag es mir geradeheraus, würdest du lieber wieder zurückgehen in deine Heimat?«

»Ja, wiedersehen würde ich sie gern. Aber eigentlich ist es überall gut. Ich habe ja keine Familie, mich hält es nicht lange an einem Fleck. Es ist doch wahr! Man kann nicht immer zu Hause sitzen! Wenn man aber wandert«, er war ins Reden gekommen und erhob die Stimme, »wird einem wahrhaftig leichter zumute. Die liebe Sonne scheint auf dich nieder, und Gott sieht dich besser, und es singt sich auch viel schöner. Und du siehst allerlei Kräutlein wachsen; du kennzeichnest die Stelle und pflückst sie. Und einen Wasserlauf findest du, einen Quell zum Beispiel, einen heiligen Born; du trinkst dich satt und kennzeichnest die Stelle ebenfalls. Und die Vögel des Himmels singen ... Und hinter Kursk ziehen sich Steppen dahin, was für ein Steppenland das ist, da staunt der Mensch und freut sich, so eine Weite, ein Labsal Gottes! Bis zu den warmen Meeren sollen sie reichen, sagt man, wo der Wundervogel Gamajun lebt mit seiner lieblichen Stimme und die Bäume weder im Herbst noch im Winter ihre Blätter verlieren, und wo an silbernen Zweigen goldene Äpfel wachsen und jedermann in Gerechtigkeit und Wohlstand lebt ... Dorthin würde ich wohl gern einmal wandern ... Wo bin ich nicht alles herumgekommen! Nach Romny bin ich gewandert, und nach Sinbirsk, was für eine herrliche Stadt, sogar nach Moskau mit seinen goldenen Zwiebeltürmen; auch an der Oka war ich, unserer Ernährerin, und an der lieblichen Zna, und am Mütterchen Wolga, viel Volk habe ich gesehen, gute Christenmenschen, in vielen ehrbaren Städten bin ich gewesen ... Aber dorthin würde ich gern einmal gehen ... ja ... das würde ich gern ... Und nicht nur ich allein, ich Sünder ... viele andere Christenmenschen sind unterwegs, in Bastschuhen wandern sie durch die Welt und suchen nach der Wahrheit ... ja! ... Was soll man auch zu Hause bleiben? Es gibt keine Gerechtigkeit unter den Menschen, so ist das ...«

Diese letzten Worte hatte Kassjan hastig, ganz undeutlich gesprochen; dann sagte er noch etwas, was ich nicht mehr verstehen konnte, und sein Gesicht nahm dabei einen so seltsamen Ausdruck an, dass ich unwillkürlich an das Wort vom »Gottesnarren« denken musste, das Jerofej für ihn gebraucht hatte. Er senkte den Blick, räusperte sich und schien wieder zu sich zu kommen.

»Ach, die liebe Sonne«, sagte er halblaut, »mein Gott, was für eine Wohltat! Und die Wärme im Wald!«

Er machte eine Bewegung mit der Schulter, verstummte, schaute zerstreut vor sich hin und summte dann leise ein Lied. Nicht alle Worte seines langgezogenen Liedchens konnte ich verstehen; die folgenden aber hörte ich:

»Heißen tue ich Kassjan,
sie nennen mich den Floh …«

»Oh!« dachte ich. »Er dichtet ja …«

Plötzlich fuhr er zusammen, verstummte und blickte aufmerksam in Richtung des Waldesdickichts. Ich drehte mich um und sah ein kleines Bauernmädchen in einem blauen Kittelchen, es mochte acht Jahre alt sein. Es trug ein kariertes Kopftuch und einen kleinen Flechtkorb über dem braungebrannten nackten Arm. Es hatte offenbar nicht damit gerechnet, uns hier zu begegnen; das Mädchen war auf uns gestoßen, wie man sagt, stand nun reglos im grünen Dickicht des Haselnussgestrauchs, auf einer schattigen Wiese und sah mich mit seinen schwarzen Augen erschrocken an. Doch ehe ich es noch genauer hätte betrachten können, war es schon hinter einem Baum verschwunden.

»Annuschka! Annuschka! Komm her, hab keine Angst«, rief der Alte freundlich.

»Ich hab aber Angst!« erklang sein dünnes Stimmchen.

»Hab keine Angst, hab keine Angst, komm her.«

Schweigend verließ Annuschka ihr Versteck, schlug einen großen Bogen – ihre kleinen Füße verursachten im dichten Gras kaum ein Geräusch – und kam dann unmittelbar neben dem Alten aus dem Dickicht hervor. Das Mädchen war nicht acht Jahre, wie ich zunächst angenommen hatte, weil es so klein war, sondern dreizehn oder vierzehn. Der ganze Körper war klein und mager, doch sehr wohlgestalt und gewandt, das hübsche Gesicht ähnelte Kassjans Gesicht ungemein, auch wenn er nicht gerade schön war. Die gleichen scharfgeschnittenen Züge, der gleiche seltsame Blick, verschmitzt und vertrauensvoll, nachdenklich und durchdringend, und auch die Bewegungen glichen sich ... Kassjan musterte sie kurz; sie stand seitlich von ihm.

»Hast wohl Pilze gesammelt?« fragte er.

»Ja, Pilze«, antwortete sie mit einem schüchternen Lächeln.

»Und hast du viele gefunden?«

»Viele.«

Sie warf ihm schnell einen Blick zu und lächelte wieder.

»Auch Steinpilze?«

»Steinpilze auch.«

»Zeig mal her, zeig mal her ...«

Sie nahm den Korb vom Arm und hob ein großes Huflattichblatt zur Hälfte hoch, mit dem die Pilze bedeckt waren.

»Oho!« sagte Kassjan über den Korb gebeugt. »Die sind aber schön! Fein, Annuschka!«

»Ist das deine Tochter, Kassjan?« fragte ich.

Annuschkas Gesicht rötete sich leicht.

»Nein, nein, eine Verwandte«, sagte Kassjan mit gespielter Beiläufigkeit.

»Dann geh jetzt, Annuschka«, fügte er schnell hinzu, »geh mit Gott. Und pass auf …«

»Aber warum soll sie zu Fuß gehen?« unterbrach ich ihn. »Wir könnten sie mitnehmen …«

Annuschka wurde rot wie eine Mohnblüte, griff mit beiden Händen die Schnur ihres Körbchens und sah den Alten aufgeregt an.

»Nein, sie kann zu Fuß gehen«, entgegnete er im gleichen teilnahmslosen Tonfall. »Wieso denn? … Sie geht zu Fuß … Lauf.«

Annuschka lief schnell in den Wald hinein. Kassjan sah ihr nach, senkte dann den Kopf und schmunzelte. In diesem Lächeln, den wenigen Worten, die er zu Annuschka gesagt hatte, im Klang seiner Stimme, als er mit ihr sprach, lag eine außerordentliche, leidenschaftliche Liebe und Zärtlichkeit. Wieder sah er in die Richtung, in die sie gegangen war, wieder lächelte er, fuhr sich übers Gesicht und schüttelte einige Male den Kopf.

»Wieso hast du sie so schnell weggeschickt?« fragte ich ihn. »Ich hätte ihr die Pilze abgekauft …«

»Sie können sie später kaufen, zu Hause, wenn Sie wollen«, antwortete er mir, wobei er mich zum ersten Mal mit »Sie« anredete.

»Du hast ein sehr hübsches Mädchen.«

»Nein … wie denn … also …«, entgegnete er gleichsam unwillig und verfiel sogleich wieder in seine frühere Schweigsamkeit.

Da ich sah, dass all mein Bemühen vergebens war, ihn

wieder zum Sprechen zu bringen, begab ich mich zum Einschlag. Inzwischen hatte die Hitze etwas nachgelassen; mein Misserfolg, oder, wie man bei uns sagt, der Reinfall, hielt an, so kehrte ich mit dem einen Wachtelkönig und der neuen Achse in die Siedlung zurück. Wir fuhren schon an Kassjans Hof vor, als er sich plötzlich zu mir umdrehte.

»Barin«, sagte er, »es tut mir leid, Barin; ich habe dir das ganze Wild verjagt.«

»Wieso?«

»Ich kann das. Du hast zwar einen verständigen, guten Hund, aber ausrichten konnte er nichts. Was der Mensch nicht alles anstellt mit dem unschuldigen Getier.«

Es wäre sinnlos gewesen, Kassjan davon zu überzeugen, dass es unmöglich ist, wilde Tiere zu »besprechen«, deshalb gab ich keine Antwort. Außerdem bogen wir gerade in sein Hoftor ein.

Annuschka trafen wir in der Kate nicht an; doch sie war schon da gewesen und hatte den Korb mit den Pilzen abgestellt. Jerofej brachte die neue Achse an, nachdem er sie zunächst einer strengen und misstrauischen Prüfung unterzogen hatte; eine Stunde später fuhr ich ab. Ich hatte Kassjan etwas Geld dagelassen, das er zuerst nicht hatte annehmen wollen, dann aber überlegte er es sich, hielt es einen Moment auf der Handfläche vor sich hin und steckte es schließlich unter seinen Rock. Im Laufe dieser Stunde hatte er fast nichts mehr gesagt; wie zuvor stand er gegen das Tor gelehnt, reagierte nicht auf die Vorwürfe meines Kutschers und nahm ziemlich kühl von mir Abschied.

Gleich nach meiner Rückkehr hatte ich bemerkt, dass mein Jerofej wieder schlecht gelaunt war … Er hatte im Dorf tatsächlich nichts Essbares auftreiben können, und auch die Tränke für die Pferde hatte zu wünschen übriggelassen. Wir fuhren los. Unzufrieden saß er auf dem Bock, das ließ sich sogar an seinem Nacken ablesen. Schrecklich gern wollte er ein Gespräch mit mir beginnen, in Erwartung meiner ersten Frage jedoch beschränkte er sich auf ein leichtes, halblautes Brummen und belehrende, bisweilen gallige Reden, die sich an die Pferde richteten. »Ein Dorf war das«, murmelte er, »von wegen Dorf! Wenn es wenigstens Kwas gegeben hätte, nicht mal Kwas hatten sie … Ach du meine Güte! Und das Wasser – igitt!« Er spuckte laut aus. »Weder Gurken noch Kwas, nichts dergleichen! Ach, du«, setzte er laut an das rechte Seitenpferd gewandt fort, »ich kenne dich, du Verwöhnter, verzogen bist du …« Er versetzte ihm einen Peitschenhieb. »Hat es faustdick hinter den Ohren, das Pferd, was war das früher für ein folgsames Wesen … Nu, nu, passt bloß auf …«

»Sag mal, Jerofej« begann ich ein Gespräch, »was ist dieser Kassjan eigentlich für ein Mensch?«

Jerofej ließ sich Zeit mit der Antwort: er war überhaupt ein nachdenklicher und bedächtiger Mann; ich bemerkte aber sogleich, dass ihn meine Frage erheiterte und beruhigte.

»Der Floh?« sagte er schließlich und zog an den Zügeln. »Ein sonderbarer Kauz: ein Gottesnarr, wie man so bald keinen zweiten findet. Genauso einer wie unser Falber hier, der drückt sich genauso … vor der Arbeit, meine ich. Na ja, was für ein Arbeiter ist er schon, nichts als Haut und Knochen, aber trotzdem … So ist er ja von Kindesbeinen an. Zuerst war er mit seinen Onkeln als Fuhrmann unterwegs, mit Troikas, dann aber ist ihm das wohl lästig geworden und er hat's aufgegeben. Er ist zu Hause geblieben, aber auch da hat er es nicht ausgehalten: so ein unruhiger Geist ist das, ein richtiger Floh. Zum Glück hatten sie einen guten Barin, der hat ihn zu nichts gezwungen. Seitdem treibt er sich herum wie ein Schaf auf weiter Flur. Und wie schrullig er ist, weiß der Himmel: bald schweigt er wie ein Holzklotz, dann fängt er mit einem Mal zu reden an, was er aber sagt, das weiß der Himmel. Gehört sich das denn? Das gehört sich nicht. Aus dem wird man nicht schlau. Aber singen, das kann er. Ein Wichtigtuer, na ja.«

»Und heilen, kann er das wirklich?«

»Heilen, dass ich nicht lache! … Ach was! So einer wie der! Mich hat er allerdings von den Skrofeln geheilt … Ach was, dumm, wie er ist«, fügte er nach einer Weile hinzu.

»Kennst du ihn schon lange?«

»Schon lange. Wir waren Nachbarn in Sytschowka, an der Krassiwaja Metsch.«

»Und das Mädchen, dem wir im Wald begegnet sind, die Annuschka, ist sie mit ihm verwandt?«

Jerofej warf mir einen Blick über die Schulter zu und grinste über das ganze Gesicht.

»He! … ja, verwandt. Eine Waise: hat keine Mutter, und es weiß auch keiner, wer ihre Mutter war. Sie muss ja mit ihm verwandt sein, so ähnlich wie sie ihm sieht … Sie lebt bei ihm. Ein kluges Mädel, alles, was recht ist; ein gutes Mädel, und er, der Alte, hat einen Narren an ihr gefressen: ein gutes Mädel. Er will der Annuschka sogar, ob Sie's glauben oder nicht, Lesen und Schreiben beibringen. Oje, dem ist alles zuzutrauen, so ist er eben, zum Staunen, dieser Mensch. Und Launen hat er, ganz unberechenbar … He, he, he!« unterbrach sich mein Kutscher plötzlich, hielt die Pferde an, beugte sich zur Seite und schnupperte. »Riecht es nicht verbrannt? Tatsächlich! Das sind mir neue Achsen … Dabei habe ich sie doch gut geschmiert … Ich will Wasser holen gehen: da ist ja auch ein Teich.«

Und Jerofej kletterte langsam vom Bock, band den Eimer los, ging zum Teich und lauschte, nachdem er zurückgekommen war, nicht ohne Vergnügen, wie die Radnabe zischte, als sie plötzlich mit Wasser in Berührung kam … An die sechs Mal musste er die letzten zehn Werst die heiß gelaufene Achse begießen, es war schon völlig dunkel, als wir zu Hause ankamen.

DER DORFSCHULZE

Etwa fünfzehn Werst von meinem Gut entfernt lebt ein junger, mir bekannter Gutsbesitzer, der Gardeoffizier a. D. Arkadi Pawlytsch Penotschkin. Federwild gibt es auf seinen Besitzungen reichlich, das Haus ist nach den Entwürfen eines französischen Architekten erbaut, sein Gesinde trägt Kleidung im englischen Stil, er gibt erlesene Diners und empfängt seine Gäste freundlich. Dennoch fährt man ungern zu ihm. Penotschkin ist ein besonnener, verlässlicher Mensch, hat, wie allgemein üblich, eine ausgezeichnete Erziehung genossen, im Militär gedient und in den höchsten Kreisen verkehrt und widmet sich jetzt mit großem Erfolg der Landwirtschaft. Arkadi Pawlytsch ist, seinen eigenen Worten zufolge, streng, aber gerecht, um das Wohl seiner Untertanen besorgt, und wenn er sie straft, dann nur zu ihrem Besten. »Man muss sie behandeln wie Kinder«, sagt er in solchen Fällen, »es ist die Unwissenheit, mon cher; il faut prendre cela en considération.« Kommt es einmal zu einer sogenannten betrüblichen Notwendigkeit, vermeidet er heftige, ungestüme Bewegungen, auch erhebt er ungern die Stimme. Er schlägt ohne Umschweife mit der Hand zu, wobei er ruhig sagt: »Hatte ich dich nicht gebeten, mein Lieber«, oder »Was ist das bloß, mein Freund, nimm Vernunft an«, wobei er leicht die Zähne zusammenbeißt und den Mund verzieht.

Penotschkin ist nicht groß, von eleganter Erscheinung und überhaupt recht ansehnlich, auch hält er seine Hände und Fingernägel überaus reinlich; seine roten Lippen und

Wangen strotzen nur so vor Gesundheit. Klingend und sorglos ist sein Lachen, freundlich blinzelt er mit den hellbraunen Augen. Er weiß sich zu kleiden, und dies mit Geschmack, und ist auf französische Bücher, Zeitungen und Zeichnungen abonniert, ein großer Freund des Lesens aber ist er nicht: den »Ewigen Juden« hat er kaum bewältigt. Karten spielt er meisterlich. Arkadi Pawlytsch genießt überhaupt den Ruf, einer der gebildetsten Adligen und beneidenswertesten Heiratskandidaten unseres Gouvernements zu sein; die Damen sind hingerissen von ihm, insbesondere preisen sie seine Manieren. In bewundernswerter Weise hält er auf sich, ist vorsichtig wie eine Katze und war noch nie in irgendwelche Händel verstrickt, auch wenn er bei Gelegenheit gern zeigt, wer er ist, und schon so manchen Schüchternen bloßgestellt oder beleidigt hat. Schlechte Gesellschaft meidet er entschieden – er fürchtet sich zu kompromittieren; dafür erweist er sich in fröhlicher Runde als Jünger Epikurs, obgleich er sich im Allgemeinen abfällig über die Philosophie äußert, er nennt sie die nebulöse Nahrung deutscher Geister, zuweilen aber einfach Unsinn. Auch die Musik liebt er; beim Kartenspiel summt er gefühlvoll vor sich hin; aus der »Lucia« und »La sonnambula« hat er etliches behalten, doch er setzt jedes Mal mit einem zu hohen Ton ein. Die Winter verbringt er in Petersburg. In seinem Haus herrscht außergewöhnliche Ordnung; sogar die Kutscher haben sich seinem Einfluss unterworfen und putzen nicht nur jeden Tag die Kummete und reinigen ihre Röcke, sondern waschen sich auch das Gesicht. Zwar sieht Arkadi Pawlytschs Gesinde etwas mürrisch aus, doch bei uns in Russland lässt sich ein Verdrießlicher nicht vom Verschlafenen unterscheiden. Arkadi Pawlytsch spricht mit sanfter, angenehmer Stimme, bedächtig und ganz so, als befördere er jedes Wort voller Vergnügen unter seinem herrlichen, parfümierten Schnurrbart ans Tageslicht; auch bedient er sich vieler französischer Wendungen wie »Mais c'est impayable!«, »Mais comment donc!« und dergleichen mehr. Aus all diesen Gründen besuche zumindest ich ihn nicht sonderlich gern, und wären da nicht die Birkhähne und Rebhühner, ich hätte wahrscheinlich ganz den Verkehr mit ihm eingestellt. Eine merkwürdige Unruhe erfasst mich in seinem Haus; selbst der Komfort macht mir keine Freude, und jedes Mal, wenn abends ein ondulierter Kammerdiener in himmelblauer Livree mit Wappenknöpfen auftaucht und unterwürfig damit beginnt, mir die Stiefel auszuziehen, habe ich das Gefühl, ich würde mich unsagbar freuen, statt seiner blassen, hageren Gestalt plötzlich die beeindruckend breiten Backenknochen und die ungeheuer stumpfe Nase eines jungen, kräftigen Kerls zu Gesicht zu bekommen, den sein Barin geradewegs vom Pflug weggeholt hat, der es aber schon fertigbrachte, seinen ihm soeben überlassenen Nankingkaftan an zehn Stellen zu zerreißen. Wie gern ich mich der Gefahr aussetzen würde, zusammen mit dem Stiefel gleich auch des gesamten Beins verlustig zu gehen, bis hinauf zum Hüftgelenk …

Trotz meiner Abneigung gegen Arkadi Pawlytsch ergab es sich, dass ich einmal die Nacht bei ihm verbringen musste. Am nächsten Tag ließ ich frühmorgens meine Kutsche anspannen, doch er wollte mich nicht ohne ein englisches Frühstück ziehen lassen und bat mich in sein Kabinett. Es wurde Tee serviert, dazu gab es Koteletts, weichgekochte Eier, Butter, Honig, Käse und dergleichen. Zwei Kammerdiener in reinen weißen Handschuhen kamen schnell und schweigend jedem unserer kleinsten Wünsche zuvor. Wir saßen auf einem persischen Diwan. Arkadi Pawlytsch trug weite seidene Pluderhosen, eine schwarze Samtjacke, einen hübschen Fez mit blauer Quaste und gelbe chinesische Pantoffeln. Er trank Tee, lachte, betrachtete seine Fingernägel, rauchte, stopfte sich Kissen in die Seite und war überhaupt blendend aufgelegt. Nachdem er ausgiebig und mit ersichtlichem Behagen gefrühstückt hatte, goss sich Arkadi Pawlytsch ein Glas Rotwein ein, führte es an die Lippen und verfinsterte sich plötzlich.

»Wieso ist der Wein nicht angewärmt?« fragte er einen der Kammerdiener in ziemlich scharfem Ton.

Der Kammerdiener geriet in Verlegenheit, blieb wie angewurzelt stehen und erbleichte.

»Ich habe dich etwas gefragt, mein Bester!« fuhr Arkadi Pawlytsch ruhig fort, ohne ihn aus den Augen zu lassen.

Der unglückliche Kammerdiener wusste nicht ein noch aus, drehte die Serviette in den Händen und sagte kein Wort. Arkadi Pawlytsch senkte den Kopf und sah ihn finster an.

»Pardon, mon cher«, sagte er dann mit zuvorkommendem Lächeln, wobei er freundschaftlich mein Knie berührte, um seinen Blick dann wieder auf den Kammerdiener zu richten. »Geh jetzt«, sagte er nach kurzem Schweigen, zog die Brauen hoch und läutete.

Ein dicker, schwarzhaariger, braungebrannter Mann mit niedriger Stirn und verquollenen Augen trat ein.

»Im Falle von Fjodor ... Maßnahmen veranlassen«, sagte Arkadi Pawlytsch halblaut und beherrscht.

»Zu Befehl«, antwortete der Dicke und entfernte sich.

»Voilà, mon cher, les désagréments de la campagne«, bemerkte Arkadi Pawlytsch heiter. »Aber wohin wollen Sie denn? So bleiben Sie doch noch ein Weilchen.«

»Nein«, antwortete ich, »ich muss los.«

»Immer auf die Jagd! Ach, diese Jäger! Wohin wollen Sie denn jetzt?«

»Nach Rjabowo, vierzig Werst von hier.«

»Nach Rjabowo? Ach, du meine Güte, wenn das so ist, fahre ich mit Ihnen. Rjabowo liegt gerade einmal fünf Werst von meinem Schipilowka entfernt, ich war lange nicht mehr dort, hab nie die Zeit finden können. Das kommt mir sehr gelegen: Sie gehen heute in Rjabowo auf die Jagd, und abends kommen Sie zu mir. Ce sera charmant. Wir werden zusammen zu Abend essen. Wir nehmen den Koch mit, und Sie übernachten bei mir. Wunderbar! Wunderbar!« fügte er hinzu, ohne meine Antwort abzuwarten. »C'est arrangé … He, ihr da! Lasst die Kutsche anspannen, aber schnell. Waren Sie schon einmal in Schipilowka? Ich hätte mich geniert, Ihnen anzubieten, die Nacht im Haus meines Dorfschulzen zu verbringen, aber Sie sind ja nicht anspruchsvoll, wie ich weiß, und würden in Rjabowo auch in einer Scheune übernachten … Lassen Sie uns fahren, lassen Sie uns fahren!«

Und Arkadi Pawlytsch stimmte eine französische Romanze an. »Sie wissen vielleicht nicht«, fuhr er, von einem Bein auf das andere tretend, fort, »dass ich dort Zinsbauern habe. Alles wegen der Konstitution, was soll man da machen? Den Zins aber, den zahlen sie pünktlich. Ich hätte sie ehrlich gesagt schon längst auf Frondienst gesetzt, aber es ist zu wenig Land da! Ich wundere mich sowieso, wie sie zurechtkommen. Im Übrigen, c'est leur affaire. Mein Dorfschulze ist ein tüchtiger Mann, une forte tête, der reinste

Staatsmann. Sie werden sehen … Wie gut es sich doch trifft!«

Da war nichts zu machen. Statt um neun Uhr früh brachen wir erst um zwei auf. Jeder Jäger wird meine Ungeduld verstehen. Arkadi Pawlytsch liebte es, wie er sagte, sich gelegentlich etwas Gutes zu tun, und nahm eine solche Unmenge an Wäsche, Proviant, Kleidung, Parfüms, Kopfkissen und allerlei Necessaires mit, dass so mancher sparsame, genügsame Deutsche mit all diesem Überfluss ein ganzes Jahr lang ausgekommen wäre. Jedes Mal, wenn wir einen Hügel herabrollten, hielt Arkadi Pawlytsch dem Kutscher eine kurze, doch gepfefferte Rede, aus der ich schlussfolgern konnte, dass mein Bekannter ein rechter Feigling war. Die Reise verlief im Übrigen sehr glücklich; lediglich an einer kürzlich ausgebesserten kleinen Brücke stürzte der Wagen mit dem Koch um und quetschte ihm mit dem Hinterrad den Magen.

Als Arkadi Pawlytsch seinen heimischen Carême stürzen sah, erschrak er gewaltig und ließ sofort nachfragen, ob seine Hände heil geblieben seien. Nachdem er eine bejahende Antwort erhalten hatte, beruhigte er sich sofort wieder. All dies brachte es mit sich, dass die Fahrt ziemlich lang dauerte; ich saß mit Arkadi Pawlytsch in einer Kutsche und fühlte mich gegen Ende der Reise tödlich gelangweilt, umso mehr, als mein Bekannter im Laufe einiger Stunden völlig die Kontrolle über sich verlor und bereits anfing, aufrührerische Reden zu führen. Schließlich erreichten wir unser Ziel, allerdings nicht Rjabowo, sondern Schipilowka; irgendwie hatte es sich so ergeben. An jenem Tag hätte ich ohnedies nicht mehr auf die Jagd gehen können, weshalb ich mich notgedrungen in mein Schicksal ergab.

Der Koch war einige Minuten vor uns angekommen und hatte offenbar bereits Anordnungen treffen und allerlei Leute benachrichtigen können, weshalb uns, als wir ins Dorf einfuhren, bereits der Dorfälteste (der Sohn des Schulzen) begrüßte, ein kräftiger, rothaariger baumlanger Kerl, zu Pferde, barhäuptig und in einem neuen offenstehenden Bauernrock. »Und wo ist Sofron?« fragte ihn Arkadi Pawlytsch. Der Dorfälteste sprang zunächst flink vom Pferd, verneigte sich mit den Worten: »Guten Tag, Batjuschka Arkadi Pawlytsch« tief vor seinem Barin, hob dann den Kopf, schüttelte sich und meldete, dass Sofron nach Perow gefahren sei, man aber schon nach ihm geschickt habe. »Na, dann komm mal mit«, sagte Arkadi Pawlytsch. Der Dorfälteste führte das Pferd aus Rücksicht zur Seite, warf sich auf seinen Rücken und trabte, die Mütze in der Hand, der Kutsche hinterher. Wir fuhren durch das Dorf. Unterwegs begegneten wir einigen Bauern in leeren Leiterwagen; sie kamen von der Tenne und sangen Lieder, wurden beim Fahren gehörig durchgerüttelt und hüpften mit baumelnden Beinen immer wieder in die Höhe; als sie aber unsere Kutsche und den Dorfältesten sahen, verstummten sie sofort, nahmen ihre Wintermützen ab (es war Sommer) und erhoben sich, als erwarteten sie einen Befehl. Arkadi Pawlytsch grüßte sie leutselig. Im Dorf verbreitete sich angstvolle Unruhe. Bauersfrauen in karierten Röcken warfen mit Holzscheiten nach täppischen oder allzu eifrigen Hunden; ein hinkender Alter, dessen Bart direkt unter seinen Augen anfing, riss ein Pferd vom Brunnen fort, bevor es sich noch hatte satt trinken können, versetzte ihm aus unerfindlichen Gründen einen Stoß in die Flanke und verneigte sich erst dann. Kleine Jungen in langen Hemden stürzten heulend in die Katen: sie warfen sich bäuchlings auf die hohe Türschwelle, ließen den Kopf baumeln, schleuderten die Beine in die Höhe und rollten sich auf diese Weise äußerst geschickt zur Tür hinein, in die dunkle Diele, und waren nicht mehr gesehen. Sogar die Hühner strebten hastig dem Durchschlupf unten am Tor zu; nur ein geschäftiger Hahn mit schwarzer Brust, die aussah wie eine Atlasweste, und mit einem roten Schwanz, der sich fast bis zu seinem Kamm ringelte, war zunächst auf der Straße stehengeblieben und wollte schon zu krähen anfangen, geriet aber plötzlich auch in Verwirrung und lief ebenfalls davon.

Das Haus des Schulzen stand abseits von den anderen, inmitten eines dichten, grünen Hanffeldes. Wir hielten vor dem Tor. Herr Penotschkin erhob sich, warf theatralisch den Mantel ab, stieg aus der Kutsche und blickte freundlich um sich. Die Frau des Schulzen begrüßte uns mit tiefen Verbeugungen und näherte sich der Hand ihres Barin. Arkadi Pawlytsch ließ sie die Hand nach Herzenslust küssen und trat auf die Vortreppe. In einer dunklen Ecke der Diele stand die Frau des Dorfältesten und verneigte sich ebenfalls, seine Hand zu küssen aber wagte sie nicht. In der sogenannten kalten Haushälfte, rechts von der Diele, waren bereits zwei andere Frauen emsig am Werk; sie fegten den Kehricht mit Birkenreisig zusammen und trugen allerlei Gerümpel heraus, leere Zuber, steif gewordene Schafspelze, fettige Töpfe, eine Wiege, vollgestopft mit allerlei Lumpen und einem in bunte Lappen gewickelten Kind. Arkadi Pawlytsch schickte sie fort und setzte sich auf die Bank unter den Heiligenbildern. Die Kutscher begannen Truhen, Kästen und weiteres der Annehmlichkeit dienendes Gerät hereinzutragen, wobei sie auf jede Weise darum bemüht waren, das Poltern ihrer schweren Stiefel zu dämpfen.

Währenddessen befragte Arkadi Pawlytsch den Dorfältesten nach der Ernte, der Aussaat und anderen Wirtschaftsangelegenheiten. Der Dorfälteste antwortete zu seiner Zufriedenheit, doch irgendwie träge und ungeschickt, ganz so, als müsse er sich mit froststeifen Fingern den Kaftan zuknöpfen. Er stand an der Tür, war ständig auf der Hut und wich immer wieder zur Seite aus, um dem geschäftigen Kammerdiener den Weg freizugeben. Hinter seinen gewaltigen Schultern konnte ich sehen, wie die Frau des Dorfschulzen in der Diele still und heimlich einer anderen Frau einige Schläge versetzte. Dann hörte man plötzlich einen Wagen rasseln und vor der Treppe anhalten: der Dorfschulze kam herein.

Der Staatsmann, wie Arkadi Pawlytsch sich ausgedrückt hatte, war ein kleiner, breitschultriger, grauhaariger, untersetzter Mann mit roter Nase, kleinen hellblauen Augen und einem fächerförmigen Bart. Es sei hier angemerkt, dass es von Anbeginn an, seit Russland besteht, noch nie einen beleibten und reich gewordenen Mann ohne dichten Vollbart gegeben hat; so manch einer hat sein Leben lang ein schütteres Spitzbärtchen getragen, plötzlich aber hat er sich den reinsten Heiligenschein zugelegt, Haare, wohin das Auge blickt!

Der Dorfschulze hatte in Perow offenbar gebechert: sein Gesicht war gehörig aufgedunsen, auch roch er nach Branntwein.

»Ach, lieber Vater und Wohltäter«, ertönte sein Singsang, und das Gesicht drückte eine derartige Ergriffenheit aus, dass man meinte, gleich würden ihm die Tränen aus den Augen schießen. »Habt Euch endlich entschlossen, uns zu besuchen! … Die Hand, Batjuschka, die Hand«, fügte er hinzu und spitzte schon im Voraus die Lippen.

Arkadi Pawlytsch erfüllte ihm seinen Wunsch.

»Na, Sofron, mein Bester, wie geht's, wie steht's?« fragte er ihn freundlich.

»Ach, lieber Vater«, rief Sofron, »wieso sollte es schlecht um uns bestellt sein? Ihr habt ja, Vater und Wohltäter, geruht, unser Dorf durch Eure Ankunft zu erleuchten, habt uns beglückt bis ans Ende unserer Tage. Gepriesen sei der Herr, Arkadi Pawlytsch, gepriesen sei der Herr! Alles steht bestens, durch Euer Gnaden Güte.«

Hier verstummte Sofron, blickte seinen Barin an und erbat, gleichsam erneut von einer Gefühlsaufwallung ergriffen (wobei die Trunkenheit das Ihre tat), ein weiteres Mal die Hand und fuhr noch ärger als zuvor in seinem Singsang fort:

»Ach, lieber Vater und Wohltäter … oh … wie ist mir! Bei Gott, ganz närrisch bin ich vor Freude … Bei Gott, ich traue meinen Augen nicht … Ach, lieber Vater! …«

Arkadi Pawlytsch warf mir einen Blick zu, schmunzelte und fragte: »N'est-ce pas que c'est touchant?«

»Aber, Batjuschka, Arkadi Pawlytsch«, fuhr der Dorfschulze unermüdlich fort, »wie konntet Ihr nur? Ihr betrübt mich zutiefst, Batjuschka; geruhtet mich nicht über Eure Ankunft zu benachrichtigen. Wo wollt Ihr denn bloß übernachten? Hier ist es ja schmutzig, überall liegt Kehricht …«

»Das macht nichts, Sofron, das macht nichts«, antwortete Arkadi Pawlytsch lächelnd, »es ist schon recht.«

»Für wen ist es recht, lieber Vater? Für unsereinen, den einfachen Mann, ist es recht; aber für Euch … ach, lieber

Vater und Wohltäter, ach, lieber Vater! … Verzeiht mir Dummkopf, ich habe den Verstand verloren, bin ganz närrisch geworden.«

Inzwischen wurde das Abendessen aufgetragen; Arkadi Pawlytsch begann zu essen. Seinen Sohn hatte der Alte fortgejagt, es sei sonst zu stickig.

»Was ist, alter Junge, hast du die Flurgrenzen vermessen?« fragte Herr Penotschkin, der sich ganz offensichtlich der Rede der Leute anpassen wollte, und zwinkerte mir zu.

»Das haben wir, Batjuschka, alles dank deiner Güte. Vorgestern haben wir die Papiere unterschrieben. Die aus Chlynowo haben zuerst Schwierigkeiten gemacht, ja, Schwierigkeiten haben sie gemacht, Vater, so war's. Haben Forderungen gestellt … Forderungen … weiß der Himmel, was sie alles gefordert haben; das sind doch alles Narren, Batjuschka, dummes Volk. Aber wir, Batjuschka, haben, deine Güte sei gepriesen, unsere Dankbarkeit bezeugt und sind Mikolaj Mikolaitsch, dem Schiedsmann, gefolgt; haben ganz nach deinem Befehl gehandelt, Batjuschka, wie du zu befehlen geruhtest, so haben wir gehandelt, mit Wissen von Jegor Dmitritsch haben wir gehandelt.«

»Jegor hat es mir dargelegt«, bemerkte Arkadi Pawlytsch wichtig.

»Aber ja doch, Batjuschka, Jegor Dmitritsch, ja doch.«

»Dann seid ihr jetzt wohl zufrieden?«

Genau darauf hatte Sofron gewartet.

»Ach, lieber Vater und Wohltäter!« begann er aufs Neue seinen Singsang … »Erbarmt Euch meiner … Tag und Nacht beten wir ja für Euch, lieber Vater … Land haben wir allerdings wenig …«

Penotschkin unterbrach ihn.

»Ist schon gut, Sofron, ich weiß, dass du mir ein eifriger Diener bist. Und wie steht's um den Ertrag beim Dreschen?«

Sofron seufzte.

»Tja, lieber Vater, um den Ertrag steht's nicht so gut. Aber gestattet mir zu berichten, Batjuschka Arkadi Pawlytsch, was sich bei uns zugetragen hat.«

Er kam mit den Armen schlenkernd näher, beugte sich zu Herrn Penotschkin herab und kniff ein Auge zu.

»Auf unserem Land hat man einen Toten gefunden.«

»Wie kam denn das?«

»Ich begreife es selber nicht, Batjuschka, lieber Vater: da hat wohl der Feind seine Hände im Spiel. Zum Glück lag er an der Flurgrenze zu den Nachbarn; aber leider auf unserem Land, das zu verschweigen wäre Sünde. Ich habe sofort angeordnet, ihn auf das fremde Land zu ziehen, solange es noch möglich war, und hab eine Wache aufgestellt und unseren Leuten gesagt: kein Wort, habe ich gesagt. Und dem Polizeihauptmann habe ich für den Fall der Fälle erklärt: so und so, sage ich; hab ihn auch bewirtet, wie sich's gehört, ihm meine Dankbarkeit erwiesen … Und nun, Batjuschka, nun haben ihn die Fremden am Hals; ein Toter, das kostet immerhin zweihundert Rubel, mindestens.«

Herr Penotschkin lachte lange über die Schliche seines Dorfschulzen und sagte einige Male, wobei er mit dem Kopf auf ihn deutete: »Quel gaillard, was?«

Indessen war es draußen dunkel geworden; Arkadi Pawlytsch ließ den Tisch abräumen und Heu bringen. Der Kammerdiener breitete Laken für uns aus und legte Kopfkissen bereit; wir begaben uns zur Ruhe. Nachdem Sofron für den nächsten Tag Anordnungen erhalten hatte, ging er in sein Zimmer. Arkadi Pawlytsch redete beim Einschlafen noch eine Weile über die vortrefflichen Eigenschaften des russischen Volkes und bemerkte auch, dass die Bauern aus Schipilowka mit keinem Groschen im Rückstand seien, seit Sofron die Verwaltung übernommen hatte … Der Nachtwächter schlug auf seine Eisentafel; ein Kind, das offenbar noch nicht vom Gefühl der Selbstbeherrschung durchdrungen war, winselte irgendwo im Haus … Wir schliefen ein.

Am nächsten Tag standen wir recht früh am Morgen auf. Ich hatte vor, nach Rjabowo zu fahren, doch Arkadi Pawlytsch wollte mir sein Anwesen zeigen und überredete mich zu bleiben. Ich war auch selbst nicht abgeneigt, mich vor Ort von den vortrefflichen Eigenschaften des Staatsmannes Sofron zu überzeugen. Der Dorfschulze erschien. Er trug einen blauen Bauernrock, den er mit einer roten Schärpe gegürtet hatte, sprach viel weniger als tags zuvor, schaute seinem Barin aufmerksam und unverwandt in die Augen und antwortete zusammenhängend und sachlich. Gemeinsam machten wir uns auf den Weg zur Tenne. Sofrons Sohn, der baumlange Dorfälteste, allem Anschein nach ein überaus einfältiger Mensch, folgte uns, außerdem schloss sich uns noch Fedosseitsch an, der Gemeindeschreiber, ein verabschiedeter Soldat mit gewaltigem Schnurrbart und einem überaus merkwürdigen Gesichtsausdruck: ganz so als hätte er sich vor langer Zeit über etwas außerordentlich gewundert und sei bis heute nicht darüber hinweggekommen. Wir besichtigten die Tenne, die Getreidedarre, die Scheunen für Korn und Heu, die Windmühle, den Viehstall, die Wintersaaten, die Hanffelder; alles war tatsächlich in mustergültiger Ordnung, lediglich die verzagten Gesichter der Bauern weckten in mir gewisse Zweifel. Neben dem

Nützlichen hatte sich Sofron auch um das Angenehme gesorgt: entlang sämtlicher Gräben waren Weiden gepflanzt, zwischen den aufgeschichteten Korngarben in der Tenne hatte er Wege angelegt und mit Sand bestreut, auf der Windmühle eine Wetterfahne in Gestalt eines Bären mit aufgerissenem Rachen und roter Zunge anbringen lassen, und am Viehstall, einem Ziegelgebäude, hatte er eine Art griechischen Giebel angeklebt, unter dem mit weißer Farbe geschrieben stand: »Ärbaut imdorf Schipilofka imjahr dausend acht Huntert vierzich. Dieser vieschtal.«

Arkadi Pawlytsch war außer sich vor Rührung, begann mir in französischer Sprache die Vorzüge des Zinswesens darzulegen, wobei er allerdings anmerkte, die Fronarbeit sei für den Gutsbesitzer vorteilhafter, aber es hätte ja alles seine Vor- und Nachteile. Dann begann er dem Dorfschulzen Ratschläge zu geben, wie man Kartoffeln setze, wie das Viehfutter zu bereiten sei und anderes. Sofron hörte der Rede seines Barin aufmerksam zu, widersprach bisweilen, titulierte Arkadi Pawlytsch jedoch nicht mehr als Vater oder Wohltäter und betonte immer wieder, dass sie wenig Land hätten und es nicht schaden würde, etwas dazuzukaufen. »Warum nicht, kauft ruhig«, sagte Arkadi Pawlytsch, »auf meinen Namen, ich habe nichts dagegen.« Worauf Sofron nichts entgegnete und sich nur über den Bart strich.

»Es wäre nicht verkehrt, wenn wir jetzt in den Wald ritten«, bemerkte Herr Penotschkin. Sogleich brachte man uns Reitpferde; wir ritten in den Wald, oder, wie man bei uns sagt, in die »Waldung«. Diese »Waldung« war der reinste Urwald, und es gab reichlich Federwild, wofür Arkadi Pawlytsch Sofron lobte und auf die Schulter klopfte. Herr Penotschkin hielt in Sachen der Forstwirtschaft an russischen

Sitten fest und erzählte mir eine, seinen Worten zufolge, überaus amüsante Geschichte, wie ein Spaßvogel von Gutsherr seinen Förster zurechtgewiesen hatte, indem er ihm beinahe die Hälfte des Bartes ausriss, um zu beweisen, dass durch das Abholzen von Bäumen der Wald auch nicht dichter würde … Allerdings waren sowohl Sofron als auch Arkadi Pawlytsch ihrerseits nicht abgeneigt, Neuerungen einzuführen, wenn es sich ergab. Als wir ins Dorf zurückgekehrt waren, führte uns der Dorfschulze eine Kornschwinge vor, die er kürzlich aus Moskau hatte kommen lassen. Die Kornschwinge arbeitete tatsächlich einwandfrei, hätte Sofron allerdings geahnt, welche Unannehmlichkeiten ihn und seinen Barin auf diesem letzten Spaziergang erwarteten, er wäre sicher mit uns zu Hause geblieben.

Dies war, was sich zutrug – als wir aus der Scheune kamen, bot sich uns folgendes Bild: Einige Schritte von der Tür entfernt knieten neben einer schmutzigen Pfütze, in der unbekümmert drei Enten planschten, zwei Männer, ein etwa sechzigjähriger Alter und ein Bursche von zwanzig Jahren, beide in geflickten Hanfhemden, barfüßig und mit Stricken gegürtet. Der Schreiber Fedosseitsch bemühte sich eifrig um sie und hätte sie wohl auch überreden können, sich zu entfernen, wenn wir uns in der Scheune länger aufgehalten hätten, doch als er uns sah, nahm er Haltung an und verharrte reglos auf der Stelle. Auch der Dorfälteste blieb mit offenem Mund und unschlüssigen Fäusten stehen. Arkadi Pawlytschs Gesicht verfinsterte sich, er biss sich auf die Lippe und trat zu den Bittstellern. Wortlos verneigten sich beide vor ihm bis zum Boden.

»Was wollt ihr? Worum bittet ihr?« fragte er in strengem Ton und leicht näselnd.

Die Männer blickten einander an, brachten aber kein Wort heraus, kniffen nur die Augen zusammen, als blende sie die Sonne, und atmeten schneller.

»Also, was gibt's?« fuhr Arkadi Pawlytsch fort und wandte sich sogleich an Sofron. »Aus welcher Familie?«

»Aus der Familie Tobolejew«, antwortete der Dorfschulze langsam.

»Was wollt ihr also?« sagte Herr Penotschkin wieder. »Hat es euch die Sprache verschlagen, oder was? Sag schon, was du willst«, fügte er an den Alten gewandt hinzu. »Hab keine Angst, du Dummkopf.«

Der Alte reckte seinen dunkelbraunen, faltigen Hals, verzog die bläulichen Lippen und sagte mit krächzender Stimme: »Steh uns bei, Herr!«, und schlug wieder mit der Stirn gegen den Boden. Der junge Mann verneigte sich ebenfalls. Im Vollgefühl seiner Würde betrachtete Arkadi Pawlytsch ihre Hinterköpfe, warf den Kopf zurück und stellte sich breitbeinig vor ihnen auf.

»Was soll das? Über wen willst du dich beschweren?«

»Erbarme dich, Herr! Lass uns Luft zum Atmen … Er hat uns in den Ruin getrieben.«

Der Alte konnte kaum sprechen.

»Vom wem redest du?«

»Von Sofron Jakowlitsch, Batjuschka.«

Arkadi Pawlytsch schwieg.

»Wie heißt du?«

»Antip, Batjuschka.«

»Und wer ist das?«

»Mein Sohn, Batjuschka.«

Arkadi Pawlytsch verstummte erneut und zwirbelte seinen Schnurrbart.

»Was wirfst du ihm denn vor?« sagte er dann und sah auf den Alten hinab.

»Zugrunde gerichtet hat er uns, Batjuschka. Zwei Söhne, Batjuschka, hat er außer der Reihe unter die Rekruten gesteckt, und jetzt will er mir noch den dritten nehmen. Gestern, Batjuschka, hat er mir die letzte Kuh vom Hof geholt und noch dazu meine Frau verprügelt – Seine Gnaden dort«, er deutete auf den Dorfältesten.

»Hm!« sagte Arkadi Pawlytsch.

»Lass nicht zu, dass wir ganz zugrunde gehen, Ernährer.«

Herr Penotschkin verzog das Gesicht.

»Was hat das alles zu bedeuten?« fragte er den Dorfschulzen halblaut und unzufrieden.

»Der ist doch betrunken, gnädiger Herr«, antwortete der Dorfschulze, der zum ersten Mal den Ausdruck »gnädiger Herr« gebrauchte, »der arbeitet nicht. Kommt schon das fünfte Jahr aus den Rückständen nicht heraus, gnädiger Herr.«

»Sofron Jakowlitsch hat die Rückstände für mich gezahlt, Batjuschka«, fuhr der Alte fort, »schon das fünfte Jahr, dass er für mich zahlt, aber seitdem knechtet er mich fürchterlich, Batjuschka, und außerdem …«

»Und weshalb bist du in Rückstand geraten?« fragte Herr Penotschkin streng.

Der Alte ließ den Kopf sinken.

»Säufst wohl gern, was? Ziehst durch die Schenken?«

Der Alte wollte den Mund auftun.

»Ich kenne euch«, fuhr Arkadi Pawlytsch aufbrausend fort, »saufen und auf dem Ofen liegen, das ist alles, was ihr könnt, und der rechtschaffene Bauer, der muss dann für euch einstehen.«

»Und ein Grobian ist er noch dazu«, flocht der Dorfschulze in die Rede seines Herrn ein.

»Das versteht sich von selbst. So ist das immer; das habe ich schon oft festgestellt. Das ganze Jahr über schlägt er über die Stränge und krakeelt, und jetzt kriecht er vor mir im Staub.«

»Batjuschka, Arkadi Pawlytsch«, sagte der Alte verzweifelt, »erbarme dich, steh mir bei. Ich bin doch kein Grobian. Bei Gott dem Herrn, ich bin am Ende. Sofron Jakowlitsch hat es auf mich abgesehen, aber weshalb bloß – Gott wird ihn richten. Er bringt mich an den Bettelstab, Batjuschka … Meinen letzten Sohn … auch den nimmt er mir …«

In den gelben, eingesunkenen Augen des Alten glitzerte eine Träne.

»Erbarme dich, Herr, steh mir bei …«

»Und nicht uns allein geht es so …«, begann der junge Bauer.

Arkadi Pawlytsch fuhr plötzlich aus der Haut:

»Wer hat dich denn gefragt? Dich hat niemand gefragt, also schweig … Was soll das? Schweig, sag ich! Schweig! … Ach, du meine Güte, das ist ja die reinste Revolte. Nein, mein Bester, das rate ich dir nicht, hier eine Revolte anzuzetteln … Bei mir …« Arkadi Pawlytsch tat einen Schritt nach vorn, erinnerte sich dann aber offenbar an meine Anwesenheit, wandte sich ab und steckte die Hände in die Taschen.

»Je vous demande bien pardon, mon cher«, sagte er mit einem gequälten Lächeln und beträchtlich gesenkter Stimme. »C'est le mauvais côté de la médaille …«

»Also gut … gut«, fuhr er fort, ohne die beiden anzusehen, »ich werde etwas veranlassen … es ist gut, geht jetzt.«

Die Bauern rührten sich nicht vom Fleck.

»Ich habe euch doch gesagt … es ist gut. Jetzt geht schon, ich werde etwas veranlassen, habe ich gesagt.«

Arkadi Pawlytsch wandte ihnen den Rücken zu.

»Ewig unzufrieden«, sagte er durch die Zähne und ging mit großen Schritten zurück zum Haus. Sofron folgte ihm. Der Schreiber riss die Augen auf, als wollte er zu einem großen Sprung ansetzen. Der Dorfälteste jagte die Enten aus dem Teich. Die Bittsteller blieben noch eine Weile auf den Knien, sahen einander an und schlichen dann heim, ohne sich umzusehen.

Zwei Stunden später war ich bereits in Rjabowo und machte mich zusammen mit Anpadist, einem meiner Bekannten unter den dortigen Bauern, für die Jagd fertig. Bis zu meiner Abfahrt hatte Arkadi Pawlytsch mit Sofron gegrollt. Ich begann mit Anpadist ein Gespräch über die Bauern von Schipilowka und über Herrn Penotschkin und fragte ihn, ob er den dortigen Dorfschulzen kenne.

»Den Sofron Jakowlitsch? Und ob!«

»Was ist er denn für ein Mensch?«

»Ein Hund ist das, kein Mensch: so einen Hund findet man bis Kursk kein zweites Mal.«

»Wieso?«

»Na, Schipilowka, das gehört doch nur auf dem Papier diesem, wie heißt er noch, diesem Penkin; er ist gar nicht der Herr dort: der Herr ist Sofron.«

»Tatsächlich?«

»Er herrscht, als wär's sein Eigentum. Sämtliche Bauern stehen in seiner Schuld; sie arbeiten für ihn wie die Tagelöhner: mal schickt er den einen mit einer Fuhre wohin, mal einen anderen; niemanden lässt er in Ruhe.«

»Sie haben anscheinend wenig Land.«

»Wenig? Allein von denen aus Chlynowo hat er achtzig Desjatinen gepachtet, und von uns hundertzwanzig; und selbst haben sie ja auch hundertfünfzig Desjatinen. Aber er zieht nicht nur aus dem Boden Nutzen, auch mit Pferden handelt er, und mit Vieh, und mit Teer und Öl, und Hanf, und mit allem Möglichen … Schlau ist er, sehr schlau, und auch reich, die Bestie! Und was das Schlimmste ist – er prügelt die Leute! Ein wildes Tier ist er, kein Mensch; wie gesagt: ein Hund, ein erbärmlicher Köter.«

»Aber warum beschweren sie sich nicht über ihn?«

»Das fehlte noch! Das kümmert den Barin doch nicht! Rückstände gibt's keine, was soll's also! So ist das doch«, fügte er nach einer kleinen Weile hinzu. »Er würde … ja … Er würde nicht lange fackeln …«

Ich musste an Antip denken und erzählte ihm, was ich gesehen hatte.

»Tja«, sagte Anpadist, »den wird er sich jetzt vorknöpfen; den wird er sich gehörig vorknöpfen. Der Dorfälteste wird ihn jetzt windelweich schlagen. Ach, dieser Unglücksmensch, denk doch nur, der Ärmste! Und weshalb er leiden muss … Auf der Dorfversammlung hat er sich mit ihm in die Haare gekriegt, mit dem Dorfschulzen, nicht zum Aushalten war das … Wegen einer Kleinigkeit. Dann hat er angefangen, den Antip schlechtzumachen. Und jetzt wird er ihn zugrunde richten. Er ist so ein Hund, ein Köter, der weiß, wen er anfallen kann, Gott möge mir die Sünde verzeihen. Die Alten, die reicher sind, größere Familien haben, die rührt er nicht an, der kahle Teufel, bei dem aber gerät er außer Rand und Band! Er hat ja Antips Söhne außer der Reihe unter die Rekruten gesteckt, der rücksichtslose

Lump, dieser Hund, Gott möge mir meine Sünde verzeihen!«

Und wir gingen auf die Jagd.

DAS KONTOR

Eines Herbsttags war ich schon einige Stunden mit dem Gewehr durch die Felder gestreift und wäre wahrscheinlich nicht vor dem Abend in die Herberge an der Kursker Chaussee zurückgekehrt, wo meine Troika auf mich wartete, hätte mir nicht vom frühen Morgen an ein überaus feiner, kalter Regen unermüdlich und erbarmungslos zugesetzt wie eine alte Jungfer und mich schließlich gezwungen, irgendwo in der Nähe zumindest zeitweilig eine Zuflucht zu suchen. Während ich noch überlegte, welche Richtung ich einschlagen sollte, fiel mein Blick plötzlich auf einen niedrigen Unterstand am Rand eines Erbsenfeldes. Ich ging dorthin, schaute unter das Strohdach und erblickte einen derart gebrechlichen Alten, dass mir sogleich jener sterbende Ziegenbock einfiel, den Robinson in einer der Höhlen seiner Insel gefunden hatte. Der Alte hockte auf der Erde, hatte seine kleinen trüben Augen zusammengekniffen und kaute hastig, doch achtsam wie ein Hase (der Ärmste hatte keinen einzigen Zahn), auf einer trockenen, harten Erbse herum, die er unablässig von einer Seite zur anderen rollte. Er war so vertieft in seine Tätigkeit, dass er mein Kommen nicht bemerkte.

»Großvater! He, Großvater!« sagte ich.

Er hörte auf zu kauen, zog die Brauen in die Höhe und öffnete mühsam die Augen.

»Was gibt's?« nuschelte er mit krächzender Stimme.

»Wo ist hier das nächste Dorf?« fragte ich.

Der Alte fing wieder an zu kauen. Er hatte mich nicht verstanden. Ich wiederholte meine Frage etwas lauter.

»Ein Dorf? … Wieso denn?«

»Ich will den Regen abwarten.«

»Was ist?«

»Den Regen abwarten.«

»Tja!« Er kratzte sich den sonnenverbrannten Nacken. »Nun, also, du musst da langgehen«, sagte er plötzlich und fuchtelte wild mit den Armen, »da … da lang, wenn du am Wäldchen langgehst, kommst du an die Straße; lass sie links liegen, die Straße, und wende dich nach rechts, immer nach rechts, immer nach rechts … Da kommst du nach Ananjewo. Oder du gehst nach Sitowka.«

Nur mit Mühe verstand ich den Alten. Der Schnurrbart war ihm im Wege, und auch die Zunge gehorchte ihm schlecht.

»Woher bist du denn?« fragte ich ihn.

»Was ist?«

»Woher du bist?«

»Aus Ananjewo.«

»Und was machst du hier?«

»Was ist?«

»Was du hier machst?«

»Ich halte Wache.«

»Was bewachst du denn?«

»Die Erbsen.«

Ich konnte mir das Lachen nicht verkneifen.

»Aber wie alt bist du denn?«

»Weiß der Himmel.«

»Du siehst wohl schlecht?«

»Was ist?«

»Du siehst schlecht, was?«

»Schlecht. Manchmal höre ich auch nichts.«

»Aber wie kannst du dann was bewachen?«

»Das bestimmen die Ältesten.«

»Die Ältesten«, dachte ich und betrachtete den armen Alten voller Mitgefühl. Er tastete unter seinem Hemd herum, zog ein Stück hartes Brot hervor und begann daran zu saugen wie ein kleines Kind, wobei er angestrengt die ohnedies eingefallenen Wangen einzog.

Ich ging in Richtung des Wäldchens, wandte mich nach rechts, hielt mich immer rechts, wie der Alte mir geraten hatte, und gelangte schließlich in ein großes Dorf mit einer steinernen neumodischen Kirche, das heißt mit Säulen, und einem großen Herrenhaus, ebenfalls mit Säulen. Schon aus der Ferne hatte ich durch den dichten Regenschleier ein schindelgedecktes Haus mit zwei Schornsteinen bemerkt, das die anderen überragte, offenbar die Wohnstatt des Dorfältesten, und dorthin lenkte ich meine Schritte, in der Hoffnung, einen Samowar, Tee, Zucker und noch nicht völlig ungenießbar gewordene Sahne vorzufinden. In Begleitung meines zitternden Hundes stieg ich die Treppe hoch, trat in die Diele, öffnete die Tür zu den Wohnräumen, erblickte aber statt der üblichen Einrichtung eines Bauernhauses einige mit Papieren bedeckte Tische, zwei rote Schränke, bekleckste Tintenfässer, schwere zinnerne Streusandbüchsen, ellenlange Schreibfedern und dergleichen mehr. Auf einem der Tische saß ein etwa zwanzigjähriger Bursche mit aufgedunsenem, kränklichem Gesicht, winzigen Äuglein, fettiger Stirn und lang herabhängendem Schläfenhaar. Er trug den üblichen grauen Nankingkaftan, der am Kragen und am Bauch speckig glänzte.

»Was wünschen Sie?« fragte er mich und reckte den Kopf in die Höhe, wie ein Pferd, das nicht damit gerechnet hat, am Maul gepackt zu werden.

»Wohnt hier der Amtmann? … oder …«

»Dies ist das herrschaftliche Hauptkontor«, unterbrach er mich. »Ich bin der Diensthabende … Haben Sie denn das Schild nicht gesehen? Dafür ist es doch da.«

»Wo könnte ich meine Sachen trocknen? Hat jemand im Dorf einen Samowar?«

»Aber sicher gibt es hier Samoware«, entgegnete der Bursche im grauen Kaftan wichtigtuerisch, »gehen Sie zu Vater Timofej oder zum Gesindehaus oder aber zu Nasar Tarassytsch oder zu Agrafena, der Geflügelmagd.«

»Mit wem redest du da, Holzkopf? Lässt einen nicht schlafen, der Holzkopf!« erklang eine Stimme aus dem Nebenraum.

»Hier ist ein Herr, der fragt, wo er seine Sachen trocknen kann.«

»Was für ein Herr denn?«

»Weiß ich nicht. Mit einem Hund und einer Flinte.«

Im Nebenraum knarrte ein Bett. Die Tür ging auf und ein Mann um die fünfzig kam herein, klein, dick, stiernackig, mit hervorquellenden Augen, ungewöhnlich runden Backen und schweißglänzendem Gesicht.

»Was wünschen Sie?« fragte er mich.

»Ich möchte meine Sachen trocknen.«

»Hier geht das nicht.«

»Ich wusste nicht, dass das ein Kontor ist; ich wäre natürlich auch bereit, etwas zu zahlen …«

»Es ginge wohl auch hier«, entgegnete der Dicke, »wollen Sie sich vielleicht nach nebenan bemühen.«

Er führte mich in ein anderes Zimmer, aber nicht in jenes, aus dem er gekommen war.

»Ist es Ihnen hier recht?«

»Ja, danke … Ist es möglich, einen Tee mit Sahne zu bekommen?«

»Selbstverständlich, einen Moment. In der Zwischenzeit können Sie ablegen und sich ausruhen, der Tee wird sofort fertig sein.«

»Wem gehört denn das Gut?«

»Frau Losnjakowa, Jelena Nikolajewna.«

Er ging hinaus. Ich blickte mich um. An der Wand, die mein Zimmer vom Kontor abtrennte, stand ein riesengroßer Lederdiwan; zwei Stühle, ebenfalls lederbezogen und mit überaus hohen Lehnen, ragten auf beiden Seiten des einzigen zur Straße hinausgehenden Fensters in die Höhe. An den mit einer rosa gemusterten grünen Tapete beklebten Wänden hingen drei riesige Ölgemälde. Auf einem war ein Hühnerhund mit blauem Halsband dargestellt, mit der Aufschrift: »Meines Herzens Freude«; dem Hund zu Füßen floss ein Fluss, auf dem gegenüberliegenden Ufer des Flusses saß unter einer Kiefer ein riesiger Hase mit aufgestelltem Ohr. Auf dem zweiten Bild aßen zwei alte Männer eine Wassermelone; hinter der Melone sah man in der Ferne einen griechischen Portikus mit der Aufschrift: »Tempel des Behagens«. Das dritte Gemälde zeigte eine halbnackte Frau in liegender Pose en raccourci, mit roten Knien und sehr dicken Fersen. Mein Hund kroch unter Aufbietung übernatürlicher Kräfte sogleich unter den Diwan und fand dort offenbar viel Staub vor, weshalb er fürchterlich niesen musste.

Ich trat ans Fenster. Vom Herrenhaus bis zum Kontor waren schräg über die Straße Bretter verlegt: eine überaus nützliche Vorkehrung, denn dank unserer Schwarzerde und dem anhaltenden Regen war es überall fürchterlich schlammig. Vor dem Herrenhaus, das mit der Rückseite zur Straße stand, ging es zu, wie es vor Herrenhäusern eben so zugeht: Mägde in ausgeblichenen Kattunkleidern liefen geschäftig hin und her; allerlei Leute aus dem Gesinde stapften durch den Schlamm, blieben immer wieder stehen und kratzten sich gedankenverloren die Hinterteile; das am Zaun festgebundene Pferd des Polizeigehilfen wedelte träge mit dem Schwanz und nagte mit hochgerecktem Maul an den Latten; Hühner gackerten und schwindsüchtige Truthähne riefen sich unablässig etwas zu. Auf der Treppe eines düsteren, verfallenen Gebäudes, es war wohl das Badehaus, saß ein kräftiger Bursche mit Gitarre und sang voller Inbrunst eine bekannte Romanze.

Der Dicke kam herein.

»Hier kommt Ihr Tee«, sagte er verbindlich lächelnd zu mir.

Der Diensthabende, also der Bursche im grauen Kaftan, stellte auf einem alten Spieltisch den Samowar auf, brachte die Teekanne, ein Teeglas samt angeschlagener Untertasse, ein Töpfchen mit Sahne und ein Bündel Bolchower Kringel, die steinhart waren. Der Dicke ging hinaus.

»Wer ist das?« fragte ich den Diensthabenden. »Der Kanzleivorsteher?«

»Aber nein, gnädiger Herr: er war Hauptkassierer, jetzt ist er zum Hauptkontoristen befördert worden.«

»Habt ihr denn gar keinen Kanzleivorsteher?«

»Nein, gnädiger Herr. Wir haben einen Dorfschulzen, Michajlo Wikulow, aber einen Kanzleivorsteher haben wir nicht.«

»Aber einen Verwalter habt ihr doch wohl?«

»Aber sicher doch: ein Deutscher, Lindamandol, Karlo Karlytsch, allerdings hat er nichts zu sagen.«

»Und wer hat bei euch etwas zu sagen?«

»Die Herrin selbst.«

»Ach, so ist das! … Und bei euch im Kontor, seid ihr da viele Leute?«

Der Bursche überlegte.

»Sechs sind wir.«

»Und wer genau?« fragte ich.

»Also: da haben wir Wassili Nikolajewitsch, den Hauptkassierer, dann Pjotr, den Kontoristen, Pjotrs Bruder Iwan, auch Kontorist, noch ein Iwan, Kontorist, Koskenkin Narkisow, ebenfalls Kontorist, dann noch mich, man kann sie gar nicht alle aufzählen.«

»Eure Herrin hat wohl viel Gesinde?«

»Nein, so viele sind es nicht …«

»Wie viele denn?«

»Hundertfünfzig werden's sein.«

Wir schwiegen beide.

»Und du, schreibst du gut?« begann ich erneut.

Der Bursche lächelte übers ganze Gesicht, nickte, ging ins Kontor hinüber und holte ein vollgeschriebenes Blatt.

»Das habe ich geschrieben«, sagte er, immer noch lächelnd.

Ich sah mir das Blatt an; auf einem Quartbogen gräulichen Papiers stand mit schöner, großer Schrift Folgendes geschrieben:

»BEFEHL
VON DEM HERRSCHAFTLICHEN HAUPTKONTOR IN ANANJEWO AN DEN DORFSCHULZEN MICHAJLO WIKULOW; NR. 209.

Es wird dir befohlen, sofort nach Erhalt dieses Schreibens zu untersuchen: wer in der vergangenen Nacht in betrunkenem Zustand mit unanständigen Liedern durch den Englischen Garten gezogen ist und die französische Gouvernante Madame Eugénie geweckt und gestört hat. Des Weiteren, was die Wächter gesehen haben, wer Wächter im Park war und wer diesen Ordnungsverstoß zugelassen hat. All dies oben Beschriebene genauestens zu ermitteln und unverzüglich dem Kontor Bericht zu erstatten wird dir befohlen.

Hauptkontorist Nikolai Chwostow.«

Den Befehl zierte ein riesiges Wappensiegel mit der Inschrift: »Siegel des herrschaftlichen Hauptkontors von Ananjewo«, darunter war hinzugefügt: »Genauestens zu befolgen. Jelena Losnjakowa.«

»Hat das etwa die Herrin selbst dazugeschrieben?« fragte ich.

»Ja doch, gnädiger Herr, sie selbst; das macht sie immer selbst. Sonst ist der Befehl ja nicht wirksam.«

»Und nun schickt ihr diesen Befehl wohl dem Dorfschulzen?«

»Nein, gnädiger Herr. Er kommt selbst her und liest ihn. Das heißt, er wird ihm vorgelesen; er kann ja nicht lesen.« Wieder verstummte der Diensthabende.

»Und was sagen Sie«, fügte er schmunzelnd hinzu, »ist doch schön geschrieben?«

»Sehr schön.«

»Verfasst aber, das muss ich zugeben, habe ich das nicht selbst. Darin ist Koskenkin Meister.«

»Wie … Werden Befehle bei euch denn zuerst entworfen?«

»Wie denn sonst? Man kann sie ja nicht gleich ins Reine schreiben.«

»Und wie viel Lohn bekommst du?« fragte ich.

»Fünfunddreißig Rubel, und fünf Rubel für Stiefel.«

»Und bist du zufrieden?«

»Sicher, ich bin zufrieden. Nicht jeder kommt bei uns ins Kontor. Über mich hat allerdings Gott selbst seine Hand gehalten, mein Onkel ist nämlich Haushofmeister.«

»Und geht es dir gut?«

»Ja, gnädiger Herr, es geht mir gut. Doch um die Wahrheit zu sagen«, fuhr er seufzend fort, »bei den Kaufleuten zum Beispiel, da hat es unsereiner besser. Bei den Kaufleuten hat es unsereiner viel besser. Gestern Abend, da war ein Kaufmann aus Wenjowo hier, sein Gehilfe hat mir so manches erzählt … Gut haben die's, das steht fest, wirklich gut.«

»Zahlen Kaufleute denn mehr Lohn?«

»Gott bewahre! Der wirft dich in hohem Bogen raus, wenn du ihn nach Lohn fragst. Nein, bei einem Kaufmann lebe auf Treu und Glauben. Er gibt dir zu essen, zu trinken, Kleidung bekommst du von ihm, weiter nichts. Ist er mit dir zufrieden, bekommst du mehr … Lohn braucht man da nicht, ganz und gar nicht … So ein Kaufmann lebt einfach, auf russische Art, wie unsereins: gehst du mit ihm auf Reisen und er trinkt Tee, dann bekommst du auch welchen; was er isst, das isst auch du. Ein Kaufmann … Das ist doch was ganz anderes als ein Barin. Ein Kaufmann ist nicht launisch; na ja, wenn er mal böse wird, dann schlägt er dich, aber dann ist die Sache auch wieder erledigt. Man wird weder gequält noch getriezt … Mit den Herrschaften aber ist es ein Kreuz! Nichts passt ihnen: das ist schlecht, und dies nicht richtig. Bringt man ihnen ein Glas Wasser oder was zu essen, heißt es gleich: ›Ach, das Wasser stinkt! Ach, das Essen stinkt!‹ Trägt man es hinaus, bleibt einen Augenblick vor der Tür stehen und trägt es wieder herein, hört man: ›Na also, jetzt ist es gut, jetzt stinkt es nicht mehr.‹ Die Gnädigsten aber, sage ich Ihnen, die Gnädigsten! … und erst die Fräuleins! …«

»Fedjuschka!« ertönte die Stimme des Dicken aus dem Kontor.

Der Diensthabende entfernte sich eilig. Ich trank das Glas Tee aus, legte mich auf den Diwan und nickte ein. Ich schlief zwei Stunden.

Als ich erwachte, hatte ich eigentlich aufstehen wollen, doch die Trägheit überwog; so schloss ich die Augen, schlief aber nicht noch einmal ein. Hinter der Trennwand zum Kontor unterhielten sie sich leise. Unwillkürlich lauschte ich.

»Je nun, je nun, Nikolai Jeremeitsch«, sagte eine Stimme, »je nun. Das muss man wirklich bedenken; ohne das geht es nicht … Hm!« Der Sprechende räusperte sich.

»So glauben Sie mir, Gawrila Antonytsch«, entgegnete die Stimme des Dicken, »ich kenne die hiesigen Gepflogenheiten schließlich, das wissen Sie doch.«

»Das versteht sich, Nikolai Jeremeitsch, Sie sind ja sozusagen der erste Mann hier. Also, was ist?« fuhr die mir unbekannte Stimme fort. »Wie wollen wir verbleiben, Nikolai Jeremeitsch? Gestatten Sie die Frage.«

»Tja, wie wollen wir verbleiben, Gawrila Antonytsch?

Die Sache hängt sozusagen von Ihnen ab: Sie wollen doch offenbar nicht.«

»Ich bitte Sie, Nikolai Jeremeitsch, wie kommen Sie darauf? Mein Geschäft ist der Handel, ich bin Kaufmann; mir geht es darum, zu kaufen. Davon lebe ich, Nikolai Jeremeitsch.«

»Acht Rubel«, sagte der Dicke gedehnt.

Ein Seufzer war zu hören.

»Nikolai Jeremeitsch, Sie fordern gar zu viel.«

»Es geht nicht anders, Gawrila Antonytsch; so wahr mir Gott helfe, es geht nicht anders.«

Nun herrschte Schweigen.

Ich erhob mich leise und schaute durch einen Spalt in der Trennwand. Der Dicke saß mit dem Rücken zu mir. Ihm gegenüber saß der Kaufmann, ein hagerer, blasser Mann von vierzig Jahren, der aussah wie mit Fastenöl eingerieben. Unablässig fuhr er sich durch den Bart, zwinkerte nervös mit den Augen, seine Lippen zuckten.

»Dieses Jahr steht die Wintersaat prächtig«, sagte er wieder, »während der Fahrt habe ich meine Freude dran gehabt. Von Woronesh an, ganz prächtig, geradezu erstklassig.«

»Das ist wahr, die Wintersaat steht nicht schlecht«, antwortete der Hauptkontorist. »Aber Sie wissen ja, Gawrila Jeremeitsch, man soll den Tag nicht vor dem Abend loben.«

»Das stimmt, Nikolai Jeremeitsch: alles liegt in Gottes Hand; da sagen Sie die reine Wahrheit … Ob Ihr Gast inzwischen aufgewacht ist?«

Der Dicke drehte sich um … lauschte …

»Nein, er schläft. Aber ich könnte ja mal …«

Er trat an die Tür.

»Nein, er schläft«, wiederholte er und kehrte auf seinen Platz zurück.

»Also, was ist nun, Nikolai Jeremeitsch«, begann der Kaufmann wieder, »wir müssen die Sache zum Abschluss bringen … Was ist denn nun, Nikolai Jeremeitsch, was ist nun«, fuhr er, unablässig zwinkernd, fort, »zwei graue Scheinchen und einen weißen für Euer Gnaden, und dort«, er deutete mit dem Kopf auf das Herrenhaus, »sechseinhalb. Schlagen Sie ein?«

»Vier graue«, entgegnete der Kontorist.

»Also gut, drei!«

»Vier Graue, den Weißen nicht mitgerechnet.«

»Drei, Nikolai Jeremeitsch.«

»Dreieinhalb und keine Kopeke weniger.«

»Drei, Nikolai Jeremeitsch.«

»Aber ich bitte Sie, Gawrila Antonytsch.«

»Wie halsstarrig er ist«, murmelte der Kaufmann. »Dann schließe ich lieber gleich selbst mit der Herrin ab.«

»Wie Sie wünschen«, antwortete der Dicke, »das hätten Sie schon längst tun sollen. Wieso sich Ungelegenheiten bereiten? … Das ist doch viel besser!«

»Na, es reicht, es reicht, Nikolai Jeremeitsch. Wer wird denn gleich böse werden! Das habe ich doch nur so gesagt.«

»Nein, warum nicht tatsächlich …«

»Es reicht, habe ich gesagt … Das war doch Spaß. Also nimm deine dreieinhalb, was bleibt mir übrig.«

»Vier hätten mir zugestanden, aber ich Dummkopf hab es eilig gehabt«, knurrte der Dicke.

»Und drüben, im Haus, dann sechseinhalb, wie, Nikolai Jeremeitsch, sechseinhalb für das Getreide?«

»Sechseinhalb, wie abgemacht.«

»Also dann, Hand drauf, Nikolai Jeremeitsch«, der Kaufmann schlug mit gespreizten Fingern auf die Handfläche des Kontoristen. »In Gottes Namen!« Der Kaufmann erhob sich. »Dann werde ich jetzt zur gnädigen Frau hinübergehen, Batjuschka Nikolai Jeremeitsch, und mich melden lassen, und ich werde ihr sagen: Nikolai Jeremeitsch hat mit mir für sechseinhalb abgeschlossen.«

»Tun Sie das, Gawrila Antonytsch.«

»Und jetzt nehmen Sie die Summe bitte entgegen.«

Der Kaufmann händigte dem Dicken ein kleines Geldpäckchen aus, verbeugte sich, schüttelte das Haar, nahm mit zwei Fingern seinen Hut, zog die Schultern hoch, brachte seinen Körper in Schwung und ging hinaus, wobei er gebührend mit den Stiefeln knarrte. Nikolai Jeremeitsch trat zur Wand und begann, soweit ich es erkennen konnte, die Scheine zu zählen, die ihm der Kaufmann ausgehändigt hatte. Ein rothaariger Kopf mit dichtem Backenbart schaute zur Tür herein.

»Na, was ist?« fragte der Kopf. »Alles wie geplant?«

»Alles wie geplant.«

»Wie viel?«

Der Dicke winkte ärgerlich ab und deutete auf mein Zimmer.

»Ach so, gut!« entgegnete der Kopf und verschwand.

Der Dicke ging zum Tisch, setzte sich, öffnete ein Buch, holte das Rechenbrett hervor und begann die Kugeln hin- und herzuschieben, wobei er nicht den Zeigefinger, sondern den Mittelfinger der rechten Hand gebrauchte: das war eleganter.

Der Diensthabende kam herein.

Buchladen
Inhaber: Jens Köster
Burgstraße 23
01662 Meißen
Ust-ID: DE300 93 74 56

Turgenjew:Aufzeichnungen eines Jägers	
978-3-446-26018-4	38.00 e
Summe	**38.00**
EC-Karte	38.00
MwSt-Bruttoumsatz	38.00
7.00% MwSt e	2.49
Nettobetrag	35.51
Anz. Artikel	1

Vielen Dank für Ihren Auftrag.
Mo.-Fr. 10 - 19, Sa. 10 - 14

Rückgabe nur gegen Bon und Gutschein

Kasse/Bon	Datum/Zeit	Kassierer
1 / 340	03.11.18 12:04	1

»Was willst du?«

»Sidor aus Golopljok ist da.«

»Aha! Na, dann ruf ihn herein. Aber warte, warte … Schau erst mal nach, ob der fremde Barin noch schläft oder ob er aufgewacht ist.«

Der Diensthabende kam vorsichtig zu mir ins Zimmer. Ich legte schnell meinen Kopf auf die Jagdtasche, die mir das Kopfkissen ersetzte, und schloss die Augen.

»Er schläft«, flüsterte der Diensthabende, nachdem er ins Kontor zurückgekehrt war.

Der Dicke brummte etwas durch die Zähne.

»Na, dann ruf mal den Sidor herein«, sagte er schließlich.

Ich erhob mich erneut. Ein riesiger Kerl von etwa dreißig Jahren trat ein, kräftig, rotwangig, mit blonden Haaren und einem kurzen, krausen Bart. Er bekreuzigte sich vor dem Heiligenbild, verbeugte sich vor dem Hauptkontoristen, nahm seinen Hut in die Hände und straffte sich.

»Grüß dich, Sidor«, sagte der Dicke und klapperte mit dem Rechenbrett.

»Ich grüße Sie, Nikolai Jeremeitsch.«

»Na, was gibt's Neues, wie war der Weg?«

»Gut, Nikolai Jeremeitsch. Ein bisschen aufgeweicht.«

Der Mann sprach langsam und leise.

»Ist deine Frau gesund?«

»Was soll schon mit ihr sein!«

Der Mann seufzte und stellte ein Bein vor. Nikolai Jeremeitsch schob die Feder hinters Ohr und schneuzte sich.

»Na, und weshalb bist du gekommen?« fragte er wieder und steckte das karierte Taschentuch ein.

»Die Sache ist die, Nikolai Jeremeitsch, man fordert Zimmerleute von uns an.«

»Tja, was denn, habt ihr etwa keine?«

»Ja, sicher haben wir welche, Nikolai Jeremeitsch: es ist ja waldig bei uns, das weiß doch jeder. Aber jetzt sind gerade alle beschäftigt, Nikolai Jeremeitsch.«

»Alle beschäftigt! Soso, ihr arbeitet, scheint's, gern für Fremde, doch für eure Herrin arbeiten, das gefällt euch nicht … immer das Gleiche!«

»Die Arbeit, ja, die ist wirklich immer gleich, Nikolai Jeremeitsch … So ist das …«

»Und?«

»Die Bezahlung ist auch viel zu … also …«

»Was ihr nicht alles wollt! Sieh mal einer an, wie verwöhnt sie sind. Ist ja die Höhe!«

»Was ich noch sagen wollte, Nikolai Jeremeitsch, Arbeit werden wir nur für eine Woche haben, dabehalten aber wird man uns einen Monat. Mal wird kein Material da sein, mal wird man uns in den Park schicken, die Wege instand halten.«

»Was soll das denn! Die Gnädige selbst hat es angeordnet, da haben wir uns nicht einzumischen.«

Sidor verstummte und trat von einem Fuß auf den anderen.

Nikolai Jeremeitsch drehte den Kopf zur Seite und klapperte nun eifrig mit den Kugeln.

»Unsere … Leute … Nikolai Jeremeitsch …«, sagte Sidor schließlich, und stockte nach jedem Wort, »haben mir aufgetragen, Euer Gnaden … also das hier …«

Er griff mit seiner Pranke in den Rockausschnitt und begann von dort ein rot gemustertes zusammengerolltes Handtuch hervorzuziehen.

»Was soll das, was soll das, Dummkopf, bist du verrückt

geworden?« unterbrach ihn der Dicke hastig. »Geh, geh rüber zu mir ins Haus«, fuhr er fort und stieß den verwunderten Mann beinahe aus dem Raum, »frag dort nach meiner Frau … sie wird dir Tee vorsetzen, ich komme gleich, geh. Du sollst gehen, hab ich gesagt.«

Sidor ging hinaus.

»Was für ein Bär!« murmelte der Hauptkontorist ihm hinterher, schüttelte den Kopf und widmete sich dann wieder dem Rechenbrett.

Plötzlich ertönten Schreie.

»Den Kuprja, den Kuprja, den Kuprja, den wirft nichts um«, ertönte es von der Straße und dann von der Vortreppe, kurz darauf kam ein kleiner schwindsüchtig aussehender Mann mit ungewöhnlich langer Nase, großen starren Augen und ziemlich hochmütigem Gehabe ins Kontor. Er war in einen alten, verschlissenen Rock im Farbton Adelaide, oder, wie man bei uns sagt, Odelloid, gekleidet, mit Plüschkragen und winzigen Knöpfen. Auf der Schulter trug er ein Bündel Holz. Ihn umringten fünf Leute aus dem Gesinde und alle schrien: »Den Kuprja, den Kuprja, den wirft nichts um! Zum Heizer hat man ihn ernannt, zum Heizer!« Der Mann im Rock mit dem Plüschkragen jedoch schenkte dem Geschrei seiner Kameraden nicht die geringste Beachtung, auch sein Gesichtsausdruck änderte sich nicht. Gemessenen Schrittes ging er zum Ofen, warf seine Last ab, richtete sich auf, zog seine Tabaksdose aus der hinteren Tasche, riss die Augen auf und begann, sich mit Asche vermischten geriebenen Steinklee in die Nase zu stopfen.

Als der lärmende Haufen hereingestürmt war, hatte der Dicke zunächst die Stirn gerunzelt und war aufgestanden; nachdem er aber sah, worum es sich handelte, lächelte er und bat nur darum, nicht zu schreien: im Nebenzimmer schlafe ein Jäger, sagte er.

»Was für ein Jäger?« fragten zwei Leute gleichzeitig.

»Ein Gutsherr.«

»Aha!«

»Sollen sie doch krakeelen«, sagte der Mann mit dem Plüschkragen und breitete die Arme aus, »was geht's mich an! Wenn sie mich nur in Ruhe lassen. Zum Heizer hat man mich ernannt …«

»Zum Heizer! Zum Heizer!« rief die Menge fröhlich.

»Die Gnädige hat es angeordnet«, fuhr er fort und zuckte die Achseln, »wartet nur … ihr werdet noch zum Schweinehüten geschickt. Aber dass ich Schneider bin, ein guter Schneider noch dazu, und mein Handwerk bei den besten Meistern in Moskau gelernt und für Jeneräle genäht habe … das kann mir keiner nehmen. Aber ihr, was habt ihr zu bieten? … was denn? Seid ihr etwa nicht mehr im Besitz eurer Herrin? Ihr seid Schmarotzer, Tagediebe, und weiter nichts. Wenn man mir die Freiheit gibt, werde ich nicht verhungern, ich gehe nicht unter; gebt mir den Pass, und ich werde einen guten Zins zahlen und die Herrschaft zufriedenstellen. Und was ist mit euch? Ihr werdet eingehen, eingehen werdet ihr, wie die Fliegen, so ist das nämlich!«

»Was für ein Großmaul«, unterbrach ihn ein pockennarbiger, semmelblonder Bursche mit rotem Halstuch und zerrissenen Ärmeln. »Du bist ja schon mal mit dem Pass losgezogen, aber die Herrschaft hat keine einzige Kopeke von dir zu Gesicht bekommen, und auch selbst hast du keinen Groschen verdient: mit Ach und Krach hast du dich nach Hause geschleppt und trägst seitdem ein und denselben elenden Kaftan.«

»Was blieb mir übrig, Konstantin Narkisytsch!« entgegnete Kuprijan, »hab mich eben verliebt, da ist man verloren, da ist es aus mit einem. Komm erst mal in mein Alter, Konstantin Narkisytsch, dann kannst du über mich urteilen.«

»Und in wen er sich verliebt hat! Das reinste Scheusal!«

»Nein, Konstantin Narkisytsch, das darfst du nicht sagen.«

»Willst du es etwa bestreiten? Ich hab sie ja gesehen; im letzten Jahr, in Moskau, mit eigenen Augen habe ich sie gesehen.«

»Im letzten Jahr war sie tatsächlich etwas kümmerlich«, sagte Kuprijan.

»Meine Herrschaften«, sagte ein großer, hagerer, pickelübersäter Mann mit gelocktem, geöltem Haar, offenbar ein Kammerdiener, in verächtlichem, geringschätzigem Tonfall, »Kuprijan Afanassjitsch soll uns sein Liedchen vorsingen. Los geht's, Kuprijan Afanassjitsch, fangen Sie an!«

»Ja, ja«, fielen die anderen ein. »O ja, Alexandra! Hast's dem Kuprja gut gegeben, alles, was recht ist … Sing, Kuprja! … Gut gemacht, Alexandra!«

Das Gesinde hängt den Männernamen oft weibliche Endungen an, wenn es besonders liebevoll sein will.

»Sing!«

»Hier ist nicht der Ort zum Singen«, entgegnete Kuprijan mit Nachdruck, »das hier ist das herrschaftliche Kontor.«

»Was kümmert's dich? Willst wohl selber Kontorist werden?« antwortete Konstantin mit hämischem Lachen. »So wird es wohl sein!«

»Alles liegt in Gottes Hand«, entgegnete der Ärmste.

»Ha, da seht ihr's, was er im Schilde führt, so ist das also! Ha, ha, ha!«

Und alle lachten los, manche hüpften sogar vor Vergnügen. Lauter als alle anderen lachte ein Jüngelchen von fünfzehn Jahren, wohl der Spross eines Aristokraten unter dem Gesinde: er trug eine Weste mit bronzefarbenen Knöpfen und ein lila Halstuch und hatte sich auch schon ein Bäuchlein zugelegt.

»Hör mal, Kuprja«, sagte Nikolai Jeremeitsch selbstgefällig, den das alles offenbar erheiterte und mild stimmte, »gib's zu, Heizer, das ist doch nichts, oder? Damit kann man wahrlich keinen Staat machen.«

»Nun, Nikolai Jeremeitsch«, entgegnete Kuprijan, »Sie sind jetzt Hauptkontorist bei uns, so viel steht fest; da gibt's nichts dran zu deuteln, aber auch Sie waren mal in Ungnade gefallen und haben in einer Kate gelebt.«

»Pass bloß auf, halte deine Zunge im Zaum«, unterbrach ihn der Dicke aufbrausend, »ich habe mir einen Scherz mit dir Dummkopf erlaubt; du hättest das merken müssen, und mir danken, dass ich mich überhaupt mit dir abgebe.«

»Das ist mir so rausgerutscht, Nikolai Jeremeitsch, entschuldigen Sie …«

»Soso, rausgerutscht.«

Die Tür ging auf und ein Botenjunge kam herein.

»Nikolai Jeremeitsch, Sie sollen zur gnädigen Frau kommen.«

»Wer ist denn bei ihr?« fragte er den Botenjungen.

»Aksinja Nikitischna und ein Kaufmann aus Wenjowo.«

»Ich komme sofort. Und ihr, Leute«, fuhr er nachdrücklich fort, »verschwindet lieber von hier mit eurem frischgebackenen Heizer: sonst kommt noch der Deutsche und beschwert sich.«

Der Dicke fuhr sich durchs Haar, hüstelte in die Hand, die fast völlig vom Ärmel bedeckt war, knöpfte den Rock zu und begab sich, weit ausschreitend, zu seiner Herrin. Nach einer kleinen Weile folgte ihm der ganze Trupp, samt Kuprja. Zurück blieb nur mein alter Bekannter, der Diensthabende. Er hatte Federn schneiden wollen und war darüber im Sitzen eingeschlafen. Einige Fliegen nutzten sogleich die günstige Gelegenheit und ließen sich auf seinem Mund nieder. Eine Mücke setzte sich ihm auf die Stirn, die Beinchen akkurat gespreizt, und versenkte langsam ihren Rüssel in seinem weichen Körper. Der Rotkopf mit dem Backenbart von vorhin zeigte sich wieder in der Tür, schaute, schaute und kam schließlich ins Kontor herein, zusammen mit seinem ziemlich unschönen Körper.

»Fedjuschka! He, Fedjuschka! Ewig schläfst du«, sagte der Kopf.

Der Diensthabende schlug die Augen auf und erhob sich von seinem Stuhl.

»Ist Nikolai Jeremeitsch zur Herrin gegangen?«

»Ja, zur Herrin, Wassili Nikolaitsch.«

»Oh«, dachte ich, »das ist er also, der Hauptkassierer.«

Der Hauptkassierer ging im Zimmer auf und ab. Allerdings schlich er mehr als dass er ging und hatte überhaupt große Ähnlichkeit mit einer Katze. Um seine Schultern schlotterte ein schwarzer Frack mit sehr schmalen Schößen; eine Hand hielt er auf der Brust, mit der anderen griff er unablässig nach seiner hohen, engen Halsbinde aus Rosshaar und drehte dabei mühsam den Kopf. Er trug ziegenlederne Stiefel, die nicht knarrten, und trat sehr sachte auf.

»Heute hat der Gutsbesitzer Jaguschkin nach Ihnen gefragt«, sagte der Diensthabende.

»Hm, nach mir gefragt? Was hat er denn gesagt?«

»Er hat gesagt, dass er am Abend zu Tjutjurew fahren will und Sie dort erwartet. Ich muss, sagt er, etwas mit Wassili Nikolaitsch besprechen, aber was, das hat er nicht gesagt: Wassili Nikolaitsch, sagt er, weiß Bescheid.«

»Hm!« entgegnete der Hauptkassierer und trat ans Fenster.

»He, ist Nikolai Jeremejew da?« ertönte aus der Diele eine laute Stimme, und ein offenbar wütender, hochgewachsener, ziemlich ordentlich gekleideter Mann mit unregelmäßigen, doch ausdrucksstarken, forschen Gesichtszügen trat über die Schwelle.

»Ist er nicht da?« fragte er, nachdem er sich schnell umgesehen hatte.

»Nikolai Jeremeitsch ist bei der gnädigen Frau«, antwortete der Kassierer. »Was wünschen Sie, Pawel Andreitsch, sagen Sie es mir: Sie können es ruhig mir sagen. Was wollen Sie?«

»Was ich will? Sie möchten wissen, was ich will?«

Der Kassierer nickte mühsam.

»Eine Lehre erteilen will ich ihm, dem nichtswürdigen Dickwanst, diesem gemeinen Verleumder … Dem werde ich es heimzahlen, andere zu verleumden!«

Pawel warf sich auf einen Stuhl.

»Aber, Pawel Andreitsch, so beruhigen Sie sich … Schämen Sie sich nicht? Bedenken Sie doch, über wen Sie reden, Pawel Andreitsch!« stammelte der Kassierer.

»Über wen? Was geht's mich an, dass er zum Hauptkontoristen befördert ist? Da fehlen einem die Worte über diese Beförderung! Man hat tatsächlich den Bock zum Gärtner gemacht!«

»Hören Sie auf, hören Sie auf, Pawel Andreitsch, hören Sie auf! Lassen Sie das … was soll das denn?«

»Wedelt noch mit dem Schwanz, der Schlaufuchs! Ich bleibe so lange, bis er zurück ist«, sagte Pawel aufgebracht und schlug mit der Hand auf den Tisch. »Aha, da kommt er ja«, fügte er nach einem Blick aus dem Fenster hinzu, »wenn man den Esel nennt, kommt er gerennt. Nur hereinspaziert!«

Er stand auf.

Nikolai Jeremejew kam herein. Sein Gesicht strahlte vor Zufriedenheit, bei Pawels Anblick geriet er jedoch etwas in Bedrängnis.

»Guten Tag, Nikolai Jeremeitsch«, sagte Pawel mit Nachdruck und ging langsam auf ihn zu, »guten Tag!«

Der Hauptkassierer antwortete ihm nicht. In der Tür erschien das Gesicht des Kaufmanns.

»Wieso antworten Sie mir nicht?« fuhr Pawel fort. »Im Übrigen, nein … nein«, fügte er hinzu, »so geht das nicht; mit Geschrei und Geschimpfe erreicht man nichts. Nein, sagen Sie es mir lieber im Guten, Nikolai Jeremeitsch, weshalb verfolgen Sie mich? Weshalb wollen Sie mich zugrunde richten? So reden Sie schon.«

»Hier ist nicht der Ort, mich mit Ihnen auseinanderzusetzen«, entgegnete der Hauptkassierer nicht ohne eine gewisse Unruhe, »und auch nicht der rechte Zeitpunkt. Nur über eines wundere ich mich, das muss ich zugeben: wie kommen Sie darauf, dass ich Sie zugrunde richten will oder verfolge? Wie kann ich Sie überhaupt verfolgen? Sie sind ja nicht bei mir im Kontor angestellt.«

»Das wäre ja die Höhe«, antwortete Pawel, »das hätte mir gerade noch gefehlt. Aber warum spielen Sie den Ahnungslosen, Nikolai Jeremeitsch? … Sie wissen doch, wovon ich rede.«

»Nein, das weiß ich nicht.«

»Doch, Sie wissen es.«

»Nein, bei Gott, ich weiß es nicht.«

»Sogar Gott führt er im Munde! Tja, wenn es so ist, dann sagen Sie mir: fürchten Sie Gott denn gar nicht? Weshalb lassen Sie das arme Mädchen nicht in Ruhe? Was wollen Sie von ihr?«

»Von wem sprechen Sie, Pawel Andreitsch?« fragte der Dicke mit geheucheltem Erstaunen.

»Ha! Er weiß es nicht! Ich spreche von Tatjana. Gottesfurcht sollten Sie haben, wofür rächen Sie sich eigentlich? Schämen Sie sich: Sie sind ein verheirateter Mann, haben Kinder in meinem Alter, ich aber, ich möchte nichts weiter als heiraten: ich handle ehrenhaft.«

»Was werfen Sie mir denn vor, Nikolai Andreitsch? Die Gnädige erlaubt Ihnen nicht zu heiraten: das ist ihr herrschaftlicher Wille! Was habe ich damit zu tun?«

»Was Sie damit zu tun haben? Stecken Sie etwa nicht mit der alten Hexe, der Beschließerin, unter einer Decke? Verbreiten Sie etwa keine Verleumdungen und alle möglichen erfundenen Geschichten über das schutzlose Mädchen, wie? Ist sie jetzt nicht durch Ihre Güte von der Wäscherin zur Scheuermagd herabgesetzt worden? Und schlägt man sie etwa nicht und lässt sie in Lumpen herumlaufen, alles durch Ihre Güte? … Schämen Sie sich, schämen Sie sich, Sie alter Mann! Sie trifft sowieso bald der Schlag … Dann werden Sie sich vor Gott verantworten müssen.«

»Geifern Sie nur, geifern Sie, Pawel Andreitsch … Lange werden Sie nicht mehr geifern können.«

Pawel explodierte.

»Was? Drohen will er mir?« schrie er erbost. »Du denkst wohl, ich habe Angst vor dir? Nein, mein Lieber, da bist du an den Falschen geraten! Wovor soll ich Angst haben? … Ich finde überall mein Brot. Bei dir ist das was anderes! Du kannst nur hier dieses Leben führen, verleumden und stehlen …«

»Was der sich alles einbildet«, unterbrach ihn der Kontorist, der ebenfalls die Geduld zu verlieren begann, »ein Feldscher ist er, nichts als ein Feldscher, ein nichtsnutziger Quacksalber; aber hört euch doch nur an, wie wichtig er sich nimmt, pfui Teufel!«

»Ja, ein Feldscher, ohne diesen Feldscher würde Euer Gnaden jetzt auf dem Friedhof verfaulen … Der Teufel muss mich geritten haben, ihn zu kurieren«, fügte er murmelnd hinzu.

»Du hast mich kuriert? … Nein, vergiften wolltest du mich, hast mir Aloe eingeflößt«, sagte der Kontorist.

»Was blieb mir übrig, wo dir außer Aloe nichts mehr geholfen hat?«

»Aloe wurde von der Ärztekammer verboten«, fuhr Nikolai fort, »ich werde mich noch über dich beschweren. Du wolltest mich umbringen, so ist das nämlich! Aber Gott, der Herr, hat es nicht zugelassen.«

»Genug, genug, meine Herren …«, wollte sich der Kassierer einmischen.

»Halte dich da raus!« schrie der Kontorist. »Er wollte mich vergiften! Begreifst du das?«

»Als hätte ich nichts anderes zu tun … Hör mal, Nikolai

Jeremejew«, sagte Pawel inständig, »ich bitte dich zum letzten Mal ... so weit hast du es gebracht, ich kann nicht mehr. Lass uns in Ruhe, hörst du? Sonst nimmt es kein gutes Ende mit einem von uns beiden, bei Gott, das sage ich dir.«

Der Dicke geriet außer sich.

»Ich habe keine Angst vor dir«, schrie er, »hörst du, du Grünschnabel! Ich bin schon mit deinem Vater fertig geworden, auch dem hab ich die Hörner zurechtgestutzt, das soll dir eine Warnung sein!«

»Lass meinen Vater aus dem Spiel, Nikolai Jeremejew, lass ihn aus dem Spiel.«

»Hört, hört! Wie kommst du dazu, mich zu belehren?«

»Lass ihn aus dem Spiel, habe ich gesagt!«

»Und ich sage dir, vergreife dich nicht im Ton ... Wie sehr du auch glaubst, dass die Gnädige dich braucht, wenn sie zwischen uns beiden wählen müsste, ziehst du den Kürzeren, Bürschchen! Meutern ist niemandem erlaubt, pass bloß auf!«

Pawel zitterte vor Wut.

»Und dem Mädel, der Tatjana, geschieht es ganz recht ... Warte nur, was noch alles kommt!«

Pawel stürzte sich mit erhobenen Armen auf ihn, der Kontorist fiel schwer zu Boden.

»Bindet ihn, bindet ihn«, stöhnte Nikolai Jeremejew ...

Das Ende dieser Szene zu beschreiben versage ich mir; ich fürchte ohnehin schon, dass ich die Gefühle meiner Leser verletzt habe.

Am selben Tag noch kehrte ich heim. Eine Woche später erfuhr ich, dass Frau Losnjakowa sowohl Pawel als auch Nikolai in ihren Diensten belassen hatte; Tatjana aber war auf eine ihrer weit entfernten Besitzungen verbannt worden: man brauchte sie offenbar nicht mehr.

DER ISEGRIM

Eines Abends kehrte ich in einem leichten Kutschwagen allein von der Jagd zurück. Es waren noch etwa acht Werst bis nach Hause; meine treue Traberstute lief munter über den staubigen Weg, bisweilen schnaubte sie und wackelte mit den Ohren; mein müder Hund wich keinen Schritt von den Hinterrädern, als sei er festgebunden. Ein Gewitter zog auf. Vor mir stieg langsam eine riesige lila Wolke hinter dem Wald empor; über mir und mir entgegen jagte langgezogenes graues Gewölk; unruhig wisperten und rauschten die Weiden. Die schwüle Hitze war ganz plötzlich feuchter Kälte gewichen; schnell verdichteten sich die Schatten. Ich versetzte dem Pferd einen Schlag mit dem Zügel, fuhr einen Abhang hinunter, durchquerte ein ausgetrocknetes Bachbett, das ganz mit Weidengebüsch überwuchert war, fuhr wieder bergauf und dann in den Wald hinein. Vor mir wand sich der Weg zwischen den dichten Haselnusssträuchern, die schon in Finsternis gehüllt waren; ich kam nur noch mühsam voran. Der Wagen rumpelte über die harten Wurzeln hundertjähriger Eichen und Linden, die ständig tiefe Rillen – die Spuren von Wagenrädern – kreuzten; mein Pferd geriet ins Straucheln. Plötzlich kam starker Wind auf, er heulte in den Wipfeln, die Bäume rauschten, dicke Regentropfen fielen prasselnd auf die Blätter, ein Blitz zuckte und das Gewitter entlud sich. Es regnete in Strömen. Ich fuhr im Schritt und sah mich bald gezwungen anzuhalten, denn mein Pferd blieb immer wieder im Schlamm stecken, und ich sah die Hand nicht mehr vor Augen. Unter einem ausladenden Busch fand ich notdürftig Schutz. Zusammengekauert, das Gesicht eingehüllt, wartete ich in aller Ruhe auf das Ende des Unwetters, als ich plötzlich im Schein eines Blitzes auf dem Weg eine große Gestalt zu erkennen meinte. Ich blickte angestrengt in ihre Richtung, auf einmal stand die Gestalt wie aus dem Boden gewachsen neben meinem Wagen.

»Wer ist da?« fragte eine wohlklingende Stimme.

»Und wer bist du?«

»Der hiesige Waldhüter.«

Ich nannte meinen Namen.

»Ah, ich kenne Sie! Sind Sie auf dem Heimweg?«

»Ja, auf dem Heimweg. Aber du siehst ja selbst, was das für ein Gewitter ist …«

»Ja, ein Gewitter ist das«, antwortete die Stimme.

Ein greller Blitz beleuchtete den Waldhüter von Kopf bis Fuß; unmittelbar darauf erscholl ein kurzer, krachender Donnerschlag, und der Regen prasselte mit doppelter Stärke.

»Das dauert noch«, sagte der Waldhüter.

»Was soll's!«

»Ich könnte Sie vielleicht zu mir nach Hause mitnehmen«, sagte er stockend.

»Tu mir den Gefallen.«

»Dann steigen Sie bitte ein.«

Er trat an den Kopf des Pferdes heran, nahm es beim Zaumzeug und zog es vorwärts. Wir fuhren los. Ich hielt mich am Polster des Wagens fest, der schaukelte »wie ein Kahn in den Meereswogen«, und rief nach dem Hund. Meine arme Stute stapfte mühselig durch den Morast, immer wieder glitt sie aus und stolperte; der Waldhüter schwankte vor der Deichsel bald nach rechts, bald nach links wie ein Gespenst. Wir waren ziemlich lange unterwegs; schließlich hielt mein Führer den Wagen an. »Wir sind da, Barin«, sagte er mit ruhiger Stimme. Die Pforte knarrte, und ein paar Welpen fingen an zu bellen. Ich hob den Kopf und erkannte beim Schein eines Blitzes eine kleine Kate inmitten eines geräumigen, von einem Flechtzaun umgebenen Hofs. Aus einem der Fenster fiel ein schwacher Lichtschein. Der Waldhüter führte das Pferd bis an die Treppe und klopfte an die Tür. »Gleich, gleich!« erklang ein dünnes Stimmchen, man hörte das Trappeln nackter Füße, der Riegel quietschte und ein vielleicht zwölfjähriges Mädchen in einem mit einem Band gegürteten Hemdchen erschien auf der Schwelle, in der Hand die Laterne.

»Leuchte dem Barin«, sagte er zu dem Kind, »ich stelle inzwischen Ihren Wagen unter das Schutzdach.«

Das Mädchen warf mir einen Blick zu und ging hinein. Ich folgte ihm.

Die Kate des Waldhüters bestand aus einem einzigen verräucherten, niedrigen und leeren Raum, ohne die Zwischendecke mit dem Schlafplatz und ohne Trennwände. An der Wand hing ein zerrissener Schafspelz. Auf der Bank lag eine einläufige Flinte und in einer Ecke türmten sich allerlei Lumpen; neben dem Ofen standen zwei große Töpfe. Auf dem Tisch brannte ein Kienspan, der traurig flackerte und am Verlöschen war. Mitten im Raum hing eine Wiege, die am Ende einer langen Stange festgebunden war. Das Mädchen löschte die Laterne, setzte sich auf einen winzigen Schemel und fing an, mit der rechten Hand die Wiege zu schaukeln und mit der linken den Kienspan zu richten. Ich schaute mich um – schwer wurde mir ums Herz: es ist wenig erfreulich, des Nachts in eine ärmliche Leibeigenenkate einzutreten. Der Säugling in der Wiege atmete schnell und schwer.

»Bist du allein hier?« fragte ich das Mädchen.

»Ja«, sagte das Kind kaum hörbar.

»Bist du die Tochter des Waldhüters?«

»Ja.«

Die Tür knarrte, und der Waldhüter trat mit eingezogenem Kopf über die Schwelle. Er hob die Laterne vom Boden auf, ging zum Tisch und zündete den Docht an.

»Sie sind sicher keinen Kienspan gewöhnt?« sagte er und schüttelte seine Locken.

Ich betrachtete ihn. Selten hatte ich einen so stattlichen Burschen gesehen. Er war groß, breitschultrig und von imposantem Körperbau. Unter dem feuchten hanfenen Hemd erkannte man deutlich seine gewaltigen Muskeln. Ein schwarzer, krauser Bart bedeckte zur Hälfte sein strenges, forsches Gesicht; unter den zusammengewachsenen breiten Brauen blickten kühn kleine braune Augen. Er stemmte die Arme in die Seiten und blieb vor mir stehen.

Ich dankte ihm und fragte nach seinem Namen.

»Ich heiße Foma«, antwortete er, »mit Spitznamen Isegrim.«

»Ah, du bist der Isegrim?«

Nun betrachtete ich ihn mit noch größerem Interesse. Von meinem Jermolai und von anderen hatte ich oft Geschichten über den Waldhüter Isegrim gehört, den jedermann im Umkreis fürchtete wie das Feuer. Ihren Worten zufolge hatte es noch nie einen solchen Meister seines Fachs gegeben: »Kein Bündel Reisig lässt er einen aus dem

Wald holen; zu welcher Zeit auch immer, selbst um Mitternacht taucht er aus heiterem Himmel auf, und wage ja nicht, dich zu wehren, stark ist er, und ausgekocht wie der Teufel … Nichts kann ihn umstimmen: weder Branntwein noch Geld; jeder Versuchung hält er stand. Mehr als einmal hat man ihn schon ins Jenseits befördern wollen, aber nein, er lässt sich nicht fassen.«

So äußerte man sich in der Nachbarschaft über Isegrim.

»Du bist also der Isegrim«, sagte ich, »ich habe schon von dir gehört, mein Lieber. Es heißt, du lässt niemandem etwas durchgehen?«

»Ich erfülle nur meine Pflicht«, antwortete er finster, »das Brot seines Herrn umsonst zu essen, das gehört sich nicht.«

Er zog ein Beil aus dem Gürtel, setzte sich auf den Boden und begann Kienspäne abzuschlagen.

»Und eine Frau hast du nicht?« fragte ich ihn.

»Nein«, antwortete er und holte mit dem Beil weit aus.

»Sie ist wohl gestorben?«

»Nein … doch … gestorben«, fügte er hinzu und wandte sich ab.

Ich verstummte; er hob die Augen und sah mich an.

»Ist durchgebrannt, mit einem Hergelaufenen aus der Stadt«, sagte er mit bitterem Lächeln. Das Mädchen senkte den Blick; das Kind war aufgewacht und fing an zu schreien; das Mädchen trat an die Wiege. »Hier, gib ihm das«, sagte Isegrim und drückte ihm ein beschmiertes Saughörnchen in die Hand. »Ihn hat sie auch im Stich gelassen«, fuhr er halblaut fort und deutete auf den Säugling. Dann ging er zur Tür, blieb stehen und wandte sich um.

»Sie werden wohl unser Brot nicht essen wollen, Barin, außer Brot aber …«

»Ich bin nicht hungrig.«

»Wie Sie wollen. Ich würde den Samowar für Sie aufstellen, aber ich habe keinen Tee … Ich will mal nach Ihrem Pferd sehen.«

Er ging hinaus und schlug die Tür zu. Ich sah mich erneut um. Die Kate erschien mir nun noch kläglicher. Ein bitterer Geruch von kaltem Rauch benahm mir unangenehm den Atem. Das Mädchen rührte sich nicht vom Fleck und hob auch nicht die Augen; hin und wieder stieß sie die Wiege an und zog schüchtern das herabgleitende Hemdchen über die Schulter; ihre nackten Beine hingen reglos herab.

»Wie heißt du?« fragte ich.

»Ulita«, sagte sie und ließ ihr trauriges Gesichtchen noch tiefer sinken.

Der Waldhüter kam wieder herein und setzte sich auf die Bank.

»Das Gewitter zieht ab«, sagte er nach einer kleinen Pause, »wenn Sie wollen, begleite ich Sie aus dem Wald heraus.«

Ich stand auf. Isegrim nahm sein Gewehr und kontrollierte das Zündschloss.

»Wozu das?« fragte ich.

»Im Wald sind Diebe am Werk, in der Stutenschlucht wird ein Baum gefällt«, fügte er als Antwort auf meinen fragenden Blick hinzu.

»Und das kann man von hier aus hören?«

»Vom Hof aus hört man es.«

Wir traten gemeinsam aus dem Haus. Es hatte aufgehört zu regnen. In der Ferne ballten sich noch schwere Gewitterwolken, bisweilen zuckten lange Blitze; über unseren Köpfen jedoch war schon hier und da der tiefblaue Himmel zu sehen, und durch die zarten, schnell dahinfliegenden Wolken blinkten die Sterne. Allmählich traten die Umrisse der regennassen, im Wind wogenden Bäume aus dem Dunkel. Wir lauschten. Der Waldhüter nahm die Mütze ab und senkte den Kopf.

»Ah … Aha«, sagte er plötzlich und streckte den Arm aus, »sieh mal einer an, was der sich für eine Nacht ausgesucht hat.«

Ich hörte nichts, lediglich das Rauschen der Blätter. Isegrim führte mein Pferd unter dem Schutzdach hervor.

»Der wird mir wohl«, setzte er laut hinzu, »noch durch die Lappen gehen.«

»Ich werde mitkommen … willst du?«

»Einverstanden«, antwortete er und führte das Pferd zurück unters Dach, »den werde ich im Nu erwischen, und dann begleite ich Sie. Kommen Sie.«

Wir machten uns auf den Weg: Isegrim ging voran, ich folgte. Weiß der Himmel, wie er sich zurechtfand, doch er blieb nur selten stehen, und auch das bloß, um zu lauschen, von woher die Axtschläge kamen.

»Sieh mal einer an«, murmelte er, »hören Sie das, hören Sie das?«

»Wo denn?«

Isegrim zuckte die Achseln. Wir stiegen in die Schlucht hinab. Der Wind hatte sich für einen Augenblick gelegt, jetzt drangen die gleichmäßigen Schläge deutlich an mein Ohr. Isegrim sah mich an und schüttelte den Kopf. Durch feuchtes Farnkraut und Brennnesseln gingen wir weiter. Plötzlich hörte man ein dumpfes, anhaltendes Krachen.

»Er hat ihn gefällt …«, murmelte Isegrim.

Indessen klarte der Himmel immer weiter auf; im Wald war es etwas heller geworden. Schließlich kletterten wir wieder aus der Schlucht heraus.

»Warten Sie hier«, flüsterte der Waldhüter, bückte sich, hob das Gewehr in die Höhe und verschwand zwischen den Büschen. Ich lauschte angespannt. Durch das ständige Rauschen des Windes hindurch meinte ich ganz in der Nähe schwache Geräusche zu vernehmen: eine Axt schlug vorsichtig Äste ab, Räder quietschten, ein Pferd schnaubte …

»Wohin? Bleib stehen!« ertönte plötzlich Isegrims unerbittliche Stimme. Eine andere Stimme schrie kläglich auf wie ein Hase … Ein Handgemenge begann.

»Du lü-gst, du lü-gst«, wiederholte schwer atmend Isegrim ein ums andere Mal, »du entwischst mir nicht …«

Ich lief in Richtung des Lärms und gelangte schließlich, auf Schritt und Tritt stolpernd, zum Schauplatz des Kampfes. Neben dem gefällten Baum machte sich der Waldhüter auf dem Erdboden zu schaffen; er hielt den Dieb unter sich fest und band ihm mit seinem Gürtel die Arme auf dem Rücken zusammen. Ich trat näher. Isegrim erhob sich und stellte den Dieb auf die Beine. Ich erblickte einen durchnässten, zerlumpten Mann mit langem, zerzaustem Bart. Eine kümmerliche Mähre, zur Hälfte mit einer Bastmatte zugedeckt, stand vor ein Fuhrwerk gespannt. Der Waldhüter sagte kein einziges Wort; der Mann schwieg ebenfalls und schüttelte nur den Kopf.

»Lass ihn laufen«, flüsterte ich Isegrim ins Ohr, »ich zahle für den Baum.«

Isegrim packte das Pferd schweigend mit der linken

Hand bei der Mähne: mit der rechten hielt er den Dieb am Gürtel fest. »Dreh dich um, du Krähe!« sagte er grob.

»Nehmen Sie doch meine Axt mit«, murmelte der Mann.

»Richtig, wozu soll sie hier verkommen!« sagte der Waldhüter und hob die Axt auf.

Wir machten uns auf den Weg. Ich ging als Letzter … Wieder hatte es zu regnen angefangen, bald goss es in Strömen. Mit Müh und Not gelangten wir zur Kate. Isegrim ließ die gefangene Mähre mitten auf dem Hof stehen, führte den Mann ins Haus, lockerte den Knoten des Gürtels und setzte ihn in eine Ecke. Das Mädchen, das neben dem Ofen eingeschlafen war, sprang auf und sah uns mit stummem Entsetzen an. Ich ließ mich auf der Bank nieder.

»Zum Teufel, wie es gießt«, bemerkte der Waldhüter, »da werden wir warten müssen. Möchten Sie sich nicht hinlegen?«

»Danke.«

»Ich würde ihn Euer Gnaden zuliebe in die Kammer sperren«, fuhr er fort und deutete auf den Mann, »aber der Riegel …«

»Er kann ruhig hierbleiben, und tu ihm nichts«, unterbrach ich Isegrim.

Der Mann sah mich finster an. Ich nahm mir vor, den Ärmsten zu befreien, koste es, was es wolle. Er saß unbeweglich auf der Bank. Beim Schein der Laterne konnte ich sein abgehärmtes, zerfurchtes Gesicht, die strohgelben, herabhängenden Brauen, die unruhigen Augen und die mageren Glieder erkennen … Das Mädchen hatte sich auf dem Fußboden direkt vor seinen Füßen niedergelegt und war wieder eingeschlafen. Isegrim saß am Tisch, den Kopf in die Hände gestützt. In der Ecke zirpte ein Heimchen …

Der Regen trommelte aufs Dach und rann an den Fenstern herab; wir schwiegen.

»Foma Kusmitsch«, begann der Mann plötzlich mit tonloser, brüchiger Stimme, »he, Foma Kusmitsch.«

»Was willst du?«

»Lass mich gehen.«

Isegrim antwortete nicht.

»Lass mich gehen … hab's aus Hunger getan … Lass mich gehen.«

»Ich kenne euch«, entgegnete der Waldhüter finster, »euer ganzes Dorf ist so – einer wie der andere, alles Diebe.«

»Lass mich gehen«, wiederholte der Mann, »unser Verwalter … wir sind am Ende … lass mich gehen!«

»Am Ende! … Niemand darf stehlen.«

»Lass mich gehen, Foma Kusmitsch … richte mich nicht zugrunde. Euer Herr wird mich umbringen, das weißt du doch selber.«

Isegrim wandte sich ab. Der Mann schlotterte, als schüttele ihn das Fieber. Immer wieder zuckte er zusammen und atmete unregelmäßig.

»Lass mich gehen«, wiederholte er verzweifelt und niedergeschlagen, »lass mich gehen, bei Gott, lass mich gehen! Ich zahle auch, bei Gott! Bei Gott, aus Hunger … die Kinder weinen, das weißt du doch alles. Schlimm ist es.«

»Aber stehlen gehen darfst du trotzdem nicht.«

»Mein Pferd«, fuhr der Mann fort, »lass wenigstens mein Pferd laufen, es ist das Einzige, was mir geblieben ist!«

»Nein, habe ich gesagt. Ich bin auch kein freier Mann und werde genauso bestraft. Wieso sollte ich euch machen lassen, was ihr wollt?«

»Lass mich gehen! Die Not, Foma Kusmitsch, die reine Not … lass mich gehen!«

»Ich kenne euch!«

»So lass mich doch gehen!«

»Ach, was soll das ganze Gerede; bleib, wo du bist, sonst kannst du was erleben, hörst du! Siehst du denn den Barin nicht?«

Der Ärmste schlug die Augen nieder … Isegrim gähnte und legte den Kopf auf den Tisch. Es regnete immer noch. Ich wartete, wie es weitergehen würde.

Plötzlich richtete sich der Mann auf. Seine Augen brannten, Röte stieg ihm ins Gesicht.

»Hier, bitte schön, greif zu, ersticken sollst du dran«, begann er, kniff die Augen zusammen und ließ die Mundwinkel hängen, »du verfluchter Halsabschneider: trink das Christenblut, trink es …«

Der Waldhüter drehte sich um.

»Ich rede mit dir, mit dir, du Asiate, du Blutsauger, mit dir!«

»Bist du betrunken, dass du anfängst zu krakeelen?« sagte der Waldhüter erstaunt. »Bist wohl verrückt geworden?«

»Betrunken! Wahrscheinlich von deinem Geld, du verfluchter Halsabschneider, du Aas, du Aas, du Aas!«

»Was soll das … ich werde dir helfen! …«

»Was macht mir das schon aus? Ich gehe sowieso zugrunde; was soll ich ohne Pferd anfangen? Da kannst du mich gleich totschlagen; ob ich hungers sterbe oder so, das ist ganz einerlei. Dann gehen alle drauf: meine Frau, die Kinder – alle werden verrecken … Aber dich, dich kriegen wir noch, wart's nur ab!«

Isegrim erhob sich.

»Schlag zu, schlag nur zu«, rief der Mann rasend vor Zorn, »schlag zu, los, schlag zu ...«

Das Mädchen war hastig vom Boden aufgesprungen und starrte ihn an.

»Schlag zu, schlag nur zu.«

»Schweig!« donnerte der Waldhüter und trat zwei Schritte vor.

»Genug, genug, Foma«, schrie ich, »lass ihn ... in Gottes Namen.«

»Ich denke nicht dran zu schweigen«, fuhr der Unglückliche fort. »Das ist doch einerlei – verrecken werde ich sowieso. Du Halsabschneider, du Aas, zum Henker mit dir ... Wart's nur ab, deine Herrschaft wird nicht mehr lange dauern! Dir wird man schon die Kehle zuschnüren, wart's nur ab!«

Isegrim packte ihn an der Schulter ... Ich stürzte dem Mann zu Hilfe.

»Rühren Sie mich nicht an, Barin!« schrie der Waldhüter.

Ich fürchtete mich nicht vor seiner Drohung und hatte schon die Hand ausgestreckt; zu meinem großen Erstaunen jedoch riss er mit einer einzigen Bewegung dem Mann den Gürtel von den Ellbogen, packte ihn am Kragen, stülpte ihm die Mütze bis über die Augen, riss die Tür auf und stieß ihn hinaus.

»Scher dich zum Teufel, samt deinem Pferd!« schrie er ihm hinterher. »Aber pass bloß auf, beim nächsten Mal werde ich ...«

Er kehrte ins Zimmer zurück und machte sich in der Ecke zu schaffen.

»Tja, Isegrim«, sagte ich schließlich, »du hast mich in Erstaunen versetzt: wie ich sehe, bist du ein anständiger Kerl.«

»Ach, lassen Sie es gut sein, Barin«, unterbrach er mich ärgerlich, »aber behalten Sie es bitte für sich. Ich will Ihnen jetzt lieber den Weg zeigen«, fügte er hinzu, »es kann noch lange dauern, bis der Regen aufhört …«

Draußen ratterten die Räder des Pferdewagens.

»Da zottelt er los«, murmelte er, »zum Kuckuck mit ihm! …«

Eine halbe Stunde später verabschiedete er sich am Waldrand von mir.

ZWEI GUTSBESITZER

Ich hatte bereits die Ehre, Ihnen, geneigte Leser, einige meiner Herren Nachbarn vorzustellen; gestatten Sie mir jetzt, die günstige Gelegenheit zu ergreifen (für uns Schriftsteller ist jede Gelegenheit günstig), Sie mit zwei weiteren Gutsbesitzern bekanntzumachen, bei denen ich häufig zur Jagd war, überaus ehrenwerten, rechtschaffenen Persönlichkeiten, die sich in so manchem Landkreis allgemeiner Achtung erfreuen.

Zunächst möchte ich Ihnen den Generalmajor a. D. Wjatscheslaw Illarionowitsch Chwalynski beschreiben. Stellen Sie sich einen großen und einst schlanken, jetzt ein wenig beleibten Mann vor, der jedoch keineswegs hinfällig, ja, nicht einmal verlebt ist, einen Mann reifen Alters, in den besten Jahren, wie man zu sagen pflegt. Zwar haben sich seine ehemals regelmäßigen und auch jetzt noch immer angenehmen Gesichtszüge leicht verändert, die Wangen hängen herab, zahlreiche Falten umgeben strahlenförmig seine Augen, einige Zähne fehlen bereits, wie Saadi, Puschkin zufolge, gesagt haben soll; die blonden Haare, zumindest jene, die noch übrig sind, haben sich lila verfärbt – dank einer Mixtur, die er auf dem Pferdemarkt von Romny bei einem Juden gekauft hat, der sich für einen Armenier ausgab; doch Wjatscheslaw Illarionowitsch schreitet noch immer munter aus, lacht dröhnend, klirrt mit den Sporen, zwirbelt seinen Schnurrbart und nennt sich einen alten Kavalleristen, wo man doch weiß, dass tatsächlich alte Männer sich selbst nie alt nennen. Er ist gewöhnlich in einen bis oben zugeknöpften Gehrock gekleidet, eine hohe Halsbinde und einen gestärkten Kragen sowie gesprenkelte graue Hosen von militärischem Schnitt; den Hut trägt er in die Stirn geschoben, der Hinterkopf bleibt unbedeckt. Er ist ein sehr guter Mensch, besitzt jedoch merkwürdige Ansichten und Gewohnheiten. Beispielsweise ist er außerstande, unbegüterte Adlige oder solche ohne Rang wie seinesgleichen zu behandeln. Spricht er mit ihnen, sieht er sie gewöhnlich von der Seite an, wobei er sich mit der Wange fest auf seinen steifen weißen Kragen stützt, oder aber er bedenkt sie plötzlich mit einem klaren, starren Blick, schweigt und legt die Kopfhaut in Falten; in solchen Fällen spricht er sogar die Wörter anders aus. So sagt er beispielsweise nicht: »Ich danke Ihnen, Pawel Wassilitsch« oder »Bitte hierher, Michajlo Iwanytsch«, sondern: »Tankihn, Pall Assilitsch« oder »Pittehiaher, Michal Wanitsch«. Mit denjenigen jedoch, die auf der untersten Stufe der gesellschaftlichen Leiter stehen, geht er noch merkwürdiger um: er sieht sie überhaupt nicht an, sondern wiederholt zunächst, bevor er seinen Wunsch äußert oder einen Befehl erteilt, einige Male hintereinander mit besorgtem, gedankenverlorenem Gesichtsausdruck: »Wie heißt du? … wie heißt du?«, wobei er das erste Wort »wie« ungewöhnlich stark betont, den Rest aber sehr schnell ausspricht, was der ganzen Äußerung eine große Ähnlichkeit mit dem Ruf eines Wachtelhahns verleiht. Er ist ungeheuer betriebsam, dabei aber ein großer Geizhals und schlechter Landwirt: als Verwalter hat er einen Wachtmeister im Ruhestand eingestellt, einen Kleinrussen – ein außergewöhnlich dummer Mensch. Was allerdings das Wirtschaften betrifft, so hat bei uns noch nie jemand einen hohen Petersburger Beamten übertroffen, der, nachdem er dem Rapport seines Gutsverwalters entnommen hatte, auf seinen Besitzungen würden die Korndarren häufig von Feuersbrünsten heimgesucht, wodurch viel Getreide verlorenginge, den strengsten Befehl erließ: bis zu jenem Zeitpunkt keine Garben mehr in die Korndarre zu bringen, solange das Feuer nicht endgültig erloschen sei. Ebendieser Würdenträger war auch auf den Gedanken verfallen, auf sämtlichen seiner Felder Mohn auszusäen, und zwar aufgrund einer, wie ihm schien, überaus einfachen Überlegung: Mohn sei schließlich teurer als Roggen, folglich sei die Aussaat von Mohn gewinnbringender. Er war es auch, der seinen leibeigenen Weibern befahl, Kopfputz nach einem aus Petersburg gesandten Muster zu tragen; und tatsächlich tragen die Weiber auf seinen Besitzungen seitdem diesen Kopfputz … allerdings über ihren eigenen Hauben … Doch zurück zu Wjatscheslaw Illarionowitsch. Wjatscheslaw Illarionowitsch ist ein leidenschaftlicher Liebhaber des schönen Geschlechts, kaum wird er in seiner Kreisstadt auf dem Boulevard einer hübschen Person ansichtig, folgt er ihr schon auf dem Fuße, beginnt jedoch sogleich zu hinken, ein überaus bemerkenswerter Umstand. Er spielt gern Karten, allerdings nur mit Personen niederen Ranges; sie sprechen ihn an mit: »Euer Exzellenz«, er aber fährt aus der Haut und beschimpft sie nach Herzenslust. Spielt er aber mit dem Gouverneur oder einem höheren Beamten, geht mit ihm eine erstaunliche Veränderung vor: bald lächelt er, bald nickt er ihnen zu, bald schaut er ihnen in die Augen und trieft nur so vor Honig … Selbst wenn er verliert, hört man keine Klagen. Das Lesen allerdings ist Wjatscheslaw Illarionowitschs Sache nicht, er liest wenig und bewegt beim Lesen unablässig den

Schnurrbart und die Augenbrauen, zuerst den Schnurrbart, dann die Brauen, als ließe er von unten nach oben eine Welle über sein Gesicht gleiten. Besonders auffallend ist diese wellenförmige Bewegung in Wjatscheslaw Illarionowitschs Gesicht, wenn er einmal (in Anwesenheit von Gästen, wie sich versteht) die Spalten des »Journal des Débats« überfliegt. Bei den Wahlen spielt er eine recht bedeutsame Rolle, das ehrenvolle Amt eines Adelsmarschalls jedoch lehnt er aus Geiz stets ab. »Meine Herren«, sagt er gewöhnlich zu den Adligen, die an ihn herantreten, und er sagt es mit einer Stimme, die von Gönnerhaftigkeit und Selbstbewusstsein kündet, »ich danke sehr für die Ehre, aber ich ziehe es vor, meine Mußestunden in Zurückgezogenheit zu verbringen.« Nachdem er diese Worte gesagt hat, wendet er den Kopf einige Male nach rechts und nach links und legt dann würdevoll Kinn und Wangen auf die Halsbinde. In seiner Jugend war er Adjutant einer bedeutenden Persönlichkeit, die er im Gespräch nie anders als beim Vor- und Vatersnamen nennt; es heißt, er habe nicht nur die Aufgaben eines Adjutanten erfüllt, sondern zum Beispiel in vollständiger, noch dazu bis oben zugehakter Paradeuniform im Badehaus seinen Vorgesetzten mit der Birkenrute bearbeitet – man sollte allerdings nicht jedem Gerücht Glauben schenken. General Chwalynski spricht im Übrigen nicht gern von seiner Dienstlaufbahn, was eigentlich recht merkwürdig ist; auch im Krieg ist er, wie es scheint, nicht gewesen. General Chwalynski lebt allein in einem kleinen Haus; das Glück der Ehe hat er nicht erfahren, weshalb er noch immer als Heiratskandidat gilt, gar als vorteilhafte Partie. Seine Beschließerin jedoch, eine Frau von fünfunddreißig Jahren, schwarzäugig, füllig und frisch, mit schwarzen Brauen und einem Schnurrbärtchen, trägt auch werktags gestärkte Kleider und sonntags überdies noch Musselinärmel. Bei großen Festessen, die Gutsbesitzer zu Ehren von Gouverneuren und anderen Amtsträgern geben, fühlt sich Wjatscheslaw Illarionowitsch wohl: hier ist er ohne Frage in seinem Element. Gewöhnlich sitzt er dann, wenn schon nicht zur Rechten des Gouverneurs, so doch nicht weit von ihm entfernt; zu Beginn des Diners lässt er sich noch vom Gefühl der eignen Würde leiten, zurückgelehnt, doch ohne den Kopf zu drehen, schweift sein Blick aus dem Augenwinkel über die runden Hinterköpfe und Stehkragen der Gäste; gegen Ende der Tischgesellschaft jedoch kommt er in Stimmung, lächelt nach allen Seiten (in Richtung des Gouverneurs hat er bereits zu Beginn des Essens gelächelt), bisweilen bringt er sogar einen Toast auf das schöne Geschlecht aus, die Zierde unseres Planeten, wie er sich ausdrückt. Auch bei allen nur denkbaren feierlichen, öffentlichen Akten, als da sind Prüfungen, Versammlungen oder Ausstellungen, macht General Chwalynski eine gute Figur; ein großer Meister ist er ebenso im Entgegennehmen des priesterlichen Segens. Beim Aufbruch der Kutschen, nach einer Gesellschaft beispielsweise, dem Übersetzen über einen Fluss oder bei anderen derartigen Gelegenheiten lärmen und schreien Wjatscheslaw Illarionowitschs Diener nicht; im Gegenteil, wenn sie sich einen Weg durch die Menschenmenge bahnen oder den Wagen vorfahren lassen wollen, rufen sie in angenehmem, kehligem Bariton: »Gestatten Herrschaften, gestatten Herrschaften, lassen Sie General Chwalynski durch«, oder: »Die Equipage des Generals Chwalynski …« Chwalynskis Equipage ist allerdings von recht altertümlicher

Gestalt; die Lakaien tragen ziemlich abgewetzte Uniformen (dass sie grau mit roten Litzen sind, muss wohl nicht extra erwähnt werden); auch die Pferde sind recht bejahrt und haben ihr Leben lang redlich gedient, auf Protz und Prunk aber legt Wjatscheslaw Illarionowitsch keinen Wert und hält es sogar für seines Standes unwürdig, anderen etwas vorzugaukeln. Über eine besondere Gabe des Wortes verfügt Chwalynski nicht, vielleicht aber bietet sich ihm auch nie die Gelegenheit, seine Redekunst zu zeigen, denn er duldet nicht nur keinen Streit, sondern nicht einmal Widerspruch und geht sämtlichen langatmigen Gesprächen, insbesondere mit jungen Leuten, geflissentlich aus dem Weg. Das ist auch tatsächlich besser, sonst hat man ja heutzutage nur Scherereien mit den Leuten: sie verweigern einem plötzlich den Gehorsam und die Achtung geht verloren. In Gegenwart höhergestellter Persönlichkeiten schweigt Chwalynski meist, zu solchen niederen Ranges aber, die er offenbar verachtet, mit denen er aber ausschließlich verkehrt, spricht er abgehackt und barsch und benutzt unablässig Wendungen wie: »Das ist doch Unsinn, was Sie da sagen«; oder: »Mein werter Herr, ich sehe mich gezwungen, Ihnen Folgendes vor Augen zu führen«; oder: »Sie sollten mittlerweile wissen, mit wem Sie es zu tun haben«, und dergleichen mehr. Besonders fürchten ihn die Postmeister, Stationsvorsteher und die Gerichtsbeisitzer.

Bei sich zu Hause empfängt er niemanden und führt, wie man hört, das Leben eines Geizhalses. Doch alles in allem ist er ein trefflicher Gutsherr. »Ein alter Haudegen, uneigennützig, mit Prinzipien, vieux grognard«, sagen die Nachbarn über ihn. Nur der Gouvernementsstaatsanwalt gestattet sich ein Lächeln, wenn in seiner Gegenwart von General Chwalynskis vorzüglichen, soliden Eigenschaften die Rede ist, wozu der Neid nicht alles führt! …

Nun aber wollen wir uns dem anderen Gutsbesitzer zuwenden.

Mardari Apollonytsch Stegunow ähnelt Chwalynski überhaupt nicht; er hat wohl kaum je irgendwo in Diensten gestanden und auch nie für schön gegolten. Mardari Apollonytsch ist ein kleiner, rundlicher, kahlköpfiger alter Mann mit Doppelkinn, weichen Händen und einem ansehnlichen Bäuchlein. Er ist sehr gastfreundlich und ein großer Spaßvogel; er lebt, wie man zu sagen pflegt, zu seinem Vergnügen; sommers wie winters geht er in einem gestreiften, wattierten Schlafrock umher. Nur in einem gleicht er General Chwalynski: er ist ebenfalls Junggeselle. Er besitzt fünfhundert Seelen. Mardari Apollonytsch widmet sich seinen Besitzungen recht oberflächlich; um mit der Zeit zu gehen, hat er vor zehn Jahren bei Butenop in Moskau eine Dreschmaschine gekauft, sie in der Scheune eingeschlossen und ist dann wieder zur Tagesordnung übergegangen. Nur an schönen Sommertagen lässt er bisweilen den leichten Wagen anspannen und fährt hinaus auf die Felder, um zu sehen, wie das Getreide steht und um Kornblumen zu pflücken. Sein Leben führt Mardari Apollonytsch auf ganz altväterliche Weise. Auch sein Haus ist von alter Bauart: in der Diele riecht es, wie sollte es anders sein, nach Kwas, Talgkerzen und Leder; rechter Hand steht ein Schrank mit Pfeifen und Handtüchern; im Esszimmer finden sich Familienporträts, Fliegen, ein großer Geranientopf und ein verstimmtes Klavier; im Salon drei Diwane, drei Tische, zwei Spiegel und eine krächzende Uhr mit schwarz verfärbter

Emaille und bronzenen ziselierten Zeigern; im Kabinett ein Tisch voller Papiere, bläuliche Wandschirme mit aufgeklebten Bildchen, die aus allerlei Werken des vergangenen Jahrhunderts stammen, Schränke mit modrig riechenden Büchern, Spinnen und schwarzem Staub, ein Polstersessel, ein italienisches Fenster und eine fest vernagelte Tür in den Garten … Kurz, alles wie üblich. Mardari Apollonytschs Dienerschaft ist zahlreich, und alle sind auf althergebrachte Weise gekleidet: sie tragen lange blaue Kaftane mit hohen Stehkragen, Hosen unbestimmten Kolorits und kurze, gelbliche Westen und sprechen die Gäste mit »Batjuschka« an. Seine Wirtschaft leitet ein Schulze aus dem Bauernstand, mit einem Bart, lang wie sein Schafspelz; den Haushalt eine runzlige, in ein braunes Umschlagtuch gewickelte geizige Alte. In Mardari Apollonytschs Pferdestall stehen dreißig Pferde unterschiedlichen Kalibers; wenn er ausfährt, dann in einer hundertfünfzig Pud schweren Kutsche hauseigener Herstellung. Gäste empfängt er sehr großherzig und bewirtet sie aufs vortrefflichste, das heißt: Dank der betäubenden Eigenschaften der russischen Küche hindert er sie bis zum späten Abend daran, sich mit etwas anderem zu beschäftigen als dem Préférence-Spiel. Er selbst jedoch beschäftigt sich nie mit etwas, nicht einmal mehr im »Traumbuch« blättert er. Gutsherren dieses Schlages gibt es bei uns in Russland noch recht viele; nun erhebt sich die Frage: wie bin ich überhaupt auf ihn zu sprechen gekommen und warum? … Statt einer Antwort gestatten Sie mir, Ihnen einen meiner Besuche bei Mardari Apollonytsch zu schildern.

Eines Sommerabends gegen sieben fuhr ich zu ihm. Die Abendmesse war gerade zu Ende, und der Geistliche, ein junger, allem Anschein nach äußerst schüchterner Mensch, der wohl soeben erst das Seminar beendet hatte, saß im Salon neben der Tür auf der äußersten Kante seines Stuhles. Mardari Apollonytsch empfing mich wie immer überaus liebenswürdig: er freute sich aufrichtig über jeden Gast und war überhaupt sehr gütig. Der Geistliche erhob sich und griff nach seinem Hut.

»Warte, warte, Batjuschka«, sagte Mardari Apollonytsch, ohne meine Hand loszulassen, »geh noch nicht … Ich habe angeordnet, dir ein Glas Wodka bringen zu lassen.«

»Ich trinke nicht, gnädiger Herr«, murmelte der Geistliche verlegen und errötete bis über beide Ohren.

»Was soll der Unsinn! In eurem Stand – und nicht trinken!« entgegnete Mardari Apollonytsch. »Mischka! Juschka!! Bringt dem Batjuschka einen Wodka!«

Juschka, ein großer, hagerer Alter von achtzig Jahren, kam mit einem Glas Wodka auf einem dunkel lackierten Tablett herein, das fleischfarbene Flecken zierten.

Der Geistliche versuchte abzulehnen.

»Trink, Batjuschka, zier dich nicht, das ist nicht gut«, sagte der Gutsherr vorwurfsvoll.

Der arme junge Mann fügte sich.

»Jetzt, Batjuschka, kannst du gehen.«

Der Geistliche machte Anstalten, sich zu verabschieden.

»Ja, schon gut, so geh schon … Ein wunderbarer Mensch«, fuhr Mardari Apollonytsch fort, während er ihm nachsah, »ich bin sehr zufrieden mit ihm; allerdings ist er noch sehr jung. Predigten hält er, Branntwein aber, den trinkt er nicht. Doch wie geht es Ihnen denn, mein Batjuschka? … Was gibt es Neues? Lassen Sie uns auf den Balkon gehen. Was für ein herrlicher Abend.«

Wir traten hinaus auf den Balkon, setzten uns und begannen ein Gespräch. Mardari Apollonytsch warf einen Blick nach unten und geriet plötzlich in helle Aufregung.

»Wem gehören diese Hühner? Wem gehören diese Hühner?« schrie er. »Wem gehören diese Hühner, die durch den Garten laufen? … Juschka! Juschka! Geh los und finde sofort heraus, wem diese Hühner gehören, die durch den Garten laufen … Wem gehören diese Hühner? Wie oft habe ich das verboten, wie oft gesagt!«

Juschka stürzte davon.

»Diese Unordnung!« wiederholte Mardari Apollonytsch. »Fürchterlich!«

Die unglückseligen Hühner, zwei gesprenkelte und ein weißes mit einem Schopf, ich weiß es noch wie heute, spazierten weiter seelenruhig unter den Apfelbäumen umher, nur bisweilen drückten sie ihre Gefühle durch ein einmütiges Gackern aus, als sich plötzlich Juschka, ohne Mütze, mit einem Stock in der Hand, und drei weitere ausgewachsene Kerle gemeinsam auf sie stürzten. Und dann ging es los: Die Hühner schrien, schlugen mit den Flügeln, sprangen in die Höhe und gackerten ohrenbetäubend; die Männer liefen ihnen hinterher, stolperten, fielen hin; der Barin schrie vom Balkon aus wie rasend: »Fangt sie, fangt sie! Fangt sie, fangt sie! Fangt sie, fangt sie, fangt sie! … Wem gehören diese Hühner, wem gehören diese Hühner?«

Schließlich gelang es einem der drei, das Huhn mit dem Schopf zu fangen, indem er es mit der Brust gegen den Boden drückte, im selben Moment sprang ein vielleicht elfjähriges Mädchen, zerzaust und mit einer Gerte in der Hand, von der Straße her über den Flechtzaun.

»Aha, jetzt weiß ich, wem die Hühner gehören!« rief der Gutsherr triumphierend. »Jermil, dem Kutscher, gehören sie. Er hat seine Natalka geschickt, um sie heimzutreiben … Parascha aber hat er nicht geschickt«, fügte der Gutsherr halblaut hinzu, wobei er bedeutsam lächelte.

»He, Juschka! Lass die Hühner: fang mir lieber Natalka ein.«

Bevor aber der schwer atmende Juschka das erschrockene Mädchen eingeholt hatte, war urplötzlich die Beschließerin aufgetaucht, hatte das Kind beim Arm gepackt und der Ärmsten einige Schläge aufs Hinterteil verpasst …

»So ist's recht, so ist's recht«, bemerkte der Gutsherr, »immer drauf! Immer drauf! … Und die Hühner, Awdotja, die nimm ihr weg«, fügte er laut hinzu und wandte sich mir dann wieder mit heiterem Gesicht zu:

»Das war eine Hatz, Batjuschka, was? Ich bin ganz in Schweiß geraten, sehen Sie nur!«

Und Mardari Apollonytsch brach in Gelächter aus.

Wir blieben auf dem Balkon sitzen. Es war tatsächlich ein außergewöhnlich schöner Abend.

Der Tee wurde serviert.

»Sagen Sie bitte, Mardari Apollonytsch«, begann ich, »gehören diese Höfe zu Ihnen, dort, an der Landstraße, hinter der Schlucht?«

»Zu mir … ja, wieso?«

»Aber wie können Sie nur, Mardari Apollonytsch? Das ist doch Sünde. Diese fürchterlichen, engen Katen, in die die Leute umgesiedelt wurden, und kein Baum weit und breit; nicht einmal Fischkästen haben sie; und nur einen einzigen Brunnen, und auch der ist zu nichts zu gebrauchen. Haben Sie wirklich keinen anderen Platz finden können? … Sogar die alten Hanfpflanzungen sollen Sie ihnen weggenommen haben, heißt es.«

»Was hätte ich denn tun sollen, nach der Landvermessung«, antwortete Mardari Apollonytsch. »Diese ganze Landvermesserei steht mir bis hier«, und er deutete auf seinen Hals. »Ich kann absolut keinen Nutzen darin erkennen. Und dass ich ihnen die Hanfpflanzungen weggenommen und keine Fischkästen gebaut habe, das, Batjuschka, lassen Sie bitte meine Sorge sein. Ich bin ein schlichter Mann und mache es wie unsere Väter. Ich denke so: wenn du ein Barin bist, bist du ein Barin; bist du Bauer, so bist du Bauer … So einfach ist das.«

Auf diese klaren, schlagenden Argumente wusste ich natürlich nichts zu erwidern.

»Es sind ja auch«, fuhr er fort, »schlechte, aufsässige Leute. Besonders zwei Familien; schon mein seliger Vater, Gott schenke ihm den ewigen Frieden, mochte sie nicht, er mochte sie ganz und gar nicht. Und ich, das will ich Ihnen sagen, denke so: wenn der Vater ein Dieb ist, dann ist auch der Sohn ein Dieb; das war doch immer so … Oh, das Blut, das Blut ist ein besonderer Saft! Ich habe, das gebe ich ganz offen zu, die Söhne aus diesen beiden Familien unter die Soldaten gesteckt, außer der Reihe und in unterschiedlichen Gegenden; aber sie sind nicht auszurotten, was soll man machen? Fruchtbar wie die Karnickel, die Verfluchten.«

Indessen war es ganz windstill geworden. Nur hin und wieder wehte ein leichter Luftzug, der vor dem Haus erstarb und aus Richtung des Pferdestalles das Geräusch immer wiederkehrender, gleichmäßiger Schläge an unser Ohr trug. Mardari Apollonytsch hatte die Untertasse mit dem

Tee gerade an seine Lippen geführt und weitete bereits die Nasenlöcher – ohne dies schlürft bekanntlich kein echter Russe seinen Tee –, als er innehielt, lauschte, nickte, einen Schluck trank und, indem er die Untertasse auf den Tisch zurückstellte, mit liebenswürdigstem Lächeln, als wiederhole er unwillkürlich die Schläge, sagte: »Tschuki-tschuki-tschuk! Tschuki-tschuk! Tschuki-tschuk!«

»Was bedeutet das?« fragte ich ihn erstaunt.

»Dort wird auf meinen Befehl ein Nichtsnutz gezüchtigt … Kennen Sie Wassja, den Büfettier?«

»Welchen Wassja?«

»Na den, der uns neulich beim Essen aufgewartet hat. Der mit dem großen Backenbart.«

Die heftigste Empörung hätte Mardari Apollonytschs klarem, sanftem Blick nicht standgehalten.

»Aber was wollen Sie denn, junger Mann, was wollen Sie?« sagte er kopfschüttelnd. »Bin ich etwa ein Unmensch, dass Sie mich so anstarren? Wen man liebt, den züchtigt man: das wissen Sie doch selbst.«

Eine Viertelstunde später verabschiedete ich mich von Mardari Apollonytsch. Als ich durchs Dorf fuhr, sah ich Wassja, den Büfettier. Er lief die Straße entlang und knabberte Nüsse. Ich ließ den Kutscher anhalten und rief ihn zu mir.

»Du bist heute wohl bestraft worden, mein Lieber?« fragte ich ihn.

»Woher wissen Sie das?« fragte Wassja.

»Dein Barin hat es mir erzählt.«

»Der Barin selbst?«

»Wieso hat er dich denn bestrafen lassen?«

»Ich hab's verdient, Batjuschka, hab's verdient. Wegen

Kleinigkeiten wird man bei uns nicht bestraft; so was gibt es bei uns nicht, nein, nein. Unser Barin ist nicht so einer; unser Barin … so einen Barin findet man im ganzen Gouvernement nicht noch einmal.«

»Fahr zu!« sagte ich zum Kutscher. »Das ist es also, das alte Russland!« dachte ich auf dem Rückweg.

LEBEDJAN

Einer der größten Vorzüge der Jagd, mein lieber Leser, besteht darin, dass sie einen zwingt, sich ständig von einem Ort zum anderen zu bewegen, und das ist für einen unbeschäftigten Menschen sehr angenehm. Zwar ist es bisweilen, besonders bei regnerischem Wetter, alles andere als ein Vergnügen, über Feldwege zu irren oder gar querfeldein, jeden erstbesten Bauern mit der Frage anzuhalten: »He, mein Lieber, wo geht's hier nach Mordowka«, um dann in Mordowka einer stumpfsinnigen Bauersfrau – die Männer sind alle auf dem Feld – zu entlocken, ob es noch weit sei bis zur Herberge an der Landstraße und auch, wie man dorthin kommt, um sich dann nach zehn Werst statt vor der Herberge in dem stark heruntergekommenen Gutsdorf Chudobubnowo wiederzufinden, zur höchsten Verwunderung einer ganzen Herde von Schweinen, die mitten auf der Straße bis über die Ohren im dunkelbraunen Schlamm versunken sind und absolut nicht damit gerechnet haben, dass man sie stört. Es ist auch kein Vergnügen, über heillos schwankende Brücken zu rattern, in Schluchten hinabzufahren oder sumpfige Bäche zu durchqueren; kein Vergnügen ist es, ganze Tage über das grüne Meer der Landstraßen zu rollen oder, Gott behüte, einige Stunden vor einem bunt angestrichenen Werstpfahl mit den Ziffern 22 auf der einen und 23 auf der anderen Seite im Schlamm steckenzubleiben; ebenso wenig ist es ein Vergnügen, sich wochenlang von Eiern, Milch und dem hochgepriesenen Roggenbrot zu ernähren … All diese Unbequemlichkeiten und Misslichkeiten werden jedoch aufgewogen durch zahlreiche Vorzüge und Freuden. Aber kommen wir nun zum eigentlichen Gegenstand der Erzählung.

Nach all dem Gesagten muss ich den Lesern nicht auseinandersetzen, auf welche Weise ich vor fünf Jahren nach Lebedjan geriet, wo eben der Pferdemarkt in vollem Gange war. Unsereiner kann, wenn er Jäger ist, eines schönen Morgens von seinem mehr oder weniger angestammten Gut mit der Absicht aufbrechen, am nächsten Abend heimzukehren, ganz gemächlich und ohne Unterlass Bekassinen schießen, um sich schließlich an den gesegneten Ufern der Petschora wiederzufinden; jeder Liebhaber von Flinte und Hund ist aber zugleich auch ein leidenschaftlicher Bewunderer des edelsten Tieres auf Erden: des Pferdes. Ich kam also nach Lebedjan, stieg im Gasthof ab, kleidete mich um und begab mich auf den Markt. Der Aufwärter, ein hoch aufgeschossener, hagerer Bursche von zwanzig Jahren, hatte mir mit süßlich-näselnder Tenorstimme bereits mitgeteilt, Seine Erlaucht, Fürst N., Remonteoffizier des ***schen Regiments, sei im selben Gasthof abgestiegen, es hätten sich viele andere Herrschaften eingefunden, abends würden Zigeuner singen und im Theater gebe man Pan Twardowski, die Pferde stünden hoch im Preis, im Übrigen würden aber gute Pferde angeboten.

Auf dem Marktplatz drängten sich in endlosen Reihen die Wagen, hinter den Wagen standen Pferde aller Art: Traber, Zuchthengste, Lastpferde, Zugpferde, Postpferde und einfach Bauernpferde. Manche, wohlgenährt und glänzend, nach Fellfarben geordnet, mit bunten Schabracken bedeckt, an hohen Pfosten angebunden, blickten ängstlich in Richtung der ihnen nur allzu bekannten Peitschen der

Pferdehändler – ihrer Besitzer; die Pferde der Gutsherren, die unter der Aufsicht hinfälliger Kutscher oder zweier, dreier dickköpfiger Pferdeknechte von den Adligen aus der Steppe hundert oder zweihundert Werst weit hergebracht worden waren, schwenkten ihre langen Hälse, stampften mit den Hufen und nagten vor Langeweile an den Pfosten; falbe Wjatkapferde drängten sich eng aneinander; in majestätischer Reglosigkeit standen Traber da wie die Löwen, mit breitem Hinterteil, lockigem Schweif und zottigen Fesseln – Apfelschimmel, Rappen und Braune. Ehrfürchtig blieben die Kenner vor ihnen stehen. In den durch die Wagen gebildeten Gassen drängten sich Menschen jeglichen Standes, Alters und Aussehens: Pferdehändler in blauen Kaftanen und hohen Mützen hielten verschlagen Ausschau nach Käufern; glupschäugige, kraushaarige Zigeuner hasteten wie aufgescheucht hin und her, besahen die Zähne der Pferde, hoben ihnen Beine und Schweife in die Höhe, schrien, fluchten, betätigten sich als Vermittler, warfen das Los oder scharwenzelten um Remonteoffiziere in Mütze und Militärmantel mit Biberkragen. Ein bärenstarker Kosak thronte auf einem mageren Wallach mit einem Hals wie ein Hirsch und verkaufte ihn »mit allem«, das heißt mit Sattel und Zaumzeug. Bauern in unter der Achsel zerrissenen Schafspelzen drängten rücksichtslos durch die Menge, stürzten sich zu Dutzenden auf einen Wagen, vor den ein Pferd gespannt war, das »ausprobiert« werden sollte, oder sie feilschten mit Hilfe eines findigen Zigeuners irgendwo im Hintergrund bis zur Erschöpfung, gaben einander hundertmal hintereinander den Handschlag, wobei jeder auf seinem Preis beharrte, während der Gegenstand ihres Handels, ein kümmerlicher, mit einer verzogenen Bastmatte bedeckter Klepper, blinzelte, als ginge ihn das alles gar nichts an … Und tatsächlich – ist es nicht ganz einerlei, wer ihn schlagen wird! Breitstirnige Gutsbesitzer mit gefärbten Schnurrbärten und würdevollem Gesichtsausdruck, die Konfederatka auf dem Kopf, den Camelot-Mantel über nur eine Schulter geworfen, sprachen herablassend mit dickbäuchigen Kaufleuten in Kastorhüten und grünen Handschuhen. Auch Offiziere verschiedener Regimenter traf man hier; ein ungemein lang aufgeschossener Kürassier deutscher Abstammung erkundigte sich bei einem lahmen Pferdehändler im Vorbeigehen, »wie viel will er haben für diesen Fuchs?«. Ein blonder Husar von neunzehn Jahren suchte ein passendes Seitenpferd für seinen mageren Passgänger; ein Postkutscher in einem braunen Bauernrock, in dessen schmalem grünem Gürtel Lederhandschuhe steckten, und einem flachen Hut auf dem Kopf, den eine Pfauenfeder umwand, hielt Ausschau nach einem Deichselpferd. Die Kutscher flochten ihren Pferden die Schweife, feuchteten ihnen die Mähnen an und gaben den Herrschaften ehrfürchtig Ratschläge. War ein Handel perfekt, eilte man ins Gasthaus oder in die Schenke, je nach dem Geldbeutel … Und all das – knietief im Schlamm – war in Bewegung, schrie, wimmelte durcheinander, stritt und vertrug sich wieder, fluchte und lachte.

Ich hatte die Absicht, eine Troika passabler Pferde für meine Kalesche zu kaufen: die meinen begannen bereits nachzulassen. Zwei fand ich, ein drittes fehlte noch. Nach dem Mittagessen, das zu beschreiben ich mir versage (schon Aeneas wusste, wie unangenehm es ist, an vergangenes Leid zurückzudenken), begab ich mich in das sogenannte Kaffeehaus, wo jeden Abend Remonteure, Pferdezüchter und andere Besucher zusammenkamen. Im Billardzimmer, das in bleiernen Wolken von Tabaksqualm versank, befanden sich etwa zwanzig Personen. Da gab es draufgängerische junge Gutsbesitzer mit langem Haar und geölten Schnurrbärten, in Husarenjacken und grauen Hosen, die vornehm und kühn in die Runde blickten; andere Adlige in Kosakenröcken, mit ungewöhnlich kurzen Hälsen und verquollenen Augen, die gequält schnauften; allerlei Kaufmannsvolk, das abseits saß, immer »auf der Lauer«, wie man sagt, und Offiziere, die sich ungezwungen miteinander unterhielten. Am Billard spielte Fürst N., ein zweiundzwanzigjähriger junger Mann mit einem heiteren, etwas verächtlichen Gesichtsausdruck, in aufgeknöpftem Rock, rotem Seidenhemd und weiten Samthosen; er spielte mit dem Oberleutnant a. D. Viktor Chlopakow.

Der Oberleutnant a. D. Viktor Chlopakow, ein kleiner, dunkelhäutiger, magerer Mensch von dreißig Jahren mit schwarzem, schütterem Haar, braunen Augen und Stupsnase, ist ein eifriger Besucher von Wahlen und Märkten. Beim Gehen hüpft er nur so, fuchtelt verwegen mit den kleinen Händen, trägt die Mütze schief auf dem Ohr und die Ärmel seines mit grauem Kaliko gefütterten Militärrocks aufgekrempelt. Herr Chlopakow verfügt über die Gabe, sich an reiche Petersburger Heißsporne anzuhängen, mit ihnen zu rauchen, zu trinken und Karten zu spielen, auch duzt er sie. Wieso sie ihn dulden, ist allerdings rätselhaft. Er ist nicht klug, nicht einmal lustig: auch zum Hanswurst eignet er sich nicht. Allerdings verkehrt man mit ihm zwar freundschaftlich, doch herablassend, wie mit einem gutmütigen, doch unbedeutenden Kerl; zwei, drei Wochen lang gibt man sich mit ihm ab, dann aber grüßt man ihn plötzlich nicht mehr, und auch er seinerseits grüßt nicht mehr.

Oberleutnant Chlopakow zeichnet sich dadurch aus, dass er ein Jahr, bisweilen auch zwei Jahre lang stets und ständig ein und denselben Ausdruck verwendet, ob er passt oder nicht, einen keineswegs komischen Ausdruck, der aber, weiß der Himmel warum, jedermann amüsiert. Vor acht Jahren sagte er auf Schritt und Tritt: »Meine Verehrung, ergebensten Dank«, seine damaligen Gönner bogen sich jedes Mal vor Lachen und zwangen ihn, »meine Verehrung« zu wiederholen; dann ging er dazu über, einen recht verworrenen Ausdruck zu verwenden: »Nein, das will ich Ihnen sagen, qu'est-ce que c'est, das kommt nun dabei heraus«, und zwar mit demselben glänzenden Erfolg; zwei Jahre später dachte er sich eine neue Wendung aus: »Ne vous ärgern pas, Mann Gottes im Schafspelz« usw. Tja, diese, wie Sie sehen, keineswegs komischen Sprüche nähren und kleiden ihn, sie verschaffen ihm Speis und Trank. Sein Gut hat er schon vor Jahr und Tag durchgebracht und lebt nun einzig auf Kosten seiner Bekannten. Er hat entschieden keinerlei andere Vorzüge; allerdings raucht er hundert Pfeifen Shukow-Tabak am Tag, und wenn er Billard spielt, reißt er das rechte Bein bis über den Kopf in die Höhe und lässt das Queue ungestüm in der Hand tänzeln, während er zielt, nun ja, nicht jeder weiß derartige Vorzüge zu würdigen. Auch was das Trinken betrifft, kann er sich sehen lassen … sich damit in Russland hervorzutun ist allerdings kein Kunststück … Kurz, sein Erfolg ist mir ein völliges Rätsel … Nur eines fällt auf: Er ist vorsichtig, wäscht in der Öffentlichkeit keine schmutzige Wäsche und sagt niemandem etwas Schlechtes nach …

»Na«, dachte ich, als ich Chlopakow sah, »welcher Spruch wird es wohl heutzutage sein?«

Der Fürst versenkte den weißen Ball.

»Dreißig«, kreischte der schwindsüchtige Markeur, er hatte ein finsteres Gesicht und bleigraue Schatten unter den Augen.

Mit einem Knall beförderte der Fürst den gelben Ball in die Ecktasche.

»Ha!« krächzte ein dicker Kaufmann beifällig, und dabei hüpfte sein Bauch. Er saß abseits an einem wackligen einbeinigen Tischchen, krächzte und verstummte sofort wieder verschüchtert, doch glücklicherweise hatte ihn niemand beachtet. Er erholte sich von seinem Schreck und strich sich über den Bart.

»Sechsunddreißig!« rief der Markeur näselnd.

»Na, mein Lieber, was sagst du nun?« wandte sich der Fürst an Chlopakow.

»Wieso? Das ist doch klar, RRRRakalliooon, RRRRakalliooon, wie es im Buche steht!«

Der Fürst prustete los vor Lachen.

»Wie, wie? Sag das noch einmal!«

»Rrrrakalliooon!« wiederholte der Oberleutnant a.D. selbstzufrieden.

»Da haben wir es, das Wort«, dachte ich.

Der Fürst versenkte den Roten in der Tasche.

»Ach! Nicht so, Fürst, nicht so«, stammelte plötzlich ein blondes Offizierlein mit geröteten Augen, winziger Nase und kindlich verschlafenem Gesicht. »Das ist falsch, was Sie da machen … Sie hätten … nicht so!«

»Wie denn?« fragte ihn der Fürst über die Schulter.

»Sie hätten, also ein Triplet hätten Sie machen sollen.«

»Tatsächlich?« murmelte der Fürst.

»Was ist, Fürst, kommen Sie heute Abend mit zu den Zigeunern?« fragte der junge Mann verwirrt. »Stjoschka wird singen … und Iljuschka …«

Der Fürst antwortete ihm nicht.

»Rrrrakaliooon, mein Bester«, sagte Chlopakow und kniff schelmisch das linke Auge zu.

Der Fürst lachte.

»Neununddreißig und Schluss«, verkündete der Markeur.

»Schluss? … aber sieh doch nur, wie ich diesen Gelben hier …«

Chlopakow schob das Queue in der Hand hin und her, zielte und verfehlte.

»Ha, Rrrakaliooon«, rief er ärgerlich.

Wieder lachte der Fürst.

»Wie, wie, wie?«

Doch Chlopakow wollte sein Wort nicht wiederholen: so viel Koketterie muss sein.

»Kickser, Sie haben verfehlt«, bemerkte der Markeur. »Gestatten Sie, dass ich anschreibe … Vierzig!«

»Ja, meine Herren«, sagte der Fürst an die ganze Gesellschaft gewandt, wobei er übrigens niemanden ansah, »heute im Theater müssen wir die Wershembizkaja herausrufen.«

»Ja, natürlich, unbedingt«, riefen einige Stimmen durcheinander, überaus geschmeichelt von der Gelegenheit, dem Fürsten antworten zu dürfen, »die Wershembizkaja …«

»Die Wershembizkaja ist eine ausgezeichnete Schauspielerin, viel besser als die Sopnjakowa«, piepste aus der Ecke ein unscheinbares Männlein mit Schnurrbart und Brille. Der Unglückliche! Insgeheim schwärmte er für die

Sopnjakowa, der Fürst jedoch würdigte ihn nicht einmal eines Blickes.

»He, Kellner, eine Pfeife!« murmelte ein hochgewachsener Herr mit ebenmäßigen Gesichtszügen und vornehmer Pose in seine Halsbinde hinein – allem Anschein nach ein Falschspieler.

Der Kellner lief die Pfeife holen und meldete Seiner Erlaucht, nachdem er zurückgekehrt war, dass der Kutscher Baklaga nach ihm frage.

»Aha! Sag ihm, er soll warten, und bring ihm einen Wodka.«

»Zu Befehl.«

Baklaga nannte man, wie ich später erfuhr, einen jungen, hübschen und außerordentlich verwöhnten Kutscher; der Fürst liebte ihn, schenkte ihm Pferde, veranstaltete Wettfahrten mit ihm, ganze Nächte verbrachten sie miteinander … Diesen Fürsten, den einstigen Heißsporn und Verschwender, würden Sie heute nicht wiedererkennen … Wie parfümiert, zugeknöpft und stolz er ist! Wie beschäftigt, und vor allem – wie vernünftig!

Der Tabaksqualm begann mir allmählich in den Augen zu brennen. Nachdem ich ein letztes Mal Chlopakows Ausruf und das Lachen des Fürsten gehört hatte, begab ich mich aufs Zimmer, wo mir mein Diener auf dem schmalen, durchgelegenen Rosshaar-Diwan mit hoher, gebogener Rückenlehne bereits das Bett bereitet hatte.

Am nächsten Tag machte ich mich auf den Weg zu den verschiedenen Höfen, um mir Pferde anzusehen, und begann beim bekannten Pferdehändler Sitnikow. Durch eine Pforte betrat ich den mit Sand bestreuten Hof. Vor der weit geöffneten Tür des Pferdestalls stand der Hausherr selbst, ein nicht mehr junger, großer, beleibter Mann in einem Hasenpelz mit hochgestelltem Kragen. Als er mich erblickte, kam er mir langsam entgegen, wobei er seine Mütze mit beiden Händen auf dem Kopf festhielt und gedehnt sagte:

»Ah, meine Verehrung! Sie möchten sich wohl die Pferdchen ansehen.«

»Ja, ich bin gekommen, um mir die Pferdchen anzusehen.«

»Und welche genau, wenn ich fragen darf?«

»Zeigen Sie mir, was Sie haben.«

»Es ist uns ein Vergnügen.«

Wir gingen in den Pferdestall. Einige weiße, struppige Hunde erhoben sich aus dem Heu und kamen uns schwanzwedelnd entgegengelaufen; ein langbärtiger alter Ziegenbock machte widerstrebend Platz; drei Stallknechte in soliden, doch speckigen Schafspelzen grüßten wortlos. Rechts und links standen in künstlich erhöhten Verschlägen etwa dreißig Pferde, aufs trefflichste gepflegt und gestriegelt. Um die Querbalken flatterten gurrend Tauben.

»Nun also, wofür benötigen Sie das Pferdchen: zum Einspannen oder zur Zucht?« fragte mich Sitnikow.

»Sowohl zum Einspannen als auch zur Zucht.«

»Verstehe, verstehe, verstehe«, sagte der Pferdehändler bedächtig. »Petja, zeig dem Herrn Hermelin.«

Wir gingen zurück auf den Hof.

»Soll ich vielleicht eine Bank aus dem Haus holen lassen? … Nein? … Wie Sie wünschen.«

Hufe klapperten über den Bretterboden, eine Peitsche knallte, und Petja, ein vielleicht vierzigjähriger, pockennarbiger, sonnengebräunter Bursche, kam auf einem grauen, recht stattlichen Hengst aus dem Stall, ließ ihn sich aufbäumen, galoppierte mit ihm zweimal um den Hof herum und brachte ihn am Vorführplatz geschickt wieder zum Stehen. Hermelin reckte sich, schnaubte pfeifend, warf den Schweif in die Höhe, verzog das Maul und schielte zu uns herüber.

»Ein gelehriger Vogel«, dachte ich.

»Gib ihm Spielraum«, sagte Sitnikow und schaute mich lauernd an.

»Was halten Sie von ihm?« fragte er schließlich.

»Das Pferd ist nicht schlecht, aber die Vorderbeine scheinen mir nicht ganz verlässlich zu sein.«

»Die Beine sind vortrefflich!« entgegnete Sitnikow im Brustton der Überzeugung. »Und die Kruppe – wenn Sie bitte schauen möchten … der reinste Ofen, da kann man glatt drauf schlafen.«

»Die Fesseln sind zu lang.«

»Was heißt zu lang – ich bitte Sie! Reit los, Petja, reit, im Trab, im Trab, im Trab … und pass auf, dass er nicht in Galopp fällt.«

Wieder ritt Petja mit Hermelin über den Hof. Wir schwiegen.

»Dann bring ihn zurück«, sagte Sitnikow, »und hol uns den Falken.«

Der Falke, ein holländischer Hengst, schwarz wie ein Käfer, schmal, mit abfallender Kruppe, schien mir etwas besser zu sein als Hermelin. Es war eines jener Pferde, die beim Laufen die Vorderbeine nach rechts und links werfen, aber nur langsam vorankommen. Kaufleute in mittleren Jahren haben eine Vorliebe für solche Pferde: ihre Gangart erinnert sie an den verwegenen Lauf eines flinken Aufwärters; sie eignen sich gut im Einspänner, für eine Ausfahrt nach dem Mittagessen: tänzelnd und mit gesenktem Kopf ziehen sie emsig die plumpe Kutsche, beladen mit einem bis zur Bewusstlosigkeit vollgestopften Kutscher, einem unter Sodbrennen leidenden, in die Ecke gequetschten Kaufmann samt seiner schwammigen Kaufmannsfrau in himmelblauem Seidencape und lila Kopftuch. Ich nahm auch vom Falken Abstand. Sitnikow zeigte mir noch einige Pferde … Eines schließlich gefiel mir, ein Apfelschimmelhengst aus dem Gestüt von Wojejkow. Ich konnte nicht an mich halten und klopfte ihm freudig den Rücken. Sogleich spielte Sitnikow den Gleichgültigen.

»Was ist, fährt er gut?« fragte ich – bei einem Traber sagt man nicht: er läuft.

»Ja«, antwortete der Pferdehändler gelassen.

»Kann ich ihn mir einmal ansehen …?«

»Wieso nicht, natürlich. He, Kusja, spann Windhund vor den Wagen.«

Kusja, ein Einreiter und Meister seines Fachs, kam dreimal an uns vorüber. Das Pferd lief gut und leichtfüßig, es kam nicht aus dem Tritt, warf das Hinterteil nicht in die Höhe, hielt den Schweif abgespreizt, eine Seltenheit.

»Was verlangen Sie für ihn?«

Sitnikow nannte einen unverschämten Preis. Wir fingen gleich auf der Straße an zu handeln, als plötzlich donnernd eine erstklassig zusammengestellte Troika um die Ecke geflogen kam und vor dem Tor des Sitnikowschen Hauses jäh anhielt. Im eleganten Jagdwagen saß Fürst N.; neben ihm thronte Chlopakow. Baklaga lenkte die Pferde … und wie er sie lenkte! Er wäre wohl auch durch ein Nadelöhr gefahren, der Teufelskerl! Die braunen Seitenpferde, klein, lebhaft, schwarzäugig und schwarzbeinig, brannten vor Feuer, man hätte nur pfeifen müssen und weg wären sie gewesen!

Das braune Deichselpferd stand da, mit zurückgeworfenem Hals wie ein Schwan, die Brust vorgewölbt, die Beine wie Pfeile, es schwenkte hin und wieder den Kopf und blinzelte stolz … Eine Pracht! Da hätte selbst Zar Iwan Wassiljewitsch seine Freude gehabt, am heiligen Ostertag mit ihnen auszufahren!

»Euer Erlaucht! Seien Sie mir willkommen!« rief Sitnikow.

Der Fürst sprang vom Wagen. Chlopakow stieg langsam an der anderen Seite ab.

»Grüß dich, mein Lieber … Hast du Pferde?«

»Für Euer Erlaucht doch immer! Wenn ich bitten darf, treten Sie ein … Petja, führ ihm Pfau vor. Und auch Lobesam sollen sie fertig machen. Und wir, Batjuschka«, fuhr er an mich gewandt fort, »werden ein andermal handelseinig … Fomka, eine Bank für Seine Erlaucht.«

Aus einem Extrastall, den ich zuvor nicht bemerkt hatte, führten sie Pfau heraus. Das kraftvolle, dunkelbraune Ross bäumte sich hoch auf. Sitnikow legte sogar den Kopf in den Nacken und kniff die Augen zusammen.

»Hui, Rrakalion!« rief Chlopakow. »J'aime ça.«

Der Fürst begann zu lachen.

Nur mit Mühe brachte man Pfau zum Stehen; er schleifte den Stallknecht geradezu über den Hof; schließlich drückten sie ihn gegen die Wand. Er schnaubte, zitterte und zog den Schweif ein, Sitnikow aber reizte ihn noch, indem er die Peitsche über ihm schwang.

»Wo schaust du hin? Hier bin ich doch! He!« drohte der Pferdehändler liebevoll und bewunderte sein Pferd selbst unwillkürlich.

»Wie viel?« fragte der Fürst.

»Für Euer Erlaucht fünftausend.«

»Drei.«

»Das geht nicht, Euer Erlaucht, ich bitte Sie …«

»Du hast es doch gehört, drei, Rrakalion«, mischte sich Chlopakow ein.

Ich wartete das Ende des Handels nicht ab und ging. Am Ende der Straße fiel mir am Tor eines kleinen, grauen Hauses ein großer Bogen Papier auf, der dort klebte. Oben war mit der Feder ein Ross mit einem trompetenförmigen Schwanz und einem unendlich langen Hals gezeichnet, und unter den Hufen des Rosses standen in altertümlicher Handschrift folgende Worte geschrieben: »Hier werden Pferde verschiedener Fellfarben verkauft, sie stammen vom bekannten Steppengestüt des Tambower Gutsbesitzers Anastassej Iwanytsch Tschernobai, der sie auf den Lebedjaner Markt hat bringen lassen. Diese Pferde besitzen die erlesensten Eigenschaften; sie sind aufs trefflichste eingefahren und von sanftem Gemüt. Die Herren Käufer werden gebeten, nach Anastassej Iwanytsch selbst zu fragen; sollte Anastassej Iwanytsch aber abwesend sein, so fragen Sie nach dem Kutscher Nasar Kubyschkin. Meine Herren Käufer, beehren Sie einen alten Mann bitte mit Ihrem Besuch!«

Ich blieb stehen. Ich will mir doch, dachte ich, die Pferde des bekannten Steppengestüts des Herrn Tschernobai einmal anschauen.

Als ich die Pforte öffnen wollte, fand ich sie wider Erwarten verschlossen. Ich klopfte.

»Wer ist da? … Ein Käufer?« piepste eine weibliche Stimme.

»Ein Käufer.«

»Ich komme gleich, Batjuschka, ich komme gleich.«

Die Pforte ging auf. Ich erblickte eine Frau von fünfzig Jahren, barhäuptig, in Stiefeln und offenstehendem Schafspelz.

»Treten Sie bitte ein, mein lieber Herr, ich will es gleich Anastassej Iwanytsch melden … Nasar, he, Nasar!«

»Was ist?« ertönte aus dem Pferdestall nuschelnd die Stimme eines siebzigjährigen Alten.

»Mach die Pferde fertig; ein Käufer ist gekommen.«

Die Frau lief ins Haus.

»Ein Käufer, ein Käufer«, brummte ihr Nasar hinterher. »Ich habe ja noch gar nicht allen die Schweife gewaschen.«

»Das reinste Arkadien!« dachte ich.

»Guten Tag, Batjuschka, sei mir willkommen«, ließ sich hinter meinem Rücken bedächtig eine klangvolle, angenehme Stimme vernehmen. Ich drehte mich um: vor mir stand in einem blauen, langschößigen Mantel ein mittelgroßer Alter mit weißem Haar, liebenswürdigem Lächeln und wunderschönen blauen Augen.

»Du wünschst Pferde? Bitte sehr, Batjuschka, bitte sehr … Aber möchtest du nicht zuerst einen Tee mit mir trinken?«

Ich lehnte dankend ab.

»Nun, wie du willst. Und verzeih bitte, Batjuschka: ich halte es mit der alten Zeit.«

Herr Tschernobai sprach langsam und mit eigentümlicher Betonung.

»Bei mir geht es einfach zu, musst du wissen … Nasar, he, Nasar«, rief er gedehnt und ohne die Stimme zu heben.

Nasar, ein verhutzeltes altes Männlein mit Habichtsnase und Spitzbart, erschien auf der Schwelle des Pferdestalls.

»Was für Pferde brauchst du denn, Batjuschka?« fuhr Herr Tschernobai fort.

»Nicht allzu teure, schon eingefahrene, für meine Kibitka.«

»Aber ja doch … auch solche habe ich, aber ja doch … Nasar, Nasar, zeig dem Barin den grauen Wallach, du weißt schon, der an der Seite steht, und den Braunen mit der Blesse, und wenn es der nicht sein soll, dann den anderen Braunen, den von der Schönen, ja?«

Nasar ging zurück in den Pferdestall.

»Und führe sie gleich am Halfter heraus!« rief ihm Herr Tschernobai nach. »Bei mir, Batjuschka«, fuhr er fort und sah mir ruhig und direkt in die Augen, »ist es nicht so wie bei den Pferdehändlern, zum Kuckuck mit ihnen! Die geben den Pferden alles Mögliche, Ingwer, Salz, Schlempe*, eine Schande ist das! … Bei mir aber, überzeuge dich selbst, geht alles mit rechten Dingen zu.«

Die Pferde wurden gebracht. Sie gefielen mir ganz und gar nicht.

»Dann bring sie in Gottes Namen wieder zurück«, sagte Anastassej Iwanytsch. »Führe uns andere vor.«

Andere wurden vorgeführt. Schließlich wählte ich eines aus, das nicht allzu teuer war. Wir begannen zu handeln. Herr Tschernobai ereiferte sich nicht, auch sprach er so vernünftig und rief Gott den Herrn mit solcher Inbrunst zum Zeugen, dass ich nicht anders konnte, als »das Alter zu ehren«: ich gab ihm eine Anzahlung.

»Und jetzt«, sagte Anastassej Iwanytsch, »erlaube mir, dir das Pferdchen, nach alter Sitte, von Rockschoß zu Rock-

* Von Schlempe und Salz schwemmen Pferde schnell auf.

schoß zu übergeben … Du wirst mir dafür noch dankbar sein … Es ist ja taufrisch! Wie eine Haselnuss … unberührt … ein Kind der Steppe! Läuft in jedem Geschirr.«

Er schlug das Kreuz, legte sich den Schoß seines Mantels über den Arm, nahm das Halfter und übergab mir das Pferd.

»Verfüge nun darüber, mit Gottes Hilfe … Möchtest du immer noch keinen Tee?«

»Nein, ich danke Ihnen vielmals: ich muss nun gehen.«

»Wie es dir beliebt … Soll dir mein Kutscher das Pferd jetzt gleich bringen?«

»Ja, jetzt gleich, wenn das möglich ist.«

»Gern, mein Bester, gern … Wassili, he, Wassili, geh mit dem Barin; nimm das Pferd mit, und lass dir auch das Geld geben. So leb denn wohl, Batjuschka, Gott schütze dich.«

»Leben Sie wohl, Anastassej Iwanytsch.«

Das Pferd wurde mir gebracht. Schon am nächsten Tag erwies es sich als dämpfig und lahm. Ich wollte es einspannen – mein Pferdchen wich zurück, als ich ihm aber die Peitsche gab, scheute es, schlug aus und legte sich auf den Boden. Sofort begab ich mich zu Herrn Tschernobai. Ich fragte:

»Ist er zu Hause.«

»Ja.«

»Wie konnten Sie nur«, sagte ich, »Sie haben mir ja ein dämpfiges Pferd verkauft.«

»Ein dämpfiges Pferd? … Gott bewahre!«

»Außerdem ist es lahm und noch dazu widerspenstig.«

»Lahm? Davon weiß ich nichts, wahrscheinlich hat dein Kutscher etwas falsch gemacht … ich aber … Gott ist mein Zeuge.«

»Sie müssen es zurücknehmen, Anastassej Iwanytsch.«

»Nein, Batjuschka, sei mir nicht böse: wenn es vom Hof ist, ist die Sache erledigt. Hättest es vorher ansehen müssen.«

Ich begriff, an wen ich geraten war, schickte mich in mein Los, lachte und ging fort. Glücklicherweise hatte ich für diese Lektion nicht allzu teuer bezahlt.

Zwei Tage später reiste ich ab, eine Woche darauf aber machte ich auf dem Rückweg noch einmal in Lebedjan Station. Im Kaffeehaus fand ich fast dieselben Personen vor, auch den Fürsten N., wieder am Billard. Im Schicksal des Herrn Chlopakow jedoch war inzwischen die übliche Wende eingetreten. Der kleine blonde Offizier hatte ihn in der Gunst des Fürsten abgelöst. Der arme Oberleutnant a.D. versuchte in meiner Gegenwart noch einmal sein Wort anzubringen – vielleicht, so mochte er denken, gefiele es doch noch –, aber der Fürst lächelte nicht nur nicht, nein, er verfinsterte sich sogar und zuckte mit den Schultern. Herr Chlopakow senkte den Blick, sank in sich zusammen, zog sich zurück in eine Ecke und stopfte dort in aller Stille seine Pfeife.

TATJANA BORISSOWNA UND IHR NEFFE

Reichen Sie mir den Arm, lieber Leser, und kommen Sie mit mir. Das Wetter ist herrlich; sanft blaut der Maihimmel; die glatten jungen Weidenblätter glänzen wie frisch gewaschen; der breite, ebene Fahrweg ist ganz von jenem zarten Gras mit den rötlichen Stengeln bedeckt, das die Schafe so gern rupfen; rechts und links, auf den weit sich dahinziehenden Hängen der sanft abfallenden Hügel, wogt sacht der grüne Roggen; als zarte Tupfen gleiten die Schatten kleiner Wölkchen darüber hin. In der Ferne dunkeln Wälder, glitzern Weiher, schimmern Dörfer; Lerchen steigen zu Hunderten auf, singen, lassen sich jählings fallen und stehen dann, die Hälse in die Höhe gereckt, auf den Erdschollen; Saatkrähen halten geduckt inne auf dem Weg, blicken dich vom Boden aus an, lassen dich passieren und fliegen nach zwei, drei Hüpfern schwerfällig davon; auf einer Anhöhe jenseits einer Schlucht pflügt ein Bauer das Land; ein scheckiges Fohlen mit kurzem Schweif und zerzauster Mähne läuft auf unsicheren Beinen seiner Mutter hinterher: man hört sein leises Wiehern. Wir fahren hinein in einen Birkenhain; der starke, frische Duft benimmt uns wohlig den Atem. Ein Gatter. Der Kutscher steigt ab, die Pferde schnauben, die Seitenpferde schauen sich um, das Deichselpferd wedelt mit dem Schweif und lehnt den Kopf gegen das Krummholz … knarrend öffnet sich die Pforte. Der Kutscher steigt wieder auf … Weiter geht die Fahrt! Vor uns liegt ein Dorf. Nachdem wir fünf Höfe hinter uns gelassen haben, biegen wir nach rechts ein, fahren eine Senke hinab und rollen über einen Damm. Nach einem kleinen Teich kommt hinter den gewölbten Wipfeln von Apfelbäumen und Fliederbüschen ein schindelgedecktes Dach zum Vorschein, das einst rot angestrichen war, mit zwei Schornsteinen; der Kutscher fährt am Zaun entlang und biegt nach links ein, um unter dem jaulenden, heiseren Gekläff dreier uralter Köter durch das sperrangelweit offenstehende Tor zu fahren und dann flott am Pferdestall und am Schuppen vorbei um den großen Hof zu jagen, der alten Beschließerin verwegen seinen Gruß zu entbieten, die gerade die Tür zur Vorratskammer geöffnet hat und seitwärts über die hohe Schwelle steigt, und hält schließlich vor der Treppe eines dunklen Häuschens mit blanken Fenstern … Wir sind bei Tatjana Borissowna. Da macht sie auch schon selbst das Lüftungsfensterchen auf und nickt uns zu … Guten Tag, Matuschka!

Tatjana Borissowna ist eine Frau von fünfzig Jahren mit großen, grauen, hervorstehenden Augen, einer etwas stumpfen Nase, roten Wangen und Doppelkinn. Ihr Gesicht atmet Güte und Freundlichkeit. Einst hatte sie einen Mann, verwitwete jedoch bald. Tatjana Borissowna ist eine überaus bemerkenswerte Frau. Sie wohnt dauerhaft in ihrem kleinen Anwesen, verkehrt kaum mit den Nachbarn und empfängt bei sich nur junge Leute, die sie liebt. Tatjana Borissowna entstammt einer sehr armen Gutsbesitzerfamilie und hat keinerlei Erziehung genossen, das heißt, sie spricht nicht Französisch; nicht einmal in Moskau ist sie je gewesen; doch trotz all dieser Unzulänglichkeiten ist sie so einfach und gütig, denkt und fühlt sie so frei und ist von so wenigen der üblichen Unsitten der kleinen Gutsbesitzerinnen angekränkelt, dass man nicht umhinkann, über sie zu staunen. Und tatsächlich: diese Frau lebt das ganze Jahr auf dem Land, in der Abgeschiedenheit, sie tratscht nicht, tuschelt auch nicht wie die anderen, ist nicht unterwürfig, regt sich nicht auf, überschlägt sich nicht vor Eifer und vergeht auch nicht vor Neugierde … ein Wunder! Gewöhnlich trägt sie ein graues Taftkleid und eine weiße Haube mit lila Bändern; sie isst gern, jedoch in Maßen; das Einkochen, Dörren und Einsalzen überlässt sie ihrer Beschließerin. Was also tut sie den lieben langen Tag, werden Sie fragen … Liest sie? Nein, sie liest nicht; tja, um die Wahrheit zu sagen, Bücher sind nicht für sie geschrieben … Wenn sie keinen Besuch hat, sitzt meine Tatjana Borissowna am Fenster und strickt einen Strumpf – im Winter; im Sommer geht sie in den Garten, pflanzt Blumen, begießt sie, spielt stundenlang mit den Kätzchen, füttert die Tauben … Mit der Wirtschaft befasst sie sich kaum. Bekommt sie aber Besuch, von einem jungen Nachbarn zum Beispiel, den sie mag, lebt Tatjana Borissowna regelrecht auf; sie platziert ihn an ihrem Tisch, bewirtet ihn mit Tee, hört ihm zu, lacht, tätschelt ihm bisweilen die Wange, selbst aber spricht sie wenig; in Not oder Kummer spendet sie Trost und gibt wohl auch den einen oder anderen guten Rat. Wie viele Menschen ihr schon persönlichste, ureigenste Geheimnisse anvertraut und in ihren Armen geweint haben! So setzt sie sich bisweilen einem Gast gegenüber, sacht auf den Ellenbogen gestützt, und schaut ihm mit solcher Anteilnahme in die Augen, lächelt so freundlich, dass ihm unwillkürlich der Gedanke kommt: »Was für eine wunderbare Frau du doch bist, Tatjana Borissowna! Ich will dir gleich erzählen, was mich bedrückt.«

In ihren kleinen, gemütlichen Zimmerchen fühlt sich jeder wohl und geborgen, und in ihrem Haus herrscht immer gutes Wetter, wenn man sich so ausdrücken kann. Eine erstaunliche Frau ist diese Tatjana Borissowna, doch niemand wundert sich über sie: ihr gesunder Menschenverstand, ihre Unerschütterlichkeit und Selbständigkeit, ihre innige Anteilnahme an fremder Freud und fremdem Leid, kurz, alle ihre Vorzüge sind ihr gleichsam angeboren und haben sie keinerlei Mühe und Anstrengung gekostet … Anders ist sie gar nicht vorstellbar; demzufolge braucht man ihr wohl auch gar nicht dankbar zu sein.

Besonders gern schaut sie den Spielen und Tollheiten der Jugend zu; sie verschränkt dann wohl die Arme unter der Brust, legt den Kopf zurück, kneift die Augen zusammen und sitzt lächelnd da, plötzlich aber seufzt sie und sagt: »Ach, ihr Kinderchen, meine Kinderchen! …« Wie gern man dann zu ihr treten, ihre Hand nehmen und sagen möchte: »Tatjana Borissowna, Sie sind sich Ihres Wertes gar nicht bewusst, bei all Ihrer Schlichtheit und Unwissenheit sind Sie doch ein außergewöhnliches Wesen!«

Schon allein ihr Name klingt irgendwie vertraut und freundlich, man spricht ihn gern aus, er zaubert einem ein freudiges Lächeln ins Gesicht. Wie oft ich beispielsweise, wenn ich unterwegs war, einen Bauern gefragt habe: Wie komme ich, sagen wir, nach Gratschowka, mein Bester? »Da müssen Sie zuerst nach Wjasowoje, Batjuschka, von dort in Richtung Tatjana Borissowna, und von Tatjana Borissowna aus wird es Ihnen ein jeder zeigen.« Und bei der Erwähnung von Tatjana Borissownas Namen schüttelt der Bauer irgendwie ganz eigen den Kopf.

Gesinde hat sie nur wenig, ihren Mitteln entsprechend.

Dem Hausstand, dem Waschhaus, der Vorratskammer und der Küche steht die Beschließerin Agafja vor, ihre einstige Kinderfrau, ein überaus gutmütiges, weinerliches, zahnloses Geschöpf; zwei stämmige Mägde mit kräftigen, doch blassen Wangen wie Antonow-Äpfel stehen unter ihrer Befehlsgewalt. Das Amt des Kammerdieners, Haushofmeisters und Büfettiers versieht der siebzigjährige Diener Polikarp, ein außerordentlicher Sonderling. Er ist ein belesener Mann, ehemaliger Geiger und Verehrer Viottis, persönlicher Feind Napoleons, oder, wie er sagt, Bonapartischkas, und leidenschaftlicher Liebhaber von Nachtigallen. Ständig hält er fünf oder sechs von ihnen in seinem Zimmer; im zeitigen Frühjahr sitzt er in Erwartung des ersten »Trillers« tagelang vor den Käfigen, wenn der Triller dann erschallt, bedeckt er das Gesicht mit den Händen und stöhnt: »Oh, wie traurig, wie traurig!«, und beginnt hemmungslos zu weinen. Als Gehilfe ist Polikarp sein Enkel zugeteilt, Wassja, ein zwölfjähriger, krausköpfiger Junge mit lebhaftem Blick; Polikarp liebt ihn abgöttisch und knurrt ihn von früh bis spät an. Er befasst sich auch mit seiner Erziehung. »Wassja«, sagt er, »sprich mir nach: Bonapartischka ist ein Räuber.«

»Und was bekomme ich dafür, Großvater?«

»Was du bekommst? ... nichts bekommst du ... Was bist du denn? Etwa kein Russe?«

»Ich bin ein Amtschensker, Großvater: bin in Amtschensk geboren.«*

* Im Volksmund heißt die Stadt Mzensk Amtschensk, die Bewohner folglich Amtschensker. Amtschensker sind aufgeweckte Burschen; nicht von ungefähr wünscht man bei uns seinen Feinden »einen Amtschensker an den Hals«.

»Ach, du Dummerjan. Und Amtschensk, wo liegt das?«

»Woher soll ich das wissen.«

»In Russland liegt Amtschensk, du Dummkopf.«

»Und was ist nun mit Russland?«

»Was heißt, was ist? Den Bonapartischka, den hat doch der durchlauchtigste selige Fürst Michajlo Illarionowitsch Golenischtschew-Kutusow von Smolensk mit Gottes Hilfe aus den Grenzen Russlands hinauszujagen geruht. Bei dieser Gelegenheit ist ja auch das Lied entstanden: ›Bonaparte hat nichts zu lachen, sucht zusammen seine verflixten Sachen …‹ Begreifst du: dein Vaterland hat er befreit.«

»Und was geht das mich an?«

»Ach, du dummer Junge! Hätte der durchlauchtigste selige Fürst Michajlo Illarionowitsch den Bonapartischka nicht davongejagt, würde dir jetzt irgendein Mussjö eins mit dem Stock über den Schädel geben. Der würde zu dir kommen und sagen: Kommang wu porte wu? Und dann: Poch, poch, poch.«

»Und ich würde ihm die Faust in den Bauch rammen.«

»Und er würde sagen: Bonshur, bonshur, wene issi, und dann würde er dich am Schopf packen.«

»Und ich würde ihm die Hammelbeine langziehen, die Hammelbeine.«

»Ha, das ist gut, Hammelbeine, die haben sie wirklich … Aber wenn er dir die Arme binden würde?«

»Ich würde mich nicht ergeben; ich würde den Kutscher Michej zu Hilfe rufen.«

»Und du glaubst, der Franzos würde mit Michej nicht fertig werden!«

»Der soll mit ihm fertig werden? Wo Michej so stark ist!«

»Und was würdet ihr mit ihm machen?

»Auf den Buckel, immer drauf auf den Buckel.«

»Da würde er pardon schreien: Pardon, pardon, sewuple.«

»Und wir zu ihm: Nichts da mit sewuple, du verdammter Franzos!«

»Prima, Wassja! Na, dann ruf mal: Bonapartischka ist ein Räuber!«

»Dafür kriege ich ein Stück Zucker!«

»Sieh mal einer an! …«

Mit anderen Gutsbesitzerinnen verkehrt Tatjana Borissowna kaum; sie kommen ungern zu ihr, denn sie versteht es nicht, ihre Gäste zu unterhalten, nickt beim Geplätscher ihrer Reden ein, fährt zusammen, versucht mit Macht die Augen offenzuhalten und nickt von neuem ein. Tatjana Borissowna mag Frauen überhaupt nicht besonders. Einer ihrer Freunde, ein netter, ruhiger junger Mann, hatte eine Schwester, eine alte Jungfer von achtunddreißigeinhalb Jahren, ein äußerst gutherziges Geschöpf, doch überdreht, unnatürlich und überspannt. Ihr Bruder hatte ihr oft von seiner Nachbarin erzählt. Eines schönen Tages ließ sich meine alte Jungfer, ohne jemandem ein Wort zu sagen, am Vormittag ein Pferd satteln und machte sich auf den Weg zu Tatjana Borissowna. In ihrem langen Kleid, den Hut auf dem Kopf, einem grünen Schleier und gelösten Locken trat sie in die Diele und lief am verdutzten Wassja, der sie für eine Nixe hielt, vorbei in den Salon. Tatjana Borissowna erschrak, wollte sich erheben, doch die Beine versagten ihr den Dienst.

»Tatjana Borissowna«, sagte die Besucherin in beschwörendem Tonfall, »verzeihen Sie mir die Dreistigkeit; ich bin die Schwester Ihres Freundes, Alexej Nikolajewitsch K***, er hat so viel von Ihnen erzählt, dass ich nicht anders konnte, als Sie kennenzulernen.«

»Das ehrt mich sehr«, murmelte die verblüffte Hausherrin.

Die Besucherin schleuderte den Hut von sich, schüttelte ihre Locken, setzte sich neben Tatjana Borissowna und ergriff ihre Hand …

»Das ist sie also«, begann sie mit nachdenklicher, bewegter Stimme, »dieses gütige, reine, edle, heilige Geschöpf! Das ist sie, diese einfache und zugleich so tieffühlende Frau! Wie sehr ich mich freue! Wie werden wir einander lieb gewinnen! Endlich werde ich zur Ruhe kommen … Genau so habe ich sie mir vorgestellt«, fügte sie flüsternd hinzu und heftete ihren Blick starr auf Tatjana Borissowna. »Sie sind mir doch nicht böse, meine Liebste, meine Beste?«

»Aber ich bitte Sie, ich freue mich sehr … Möchten Sie vielleicht einen Tee?«

Die Besucherin lächelte sanft.

»*Wie wahr, wie unreflektiert*«, flüsterte sie vor sich hin. »Darf ich Sie umarmen, meine Liebste!«

Die alte Jungfer saß geschlagene drei Stunden bei Tatjana Borissowna, ohne auch nur für einen Augenblick zu verstummen, und mühte sich, ihrer neuen Bekannten auseinanderzusetzen, wie wertvoll sie doch sei.

Gleich nachdem die unerwartete Besucherin gegangen war, begab sich die arme Gutsbesitzerin ins Badehaus, trank dann ausgiebig Lindenblütentee und legte sich zu Bett. Am nächsten Tag jedoch war die alte Jungfer wieder da, saß nunmehr vier Stunden bei ihr und zog sich mit der Versicherung zurück, Tatjana Borissowna von nun an täglich zu besuchen. Sie hatte nämlich, denken Sie nur, beschlossen, eine, wie sie sich ausdrückte, so reiche Natur zur Vollendung zu bringen und auszuformen, und hätte sie wohl schließlich vollkommen zugrunde gerichtet, wäre sie nicht erstens nach zwei Wochen »ganz und gar« enttäuscht von der Freundin ihres Bruders gewesen, und hätte sie sich nicht zweitens in einen jungen, durchreisenden Studenten verliebt, mit dem sie sogleich in einen emsigen, leidenschaftlichen Briefwechsel trat; in ihren Episteln erteilte sie ihm ihren Segen für ein gottgefälliges, herrliches Leben, wie das in derartigen Fällen üblich ist, brachte »ihr ganzes Sein« zum Opfer, verlangte nichts als seine Schwester zu sein, erging sich in Naturbeschreibungen, ließ auch Goethe, Schiller, Bettina und die deutsche Philosophie nicht unerwähnt und stürzte den armen jungen Mann schließlich in schiere Verzweiflung. Doch die Jugend nahm sich ihr Recht: eines schönen Tages erwachte er mit einem derart brennenden Hass auf seine »Schwester und beste Freundin«, dass er rasend vor Zorn um ein Haar seinen Kammerdiener verprügelt hätte und noch lange Zeit danach bei der geringsten Anspielung auf eine erhabene und selbstlose Liebe in Wut geriet … Seit dieser Zeit ging Tatjana Borissowna dem Verkehr mit ihren Nachbarinnen noch mehr aus dem Weg.

Doch ach! Nichts auf Erden währt ewig. Alles, was ich Ihnen über das Leben und Weben meiner lieben Gutsbesitzerin erzählt habe, gehört der Vergangenheit an; die Stille, die in ihrem Hause geherrscht hat, ist für immer dahin. Seit mehr als einem Jahr wohnt jetzt nämlich ein Neffe bei ihr, ein Maler aus Petersburg. Und zwar aus folgendem Grund:

Vor etwa acht Jahren lebte bei Tatjana Borissowna ein Junge von zwölf Jahren, eine Vollwaise, Andrjuscha, der

Sohn ihres verstorbenen Bruders. Andrjuscha hatte große, helle, feuchte Augen, einen kleinen Mund, eine wohlgeformte Nase und eine prächtige hohe Stirn. Er sprach mit leiser, süßer Stimme, hielt sich adrett und gesittet, war freundlich und beflissen zu den Gästen und küsste dem Tantchen mit dem Feingefühl einer Waise die Hand. Kaum war man eingetreten, trug er auch schon einen Lehnstuhl herbei. Unarten hatte er keine: nie machte er Lärm; bescheiden und still saß er in seinem Winkel über einem Buch, nicht einmal an die Stuhllehne lehnte er sich an. Trat ein Gast ein, erhob sich mein Andrjuscha, lächelte artig und errötete; verließ der Gast den Raum, setzte er sich erneut, zog ein Bürstchen und ein Spiegelchen aus der Tasche und bürstete sich das Haar. Von klein auf hatte er Freude am Zeichnen. Geriet ihm ein Stück Papier in die Hände, bat er sogleich die Beschließerin Agafja um eine Schere, schnitt sorgsam ein Viereck zurecht, zog ringsum einen Rand und machte sich ans Werk. Bald zeichnete er ein Auge mit einer riesigen Pupille oder eine griechische Nase oder ein Haus mit einem Schornstein, aus dem geringelter Rauch aufsteigt, einen Hund »en face«, der aussah wie eine Bank, einen Baum mit zwei Tauben und unterschrieb: »Gezeichnet von Andrej Belowsorow, an dem und dem Tag und Jahr, im Dorf Malyje Bryki.«

Besonders eifrig mühte er sich zwei Wochen vor Tatjana Borissownas Namenstagen: Er war der erste Gratulant und überreichte ihr eine mit einem rosa Bändchen umwundene Papierrolle. Tatjana Borissowna küsste ihren Neffen auf die Stirn und löste die Schleife: die Rolle ging auf und bot dem neugierigen Blick des Betrachters einen geschickt getuschten Rundtempel mit Säulen und einem Altar in der Mitte;

auf dem Altar flammte ein Herz und lag ein Kranz, darüber aber stand auf einer geschlängelten Banderole in gut leserlichen Buchstaben geschrieben: »Seiner Tante und Wohltäterin Tatjana Borissowna Bogdanowa von ihrem sie verehrenden und liebenden Neffen, zum Zeichen seiner tiefsten Zuneigung.« Wieder küsste ihn Tatjana Borissowna und gab ihm einen Rubel. Besonders große Zuneigung für ihn empfand sie allerdings nicht: Andrjuschas Unterwürfigkeit gefiel ihr nicht recht. Indessen wuchs Andrjuscha heran; Tatjana Borissowna begann sich Sorgen um seine Zukunft zu machen, doch ein unvorhergesehenes Ereignis half ihr aus der Bedrängnis …

Und zwar: Eines Tages, vor acht Jahren etwa, besuchte sie ein gewisser Herr Benewolenski, Pjotr Michajlytsch, ein Kollegienrat und Ordensritter. Herr Benewolenski hatte einst in der nahe gelegenen Kreisstadt in Diensten gestanden und Tatjana Borissowna eifrig Besuche abgestattet; dann war er nach Petersburg übergesiedelt, in ein Ministerium eingetreten, hatte einen ziemlich wichtigen Posten erlangt und sich anlässlich einer seiner häufigen dienstlichen Reisen seiner alten Bekannten erinnert, weshalb er einen Abstecher zu ihr machte, um sich ein paar Tage von den beruflichen Sorgen »im Schoße der ländlichen Stille« auszuruhen. Tatjana Borissowna nahm ihn mit der ihr eigenen Gastfreundschaft auf, und Herr Benewolenski … Bevor wir aber zur Fortsetzung unserer Erzählung schreiten, gestatten Sie mir, lieber Leser, Sie zunächst mit dieser neuen Persönlichkeit bekanntzumachen.

Herr Benewolenski war ein dicklicher, mittelgroßer Mann von schwammigem Aussehen, er hatte kurze Beine und rundliche, kleine Hände; gekleidet war er in einen geräumigen und außerordentlich reinlichen Frack; er trug eine hohe, breite Halsbinde; ein schneeweißes Hemd, eine goldene Uhrkette auf seidener Weste, einen Ring mit Kamee am Zeigefinger und eine weißblonde Perücke, sprach sanft, jedoch mit Nachdruck, trat geräuschlos auf, lächelte angenehm, ließ angenehm seine Augen schweifen, versenkte sein Kinn angenehm in die Halsbinde: er war überhaupt ein angenehmer Mensch. Auch mit einem überaus gütigen Herzen hatte ihn Gott der Herr ausgestattet: er weinte leicht, und ebenso leicht konnte er sich begeistern; außerdem glühte er vor selbstloser Leidenschaft für die Kunst, und zwar tatsächlich selbstlos, denn ausgerechnet von der Kunst verstand Herr Benewolenski, um die Wahrheit zu sagen, nicht das Geringste. Es ist geradezu erstaunlich, woher, durch welche geheimnisvollen und unbegreiflichen Umstände ausgelöst, ihn diese Leidenschaft ergriffen hatte. Er war doch allem Anschein nach ein gesetzter Mann, gar ein Dutzendmensch … Im Übrigen gibt es bei uns in Russland recht viele seines Schlags.

Die Liebe zu den Künsten und den Künstlern bringt es mit sich, dass diese Menschen etwas widerlich Süßes an sich haben; mit ihnen zu verkehren, sich mit ihnen zu unterhalten ist eine Qual: die reinsten Holzköpfe, mit Honig glasiert. Nie nennen sie beispielsweise Raffael Raffael oder Correggio Correggio. »Der göttliche Sanzio, der unvergleichliche Allegris« heißt es stattdessen, und zwar unbedingt mit exaltierter Betonung. Jedes hausbackene, selbstverliebte, dilettierende und mittelmäßige Talent erheben sie zum Genie, oder, genauer gesagt, zum »Schenie«; in einem fort sprechen sie vom blauen Himmel Italiens, den südlichen Limonen, den lieblichen Nebeln an den Ufer der

Brenta. »Ach, Wanja, Wanja« oder »Ach, Sascha, Sascha«, sagen sie mit Emphase zueinander, »in den Süden müssten wir reisen, in den Süden ... wir sind doch von Natur aus Griechen, alte Griechen!« In Ausstellungen kann man sie vor den Werken gewisser russischer Maler studieren. (Es muss hier angemerkt werden, dass all diese Herren in ihrer Mehrzahl schreckliche Patrioten sind.) Bald treten sie zwei Schritte zurück und werfen den Kopf in den Nacken, bald nähern sie sich dem Bild wieder; ihre Äuglein schimmern feucht und ölig ... »Nein also, mein Gott«, sagen sie schließlich mit vor Erregung brüchiger Stimme, »wie viel Seele, wie viel Seele darin liegt! Und Herz, wie viel Herz! All die Seele, die er hineingelegt hat! Welches Übermaß an Seele! ... Und wie ausgereift! Wie meisterhaft ausgereift!« Und was für Bilder in ihren Salons hängen! Was für Künstler des Abends zu ihnen kommen, bei ihnen Tee trinken und ihren Gesprächen lauschen! Was für perspektivische Darstellungen ihrer Zimmer sie ihnen mitbringen, mal mit einem Besen rechts im Vordergrund, mal mit einem Häufchen Kehricht auf dem blitzblanken Boden, mit einem gelben Samowar auf dem Tisch am Fenster und mit dem Hausherrn selbst, im Hausrock mit Käppchen und einem hellen Lichtfleck auf der Wange! Was für langmähnige Musensöhne mit fiebrigem, herablassendem Lächeln sie nicht alles aufsuchen! Was für grünlich bleiche Fräuleins an ihren Klavieren winseln! So ist das nun einmal bei uns in Russland Brauch: sich nur einer Kunst zu widmen, das geht nicht – man muss alles haben. Und so verwundert es durchaus nicht, dass diese Herren Kunstliebhaber auch der russischen Literatur eine außerordentliche Förderung angedeihen lassen, insbesondere der dramatischen ... Werke wie

»Jacopo Sannazaro« sind geradezu für sie geschaffen: der schon tausendmal beschriebene Kampf eines verkannten Talents mit den Menschen, mit der ganzen Welt, erschüttert sie bis ins Innerste ihrer Seele …

Gleich am Tag nach Herrn Benewolenskis Ankunft forderte Tatjana Borissowna beim Tee ihren Neffen auf, dem Gast seine Zeichnungen zu zeigen.

»Er zeichnet?« fragte Herr Benewolenski erstaunt und wandte sich interessiert Andrjuscha zu.

»Aber ja doch, er zeichnet«, sagte Tatjana Borissowna. »Und mit welcher Freude! Ganz allein, ohne Lehrer!«

»Ach, zeigen Sie doch mal«, ließ sich Herr Benewolenski vernehmen.

Andrjuscha errötete und brachte dem Gast lächelnd sein Heft. Herr Benewolenski begann mit Kennermiene darin zu blättern.

»Gut, junger Mann«, sagte er schließlich, »gut, sehr gut.« Und er strich Andrjuscha über den Kopf. Andrjuscha küsste ihm bei dieser Gelegenheit flugs die Hand.

»Das ist aber ein Talent! … Meinen Glückwunsch, Tatjana Borissowna.«

»Leider kann ich hier keinen Lehrer für ihn auftreiben, Pjotr Michajlytsch. Einen aus der Stadt kommen lassen, das ist zu teuer; meine Nachbarn, die Artamonows, haben zwar einen Maler, einen ausgezeichneten, wie man sagt, aber die Hausherrin hat ihm verboten, anderen Unterricht zu geben. Sie sagt, er verderbe sich dadurch den Geschmack.«

»Hm«, sagte Herr Benewolenski, wurde nachdenklich und blickte Andrjuscha prüfend an.

»Darüber sprechen wir noch«, sagte er plötzlich und rieb sich die Hände. Noch am selben Tag bat er Tatjana Borissowna um eine Unterredung unter vier Augen. Sie zogen sich zurück. Eine halbe Stunde später riefen sie Andrjuscha zu sich. Andrjuscha kam. Herr Benewolenski stand mit leicht gerötetem Gesicht und strahlenden Augen am Fenster. Tatjana Borissowna saß in einer Ecke und trocknete sich die Tränen.

»Nun, Andrjuscha«, sagte sie schließlich, »bedanke dich bei Pjotr Michajlytsch; er wird dich nach Petersburg mitnehmen und dich fördern.«

Andrjuscha erstarrte.

»Sagen Sie es mir geradeheraus«, begann Herr Benewolenski mit einer von Würde und einer gewissen Überheblichkeit erfüllten Stimme, »möchten Sie Maler werden, junger Mann, verspüren Sie eine heilige Berufung zur Kunst?«

»Ich möchte Maler werden, Pjotr Michajlytsch«, bestätigte Andrjuscha bebend.

»Wenn das so ist, freue ich mich sehr. Es wird Ihnen natürlich«, fuhr Herr Benewolenski fort, »schwerfallen, von Ihrer verehrten Frau Tante Abschied zu nehmen; Sie empfinden sicherlich lebhafteste Dankbarkeit für sie.«

»Ich vergöttere meine Tante«, unterbrach ihn Andrjuscha und blinzelte.

»Natürlich, natürlich, das ist völlig verständlich und gereicht Ihnen zur Ehre; doch dafür, bedenken Sie, welche Freude Sie ihr mit der Zeit … Ihre Erfolge …«

»Umarme mich, Andrjuscha«, murmelte die gütige Gutsherrin. Andrjuscha fiel ihr um den Hals.

»Und jetzt bedanke dich bei deinem Wohltäter …«

Andrjuscha umarmte Herrn Benewolenskis Bauch, stellte sich auf die Zehenspitzen und erwischte irgendwie seine Hand, die ihm der Wohltäter auch überließ, allerdings nicht sonderlich geschwind ... Zwar muss man einem Kind das Vergnügen gönnen, aber auch sich selbst ein wenig verwöhnen.

Zwei Tage später reiste Herr Benewolenski ab und nahm seinen neuen Schützling mit sich.

Während der ersten drei Jahre der Trennung schrieb Andrjuscha recht häufig, bisweilen legte er seinen Briefen auch Zeichnungen bei. Herr Benewolenski fügte hin und wieder auch einige Worte hinzu, in den meisten Fällen lobende; dann wurden die Briefe seltener und blieben schließlich ganz aus.

Ein volles Jahr lang schwieg der Neffe; Tatjana Borissowna begann sich schon Sorgen zu machen, als sie plötzlich eine Nachricht folgenden Inhalts erhielt:

»Liebe Tante!

Seit vier Tagen weilt mein Gönner nicht mehr unter uns. Ein grausamer Schlaganfall hat mich dieser letzten Stütze beraubt. Zwar bin ich nun schon zwanzig Jahre alt; habe im Laufe der sieben Jahre auch bedeutende Fortschritte gemacht; ich vertraue sehr auf mein Talent und kann davon leben; ich klage nicht, doch wenn Sie können, senden Sie mir fürs Erste 250 Rubel in Assignaten. Ich küsse Ihnen die Hände und verbleibe« usw.

Tatjana Borissowna sandte dem Neffen die 250 Rubel. Zwei Monate später verlangte er wieder Geld; sie kratzte das letzte zusammen und schickte es ihm. Keine sechs Wochen waren seit der zweiten Sendung vergangen, als er zum dritten Mal um Geld bat, angeblich für Farben für ein Porträt, das von einer Fürstin Tertereschjonowa bei ihm in Auftrag gegeben worden sei. Tatjana Borissowna schlug ihm den Wunsch aus.

»In diesem Falle«, schrieb er ihr, »beabsichtige ich, zu Ihnen aufs Land zu kommen, um meine Gesundheit wiederherzustellen.«

Und tatsächlich, im Mai desselben Jahres kehrte Andrjuscha nach Malyje Bryki zurück.

Tatjana Borissowna erkannte ihn zunächst nicht wieder. Seinem Brief zufolge hatte sie einen kranken, mageren Mann erwartet, nun aber stand ihr ein breitschultriger, dicker Bursche mit vollem, rotem Gesicht und fettigem, krausem Haar gegenüber. Aus dem zarten, blassen Andrjuscha war der vierschrötige Andrej Iwanow Belowsorow geworden. Doch nicht nur äußerlich hatte er sich verändert. Die empfindsame Schüchternheit, Vorsicht und Reinlichkeit früherer Jahre war einer saloppen Verwegenheit und unerträglichen Schludrigkeit gewichen; beim Gehen schaukelte er nach rechts und links, ließ sich in den Sessel fallen, fiel über die Speisen her, rekelte sich ungeniert, gähnte aus vollem Halse; der Tante und den Dienern gegenüber schlug er einen frechen Ton an. Ich bin schließlich Künstler, sollte das heißen, ein freier Kosak! Kurz, er war rücksichtslos! Es konnte vorkommen, dass er tagelang den Pinsel nicht in die Hand nahm; überfiel ihn dann aber die sogenannte Inspiration, geriet er in einen regelrechten Rausch, linkisch, schwerfällig und geräuschvoll; seine Wangen färbten sich dunkelrot, die Augen trübten sich; er fing an, von seinem Talent zu reden, von seinen Erfolgen, welche Fortschritte er machte, wie er vorwärtskam … Tatsächlich jedoch reichten seine Fähigkeiten gerade einmal für mittelmäßige Porträts. Er war durch und durch ein Ignorant, las nichts – aber was hätte ein Maler auch lesen sollen? Die Natur, die Freiheit, die Poesie – das war seine Welt. Er schüttelte nur so die Lockenpracht, plapperte drauflos und genoss den Shukow-Tabak in vollen Zügen! Schön ist die russische Verwegenheit, doch nur wenigen steht sie zu Gesicht; die stümperhaften Poleshajews aus zweiter Hand sind unerträglich.

Er richtete sich ein bei seinem Tantchen, unser Andrej Iwanytsch: das kostenlose Brot war ganz offenbar nach seinem Geschmack. Sämtliche Gäste allerdings langweilte er zu Tode. Manchmal setzte er sich ans Klavier (Tatjana Borissowna hatte nämlich auch ein Klavier) und begann mit einem Finger die »Übermütige Troika« zu klimpern; die Akkorde suchte er mühevoll zusammen und haute auf die Tasten; stundenlang quälte er alle mit seinem Gejaule der Romanzen von Warlamow: »Die ei-hein-same Kiefer« oder »Nein, Doktor, nein, komm nicht zu mir«, dabei schwammen seine Augen im Fett und die Backen glänzten wie eine Trommel … Oder er schmetterte plötzlich los: »Haltet ein, Wogen der Leidenschaft …«

Und Tatjana Borissowna erschauerte nur.

»Es ist doch erstaunlich«, sagte sie einmal zu mir, »was es heutzutage für Lieder gibt, so niederdrückend; zu meiner Zeit war das anders: es gab auch traurige Lieder, aber man hat sie gern gehört … Zum Beispiel:

Komm, o komm in den Wiesengrund,
Wo voll Sehnsucht ich wart, und schau in die Rund;
Komm, o komm in den Wiesengrund,
Wo Tränen vergieß ich Stund um Stund …
Doch wenn du dann kommst in den Wiesengrund,
Ist es zu spät, lieber Freund, das tu ich dir kund!«

Tatjana Borissowna lächelte verschmitzt.

»Ich lei-hei-de, ich lei-hei-de«, heulte im Nebenzimmer der Neffe.

»Genug, Andrjuscha, es reicht!«

»Meine Seele verzehrt sich, doch du bist nicht da-ha«, fuhr der unermüdliche Sänger fort.

Tatjana Borissowna schüttelte den Kopf.

»Ach, diese Künstler! …«

Seitdem ist ein Jahr vergangen. Belowsorow lebt noch immer bei seiner Tante und macht ständig Anstalten, nach Petersburg abzureisen. Durch das Landleben ist er noch dicker geworden. Seine Tante – wer hätte das gedacht – hat einen Narren an ihm gefressen, und alle Mädchen im Umkreis sind in ihn verliebt …

Viele der früheren Bekannten aber haben ihre Besuche bei Tatjana Borissowna eingestellt.

DER TOD

In meiner Nachbarschaft wohnt ein junger Gutsbesitzer, der auch Jäger ist. Eines schönen Julimorgens ritt ich mit dem Vorschlag zu ihm, gemeinsam auf die Birkhahnjagd zu gehen. Er war einverstanden.

»Lassen Sie uns doch«, sagte er, »zu meiner Schonung reiten, an die Suscha; bei dieser Gelegenheit will ich in Tschaplygino vorbeischauen; kennen Sie meinen Eichenwald? Dort sind sie gerade beim Einschlag.«

»Einverstanden.«

Er ließ ein Pferd satteln, zog einen grünen Rock mit Bronzeknöpfen an, auf denen Eberköpfe prangten, hängte sich eine mit Wollstickerei verzierte Jagdtasche und eine silberne Feldflasche um, warf ein nagelneues französisches Gewehr über die Schulter, drehte sich zufrieden ein paarmal vor dem Spiegel und rief dann seinen Hund, Espérance, den ihm eine Kusine geschenkt hatte, eine alte Jungfer mit gutem Herzen, aber ohne Haare. Wir brachen auf. Mein Nachbar nahm seinen Polizeigehilfen Archip mit, einen dicken, untersetzten Mann mit quadratischem Gesicht und vorsintflutlich anmutenden Backenknochen, und auch seinen kürzlich eingestellten Verwalter – er stammte aus den Ostseegouvernements –, einen mageren, hellblonden, kurzsichtigen Jüngling von neunzehn Jahren mit hängenden Schultern und langem Hals, Herrn Gottlieb von der Kock.

Mein Nachbar war erst vor kurzem in den Besitz dieses Gutes gekommen. Er hatte es von einer Tante geerbt, der

Staatsrätin Kardon-Katajewa, einer außergewöhnlich dicken Frau, die sogar, wenn sie im Bett lag, unablässig ächzte und jammerte. Wir ritten also in die Schonung.

»Wartet hier auf der Lichtung«, sagte Ardalion Michajlytsch (mein Nachbar) zu seinen Begleitern. Der Deutsche verbeugte sich, stieg vom Pferd, zog ein Buch aus der Tasche, es war wohl ein Roman von Johanna Schopenhauer, und setzte sich unter einen Strauch; Archip blieb in der Sonne stehen und rührte sich eine ganze Stunde lang nicht vom Fleck. Wir durchstreiften das Gebüsch, stießen aber auf kein einziges Gesperre. Ardalion Michajlytsch erklärte, er wolle lieber in den Wald reiten. Ich glaubte an diesem Tag nicht so recht an unser Jagdglück und zuckelte langsam hinterher. Wir kehrten zur Lichtung zurück. Der Deutsche markierte die Seite, stand auf, steckte das Buch in die Tasche und stieg – nicht ohne Mühe – auf seine stummelschwänzige, kümmerliche Mähre, die bei der geringsten Berührung wieherte und ausschlug; Archip fuhr zusammen, zog beide Zügel zugleich an, schlenkerte mit den Beinen und setzte schließlich den verblüfften, unter seiner Last ächzenden Klepper in Bewegung. Wir ritten los.

Ardalion Michajlytschs Wald war mir seit Kindertagen vertraut. Gemeinsam mit meinem französischen Hauslehrer, Monsieur Désiré Fleury, einem herzensguten Mann (der übrigens beinahe für immer meine Gesundheit ruiniert hätte, indem er mich zwang, allabendlich Leroy-Tropfen zu schlucken), war ich oft nach Tschaplygino gewandert.

Der Wald bestand damals aus vielleicht zwei- oder dreihundert riesigen Eichen und Eschen. Ihre imposanten, mächtigen Stämme hoben sich dunkel und majestätisch vom golden schimmernden Grün der Haselnusssträucher und Ebereschen ab; sie reckten sich empor, zeichneten sich schlank vor dem klaren Azur des Himmels ab und breiteten dort wie ein Zelt ihre weit ausladenden knorrigen Äste aus; Habichte, Rotschwanz- und Turmfalken flogen schreiend über den reglosen Wipfeln umher, Buntspechte klopften lautstark gegen die dicke Rinde; aus dem dichten Laub ertönte kurz nach dem modulierenden Ruf eines Pirols der melodische Gesang einer Schwarzdrossel; unten in den Sträuchern zwitscherten und tirilierten Rotkehlchen, Zeisige und Laubsänger; Finken liefen geschäftig über die Wege; ein Schneehase hoppelte furchtsam am Waldrand entlang; ein rotbraunes Eichhörnchen sprang flink von Baum zu Baum und setzte sich plötzlich mit hoch über dem Kopf erhobenen Schwanz nieder. Im zarten Schatten der Blätter des feingezackten Farnkrauts blühten, neben hohen Ameisenhaufen, Veilchen und Maiglöckchen im Gras, wuchsen Täublinge, Birkenreizker, Milchlinge, Hexenröhrlinge und Fliegenpilze; auf Lichtungen schimmerten zwischen hohen Büschen Walderdbeeren. Und wie schattig es in diesem Wald gewesen war! In der größten Hitze, um die Mittagszeit, herrschte hier die reinste Nacht: diese Stille, die Frische, der Duft ... Es waren fröhliche Stunden in Tschaplygino gewesen, weshalb ich jetzt, wie ich gestehen muss, nicht ohne Wehmut in den mir nur allzu bekannten Wald ritt. Der unbarmherzige, schneelose Winter im vierziger Jahr hatte meine alten Freunde, die Eichen und Eschen, nicht verschont; verdorrt, kahl, nur hier und da von schwindsüchtigem Grün bedeckt, erhoben sie sich traurig über dem jungen Wäldchen, mit dem sie »den Platz getauscht« hatten.* Manche von ihnen, die unten noch belaubt waren, streckten gleichsam vorwurfsvoll und verzweifelt ihre leblosen, abgebrochenen Zweige in die Höhe; bei anderen ragten aus dem noch einigermaßen dichten, wenn auch nicht mehr so üppigen Laub wie früher dicke, trockene, tote Äste; bei einigen war die Rinde abgefallen; andere schließlich waren ganz umgestürzt und faulten auf dem Boden wie Leichname. Wer hätte das ahnen können – in Tschaplygino gab es nicht den geringsten Schatten mehr! Ich betrachtete die sterbenden Bäume und dachte: wie bitter und schmerzlich euch wohl zumute ist … Mir kamen Kolzows Verse in den Sinn:

Wohin sind entschwunden
Das erhabene Wort;
Die stolze Kraft,
Die königliche Würde?
Wo ist sie jetzt,
Deine grüne Macht? …

»Wie kommt es eigentlich, Ardalion Michajlytsch«, begann ich, »dass diese Bäume nicht gleich im nächsten Jahr gefällt wurden? Jetzt bekommt man für sie ja nicht einmal

* Im 40er Jahr war bei strengstem Frost bis Ende Dezember kein Schnee gefallen; die Wintersaat erfror, auch viele der herrlichen Eichenwälder vernichtete dieser erbarmungslose Winter. Sie zu ersetzen ist schwierig: offenbar nimmt die Fruchtbarkeit des Bodens ab; auf dem für »Schonungen« vorgesehenen Ödland (das mit Ikonen umschritten worden war) wachsen nun statt der früheren edlen Bäume Birken und Espen wild durcheinander; anders aufzuforsten versteht man bei uns nicht.

mehr den zehnten Teil von dem, was sie früher wert waren?«

Er zuckte nur die Schultern.

»Danach hätten Sie meine Tante fragen sollen, es waren Kaufleute da, haben ihr Geld geboten und versucht, sie zum Verkauf zu bewegen.«

»*Mein Gott, mein Gott!*« rief von der Kock auf Schritt und Tritt – »Was für een Unfug! Was für een Unfug!«

»Wieso Unfug?« fragte mein Nachbar lächelnd.

»Was für een Unklück, wolllte isch sahren.« (Bekanntlich sind alle Deutschen, wenn sie endlich unseren Buchstaben »l« gemeistert haben, ganz erpicht auf seine Aussprache.)

Besonders die am Boden liegenden Eichen erregten sein Mitgefühl – und tatsächlich: so mancher Müller hätte gutes Geld dafür gezahlt. Der Polizeigehilfe Archip dagegen bewahrte seine unerschütterliche Ruhe und grämte sich kein bisschen; im Gegenteil, er sprang sogar voller Vergnügen auf dem Pferd über die Baumstämme und schlug mit der Peitsche nach ihnen.

Wir näherten uns gerade der Stelle, wo gefällt wurde, als plötzlich, kurz nachdem wir das Geräusch eines umstürzenden Baumes gehört hatten, Geschrei und Stimmengewirr ertönte und uns einige Augenblicke später aus dem Dickicht bleich und zerzaust ein junger Mann entgegengestürzt kam.

»Was ist los? Wohin läufst du?« fragte ihn Ardalion Michajlytsch.

Er hielt sofort an.

»Ach, Batjuschka, Ardalion Michajlytsch, ein Unglück ist geschehen!«

»Was denn?«

»Maxim ist von einem Baum getroffen worden, Batjuschka.«

»Wie konnte es dazu kommen? … Maxim, der Holzhändler?«

»Ja, der Holzhändler, Batjuschka. Wir waren gerade dabei, eine Esche zu fällen, er stand dabei und sah zu … Er stand da, aber dann ist er zum Brunnen gegangen, nach Wasser: hatte wohl Durst. Plötzlich krachte die Esche direkt auf ihn drauf. Wir haben ihm zugerufen: lauf, lauf, lauf … Er hätte zur Seite springen müssen, aber er ist weiter geradeaus gelaufen … Wahrscheinlich vor Angst. Die Esche ist mit der Krone direkt auf ihn gefallen. Wieso sie so schnell umgestürzt ist, weiß der Himmel … Wahrscheinlich hatte sie die Kernfäule.«

»Ist Maxim schwer verletzt?«

»Ja, Batjuschka.«

»Ist er tot?«

»Nein, Batjuschka, er lebt noch. Aber seine Arme und Beine sind zerschmettert. Ich wollte gerade Seliwerstytsch holen, den Arzt.«

Ardalion Michajlytsch befahl dem Polizeigehilfen, ins Dorf zu reiten, um Seliwerstytsch zu holen, selbst aber preschte er vorwärts, zum Einschlagplatz … Ich folgte ihm.

Wir fanden den armen Maxim auf dem Boden liegend. Etwa zehn Männer umstanden ihn. Wir stiegen von unseren Pferden. Er stöhnte kaum, nur ab und zu öffnete er weit die Augen, sah sich erstaunt um und biss sich auf die blau angelaufenen Lippen … Sein Kinn zitterte, die Haare klebten ihm an der Stirn, die Brust hob sich unregelmäßig: er starb. Der leichte Schatten einer jungen Linde glitt sacht über sein Gesicht.

Wir beugten uns zu ihm herab. Er erkannte Ardalion Michajlytsch.

»Batjuschka«, sagte er kaum hörbar, »lassen Sie … einen Popen kommen. Der Herr … hat mich gestraft … meine Beine, meine Arme, alles zerschlagen … heute … ist Sonntag … aber ich … aber ich … habe die Leute nicht nach Hause gehen lassen.«

Er verstummte. Sein Atem stockte.

»Mein Geld … das gebt meiner Frau … meiner Frau gebt das Geld … nach Abzug der Unkosten … Onissim weiß Bescheid … wem ich … was schulde.«

»Wir haben nach dem Arzt geschickt, Maxim«, sagte mein Nachbar, »vielleicht stirbst du noch nicht.«

Er wollte die Augen öffnen und hob mit Mühe Brauen und Lider.

»Doch, ich sterbe. Da … da kommt er schon, er kommt … Vergebt mir, Leute, sollte ich euch irgendwie …«

»Gott wird dir vergeben, Maxim Andreitsch«, sagten die Männer tonlos wie aus einem Mund und nahmen die Mützen ab, »vergib auch du uns.«

Plötzlich schüttelte er verzweifelt den Kopf, wölbte beklommen die Brust und sank wieder in sich zusammen.

»Aber wir dürfen ihn doch nicht hier sterben lassen«, rief Ardalion Michajlytsch, »holt die Bastmatte vom Fuhrwerk, Leute, und tragt ihn zur Krankenstation.«

Zwei der Männer stürzten zum Wagen.

»Ich hab gestern … von Jefim … aus Sytschowka«, sagte der Sterbende stockend, »ein Pferd gekauft … hab's angezahlt … das Pferd gehört jetzt mir … und meiner Frau … auch …«

Man bettete ihn auf die Bastmatte … Er zitterte am ganzen Leib, wie ein angeschossener Vogel, dann streckte er sich aus.

»Er ist tot«, murmelten die Männer.

Schweigend stiegen wir auf die Pferde und ritten davon.

Der Tod des armen Maxim hatte mich nachdenklich gestimmt. Es ist erstaunlich, wie der Russe stirbt! Sein Zustand vor dem Ende ist weder mit dem Wort Gleichgültigkeit noch mit Abgestumpftheit zu umschreiben; er stirbt, als vollziehe er ein Ritual: gelassen und ohne Umstände.

Vor einigen Jahren hatte bei einem anderen meiner Nachbarn ein Bauer in der Korndarre schwere Verbrennungen erlitten. (Er wäre in der Korndarre liegen geblieben, hätte ihn nicht ein vorbeikommender Städter halbtot herausgezogen: zuerst war er in ein Wasserfass getaucht, hatte dann Anlauf genommen und die Tür unter dem in Flammen stehenden Vordach eingetreten.)

Ich besuchte den Bauern in seiner Kate. Dunkel war es, stickig und verqualmt. Ich fragte: Wo ist der Verletzte?

»Dort, Batjuschka, auf dem Ofen«, antwortete mir in singendem Tonfall seine gramgebeugte Frau.

Ich trat näher – da lag der Bauer unter einem Schafspelz und atmete schwer.

»Wie geht's dir denn?«

Der Mann regte sich, wollte sich aufrichten, aber er war voller Brandwunden und dem Tode nah.

»Bleib liegen, bleib liegen … Nun, wie geht's dir? Sag?«

»Schlecht natürlich«, sagte er.

»Hast du Schmerzen?«

Er schwieg.

»Brauchst du etwas?«

Er schwieg.

»Soll ich dir Tee schicken lassen?«

»Nein, nicht nötig.«

Ich trat vom Ofen zurück und setzte mich auf eine Bank. Eine Viertelstunde saß ich da, eine halbe Stunde – Grabesstille im Raum. In der Ecke, hinter dem Tisch unter den Heiligenbildern, hatte sich ein vielleicht fünfjähriges Mädchen versteckt und aß ein Stück Brot. Die Mutter drohte ihr ab und zu mit dem Finger. In der Diele hörte man Menschen hin und her gehen, klopfen, reden: die Frau des Bruders schnitt Kohl.

»He, Axinja«, sagte der Kranke schließlich.

»Was ist?«

»Bring mir Kwas.«

Axinja brachte ihm Kwas. Wieder Schweigen. Ich fragte flüsternd:

»Hat er die Sakramente empfangen?«

»Ja.«

Es schien also alles in der Ordnung der Dinge: er wartete ganz offensichtlich auf den Tod. Ich hielt es nicht länger aus und ging …

Ich erinnere mich auch einer anderen Episode: Einmal machte ich einen Abstecher in das Dorfkrankenhaus von Krasnogorje, zum Feldscher Kapiton, mit dem ich bekannt war, einem leidenschaftlichen Jäger.

Dieses Krankenhaus war in einem Nebengebäude des Herrenhauses untergebracht; eingerichtet hatte es die Gutsherrin selbst, das heißt, sie hatte angeordnet, an der

Tür eine blaue Tafel anzubringen, auf der mit weißen Buchstaben geschrieben stand: »Krankenhaus Krasnogorje«, des Weiteren hatte sie Kapiton ein hübsches Buch ausgehändigt, in das er die Namen der Kranken eintragen sollte. Auf die erste Seite dieses Buchs hatte einer der Speichellecker und Liebediener der Gutsherrin folgende Reimerei gepinselt:

Dans ces beaux lieux, où règne l'allégresse,
Ce temple fut ouvert par la Beauté;
De vos seigneurs admirez la tendresse,
Bons habitants de Krasnogorié!

Und ein anderer Herr hatte darunter hinzugefügt:

Et moi aussi j'aime la nature!
Jean Kobyliatnikoff.

Der Feldscher kaufte auf eigene Kosten sechs Betten und machte sich, nachdem er das Kreuz geschlagen hatte, ans Werk, das Volk Gottes zu heilen. Außer ihm gab es zwei weitere Personen im Krankenhaus: den dem Wahnsinn verfallenen Holzschnitzer Pawel und Melikitrissa, eine Frau mit verkrüppeltem Arm, die das Amt der Köchin versah. Beide bereiteten die Arzneien zu, trockneten Kräuter oder setzten Tinkturen an; sie kümmerten sich auch um die Fieberkranken. Der wahnsinnige Holzschnitzer sah finster aus und war wortkarg; nachts sang er das Lied von der »schönen Venus«, auch behelligte er jeden Durchreisenden mit der Bitte um die Erlaubnis, eine Magd namens Malanja heiraten zu dürfen, die schon vor langer Zeit gestorben war.

Die Frau mit dem verkrüppelten Arm schlug ihn häufig und zwang ihn, die Puten zu hüten.

Eines Tages also saß ich beim Feldscher Kapiton. Wir unterhielten uns gerade über unsere letzte gemeinsame Jagd, da rollte plötzlich ein Fuhrwerk auf den Hof, vor das ein ungewöhnlich stämmiges, graues Pferd gespannt war, wie es nur Müller besitzen. Auf dem Wagen saß ein untersetzter Mann mit meliertem Bart in einem neuen Bauernrock.

»Ah, Wassili Dmitritsch«, rief Kapiton durchs Fenster, »herzlich willkommen … Der Müller aus Ljubowscha«, flüsterte er mir zu. Der Mann kletterte ächzend vom Wagen, trat ins Zimmer des Feldschers, suchte mit den Augen die Heiligenbilder und bekreuzigte sich.

»Was gibt's Neues, Wassili Dmitritsch? … Sie sind doch nicht etwa krank? Sie sehen nicht gut aus.«

»Ja, Kapiton Timofejitsch, mir geht es schlecht.«

»Was fehlt Ihnen denn?«

»Also, es war so, Kapiton Timofejitsch. Vor kurzem habe ich in der Stadt Mühlsteine gekauft; ich hab sie nach Hause gebracht und begonnen, sie abzuladen, da muss ich mich wohl überanstrengt haben, in meinem Bauch hat es gezogen, als wäre etwas zerrissen … seitdem fühle ich mich nicht wohl. Heute ist es sogar ganz schlimm.«

»Hm«, sagte Kapiton und nahm eine Prise Tabak, »ein Bruch also. Ist es schon lange her?«

»Vor zehn Tagen war's.«

»Vor zehn Tagen?« Der Feldscher sog die Luft durch die Zähne und wiegte den Kopf.

»Gestatte, dass ich dich abtaste. Ach, Wassili Dmitritsch«, sagte er dann, »du tust mir leid, mein lieber Freund, es steht nicht gut um dich; du bist ernstlich krank; bleib am besten hier bei mir; ich will mir die größte Mühe geben, aber versprechen kann ich nichts.«

»So schlimm steht es?« murmelte der verblüffte Müller.

»Ja, Wassili Dmitritsch, schlimm; wären Sie zwei Tage früher zu mir gekommen, hätte sich noch etwas machen lassen; jetzt aber haben Sie schon eine Entzündung, ja, so ist das; im Handumdrehen kann der Wundbrand dazukommen.«

»Aber das ist doch nicht möglich, Kapiton Timofejitsch.«

»Wenn ich es Ihnen sage!«

»Aber wieso denn?«

Der Feldscher zuckte die Schultern.

»Wegen einer solchen Kleinigkeit soll ich sterben?«

»Das habe ich nicht gesagt … Bleiben Sie aber besser hier.«

Der Mann dachte eine Weile nach, blickte zu Boden, dann sah er uns an, kratzte sich im Nacken und griff nach seiner Mütze.

»Aber wohin wollen Sie denn, Wassili Dmitritsch?«

»Wohin? Das ist doch klar, nach Hause, wenn es so schlecht steht. Ich muss ja Vorkehrungen treffen, wenn es so um mich steht.«

»Aber Sie schaden sich doch, Wassili Dmitritsch, ich bitte Sie; ich wundere mich sowieso schon, wie Sie es hierher geschafft haben. So bleiben Sie doch.«

»Nein, mein lieber Kapiton Timofejitsch, wenn ich schon sterben muss, dann will ich zu Hause sterben; wenn ich hier sterbe, weiß der Himmel, was dann zu Hause los sein wird.«

»Man kann ja noch gar nicht sagen, Wassili Dmitritsch,

wie es weitergeht … Gefährlich ist es natürlich, sehr gefährlich sogar, daran gibt es nichts zu deuteln … aber genau deshalb sollten Sie bleiben.«

Der Mann schüttelte den Kopf.

»Nein, Kapiton Timofejitsch, ich bleibe nicht … aber ein bisschen Arznei könnten Sie mir verschreiben.«

»Eine Arznei allein wird nicht helfen.«

»Ich bleibe nicht hier, so viel steht fest.«

»Na, wie du willst … Dass dann aber später keine Klagen kommen!«

Der Feldscher riss eine Seite aus seinem Buch, stellte ein Rezept aus und gab ihm einige Ratschläge mit auf den Weg. Der Müller nahm den Zettel, gab Kapiton einen halben Rubel, verließ den Raum und setzte sich in seinen Wagen.

»Leben Sie wohl, Kapiton Timofejitsch, behalten Sie mich in guter Erinnerung und vergessen Sie auch die Waisen nicht, wenn etwas sein sollte …«

»Aber so bleib doch, Wassili!«

Der Mann schüttelte nur den Kopf, schlug mit dem Zügel auf das Pferd ein und fuhr vom Hof. Ich war nach draußen getreten und sah ihm nach. Der Weg war aufgeweicht und holprig; der Müller fuhr vorsichtig, ohne Eile, lenkte das Pferd geschickt und grüßte jeden, der ihm entgegenkam … Vier Tage später war er tot.

Es ist überhaupt erstaunlich, wie man in Russland stirbt. Viele Tote fallen mir jetzt ein. Auch an dich muss ich denken, mein alter Freund Awenir Sorokoumow, du abgebrochener Student und wunderbarer, edler Mensch! Ich sehe dein schwindsüchtiges, grünliches Gesicht vor mir, dein schütteres, blondes Haar, dein sanftes Lächeln, deinen begeisterten Blick, deine langen Glieder; ich habe deine schwache, freundliche Stimme im Ohr. Du lebtest bei einem großrussischen Gutsbesitzer, Gur Krupjanikow, unterrichtetest seine Kinder Fofa und Sjosja in russischer Sprache, Geografie und Geschichte, ließest geduldig die groben Scherze des Gutsherrn über dich ergehen, die plumpen Vertraulichkeiten des Haushofmeisters, die abgeschmackten Scherze der frechen Jungen und erfülltest mit bitterem Lächeln, doch ohne zu murren, die kapriziösen Wünsche der gelangweilten Dame des Hauses; doch wie du des Abends aufblühtest, in deiner freien Zeit, nach dem Abendessen, wenn du dich endlich, aller Verpflichtungen und Aufgaben ledig, ans Fenster setztest, in Gedanken versunken deine Pfeife rauchtest oder begierig eine zerfledderte, speckige Nummer eines der dicken Literaturjournale durchblättertest, die ein Landvermesser, ein ebenso heimatloser armer Teufel wie du, aus der Stadt mitgebracht hatte! Wie sehr dir damals alle möglichen Gedichte und Erzählungen gefielen, wie schnell dir die Tränen in die Augen traten, wie gern du lachtest, von welch aufrechter Liebe für die Menschen, von welch edler Anteilname an allem Guten und Schönen deine kindlich reine Seele erfüllt war! Zugegeben: allzu scharfsinnig warst du nicht; die Natur hatte dich weder mit einem guten Gedächtnis ausgestattet noch mit Fleiß; in der Universität galtst du als einer der schlechtesten Studenten; in den Vorlesungen schliefst du und in den Prüfungen schwiegst du feierlich; doch wessen Augen leuchteten voller Freude, wem benahm es den Atem, wenn ein Kamerad Erfolg hatte und Anerkennung bekam? Das war Awenir … Wer glaubte blind an die hohe Berufung seiner Freunde, wer pries sie mit Stolz und verteidigte sie unerschütterlich?

Wer kannte weder Neid noch Eigennutz, wer opferte sich selbstlos auf, wer ordnete sich klaglos anderen unter, die nicht wert waren, ihm die Schuhriemen zu lösen? … Das warst alles du, alles du, guter Awenir! Ich weiß noch, wie du schweren Herzens von deinen Gefährten Abschied nahmst und aufbrachst, zur »conditio«, deine Stelle anzutreten; böse Vorahnungen quälten dich … Und so kam es auch: auf dem Land hattest du es schlecht getroffen; es gab dort niemanden, dem du andächtig lauschen, den du bewundern, den du lieben konntest … Die Provinzler aus der Steppe und die gebildeten Gutsherren behandelten dich, wie man Hauslehrer eben behandelt: die einen grob, die anderen geringschätzig. Auch äußerlich machtest du wenig her; du warst schüchtern, wurdest schnell rot, schwitztest, stottertest … Nicht einmal deine Gesundheit kam in der Landluft ins Lot: wie eine Kerze schwandst du dahin, du Ärmster! Zwar ging dein Zimmer zum Park hinaus; Traubenkirschen, Apfelbäume und Linden wehten ihre zarten Blüten auf deinen Tisch, dein Tintenfass und deine Bücher; an der Wand hing ein himmelblaues Seidenkissen für deine Taschenuhr, das dir eine gutherzige, empfindsame deutsche Gouvernante mit blonden Locken und blauen Augen zum Abschied geschenkt hatte; bisweilen besuchte dich ein alter Freund aus Moskau und begeisterte dich mit fremden oder gar eigenen Versen; doch die Einsamkeit, die unerträgliche Knechtschaft des Lehrerdaseins, die Unmöglichkeit, sich daraus zu befreien, die endlosen Herbste und Winter, die fortwährende Krankheit … Armer, armer Awenir!

Ich besuchte Sorokoumow kurz vor seinem Tod. Er konnte schon kaum noch laufen. Der Gutsherr Gur Krupjanikow hatte ihn nicht aus dem Haus gejagt, zahlte ihm aber kein Gehalt mehr und hatte für Sjosja einen anderen Lehrer engagiert … Fofa war ins Kadettenkorps geschickt worden. Awenir saß in einem alten Lehnsessel am Fenster. Das Wetter war prächtig. Über den schwarzbraunen Wipfeln der kahlen Linden blaute heiter der lichte Herbsthimmel; hier und da hingen noch die letzten leuchtend goldenen Blätter, die sich raschelnd bewegten. Der schon froststarre Boden dampfte und taute in der Sonne; ihre schrägen, rötlichen Strahlen glitten sacht über das ausgeblichene Gras; ein leichtes Knistern lag in der Luft; aus dem Park ertönten klar und deutlich die Stimmen arbeitender Menschen. Awenir trug einen verschlissenen orientalischen Schlafrock; ein grünes Halstuch verlieh seinem entsetzlich abgezehrten Gesicht eine totenähnliche Färbung. Er freute sich unsagbar über meinen Besuch, streckte mir die Hand entgegen, fing an zu sprechen und musste husten. Ich wartete, bis er sich beruhigt hatte, und setzte mich zu ihm …

Auf Awenirs Knien lag ein Heftchen mit sorgfältig übertragenen Gedichten von Kolzow; lächelnd pochte er mit den Fingern darauf. »Das ist ein Dichter«, sagte er stockend, unterdrückte mit Mühe den Husten und schickte sich mit kaum hörbarer Stimme an zu deklamieren:

»Sind dem Falken
Die Flügel gebunden?
Sind ihm
Alle Wege verwehrt?«

Ich bat ihn, innezuhalten: der Arzt hatte ihm das Sprechen verboten. Doch ich wusste, womit ich ihm eine Freude machen konnte. Sorokoumow hatte sich nie sonderlich für die neueste Entwicklung der Wissenschaften interessiert, aber er war immer begierig zu erfahren, wie weit es die großen Geister inzwischen gebracht hatten. Früher nahm er bisweilen den einen oder anderen Kameraden beiseite und fragte ihn aus: dann hörte er zu, staunte, glaubte alles aufs Wort und wiederholte später das, was er gehört hatte. Besonders die deutsche Philosophie hatte es ihm angetan. So begann ich ihm von Hegel zu erzählen (Geschichten aus längst vergangenen Zeiten, wie Sie sehen). Awenir nickte zustimmend, zog die Brauen in die Höhe, lächelte und flüsterte: »Ich verstehe, ich verstehe! … Aha! Gut, gut.« Die kindliche Wissbegier dieses sterbenden armen, heimatlosen und verlassenen Mannes, ich gestehe es, rührte mich zutiefst. Ich muss hinzufügen, dass sich Awenir, im Gegensatz zu allen anderen Schwindsüchtigen, nicht das Geringste über seine Krankheit vormachte … Er stöhnte nicht, war nicht niedergeschlagen und spielte auch kein einziges Mal auf seinen Zustand an …

Nachdem er ein wenig zu Kräften gekommen war, begann er von Moskau zu sprechen, von den Freunden, von Puschkin, über das Theater, die russische Literatur; er erinnerte sich der geselligen Runden, der hitzigen Debatten unseres Freundeskreises und gedachte bedauernd der Namen zweier, dreier unserer bereits verstorbenen Freunde …

»Erinnerst du dich an Dascha?« fragte er schließlich. »Sie hatte eine Seele! Ein goldenes Herz! Und wie sie mich geliebt hat! Was ist wohl aus ihr geworden? Ist sicher ganz verwelkt und verkümmert, die Ärmste.«

Ich wagte nicht, den Kranken zu enttäuschen, wieso sollte er auch erfahren, dass seine Dascha jetzt in die Breite gegangen war, sich mit Kaufleuten abgab, mit den Brüdern

Kondatschkow, dass sie sich puderte und schminkte, keifte und fluchte.

Könnte man ihn denn nicht, dachte ich angesichts seines abgezehrten Gesichts, von hier fortbringen? Vielleicht gibt es doch noch eine Möglichkeit der Heilung … Awenir aber ließ mich nicht zu Ende sprechen.

»Nein, mein Lieber, ich danke dir«, sagte er, »wo ich sterbe, ist ganz einerlei. Den Winter werde ich nicht mehr erleben … Wieso die Menschen unnütz behelligen? Ich habe mich an meine Umgebung hier gewöhnt. Die hiesige Herrschaft allerdings …«

»Sind sie böse?« fragte ich.

»Nein, böse sind sie nicht: es sind Holzklötze. Aber eigentlich kann ich nicht über sie klagen. Und wir haben ja auch Nachbarn: der Gutsbesitzer Kassatkin hat eine gebildete, liebenswürdige Tochter, ein herzensgutes Mädchen … und nicht hochmütig …«

Wieder musste Sorokoumow husten.

»Es wäre alles zu ertragen«, fuhr er fort, nachdem er wieder zu Kräften gekommen war, »wenn ich ein Pfeifchen rauchen dürfte … Wenn ich schon nicht von allein sterbe, dann will ich eben ein Pfeifchen rauchen«, fügte er mit verschmitztem Blick hinzu. »Gott sei Dank habe ich lange genug gelebt; und habe gute Freunde gehabt …«

»So schreib doch wenigstens deinen Angehörigen«, unterbrach ich ihn.

»Was soll ich denen schreiben? Mir helfen können sie nicht; wenn ich sterbe, werden sie es schon erfahren. Lass uns von was anderem reden … Erzähl mir lieber, was du im Ausland erlebt hast!«

Ich fing an zu erzählen. Er hing mir regelrecht an den

Lippen. Gegen Abend reiste ich ab und erhielt zehn Tage später folgenden Brief von Herrn Krupjanikow:

»Hiermit habe ich die Ehre, mein Herr, Sie davon in Kenntnis zu setzen, dass Ihr Freund, der in meinem Hause wohnhaft gewesene Student, Herr Awenir Sorokoumow, vor vier Tagen um zwei Uhr mittags verstorben ist und heute auf meine Kosten in unserer Pfarrkirche beigesetzt wurde. Er bat mich, Ihnen die beigefügten Bücher und Hefte zu übersenden. An Geld hinterließ er zweiundzwanzigeinhalb Rubel, die zusammen mit seinen anderen Sachen den Verwandten ordnungsgemäß zugestellt werden. Ihr Freund starb bei vollem Bewusstsein und mit Gleichmut, wenn man das so sagen kann, er äußerte keinerlei Zeichen des Bedauerns, selbst dann nicht, als meine Familie von ihm Abschied nahm. Meine Gattin, Kleopatra Alexandrowna, lässt Sie grüßen. Der Tod Ihres Freundes hat ihre Nerven angegriffen; was mich betrifft, so bin ich Gott sei Dank gesund und habe die Ehre, mich als Ihr ergebenster Diener zu empfehlen. G. Krupjanikow.«

Noch viele ähnliche Beispiele kommen mir in den Sinn, aber von allen zu erzählen ist unmöglich. Ich will mich auf ein letztes beschränken.

In meiner Gegenwart starb einmal eine alte Gutsbesitzerin. Der Geistliche erteilte ihr die Sterbesakramente, sprach die Gebete, bemerkte plötzlich, dass die Kranke tatsächlich entschlief, und reichte ihr schnell das Kreuz. Die Gutsbesitzerin wandte sich unzufrieden ab. »Wieso beeilst du dich, Batjuschka«, sagte sie mit versagender Stimme,

»es ist noch Zeit …« Dann küsste sie das Kreuz, schob die Hand unter das Kopfkissen und tat ihren letzten Atemzug. Unter dem Kopfkissen lag ein Silberrubel: sie hatte den Geistlichen für ihre eigenen Sterbesakramente bezahlen wollen …

Es ist wahrhaft erstaunlich, wie man in Russland stirbt!

DIE SÄNGER

Das Dörfchen Kolotowka, das einst einer Gutsbesitzerin gehörte, die wegen ihrer Bosheit und ihres aufbrausenden Wesens in der ganzen Gegend nur die »Kahlschererin« genannt wurde (wie sie tatsächlich hieß, ist nicht überliefert), und das heute ein Deutscher aus Petersburg besitzt, liegt am Hang eines von oben bis unten durch einen fürchterlichen Graben zerteilten Hügels. Dieser Graben windet sich, wie ein Abgrund gähnend, inmitten der Dorfstraße, tief eingeschnitten und ausgewaschen, und trennt schlimmer als ein Fluss beide Hälften des armseligen Dörfleins voneinander, denn über einen Fluss kann man immerhin eine Brücke bauen. Einige dürre Weiden säumen furchtsam seine sandigen Ränder; auf dem trockenen, messinggelben Grund liegen gewaltige Platten tonhaltigen Gesteins. Kein erfreulicher Anblick, so viel steht fest, dennoch kennt jedermann im Umkreis den Weg nach Kolotowka: oft und gern kommt man hierher.

Ganz oben, einige Schritte von jener Stelle entfernt, wo der Graben als schmaler Spalt seinen Anfang nimmt, steht eine kleine Kate, allein und abseits von den anderen steht sie da, mit Stroh gedeckt, aber mit einem Schornstein; eines ihrer Fenster, gleichsam ein wachsames Auge, geht zum Graben hinaus, an Winterabenden, wenn es von innen erleuchtet ist, kann man es im trüben Nebel der Frostluft schon von ferne sehen, so manchem vorüberfahrenden Bauern dient es mit seinem Schimmer als Leitstern. Über der Tür hängt eine hellblaue Tafel, denn es ist eine Schenke, genannt »Zur Einkehr«. In dieser Schenke wird der Branntwein wohl nicht billiger als üblich ausgeschenkt, und doch wird sie viel häufiger besucht als alle anderen derartigen Lokale in der Umgebung. Der Grund dafür ist der Schankwirt Nikolai Iwanytsch.

Nikolai Iwanytsch, einst ein schlanker, lockiger, rotbäckiger Bursche, heute ein erstaunlich dicker, ergrauter Mann mit aufgedunsenem Gesicht, schelmisch-gutmütigen Äuglein und einer fettigen Stirn, die von Falten durchzogen ist wie von Fäden, lebt schon seit mehr als zwanzig Jahren in Kolotowka. Nikolai Iwanytsch ist rührig und findig, wie die meisten Schankwirte. Weder besonders liebenswürdig noch gesprächig ist er, und doch besitzt er die Gabe, Gäste anzuziehen und zum Bleiben zu bewegen. Gern sitzen sie an seinem Schanktisch, unter dem ruhigen, freundlichen, wenn auch wachsamen Blick des phlegmatischen Wirts. Er hat viel gesunden Menschenverstand; auch mit dem Alltag der Gutsbesitzer wie dem der Bauern und Städter kennt er sich gut aus; in schwierigen Situationen kann er einen vernünftigen Rat erteilen, aus Vorsicht und Eigennutz jedoch zieht er es vor, unparteiisch zu bleiben, doch immer führt er seine Besucher, allerdings nur jene unter ihnen, die ihm lieb sind, durch vage, scheinbar absichtslos vorgebrachte Anspielungen auf den Weg der Wahrheit. Er kennt sich in allem aus, was für einen Russen von Belang oder Interesse ist, seien es Pferde, das Vieh, der Wald, Ziegelsteine, Geschirr, Tuch- und Lederwaren, Lieder oder Tänze. Hat er keine Gäste, sitzt er meist wie ein Sack auf dem Boden vor der Tür seiner Kate, die dünnen Beine untergeschlagen, und wechselt mit jedem, der vorüberkommt, ein freundliches Wort. Vieles hat er in seinem Leben gesehen, Dutzende kleiner Adliger ertragen, die sich bei ihm mit »Klarem« versorgt haben, er weiß Bescheid, was im Umkreis von hundert Werst vor sich geht, nie aber plaudert er etwas aus, lässt nicht einmal erkennen, dass ihm dies oder jenes bekannt ist, von dem nicht einmal der scharfsinnigste Polizeihauptmann etwas ahnt. Unbeirrt schweigt er vor sich hin, lacht in sich hinein und schwenkt die Gläser. Die Nachbarn schätzen ihn sehr: der Zivilgeneral Schtscherepetenko, der ranghöchste Gutsbesitzer im Kreis, grüßt ihn jedes Mal huldvoll, wenn er an seinem Häuschen vorüberfährt. Nikolai Iwanytsch ist ein einflussreicher Mann: Einen berüchtigten Pferdedieb bewegte er, das Pferd, das dieser vom Hof eines seiner Bekannten gestohlen hatte, zurückzubringen, die Bauern des Nachbardorfs, die den neuen Verwalter nicht anerkennen wollten, hat er zur Vernunft gebracht usw. Man sollte übrigens nicht denken, dass er dies aus Gerechtigkeitssinn oder Nächstenliebe tut – nein! Er versucht einfach nur, alles zu verhindern, was irgendwie seine Ruhe stören könnte. Nikolai Iwanytsch ist verheiratet, auch Kinder hat er. Seine Frau, eine schlagfertige Bürgersfrau mit lebhaftem Blick und spitzer Nase, ist in letzter Zeit auch etwas fülliger geworden, ganz wie ihr Mann. In allen Belangen verlässt er sich auf sie, auch das Geld hat sie in Verwahrung. Die Radaubrüder unter den Säufern fürchten sie; sie mag sie nicht: Nutzen hat man von ihnen kaum, dafür machen sie viel Lärm; die Schweigsamen, Mürrischen sind eher nach ihrem Geschmack. Nikolai Iwanytschs Kinder sind noch klein; die Erstgeborenen sind alle gestorben, die Übriggebliebenen nach den Eltern geraten: Es ist eine Freude, in die klugen Gesichter dieser gesunden Kinder zu schauen.

Eines unerträglich warmen Julitags stieg ich zusammen mit meinem Hund, langsam einen Fuß vor den anderen setzend, den Graben hinauf in Richtung der Schenke »Zur Einkehr«. Am Himmel brannte unerbittlich die Sonne; es war sengend heiß und die Luft voller Staub. Glänzende Saatkrähen und Rabenvögel blickten die Vorübergehenden mit aufgesperrten Schnäbeln kläglich an, als bäten sie um Mitgefühl; nur die Sperlinge grämten sich nicht, mit aufgeplustertem Gefieder zwitscherten und kämpften sie noch eifriger als sonst auf den Zäunen, flogen einträchtig vom staubigen Weg auf und schwärmten in grauen Wolken über die grünen Hanffelder. Der Durst quälte mich. Wasser war keines in der Nähe: In Kolotowka wie in vielen anderen Steppendörfern trinken die Menschen in Ermangelung von Quellen oder Brunnen eine trübe Brühe aus den Teichen, als Wasser kann man dieses abscheuliche Gesöff wohl kaum bezeichnen. Ich wollte Nikolai Iwanytsch um ein Glas Bier oder Kwas bitten.

Ehrlich gesagt bietet Kolotowka zu keiner Jahreszeit einen erfreulichen Anblick; besonders bange wird einem jedoch ums Herz, wenn die grelle Julisonne alles mit ihren unbarmherzigen Strahlen überflutet, die braunen, halbverfallenen Dächer der Häuser, den tiefen Graben, das versengte, staubige Grasland, auf dem magere, langbeinige Hühner verzagt umherirren, das graue Hausgerippe aus Espenholz mit Löchern anstelle der Fenster, Überbleibsel des einstigen Herrenhauses, das von Brennnesseln, Gras und Wermut überwuchert und mit Gänsefedern bedeckt ist, der schwarze, gleichsam siedende Teich, gesäumt von halb eingetrocknetem Schlamm und einem zur Seite gekippten Wehr, an dem sich schwer atmend und vor Hitze niesend auf dem zu Staub zertrampelten Erdboden trostlos Schafe aneinanderdrängen und mit hoffnungslosem Gleichmut tief die Köpfe hängen lassen, als warteten sie darauf, dass diese unerträgliche Hitze endlich vorübergeht. Schleppenden Schrittes näherte ich mich Nikolai Iwanytschs Behausung, was, wie üblich, sämtliche Kinder in Erstaunen setzte und zur Folge hatte, dass sie mich stumpfsinnig anstarrten, während die Hunde vor Entrüstung in ein derart krächzendes und böses Gekläff ausbrachen, dass man hätte meinen können, sie bellten sich sämtliche Eingeweide aus dem Leib, sie husteten und schnappten nach Luft, dann erschien auf der Schwelle der Schenke plötzlich ein hochgewachsener Mann ohne Mütze, in einem tief mit hellblauer Schärpe gegürteten Friesmantel. Er sah aus wie ein Knecht; dichte graue Haare standen über seinem mageren, zerfurchten Gesicht wirr in die Höhe. Er rief jemanden und fuchtelte dabei hastig mit den Armen, wobei er offenbar weiter ausholte, als er eigentlich wollte. Er war schon angetrunken, das sah man.

»Komm, so komm schon!« lallte er und hob mühsam die dichten Brauen. »Komm, Blinzler, komm! Was kriechst du so, Bruderherz, das kann man ja nicht mit ansehen. Das ist nicht gut, Bruderherz. Alle warten auf dich, und du kriechst im Schneckentempo … Komm.«

»Ich komme ja schon«, ertönte eine krächzende Stimme, und von rechts hinter dem Haus kam ein kleiner, dicker, hinkender Mann zum Vorschein. Er trug einen reinlichen, langen Tuchrock, von dem er nur einen Ärmel übergestreift hatte; eine hohe spitze Kappe, die ihm tief im Gesicht saß, verlieh seinem runden, aufgedunsenen Gesicht einen listigen, spöttischen Ausdruck. Die kleinen, gelblichen Augen irrten flink hin und her, ein beherrschtes, angespanntes Lächeln wich ihm nicht von den Lippen, und die Nase, spitz und lang, reckte sich frech nach vorn wie ein Bugspriet.

»Ich komme, mein Lieber«, wiederholte er und hinkte in Richtung der Schenke, »wieso rufst du mich denn? Wer will was von mir?«

»Wieso ich dich rufe?« sagte der Mann im Friesmantel vorwurfsvoll. »Bist ein komischer Kauz, Blinzler: wirst in die Schenke gerufen und fragst, wieso. Alle warten auf dich: Jaschka, der Türke, der Wilde Barin und der Verdinger aus Shisdra. Jaschka hat ja mit dem Verdinger gewettet, um ein Achtel Bier – wer wen besiegt, also, wer am besten singt … verstehst du?«

»Jaschka will singen?« sagte der Mann mit dem Spitznamen Blinzler lebhaft. »Stimmt das auch, Narr?«

»Es stimmt«, antwortete der als Narr Angesprochene voller Würde. »Du faselst. Wenn er gewettet hat, wird er wohl auch singen, ach, was bist du nur für ein Einfaltspinsel, du Spitzbube, ach, Blinzler!«

»Na, dann komm, du Tor«, entgegnete Blinzler.

»Gib mir erst mal einen Kuss, mein Herzblatt«, lallte der Narr und breitete weit die Arme aus.

»Sieh mal einer an, was für ein gefühlvoller Kerl«, antwortete Blinzler verächtlich und stieß ihn mit dem Ellbogen von sich, dann bückten sich beide und traten durch die niedrige Tür.

Das Gespräch, dessen Zeuge ich geworden war, hatte mich neugierig gemacht. Oft schon hatte ich gerüchteweise von Jaschka, dem Türken, gehört, der der beste Sänger weit und breit sein sollte, und plötzlich bot sich mir die Gelegenheit, ihn im Wettstreit mit einem anderen Meistersinger zu hören. Ich beschleunigte meine Schritte und trat ins Gasthaus.

Vermutlich haben nur wenige meiner Leser Gelegenheit gehabt, eine Dorfschenke von innen zu sehen; wo kommt unsereiner als Jäger nicht alles hin! Eingerichtet ist sie meist sehr einfach. Gewöhnlich besteht sie aus einer dunklen Diele und einer guten Stube, die durch eine Zwischenwand, hinter die kein Gast treten darf, in zwei Hälften unterteilt ist. In die Zwischenwand ist über einem breiten Eichentisch eine große längliche Öffnung eingelassen. An diesem Tisch, dem Schanktisch, wird der Branntwein verkauft. Der Öffnung direkt gegenüber sind versiegelte Flaschen unterschiedlicher Größe nebeneinander auf Borden aufgereiht. Im vorderen Teil des Raums, der den Gästen vorbehalten ist, stehen Bänke, zwei, drei leere Fässer und ein Ecktisch. Dorfschenken sind meist ziemlich dunkel, fast nie finden sich an ihren Balkenwänden jene grellbunten Holzschnittbildchen, die in kaum einem Bauernhaus fehlen.

Als ich die Schenke »Zur Einkehr« betrat, hatte sich schon eine zahlreiche Gesellschaft zusammengefunden.

Nikolai Iwanytsch stand in einem bunten Kattunhemd hinter dem Schanktisch und füllte fast die gesamte Öffnung aus. Mit trägem, spöttischem Lächeln im aufgedunsenen Gesicht schenkte er den eingetretenen Freunden Blinzler und Narr mit seiner dicken, weißen Hand zwei Gläser Branntwein ein; hinter ihm in der Fensterecke saß seine scharfäugige Frau. Mitten im Raum stand Jaschka, der Türke, ein magerer, schmaler Mann von dreiundzwanzig Jahren, er trug einen langschößigen hellblauen Nankingkaftan, sah aus wie ein verwegener Fabrikarbeiter und schien offenbar nicht sonderlich gesund zu sein. Seine eingefallenen Wangen, die großen unruhigen grauen Augen, die gerade Nase mit den feinen, bebenden Flügeln, die weiße fliehende Stirn mit den zurückgeworfenen hellbraunen Locken, die vollen, doch hübschen und ausdrucksstarken Lippen – sein ganzes Gesicht zeugte von einem empfindsamen und leidenschaftlichen Naturell. Er war sehr aufgeregt, seine Augen zwinkerten, er atmete stockend, die Hände zitterten wie im Fieber, ja, er hatte tatsächlich Fieber, jenes nervöse, plötzliche Fieber, dass ein jeder kennt, der in der Öffentlichkeit eine Rede hält oder singt. Neben ihm stand ein Mann um die vierzig, er war breitschultrig, hatte ausgeprägte Backenknochen, eine niedrige Stirn, schmale Tatarenaugen, eine kurze, platte Nase, ein kantiges Kinn und glänzend schwarzes, borstiges Haar. Sein bräunliches, bleiern schimmerndes Gesicht, besonders die blassen Lippen, hätte man beinahe wild nennen können, würde es nicht so ruhig und nachdenklich gewirkt haben. Er bewegte sich kaum und sah nur langsam in die Runde, wie ein Stier unter dem Joch. Gekleidet war er in einen abgetragenen Rock mit schmucklosen Messingknöpfen; ein altes schwarzes Seidentuch umhüllte seinen mächtigen Hals. Man nannte ihn den Wilden Barin. Ihm direkt gegenüber, auf der Bank unter den Heiligenbildern, saß Jaschkas Kontrahent, der Verdinger aus Shisdra, ein untersetzter kleiner pockennarbiger Mann von dreißig Jahren mit lockigem Haar, stumpfer Himmelfahrtsnase, lebhaften braunen Augen und schütterem Bart. Er blickte munter in die Runde, hatte die Hände unter sich geschoben, ließ sorglos die Beine baumeln und tippte dann und wann mit den Füßen, die in eleganten, mit einem Besatz verzierten Stiefeln steckten, auf den Boden. Er trug einen neuen Bauernrock aus feinem grauem Tuch mit einem Plüschkragen, von dem sich der Halsausschnitt seines bis oben zugeknöpften scharlachroten Hemdes leuchtend abhob. An einem Tisch in der gegenüberliegenden Ecke, rechts von der Tür, saß ein Bäuerlein in einem engen abgetragenen Kittel mit einem riesigen Loch auf der Schulter. Die Sonnenstrahlen fielen in schwachen, gelblichen Streifen durch die verstaubten Scheiben der beiden kleinen Fenster und schienen die Dunkelheit des Raums nicht besiegen zu können: sämtliche Gegenstände waren nur kümmerlich, schemenhaft beleuchtet. Dafür war es hier beinahe kühl und das Gefühl von Hitze und Schwüle fiel gleichsam wie eine Last von mir ab, kaum dass ich über die Schwelle getreten war.

Mein Eintreffen – das bemerkte ich – machte Nikolai Iwanytschs Gäste zunächst ein wenig verlegen; als sie jedoch sahen, dass er mich begrüßte wie einen Bekannten, beruhigten sie sich und beachteten mich nicht weiter. Ich bestellte ein Bier und setzte mich in die Ecke, neben den Mann im zerrissenen Kittel.

»Also, was ist!« schrie der Narr plötzlich, nachdem er das Glas Branntwein in einem Zug geleert hatte, und begleitete seinen Ausruf mit jenem sonderbaren Gefuchtel, ohne das er offenbar kein einziges Wort sprach. »Worauf warten wir noch? Lasst uns anfangen. Wie? Jascha? …«

»Ja, fangen wir an«, stimmte ihm Nikolai Iwanytsch zu.

»Dann fangen wir eben an«, sagte der Verdinger gleichmütig und lächelte selbstbewusst, »ich bin bereit.«

»Ich bin auch bereit«, sagte Jakow aufgeregt.

»Dann fangt an, Kinder, fangt an«, piepste Blinzler.

Doch trotz des einhellig geäußerten Wunsches fing niemand an; der Verdinger erhob sich nicht einmal von seiner Bank, alle schienen auf etwas zu warten.

»Fang an!« sagte der Wilde Barin finster und scharf.

Jakow fuhr zusammen. Der Verdinger stand auf, nahm den Gürtel ab und räusperte sich.

»Und wer soll anfangen?« fragte er mit leicht veränderter Stimme den Wilden Barin, der noch immer reglos mitten im Raum stand, die dicken Beine weit gespreizt und die mächtigen Arme fast bis zu den Ellenbogen in den Taschen seiner Pluderhosen vergraben.

»Du doch, du, Verdinger«, lallte der Narr, »du, mein Freundchen.«

Der Wilde Barin blickte ihn finster an. Der Narr piepste nur leise, wand sich verlegen, schaute zur Decke hoch, zuckte mit den Schultern und verstummte.

»Lasst uns das Los werfen«, sagte der Wilde Barin bedächtig, »und stell das Achtel auf den Schanktisch.«

Nikolai Iwanytsch bückte sich, hob ächzend das Achtel vom Boden und stellte es auf den Tisch.

Der Wilde Barin warf Jakow einen Blick zu und sagte: »Na!«

Jakow kramte in seinen Taschen, holte einen Groschen heraus und kennzeichnete ihn mit den Zähnen. Der Verdinger zog unter seinem Rockschoß einen neuen ledernen Geldbeutel hervor, knotete gemächlich die Schnur auf, schüttete sich einen Haufen Kleingeld in die Hand und wählte einen funkelnagelneuen Groschen. Der Narr hielt beiden seine abgewetzte Mütze entgegen, deren Schirm gebrochen war und lose herabhing; Jakow warf seinen Groschen hinein und der Verdinger den seinen.

»Du ziehst«, sagte der Wilde Barin zu Blinzler.

Blinzler lächelte selbstgefällig, nahm die Mütze in beide Hände und begann zu schütteln.

Augenblicklich verstummten alle: die Groschen klirrten leise, als sie aufeinanderschlugen. Ich blickte mich aufmerksam um: alle Gesichter waren voll angespannter Erwartung; sogar der Wilde Barin hatte die Augen zusammengekniffen; auch mein Nachbar, das Bäuerlein im zerrissenen Kittel, reckte neugierig den Hals. Blinzler griff in die Mütze und zog den Groschen des Verdingers heraus; alle atmeten auf. Jakow wurde rot, der Verdinger aber fuhr sich mit der Hand durch die Haare.

»Ich hab's dir ja gesagt, dass du anfängst«, rief der Narr, »hab's ja gesagt.«

»Spiel dich nicht auf«, bemerkte der Wilde Barin abfällig. »Fang an«, fuhr er, in Richtung des Verdingers nickend, fort.

»Und welches Lied soll ich singen?« fragte der Verdinger, nun doch aufgeregt.

»Welches du willst«, antwortete Blinzler. »Sing, was dir in den Sinn kommt.«

»Versteht sich, welches du willst«, sagte nun auch Nikolai Iwanytsch und verschränkte langsam die Arme vor der Brust. »Da mischen wir uns nicht ein. Sing, was du willst; aber gut solltest du singen; wir werden dann schon die richtige Entscheidung treffen.«

»Die richtige, versteht sich«, plapperte der Narr und leckte den Rand des leeren Glases ab.

»Ich will mich nur ein wenig räuspern, Freunde«, sagte der Verdinger und fuhr mit den Fingern am Kragen seines Rockes entlang.

»Wer rastet, der rostet, so fang schon an!« bestimmte der Wilde Barin und senkte den Blick.

Der Verdinger dachte kurz nach, schüttelte seine Locken und trat einen Schritt nach vorn. Jakow verschlang ihn geradezu mit den Augen …

Bevor ich aber zur Beschreibung des Wettstreits selbst schreite, möchte ich noch etwas über jede der handelnden Personen meiner Erzählung sagen. Von einigen hatte ich schon gehört, als ich ihnen in der Schenke »Zur Einkehr« begegnete; über die anderen zog ich später Erkundungen ein.

Beginnen wir mit dem Narren. Sein wirklicher Name war Jewgraf Iwanow; doch niemand nannte ihn je anders als den Narren und auch er selbst bezeichnete sich mit diesem Spitznamen: so fest war er mit ihm verwachsen. Und tatsächlich, er passte haargenau zu seinen nichtssagenden, ewig aufgeregten Gesichtszügen. Er war ein unverheirateter Knecht aus dem Hofgesinde, den seine Herrschaft schon längst aufgegeben hatte, ein Herumtreiber ohne jedes Amt und ohne einen Groschen Lohn, dennoch fand er Mittel und Wege, jeden Tag auf fremde Kosten zu zechen. Er hatte Unmengen an Bekannten, die ihn mit Branntwein und mit Tee bewirteten und selbst nicht hätten sagen können, warum, denn er war nicht nur nicht unterhaltsam, sondern ging, im Gegenteil, allen mit seinem sinnlosen Geschwätz, der unerträglichen Aufdringlichkeit, den fieberhaften Bewegungen und dem ständigen unnatürlichen Gelächter auf die Nerven. Er konnte weder singen noch tanzen; niemals hatte man von ihm ein vernünftiges, geschweige denn kluges Wort gehört: nichts als Gefasel und Lügen, dass sich die Balken bogen – eben ein Narr! Und dennoch gab es im Umkreis von vierzig Werst kein einziges Gelage, ohne dass seine hoch aufgeschossene Gestalt unter den Gästen umherscharwenzelte – so sehr hatte man sich an ihn gewöhnt und betrachtete seine Anwesenheit als unausweichliches Übel. Zwar behandelte man ihn geringschätzig, doch zügeln konnte seine unsinnigen Anwandlungen allein der Wilde Barin.

Blinzler ähnelte dem Narren nicht im Geringsten. Sein Spitzname passte ebenfalls zu ihm, obwohl er nicht häufiger blinzelte als andere Menschen; es ist ja bekannt, dass das russische Volk, was Spitznamen betrifft, unübertroffen ist. Obwohl ich versucht habe, Genaueres über die Vergangenheit dieses Mannes herauszufinden, sind in seinem Leben für mich – und sicherlich auch für viele andere – blinde Flecke geblieben, in tiefe Finsternis der Ungewissheit getauchte Stellen, wie man sich in Büchern auszudrücken pflegt. Ich erfuhr lediglich, dass er einst bei einer alten kinderlosen Gutsbesitzerin Kutscher gewesen war, mit der ihm anvertrauten Pferdetroika das Weite gesucht hatte, ein ganzes Jahr verschwunden blieb und dann, bereits lahm, von allein zurückkehrte, vermutlich nachdem er sich von den Fährnissen und Nöten des Vagabundenlebens hatte überzeugen können, sich seiner Herrin zu Füßen warf und im Laufe einiger Jahre durch tadelloses Verhalten seine Untat wiedergutmachte und dadurch erneut in ihrer Gunst stieg, schließlich ihr volles Vertrauen zurückgewann, Verwalter wurde und nach dem Tode seiner Herrin irgendwie die Freiheit erlangte, sich als Bürger eintragen ließ, von den Nachbarn Felder zum Anbau von Melonen pachtete, reich wurde, so dass er jetzt sorglos und in Freuden lebt. Er ist ein erfahrener Mann, hat seinen eigenen Kopf, ist weder gut noch böse, eher berechnend; mit allen Wassern ist er gewaschen, kennt die Menschen und weiß aus ihnen seinen

Nutzen zu ziehen. Er ist vorsichtig und gleichzeitig findig wie ein Fuchs; obwohl schwatzhaft wie ein altes Weib, plaudert er doch nie etwas aus, bewegt aber alle anderen zum Reden; dabei stellt er sich jedoch nicht dumm, wie das viele Schlaumeier seines Schlages tun, es würde ihm auch schwerfallen, sich zu verstellen: nie habe ich durchdringendere und klügere Augen gesehen als seine kleinen, schelmischen »Späher«, wie man im Orjolschen sagt. Nie blicken sie einfach so in die Welt, stets halten sie Ausschau oder beobachten etwas. Manchmal zerbricht sich Blinzler wochenlang den Kopf über ein allem Anschein nach einfaches Vorhaben, um sich dann urplötzlich für ein kühnes Unternehmen zu entscheiden; dann scheint es, als würde er sich den Hals brechen … doch alles gelingt ihm und läuft wie geschmiert. Er ist ein Glückspilz und glaubt auch an sein Glück, ebenso wie an Vorzeichen. Er ist überhaupt sehr abergläubisch. Blinzler ist unbeliebt, denn er schert sich nicht um andere, doch er wird geachtet. Seine ganze Familie besteht aus nur einem Söhnlein, das er vergöttert und das es, von einem solchen Vater erzogen, sicher weit bringen wird. »Das Blinzlerchen kommt ganz nach seinem Vater«, sagen die Alten schon jetzt halblaut, wenn sie auf den Erdwällen vor ihren Häusern sitzen und an den Sommerabenden einen Schwatz halten; und alle wissen, was damit gemeint ist, und verlieren kein weiteres Wort.

Über Jakow, den Türken, und über den Verdinger gibt es nicht viel zu berichten. Jakow wurde »der Türke« genannt, weil er tatsächlich von einer Türkin abstammte, die in Gefangenschaft geraten war, seinem Wesen nach war er ein Künstler, im wahrsten Sinne dieses Wortes, dem Beruf nach aber Schöpfgeselle in der Papierfabrik eines Kaufmanns;

was nun den Verdinger betrifft, dessen Lebensumstände mir, wie ich bekennen muss, unbekannt geblieben sind, so schien er ein windiger und ausgebuffter Städter zu sein. Auf den Wilden Barin allerdings lohnt es, etwas ausführlicher einzugehen.

Der erste Eindruck, den dieser Mann hinterließ, war der einer groben, ungeschlachten, doch unerbittlichen Stärke. Er war von plumper Gestalt, »klobig«, wie man bei uns sagt, strahlte aber etwas unerschütterlich Gesundes aus, und, was merkwürdig war, seine bärenhafte Erscheinung entbehrte nicht einer gewissen Grazie, die möglicherweise darauf beruhte, dass er völlig von seiner Stärke überzeugt war. Auf Anhieb fiel es einem schwer zu erkennen, welcher Schicht dieser Herkules angehörte; er glich weder einem Hofknecht noch einem Städter, auch keinem verarmten Amtsschreiber im Ruhestand oder einem bankrottgegangenen Kleinadligen, Raufbold und Hundenarren: er war eben ganz eigen. Niemand wusste, was ihn in unseren Landkreis verschlagen hatte; es hieß, er stamme von Einhöfern ab und hätte irgendwo in Diensten gestanden; Genaueres aber wusste man nicht; woher hätte man es auch wissen sollen, von ihm selbst jedenfalls nicht: es gab keinen schweigsameren und mürrischeren Menschen als ihn. Auch wovon er lebte, hätte niemand mit Gewissheit sagen können; ein Handwerk betrieb er nicht, er machte keine Besuche, verkehrte mit fast niemandem, Geld aber hatte er; zwar nicht viel, aber er hatte welches. Dass er bescheiden gewesen wäre, konnte man nicht sagen – nichts an ihm zeugte von Bescheidenheit, aber er war zurückhaltend: er lebte, als nähme er niemanden um sich herum wahr und als brauche er auch niemanden. Der Wilde Barin (so nannte man ihn; tatsächlich hieß er Perewlessow) genoss im ganzen Umkreis großes Ansehen; man ordnete sich ihm sogleich und bedenkenlos unter, obwohl er nicht nur kein Recht besaß, jemandem Vorschriften zu machen, sondern auch selbst nicht den geringsten Anspruch auf den Gehorsam der Menschen erhob, mit denen er zufällig zusammentraf. Er sprach und man gehorchte; Stärke setzt sich immer durch. Branntwein trank er fast nie, Frauen interessierten ihn nicht, den Gesang aber liebte er leidenschaftlich. Vieles an diesem Mann war rätselhaft; in ihm schienen gewaltige Kräfte zu schlummern, die gleichsam wussten, dass sie, ließe man ihnen freien Lauf, sich selbst und alles, womit sie in Berührung kämen, zerstören würden; ich müsste mich sehr irren, wenn es im Leben dieses Mannes nicht schon einmal eine derartige Eruption gegeben hat und er sich, durch die Erfahrung klug geworden und dem Tod mit knapper Not entronnen, nun fest in der Gewalt hatte. Besonders verblüffte mich die Mischung aus einer gewissen angeborenen, natürlichen Wildheit und einer ebensolchen angeborenen Hochherzigkeit, eine Mischung, der ich bei niemandem sonst begegnet bin.

Der Verdinger trat also vor, schloss halb die Augen und setzte im höchsten Falsett ein. Er hatte eine angenehme, süße, wenn auch ein wenig krächzende Stimme, mit der er spielte und jonglierte wie mit einem Kreisel, unermüdlich ließ er sie anschwellen und von oben nach unten strömen, um dann immer wieder zu den hohen Tönen zurückzukehren, die er mit besonderem Eifer hielt und in die Länge zog, zu verstummen und plötzlich die ursprüngliche Melodie mit einer gewissen übermütigen, waghalsigen Verwegenheit wieder aufzunehmen. Seine Übergänge waren bisweilen recht gewagt, bisweilen amüsant: ein Kenner würde seine reine Freude daran gehabt haben; einem Deutschen dagegen hätten sie Missvergnügen bereitet – ein russischer tenore di grazia, ténor léger. Er sang ein fröhliches Tanzlied, dessen Worte, sofern ich sie durch die endlosen Verzierungen, die angefügten Harmonien und Ausrufe, erkennen konnte, folgendermaßen lauteten:

Pflügen will ich, mein Mägdelein fein,
ein wenig das Ländelein;
Und dann säe ich, mein Mägdelein fein,
rote Blümelein.

Er sang und alle hörten aufmerksam zu. Er spürte offenbar, dass er es mit Kennern zu tun hatte, und gab deshalb seinem Affen Zucker, wie man zu sagen pflegt. In unserer Gegend versteht man etwas vom Singen, nicht umsonst ist das Dorf Sergijewskoje an der Orjoler Landstraße in ganz Russland berühmt für seinen außerordentlich angenehmen und harmonischen Gesang. Lange sang der Verdinger, ohne allerdings bei seinen Zuhörern allzu starke Sympathie zu wecken; ihm fehlte die Unterstützung durch einen Chor; bei einem besonders gelungenen Übergang, der sogar den Wilden Barin lächeln ließ, hielt es der Narr schließlich nicht mehr aus, er jauchzte vor Vergnügen. Alle fuhren zusammen. Narr und Blinzler fielen halblaut in den Gesang ein und riefen: »Na los! … Gib dir Mühe, du Schurke! … Gib dir Mühe, halte den Ton, Scheusal! Halte den Ton! Mehr Zunder, du Hund, du Köter! … Herodes soll dir Beine machen!« und Ähnliches mehr. Nikolai Iwanytsch wiegte hinter dem Schanktisch anerkennend den Kopf. Schließlich stampfte und trampelte der Narr mit den Füßen und zuckte mit der Schulter; Jakows Augen aber glühten wie Kohlen, er zitterte wie Espenlaub und lächelte abwesend vor sich hin. Nur der Wilde Barin verzog keine Miene und rührte sich nach wie vor nicht vom Fleck; sein auf den Verdinger gerichteter Blick aber hatte sich etwas entspannt, obwohl seine Lippen nach wie vor Geringschätzung ausdrückten. Ermutigt durch die Zeichen allgemeiner Freude, geriet der Verdinger vollends außer Rand und Band und begann sich in derartige Ausschmückungen hineinzusteigern, mit der Zunge zu schnalzen, zu trällern und so verwegen mit der Kehle zu jonglieren, dass, als er schließlich, müde, blass und schweißüberströmt, den Körper zurückbog und einen letzten ersterbenden Ton von sich gab, ihm ein ungestümer allgemeiner, einstimmiger Jubel entgegenschallte. Der Narr fiel ihm um den Hals und drückte ihm mit seinen langen, knochigen Armen beinahe die Luft ab; Nikolai Iwanytschs aufgedunsenes Gesicht hatte Farbe bekommen, er sah geradezu verjüngt aus; Jakow schrie wie ein Verrückter: »Wunderbar! Wunderbar!« Selbst mein Nachbar, der Bauer im zerrissenen Kaftan, konnte nicht an sich halten, schlug mit der Faust auf den Tisch und rief: »Oh! Das war schön, zum Teufel, war das schön!« und spuckte energisch auf den Boden.

»Was für eine Freude, Bruder!« schrie der Narr, ohne den erschöpften Verdinger loszulassen. »Was für eine Freude aber auch! Hast gewonnen, Bruder, hast gewonnen! Ich gratuliere! Das Achtel gehört dir! Jaschka kann dir nicht das Wasser reichen … Das sage ich dir: der kann dir nicht das Wasser reichen … Glaub's mir!« Und wieder drückte er den Verdinger an seine Brust.

»So lass ihn doch los; lass ihn los, du aufdringlicher Kerl …«, sagte Blinzler verärgert. »Lass ihn sich doch endlich mal hinsetzen; du siehst doch, dass er erschöpft ist … Was bist du nur für ein Einfaltspinsel, Bruder, der reinste Einfaltspinsel! Wieso klebst du an ihm wie eine Klette?«

»Na gut, soll er sich setzen, ich will inzwischen auf seine Gesundheit trinken«, sagte der Narr und trat an den Schanktisch. »Auf deine Rechnung, Bruder«, fügte er an den Verdinger gewandt hinzu.

Der nickte nur, setzte sich auf eine Bank, holte ein Tuch aus seiner Mütze und trocknete sich das Gesicht; der Narr aber trank mit eiliger Gier das Glas aus, ächzte nach Art der Trunkenbolde und setzte eine bekümmerte Miene auf.

»Du singst wirklich gut, mein Lieber«, bemerkte Nikolai Iwanytsch freundlich. »Und jetzt bist du dran, Jascha: nur Mut! Wir werden noch sehen, wer wen besiegt … Der Verdinger singt gut, bei Gott, er singt gut.«

»Sehr gut singt er«, sagte Nikolai Iwanytschs Frau und blickte Jakow lächelnd an.

»Gut, ha!« wiederholte halblaut mein Nachbar.

»Oho, ein Hinterwäldler, ein Poleche!«* schrie der Narr plötzlich, trat zu meinem Bauern mit dem Loch auf der Schulter, zeigte mit dem Finger auf ihn, sprang um ihn herum und brach in schallendes Gelächter aus. »Ein Poleche, ein Poleche! Ha, ein Hinterwäldler! Was willst du hier, du Hinterwäldler?« schrie er immer noch lachend.

* Polechen nennt man die Bewohner des südlichen Polessje, eines langgestreckten Waldgebietes, das an der Grenze zwischen dem Bolchower und dem Shisdraer Landkreis beginnt. In ihrer Lebensweise, ihren Sitten und ihrer Sprache gibt es viele Eigenheiten. Hinterwäldler nennt man sie wegen ihrer misstrauischen und engstirnigen Art.

Das arme Bäuerlein wurde verlegen und wollte schon aufstehen und so schnell wie möglich verschwinden, als plötzlich die eherne Stimme des Wilden Barin ertönte:

»Was ist das denn für ein unausstehliches Aas?« rief er zähneknirschend.

»Ich hab's nur so gesagt«, murmelte der Narr, »nur so …«

»Schluss jetzt, Ruhe!« entgegnete der Wilde Barin. »Jakow, fang an!«

Jakow griff sich an die Kehle.

»Ja, also, Bruder, also … Hm … Ich weiß wirklich nicht, also …«

»Genug jetzt, nur Mut. Schäm dich was! … Wieso windest du dich? … Sing, wie Gott dich geheißen hat.«

Der Wilde Barin senkte den Blick und wartete.

Jakow schwieg, blickte in die Runde und hielt sich die Hände vors Gesicht. Alles starrte ihn an, besonders der Verdinger, dessen Miene trotz der üblichen Selbstsicherheit und des triumphalen Erfolgs eine unwillkürliche, leichte Unruhe ausdrückte. Er lehnte sich gegen die Wand, schob wieder beide Hände unter die Schenkel, baumelte aber nicht mehr mit den Beinen. Als Jakow endlich die Arme sinken ließ, war sein Gesicht totenblass; hinter den gesenkten Wimpern waren die Augen kaum zu erkennen. Er holte tief Luft und fing an zu singen … Der erste Ton war schwach und unsicher und schien nicht aus der Brust aufzusteigen, sondern von irgendwo weither herbeigeschwebt zu kommen, als sei er zufällig ins Zimmer geflogen. Seltsam wirkte dieser bebende, klingende Ton auf uns; wir sahen einander an, Nikolai Iwanytschs Frau straffte sich. Diesem ersten Ton folgte ein zweiter, er war sicherer und hielt länger an, doch noch immer zitterte er wie eine Saite, die, nachdem sie unter einem kräftigen Finger plötzlich erklungen ist, in einer letzten ersterbenden Schwingung vibriert, dem zweiten ein dritter, und allmählich anschwellend und sich ausweitend, strömte ein schwermütiges Lied dahin. »Viele Wegelein führen übers Feld«, sang er, und uns allen wurde lieblich und weh ums Herz. Ich muss gestehen, selten habe ich eine solche Stimme gehört: sie war ein wenig spröde und klang, als hätte sie einen Sprung; zunächst meinte man sogar, sie sei kraftlos; doch eine unverfälschte, tiefe Leidenschaft, Jugendlichkeit, Stärke und Süße sprach aus ihr und eine hinreißend unbekümmert-sorglose, traurige Wehmut. Seine russische, wahrhaftige, ungestüme Seele tönte und atmete in ihr, berührte tief unser Herz und griff direkt in seine russischen Saiten. Das Lied schwoll an und strömte dahin. Jakow war offenbar von ihm berauscht, nun war er nicht mehr schüchtern, er gab sich ganz seinem Glück hin; seine Stimme zitterte auch nicht mehr, sie vibrierte, es war jenes kaum merkliche innere Beben der Leidenschaft, das wie ein Pfeil in die Seele der Zuhörer dringt und stetig an Kraft gewinnt, stärker wird und sich ausbreitet. Ich erinnere mich, dass ich einst, eines Abends während der Ebbe, an einem flachen Sandstrand des Meeres, das in der Ferne drohend rauschte, eine große weiße Möwe sah: sie saß reglos, die seidige Brust dem Purpurglanz der Abendröte dargeboten, und spannte nur hin und wieder die weiten Flügel aus, dem vertrauten Meer und der tief stehenden glutroten Sonne entgegen: an diese Möwe musste ich denken, als ich Jakow zuhörte. Er sang, ohne auch nur im Geringsten an seinen Konkurrenten oder an uns zu denken, und doch schien er von unserer schweigenden, leidenschaftlichen Teilnahme getragen, wie ein kühner Schwimmer von den Wellen. Er sang, und mit jedem seiner Töne wehte uns etwas Vertrautes an, etwas ungemein Großes, als öffnete sich vor uns die heimatliche Steppe und verlöre sich in ihren unendlichen Weiten. Ich spürte, wie Tränen in mir aufstiegen und mir in die Augen traten; plötzlich drang ein dumpfes, unterdrücktes Schluchzen an mein Ohr … Ich blickte mich um – die Wirtsfrau weinte, die Brust gegen das Fenster gelehnt. Jakow warf ihr einen flüchtigen Blick zu und sang noch melodischer und lieblicher als zuvor; Nikolai Iwanytsch hatte den Kopf gesenkt und Blinzler sich abgewandt; der Narr stand mit aufgerissenem Mund verzaubert da; das graue Bäuerlein schluchzte leise in seinem Winkel, bitter vor sich hin flüsternd wiegte es den Kopf; über das harte Gesicht des Wilden Barin rann langsam eine große Träne; der Verdinger presste die geballte Faust gegen die Stirn und rührte sich nicht … Ich kann nicht sagen, worin die allgemeine Verzückung kulminiert wäre, hätte Jakow nicht plötzlich mit einer hohen, außergewöhnlich zarten Note geendet – als sei ihm die Stimme gebrochen. Niemand jubelte, keiner regte sich; alle schienen zu warten, ob er weitersingen würde; doch er schlug die Augen auf, gleichsam erstaunt über unser Schweigen, sah sich fragend um und erkannte, dass er gesiegt hatte …

»Jascha«, sagte der Wilde Barin, legte ihm die Hand auf die Schulter und verstummte.

Wir standen alle da wie erstarrt. Der Verdinger erhob sich leise und ging zu Jakow. »Du … dein … du hast gewonnen«, sagte er schließlich – es kostete ihn viel Mühe – und stürzte nach draußen.

Seine hastige, entschlossene Bewegung schien den Bann

zu brechen: alles sprach nun durcheinander, laut und fröhlich. Der Narr sprang in die Höhe, lallte, schwenkte die Arme wie eine Mühle ihre Flügel; Blinzler humpelte zu Jakow und küsste ihn; Nikolai Iwanytsch stand auf und erklärte feierlich, dass er von sich aus noch ein Achtel Bier spendiere; der Wilde Barin lachte so gutmütig, wie ich es von ihm niemals erwartet hätte; das graue Bäuerlein wischte mit beiden Ärmeln über Augen, Wangen, Nase und Bart und rief: »Oh, wie schön, bei Gott, wie schön, zum Kuckuck noch eins, schön war das!«, und Nikolai Iwanytschs Frau, ganz rot im Gesicht, erhob sich rasch und ging hinaus. Jakow genoss den Sieg wie ein Kind; sein Gesicht war wie verwandelt; besonders die Augen strahlten vor Glück. Man zog ihn zum Schanktisch; er rief auch das verweinte graue Bäuerlein heran, schickte den Wirtssohn los, den Verdinger zu holen, den dieser allerdings nicht finden konnte, und das Gelage begann.

»Wir wollen noch mehr hören, bis zum Abend wirst du uns sicher noch mehr vorsingen«, wiederholte der Narr ein ums andere Mal mit hocherhobenen Armen.

Ich blickte noch einmal zu Jakow hinüber und ging hinaus, denn ich wollte nicht länger bleiben, fürchtete, mir den Eindruck zu verderben. Es war noch immer unerträglich heiß. Die Hitze schien wie eine dichte, schwere Schicht direkt über dem Erdboden zu liegen; durch den feinen, fast schwarzen Staub glänzten am dunkelblauen Himmel kleine helle Funken. Alles schwieg; es lag etwas Hoffnungsloses, Bedrücktes in diesem tiefen Schweigen der ermatteten Natur. Ich fand eine Scheune und legte mich ins gerade gemähte, doch fast schon trockene Gras. Lange konnte ich nicht einschlafen; lange noch klang mir Jakows unvergleichliche Stimme im Ohr … Schließlich forderten Hitze und Müdigkeit ihren Tribut, und ich sank in einen totenähnlichen Schlaf. Als ich erwachte, war es schon dunkel; das ringsum ausgebreitete Gras duftete stark und war ein wenig feucht geworden; durch die dünnen Streben des halb abgedeckten Daches schimmerten schwach blasse Sterne. Ich trat ins Freie. Das Abendrot war schon lange erloschen, am Horizont schimmerte sein letzter Widerschein; in der noch vor kurzem glühend heißen Luft spürte man trotz der nächtlichen Frische noch die Wärme, und die Brust lechzte noch immer nach einem kühlen Hauch. Es war windstill und wolkenlos; der Himmel stand rein, dunkel und klar über mir, sacht flimmerten ungezählte, kaum sichtbare Sterne. Im Dorf blinkten Lichter; aus der hell erleuchteten Schenke drang wirrer, undeutlicher Lärm, mir schien, als sei auch Jakows Stimme darunter. Von Zeit zu Zeit ertönte wüstes Gelächter. Ich ging näher, trat ans Fenster und drückte mein Gesicht gegen die Scheibe. Was ich sah, war ein wenig erfreuliches, wenn auch buntes, lebendiges Bild: alle waren betrunken, ausnahmslos alle, einschließlich Jakow. Mit entblößter Brust saß er auf einer Bank, klimperte und zupfte träge auf den Saiten einer Gitarre herum und sang mit krächzender Stimme ein vulgäres Tanzlied. Feuchte Haarsträhnen hingen ihm ins schrecklich blasse Gesicht. In der Schenke tanzte hopsend und springend der Narr vor dem Mann im grauen Bauernrock, völlig »entfesselt« und ohne Kaftan; das Bäuerlein seinerseits stampfte und scharrte mühsam mit den kraftlosen Beinen, lächelte stumpfsinnig unter dem zottligen Bart und machte hin und wieder eine Handbewegung, als wollte es sagen: »Mir soll's recht sein.« Sein Gesichtsausdruck war überaus komisch;

wie sehr er sich auch mühte, seine Brauen hochzuziehen, die schwer gewordenen Lider wollten sich einfach nicht öffnen, sie blieben auf den kaum erkennbaren, benebelten, wonnetrunkenen Äuglein liegen. Er befand sich in jenem lieblichen Zustand eines restlos berauschten Menschen, zu dem jeder Vorübergehende, nachdem er ihm ins Gesicht gesehen hat, unweigerlich sagt: »Lass es gut sein, mein Lieber, lass es gut sein.« Blinzler, rot angelaufen wie ein Krebs und mit geweiteten Nasenlöchern, saß in seiner Ecke und lachte höhnisch; nur Nikolai Iwanytsch bewahrte, wie es sich für einen wahren Schankwirt gehört, seine unwandelbare Gelassenheit. In der Schenke hatten sich viele neue Gäste eingefunden, den Wilden Barin aber konnte ich nicht mehr entdecken.

Ich wandte mich ab und stieg schnellen Schrittes vom Hügel hinab, auf dem Kolotowka liegt. Am Fuße dieses Hügels breitet sich eine weite Ebene aus; gehüllt in die dunstigen Schwaden des Abendnebels schien sie noch unübersehbarer und mit dem dunkel werdenden Himmel zu verschmelzen. Mit großen Schritten ging ich den Weg am Graben entlang, als plötzlich von der Ebene her aus weiter Ferne die helle Stimme eines Jungen erklang. »Antropka! Antropka-a-a! …«, rief er immer wieder in weinerlichem, verzweifeltem Tonfall, wobei er die letzte Silbe in die Länge zog.

Dann verstummte er für einige Augenblicke und fing erneut an zu rufen. Seine Stimme hallte klingend in der reglosen, leise schlummernden Luft. Mindestens dreißig Mal rief er Antropkas Namen, als plötzlich vom entgegengesetzten Ende wie aus dem Jenseits eine kaum hörbare Antwort heranwehte:

»W-a-a-a-s denn?«

Sogleich rief die Jungenstimme verärgert, doch voller Freude:

»Komm her, du Waldschra-a-a-a-t!«

»Wies-o-o-o?« antwortete der andere nach einer Weile.

»Weil Papa dich verhauen w-i-i-i-ll«, rief die erste Stimme schnell.

Die zweite Stimme antwortete nun nicht mehr, und der Junge fing von neuem an, Antropka zu rufen. Seine Rufe, die seltener und schwächer wurden, drangen noch an mein Ohr, als es schon völlig finster geworden war und ich den Wald umrundet hatte, der mein Dorf umgibt und vier Werst von Kolotowka entfernt liegt …

»Antropka-a-a-!« schien noch immer in der Luft zu klingen, die nun von den Schatten der Nacht erfüllt war.

PJOTR PETROWITSCH KARATAJEW

Vor etwa fünf Jahren musste ich im Herbst einmal an der Landstraße von Moskau nach Tula fast einen ganzen Tag in der Poststation verbringen, weil keine Pferde da waren. Ich befand mich auf dem Rückweg von der Jagd und war so unvorsichtig gewesen, meine Troika vorauszuschicken. Der Postmeister, ein schon alter, finsterer Mann mit kleinen, schlaftrunkenen Augen, dem die Haare bis auf die Nase hingen, beantwortete meine Klagen und Bitten nur mit einem Knurren, schlug wütend die Tür zu, als verfluche er selbst sein Amt, trat auf die Treppe hinaus und schimpfte mit den Kutschern, die mit ihren pudschweren Krummhölzern auf den Armen langsam durch den Schlamm stapften oder gähnend und sich kratzend auf der Bank saßen und den zornigen Ausrufen ihres Vorgesetzten keine besondere Beachtung schenkten. Schon drei Mal hatte ich Tee getrunken, einige Male vergeblich versucht einzuschlafen, sämtliche Aufschriften an Fenstern und Wänden studiert: mich quälte eine schreckliche Langeweile. Teilnahmslos, niedergeschlagen und verzweifelt betrachtete ich gerade die hochgeklappten Deichselstangen meines Reisewagens, da erklang plötzlich Glockengeläut und ein kleiner Pferdewagen mit drei erschöpften Pferden machte vor der Treppe halt. Der Ankömmling sprang vom Wagen und kam mit dem Ruf herein: »Neue Pferde, schnell!« Während er noch erstaunt die Antwort des Postmeisters anhörte, dass keine Pferde da seien, konnte ich mit der unersättlichen Neugier eines sich langweilenden

Menschen meinen neuen Gefährten vom Scheitel bis zur Sohle betrachten.

Dem Aussehen nach war er etwa dreißig Jahre alt. Die Pocken hatten in seinem trockenen, gelblichen, unangenehm kupferrot schimmernden Gesicht unauslöschliche Spuren hinterlassen; seine blauschwarzen langen Haare wellten sich hinten auf dem Kragen, vorn ringelten sie sich zu verwegenen Schläfenlocken; die kleinen verquollenen Augen waren vollkommen ausdruckslos; auf der Oberlippe sprossen ihm einige Härchen. Gekleidet war er wie ein draufgängerischer Gutsbesitzer, der sich gern auf Pferdemärkten herumtreibt, er trug einen bunten, ziemlich speckigen Archaluk, ein ausgeblichenes lilafarbenes Seidentuch, eine Weste mit Messingknöpfen und graue Hosen mit ungeheuer weiten glockenförmigen Hosenbeinen, unter denen die Spitzen seiner ungeputzten Stiefel kaum zu sehen waren. Er roch stark nach Tabak und Wodka; an seinen dicken, roten, von den Ärmeln des Archaluk fast verdeckten Fingern prangten Silberringe und billiger Tulaschmuck. Solche Gestalten trifft man in Russland nicht zu Dutzenden, sondern zu Hunderten; um die Wahrheit zu sagen, bereitet der Umgang mit ihnen nicht das geringste Vergnügen; doch trotz des Vorurteils, mit dem ich den Ankömmling musterte, fiel mir sein sorglos-gutmütiger, von Leidenschaftlichkeit zeugender Gesichtsausdruck auf.

»Der Herr hier wartet auch schon seit über einer Stunde«, sagte der Postmeister und deutete auf mich.

»Seit über einer Stunde!« – der Kerl machte sich über mich lustig.

»Er hat es vielleicht nicht so eilig«, antwortete der Ankömmling.

»Das kann man nicht wissen«, sagte der Postmeister finster.

»Geht es wirklich nicht? Haben Sie tatsächlich keine Pferde?«

»Nein. Kein einziges.«

»Dann lassen Sie mir den Samowar aufstellen. Ich werde ja wohl oder übel warten müssen.«

Er setzte sich auf eine Bank, warf die Mütze auf den Tisch und fuhr sich mit der Hand durch die Haare.

»Haben Sie schon Tee getrunken?« fragte er mich.

»Ja.«

»Wie wäre es mit noch einem, zur Gesellschaft?«

Ich willigte ein. Zum vierten Mal erschien der bauchige rötliche Samowar auf dem Tisch, und ich steuerte eine Flasche Rum bei. Ich hatte mich nicht geirrt, als ich mein Gegenüber für einen kleinen Gutsbesitzer gehalten hatte. Sein Name war Pjotr Petrowitsch Karatajew.

Wir kamen ins Gespräch. Noch keine halbe Stunde war seit seiner Ankunft vergangen, da hatte er mir schon in gutmütigster Offenherzigkeit seine Lebensgeschichte erzählt.

»Jetzt fahre ich nach Moskau«, sagte er und leerte sein viertes Glas, »auf dem Land gibt es für mich nichts mehr zu tun.«

»Wieso denn nicht?«

»So ist das eben, die Wirtschaft ist zerrüttet, die Bauern habe ich zugrunde gerichtet, wie ich zugeben muss; es waren schlechte Zeiten: Missernten, allerlei Unglücksfälle, wissen Sie … Im Übrigen«, fügte er hinzu und blickte niedergeschlagen zur Seite, »was für ein Gutsherr bin ich schon!«

»Wie meinen Sie das?«

»Ach«, unterbrach er mich, »ich tauge nicht zum Gutsherrn! Schauen Sie«, fuhr er fort, neigte den Kopf zur Seite und zog eifrig an seiner Pfeife, »wenn Sie mich ansehen, denken Sie sicher, dass ich … aber ich habe ja, will ich Ihnen sagen, nur eine mittlere Bildung genossen; es war nicht genug Geld da. Sie müssen entschuldigen, ich bin ein offenherziger Mensch, und außerdem …«

Er sprach nicht zu Ende und winkte ab. Ich versuchte ihn zu überzeugen, dass er sich irrte, dass ich mich sehr über unsere Begegnung freute usw., und sagte dann, für die Leitung eines Gutes sei an sich keine besonders umfassende Bildung nötig.

»Das ist wahr«, antwortete er, »ja, das ist wahr. Aber dennoch muss man dafür geschaffen sein! So mancher zieht den Bauern das Fell über die Ohren und es macht ihm nichts aus! Ich aber … Gestatten Sie die Frage, sind Sie aus Piter oder aus Moskau?«

»Ich bin aus Petersburg.«

Er blies eine lange Rauchwolke durch die Nasenlöcher.

»Ich fahre jetzt nach Moskau, will mir eine Stellung suchen.«

»Und wo wollen Sie anfangen?«

»Das weiß ich noch nicht; wie es sich ergibt. Um die Wahrheit zu sagen, ich fürchte den Staatsdienst: man hat zu viel Verantwortung. Ich habe immer auf dem Land gelebt; bin daran gewöhnt, wissen Sie … Aber da kann man nichts machen … Die Not. Ach, diese verflixte Not!«

»Dafür werden Sie in der Hauptstadt leben.«

»In der Hauptstadt … na, ich weiß gar nicht, was an der Hauptstadt gut sein soll … Mal sehen, vielleicht ist es ja doch gut … Auf dem Land, da ist es besser, etwas Besseres kann es gar nicht geben.«

»Aber ist es für Sie wirklich unmöglich, auf dem Land zu leben?«

Er seufzte.

»Ja, unmöglich, denn das Gut gehört mir nicht mehr.«

»Wieso denn nicht?«

»Tja, da ist so ein guter Mann aufgetaucht, ein Nachbar … nun, Wechselschulden …«

Der arme Pjotr Petrowitsch fuhr sich mit der Hand übers Gesicht, dachte einen Moment nach und schüttelte den Kopf.

»Na, so ist das eben! Ehrlich gesagt«, fügte er nach einer kurzen Weile hinzu, »ich kann niemandem Vorwürfe machen, bin selbst schuld. Hab gern über die Stränge geschlagen! … Ja, zum Teufel, ich schlage gern über die Stränge!«

»War das Landleben amüsant?« fragte ich ihn.

»Mein Herr«, antwortete er bedächtig und sah mir direkt in die Augen, »ich hatte zwölf Koppeln Jagdhunde, Jagdhunde, sage ich Ihnen, wie es sie selten gibt.« Die letzten Worte sprach er mit besonderer Betonung. »Hasen haben sie im Fluge gehetzt, beim Pelzwild aber, da waren sie Schlangen, die reinsten Nattern. Auch mit meinen Barsois konnte ich Staat machen. Aber das gehört jetzt alles der Vergangenheit an, weshalb sollte ich Ihnen etwas vormachen. Auch mit der Flinte bin ich auf die Jagd gegangen. Ich hatte einen Hund, Komtesschen; einen außergewöhnlichen Vorstehhund, eine Hündin, die hat jedes Wild nur durch die Witterung aufgespürt. Wenn ich im Sumpfland jagen ging und zu ihr sagte ›cherche!‹, sie aber unwillig war zu suchen, dann hätte man die Gegend mit einem Dutzend

Hunde durchstreifen können und es wäre doch nichts dabei herausgekommen! Wenn sie aber loslief, dann mit vollem Einsatz! … Und wie wohlerzogen sie im Haus war. Gab man ihr ein Stück Brot mit der linken Hand und sagte: Ein Jud hat davon gegessen, nahm sie es nicht, gab man es ihr aber mit der rechten Hand und sagte dazu: Ein gnädiges Fräulein hat davon gegessen, nahm sie es sofort und fraß es auf. Ich besaß auch einen Welpen von ihr, einen vortrefflichen Welpen, ich wollte ihn eigentlich mitnehmen nach Moskau, aber ein Freund hat ihn mir abgebettelt, zusammen mit der Flinte. Er hat gesagt: In Moskau, mein Lieber, wirst du dafür keine Zeit haben; da hast du ganz andere Dinge zu tun, mein Lieber. So habe ich ihm den Welpen überlassen, und die Flinte dazu; alles habe ich zurückgelassen.«

»Aber Sie könnten auch in Moskau auf die Jagd gehen.«

»Ach nein, wozu? Ich habe mich nicht in der Gewalt gehabt, wer nicht hören will, muss fühlen. Ich würde lieber wissen, wie das Leben in Moskau ist – ist es teuer?«

»Nein, nicht allzu sehr.«

»Nicht allzu sehr? … Und, gestatten Sie bitte die Frage, gibt es in Moskau auch Zigeuner?«

»Was für Zigeuner?«

»Na die, die über die Jahrmärkte ziehen.«

»Ja, die gibt's in Moskau …«

»Das ist gut. Ich liebe Zigeuner, zum Teufel, ich liebe sie …«

Und Pjotr Petrowitschs Augen blitzten fröhlich und draufgängerisch. Doch plötzlich rutschte er auf der Bank hin und her, wurde nachdenklich, ließ den Kopf hängen und streckte mir sein leeres Glas entgegen.

»Geben Sie mir etwas von Ihrem Rum«, sagte er.

»Aber es ist kein Tee mehr da.«

»Das macht nichts, pur, ohne Tee … Ach!«

Karatajew schlug die Hände vors Gesicht und stützte die Ellbogen auf den Tisch. Ich betrachtete ihn schweigend und wartete auf jene Gefühlsergüsse und vielleicht gar Tränen, mit denen Betrunkene so freigiebig sind; als er jedoch den Kopf hob, verblüffte mich, wie ich zugeben muss, sein tieftrauriger Gesichtsausdruck.

»Was haben Sie?«

»Nichts … ich musste an frühere Zeiten denken, an eine seltsame Geschichte … Ich würde sie Ihnen erzählen, aber ich möchte Sie nicht belästigen.«

»Aber ich bitte Sie!«

»Tja«, fuhr er seufzend fort, »was man nicht alles erlebt … Wenn Sie wollen, erzähle ich es Ihnen. Aber ich weiß nicht recht …«

»Erzählen Sie, lieber Pjotr Petrowitsch.«

»Gut, obwohl … Schauen Sie«, begann er, »aber ich weiß wirklich nicht …«

»Ich bitte Sie, lieber Pjotr Petrowitsch.«

»Nun gut. So hören Sie denn, was mir widerfahren ist. Ich lebte also auf dem Land … Plötzlich verguckte ich mich in ein Mädchen, ach, was für ein Mädchen das war … eine Schönheit, und wie klug und gut! Sie hieß Matrjona. Es war ein einfaches Mädchen, Sie verstehen, eine Leibeigene, also eine Magd. Aber sie gehörte nicht mir, sondern anderen, das war das Schlimme. Ich habe sie lieb gewonnen – so eine Geschichte war das –, und sie mich auch. Dann wollte Matrjona, dass ich sie freikaufe von ihrer Herrin; ich hatte auch selbst schon an so etwas gedacht … Ihre Herrin war reich, ein furchtbares altes Weib; sie lebte fünfzehn Werst von mir entfernt. Nun, eines schönen Tages, wie man so schön sagt, ließ ich meine Troika vor den Wagen spannen, als Deichselpferd nahm ich einen Passgänger, einen herrlichen Asiaten, deshalb hieß er auch Lampurdos, machte mich fein und fuhr zu Matrjonas Herrin. Angekommen, sehe ich: ihr Haus ist groß, mit allerlei Nebengebäuden und einem Park … An der Weggabelung zum Gut erwartet mich Matrjona schon, sie will mit mir reden, küsst mir dann aber bloß die Hand und tritt zur Seite. Ich komme also in die Diele und frage: ›Ist die Herrschaft zu Hause?‹ Ein hoch aufgeschossener Lakai fragt mich: ›Wen darf ich melden?‹ Ich sage: ›Melde, dass der Gutsbesitzer Karatajew gekommen ist, um etwas zu besprechen, mein Lieber.‹ Der Lakai entfernt sich; ich bleibe zurück und denke mir: was wird mich wohl erwarten? Die Bestie wird sicher einen Riesenpreis herausschlagen wollen, obwohl sie reich ist. Fünfhundert Rubel wird sie sicher haben wollen. Schließlich kommt der Lakai zurück und sagt: ›Wenn ich bitten darf.‹ Ich trete nach ihm in den Salon. Da sitzt so eine kleine, gelbliche Alte im Lehnstuhl und klappert mit den Augen. ›Was wünschen Sie?‹ Ich hielt es zunächst für schicklich, ihr zu erklären, dass ich mich freue, ihre Bekanntschaft zu machen. ›Sie irren sich, ich bin nicht die hiesige Herrin, ich bin eine Verwandte … Was wünschen Sie?‹ Ich erkläre ihr sogleich, dass ich mit der Hausherrin sprechen müsse. ›Marja Iljinitschna empfängt heute nicht: sie fühlt sich nicht wohl … Was wünschen Sie?‹ Da ist nichts zu machen, denke ich bei mir, dann will ich ihr mein Anliegen erklären. Die Alte hört mich an. ›Matrjona? Was für eine Matrjona?‹ – ›Matrjona Fjodorowa, Kuliks Tochter.‹ – ›Fjodor Kuliks

Tochter … woher kennen Sie sie denn?‹ – ›Durch Zufall.‹ – ›Und weiß sie von Ihrer Absicht?‹ – ›Ja.‹ Die Alte verstummt. ›Die kann was erleben, das Luder! …‹ Ich wunderte mich, das muss ich gestehen. ›Aber wieso denn, ich bitte Sie! … Ich bin bereit, jeden Preis zu zahlen, den Sie verlangen.‹ Die alte Vettel schäumt nur so. ›Meinen Sie, Sie können uns damit beeindrucken: als ob wir Ihr Geld nötig hätten! … Die kann was erleben, na warte … Der werde ich die Flausen schon austreiben.‹ Die Alte bekam vor Bosheit einen Hustenanfall. ›Hat sie es bei uns etwa nicht gut? … Ach, ein Teufel ist sie, Gott verzeihe mir die Sünde!‹ Ich verlor die Fassung, das gebe ich zu. ›Aber warum drohen Sie dem armen Mädchen denn? Was hat sie Ihnen getan?‹ Die Alte bekreuzigte sich. ›Ach, du mein lieber Herrgott, Jesus Christus! Kann ich mit meinen Mägden etwa nicht machen, was ich will?‹ – ›Aber sie gehört Ihnen doch gar nicht!‹ – ›Das lassen Sie Marja Iljinitschnas Sorge sein; das geht Sie gar nichts an, Batjuschka; der Matrjoschka aber, der werde ich zeigen, wem sie gehört.‹ Ich gebe zu, es hätte nicht viel gefehlt und ich hätte mich auf die verfluchte Alte gestürzt, ich musste aber an Matrjona denken und ließ die Arme sinken. Mir war so bange zumut, dass ich es gar nicht wiedergeben kann; ich verlegte mich aufs Bitten: ›Verlangen Sie, was Sie wollen.‹ – ›Aber wozu brauchen Sie sie denn?‹ – ›Sie gefällt mir, Matuschka; versetzen Sie sich doch in meine Lage … Gestatten Sie mir, Ihre Hand zu küssen.‹ Ich küsste der Schurkin sogar die Hand! ›Also gut‹, nuschelte die Hexe, ›ich werde es Marja Iljinitschna sagen; sie wird entscheiden; kommen Sie in zwei Tagen wieder.‹ Überaus beunruhigt fuhr ich nach Hause. Ich begriff, dass ich die Sache falsch angefangen hatte, ich hätte mir meine

Gefühle nicht anmerken lassen dürfen, doch das war mir zu spät klargeworden. Zwei Tage darauf begab ich mich zur Hausherrin. Man führte mich in ihr Kabinett. Unmengen von Blumen, eine geschmackvolle Einrichtung, sie selbst thront auf einem extravaganten Sessel, den Kopf auf ein Kissen gebettet; die Verwandte vom vorigen Mal sitzt bei ihr und noch ein schiefmäuliges semmelblondes Fräulein in grünem Kleid, offenbar die Gesellschafterin. Die Alte sagt näselnd: ›Nehmen Sie bitte Platz.‹ Ich setze mich. Sie beginnt mich auszufragen, wie alt ich sei, wo ich in Diensten gestanden hätte, was ich zu tun beabsichtige, und alles von oben herab, hochmütig. Ich antworte ausführlich. Die Alte nimmt ein Tuch vom Tisch und fächelt sich damit Luft zu … ›Mir hat‹, sagt sie, ›Katerina Karpowna von Ihrer Absicht berichtet‹, sagt sie; ›ich aber habe es mir zur Regel gemacht, meine Leute nicht in fremde Dienste zu geben. Das ist unschicklich, es gehört sich nicht für ein anständiges Haus und läuft der Ordnung zuwider. Ich habe bereits Anordnungen getroffen‹, sagt sie, ›Sie brauchen sich also nicht weiter zu bemühen.‹ – ›Ich bitte Sie, wovon sprechen Sie? Vielleicht benötigen Sie Matrjona Fjodorowa auch selbst?‹ – ›Nein‹, sagt sie, ›ich benötige sie nicht.‹ – ›Aber warum wollen Sie sie mir dann nicht überlassen?‹ – ›Weil ich es eben nicht wünsche; ich wünsche es nicht, Punktum. Ich habe‹, sagt sie, ›bereits Anordnungen getroffen: sie kommt in ein Steppendorf.‹ Es traf mich wie ein Blitzschlag. Die Alte sagte etwas auf Französisch zum Fräulein in Grün: die ging hinaus. ›Ich‹, sagt sie, ›bin eine Frau mit strengen Grundsätzen; auch ist meine Gesundheit angegriffen; Aufregung schadet mir. Sie sind noch jung, ich aber bin eine alte Frau und berechtigt, Ihnen einen Rat zu geben.

Wäre es nicht besser, Sie gründeten einen Hausstand, heirateten, suchten sich eine gute Partie; reiche Bräute sind eine Seltenheit, aber ein armes, doch tugendhaftes Mädchen lässt sich durchaus finden.‹ Ich sehe die Alte an, wissen Sie, und begreife nicht das Geringste von dem, was sie von sich gibt; ich höre sie von Heirat reden, aber das Steppendorf klingt mir noch in den Ohren. Heiraten! … was für ein Teufel! …«

Hier hielt der Erzähler plötzlich inne und sah mich an.

»Sie sind nicht verheiratet, oder?«

»Nein.«

»Ja, natürlich, ich verstehe. Also, ich hielt es nicht länger aus: ›Aber ich bitte Sie, Matuschka, was reden Sie denn für einen Unsinn? Was für eine Heirat? Ich möchte einfach nur von Ihnen wissen, ob Sie mir Ihre Magd Matrjona überlassen wollen oder nicht.‹

Die Alte aber fing an zu jammern. ›Ach, ich echauffiere mich! Ach, sagen Sie ihm, er soll gehen! Ach! …‹

Die Verwandte stürzte zu ihr und schrie auf mich ein. Die Alte aber stöhnte nur immerzu: ›Womit habe ich das verdient? … Ich bin wohl nicht mehr Herrin im eigenen Haus? Ach, ach!‹

Ich nahm meinen Hut und lief fort wie von Sinnen.

»Vielleicht«, fuhr der Erzähler fort, »verurteilen Sie mich dafür, dass ich mich so sehr zu einem Mädchen aus dem niederen Stand hingezogen gefühlt habe; ich will mich nicht rechtfertigen … es ist eben geschehen! … Glauben Sie mir, weder bei Tag noch bei Nacht bin ich zur Ruhe gekommen … Ich habe mich gequält! Warum nur, habe ich gedacht, hast du das unglückliche Mädchen ins Verderben gestürzt? Wenn ich daran dachte, wie sie im Bauernkittel die Gänse hütet und auf Anordnung der Herrin geknechtet wird und der Dorfälteste, ein Kerl in geteerten Stiefeln, sie wüst beschimpfen darf, brach mir der kalte Schweiß aus. Ich hielt es nicht aus, fand heraus, in welches Dorf sie verbannt worden war, stieg aufs Pferd und ritt los. Erst am Abend des nächsten Tages kam ich an. Offenbar hatte man einen solchen Coup nicht von mir erwartet und deshalb meinetwegen keine Vorkehrungen getroffen. Ich ging direkt zum Dorfältesten, gab vor, ein Nachbar zu sein, betrat den Hof und sah: Matrjona saß auf den Arm gestützt auf der Treppe. Sie wollte aufschreien, ich aber beschwor sie, still zu sein, und deutete auf das Feld hinter dem Hof. Dann trat ich ins Haus; ich schwatzte mit dem Dorfältesten, log das Blaue vom Himmel herunter, passte einen günstigen Augenblick ab und ging zu Matrjona hinaus. Wie sie mir um den Hals fiel, die Ärmste. Blass war mein Täubchen geworden und mager. Ich sagte zu ihr: ›Aber nein, Matrjona, nein, weine nicht‹, mir selbst aber liefen die Tränen nur so übers Gesicht … Doch dann schämte ich mich und sagte zu ihr: ›Mit Tränen, Matrjona, kommt man dem Unglück nicht bei, jetzt müssen wir handeln, wie man sagt, entschlossen handeln; du musst mit mir fliehen; so müssen wir handeln!‹ Matrjona erstarrte … ›Aber wie denn? Dann bin ich verloren, dann werden sie mich zu Tode quälen!‹ – ›Du Dummchen, wer soll dich denn finden?‹ – ›Sie werden mich finden, in jedem Fall. Ich danke Ihnen, Pjotr Petrowitsch, mein Leben lang werde ich Ihre Güte nicht vergessen, aber jetzt überlassen Sie mich meinem Schicksal; so ist es mir nun einmal bestimmt.‹ – ›Ach, Matrjona, Matrjona, ich habe dich immer für ein Mädchen mit Charakter gehalten.‹ Tatsächlich, Charakter hatte sie … und was für eine

Seele, eine goldene Seele! ›Wieso willst du hierbleiben! Schlimmer kann es nicht werden. Sag mir doch: hast du die Fäuste des Dorfältesten schon zu spüren bekommen?‹ Matrjona wurde über und über rot, ihre Lippen begannen zu zittern. ›Aber meine Familie wird leiden.‹ – ›Zum Kuckuck mit deiner Familie … werden sie sie zur Strafe umsiedeln, oder was?‹ – ›Ja; meinen Bruder sicher.‹ – ›Und deinen Vater?‹ – ›Meinen Vater nicht; er ist ein zu guter Schneider.‹ – ›Na siehst du; dein Bruder wird schon nicht draufgehen dabei.‹ Ob Sie es glauben oder nicht, mit Müh und Not konnte ich sie überreden; sie wollte mir noch auseinandersetzen, dass ich dann auch die Verantwortung trage … ›Das‹, sagte ich zu ihr, ›lass meine Sorge sein …‹ Und so habe ich sie entführt … nicht bei diesem Besuch, ein andermal: nachts bin ich mit einem Wagen gekommen und habe sie entführt.«

»Entführt?«

»Ja, entführt … Und dann hat sie bei mir gelebt. Ich hatte ein kleines Haus und wenig Dienerschaft. Meine Leute, das sage ich Ihnen unverhohlen, waren mir ergeben; für kein Geld der Welt hätten sie mich verraten. So lebte ich herrlich und in Freuden. Matrjonuschka kam zu Kräften, erholte sich; ich band mich also an sie … Was war das für ein Mädchen! Woher sie das nur hatte! Singen konnte sie, und tanzen, und Gitarre spielen … Vor den Nachbarn hielt ich sie versteckt, die hätten es am Ende noch ausgeplaudert! Ich hatte aber einen Freund, einen Busenfreund, Pantelej Gornostajew, Sie kennen ihn vielleicht? Der vergötterte sie geradezu: er küsste ihr sogar die Hand wie einer Dame, wahrhaftig. Und ich sage Ihnen, Gornostajew ist aus anderem Holz geschnitzt als ich: ein gebildeter Mann ist das, hat den ganzen Puschkin gelesen; wenn er sich so manches Mal mit uns unterhielt, haben wir nur gestaunt, Matrjona und ich. Sogar das Schreiben hat er ihr beigebracht, so ein Kauz ist das! … Und wie ich sie ausstaffiert habe, besser als die Gouverneursfrau war sie gekleidet; einen Pelz habe ich ihr nähen lassen, außen scharlachroter Samt mit Pelzbesatz … Wie er ihr gestanden hat, dieser Pelz! Den hatte eine Madame aus Moskau genäht, tailliert, nach neuestem Geschmack. Aber wie wunderlich diese Matrjona war! Bisweilen saß sie stundenlang in Gedanken versunken da, schaute zu Boden und rührte sich nicht; ich saß bei ihr, blickte sie an und konnte mich nicht sattsehen, ganz so, als sähe ich sie zum ersten Mal … Sie lächelte traurig, mir aber bebte das Herz, als kitzele mich jemand. Und dann wieder war sie fröhlich, lachte, scherzte und tanzte; umarmte mich so fest, so innig, dass mir ganz schwindlig wurde. Von früh bis spät dachte ich nur an eines: womit könnte ich ihr wohl eine Freude bereiten? Und glauben Sie mir, ich beschenkte sie nur deshalb, um zu sehen, wie sich mein Liebling freute, vor Freude errötete, mein Geschenk anprobierte, damit zu mir kam und mich küsste. Auf welche Weise ihr Vater der Sache auf die Schliche kam, ist mir ein Rätsel; er besuchte uns, der alte Mann, und brach in Tränen aus … Vor Freude hat er geweint, was haben Sie denn gedacht? Wir haben Kulik mit Geschenken überschüttet. Und zum Schluss schenkte ihm mein Täubchen noch selbst einen Fünfrubelschein. Wie er ihr zu Füßen fiel – was für ein wunderlicher Mann! So lebten wir fünf Monate lang; ich hätte nichts dagegen gehabt, mein ganzes Leben mit ihr zu verbringen, aber auf mir lastet ein Fluch!«

Pjotr Petrowitsch hielt inne.

»Was ist denn geschehen?« fragte ich ihn voller Mitgefühl.

Er winkte ab.

»Alles ist zum Teufel gegangen. Ich habe sie ins Verderben gestürzt. Matrjonuschka, müssen Sie wissen, unternahm für ihr Leben gern Schlittenfahrten, manchmal lenkte sie auch selbst; dann zog sie bestickte Fausthandschuhe an und ihren Pelz und jauchzte nur so vor Vergnügen. Wir fuhren immer abends, um niemandem zu begegnen, wissen Sie. Eines schönen Tages nun war es herrlich; ein klarer, windstiller Frosttag … wir fuhren los. Matrjona lenkte. Und ich wunderte mich nur, wohin sie fährt. Doch nicht etwa nach Kukujewka, ins Dorf ihrer Herrin? Tatsächlich, nach Kukujewka. Ich sagte zu ihr: ›Bist du verrückt geworden, wohin fährst du denn?‹ Sie warf mir nur einen Blick über die Schulter zu und lächelte zweideutig. Denen werden wir es zeigen, sollte das wohl heißen. Nun denn, dachte ich, auf geht's. Am Herrenhaus vorbeizufahren, das ist doch ein Spaß, sagen Sie selbst, ist das kein Spaß? Wir fuhren also. Mein Passgänger flog nur so, die Seitenpferde liefen wie der Wirbelwind, die Kirche von Kukujewka war schon zu sehen; da kam plötzlich eine alte grüne Schlittenkutsche über die Straße gekrochen, auf dem Wagentritt ein Lakai … Die Herrin, die Herrin kam gefahren! Ich bekam es mit der Angst, Matrjona aber schlug mit den Zügeln auf die Pferde ein und raste geradewegs auf die Kutsche zu! Der Kutscher, verstehen Sie, sah einen wild gewordenen Alchimeres auf sich zurasen, wollte ausweichen und kippte die Kutsche dabei durch die jähe Bewegung in eine Schneewehe. Die Scheiben gingen zu Bruch, die Herrin schrie: ›Oje, oje, oje! Oje, oje, oje!‹ Ihre Begleiterin piepste: ›Hilfe,

Hilfe!‹ Und wir preschten vorbei was das Zeug hält, galoppierten dahin, und ich dachte: Das nimmt ein schlimmes Ende, es war falsch von mir, ihr zu erlauben, nach Kukujewka zu fahren. Und was denken Sie? Die Herrin hat Matrjona natürlich erkannt, und mich auch, und hat Klage gegen mich eingereicht, die Alte: meine Magd ist flüchtig, lebt jetzt beim Adligen Karatajew; und das nötige Kleingeld hat sie natürlich auch beigefügt. Bald darauf kam der Kreispolizeichef zu mir gefahren; ich kannte ihn, den Kreispolizeichef, Stepan Sergejitsch Kusowkin, ein guter Mensch, nein, eigentlich kein guter Mensch. Er kam also zu mir und sagte: So und so, Pjotr Petrowitsch, wie konnten Sie nur? Bedenken Sie, das Vergehen, die Gesetze sind in dieser Hinsicht eindeutig. Ich sagte zu ihm: ›Darüber werden wir natürlich noch sprechen, aber möchten Sie nicht zuvor einen Imbiss, nach der Fahrt?‹ Mit dem Imbiss war er einverstanden, doch dann sagte er: ›Die Rechtsprechung fordert es, Pjotr Petrowitsch, urteilen Sie selbst.‹ – ›Die Rechtsprechung, natürlich‹, sagte ich, ›ja, natürlich … Ich habe gehört, dass Sie einen Rappen haben, möchten Sie ihn nicht gegen meinen Lampurdos eintauschen? … Eine Magd mit Namen Matrjona Fjodorowa aber besitze ich nicht.‹ – ›Tja‹, sagte er, ›die Magd ist bei Ihnen, Pjotr Petrowitsch, wir leben hier schließlich nicht in der Schweiz … aber mein Pferd gegen den Lampurdos eintauschen, das können wir; ich könnte ihn auch so nehmen.‹ Immerhin gelang es mir, ihn für diesmal zu besänftigen. Matrjonas frühere Herrin aber geriet jetzt erst recht in Rage; und wenn es mich zehntausend kostet, sagte sie. Sie müssen nämlich wissen, dass sie es sich plötzlich in den Kopf gesetzt hatte, mich mit ihrer grünen Gesellschafterin zu verheiraten, das habe ich später erfahren: deshalb war sie auch so außer sich. Auf welche Gedanken diese Damen nicht alles kommen! ... Vor Langeweile vermutlich. Schlecht stand es um mich: ich sparte nicht mit Geld, hielt Matrjona versteckt, aber nein, sie setzten mir zu, gaben keine Ruhe. Ich machte Schulden, wurde krank ...

Eines Nachts liege ich in meinem Bett und denke: ›Mein Gott, warum muss ich so leiden? Was soll ich denn tun, wenn ich nicht von ihr lassen kann? ... Ich kann es einfach nicht!‹ Mit einem Mal kommt Matrjona hereingestürzt. Ich hatte sie damals in einem meiner Weiler versteckt, zwei Werst entfernt von meinem Haus. Ich bekomme einen Schreck. ›Was ist geschehen? Haben sie dich auch dort entdeckt?‹ – ›Nein, Pjotr Petrowitsch‹, sagt sie, ›in Bubnowo tut mir niemand etwas zuleide; aber wie lange wird es noch so weitergehen? Er zerreißt mir das Herz, Pjotr Petrowitsch‹, sagt sie, ›Sie tun mir leid, mein Lieber; mein Lebtag werde ich Ihre Freundlichkeit nicht vergessen, jetzt aber bin ich gekommen, um von Ihnen Abschied zu nehmen.‹ – ›Was sagst du da, was sagst du da, bist du bei Sinnen? ... Wieso Abschied nehmen? Wieso Abschied nehmen?‹ – ›Es muss sein ... ich werde gehen und mich stellen.‹ – ›Dann werde ich dich auf dem Dachboden einsperren, du Wahnsinnige ... Oder willst du mich zugrunde richten? Willst du mich etwa umbringen?‹ Das Mädel schweigt und schaut zu Boden. ›So red schon, red.‹ – ›Ich möchte Ihnen nicht weiter Schwierigkeiten bereiten, Pjotr Petrowitsch.‹ Was sollte ich dazu bloß sagen. ›Aber du weißt doch, du Dumme, du weißt doch, du Wahn..., du Wahnsinnige ...‹«

Und Pjotr Petrowitsch fing bitterlich an zu weinen.

»Und was denken Sie?« fuhr er fort, schlug mit der Faust

auf den Tisch und mühte sich, die Brauen zusammenzuziehen, während die Tränen noch immer über seine erhitzten Wangen liefen. »Sie hat sich gestellt, das Mädel, ist hingegangen und hat sich gestellt …«

»Die Pferde stehen bereit!« rief feierlich der Postmeister, der hereingekommen war.

Wir standen beide auf.

»Und was ist aus Matrjona geworden?« fragte ich.

Karatajew winkte nur ab.

***

Ein Jahr nach meiner Begegnung mit Karatajew führte mich der Weg nach Moskau. Eines Tages ging ich vor dem Mittagessen in ein Kaffeehaus, ein echt Moskauer Kaffeehaus hinter dem Ochotnyj Rjad. Im Billardzimmer tauchten aus den Qualmwolken errötete Gesichter auf, Schnurrbärte, Haarschöpfe, altmodische Husarenjacken und neueste Swjatoslaw-Kaftane. Hagere alte Männer in bescheidenen Gehröcken lasen russische Zeitungen. Die Kellner eilten emsig, doch lautlos mit den Tabletts über die grünen Läufer. Kaufleute tranken konzentriert und andächtig ihren Tee. Plötzlich kam ein zerzauster Mann aus dem Billardzimmer, der sich nicht mehr recht auf den Beinen halten konnte. Er hatte die Hände in die Taschen gesteckt, ließ den Kopf hängen und sah teilnahmslos in die Runde.

»Oh, welche Überraschung! Pjotr Petrowitsch! … Wie geht es Ihnen?«

Pjotr Petrowitsch fiel mir beinahe um den Hals und zog mich, leicht schwankend, in einen kleinen Nebenraum.

»Hier«, sagte er und rückte mir fürsorglich einen Sessel heran, »hier haben Sie es bequem. Bedienung, Bier! Nein, lieber Champagner! Das hätte ich nie im Leben erwartet … Seit wann sind Sie hier? Für lange? Sie hat Gott hergeführt, wie man so schön sagt …«

»Ja, erinnern Sie sich …«

»Wie sollte ich mich nicht erinnern, wie sollte ich mich nicht erinnern«, unterbrach er mich hastig, »ach, die Vergangenheit, die Vergangenheit …«

»Und was treiben Sie hier, lieber Pjotr Petrowitsch?«

»Ich lebe, wie Sie sehen. Hier lässt es sich gut leben, die Menschen sind freundlich. Ich bin zur Ruhe gekommen.«

Er seufzte und hob die Augen gen Himmel.

»Haben Sie eine Anstellung gefunden?«

»Nein, bisher nicht, aber ich denke, dass ich bald eine finden werde. Aber was ist das schon, eine Anstellung? … Die Menschen, das ist doch das Allerwichtigste. Was für Menschen habe ich nicht alles kennengelernt! …«

Ein Junge kam herein mit der Champagnerflasche auf einem schwarzen Tablett.

»Der hier ist auch ein guter Mensch … Nicht wahr, Wassja, du bist ein guter Mensch? Auf deine Gesundheit!«

Der Junge stand da, schüttelte höflich den Kopf, lächelte und ging hinaus.

»Ja, hier gibt es gute Menschen«, fuhr Pjotr Petrowitsch fort, »mit Gefühl, mit Herz … Wenn Sie möchten, mache ich Sie bekannt? So wunderbare Leute … Sie werden sich alle freuen … Ich will es Ihnen gleich sagen … Bobrow ist tot, das ist traurig.«

»Was für ein Bobrow?«

»Sergej Bobrow. Ein wunderbarer Mann war das; hat sich um mich gekümmert, um mich ungebildeten Provinzler aus der Steppe. Auch Pantelej Gornostajew ist tot. Alle sind sie tot, alle!«

»Haben Sie die ganze Zeit in Moskau gelebt? Sind Sie nicht noch einmal ins Dorf gefahren?«

»Ins Dorf … Mein Dorf ist verkauft.«

»Verkauft?«

»Es wurde versteigert … Tja, jammerschade, dass Sie es nicht gekauft haben!«

»Aber wovon wollen Sie denn leben, Pjotr Petrowitsch?«

»Ich werde nicht verhungern, Gott wird helfen! Wenn ich schon kein Geld habe, dann wenigstens Freunde. Was ist das denn – Geld? Nichts als Staub! Und Gold – auch Staub!«

Er kniff die Augen zusammen, kramte in der Tasche und präsentierte mir auf der Handfläche zwei Fünfkopekenstücke und ein Zehnkopekenstück.

»Was ist das? Nichts als Staub!« Und das Geld segelte auf den Boden.

»Sagen Sie mir lieber, ob Sie Poleshajew gelesen haben?«

»Ja.«

»Und haben Sie Motschalow im Hamlet gesehen?«

»Nein, habe ich nicht.«

»Haben Sie nicht, haben Sie nicht …«

Karatajew wurde blass, seine Augen wanderten unruhig umher; er wendete sich ab; über seine Lippen lief ein leichtes Zittern.

»Ach, Motschalow, Motschalow! ›Sterben – schlafen‹«, sagte er mit tonloser Stimme.

»›Nichts weiter! Und zu wissen, dass ein Schlaf
Das Herzweh und die tausend Stöße endet,
Die unsers Fleisches Erbteil, 's ist ein Ziel,
Aufs innigste zu wünschen. Sterben – schlafen.‹«

»Schlafen, schlafen«, murmelte er einige Male.

»Sagen Sie bitte«, wollte ich ihn fragen; doch er fuhr mit Inbrunst fort:

»›Denn wer ertrüg der Zeiten Spott und Geißel,
Des Mächtigen Druck, des Stolzen Misshandlungen,
Verschmähter Liebe Pein, des Rechtes Aufschub,
Den Übermut der Ämter und die Schmach,
Die Unwert schweigendem Verdienst erweist,
Wenn er sich selbst in Ruhstand setzen könnte
Mit einer Nadel bloß? … Nymphe, schließ
In dein Gebet all meine Sünden ein!‹«

Und er ließ den Kopf auf den Tisch sinken. Dann fing er an zu stammeln und zu faseln, um schließlich mit neuer Kraft fortzufahren:

»›Ein kurzer Mond; bevor die Schuh verbraucht,
Womit sie meines Vaters Leiche folgte,
Wie Niobe, ganz Tränen – sie, ja sie –
O Himmel, würd ein Tier, das nicht Vernunft hat,
Doch länger trauern! …‹«

Er führte das Champagnerglas an die Lippen, trank aber nicht und fuhr fort:

»›Um Hekuba!
Was ist ihm Hekuba, was ist er ihr,
Dass er um sie soll weinen? …
Und ich …
Ein blöder, schwachgemuter Schurke …
Bin ich 'ne Memme?
Wer nennt mich Schelm, bricht mir den Kopf entzwei,
Rauft mir den Bart und wirft ihn mir ins Antlitz?
Zwickt an der Nase mich und straft mich Lügen …
    Es ist nicht anders:
Ich hege Taubenmut, mir fehlts an Galle,
Die bitter macht den Druck …‹«

Karatajew ließ das Glas sinken und griff sich an den Kopf. Mir schien, ich hatte verstanden, was er sagen wollte.

»Tja, was soll's«, sagte er schließlich, »man soll die Vergangenheit ruhen lassen … Das stimmt doch, oder?«

Er lachte.

»Auf Ihre Gesundheit!«

»Wollen Sie in Moskau bleiben?« fragte ich ihn.

»Ich werde in Moskau sterben!«

»Karatajew!«, rief jemand im Nebenzimmer. »Karatajew, wo steckst du? Komm her, du lieber Mennnsch!«

»Man ruft mich«, sagte er und erhob sich schwerfällig von seinem Platz.

»Leben Sie wohl; kommen Sie doch einmal bei mir vorbei, wenn Sie Zeit haben, ich wohne in ***.«

Am nächsten Tag aber musste ich aus unvorhergesehenen Gründen aus Moskau abreisen und sah Pjotr Petrowitsch Karatajew nicht wieder.

DAS STELLDICHEIN

Eines Herbsttages, es war Mitte September, rastete ich in einem Birkenwäldchen. Vom frühen Morgen an fiel ein leichter Regen, hin und wieder von warmem Sonnenschein unterbrochen; das Wetter war unbeständig. Bald überzog sich der Himmel mit lockeren weißen Wolken, bald klarte er für einen Moment auf, und dann zeigte sich zwischen auseinandergeschobenen Wolken wie ein wunderschönes Auge das reine, zarte Blau. Ich saß da, schaute mich um und lauschte. Über meinem Kopf rauschten sacht die Blätter; allein an ihrem Rauschen konnte man die Jahreszeit erkennen. Es war nicht das fröhliche, lachende Zittern des Frühlings, nicht das zarte Wispern und beständige Gemurmel des Sommers, nicht das scheue, kalte Stammeln des Spätherbsts, sondern ein kaum hörbares, schläfriges Geplauder. Ein leiser Luftzug strich kaum merklich durch die Wipfel. Das Innere des Wäldchens, feucht vom Regen, veränderte sich unablässig, je nachdem, ob die Sonne schien oder hinter einer Wolke verborgen lag; bald erstrahlte es, als beginne alles zu lächeln: die dünnen Stämme der nicht allzu zahlreichen Birken glänzten plötzlich zart wie weiße Seide, die auf dem Boden liegenden kleinen Blätter leuchteten bunt und glitzerten wie pures Gold, während die hübschen Wedel des hohen, lockigen Farnkrauts, das schon seine Herbstfarbe schmückte, die Farbe überreifen Weins, sich ineinander verwickelnd und überschneidend vor den Augen schimmerten und schwankten; bald war das Wäldchen in bläuliches Licht getaucht: die leuchtenden Farben erloschen jäh, die Birken standen weiß und glanzlos, weiß wie frisch gefallener Schnee, den der kalt spielende Strahl der Wintersonne noch nicht berührt hat; dann setzte im Wald wieder verstohlen, schelmisch und flüsternd der Nieselregen ein. Das Laub der Birken war noch fast überall grün, wenn auch schon merklich verblasst; nur hier und da stand ein junges Bäumchen, ganz rot oder golden; wie hell es in der Sonne aufloderte, wenn ihre Strahlen plötzlich heiter durch das dichte Gewirr der gerade erst vom funkelnden Regen gewaschenen dünnen Äste brachen. Kein Vogel war zu hören: alle hatten sich versteckt und schwiegen; nur hin und wieder erklang die spöttische Stimme einer Meise wie ein stählernes Glöckchen. Bevor ich in diesem Birkenwäldchen haltgemacht hatte, war ich mit meinem Hund durch einen hohen Espenhain gestreift. Ich muss gestehen, ich mag ihn nicht sonderlich, diesen Baum, die Espe, mit ihrem blasslila Stamm und dem grüngrau metallisch glänzenden Laub, das sie so hoch wie möglich emporreckt und als zitternden Fächer in der Luft entfaltet; ich mag es nicht, das ewige Beben ihrer runden, fleckigen Blätter, die unbeholfen an den langen Stengeln sitzen. Nur an gewissen Sommerabenden ist sie hübsch anzusehen, wenn sie allein aus niedrigem Buschwerk ragt, den rötlichen Strahlen der untergehenden Sonne entgegen, und funkelt und zittert, von der Wurzel bis zum Wipfel übergossen mit goldener Purpurröte, oder wenn sie an einem klaren, windigen Tag vor dem blauen Himmel laut rauscht und wispert und jedes ihrer Blätter, vom Luftzug erfasst, sich gleichsam losreißen will, davonfliegen und in die Ferne entschwinden … Doch im Allgemeinen mag ich diesen Baum nicht, weshalb ich, ohne mich im Espenhain aufzuhalten, bis zum Birkenwäldchen weiterging, mich dort unter einem Baum niederließ, dessen Zweige dicht über dem Boden begannen und mir folglich Schutz vor dem Regen bieten konnten, mich an der Aussicht erfreute und in jenen friedlichen, süßen Schlummer sank, den jeder Jäger so gut kennt.

Ich kann nicht sagen, wie lange ich geschlafen hatte, doch als ich die Augen aufschlug, war das Waldesinnere ganz von Sonne überflutet, und von überallher leuchtete und blitzte der strahlend blaue Himmel durch die fröhlich rauschenden Blätter; ein Wind war aufgekommen und hatte die Wolken vertrieben; das Wetter hatte sich aufgeheitert, und in der Luft war jene besondere, trockene Frische zu spüren, die das Herz mit frohem Mut erfüllt und fast immer einen friedlichen, klaren Abend nach einem regnerischen Tag ankündigt. Gerade wollte ich aufstehen und erneut mein Glück versuchen, als mein Blick plötzlich auf eine reglose menschliche Gestalt fiel. Ich schaute genauer hin: es war ein junges Bauernmädchen. Zwanzig Schritte von mir entfernt saß sie da, hatte nachdenklich den Kopf gesenkt und beide Hände in den Schoß gelegt; in der einen, die halb geöffnet war, hielt sie einen großen Strauß Feldblumen, der bei jedem ihrer Atemzüge weiter auf den karierten Rock herabglitt. Eine bis zum Hals und den Handgelenken zugeknöpfte reine weiße Bluse schmiegte sich in engen, weichen Falten um ihren Leib; eine Kette großer, gelber Glasperlen fiel ihr in zwei Reihen auf die Brust. Sie war sehr hübsch. Ihr dichtes aschblondes Haar teilte sich in zwei sorgfältig frisierten Halbkreisen unter einem schmalen scharlachroten Band, das tief in die weiß wie Elfenbein schimmernde Stirn gezogen war; der übrige Teil ihres Gesichts strahlte kaum merklich in jenem goldbraunen Ton, den nur zarte Haut annimmt. Ihre Augen konnte ich nicht erkennen, denn sie blickte nach unten; doch ich sah deutlich ihre feinen, hochgeschwungenen Brauen und die langen Wimpern: sie waren feucht – auf einer ihrer Wangen glänzte in der Sonne die ausgetrocknete Spur einer Träne, die an den blassen Lippen endete. Ihr ganzer Kopf war sehr anmutig; selbst die ein wenig gedrungene Nase trübte den Eindruck nicht. Besonders gefiel mir ihr Gesichtsausdruck: er war so natürlich und sanft, so traurig und voll kindlichen Staunens angesichts der eigenen Traurigkeit. Offenbar erwartete sie jemanden; im Wald knackte es leise: sogleich hob sie den Kopf und sah sich um; im lichten Schatten blitzten ihre Augen, sie waren groß, hell und scheu, wie die eines Rehs. Eine Weile lauschte sie, ohne die weit geöffneten Augen von der Stelle abzuwenden, aus der das Geräusch gekommen war, dann seufzte sie, drehte sacht den Kopf zur Seite, beugte sich noch tiefer hinab und begann langsam die Blumen zu ordnen. Ihre Wangen hatten sich gerötet, die Lippen bebten voller Bitterkeit, eine neue Träne rollte unter den dichten Wimpern hervor und blieb hell glänzend auf der Wange hängen. So verging eine ganze Weile; das arme Mädchen rührte sich nicht, nur bisweilen rang sie die Hände und lauschte … Wieder raschelte es im Wald – sie fuhr zusammen. Das Geräusch hielt an, wurde lauter, näherte sich, schließlich hörte man entschlossene, eilige Schritte. Sie richtete sich auf und schien den Mut zu verlieren; ihr aufmerksamer Blick bebte und loderte vor Erwartung. Aus dem Dickicht trat rasch eine männliche Gestalt. Sie schaute, errötete, lächelte froh und glücklich, wollte aufstehen, sank dann aber wieder in sich zusammen, erblasste, wurde verlegen und hob erst dann ihren bebenden, fast flehenden

Blick zu dem sich nähernden Mann, als dieser neben ihr stehengeblieben war.

Neugierig betrachtete ich ihn aus meinem Versteck. Ich muss gestehen, er machte keinen angenehmen Eindruck. Allem Anschein nach war es der verwöhnte Kammerdiener eines reichen, jungen Herrn. Seine Kleidung offenbarte den Anspruch auf Geschmack und geckenhafte Zwanglosigkeit: er trug einen kurzen, bis oben zugeknöpften bronzefarbenen Mantel, der wohl einst seinem Herrn gehört hatte, eine rosa Halsbinde mit lila Enden und eine goldbetresste schwarze Samtmütze, die er bis auf die Augenbrauen heruntergezogen hatte. Der runde Kragen seines weißen Hemdes quetschte ihm unbarmherzig die Ohren ein und schnitt in die Wangen, und die gestärkten Manschetten bedeckten die Hände bis zu den roten, krummen Fingern, die silberne und goldene Ringe mit Türkisen in Vergissmeinnichtform schmückten. Sein rotwangiges, freches, frisches Gesicht war eines jener Gesichter, die, soweit ich es beurteilen kann, Männern fast immer Widerwillen einflößen, Frauen dagegen leider sehr oft gefallen. Offenbar versuchte er seinen plumpen Zügen einen verächtlichen und gelangweilten Ausdruck zu verleihen; unablässig kniff er die ohnehin schon winzigen milchig grauen Augen zusammen, runzelte die Stirn, zog die Mundwinkel herab, gähnte gekünstelt und ordnete nachlässig, wenn auch etwas gezwungen, sein rötliches, verwegen gekräuseltes Schläfenhaar, bald zupfte er an den gelben Härchen, die auf seiner dicken Oberlippe sprossen, kurz, er spreizte sich unerträglich, kaum dass er das wartende Mädchen erblickt hatte; langsamen, schaukelnden Schrittes ging er auf sie zu, blieb vor ihr stehen, zuckte die Schultern, schob beide Hände in die Manteltaschen und ließ sich dann, nachdem er das arme Mädchen eines flüchtigen, gleichgültigen Blickes gewürdigt hatte, auf dem Boden nieder.

»Und«, begann er, wobei er weiterhin zur Seite sah, mit dem Fuß wippte und gähnte, »wartest du schon lange?«

Das Mädchen antwortete nicht sogleich.

»Ja, schon lange, Viktor Alexandrytsch«, sagte es schließlich kaum hörbar.

»Aha!«

Er nahm die Mütze ab, fuhr sich wichtigtuerisch mit der Hand durch die dichten, störrisch gekräuselten Haare, die fast unmittelbar über den Brauen begannen, sah sich hoheitsvoll um und bedeckte dann wieder sein kostbares Haupt.

»Ich hatte es ganz vergessen. Und dann der Regen!«

Wieder gähnte er.

»Außerdem ist so viel zu tun: worauf man nicht alles achten muss, und dann wird man noch ausgeschimpft. Morgen fahren wir …«

»Morgen?« sagte das Mädchen und sah ihn erschrocken an.

»Morgen … Aber, aber, aber, ich bitte dich«, sagte er hastig und verärgert, als er sah, dass sie bebte und den Kopf senkte, »ich bitte dich, Akulina, weine nicht. Du weißt doch, ich kann das nicht ausstehen.« Er rümpfte seine Stupsnase.

»Sonst gehe ich wieder … Was soll das Geflenne!«

»Ja, ich höre auf, ich höre auf«, sagte Akulina hastig und schluckte mühsam die Tränen herunter. »Morgen fahren Sie also?« sagte sie nach einer kleinen Weile. »Wann werden wir uns bloß wiedersehen, Viktor Alexandrytsch?«

»Wir werden uns schon wiedersehen, keine Sorge. Wenn nicht im nächsten Jahr, dann später. Mein Herr will, scheint's, in Petersburg in den Staatsdienst treten«, fuhr er undeutlich und leicht näselnd fort, »vielleicht reisen wir auch ins Ausland.«

»Sie werden mich vergessen, Viktor Alexandrytsch«, sagte Akulina traurig.

»Nein, wieso denn? Ich werde dich nicht vergessen: sei nur brav, mach keine Dummheiten und hör auf deinen Vater … Ich werde dich nicht vergessen – nei-in.«

Dann reckte er sich seelenruhig und gähnte wieder.

»Vergessen Sie mich nicht, Viktor Alexandrytsch«, fuhr sie mit flehender Stimme fort. »Ich habe Sie doch so sehr geliebt und habe alles für Sie … Sie sagen, ich soll auf den Vater hören, Viktor Alexandrytsch … Aber wie soll ich das denn machen …«

»Wieso?«

Dieses Wort kam gleichsam aus seinem Bauch. Er lag auf dem Rücken, die Arme unter den Kopf geschoben.

»Aber wie denn, Viktor Alexandrytsch, Sie wissen doch selbst …«

Sie verstummte. Viktor spielte mit seiner stählernen Uhrkette.

»Akulina, du bist ein kluges Mädchen«, sagte er schließlich, »red deshalb keinen Unsinn. Ich wünsche dir doch nur das Beste, begreifst du das? Du bist ja nicht dumm, stammst sozusagen nicht ganz von Bauern ab; auch deine Mutter war ja nicht immer Bäuerin. Aber Bildung hast du keine, also musst du hören, was man dir sagt.«

»Ich habe Angst, Viktor Alexandrytsch.«

»Ach, was für ein Unsinn, meine Liebe: wovor hast du

Angst? Was hast du denn da«, fügte er hinzu und rückte näher, »Blumen?«

»Blumen«, antwortete Akulina niedergeschlagen. »Ich habe Rainfarn gepflückt«, fuhr sie etwas munterer fort, »der ist gut für die Kälber. Und das ist Zweizahn, gegen die Skrofeln. Schauen Sie nur, was für ein herrliches Blümelein; so ein herrliches Blümelein habe ich noch nie gesehen. Und das sind Vergissmeinnicht, und dies Veilchen … Und die hier sind für Sie«, fügte sie hinzu und zog unter dem gelben Rainfarn einen kleinen Strauß blauer Kornblumen hervor, die mit einem schmalen Grashalm umwunden waren, »wollen Sie?«

Viktor streckte träge die Hand aus, nahm die Blumen, roch gekünstelt daran, begann sie zwischen den Fingern zu drehen und schaute mit grüblerischer Wichtigtuerei in den Himmel. Akulina sah ihn an … Wie viel zärtliche Hingabe, bewundernde Ergebenheit und Liebe in ihrem traurigen Blick lag. Aus Furcht vor ihm wagte sie nicht zu weinen, sie nahm Abschied und ergötzte sich zum letzten Mal an seinem Anblick; er aber lag da, rekelte sich wie ein Sultan und ließ ihre Anbetung mit großmütigem Gleichmut und voller Herablassung über sich ergehen. Ich gestehe, ich betrachtete sein rotes Gesicht, in dem unter der gespielten, verächtlichen Gleichgültigkeit zufriedene Selbstgefälligkeit zum Vorschein kam, voller Empörung. Akulina war in diesem Augenblick sehr hübsch: ihre ganze Seele öffnete sich vertrauensvoll und leidenschaftlich vor ihm, strebte ihm zu, schmiegte sich an ihn, er aber … er ließ die Kornblumen ins Gras fallen, holte aus der Seitentasche des Mantels ein rundes Glas in einer Bronzefassung hervor und versuchte, es sich ins Auge zu klemmen; doch wie sehr er sich auch abmühte, es durch ein Runzeln der Brauen, Hochziehen der Wange und gar der Nase festzuhalten, das Glas glitt immer wieder herunter und fiel ihm in die Hand.

»Was ist das?« fragte Akulina verwundert.

»Ein Monokel«, antwortete er wichtigtuerisch.

»Wofür denn?«

»Um besser sehen zu können.«

»Zeigen Sie es mir mal.«

Viktor verzog das Gesicht, gab ihr jedoch das Augenglas.

»Gib aber acht, zerbrich es nicht.«

»Ich werde es gewiss nicht zerbrechen.«

Schüchtern hielt sie es sich vors Auge.

»Ich kann nichts erkennen«, sagte sie treuherzig.

»Du musst das Auge zukneifen, das Auge«, entgegnete er mit der Stimme eines unzufriedenen Lehrers.

Sie kniff das Auge zu, vor das sie das Glas hielt.

»Doch nicht das, nicht das, du dummes Ding! Das andere!« rief Viktor, ließ sie ihren Fehler aber nicht berichtigen und nahm ihr das Monokel weg.

Akulina errötete, lachte kurz und wandte sich ab.

»Das ist wohl nichts für unsereins«, sagte sie.

»Das fehlte noch!«

Die Ärmste verstummte und seufzte tief.

»Ach, Viktor Alexandrytsch, was werde ich nur ohne Sie anfangen!« sagte sie dann plötzlich.

Viktor putzte das Monokel mit seinem Mantelsaum und steckte es zurück in die Tasche.

»Ja, ja«, sagte er schließlich, »zu Anfang wird es schwer sein für dich, gewiss.«

Herablassend tätschelte er ihr die Schulter; sachte nahm sie seine Hand von ihrer Schulter und küsste sie zaghaft.

»Ja, ja, bist wirklich ein gutes Mädel«, fuhr er fort und lächelte selbstzufrieden, »aber was bleibt mir übrig? Sag selbst! Wir können doch nicht hierbleiben, mein Herr und ich; bald kommt der Winter, und der Winter auf dem Land, der ist einfach grässlich, das weißt du genauso gut wie ich. Aber in Petersburg! Was es da für Wunderdinge gibt, das kannst du dummes Ding dir nicht mal im Traum vorstellen. Diese Häuser und Straßen, und die Gesellschaft, die Bildung, man kommt aus dem Staunen nicht heraus! …«

Akulina hörte mit leicht geöffneten Lippen zu wie ein Kind und verschlang ihn mit den Augen.

»Im Übrigen«, fügte er hinzu und drehte sich auf die andere Seite, »wieso erzähle ich dir das eigentlich alles? Du kannst es ja doch nicht verstehen.«

»Aber wieso denn nicht, Viktor Alexandrytsch? Ich habe es verstanden, habe alles verstanden.«

»Sieh mal einer an!«

Akulina schlug die Augen nieder.

»Früher haben Sie nicht so mit mir gesprochen, Viktor Alexandrytsch«, sagte sie, ohne aufzublicken.

»Früher? … Früher! Sieh mal an! … Früher!« bemerkte er gleichsam ungehalten.

Nun schwiegen beide.

»Ich muss langsam los«, sagte Viktor und stützte sich schon auf den Ellbogen …

»Bleiben Sie noch einen Moment«, sagte Akulina flehend.

»Wieso denn? … Ich habe mich ja schon von dir verabschiedet.«

»Bleiben Sie«, wiederholte Akulina.

Viktor streckte sich wieder aus und begann zu pfeifen.

Akulina konnte den Blick nicht von ihm wenden. Ich sah, dass sie aufgeregt war: ihre Lippen bebten und die blassen Wangen röteten sich leicht …

»Viktor Alexandrytsch«, sagte sie schließlich stockend, »Sie versündigen sich … Sie versündigen sich, Viktor Alexandrytsch, bei Gott!«

»Was heißt versündigen?« fragte er, runzelte die Brauen, richtete sich leicht auf und wandte ihr den Kopf zu.

»Sie versündigen sich, Viktor Alexandrytsch. Wenn Sie mir wenigstens ein gutes Wort zum Abschied gesagt hätten; wenigstens ein gutes Wort, mir armen Verlassenen …«

»Was soll ich denn sagen?«

»Das weiß ich nicht; das wissen Sie besser, Viktor Alexandrytsch. Sie sind es doch, der fortfährt, ein Wort wenigstens … Womit habe ich das verdient?«

»Wie merkwürdig du bist! Was soll ich denn machen?«

»Wenigstens ein Wort …«

»Immer dieselbe Leier«, sagte er ärgerlich und stand auf.

»Seien Sie nicht böse, Viktor Alexandrytsch«, fügte sie schnell hinzu und konnte die Tränen kaum zurückhalten.

»Ich bin nicht böse, aber du bist einfach dumm … Was willst du eigentlich? Ich kann dich doch nicht heiraten! Das kann ich doch nicht! Was willst du also von mir? Was?«

Er schlug die Hände vors Gesicht, spreizte die Finger und schien eine Antwort zu erwarten.

»Nichts will ich … nichts«, antwortete sie stockend und wagte kaum, die zitternden Hände nach ihm auszustrecken, »nur ein Wort, zum Abschied …«

Und die Tränen strömten ihr nur so über das Gesicht.

»Ach, du meine Güte, jetzt heult sie wieder«, sagte Viktor kaltblütig und schob sich die Mütze tief in die Stirn.

»Ich will ja gar nichts«, fuhr sie schluchzend fort und bedeckte das Gesicht mit beiden Händen, »aber was wird nun aus mir werden, was wird meine Familie sagen? Was wird aus mir werden, was geschieht mit mir Ärmsten? Sie werden mich mit einem verheiraten, den ich nicht liebe … Ach, ich Ärmste!«

»Flenne nur, flenne«, murmelte Viktor halblaut und trat von einem Fuß auf den anderen.

»Wenn er wenigstens ein Wort sagen würde, wenigstens eines … Akulina, könnte er sagen, ich …«

Ein plötzliches, herzzerreißendes Schluchzen ließ sie nicht zu Ende sprechen – sie warf sich mit dem Gesicht ins Gras und weinte bitterlich … Ihr ganzer Körper bebte krampfhaft, der Nacken hob und senkte sich … Der lange zurückgehaltene Kummer brach sich nun Bahn. Viktor stand über ihr, er stand da, zuckte die Schultern, drehte sich um und ging mit großen Schritten davon.

Einige Augenblicke vergingen … Sie beruhigte sich, hob den Kopf, sprang auf, blickte sich um und schlug die Hände zusammen; sie wollte ihm nachlaufen, doch die Beine versagten ihr den Dienst – sie fiel auf die Knie … Ich hielt es nicht länger aus und stürzte zu ihr; doch kaum hatte sie mich gesehen, kehrten ihre Kräfte zurück, mit einem schwachen Aufschrei erhob sie sich und verschwand hinter den Bäumen, die verstreuten Blumen blieben auf dem Boden zurück.

Ich blieb eine Weile stehen, hob dann den Kornblumenstrauß auf und trat aus dem Wäldchen hinaus aufs Feld. Die Sonne stand niedrig am blassen, klaren Himmel, ihre Strahlen waren ebenfalls gleichsam matt und kalt geworden: sie leuchteten nicht mehr und tauchten alles in ein gleichmäßiges, fast wässriges Licht. Bis zum Abend blieb kaum eine halbe Stunde und das Abendrot begann sich allmählich auszubreiten. Ein böiger Wind wehte mir über das gelbe, ausgedörrte Stoppelfeld entgegen; kleine verdorrte Blätter wurden aufgewirbelt und flogen vorbei, über den Weg, am Waldrand entlang; jene Seite des Wäldchens, die dem Feld zugewandt war, bebte und glitzerte in sachtem Glanz, deutlich, aber nicht grell; auf der rötlich schimmernden Wiese, auf den Gras- und Strohhalmen – überall funkelten und zitterten unzählige herbstliche Spinnweben. Ich blieb stehen … Mir war traurig zumute; in das schwermütige, wenn auch frische Lächeln der welkenden Natur schlich sich schon der trostlose Schrecken des nahen Winters ein. Hoch über mir flog, schwer und hastig die Luft mit den Flügeln zerteilend, ein wachsamer Rabe, er wandte den Kopf, blickte mich von der Seite an, schwang sich empor und verschwand mit abgehacktem Gekrächze im Wald; ein großer Taubenschwarm stieg jäh von einer Tenne auf, erhob sich wirbelnd wie eine Säule in die Lüfte und verteilte sich dann über dem Feld – alles kündete vom Herbst! Hinter einem kahlen Hügel kam jemand des Wegs, der leere Wagen ratterte laut …

Ich kehrte nach Hause zurück; die Gestalt der armen Akulina ging mir lange nicht aus dem Sinn, und ihre Kornblumen, die schon lange verwelkt sind, besitze ich noch immer …

DER HAMLET DES LANDKREISES SCHTSCHIGRY

Während einer meiner Fahrten über Land erhielt ich von einem reichen Gutsbesitzer und Jäger, Alexander Michajlytsch G***, eine Einladung zum Diner. Sein Gut befand sich fünf Werst von jenem kleinen Dorf entfernt, in dem ich mich damals gerade aufhielt. Ich zog den Frack an, ohne den ich niemandem rate auszufahren, nicht einmal zur Jagd, und begab mich zu Alexander Michajlytsch. Das Essen war auf sechs Uhr angesetzt; ich traf um fünf Uhr ein und fand dort schon eine Vielzahl Adliger in Uniform, in Zivil und anderer, weniger klar zu umschreibender Kleidung. Der Hausherr empfing mich freundlich, lief aber sogleich wieder in das Servierzimmer. Er erwartete einen hochgestellten Würdenträger und war aufgeregt, was gar nicht zu seiner unabhängigen Stellung in der Gesellschaft und zu seinem Reichtum passen wollte.

Alexander Michajlytsch war nie verheiratet gewesen und mochte keine Frauen, weshalb bei ihm nur Herren verkehrten. Er lebte auf großem Fuß, hatte das von seinem Großvater erbaute Herrenhaus prächtig erweitert und verschönert, ließ jedes Jahr aus Moskau für fünfzehntausend Rubel Wein kommen und genoss überhaupt höchstes Ansehen. Alexander Michajlytsch war vor langer Zeit in den Ruhestand getreten und strebte keinerlei Karriere mehr an … Was also veranlasste ihn, einen hohen Würdenträger einzuladen und sich am Tag des feierlichen Mahls vom frühen Morgen an aufzuregen? Das bleibt in das Dunkel des

Ungewissen gehüllt, wie sich ein mir bekannter Beamter ausdrückte, als ich ihn fragte, ob er von dazu geneigten Herrschaften Bestechungsgelder entgegennähme.

Nachdem sich der Hausherr entfernt hatte, wanderte ich durch die Räume. Die Gäste waren mir fast alle gänzlich unbekannt; zwanzig von ihnen saßen schon an den Kartentischen. Unter den Liebhabern des Préférence-Spiels waren zwei Militärs mit edlen, doch schon etwas verlebten Gesichtszügen, einige Zivilisten in engen, hohen Halsbinden, mit herabhängenden, gefärbten Schnurrbärten, wie sie nur entschlossene und loyale Männer besitzen (diese loyalen Männer nahmen mit wichtiger Miene die Karten auf und warfen dabei, ohne den Kopf zu drehen, den Vorüberkommenden von der Seite Blicke zu), sowie fünf oder sechs Kreisbeamte mit Kugelbauch, dicklichen, schwitzenden Händen und still und sittsam nebeneinander ruhenden Beinen (diese Herren sprachen mit sanfter Stimme, lächelten mild nach allen Seiten, hielten ihr Blatt gegen die Hemdbrust gepresst und klopften, wenn sie ihre Trümpfe ausspielten, nicht auf den Tisch, sondern ließen die Karten einer Welle gleich auf das grüne Tuch gleiten und gaben, wenn sie einen Stich ausspielten, ein leichtes, höfliches und gesittetes Krächzen von sich). Die übrigen Adligen saßen auf den Diwanen oder drängten sich zuhauf an Türen und Fenstern; ein nicht mehr junger, weibisch aussehender Gutsbesitzer stand zitternd und errötend in einer Ecke und drehte verwirrt das Siegel an seiner Uhrkette vor dem Bauch hin und her, obwohl ihn niemand beachtete; einige Herren mit runden Frackschößen und karierten Beinkleidern von der Hand eines Moskauer Schneiders, des Handwerksmeisters Firs Kljuchin, eines Ausländers, unterhielten sich außerordentlich ungezwungen und lebhaft, wobei sie ihre feisten, kahlen Nacken zwanglos nach allen Seiten wendeten; ein junger Mann von zwanzig Jahren, blond und kurzsichtig, von Kopf bis Fuß in Schwarz gekleidet, war offenbar schüchtern, lächelte aber spöttisch …

Ich fing bereits an, mich zu langweilen, als plötzlich ein junger Mann zu mir trat, ein gewisser Wojnizyn, ein abgebrochener Student, der in der Eigenschaft als … es ist schwer zu sagen, in welcher Eigenschaft, in Alexander Michajlytschs Haus lebte. Er schoss ganz ausgezeichnet und verstand sich darauf, Hunde zu dressieren. Ich hatte ihn schon in Moskau kennengelernt. Er war einer jener jungen Leute, die bei jeder Prüfung zur »Salzsäule« erstarren, das heißt, die Fragen des Professors mit keinem Wort beantworten. Diese Herren nannte man, des schönen Wortes wegen, auch Backenbartaner. Ich spreche hier von längst vergangenen Tagen, wie Sie zu bemerken geruhen. Eine solche Prüfung sah etwa folgendermaßen aus: Man ruft beispielsweise Wojnizyn auf. Wojnizyn, der eben noch reglos und kerzengerade auf seiner Bank gesessen hat, erhebt sich schweißgebadet, langsam und stumpfsinnig in die Runde schauend, knöpft hastig seinen Uniformrock bis oben hin zu und schleicht, sich windend, zum Tisch der Examinatoren. »Ziehen Sie bitte ein Kärtchen«, sagt der Professor liebenswürdig. Wojnizyn streckt die Hand aus und berührt mit bebenden Fingern den Stapel mit den Fragekarten. »Aber bitte nicht auswählen«, sagt in schneidendem Ton ein nicht für ihn zuständiger, doch leicht aufbrausender alter Mann, Professor einer anderen Fakultät, den plötzlich eine Abneigung gegen den unglücklichen Backenbartaner erfasst hat. Wojnizyn fügt sich in sein Los, nimmt eine

Karte, gibt die Nummer an, setzt sich ans Fenster, bis sein Vorgänger die ihm gestellte Frage beantwortet hat. Am Fenster lässt Wojnizyn kein Auge von der Karte, nur hin und wieder schaut er wie zuvor langsam in die Runde, im Übrigen aber rührt er sich nicht. Sein Vorgänger hat mittlerweile geendet; man sagt ihm: »Gut, Sie können gehen« oder gar »Gut, sehr gut«, je nach seiner Leistung. Nun wird Wojnizyn aufgerufen; er steht auf und nähert sich festen Schrittes dem Tisch. »Lesen Sie die Frage vor«, heißt es. Wojnizyn hält sich das Kärtchen mit beiden Händen direkt vor die Nase, liest langsam vor und lässt dann, ebenso langsam, die Arme sinken. »Nun, mein Herr, dann antworten Sie bitte«, sagt der Professor bedächtig, lehnt sich zurück und kreuzt die Arme über der Brust. Grabesstille. »Was haben Sie denn?« Wojnizyn schweigt. Der alte Professor von der anderen Fakultät verliert die Geduld. »So sagen Sie doch etwas!« Mein Wojnizyn schweigt wie ein Grab. Sein rasierter Nacken ragt steil und reglos vor den neugierigen Blicken der Kameraden auf. Dem alten Professor quellen beinahe die Augen aus dem Kopf: er hasst Wojnizyn nun endgültig. »Das ist aber seltsam«, bemerkt ein anderer Examinator, »wieso stehen Sie da, als wären Sie stumm? Wissen Sie es denn nicht? So sagen Sie es doch!« – »Erlauben Sie mir, ein anderes Kärtchen zu ziehen?« fragt der Unglückliche tonlos. Die Professoren werfen sich Blicke zu. »Gut, tun Sie das«, antwortet der Hauptprüfer und macht eine wegwerfende Bewegung. Wojnizyn zieht ein neues Kärtchen, geht wieder zum Fenster, kehrt wieder zum Tisch zurück und schweigt wieder wie ein Toter. Der Professor von der anderen Fakultät ist drauf und dran, ihn lebendig zu verspeisen. Schließlich schickt man ihn fort und trägt eine

Null ein. Sie denken, dass er zumindest jetzt hinausgeht? Aber nein! Er kehrt zurück auf seinen Platz und bleibt wie zuvor reglos sitzen, bis die Prüfungen zu Ende sind, und ruft beim Fortgehen: »Die machen einem aber die Hölle heiß! Was das für Aufgaben waren!« Und dann wandert er den ganzen Tag durch Moskau, fasst sich hin und wieder an den Kopf und verwünscht bitter sein unglückliches Los. Mit den Büchern beschäftigt er sich natürlich nicht, und anderntags wiederholt sich dieselbe Geschichte von vorn.

Dieser Wojnizyn nun hatte sich zu mir gesellt. Wir unterhielten uns über Moskau, über die Jagd.

»Was halten Sie davon«, flüsterte er mir plötzlich zu, »wenn ich Sie mit dem größten Spötter der Gegend bekanntmache.«

»Seien Sie so lieb.«

Wojnizyn führte mich zu einem kleinen Mann mit hoher Tolle und Schnurrbart, gekleidet war er in einen braunen Frack und eine bunt gemusterte Halsbinde. Seine galligen, lebhaften Züge zeugten tatsächlich von Geist und Bosheit. Ein flüchtiges, bissiges Lächeln spielte ständig um seine Lippen; die schwarzen, zusammengekniffenen Augen schauten dreist unter den unregelmäßigen Wimpern hervor. Neben ihm stand ein Gutsherr mit nur einem Auge, breitschultrig, weichlich und geziert, zuckersüß, der reinste Honigbär. Er lachte schon im Vorhinein über die Scherze des kleinen Mannes und schmolz geradezu dahin vor Vergnügen. Wojnizyn stellte mich dem Spaßvogel vor, der Pjotr Petrowitsch Lupichin hieß. Wir machten uns bekannt und wechselten die ersten Höflichkeiten.

»Darf ich Ihnen meinen besten Freund vorstellen«, sagte Lupichin plötzlich in scharfem Ton und fasste den süßlichen

Gutsbesitzer unter. »So sträuben Sie sich doch nicht, Kirila Selifanytsch«, setzte er hinzu, »es wird Sie schon niemand beißen. Hier nun«, fuhr er fort, während der verlegene Kirila Selifanytsch sich linkisch verbeugte, offenbar fürchtete er, sein Bauch könne Schaden nehmen, »hier nun, mein Herr, empfehle ich Ihnen einen vortrefflichen Edelmann. Bis in sein fünfzigstes Jahr hat er sich ausgezeichneter Gesundheit erfreut, ist dann aber plötzlich auf den Gedanken gekommen, seine Augen behandeln zu lassen, wodurch er schließlich auf einem Auge erblindete. Seitdem kuriert er seine Bauern mit demselben Erfolg … Und die, ergeben, wie sie sind, haben natürlich …«

»Was sind Sie doch«, murmelte Kirila Selifanytsch und lachte.

»Reden Sie nur weiter, mein Freund, reden Sie weiter«, sagte Lupichin. »Wer weiß, vielleicht werden Sie noch zum Richter gewählt, Sie werden sicher gewählt werden, warten Sie nur. Die Beisitzer werden Ihnen natürlich das Denken abnehmen, wie anzunehmen ist, aber immerhin muss man für den Fall der Fälle in der Lage sein, wenigstens einen eigenen Gedanken zu äußern. Sonst kommt noch der Gouverneur angefahren und fragt: Wieso stottert der Richter? Dann wird es sicher heißen: Er hatte einen Schlaganfall. So lasst ihn doch zur Ader, wird er entgegnen. Das aber, sagen Sie selbst, schickt sich nicht in Ihrer Position.«

Der süßliche Gutsbesitzer bog sich nur so vor Lachen.

»Da lacht er nun!« fuhr Lupichin fort und betrachtete boshaft Kirila Selifanytschs wackelnden Bauch. »Wieso sollte er auch nicht lachen?« fügte er an mich gewandt hinzu. »Er ist wohlgenährt, gesund, hat keine Kinder, seine Bauern sind nicht verpfändet, außerdem kuriert er sie, und die Frau ist einfältig.« Kirila Selifanytsch wandte sich ein wenig ab, tat so, als hätte er das nicht gehört, und kicherte. »Ich mache Witze, dabei ist meine Frau mit einem Landvermesser durchgebrannt.« Er lachte höhnisch. »Wussten Sie das nicht? Ja, so ist das! Ist einfach auf und davon gegangen und hat mir einen Brief hinterlassen: Verzeih, schrieb sie, lieber Pjotr Petrowitsch; von Leidenschaft überwältigt, folge ich der Stimme meines Herzens … Der Landvermesser aber, der hat sie nur dadurch betört, dass er sich die Fingernägel nicht schnitt und enganliegende Beinkleider trug. Sie wundern sich? Weil ich so offen rede? … Ach, mein Gott, wir aus der Steppe, wir sind eben geradeheraus. Aber lassen Sie uns beiseitegehen … Was sollen wir neben dem künftigen Richter stehen bleiben …«

Er fasste mich unter, und wir traten ans Fenster.

»Man hält mich hier für einen Spötter«, sagte er im Laufe des Gesprächs zu mir, »glauben Sie das nicht. Ich bin einfach nur verbittert und mache meinem Ärger lauthals Luft: deshalb habe ich auch keine Hemmungen. Wieso sollte ich mir Zwang antun? Die Meinung der anderen ist mir keinen roten Heller wert und ich verfolge auch keine besonderen Absichten; ich bin eben boshaft, na und? Ein boshafter Mensch muss zumindest nicht gescheit sein. Aber Sie glauben gar nicht, wie belebend das ist … Sehen Sie sich doch bloß unseren Gastgeber an! Wieso rennt er dauernd umher, ich bitte Sie, jeden Moment sieht er auf die Uhr, lächelt, schwitzt, setzt eine wichtige Miene auf und lässt uns hungers sterben? Was soll daran Besonderes sein, an so einem Würdenträger! Da, schon wieder rennt er, nun hinkt er sogar, sehen Sie nur.«

Und Lupichin brach in wieherndes Gelächter aus.

»Nur eines ist schade«, fuhr er mit einem tiefen Seufzer fort, »es sind keine Damen da, nichts als Männer, sonst hätte unsereins wenigstens etwas davon. Sehen Sie nur, sehen Sie nur«, rief er plötzlich, »da kommt Fürst Koselski, dieser große Mann dort, mit dem Bart und den gelben Handschuhen. Man sieht gleich, dass er im Ausland war ... Er kommt immer so spät. Dumm ist er, sage ich Ihnen, so dumm wie ein Paar Kaufmannspferde, und wenn Sie sehen würden, wie herablassend er mit unsereinem spricht, mit welch großmütigem Lächeln er die Aufmerksamkeiten unserer ausgehungerten Mütter und Töchter zu beantworten geruht! ... Manchmal macht er Witze, doch die Witze sind auch danach! Haargenau als wollte man mit einem stumpfen Messer einen Bindfaden durchschneiden. Er kann mich nicht ausstehen ... Ich will ihn mal begrüßen gehen.«

Und Lupichin lief dem Fürsten entgegen.

»Und der dort ist mein persönlicher Feind«, sagte er, nachdem er im Nu zurückgekommen war, »sehen Sie diesen dicken Mann mit dem braunen Gesicht und den Borsten auf dem Kopf, der seine Mütze in der Hand zerdrückt, sich an der Wand entlangschleicht und nach allen Seiten Ausschau hält wie ein Wolf? Ich habe ihm für 400 Rubel ein Pferd verkauft, das 1000 wert war – dieses stumme Geschöpf hat jetzt alles Recht der Welt, mich zu verachten; ihm aber, ihm fehlt es derart an Verstand, besonders morgens, vor dem Tee oder gleich nach dem Mittagessen, dass er, wenn man zu ihm sagt: Guten Tag, antwortet: Was ist? Und da kommt ein General«, fuhr Lupichin fort, »ein Zivilgeneral im Ruhestand, bankrott ist er, der General. Er hat eine Rübenzuckertochter und eine skrofulöse Fabrik ... Verzeihen Sie, ich habe mich versprochen ... aber Sie verstehen schon. Ha, auch den Architekten hat es hierher verschlagen! Ein Deutscher, allerdings mit Schnurrbart, von seinem Beruf aber versteht er nichts, wirklich erstaunlich … Doch wieso sollte er auch etwas von seinem Beruf verstehen; Hauptsache, er nimmt Bestechungsgelder und stellt schön viele Säulen auf, für unsere Säulen des Erbadels!«

Wieder brach Lupichin in Gelächter aus … Plötzlich jedoch verbreitete sich nervöse Unruhe im ganzen Haus. Der Würdenträger war eingetroffen. Der Hausherr stürzte in die Diele. Ihm folgten einige treu ergebene Hausgenossen und eifrige Gäste … Die geräuschvolle Unterhaltung schlug um in ein gedämpftes, angenehmes Gemurmel, ähnlich dem Summen, das im Frühling aus Bienenstöcken dringt. Nur eine unermüdliche Wespe, Lupichin, und die prächtige Drohne, Koselski, senkten ihre Stimmen nicht … Und dann trat plötzlich die Königin ein – der Würdenträger. Alle Herzen flogen ihm zu, die sitzenden Oberkörper strafften sich; selbst der Gutsbesitzer, der Lupichin billig ein Pferd abgekauft hatte, presste das Kinn gegen die Brust. Der Würdenträger entsprach seiner Stellung aufs trefflichste: er bog den Kopf zurück, als grüße er, und sprach einige lobende Worte, die sämtlich mit »äh« anfingen, in die Länge gezogen und näselnd, betrachtete entrüstet, ja empört den Bart des Fürsten Koselski und reichte dem bankrotten Zivilgeneral mit der Fabrik und der Tochter den Zeigefinger seiner linken Hand. Einige Minuten darauf, nachdem der Würdenträger zweimal gesagt hatte, dass er sehr erfreut sei, sich zum Essen nicht verspätet zu haben, begab sich die ganze Gesellschaft ins Speisezimmer, die Ranghöchsten voran.

Es erübrigt sich wohl, dem Leser zu beschreiben, dass man dem Würdenträger einen Ehrenplatz zwischen dem Zivilgeneral und dem Adelsmarschall zugedacht hatte, einem Mann mit ungezwungen-würdevollem Gesichtsausdruck, der vollkommen mit seiner gestärkten Hemdbrust, der geräumigen Weste und der runden Tabaksdose, gefüllt mit französischem Tabak, harmonierte, dass der Hausherr sich mühte, herumlief, hin und her hastete, sich um die Gäste kümmerte, im Vorbeigehen dem Rücken des Würdenträgers ein Lächeln schenkte und, wie ein Schüler in der Ecke stehend, hastig einen Teller Suppe löffelte oder ein Stück Rindfleisch verschlang, dass der Haushofmeister einen ellenlangen Fisch servierte, dem ein Bukett im Maul steckte, dass die livrierten Diener mit strenger Miene jedem Adligen mürrisch bald Malaga, bald trockenen Madeira aufdrängten und dass fast alle Adligen, besonders die älteren, gleichsam schweren Herzens einem Pflichtgefühl gehorchend, Glas um Glas leerten, und dass schließlich die Champagnerkorken knallten und Toasts ausgebracht wurden: all dies kennt der Leser sicher zur Genüge. Besonders bemerkenswert aber scheint mir eine Geschichte, die der Würdenträger selbst unter allgemeinem freudigem Schweigen erzählte. Jemand, es war wohl der bankrotte General, ein Mann, der sich in der neuesten Literatur auskannte, hatte auf den Einfluss der Frauen im Allgemeinen und auf die Jugend im Besonderen hingewiesen.

»Ja, ja«, griff der Würdenträger den Gedanken auf, »das stimmt; man muss die jungen Männer allerdings in strenger Zucht halten, sonst verlieren sie beim Anblick des erstbesten Rocks den Verstand.«

Ein kindlich-heiteres Lächeln glitt über die Gesichter

sämtlicher Gäste; bei einem Gutsbesitzer schwang sogar Dankbarkeit im Blick.

»Denn békanntlich sind junge Männer dumm.«

Der Würdenträger veränderte bisweilen, wohl um seinen Worten mehr Gewicht zu verleihen, die allgemein übliche Betonung einzelner Worte.

»Nehmen wir meinen Sohn Iwan«, fuhr er fort, »gerade mal zwanzig Jahre alt ist der Dummkopf, plötzlich aber sagt er: ›Erlauben Sie mir zu heiraten, Batjuschka.‹ Ich sage zu ihm: ›Leiste erst mal deinen Dienst ab, Dummkopf …‹ Tja, Verzweiflung, Tränen … aber ich … nun ja …«

Das »nun ja« kam eher aus dem Bauch des Würdenträgers als von seinen Lippen; er verstummte und sah seinen Nachbarn, den General, hoheitsvoll an, wobei er die Brauen höher hob, als man hätte erwarten können. Liebenswürdig neigte der Zivilgeneral den Kopf leicht zur Seite und zwinkerte überaus schnell mit jenem Auge, das auf dem Würdenträger ruhte.

»Tja, und nun«, sagte der Würdenträger wieder, »nun schreibt er selbst, wie dankbar er mir ist, du hast mir, Batjuschka, schreibt er, die Flausen ausgetrieben … So muss man es machen.«

Sämtliche Gäste pflichteten dem Erzähler selbstverständlich bei und lebten geradezu auf vor Vergnügen und von der Belehrung, die ihnen zuteilgeworden war … Nach dem Essen erhob sich die ganze Gesellschaft und strebte dem Salon zu, mit größerem, doch noch immer gesittetem und in diesem Fall gewissermaßen erlaubtem Lärm … Man setzte sich an die Kartentische.

Mit Müh und Not brachte ich die Zeit bis zum Abend herum, und da ich meinen Kutscher beauftragt hatte, den

Wagen am nächsten Tag um fünf Uhr früh anzuspannen, begab ich mich bald zur Ruhe. Doch im Laufe dieses Tages stand mir noch bevor, die Bekanntschaft eines bemerkenswerten Mannes zu machen.

Wegen der Vielzahl der Gäste schlief niemand allein im Zimmer. In dem kleinen, grünlichen, feuchten Raum, in den mich Alexander Michajlytschs Haushofmeister geführt hatte, befand sich schon ein anderer Gast, der völlig entkleidet war. Als er mich sah, schlüpfte er hastig unter das Plumeau, deckte sich bis zur Nase zu, rutschte ein Weilchen auf dem weichen Lager hin und her und schaute dann still und aufmerksam unter dem runden Saum seiner baumwollenen Nachtmütze hervor. Ich trat an das andere Bett, es standen nur zwei Betten im Zimmer, zog mich aus und legte mich auf das feuchte Laken. Mein Zimmergenosse wälzte sich im Bett … Ich wünschte ihm eine gute Nacht.

Eine halbe Stunde verging. Trotz all meiner Bemühungen konnte ich nicht einschlafen: in unendlicher Kette reihten sich sinnlose, undeutliche Gedanken aneinander, hartnäckig und eintönig, wie die Eimer eines Schöpfrads.

»Sie schlafen wohl nicht?« sagte mein Zimmergenosse.

»Wie Sie sehen«, antwortete ich. »Sie können wohl auch nicht schlafen?«

»Ich kann nie schlafen.«

»Wie das?«

»So ist es eben. Ich liege und liege, und dann schlafe ich irgendwann ein.«

»Aber warum legen Sie sich dann ins Bett, wenn Sie noch gar nicht schlafen möchten?«

»Was sollte ich sonst tun?«

Ich beantwortete seine Frage nicht.

»Ich wundere mich«, fuhr er nach einer Weile fort, »dass es hier keine Flöhe gibt. Es gibt sie doch überall.«

»Sie scheinen sie ja direkt zu vermissen«, bemerkte ich.

»Nein, vermissen, das nicht; aber ich liebe in allen Dingen die Konsequenz.«

Sieh mal einer an, dachte ich, was für Worte er gebraucht.

Er schwieg wieder.

»Wollen Sie mit mir wetten?« sagte er plötzlich ziemlich laut.

»Um was denn?«

Mein Zimmergenosse begann mich zu interessieren.

»Hm … um was, nun, dass Sie mich für einen Dummkopf halten.«

»Aber ich bitte Sie«, murmelte ich erstaunt.

»Weil ich ein Provinzler aus der Steppe bin, ein ungehobelter Kerl … Geben Sie es zu …«

»Ich habe doch gar nicht das Vergnügen, Sie zu kennen«, entgegnete ich. »Wie kommen Sie darauf …«

»Wie ich darauf komme? Das höre ich schon am Klang Ihrer Stimme: Sie antworten so geringschätzig … Aber ich bin durchaus nicht so, wie Sie annehmen …«

»Erlauben Sie …«

»Nein, erlauben *Sie*. Erstens spreche ich nicht schlechter Französisch als Sie, Deutsch sogar besser; zweitens habe ich drei Jahre im Ausland verbracht; allein in Berlin habe ich acht Monate gelebt. Ich habe Hegel studiert, mein Herr, Goethe kenne ich auswendig; außerdem war ich lange in die Tochter eines deutschen Professors verliebt, habe zu Hause aber ein schwindsüchtiges Fräulein geheiratet, sie hatte zwar keine Haare, aber ein bemerkenswertes Wesen.

Ich bin folglich aus dem gleichen Holz geschnitzt wie Sie; ich bin kein Provinzler aus der Steppe, wie Sie annehmen … Auch mir sind Reflexionen nicht fremd, und Unmittelbares findet sich gar nichts an mir.«

Ich hob den Kopf und betrachtete den Sonderling mit doppelter Aufmerksamkeit. Beim trüben Schein der Nachtlampe konnte ich seine Züge kaum erkennen.

»Da schauen Sie mich jetzt an«, fuhr er fort und rückte seine Nachtmütze zurecht, »und fragen sich wahrscheinlich: Wieso habe ich ihn heute nicht bemerkt? Ich werde Ihnen sagen, warum Sie mich nicht bemerkt haben – weil ich nie die Stimme erhebe; weil ich mich hinter den anderen verstecke, hinter den Türen stehe und mit niemandem spreche; weil der Haushofmeister jedes Mal, wenn er mit dem Tablett an mir vorbeikommt, seinen Ellbogen hochreißt … Und weshalb das alles? Aus zwei Gründen: erstens, ich bin arm, und zweitens nehme ich alles in Kauf … Sagen Sie mir ehrlich, Sie haben mich nicht bemerkt, nicht wahr?«

»Ich hatte tatsächlich nicht das Vergnügen …«

»Ganz genau, ganz genau«, unterbrach er mich, »ich wusste es.«

Er richtete sich auf und verschränkte die Arme; der lange Schatten seiner Nachtmütze erstreckte sich von der Wand bis zur Decke.

»Geben Sie es nur zu«, sagte er plötzlich und blickte mich von der Seite an, »Sie müssen mich für einen großen Sonderling halten, ein Original, wie man sagt, oder vielleicht gar für etwas noch Schlimmeres: vielleicht denken Sie auch, dass ich den Sonderling nur spiele?«

»Ich muss noch einmal wiederholen, dass ich Sie gar nicht kenne …«

Für einen Augenblick senkte er den Blick.

»Warum ich mit Ihnen, einem mir völlig unbekannten Menschen, so unvermittelt ein Gespräch angefangen habe, weiß allein der Herr im Himmel!« Er seufzte. »Sicher nicht, weil wir Seelenverwandte sind! Sowohl Sie als auch ich, wir sind beide ganz normale Menschen, das heißt, Egoisten: weder gehe ich Sie, noch gehen Sie mich das Geringste an; so ist es doch, oder? Doch wir können beide nicht schlafen … Wieso also nicht ein wenig plaudern? Ich bin gerade gut aufgelegt, das kommt bei mir selten vor. Sie müssen nämlich wissen, dass ich schüchtern bin, und zwar nicht etwa, weil ich aus der Provinz stamme und keinen Rang und kein Geld besitze, sondern weil ich furchtbar empfindlich bin. Manchmal aber, unter dem Einfluss günstiger Umstände oder Zufälle, die ich im Übrigen weder in Worte fassen noch vorhersehen kann, schwindet meine Schüchternheit gänzlich dahin, so wie beispielsweise jetzt. Sie könnten mich jetzt selbst dem Dalai-Lama gegenüberstellen, ich würde auch ihn um eine Prise Tabak bitten. Aber vielleicht möchten Sie lieber schlafen?«

»Im Gegenteil«, entgegnete ich eilig, »ich unterhalte mich sehr gern mit Ihnen.«

»Ich amüsiere Sie, wollten Sie wohl sagen … Umso besser … Nun also, ich gelte hier als Original, müssen Sie wissen, das heißt, jene nennen mich so, denen zufällig, unter allerhand anderem Geschwätz, auch mein Name auf die Lippen kommt. ›Um mein Schicksal ist doch niemand besorgt.‹ Die glauben, dass sie mich kränken können … Mein Gott! Wenn sie wüssten … Ich leide ja gerade darunter, dass ich nicht im Geringsten originell bin, nicht im Geringsten, mit Ausnahme solcher Einfälle wie mein jetziges

Gespräch mit Ihnen; solche Einfälle sind aber keinen roten Heller wert. Das ist die billigste und seichteste Art von Originalität.«

Er wandte mir das Gesicht zu und fuchtelte mit den Armen.

»Mein Herr!« rief er. »Ich bin der Ansicht, dass auf Erden überhaupt nur Originale leben sollten; sie allein haben ein Recht auf das Leben. Mon verre n'est pas grand, mais je bois dans mon verre, wie jemand gesagt hat. Da sehen Sie«, fügte er halblaut hinzu, »wie rein ich das Französische ausspreche. Aber was nützt es einem, dass man einen großen Kopf besitzt, in den vieles hineingeht, und dass man alles versteht, vieles weiß, verfolgt, was auf der Welt geschieht, wenn man nichts Eigenes, Besonderes hat! Eine Lagerstätte für Allgemeinplätze mehr auf Erden – wem soll das Freude machen? Nein, dumm kann man sein, aber auf eigene Weise! Man muss seinen eigenen Geruch haben, seinen ureigenen, darauf kommt es an! Denken Sie nicht, dass ich große Ansprüche stelle wegen dieses Geruchs … Gott behüte! Originale dieser Art gibt es wie Sand am Meer: wohin man auch schaut – ein Original; jeder lebendige Mensch ist ein Original, aber ich gehöre nicht dazu!«

Und nach einer kleinen Weile fuhr er fort: »Dabei habe ich in meiner Jugend so viele Erwartungen geweckt! Welche hohe Meinung auch ich selbst vor meiner Abreise ins Ausland von meiner Person hegte, und auch noch in der ersten Zeit nach meiner Rückkehr! Im Ausland, da war ich auf der Hut, hab mich von allem ferngehalten, wie es sich für unsereinen gehört, der alles versteht, der am Ende jedoch, wenn man es genau betrachtet, nicht das Geringste verstanden hat!«

»Ein Original, das reinste Original!« rief er wieder und schüttelte vorwurfsvoll den Kopf. »Man hält mich für ein Original ... Dabei ist es tatsächlich so, dass es niemanden auf der Welt gibt, der weniger originell wäre als Ihr ergebener Diener. Ich muss wohl schon als Nachahmung geboren sein ... Bei Gott! Da lebe ich gleichsam als Nachahmer aller möglichen Schriftsteller, die ich im Schweiße meines Angesichts studiert habe; ich habe gelernt, mich verliebt, aber dann nicht aus eigenem Antrieb geheiratet, sondern gleichsam, als erfüllte ich eine Pflicht oder löste eine Aufgabe, wer kennt sich da schon aus!«

Er riss die Mütze vom Kopf und warf sie aufs Bett.

»Wenn Sie wollen, erzähle ich Ihnen meine Lebensgeschichte«, sagte er abgehackt, »oder besser einige Begebenheiten aus meinem Leben.«

»Seien Sie so gut.«

»Oder nein, ich will Ihnen lieber erzählen, wie ich geheiratet habe. Eine Hochzeit, das ist ja eine wichtige Angelegenheit, ein Prüfstein für den Menschen; man sieht darin alles, wie in einem Spiegel ... Ach, dieser Vergleich ist gar zu abgenutzt ... Wenn Sie erlauben, nehme ich eine Prise Tabak.«

Er zog eine Tabaksdose unter seinem Kopfkissen hervor, öffnete sie und sprach weiter, wobei er mit der geöffneten Dose fuchtelte.

»Versetzen Sie sich in meine Lage, mein Herr ... Urteilen Sie selbst, welchen, nun, welchen Nutzen hätte ich wohl aus Hegels Enzyklopädie ziehen können, nun? Sagen Sie mir doch, was haben diese Enzyklopädie und das russische Leben gemein? Und wie soll man sie auf unseren Alltag anwenden, und nicht nur sie allein, die Enzyklopädie, sondern die deutsche Philosophie überhaupt … mehr noch, die Wissenschaften an sich?«

Er sprang in seinem Bett hoch und murmelte halblaut mit grimmig zusammengebissenen Zähnen:

»Tja, so ist das, so ist das! … Warum also hat man sich im Ausland herumgetrieben? Warum ist man nicht zu Hause geblieben und hat das Leben an Ort und Stelle studiert? Dann hätte man seine Bedürfnisse kennengelernt und seine Zukunft und wäre sich auch über seine, nun ja, seine Berufung klargeworden … Ich bitte Sie«, fuhr er in verändertem, unsicherem Tonfall fort, beinahe als rechtfertige er sich, »wo soll unsereiner denn das lernen, was noch kein einziger Schlaumeier in einem Buch beschrieben hat! Ich würde mit Freuden bei ihm in die Lehre gehen, beim russischen Leben, aber es schweigt, das Täubchen. Versteh mich, soll das wohl heißen, auch so; aber das übersteigt meine Kräfte: ich brauche Schlussfolgerungen, präsentiert mir Ergebnisse … Ergebnisse? – Da hast du, heißt es, deine Ergebnisse: hör doch bloß mal unsere Moskauer an, singen sie nicht wie die Nachtigallen? – Aber das ist es ja gerade, dass sie trällern wie die Kursker Nachtigallen und nicht reden wie Menschen … Ich habe hin und her überlegt und bin zu dem Schluss gekommen, dass die Wissenschaften doch wohl überall die gleichen sind und auch die Wahrheit ist überall gleich, also habe ich mich aufgemacht und bin mit Gottes Hilfe ins Ausland gegangen, zu den Ungläubigen … Sie verstehen! Die Jugend, der Hochmut forderten ihren Tribut. Ich wollte nicht vor der Zeit Fett ansetzen, obwohl das, wie man hört, gesund sein soll. Wem die Natur allerdings kein Fleisch gegeben hat, der wird auch nie Fett an seinem Leibe erblicken!«

»Doch ich habe Ihnen«, fuhr er fort, nachdem er einen Moment nachgedacht hatte, »wohl versprochen zu erzählen, wie ich geheiratet habe. So hören Sie. Erstens möchte ich Ihnen mitteilen, dass meine Frau nicht mehr unter den Lebenden weilt, zweitens … zweitens sehe ich, dass ich Ihnen zunächst von meiner Jugend erzählen muss, sonst verstehen Sie nichts … Sie wollen doch nicht schlafen?«

»Nein, nein.«

»Nun gut. Hören Sie doch nur … Herr Kantagrjuchin nebenan schnarcht aber ungezogen! Meine Eltern waren nicht reich, ich sage Eltern, denn den Erzählungen zufolge hatte ich außer der Mutter auch einen Vater. Ich erinnere mich nicht an ihn; es heißt, er sei ein beschränkter Mann gewesen, rothaarig, mit einer großen Nase und mit Sommersprossen, der den Tabak mit nur einem Nasenloch schnupfte; im Schlafzimmer meiner Mutter hing sein Porträt, er trug eine rote Uniform mit hohem schwarzem Stehkragen und war außerordentlich hässlich. Wenn ich verprügelt werden sollte, wurde ich an ihm vorbeigeführt, meine Mutter zeigte auf ihn und sagte: Er wäre noch ganz anders mit dir verfahren. Können Sie sich vorstellen, wie mich das tröstete. Ich hatte weder Bruder noch Schwester; das heißt, um die Wahrheit zu sagen, gab es ein kümmerliches Brüderchen, das hatte die englische Krankheit und starb bald … Was hat die englische Krankheit eigentlich im Landkreis Schtschigry des Kursker Gouvernements zu suchen? Aber darum geht es nicht. Mit meiner Erziehung befasste sich meine Mutter, mit dem ganzen Eifer einer Gutsherrin aus der Steppe: sie befasste sich damit vom glorreichen Tag meiner Geburt an bis zu dem Moment, als ich sechzehn Jahre alt wurde … Können Sie mir folgen?«

»Aber ja doch, fahren Sie fort.«

»Also gut. Als ich nun sechzehn Jahre alt geworden war, jagte meine Mutter ohne zu zögern meinen Französischlehrer fort, einen Ausländer mit Namen Filipówitsch, der von Neshiner Griechen abstammte; sie brachte mich nach Moskau, schrieb mich in der Universität ein, übergab dem Allmächtigen ihre Seele und ließ mich unter der Aufsicht eines leiblichen Onkels, des Beamten bei Hofe, Koltun-Babura, zurück, einem Vogel, der sich nicht nur im Landkreis Schtschigry allgemeiner Bekanntheit erfreute. Mein leiblicher Onkel, der Beamte bei Hofe, Koltun-Babura, plünderte mich aus bis aufs Hemd, wie das eben so üblich ist … Doch auch darum geht es nicht. An die Universität kam ich recht gut vorbereitet – ich muss meiner Mutter Gerechtigkeit widerfahren lassen; der Mangel an Originalität allerdings war damals schon an mir zu bemerken. Meine Kindheit unterschied sich in nichts von der Kindheit anderer Jungen: ebenso einfältig und schlaff wuchs ich heran, gleichsam unter dem Federbett, ebenso früh begann ich Gedichte auswendig zu lernen, meine Tage in Untätigkeit zu vergeuden, mich träumerischen Neigungen hinzugeben … weshalb bloß? Um des Schönen, Erhabenen willen … und dergleichen. Auch auf der Universität ging es so weiter: gleich zu Anfang geriet ich in einen Zirkel. Es waren damals andere Zeiten … Aber Sie wissen vielleicht nicht, was das ist, ein Zirkel? Schiller hat irgendwo gesagt:

›*Gefährlich ist's, den Leu zu wecken,*
Verderblich ist des Tigers Zahn,
Jedoch der schrecklichste der Schrecken,
Das ist der Mensch in seinem Wahn.‹

Er hatte etwas ganz anderes sagen wollen, das versichere ich Ihnen; er wollte sagen: das ist ein ›Zirkel‹ … *in der Stadt Moskau*!«

»Aber was finden Sie denn so schrecklich an einem Zirkel?« fragte ich.

Mein Zimmergenosse griff nach seiner Nachtmütze und zog sie bis auf die Nase.

»Was ich daran schrecklich finde?« rief er. »Das will ich Ihnen sagen: ein Zirkel – das ist der Tod jeglicher eigenständiger Entwicklung; ein Zirkel, das ist ein garstiger Ersatz für die Gesellschaft, die Frauen, das Leben; ein Zirkel … ja, warten Sie, ich werde Ihnen sagen, was das ist, ein Zirkel! Ein Zirkel, das ist das träge und matte Vorsichhinleben, zusammen und nebeneinander, dem man die Bedeutung und den Anstrich einer vernünftigen Tätigkeit verleiht; ein Zirkel ersetzt das Gespräch durch Gerede, verleitet zu fruchtlosem Geschwätz, lenkt ab von fruchtbarer Arbeit in der Zurückgezogenheit und impft einem die literarische Krätze ein; schließlich beraubt er dich der Frische und jungfräulichen Seelenstärke. Ein Zirkel ist nichts weiter als Gemeinheit und Plattheit unter dem Namen von Brüderlichkeit und Freundschaft, eine Verkettung von Missverständnissen und Ansprüchen unter dem Vorzeichen von Aufrichtigkeit und Anteilnahme; dank des Rechts jedes Einzelnen, zu jeder Zeit und Stunde seine ungewaschenen Finger ins Innenleben der Kameraden zu stecken, hat in diesen Zirkeln niemand mehr einen reinen, unberührten Platz in der Seele; in den Zirkeln huldigt man hohlen Schwätzern, eitlen Schlaumeiern, vorzeitig Gealterten, trägt unbegabte Verseschmiede auf Händen, wegen ihrer ›verborgenen‹ Gedanken; in den Zirkeln reden siebzehnjährige Jüngelchen gewitzt und klug über Frauen und die Liebe daher, im Angesicht von Frauen aber schweigen sie oder sprechen mit ihnen, als läsen sie Bücherweisheiten vor, und worüber sie nicht alles reden! In den Zirkeln blüht die spitzfindige Schaumschlägerei; in den Zirkeln beobachten sie einander nicht schlechter als Polizeibeamte ... Oh, diese Zirkel! Das sind keine Zirkel, sondern Teufelskreise, in denen schon so mancher anständige Mensch zugrunde ging!«

»Hier übertreiben Sie aber, gestatten Sie mir diese Bemerkung«, unterbrach ich ihn.

Mein Zimmergenosse sah mich schweigend an.

»Das kann sein, weiß der Himmel, das kann sein. Das ist ja das einzige Vergnügen, das unsereinem noch geblieben ist – zu übertreiben. Auf diese Weise also verbrachte ich vier Jahre in Moskau. Ich bin nicht imstande, mein Herr, Ihnen zu beschreiben, wie schnell, wie furchtbar schnell diese Zeit verging; es ist traurig und ärgerlich, auch nur daran zu denken. Morgens stand man auf, und dann ging es los, geradewegs wie mit einem Schlitten den Berg hinunter ... Kaum hatte man sich's versehen, war man schon am Ende angelangt; schon war es Abend; schon zog dir der verschlafene Diener den Gehrock über, man kleidete sich an und trollte sich zu einem Freund, rauchte sein Pfeifchen, trank gläserweise dünnen Tee und schwatzte über die deutsche Philosophie, über die Liebe, diese ewige Sonne des Geistes und andere entlegene Gegenstände. Doch auch hier begegnete ich originellen, eigenständigen Menschen: bei manch einem brach sich die Natur dennoch Bahn, wie sehr er sich auch sträubte und anzupassen suchte; nur ich Unglücklicher, ich knetete an mir herum, das reinste weiche Wachs, und meine kümmerliche Natur leistete nicht den geringsten Widerstand! Indessen war ich einundzwanzig Jahre alt geworden. Ich trat mein Erbe an, oder genauer gesagt, jenen Teil meines Erbes, den mein Vormund mir übrigzulassen für nötig gehalten hatte, gab einem freigelassenen Leibeigenen, Wassili Kudrjaschow, die Vollmacht über die Verwaltung aller meiner Güter und reiste ins Ausland, nach Berlin. Im Ausland verbrachte ich, wie ich bereits das Vergnügen hatte, Ihnen mitzuteilen, drei Jahre. Und was denken Sie? Auch dort, im Ausland, blieb ich dasselbe unoriginelle Wesen. Erstens versteht es sich, dass ich von Europa, dem europäischen Leben, nicht das Geringste kennenlernte; ich hörte Vorlesungen deutscher Professoren und las deutsche Bücher an ihrem Entstehungsort … das war alles. Ich führte ein zurückgezogenes, geradezu mönchisches Leben, nahm Fühlung auf mit einigen verabschiedeten Leutnants, die wie ich nach Wissen dürsteten, übrigens recht schwerfälligen und nicht mit der Gabe des Wortes gesegneten Gestalten; ich verkehrte mit einigen recht beschränkten Familien aus Pensa und anderen kornreichen Gouvernements; trieb mich in Kaffeehäusern herum, las Journale und ging abends ins Theater. Mit Einheimischen hatte ich kaum Umgang, ich war irgendwie verkrampft, wenn ich mich mit ihnen unterhielt, und sah niemals jemanden von ihnen bei mir, mit Ausnahme von zwei, drei aufdringlichen jungen Burschen jüdischer Herkunft, die dauernd zu mir gelaufen kamen und sich Geld liehen, weil *der Russe* anderen vertraut. Eine seltsame Laune des Zufalls führte mich schließlich in das Haus eines meiner Professoren; und das kam folgendermaßen: Ich war zu ihm gegangen, um mich für seine Vorlesungen einzuschreiben, da lud er mich mir nichts, dir nichts für den

Abend zu sich ein. Dieser Professor hatte zwei Töchter von siebenundzwanzig Jahren, so dralle, o ja, mit herrlichen Nasen, gelocktem Haar und blassblauen Augen, die Hände aber rot, mit weißen Nägeln. Eine hieß Linchen, die andere Minchen.

Von da an besuchte ich den Professor häufiger. Ich muss Ihnen sagen, dieser Professor war nicht unbedingt dumm, aber doch etwas schrullig: vom Katheder herab sprach er recht flüssig, zu Hause aber redete er undeutlich und trug die Brille stets auf die Stirn geschoben; doch alles in allem war er ein sehr gelehrter Mann … Und was soll ich Ihnen sagen? Plötzlich schien es mir, als ob ich mich in Linchen verliebt hätte, ja, ganze sechs Monate schien es mir so. Zwar habe ich wenig mit ihr gesprochen und sie meist nur angesehen; doch ich las ihr allerlei rührende Geschichten vor, drückte ihr heimlich die Hand und saß abends schwärmerisch neben ihr, schaute den Mond an oder einfach in den Himmel. Und wie wunderbar sie Kaffee kochen konnte! … Was will man mehr? Nur eines verwirrte mich: in den Augenblicken unbeschreiblichster Wonne, wie man sagt, verspürte ich ein Ziehen in der Herzgrube und ein kalter Schauder krampfte mir den Magen zusammen. Ich hielt dieses Glück schließlich nicht länger aus und floh. Ganze zwei Jahre verbrachte ich danach noch im Ausland: ich war in Italien, stand in Rom vor der ›Verklärung Christi‹ und vor der ›Venus‹ in Florenz; ganz plötzlich bemächtigte sich meiner eine übertriebene Begeisterung, ja geradezu Rage; abends schrieb ich Gedichte, begann ein Tagebuch; kurz, auch hier machte ich es wie alle. Dabei ist es doch so leicht, originell zu sein. Ich verstehe zum Beispiel nichts von Malerei und Bildhauerei … Aber das einfach laut sagen … nein, wie kann man nur! Nimm einen Cicerone, lauf los und sieh dir die Fresken an …«

Wieder senkte er den Kopf, wieder warf er die Nachtmütze fort.

»Schließlich kehrte ich in die Heimat zurück«, fuhr er mit müder Stimme fort, »und kam nach Moskau. In Moskau ging eine erstaunliche Wandlung mit mir vor. Im Ausland hatte ich meist geschwiegen, jetzt aber fing ich an zu reden, unerwartet forsch, und ich bildete mir dabei Wunder was ein. Es fanden sich wohlmeinende Menschen, die sahen in mir geradezu ein Genie; Damen lauschten teilnahmsvoll meinem Geschwätz; doch ich war nicht imstande, diesen Ruhm aufrechtzuerhalten. Eines schönen Tages entstand ein Gerücht über mich (wer es in Gottes Welt gesetzt hatte, weiß ich nicht: wahrscheinlich eine dieser alten Jungfern männlichen Geschlechts, von denen es in Moskau Unmengen gibt), es entstand und trieb Sprosse und Ranken wie eine Erdbeere. Ich verhedderte mich, wollte mich befreien, die an mir haftenden Fäden zerreißen, aber es ging nicht … So reiste ich ab. Auch hierin hatte ich mich als Dummkopf erwiesen; ich hätte ruhig das Ende dieser Heimsuchung abwarten können, so, wie man das Ende eines Nesselfiebers abwartet, dann hätten jene wohlmeinenden Menschen mich wieder mit offenen Armen empfangen und die Damen mir wieder zugelächelt … Aber das ist es eben: ich bin kein origineller Mensch. Das Gewissen hatte sich plötzlich in mir geregt: dieses endlose Gerede war mir mit einem Mal peinlich geworden – gestern auf dem Arbat, heute in der Trubnaja, morgen in der Siwzew-Wrashek, und immer über ein und dasselbe … Aber wenn man es hören will? Schauen Sie sich doch nur die wahren Kämpen auf diesem Wirkungsfeld an: denen macht das nichts aus; im Gegenteil, genau das ist es, was sie brauchen; manch einer wetzt zwanzig Jahre lang die Zunge und immer über das Gleiche … Das nennt man Selbstvertrauen und Ehrgeiz! Auch ich war einmal ehrgeizig, selbst jetzt ist dieses Gefühl noch nicht ganz erloschen … Das ist es ja eben, was schlecht ist, dass ich, ich wiederhole mich, kein origineller Mensch bin, auf halber Strecke stehengeblieben: die Natur hätte mir eine viel größere Portion Ehrgeiz mitgeben sollen oder überhaupt keinen. In der ersten Zeit ging es wirklich steil bergab mit mir; außerdem hatte die Reise ins Ausland meine Mittel endgültig aufgezehrt, eine Kaufmannstochter mit jungem, doch schon erschlafftem, wabbeligem Körper aber wollte ich nicht heiraten, so zog ich mich in mein Dorf zurück. Ich kann wohl«, fügte mein Zimmergenosse hinzu und sah mich wieder von der Seite an, »die ersten Eindrücke des Landlebens, die Hinweise auf die Schönheit der Natur, auf den stillen Zauber der Einsamkeit und dergleichen mit Schweigen übergehen …«

»Sie können, Sie können«, entgegnete ich.

»Umso mehr«, fuhr der Erzähler fort, »als das alles Unsinn ist, zumindest, was mich betrifft. Ich langweilte mich auf dem Land wie ein Welpe, den man eingesperrt hat, obwohl ich zugeben muss, dass mir schwindelte und das Herz vor vager, süßer Erwartung zu klopfen begann, als ich auf dem Heimweg im Frühling zum ersten Mal durch das vertraute Birkenwäldchen fuhr. Doch diese vagen Erwartungen gehen nie in Erfüllung, wie Sie wissen, im Gegenteil, anderes ereignet sich, das man überhaupt nicht erwartet, wie Viehseuchen, Zahlungsrückstände der Bauern, Zwangsversteigerungen und so weiter und so fort. Mehr recht als schlecht schlug ich mich von Tag zu Tag durch, mit der Hilfe des Dorfschulzen Jakow, der an die Stelle des früheren Verwalters getreten war und sich bald als ebensolcher, wenn nicht gar noch größerer Räuber erweisen sollte und darüber hinaus mein Dasein mit dem Geruch seiner geteerten Stiefel vergiftete, doch da erinnerte ich mich eines Tages einer mir bekannten Nachbarsfamilie, die aus der Witwe eines abgedankten Obersten und ihren beiden Töchtern bestand, ließ die Droschke anspannen und fuhr zu ihnen. Dieser Tag sollte mir für immer unvergesslich bleiben: sechs Monate später heiratete ich die zweite Tochter der Frau Oberst! …«

Der Erzähler ließ den Kopf sinken und hob die Arme gen Himmel.

»Ich möchte aber nicht«, fuhr er hitzig fort, »dass Sie von der Verstorbenen etwa einen schlechten Eindruck zurückbehalten. Um Gottes willen, nein! Sie war das edelmütigste und gütigste Geschöpf, liebend und zu jedem Opfer bereit, obwohl ich, unter uns gesagt, bekennen muss, dass ich, hätte ich nicht das Unglück erlebt, sie zu verlieren, heute vermutlich nicht mehr imstande gewesen wäre, mit Ihnen zu sprechen, denn der Balken in meiner Vorratsscheune ist noch immer da, an dem ich mich mehr als einmal aufhängen wollte!«

»Manche Birnen«, begann er nach einer kleinen Pause aufs Neue, »müssen eine gewisse Zeit im Keller unter der Erde lagern, um ihren richtigen Geschmack zu bekommen, wie man sagt; meine Selige gehörte offenbar ebenfalls zu derartigen Erzeugnissen der Natur. Erst jetzt kann ich ihr völlig Gerechtigkeit widerfahren lassen. Erst jetzt rufen beispielsweise die Erinnerungen an so manche vor der Hochzeit gemeinsam verbrachte Abende nicht nur keinerlei Bitterkeit hervor, sondern rühren mich im Gegenteil beinahe zu Tränen.

Es waren keine reichen Leute; ihr ziemlich altes, doch bequemes Holzhaus stand auf einem Berg, inmitten eines verwilderten Parks und eines mit Unkraut überwucherten Hofs. Am Fuße des Berges strömte ein Fluss dahin, der durch das dichte Laub kaum zu erkennen war. Aus dem Haus führte eine große Terrasse in den Park, vor der Terrasse prangte ein langgezogenes Rosenbeet; zu beiden Seiten des Beetes wuchs je eine Akazie, deren Äste der verstorbene Hausherr in ihrer Jugend spiralförmig miteinander verbunden hatte. Etwas weiter entfernt, im Gestrüpp eines wild wuchernden Himbeergesträuchs, stand eine im Inneren überaus raffiniert ausgemalte Laube, sie war aber derart alt und baufällig, dass einem bei ihrem Anblick angst und bange wurde. Von der Terrasse führte eine Glastür in den Salon; im Salon nun bot sich dem neugierigen Blick des Betrachters folgendes Bild: in den Ecken Kachelöfen, rechts ein mit handgeschriebenen Noten überhäuftes verstimmtes Klavier, ein mit verblichenem, hellblauem, schwerem und trübweiß gemustertem Stoff bezogener Diwan, ein runder Tisch, zwei pyramidenförmig zulaufende Glasschränkchen mit Porzellannippes und allerlei Perlenstickerei aus Katharinas Zeiten, an der Wand das unvermeidliche Bildnis der blonden Jungfrau mit der Taube an der Brust und den zum Himmel aufgeschlagenen Augen, auf dem Tisch eine Vase mit frischen Rosen … Sehen Sie nur, wie genau ich alles beschreibe. In diesem Salon nun, auf dieser Terrasse spielte sich die ganze Tragikomödie meiner Liebe ab. Die Nachbarin war ein böses Weib, das ständig gehässig krächzte, ein Wesen, selbstherrlich und zänkisch; eine der Töchter, Vera, unterschied sich in nichts von den üblichen jungen Damen der Provinz, die andere war Sofija, und in Sofija verliebte ich mich. Beide Schwestern hatten auch ein eigenes Zimmerchen, ihr gemeinsames Schlafzimmer, mit zwei jungfräulichen Holzbetten, vergilbten Alben, Reseden, mehr schlecht als recht mit Bleistift gezeichneten Porträts ihrer Freundinnen und Freunde (darunter fiel ein Herr mit ungewöhnlich energischem Gesichtsausdruck und noch energischerer Unterschrift besonders auf, der in seiner Jugend außerordentliche Erwartungen geweckt, es aber, wie wir alle, zu nichts gebracht hatte), mit Büsten von Goethe und Schiller, deutschen Büchern, verwelkten Kränzen und anderen Dingen, die sie als Andenken aufbewahrten. Dieses Zimmer betrat ich allerdings selten und ungern: es benahm mir dort irgendwie den Atem. Eins übrigens war merkwürdig: Sofija gefiel mir am besten, wenn ich mit dem Rücken zu ihr saß und auch, wenn ich an sie dachte oder von ihr träumte, besonders abends, auf der Terrasse. Ich schaute dann in das Abendrot, hinüber zu den Bäumen mit den kleinen grünen Blättern, die schon dunkel geworden waren, sich aber noch deutlich vom rosafarbenen Himmel abhoben; Sofija saß im Salon am Klavier und spielte unablässig ein schrecklich tiefsinniges Beethovenmotiv, das sie besonders liebte; die böse Alte saß friedlich schnarchend auf dem Diwan; im vom roten Schein des Abendlichts überfluteten Esszimmer kümmerte sich Vera um den Tee; vergnügt summte der Samowar, ganz so, als freute er sich; mit fröhlichem Krachen brachen die Kringel entzwei, Löffel klirrten klingend in den Tassen; der Kanarienvogel, der den ganzen Tag unbarmherzig geträllert hatte, war plötzlich verstummt und zwitscherte nur hin und wieder, als wollte er etwas fragen; aus einem durchscheinenden, zarten Wölkchen fielen beim Vorüberziehen ein paar Tropfen … Und ich saß da, lauschte, schaute, mein Herz weitete sich, und wieder schien mir, als ob ich liebte. Unter dem Eindruck eines solchen Abends bat ich eines Tages bei der Alten um die Hand ihrer Tochter und heiratete zwei Monate später. Mir schien, dass ich sie liebte … Heute müsste ich es eigentlich wissen, aber ich weiß noch immer nicht, ob ich Sofija geliebt habe, bei Gott. Sie war ein gütiges, kluges, schweigsames Wesen mit einem mitfühlenden Herzen; doch kam es vom Leben auf dem Land oder waren andere Gründe im Spiel, wer kann das schon wissen, auf dem Grunde der Seele (wenn es ihn überhaupt gibt, den Grund der Seele) verbarg sich eine Wunde oder, besser gesagt, blutete eine Wunde, die nicht zu heilen war, und benennen konnten wir es beide nicht, weder sie noch ich. Dass es eine solche Wunde gegeben haben musste, darauf kam ich natürlich erst nach der Heirat. Wie viel Mühe ich mir auch gab, nichts half! Als ich klein war, hatte ich einen Zeisig besessen, den eines Tages unsere Katze in die Pfoten bekam; er wurde gerettet, gesund gepflegt, doch mein armer Zeisig erholte sich nie mehr; er war verängstigt, schwand dahin und hörte auf zu singen … Es endete damit, dass eines Nachts eine Ratte in den offenstehenden Käfig eindrang und ihm den Schnabel abbiss, worauf er schließlich zu sterben beschloss. Welche Katze meine Frau in ihren Pfoten gehabt hat, kann ich nicht sagen, doch genauso wie mein unglücklicher Zeisig war sie verängstigt und schwand dahin. Manchmal, so schien es, wollte sie sich wohl schütteln, in der frischen Luft umherflattern, in der Sonne, im Freien;

sie versuchte es und kauerte sich sogleich wieder zusammen. Dabei liebte sie mich doch: wie oft sie mir versichert hat, dass sie wunschlos glücklich sei, ach, hol's der Teufel, ihre Augen aber, die waren erloschen. Ob es wohl mit der Vergangenheit zusammenhing? Ich zog Erkundigungen ein, aber es kam nichts dabei heraus. Und nun urteilen Sie bitte selbst: ein origineller Mensch hätte die Schultern gezuckt, vielleicht zweimal geseufzt und sein Leben dann eingerichtet, wie es ihm passt; ich aber, als unoriginelles Wesen, begann die Balken zu inspizieren. Meine Frau hatte so viele Angewohnheiten einer alten Jungfer an sich – Beethoven, nächtliche Spaziergänge, Reseden, Briefwechsel mit Freunden, Alben und dergleichen –, dass sie sich an keine andere Lebensweise gewöhnen konnte, insbesondere nicht an ein Leben als Hausherrin; doch für eine verheiratete Frau ist es lächerlich, sich in namenloser Schwermut zu verzehren und abends zu singen: ›Wecke sie nicht, wenn der Morgen graut.‹

So schwelgten wir also drei Jahre lang in Glückseligkeit; im vierten starb Sofija bei der Geburt unseres ersten Kindes, seltsamerweise hatte ich schon vorher geahnt, dass sie nicht fähig sein würde, mir eine Tochter zu schenken oder einen Sohn, und der Welt einen neuen Bewohner. Ich entsinne mich noch ihrer Beerdigung. Es war Frühling. Unsere Pfarrkirche ist nicht groß und auch alt, der Ikonostas mit der Zeit dunkel geworden, die Wände kahl und die Bodenziegel stellenweise zerbrochen; auf jedem der Pulte vor dem Altarraum stand eine große, alte Ikone. Der Sarg wurde hereingetragen, in der Mitte niedergesetzt, vor der Königlichen Pforte, mit einem verblichenen Tuch bedeckt, und es wurden drei Kerzen am Sarg aufgestellt. Dann begann der

Gottesdienst. Ein hinfälliger Küster mit kleinem Zopf, das Gewand mit einer breiten grünen Schärpe tief gegürtet, murmelte trübselig am Lesepult; der Geistliche, ebenfalls alt, mit einem gutmütigen Gesicht und kurzsichtigen Augen, gewandet in ein lila Ornat mit gelben Flecken, hielt die Messe und amtierte auch als Diakon. Hinter den weit offenstehenden Fenstern raschelten und murmelten die jungen, zarten Blätter der Trauerbirken; von draußen wehte der Geruch von Gras herein; die roten Flammen der Wachslichter verblassten angesichts des fröhlichen Lichts dieses Frühlingstages; die Sperlinge tschilpten nur so im Kirchenrund, und hin und wieder ertönte unter der Kuppel der klingende Ruf einer Schwalbe, die sich hierher verirrt hatte. Im goldenen Staub des Sonnenlichts hoben und senkten sich in schnellem Wechsel die blonden Köpfe der wenigen Bauern, die eifrig für das Seelenheil der Verstorbenen beteten; in feinem, bläulichem Faden stieg der Rauch aus dem Weihrauchfässchen. Ich betrachtete das tote Gesicht meiner Frau … Mein Gott! Nicht einmal der Tod hatte sie befreien, hatte ihre Wunde heilen können: derselbe schmerzliche, furchtsame, stumme Ausdruck, als fühle sie sich auch im Sarg nicht am Platze … Bitter war mir zumute. Was für ein gütiges Geschöpf sie gewesen war, doch für sich selbst hatte sie wohl gut daran getan, zu sterben!«

Ihm war die Röte in die Wangen gestiegen und seine Augen hatten sich getrübt.

»Nachdem ich schließlich«, fuhr er fort, »die tiefe Niedergeschlagenheit überwunden hatte, die nach dem Tod meiner Frau über mich gekommen war, verfiel ich auf den Gedanken, eine Anstellung zu suchen, wie man zu sagen pflegt. In der Gouvernementstadt trat ich eine Stellung an;

in den großen Räumen der Amtsstuben jedoch bekam ich Kopfschmerzen, auch meine Augen ließen immer mehr nach; es kamen noch weitere Gründe hinzu ... so quittierte ich den Dienst. Ich wollte nach Moskau reisen, doch erstens reichte das Geld nicht und zweitens ... ich habe Ihnen ja schon erzählt, dass ich mich abgefunden hatte. Es kam ganz plötzlich über mich, und wiederum auch nicht plötzlich. Innerlich hatte ich mich schon längst abgefunden, mein Kopf aber wollte das noch nicht wahrhaben. Ich schrieb die armselige Verfassung meiner Gedanken und Gefühle dem Einfluss des Landlebens und dem Unglück zu ... Andererseits hatte ich schon lange bemerkt, dass fast alle meine Nachbarn, junge wie alte, die sich zunächst durch meine Bildung, den Aufenthalt im Ausland und andere Vorzüge meiner Erziehung hatten beeindrucken lassen, sich mittlerweile nicht nur völlig an mich gewöhnt hatten, sondern sogar, wenn nicht direkt grob, so doch gedankenlos mit mir umzugehen begannen, mir nicht bis zu Ende zuhörten, wenn ich eine Meinung äußerte, und es überhaupt an Ehrerbietung fehlen ließen. Ich habe auch vergessen zu erwähnen, dass ich mich in meinem ersten Ehejahr aus Langeweile in der Literatur versucht und einer Zeitschrift sogar einen Artikel gesandt hatte, eine längere Erzählung, wenn ich nicht irre; einige Zeit darauf erhielt ich vom Redakteur jedoch einen höflichen Brief, in dem es unter anderem hieß, dass es mir zwar nicht an Geist fehle, dafür aber an Talent, in der Literatur allerdings zähle nur das Talent. Auch war mir zu Ohren gekommen, dass ein Moskauer auf der Durchreise, übrigens ein herzensguter junger Mann, auf einer Abendgesellschaft beim Gouverneur beiläufig über mich gesagt hatte, ich sei ein abgewirtschafteter, nichtssagender

Mensch. Doch meine Verblendung dauerte noch an: ich wollte mich nicht selbst ›ohrfeigen‹, verstehen Sie; eines schönen Tages jedoch gingen mir die Augen auf. Und das kam folgendermaßen. Der Kreispolizeichef kam zu mir gefahren, um mich über eine eingestürzte Brücke auf meinen Besitzungen zu benachrichtigen, für deren Ausbesserung ich aber entschieden kein Geld hatte. Während er ein Gläschen Wodka und einen Bissen Dörrstör zu sich nahm, machte mir dieser leutselige Ordnungshüter väterliche Vorwürfe wegen meiner Unachtsamkeit, versetzte sich dann aber in meine Lage und schlug mir vor, meinen Bauern einfach zu befehlen, dort ihren Mist abzuladen; dann steckte er sich eine Pfeife an und begann über die bevorstehenden Wahlen zu sprechen. Den Ehrentitel eines Adelsmarschalls in unserem Gouvernement strebte damals ein gewisser Orbassanow an, ein hohler Schreihals und außerdem bestechlich. Er zeichnete sich weder durch Reichtum noch durch Ansehen aus. Ich äußerte mich also über ihn, und zwar recht schroff: ich gebe zu, dass ich Herrn Orbassanow von oben herab ansah. Der Kreispolizeichef schaute mich an, tätschelte mir freundlich die Schulter und sagte gutmütig: ›Ach, Wassili Wassilytsch, es steht uns nicht zu, über derlei Leute zu urteilen, wo kämen wir da hin? Schuster, bleib bei deinem Leisten.‹ – ›Aber ich bitte Sie‹, entgegnete ich ärgerlich, ›worin besteht der Unterschied zwischen mir und Herrn Orbassanow?‹ Der Kreispolizeichef zog die Pfeife aus dem Mund, riss die Augen auf und brach in schallendes Gelächter aus. ›Na, Sie sind ja ein Spaßvogel‹, sagte er schließlich unter Tränen, ›auf welche Gedanken Sie kommen … Das ist ein starkes Stück!‹ Bis zu seiner Abfahrt hörte er nicht auf, sich über mich lustig zu machen, hin und wieder stieß er mir den Ellbogen in die Seite und duzte mich am Ende gar. Schließlich fuhr er ab. Das war der Tropfen, der das Fass zum Überlaufen brachte. Ich ging einige Male im Zimmer auf und ab, blieb vor dem Spiegel stehen, betrachtete lange mein bestürztes Gesicht, streckte langsam die Zunge heraus und schüttelte mit bitterem Hohn den Kopf. Der Vorhang vor meinen Augen war zerrissen: ich sah nun deutlich, viel deutlicher als mein Gesicht im Spiegel, was für ein bedeutungsloser, nichtssagender, unnützer und unorigineller Mensch ich war!«

Er verstummte.

»In einer Tragödie von Voltaire«, fuhr er niedergeschlagen fort, »freut sich ein Herr darüber, dass er die äußerste Grenze des Unglücks erreicht hat. Obwohl mein Leben nichts Tragisches aufweist, habe ich doch, wie ich zugeben muss, Ähnliches durchgemacht. Ich habe die verderbenbringende Begeisterung kalter Verzweiflung kennengelernt; ich habe erlebt, wie süß es ist, ganze Vormittage im Bett zu liegen und den Tag und die Stunde meiner Geburt zu verfluchen – ich konnte mich einfach nicht abfinden. Aber tatsächlich, urteilen Sie selbst: es war die Geldnot, die mich an das mir verhasste Landleben gekettet hat; weder die Wirtschaft noch der Staatsdienst oder die Literatur waren etwas für mich; den Gutsbesitzern ging ich aus dem Weg, Bücher waren mir zuwider; die lockenschüttelnden, fülligen, krankhaft empfindsamen Fräuleins mit den wässrigen Augen, die dauernd inbrünstig das Wort ›Leeeben‹ im Munde führen, verloren das Interesse an mir, seitdem ich nicht mehr schwatzte oder mich begeisterte; mich völlig zurückzuziehen aber, das konnte und schaffte ich nicht …

Und dann, was denken Sie, was ich tat? Ich begann, die Nachbarschaft heimzusuchen. Gleichsam trunken vor Verachtung meiner selbst unterwarf ich mich absichtlich sämtlichen kleinen Erniedrigungen. Bei Tisch überging man mich, behandelte mich kalt und von oben herab, schließlich schenkte man mir überhaupt keine Beachtung mehr; nicht einmal am allgemeinen Gespräch ließ man mich teilhaben, und ich stimmte aus meinem Winkel bisweilen sogar irgendeinem überaus dummen Schwätzer zu, der früher in Moskau voller Entzücken den Staub von meinen Füßen oder den Saum meines Mantels geküsst hätte … Ich gestattete mir nicht einmal, auch nur daran zu denken, mich dem bitteren Vergnügen der Ironie hinzugeben … Sagen Sie selbst, von welcher Ironie kann in der Einsamkeit die Rede sein! Auf diese Weise, mein Herr, hielt ich es einige Jahre lang und halte es bis heute …«

»Das ist doch unerhört«, knurrte aus dem Nebenzimmer die verschlafene Stimme von Herrn Kantagrjuchin, »welcher Tölpel kommt des Nachts auf die Idee, sich zu unterhalten?«

Der Erzähler schlüpfte geschwind unter die Decke, schaute ängstlich darunter hervor und drohte mir mit dem Finger.

»Ts … ts …«, flüsterte er und sagte ehrfürchtig, sich gleichsam entschuldigend und in Richtung der Kantagrjuchinschen Stimme verbeugend: »Sehr wohl, sehr wohl, entschuldigen Sie … Er muss schlafen, es ist nötig, dass er schläft«, fuhr er erneut flüsternd fort, »er muss neue Kräfte sammeln, wenigstens um morgen mit dem gleichen Vergnügen speisen zu können. Wir haben kein Recht, ihn zu stören. Außerdem habe ich Ihnen wohl alles erzählt, was ich erzählen wollte; und vermutlich wollen auch Sie schlafen. Ich wünsche Ihnen eine gute Nacht.«

Der Erzähler wandte sich mit fieberhafter Geschwindigkeit ab und vergrub den Kopf im Kissen.

»Gestatten Sie zumindest zu erfahren«, sagte ich, »mit wem ich das Vergnügen hatte …«

Schnell hob er den Kopf.

»Nein, ich bitte Sie«, unterbrach er mich, »fragen Sie weder mich noch andere nach meinem Namen. Ich will für Sie der unbekannte, vom Schicksal geschlagene Wassili Wassiljewitsch bleiben. Außerdem habe ich als unorigineller Mensch auch gar keinen Namen verdient … Wenn Sie mir aber unbedingt einen Namen geben wollen, so nennen Sie mich … nennen Sie mich den Hamlet des Landkreises Schtschigry. Von derartigen Hamlets gibt es in jedem Landkreis viele, vielleicht ist Ihnen nur noch keiner begegnet … Und nun leben Sie wohl.«

Wieder vergrub er sich in seinem Federbett, und am nächsten Morgen, als man mich wecken kam, war er schon nicht mehr da. Er war vor Tagesanbruch abgereist.

TSCHERTOPCHANOW UND NEDOPJUSKIN

Eines heißen Sommertags war ich im Pferdewagen auf dem Heimweg von der Jagd; Jermolai saß dösend neben mir und nickte immer wieder ein. Auch die Hunde waren eingeschlafen und wurden zu unseren Füßen durchgerüttelt wie Tote. Der Kutscher verjagte mit seiner Peitsche die Bremsen von den Pferden. Eine feine weiße Staubwolke zog hinter dem Wagen her. Wir fuhren durch Buschwerk. Der Weg wurde holpriger, die Räder streiften schon die Zweige. Jermolai schreckte auf und blickte sich um …

»Ah«, sagte er, »hier müsste es Birkhühner geben. Lassen Sie uns absteigen.«

Wir hielten an und tauchten ein ins Gebüsch, wo mein Hund ein Gesperre aufspürte. Ich schoss und war gerade dabei, meine Flinte nachzuladen, als sich hinter mir plötzlich lautes Knacken vernehmen ließ und ein Reiter, die Sträucher mit den Händen auseinanderbiegend, herangeritten kam.

»Gestatten Sie die Frage«, sagte er in hochmütigem Ton, »mit welchem Recht jagen Sie hier, mein Herr?«

Er sprach ungewöhnlich schnell, abgehackt und näselnd. Ich betrachtete ihn. Noch nie hatte ich etwas Ähnliches gesehen. Stellen Sie sich einen kleinen Mann vor, liebe Leser, blond, mit einer roten Stupsnase und einem ellenlangen rotblonden Schnurrbart. Eine kegelförmige persische Mütze mit leuchtend roter Tuchspitze bedeckte seine Stirn bis zu den Brauen. Gekleidet war er in einen gelben, abgetragenen Archaluk mit schwarzen gefältelten Patronentaschen auf der Brust und ausgeblichenen silbernen Litzen entlang sämtlicher Nähte; über seiner Schulter hing ein Horn, im Gürtel steckte ein Dolch. Sein kümmerlicher, höckernasiger Fuchs tänzelte unter ihm wie besessen; zwei Barsois, dürr und krummbeinig, sprangen um die Beine des Pferdes herum. Das Gesicht, der Blick, die Stimme, jede Bewegung, die ganze Gestalt des Unbekannten atmete tollkühnen Wagemut und maßlosen, beispiellosen Stolz; seine blassblauen, glasigen Augen rollten und schielten wie die eines Betrunkenen; er warf den Kopf in den Nacken, blies die Backen auf, schnaubte und zitterte am ganzen Leib, gleichsam aus einem Übermaß an Würde, haargenau wie ein Truthahn. Er wiederholte seine Frage.

»Ich wusste nicht, dass man hier nicht schießen darf«, antwortete ich.

»Mein Herr«, erwiderte er, »Sie befinden sich auf meinen Besitzungen.«

»Dann will ich mich entfernen.«

»Gestatten Sie die Frage«, entgegnete er, »habe ich die Ehre, mit einem Herrn von Adel zu sprechen?«

Ich stellte mich vor.

»In diesem Falle setzen Sie die Jagd bitte fort. Ich bin selbst von Adel und sehr erfreut, einem Adligen zu Diensten sein zu können ... Mein Name ist Tscher-top-chanow, Pantelej.«

Er beugte sich vor, stieß einen Schrei aus und schlug seinem Pferd gegen den Hals; das Pferd schüttelte den Kopf, bäumte sich auf, brach zur Seite aus und trat dabei einem der Hunde auf die Pfote. Der Hund jaulte gellend. Tschertopchanow raste, tobte, schlug dem Pferd mit der Faust auf den Kopf, genau zwischen die Ohren, sprang schneller als der Blitz ab, untersuchte die Pfote des Hundes, spuckte auf die Wunde, stieß ihm mit dem Fuß in die Seite, damit er aufhörte zu winseln, hielt sich an der Mähne des Pferdes fest und setzte den Fuß in den Steigbügel. Das Pferd warf den Kopf hoch, hob den Schwanz in die Höhe und wich seitwärts aus in die Büsche; er hüpfte auf einem Bein hinterher, gelangte dann aber schließlich doch noch in den Sattel; wie rasend schwang er die Peitsche, blies ins Horn und preschte davon. Ich war von Tschertopchanows unerwartetem Auftauchen noch nicht zu mir gekommen, als fast geräuschlos aus dem Gebüsch plötzlich ein ziemlich dicker Mann von etwa vierzig Jahren auf einem kleinen, klapprigen Rappen herausgeritten kam. Er hielt an, nahm seine grüne Ledermütze ab und fragte mich mit dünner, weicher Stimme, ob ich vielleicht einen Reiter auf einem Fuchs gesehen hätte. Ich bestätigte es.

»In welche Richtung ist er geritten?« fuhr er im gleichen Tonfall fort, ohne die Mütze wieder aufzusetzen.

»Dort entlang.«

»Ergebensten Dank.«

Er schmatzte mit den Lippen, trat seinem Klepper in die Flanken und trabte gemächlich davon, in die ihm gewiesene Richtung. Ich sah ihm nach, bis die Umrisse seiner Mütze hinter den Zweigen verschwunden waren. Dieser neue Unbekannte glich seinem Vorgänger äußerlich in keiner Weise. Sein Gesicht, dick und kugelrund, zeugte von Schüchternheit, Sanftmut und Güte; die von blauen Äderchen durchzogene Nase, ebenfalls dick und rund, verriet den Genießer. Auf dem Vorderkopf wuchs kein einziges Haar, hinten baumelten einige dünne dunkelblonde Strähnen; seine Augen, die gleichsam mit einem scharfen Grashalm herausgeschnitten waren, zwinkerten gutmütig und die roten, vollen Lippen lächelten süß. Er trug einen Gehrock mit Stehkragen und Messingknöpfen, der zwar völlig abgetragen, aber sauber war; seine Tuchhosen waren hoch hinaufgerutscht; über den gelben Stiefelschäften kamen fleischige Waden zum Vorschein.

»Wer ist das?« fragte ich Jermolai.

»Das? Nedopjuskin, Tichon Iwanytsch. Er lebt bei Tschertopchanow.«

»Er ist wohl arm?«

»Reich ist er nicht; aber auch Tschertopchanow besitzt ja keinen roten Heller.«

»Weshalb hat er sich dann bei ihm einquartiert?«

»Sie sind eben Freunde geworden und unzertrennlich … Wie das manchmal so ist, zwei ungleiche Brüder …«

Wir verließen das Gebüsch; plötzlich kamen zwei Jagdhunde neben uns aus den Sträuchern »herausgeschossen« und ein ausgewachsener Schneehase raste durch den Hafer, der schon recht hoch stand. Ihm nach sprangen vom Waldrand her die Hunde, Jagdhunde und Barsois, und den Hunden hinterher jagte Tschertopchanow selbst. Weder schrie er, noch hetzte er die Hunde oder trieb sie mit Rufen an: er keuchte und rang nach Atem; aus seinem offenstehenden Mund lösten sich hin und wieder abgerissene, sinnlose Laute; mit aufgerissenen Augen stürmte er vorwärts und hieb wie rasend mit der Peitsche auf das unglückliche Pferd ein. Die Barsois näherten sich dem Hasen, der hielt kurz inne, schlug dann einen Haken und stürzte an Jermolai vorbei zurück in die Sträucher … Die Barsois jagten ihm nach. »Hilf, so hilf doch!« stammelte der erschöpfte Jäger mit letzter Kraft. »Hilf, mein Lieber.«

Jermolai schoss … Der verletzte Hase drehte sich wie ein Kreisel auf dem glatten, trockenen Gras, sprang in die Höhe und schrie dann kläglich zwischen den Zähnen des Hundes, der ihn gepackt hatte. Sofort kamen die übrigen Jagdhunde herbeigestürzt.

Tschertopchanow sprang im Nu vom Pferd, griff nach dem Dolch, lief mit Riesenschritten zu den Hunden, entriss ihnen unter wütendem Geschimpfe den gemarterten Hasen und stieß ihm mit verzerrtem Gesicht den Dolch bis zum Griff in die Kehle … er stieß zu und ließ den Jagdruf erschallen:

»Ho-ho-ho-ho.«

Tichon Iwanytsch erschien am Waldrand.

»Ho-ho-ho-ho-ho-ho «, rief Tschertopchanow noch einmal … »Ho-ho-ho-ho-ho-ho«, wiederholte sein Gefährte in aller Ruhe.

»Im Sommer sollte man eigentlich kein Wild jagen«, bemerkte ich und deutete auf den niedergewalzten Hafer.

»Es ist mein Feld«, antwortete Tschertopchanow, noch immer außer Atem. Er trennte dem Hasen die Hinterläufe ab, befestigte ihn am Sattel und warf den Hunden die Pfoten vor.

»Die Schrotladung übernehme ich, mein Lieber, nach Jägersitte«, sagte er, an Jermolai gewandt. »Und Ihnen, mein Herr«, fügte er im selben abgehackten, scharfen Tonfall hinzu, »danke ich.«

Er stieg auf sein Pferd.

»Gestatten Sie die Frage … ich habe Ihren Namen vergessen.«

Ich stellte mich noch einmal vor.

»Freut mich sehr, Ihre Bekanntschaft zu machen. Falls es sich ergibt – Sie werden mir immer willkommen sein … Wo ist denn bloß dieser Fomka, Tichon Iwanytsch?« fuhr er wütend fort. »Wir haben den Hasen ohne ihn zur Strecke gebracht.«

»Sein Pferd ist unter ihm gestürzt«, antwortete Tichon Iwanytsch lächelnd.

»Wie gestürzt? Orbassan ist gestürzt? Pff, pff! … Wo ist er denn?«

»Dort, hinter dem Wald.«

Tschertopchanow schlug dem Pferd mit der Peitsche aufs Maul und preschte Hals über Kopf davon. Tichon Iwanytsch verbeugte sich zweimal vor mir, im eigenen Namen und dem seines Gefährten, und trabte wieder in aller Ruhe ins Buschwerk zurück.

Diese beiden Herren hatten meine Neugier geweckt … Was konnte zwei derart unterschiedliche Menschen in unzertrennlicher Freundschaft vereinen? Ich begann Erkundigungen einzuziehen. Folgendes brachte ich in Erfahrung:

Pantelej Jeremeitsch Tschertopchanow galt in der ganzen Gegend als gefährlicher, tollkühner, hochmütiger Mann und Raufbold erster Güte. Er hatte eine kurze Zeit in der Armee gedient und wegen »Unannehmlichkeiten« seinen Abschied genommen, mit jenem Rang, von dem es heißt, ein Huhn sei kein Vogel. Er stammte aus einem alten Hause, das einst reich gewesen war; seine Vorfahren hatten auf großem Fuße gelebt, wie es in der Steppe Brauch ist, das heißt, geladene und ungeladene Gäste waren ihnen willkommen und wurden gemästet bis zum Platzen, den fremden Kutschern für die Troikas Unmengen an Hafer ausgegeben, sie hatten Musiker gehalten, Chorsänger, Possenreißer und Hunde, an Festtagen dem Volk Branntwein und Dünnbier spendiert; jeden Winter waren sie nach Moskau gefahren, mit eigenen Pferden, in schweren, altertümlichen Kaleschen, mitunter aber saßen sie auch monatelang ohne einen Groschen da und ernährten sich allein vom eigenen Federvieh. Pantelej Jeremeitschs Vater hatte das Gut schon heruntergewirtschaftet übernommen; er führte ebenfalls das amüsante Leben eines Bonvivants und hinterließ, als er starb, Pantelej, seinem einzigen Erben, das verpfändete Dorf Bessonowo mit fünfunddreißig Seelen männlichen und sechsundsiebzig weiblichen Geschlechts sowie vierzehn und ein Achtel Desjatinen unfruchtbaren Boden Ödlands in Kolobrodowaja, über die sich allerdings in den Papieren des Verstorbenen keinerlei Kaufverträge fanden. Der Verstorbene war zugegebenermaßen auf höchst sonderbare Weise in den Ruin geraten: »Ökonomisches Kalkül« hatte ihn zugrunde gerichtet. Seiner Meinung nach durfte sich kein Adliger in die Abhängigkeit von, wie er sich ausdrückte, Kaufleuten, Städtern und ähnlichen »Räubern« begeben, weshalb er auf seinem Gut die verschiedensten Handwerke und Werkstätten angesiedelt hatte: »Das ist redlicher und auch billiger«, pflegte er zu sagen, »ökonomisches Kalkül!« Diesen unheilvollen Gedanken gab er bis ans Ende seiner Tage nicht auf; das war es auch, was ihn schließlich ruinierte. Aber seine Freude, die hatte er! Keine einzige Grille versagte er sich. Unter anderem war er einmal auf den Einfall gekommen, nach eigenem Entwurf eine derart große Familienkutsche bauen zu lassen, dass sie trotz der gemeinschaftlichen Anstrengungen der aus dem ganzen Dorf samt ihren Besitzern zusammengetriebenen Bauernpferde schon an der ersten Böschung umstürzte und auseinanderfiel. Jeremej Lukitsch (Pantelejs Vater hieß Jeremej Lukitsch) befahl daraufhin, an der Böschung einen Gedenkstein aufzustellen, ließ sich durch den Vorfall aber keineswegs aus der Fassung bringen. Auch den Bau einer Kirche nahm er in Angriff, natürlich ebenfalls nach eigenen Plänen, ohne die Hilfe eines Architekten. Der gesamte Wald ging für das Brennen von Ziegeln drauf, er legte ein riesiges Fundament, das es mit einer Gouvernementskathedrale hätte aufnehmen können, zog Wände hoch und begann die Kuppel zu mauern: die Kuppel stürzte ein. Er begann von vorn, wieder fiel die Kuppel in sich zusammen; er fing ein drittes Mal an, die Kuppel brach zum dritten Mal ein. Nun wurde mein Jeremej Lukitsch nachdenklich: hier stimmt etwas nicht, dachte er … es wird wohl die verfluchte Hexerei im Spiel sein … Und er befahl sofort, alle alten Frauen im Dorf tüchtig auszupeitschen. Die Frauen wurden ausgepeitscht, eine Kuppel aber brachte man dennoch nicht zustande. Dann begann er sämtliche Bauernkaten nach neuen Plänen umzubauen, und alles aus ökonomischem Kalkül; jeweils drei Höfe gruppierte er zu einem Dreieck, in der Mitte errichtete er eine Stange mit einem angestrichenen Starkasten und einer Fahne. Jeden Tag dachte er sich etwas Neues aus: bald ließ er Suppe aus Kletten kochen oder den Pferden die Schwänze stutzen, um daraus Mützen für das Gesinde fertigen zu lassen, bald kam ihm in den Sinn, Flachs durch Brennnesseln zu ersetzen und die Schweine mit Pilzen zu füttern … Einmal las er in den »Moskauer Nachrichten« einen Artikel des Charkower Gutsbesitzers Chrjak-Chrupjorski über den Nutzen der Sittlichkeit im bäuerlichen Alltag und erteilte gleich am nächsten Tag den Befehl an alle Bauern, den Artikel des Charkower Gutsbesitzers unverzüglich auswendig zu lernen. Die Bauern taten dies; der Barin fragte sie, ob sie auch verstünden, was dort geschrieben stand. Der Verwalter antwortete, wieso sollten sie nicht! Etwa um diese Zeit ordnete er an, seine sämtlichen Untertanen der Ordnung und des ökonomischen Kalküls halber zu nummerieren und jedem seine Nummer auf den Kragen zu nähen. Begegnete einer von ihnen seinem Herrn, hatte er sogleich zu rufen: hier kommt Nummer soundso, worauf der Herr freundlich antwortete: so geh mit Gott!

Trotz all der Ordnung und des ökonomischen Kalküls geriet Jeremej Lukitsch mit der Zeit allerdings in eine äußerst schwierige Lage: zuerst begann er, seine Dörfer zu verpfänden, dann schritt er sogar zum Verkauf; das letzte urgroßväterliche Anwesen, das Dorf mit der nicht fertig gebauten Kirche, veräußerte bereits der Fiskus, glücklicherweise erlebte es Jeremej Lukitsch nicht mehr – diesen Schlag hätte er nicht verwunden –, es geschah zwei Wochen nach seinem Ableben. Er starb noch zu Hause, in seinem Bett, umringt von den Seinen und unter der Obhut seines Arztes; der arme Pantelej aber erbte nur noch Bessonowo.

Pantelej hatte von der Erkrankung seines Vaters erfahren, als er bereits in der Armee diente, auf dem Höhepunkt der oben erwähnten »Unannehmlichkeiten«. Er war gerade achtzehn Jahre alt geworden. Von Kindesbeinen an hatte er sich nie außerhalb seines Elternhauses aufgehalten und war unter der Leitung seiner Mutter, Wassilissa Wassiljewna, einer herzensguten, doch ganz und gar beschränkten Frau, zu einem verwöhnten Liebling und Herrensöhnchen herangewachsen. Sie allein hatte sich mit seiner Erziehung befasst; dem mit seinem ökonomischen Kalkül beschäftigten Jeremej Lukitsch stand der Kopf nicht danach. Allerdings hatte er seinen Sohn einmal eigenhändig dafür gezüchtigt, dass der den Buchstaben »r« wie »ar« aussprach, doch noch am selben Tag widerfuhr Jeremej Lukitsch großes Leid: sein bester Hund wurde von einem Baum erschlagen. Wassilissa Wassiljewnas Bemühungen um die Erziehung ihres Sohnes beschränkten sich im Übrigen auf eine einzige peinigende Bemühung: im Schweiße ihres Angesichts hatte sie für ihn einen abgedankten Soldaten aus dem Elsass als Hauslehrer engagiert, einen gewissen Bierkopf, vor dem sie bis zu ihrem Tode zitterte wie Espenlaub: wenn er seinen Posten aufgibt, dachte sie, bin ich verloren! Was soll ich dann tun? Wo einen anderen Lehrer finden? Auch diesen hatte sie ja mit Müh und Not der Nachbarin abspenstig gemacht! Bierkopf seinerseits nutzte, pfiffig wie er war, sofort seine Sonderstellung aus: er trank über die Maßen und schlief von früh bis spät. Nach Beendigung der »Studien« trat Pantelej in den Armeedienst ein. Damals lebte Wassilissa Wassiljewna bereits nicht mehr. Sie starb ein halbes Jahr vor diesem wichtigen Ereignis, und zwar vor Schreck: im Traum war ihr ein Mann in Weiß erschienen, der auf einem Bären ritt. Jeremej Lukitsch folgte seiner Ehehälfte kurz darauf.

Bei der ersten Nachricht von seiner Erkrankung ritt Pantelej Hals über Kopf nach Hause, traf seinen Vater aber nicht mehr unter den Lebenden. Wie groß allerdings war das Erstaunen des ehrerbietigen Sohnes, als er, der reiche Erbe, sich plötzlich und völlig unerwartet als armer Schlucker wiederfand! Nur wenige Menschen sind in der Lage, eine derart jähe Wendung zu verkraften. Pantelej wurde menschenscheu und verbitterte. Aus einem ehrlichen, großzügigen und gutmütigen, wenn auch unberechenbaren und aufbrausenden Menschen verwandelte er sich in einen hochmütigen Mann und Raufbold, der nicht mehr mit seinen Nachbarn verkehrte – vor den reichen genierte er sich, die armen verabscheute er. Ausnahmslos gegenüber allen jedoch, selbst den Behörden, trat er äußerst unverschämt auf: ich, hieß das, bin schließlich von Erbadel. Einmal hätte er beinahe einen Polizeihauptmann erschossen, der bei ihm eingetreten war, ohne die Mütze abzunehmen. Die Behörden waren verständlicherweise auch nicht gut auf ihn zu sprechen und ließen ihn das bei passender Gelegenheit spüren; trotzdem fürchtete man ihn, denn er war ein schrecklicher Heißsporn, der seine Kontrahenten schon beim nichtigsten Anlass zum Duell forderte. Beim geringsten Widerspruch rollte Tschertopchanow mit den Augen und ihm versagte die Stimme … »He-he-he-he«, stammelte er in solchen Fällen, »und wenn es mich den Kopf kostet!« … und ging dann bis zum Äußersten! Dennoch war er ein anständiger Mensch, der in keinerlei Unredlichkeit verstrickt war. Natürlich besuchte ihn niemand … Trotz alledem hatte er ein gutes und gewissermaßen auch großes Herz: Ungerechtigkeit gegenüber anderen oder Unterdrückung waren ihm verhasst; für seine Leibeigenen setzte er sich stets ein. »Wie?« sagte er und schlug sich wütend gegen den Kopf. »Wer wagt es, meine Leute anzurühren? Meine Leute! Das lässt sich ein Tschertopchanow nicht bieten …«

Tichon Iwanytsch Nedopjuskin dagegen konnte sich seiner Herkunft nicht rühmen wie Pantelej Jeremeitsch. Sein

Vater war Einhöfer gewesen und hatte erst nach vierzigjährigem Staatsdienst den Adelsrang verliehen bekommen. Herr Nedopjuskin der Ältere war einer jener Menschen, die das Unglück mit unerbittlicher, unnachgiebiger Härte verfolgt, eine Härte, die an persönlichen Hass grenzt. Im Laufe von sechzig Jahren, von der Geburt bis zu seinem Ende, hatte der Ärmste mit allen Arten von Not, Unbill und Elend zu kämpfen gehabt, die kleine Leute heimsuchen; er kämpfte dagegen an wie der Fisch gegen das Eis, litt Hunger, schlief wenig, war demütig, mühte sich ab, ließ den Kopf hängen und quälte sich, drehte jede Kopeke um, wurde im Dienst gemaßregelt, obwohl er sich nichts hatte zuschulden kommen lassen, und starb schließlich auf einem Dachboden, oder war es ein Kellerverschlag, ohne für sich oder seine Kinder ein Stück Brot erarbeitet zu haben. Das Schicksal hatte ihn zu Tode gehetzt wie einen Hasen bei der Hetzjagd. Er war ein guter, ehrlicher Mensch gewesen, Bestechungsgelder aber nahm er – seinem Rang entsprechend – vom Zehnkopekenstück bis zu zwei Silberrubeln einschließlich. Nedopjuskin hatte auch eine Frau gehabt, sie war mager und schwindsüchtig; auch Kinder besaß er; glücklicherweise starben sie alle bald, außer Tichon und der Tochter Mitrodora, die den Spitznamen »Kaufmannspüppchen« trug und nach vielen traurigen und komischen Begebenheiten einen verabschiedeten Beamten bei Gericht heiratete. Noch zu Lebzeiten hatte Herr Nedopjuskin der Ältere Tichon als Beamten ohne eigenes Ressort in einer Kanzlei unterbringen können; gleich nach dem Tod seines Vaters jedoch reichte er seinen Abschied ein. Die ständigen Aufregungen, der quälende Kampf gegen Hunger und Kälte, die Schwermut der Mutter, die Sorgen und die Verzweiflung des Vaters, die groben Forderungen der Hauswirte und Krämer – kurz, das tägliche, unablässige Leid hatte dazu geführt, dass Tichon außerordentlich schüchtern geworden war: beim bloßen Anblick eines Vorgesetzten zitterte und bebte er wie ein gefangener Vogel. Er quittierte also den Dienst. Die gleichgültige, vielleicht auch spöttische Natur pflanzt den Menschen verschiedene Fähigkeiten und Neigungen ein, ohne im Geringsten ihre Stellung in der Gesellschaft und ihre Mittel zu bedenken; mit der ihr eigenen Fürsorglichkeit und Liebe formte sie aus Tichon, dem Sohn eines armen Beamten, ein fühlendes, träges, weiches, empfindsames Wesen, ein Wesen, ausschließlich zum Genuss geneigt und ausgestattet mit einem außerordentlich feinen Geruchs- und Geschmackssinn … sie hatte es geformt, sorgfältig fertiggestellt und sein Geschöpf dann dem Schicksal überlassen, mit Sauerkraut und fauligem Fisch heranzuwachsen. So war es also herangewachsen, dieses Geschöpf, und begann »zu leben«, wie man sagt. Und alles fing von vorn an! Das Schicksal, das Nedopjuskin den Älteren unablässig gepeinigt hatte, stürzte sich jetzt auf seinen Sohn: es war offenbar auf den Geschmack gekommen. Bei Tichon ging es jedoch anders vor; es quälte ihn nicht, sondern trieb seine Kurzweil mit ihm. Kein einziges Mal brachte es ihn zur Verzweiflung und zwang ihn auch nicht, die schändlichen Qualen des Hungers zu erleiden, doch es hetzte ihn durch ganz Russland, von Weliki Ustjug nach Zarewo Kokschaisk, von einer erniedrigenden und lächerlichen Stellung zur nächsten: bald schickte es ihn als »Majordomus« zu einer streitsüchtigen, galligen Gutsherrin, die sich als Wohltäterin sah, bald steckte es ihn unter die Kostgänger bei einem reichen, geizigen Kaufmann, bald bestimmte es ihn zum Vorsteher der häuslichen Kanzlei eines glotzäugigen Barin, der auf englische Manier frisiert war, bald versetzte es ihn als eine Art Haushofmeister und Possenreißer zu einem Jäger, der mit Hunden jagte … Kurz, das Schicksal zwang den armen Tichon, den ganzen bitteren, giftigen Kelch des Untertanendaseins Tropfen für Tropfen bis zur Neige zu leeren. Sein Leben lang hatte er die üblen Herrenlaunen ertragen und der schläfrigen, boshaften Langeweile ihres müßigen Wohllebens gedient … Wie oft hatte er sich dann, ließ man ihn endlich »mit Gott« ziehen, nachdem sich die Gästeschar genug an seinen Scherzen ergötzt hatte, vor Scham glühend und mit kalten Tränen der Verzweiflung in den Augen allein in seiner Kammer geschworen, gleich am nächsten Tag heimlich fortzugehen, sein Glück in der Stadt zu versuchen, sich zumindest als Schreiber zu verdingen oder auf der Straße hungers zu sterben. Doch erstens hatte Gott ihm nicht die Kraft gegeben, zweites hinderte ihn die Schüchternheit, und drittens schließlich, woher sollte er eine neue Stelle nehmen, wen darum bitten? »Man wird mir keine geben«, flüsterte der Unglückliche dann und wälzte sich niedergeschlagen im Bett, »man wird mir keine geben!« Und am nächsten Tag begann er sich erneut abzustrampeln. Seine Lage war umso quälender, als es dieselbe sorgende Natur versäumt hatte, ihn zumindest mit einem geringen Maß jener Fähigkeiten und Begabungen auszustatten, ohne die das Handwerk eines Possenreißers fast unmöglich ist. So war er beispielsweise weder imstande, bis zum Umfallen in einem Bärenfell zu tanzen, noch, in unmittelbarer Nähe der geschwungenen Hetzpeitsche Possen zu reißen und Süßholz zu raspeln; splitternackt bei minus zwanzig Grad vor die Tür gestellt, erkältete er sich bisweilen, sein Magen vertrug keinen Branntwein, der mit Tinte und anderem Zeug vermischt war, und auch keine klein geschnittenen Fliegenpilze oder Täublinge in Essig. Der Himmel weiß, was aus Tichon geworden wäre, hätte der letzte seiner Wohltäter, ein zu Reichtum gekommener Branntweinpächter, in fröhlicher Stunde nicht den Einfall gehabt, seinem Testament folgenden Zusatz hinzuzufügen: Sjosja (das heißt Tichon) Nedopjuskin hinterlasse ich das von mir redlich erworbene Dorf Besselendejewka mit sämtlichen Ländereien zum ewigen, erblichen Besitz. Einige Tage darauf traf den Wohltäter über einer Sterletsuppe der Schlag. Großes Geschrei erhob sich, ein Gerichtsverfahren drohte, die Besitzungen wurden, wie üblich, versiegelt. Die Verwandtschaft kam angereist; man eröffnete das Testament; man las und ließ Nedopjuskin kommen. Nedopjuskin erschien. Die meisten der Versammelten wussten, welches Amt Tichon Nedopjuskin beim Wohltäter bekleidet hatte: ohrenbetäubende Rufe und spöttische Glückwünsche prasselten auf ihn nieder. »Der Gutsherr, da kommt er, der neue Gutsherr!« schrien die anderen Erben. »Ja, das ist doch«, rief einer, ein bekannter Spaßvogel und Witzbold, »das ist doch wirklich, wie man sagen kann … tatsächlich … das nenne ich mir einen Erben.« Und alle schütteten sich aus vor Lachen. Nedopjuskin wollte lange nicht an sein Glück glauben. Man zeigte ihm das Testament – er errötete, kniff die Augen zusammen, fuchtelte mit den Armen und begann zu weinen wie ein Schlosshund. Das Lachen der Gesellschaft steigerte sich zu einem dröhnenden, nicht enden wollenden Gebrüll. Zum Dorf Besselendejewka gehörten gerade einmal zweiundzwanzig Seelen; niemand trauerte ihm ernstlich nach, weshalb also nicht die Gelegenheit nutzen und sich amüsieren? Nur ein Erbe aus Petersburg, ein hochmütiger Mann mit Adlernase und vornehmem Gesichtsausdruck, ein gewisser Rostislaw Adamytsch Stoppel, konnte nicht an sich halten, rückte von der Seite an Nedopjuskin heran und warf ihm einen arroganten Blick über die Schulter zu.

»Soweit ich weiß, mein Herr«, sagte er abfällig von oben herab, »hatten Sie beim verehrten Fjodor Fjodorytsch sozusagen das Amt eines Spaßvogels inne?«

Der Herr aus Petersburg drückte sich in einer über die Maßen gepflegten, gewandten und korrekten Sprache aus. Der verwirrte, aufgeregte Nedopjuskin hatte die Worte des ihm unbekannten Herrn nicht recht erfasst, die anderen jedoch verstummten auf der Stelle; der Witzbold lächelte herablassend. Herr Stoppel rieb sich die Hände und wiederholte seine Frage. Nedopjuskin hob erstaunt die Augen und öffnete den Mund. Rostislaw Adamytsch kniff gehässig die Augen zusammen.

»Meinen Glückwunsch, werter Herr, meinen Glückwunsch«, fuhr er fort, »nicht jeder, denke ich, wäre wohl bereit gewesen, sein täglich Brot auf diese Weise zu erarbeiten; aber, de gustibus non est disputandum, das heißt, jeder hat seinen eigenen Geschmack … Habe ich nicht recht?«

In den hinteren Reihen kreischte jemand vor Vergnügen und Begeisterung – kurz, aber gesittet.

»Sagen Sie«, fuhr Herr Stoppel fort, vom Lachen der Gesellschaft ermuntert, »welchem Talent im Besonderen verdanken Sie Ihr Glück? Nein, genieren Sie sich nicht, sagen Sie es; wir sind hier ja sozusagen unter uns, en famille. Das stimmt doch, meine Herren, wir sind hier en famille.«

Der Erbe, an den sich Rostislaw Adamytsch mit dieser Frage zufällig gewandt hatte, sprach leider kein Französisch, weshalb er sich auf ein zustimmendes, leises Grummeln beschränkte. Dafür sagte hastig ein anderer Erbe, ein junger Mann mit gelblichen Flecken auf der Stirn: »Oui, oui, natürlich.«

»Vielleicht«, sagte Herr Stoppel wieder, »können Sie auf den Händen gehen, die Beine sozusagen in die Höhe gereckt?«

Nedopjuskin sah sich bekümmert um, auf den Gesichtern lag ein bösartiges Grinsen, alle Augen waren feucht vor Vergnügen.

»Vielleicht können Sie auch krähen wie ein Hahn?«

Eine Lachsalve ertönte und verebbte gleich wieder, erstickt vor Erwartung.

»Oder Sie können auf der Nase …«

»Hören Sie auf!« unterbrach Rostislaw Adamytsch plötzlich eine scharfe, laute Stimme. »Schämen Sie sich nicht, den armen Menschen derart zu quälen!«

Alle sahen sich um. In der Tür stand Tschertopchanow. Als Neffe vierten Grades des verstorbenen Branntweinpächters war ihm ebenfalls ein Einladungsschreiben zur Familienzusammenkunft zugegangen. Während der Verlesung des Testaments hatte er wie immer stolzen Abstand von den anderen gewahrt.

»Hören Sie auf!« wiederholte er und warf anmaßend den Kopf zurück.

Herr Stoppel wandte sich schnell um und fragte, nachdem er einen ärmlich gekleideten, unauffälligen Mann erblickt hatte, seinen Nachbarn halblaut (Vorsicht hat noch nie geschadet):

»Wer ist das?«

»Tschertopchanow, ein unbedeutender Vogel«, flüsterte ihm dieser ins Ohr.

Rostislaw Adamytsch setzte eine überhebliche Miene auf.

»Was soll der Befehlston?« sagte er näselnd und kniff die Augen zusammen. »Was sind Sie überhaupt für ein Vogel, gestatten Sie die Frage?«

Tschertopchanow explodierte wie ein Pulverfass. Die Raserei benahm ihm den Atem.

»Ts-ts-ts«, zischte er, gleichsam nach Luft ringend, dann donnerte er los: »Wer ich bin? Wer ich bin? Ich bin Pantelej Tschertopchanow, von Erbadel, schon mein Ururahn hat dem Zaren gedient, und wer bist du?«

Rostislaw Adamytsch wurde blass und trat einen Schritt zurück. Eine solche Entgegnung hatte er nicht erwartet.

»Ich soll ein Vogel sein, ich, ein Vogel … Oh, oh, oh! …«

Tschertopchanow stürzte vorwärts; Stoppel sprang höchst beunruhigt zur Seite, die Gäste warfen sich dem erbosten Gutsbesitzer entgegen.

»Duellieren, duellieren, auf der Stelle mit Pistolen duellieren, über das Schnupftuch!« schrie Pantelej außer sich vor Zorn. »Oder du bittest mich um Entschuldigung, und ihn ebenfalls …«

»Tun Sie's, bitten Sie um Entschuldigung«, murmelten die aufgeregten Erben, die Stoppel umstanden, »das ist ein Verrückter, er ist imstande und bringt Sie um.«

»Entschuldigen Sie, entschuldigen Sie, ich wusste nicht«, stammelte Stoppel, »ich wusste nicht …«

»Und ihn bittest du auch um Entschuldigung!« schrie Pantelej außer sich.

»Entschuldigen auch Sie!« fügte Rostislaw Adamytsch an Nedopjuskin gewandt hinzu, der selbst zitterte wie im Fieber.

Tschertopchanow beruhigte sich, ging zu Tichon Iwanytsch, fasste ihn unter, blickte sich herausfordernd um, begegnete aber keinem einzigen Blick und verließ unter tiefem Schweigen gemeinsam mit dem neuen Besitzer des redlich erworbenen Dorfes Besselendejewka triumphierend den Raum.

Seit diesem Tag waren sie unzertrennlich. Das Dorf Besselendejewka lag gerade einmal acht Werst von Bessonowo entfernt. Nedopjuskins grenzenlose Dankbarkeit ging bald über in eine unterwürfige Ehrfurcht. Der schwache, weiche und nicht ganz untadelige Tichon beugte sich vor dem furchtlosen, uneigennützigen Pantelej bis in den Staub.

»Das kann nicht jeder«, dachte er mitunter bei sich, »er spricht mit dem Gouverneur wie mit seinesgleichen, schaut ihm direkt in die Augen … Christus ist mein Zeuge, genau so!«

Er staunte über ihn, fassungslos, bis zur Verausgabung seiner seelischen Kräfte, und hielt ihn für einen außergewöhnlichen, klugen und gebildeten Menschen. Und tatsächlich, wie schlecht Tschertopchanows Erziehung auch gewesen sein mochte, im Vergleich zu jener Tichons konnte man sie für glänzend halten. Allerdings las Tschertopchanow kaum russische Bücher, und Französisch verstand er schlecht, so schlecht, dass er einmal auf die Frage eines Hauslehrers aus der Schweiz: »Vous parlez français, monsieur?« antwortete: »J'ai nicht verstehe«, und, nachdem er ein wenig nachgedacht hatte, hinzufügte: »pas«; aber er erinnerte sich immerhin, dass es Voltaire gegeben hatte, diesen überaus scharfsinnigen Schriftsteller, dass Franzosen und Engländer häufig gegeneinander gekämpft und sich der preußische König Friedrich der Große auf dem Felde der Kriegsführung ebenfalls hervorgetan hatte. Von den russischen Schriftstellern verehrte er Dershawin, Marlinski aber liebte er, und deshalb gab er seinem besten Rüden den Namen Ammalat-Beg …

Einige Tage nach meiner ersten Begegnung mit den beiden Freunden begab ich mich nach Bessonowo, zu Pantelej Jeremeitsch. Schon von fern war sein kleines Haus zu sehen; es ragte eine halbe Werst vom Dorf entfernt auf einem kahlen Stück Land in die Höhe, gleichsam allen Winden ausgesetzt, wie ein Habicht auf dem Acker. Tschertopchanows Anwesen bestand aus nichts als vier baufälligen Holzhäusern unterschiedlicher Größe, und zwar: aus einem Wohnhaus, einem Pferdestall, einer Scheune und einem Badehaus. Jedes der Gebäude stand einzeln, von einem Zaun oder Tor war nichts zu erkennen. Unschlüssig blieb mein Kutscher an einem halbvermoderten, verstopften Brunnen stehen. Neben der Scheune zerfleischten magere, struppige junge Barsois ein verendetes Pferd, vermutlich Orbassan; einer hob seine blutverschmierte Schnauze, bellte kurz und widmete sich dann wieder den offenliegenden Rippen. Neben dem Pferd stand ein vielleicht siebzehnjähriger barfüßiger Bursche mit aufgedunsenem, gelbem Gesicht, gekleidet wie ein Botenjunge; wichtigtuerisch betrachtete er die Hunde, die seiner Aufsicht unterstanden, hin und wieder versetzte er den gierigsten einen Hieb mit der Peitsche.

»Ist der Barin zu Hause?« fragte ich.

»Weiß der Himmel!« antwortete der Bursche. »Klopfen Sie einfach an.«

Ich sprang aus der Droschke und ging zur Treppe des Wohnhauses.

Herrn Tschertopchanows Behausung bot einen überaus kläglichen Anblick: die Balken waren schwarz geworden und hatten sich vorgeschoben, sie waren »ausgebaucht«, der Schornstein war eingestürzt, die Ecken waren morsch und lose, die kleinen trüben, grauen Fenster blickten unsagbar griesgrämig unter dem schadhaften, tief hängenden Dach hervor: manche alte Straßendirnen haben solche Augen. Ich klopfte; niemand antwortete. Von hinter der Tür allerdings waren schneidend gesprochene Worte zu vernehmen:

»A-B-C; na, mach schon, du Tölpel«, sagte eine krächzende Stimme, »A-B-C-D ... los! D-E-F! F! Mach schon, du Tölpel!«

Ich klopfte noch einmal.

Dieselbe Stimme rief:

»Herein, wer ist da?«

Ich trat in eine kleine, leere Diele und erblickte durch eine offenstehende Tür Tschertopchanow selbst. In einem speckigen Buchara-Schlafrock, weiten Pluderhosen und einer roten Hauskappe saß er da, mit einer Hand presste er einem jungen Pudel die Schnauze zu, in der anderen hielt er ihm ein Stück Brot direkt über die Nase.

»Ah«, sagte er würdevoll, rührte sich aber nicht vom Fleck, »ich freue mich sehr über Ihren Besuch. Bitte nehmen Sie Platz. Ich quäle mich hier mit Wensor ab ... Tichon Iwanytsch«, fügte er mit erhobener Stimme hinzu, »komm doch mal her. Wir haben Besuch.«

»Gleich, gleich«, antwortete Tichon Iwanytsch aus dem Nebenzimmer, »Mascha, gib mir die Halsbinde.«

Tschertopchanow wandte sich wieder Wensor zu und legte ihm das Stück Brot auf die Nase. Ich sah mich um. Im Zimmer gab es außer einem verzogenen Ausziehtisch auf dreizehn Beinen unterschiedlicher Länge und vier durchgesessenen Korbstühlen kein einziges Möbelstück; an den vor langer Zeit geweißten Wänden mit blauen sternförmigen Flecken blätterte an vielen Stellen die Farbe ab; zwischen den Fenstern prangte ein gesprungener, blinder Spiegel im riesigen mahagonifarbenen Rahmen. In den Ecken standen Pfeifenrohre und Flinten; von der Decke hingen dicke, schwarze Spinnweben.

»A-B-C-D-E«, sagte Tschertopchanow langsam und schrie dann plötzlich wütend: »F! F! F! … Was für ein dummes Vieh! … F wie friss! …«

Der unglückselige Pudel zitterte jedoch nur und konnte sich nicht entschließen, das Maul aufzumachen; mit ängstlich eingezogenem Schwanz blieb er sitzen, die Schnauze schief gezogen, zwinkerte niedergeschlagen, blinzelte, als sagte er sich: Das kennen wir, ganz wie Sie belieben!

»So friss doch, los! Fass!« wiederholte der unermüdliche Gutsherr.

»Sie haben ihn verschreckt«, sagte ich.

»Na, dann raus mit ihm!«

Er versetzte ihm einen Tritt. Der Ärmste erhob sich langsam, wobei ihm das Brot von der Nase fiel, und schlich zutiefst gekränkt gleichsam auf Zehenspitzen in die Diele. Und tatsächlich: da kam ein Fremder zum ersten Mal zu Besuch und man ging derart mit ihm um.

Die Tür zum Nebenzimmer knarrte leise, und Herr Nedopjuskin trat lächelnd und sich liebenswürdig verbeugend ein.

Ich stand auf und begrüßte ihn.

»Nur keine Umstände, nur keine Umstände«, stammelte er.

Wir setzten uns. Tschertopchanow ging nach nebenan.

»Sind Sie schon lange in unseren Gefilden?« fragte Nedopjuskin mit weicher Stimme, nachdem er vorsichtig hinter der Hand gehüstelt hatte und sich die Finger aus Anstand weiterhin vor die Lippen hielt.

»Den zweiten Monat schon.«

»Aha.«

Wir schwiegen.

»Das Wetter ist heuer angenehm«, fuhr Nedopjuskin fort und sah mich dankbar an, als sei ich für das Wetter verantwortlich, »das Korn steht ganz vortrefflich, wenn man so sagen kann.«

Ich neigte zustimmend den Kopf. Wieder schwiegen wir.

»Pantelej Jeremeitsch geruhten gestern zwei Hasen zu erlegen«, sagte Nedopjuskin nicht ohne Mühe. Er war offenkundig bemüht, das Gespräch in Gang zu bringen. »Ja, mein Herr, zwei riesengroße Hasen.«

»Hat Herr Tschertopchanow gute Hunde?«

»Höchst erstaunliche!« entgegnete Nedopjuskin begeistert. »Man kann mit Fug und Recht sagen – die besten im Gouvernement.« Er rückte näher zu mir heran. »Ach, wissen Sie! Pantelej Jeremeitsch, das ist ein Mann! Was immer er will, was ihm auch einfällt, kaum hat man sich's versehen, ist es schon in die Tat umgesetzt und eingefädelt. Ich will Ihnen sagen, Pantelej Jeremeitsch …«

Tschertopchanow trat ins Zimmer. Nedopjuskin lächelte,

verstummte und deutete mit den Augen auf ihn, als wollte er sagen: überzeugen Sie sich selbst.

Wir begannen ein Gespräch über die Jagd.

»Wenn Sie möchten, zeige ich Ihnen meine Koppel«, sagte Tschertopchanow und rief, ohne eine Antwort abzuwarten, nach einem gewissen Karp.

Ein kräftiger Bursche in grünem Nankingkaftan mit hellblauem Kragen und Livreeknöpfen kam herein.

»Fomka soll Ammalat und Saiga herbringen«, sagte Tschertopchanow abgehackt, »aber dass er auch anständig angezogen ist, hörst du?«

Karp grinste übers ganze Gesicht, gab einen unbestimmten Laut von sich und ging hinaus. Fomka erschien mit den Hunden, gekämmt, gegürtet und in Stiefeln. Anstandshalber zeigte ich mich von den dummen Tieren beeindruckt (Barsois sind äußerst dumme Geschöpfe). Tschertopchanow spuckte Ammalat in die Nasenlöcher, was dem Hund übrigens nicht das geringste Vergnügen bereitete. Nedopjuskin streichelte Ammalat ebenfalls. Wir nahmen unser Gespräch wieder auf. Tschertopchanow war viel milder geworden, plusterte sich nicht mehr auf und polterte auch nicht drauflos; sein Gesichtsausdruck hatte sich ebenfalls verändert. Er sah bald mich an, bald Nedopjuskin …

»Ach«, rief er plötzlich, »was soll sie dort allein herumsitzen? Mascha! He, Mascha! Komm mal her!«

Im Nebenzimmer regte sich jemand, doch nichts geschah.

»Ma-a-scha«, wiederholte Tschertopchanow liebevoll, »komm her. Hab keine Angst.«

Die Tür ging leise auf und ich erblickte eine etwa zwanzigjährige Frau, groß und schlank, mit einem dunklen

Zigeunergesicht, gelblichbraunen Augen und pechschwarzem Zopf; hinter ihren vollen, roten Lippen blitzten große weiße Zähne. Sie trug ein weißes Kleid; ein hellblaues Umschlagtuch, das am Hals von einer goldenen Spange zusammengehalten wurde, bedeckte halb ihre schmalen, rassigen Arme. Mit der scheuen Verlegenheit einer Wilden tat sie zwei Schritte, blieb dann stehen und schlug die Augen nieder.

»Darf ich vorstellen«, sagte Pantelej Jeremeitsch, »meine Frau, oder auch nicht, ach, was soll's, meine Frau.«

Mascha errötete leicht und lächelte verlegen. Ich verneigte mich tief vor ihr. Sie gefiel mir sehr. Die schmale Adlernase mit den zart durchscheinenden, geblähten Nasenflügeln, die kühne Zeichnung ihrer hohen Brauen, die blassen, leicht eingefallenen Wangen – alle Gesichtszüge sprachen von Eigensinn, Leidenschaft und sorgloser Verwegenheit. Unter dem hochgesteckten Zopf ringelten sich zwei Strähnen glänzenden Haars den kräftigen Hals entlang – ein Zeichen edlen Geblüts und Stärke.

Sie trat zum Fenster und setzte sich. Ich wollte ihre Bedrängnis nicht vergrößern und richtete das Wort an Tschertopchanow. Mascha drehte leicht den Kopf und musterte mich mürrisch, verstohlen, abweisend und schnell. Ihre Augen huschten nur so hin und her, wie die Zunge einer Schlange. Nedopjuskin setzte sich neben sie und flüsterte ihr etwas ins Ohr. Wieder lächelte sie. Beim Lächeln kräuselte sie leicht die Nase und zog die Oberlippe hoch, was ihrem Gesicht einen katzen- oder löwenhaften Ausdruck verlieh …

O ja, du bist ein Rührmichnichtan, dachte ich und betrachtete sie nun meinerseits verstohlen – ihren biegsamen Leib, die flache Brust und die eckigen, flinken Bewegungen.

»Was meinst du, Mascha«, sagte Tschertopchanow, »sollten wir unserem Gast nicht etwas vorsetzen?«

»Wir haben Konfitüre im Haus«, antwortete sie.

»Dann hole Konfitüre und auch einen Wodka. Hör mal, Mascha«, rief er ihr nach, »bring auch die Gitarre mit.«

»Wieso die Gitarre? Ich werde nicht singen.«

»Wieso denn nicht?«

»Ich will nicht.«

»Ach, Papperlapapp, wirst schon wollen, wenn …«

»Was?« fragte Mascha und runzelte schnell die Brauen.

»Wenn man dich bittet«, sagte Tschertopchanow etwas verlegen.

»Hm!«

Sie ging hinaus, kehrte kurz darauf mit der Konfitüre und dem Wodka zurück und setzte sich wieder ans Fenster. Auf ihrer Stirn war noch immer die Falte zu sehen; beide Brauen hoben und senkten sich wie die Fühler einer Wespe … Ist Ihnen schon einmal aufgefallen, lieber Leser, was für ein böses Gesicht Wespen haben? Tja, dachte ich, das wird wohl ein Gewitter geben. Die Unterhaltung wollte nicht recht in Gang kommen. Nedopjuskin war mittlerweile völlig verstummt und lächelte gezwungen; Tschertopchanow schnaufte, lief rot an und riss die Augen auf; ich wollte mich schon verabschieden … Da erhob sich Mascha plötzlich, stieß das Fenster auf, streckte den Kopf hinaus und rief einer Frau, die gerade vorbeilief, zu: »Axinja!« Die Frau fuhr zusammen, wollte kehrtmachen, glitt aus und stürzte schwer zu Boden. Mascha brach in klangvolles Gelächter aus; auch Tschertopchanow lachte und Nedopjuskin quiekte vor Begeisterung. Alle waren erleichtert. Das Gewitter hatte sich in einem Blitz entladen … die Luft war wieder rein.

Eine halbe Stunde später hätte uns niemand wiedererkannt: wir plauderten und waren übermütig wie die Kinder. Am ausgelassensten war Mascha. Tschertopchanow verschlang sie geradezu mit den Augen. Ihr Gesicht war noch blasser geworden, die Nasenflügel hatten sich geweitet, ihr Blick loderte und verfinsterte sich gleichzeitig. Das Unbändige in ihr hatte sich Bahn gebrochen. Nedopjuskin watschelte auf seinen kurzen, dicken Beinen hinter ihr her wie ein Erpel hinter der Ente. Sogar Wensor war unter seiner Bank in der Diele hervorgekrochen, stand auf der Schwelle, blickte zu uns herüber und fing plötzlich an zu springen und zu bellen. Mascha lief ins Nebenzimmer, holte die Gitarre, warf ihr Schultertuch ab, setzte sich geschwind, hob den Kopf und stimmte ein Zigeunerlied an. Ihre Stimme tönte und zitterte wie ein gesprungenes gläsernes Glöckchen, schwoll an und erstarb wieder … Süß und bange wurde mir zumute. Tschertopchanow begann zu tanzen. Nedopjuskin stampfte und trippelte mit den Füßen. Mascha bebte wie Birkenrinde im Feuer; ihre schlanken Finger eilten behende über die Saiten, die braune Kehle reckte sich unter der doppelreihigen Bernsteinkette langsam in die Höhe. Plötzlich jedoch verstummte sie erschöpft, zupfte gleichsam unwillig die Saiten, auch Tschertopchanow hielt inne, zuckte nur noch mit den Schultern und trat auf der Stelle, während Nedopjuskin mit dem Kopf wackelte wie ein Porzellanchinese; dann sang sie wie besessen weiter, straffte ihren Leib, streckte die Brust nach vorn, und Tschertopchanow ging wieder in die Hocke, sprang dann bis hoch zur Decke, drehte sich wie ein Kreisel und rief: »Schneller!«

»Schneller, schneller, schneller, schneller!« stimmte Nedopjuskin ein und überschlug sich fast vor Eifer.

Spät am Abend fuhr ich aus Bessonowo ab …

TSCHERTOPCHANOWS ENDE

I

Zwei Jahre nach meinem Besuch bei Pantelej Jeremeitsch begann seine Leidensgeschichte, eine wirkliche Leidensgeschichte. Enttäuschungen, Misserfolge, ja sogar Unglücke waren ihm auch zuvor widerfahren, er hatte ihnen jedoch keine Beachtung geschenkt und »geherrscht« wie eh und je. Das erste Unheil, das ihn traf, war das schmerzhafteste: Mascha ging fort von ihm.

Was sie bewog, sein Heim zu verlassen, an das sie sich doch offenbar gut gewöhnt hatte, ist schwer zu sagen. Bis ans Ende seiner Tage war Tschertopchanow der festen Überzeugung, schuld an Maschas Treuebruch sei ein gewisser junger Nachbar, ein Ulanenrittmeister a.D. mit Spitznamen Jaff, der sie, Pantelej Jeremeitschs Worten zufolge, nur dadurch für sich eingenommen hatte, dass er unablässig seinen Schnurrbart zwirbelte, sich überaus stark pomadisierte und bedeutungsvoll »hm, hm« sagte; man muss wohl aber auch in Betracht ziehen, dass das unstete Zigeunerblut eine Rolle gespielt haben könnte, das in Maschas Adern floss. Wie auch immer es gewesen sein mochte, eines schönen Sommerabends schnürte Mascha einige Sachen zu einem kleinen Bündel und verließ Tschertopchanows Haus.

Zuvor hatte sie drei Tage lang, ohne ein Wort zu sagen, in einem Winkel gesessen, zusammengekauert, an die Wand geschmiegt wie eine verletzte Füchsin. Sie hatte nur stumm und in Gedanken versunken vor sich hin geschaut, mit den Augenbrauen gezuckt, leise gelächelt und die Arme um sich geschlungen, als wolle sie sich einhüllen. Ähnliche »Launen« hatten sie auch früher angewandelt, doch es war nie von Dauer gewesen; Tschertopchanow kannte das schon, beunruhigte sich nicht weiter und ließ sie gewähren. Als er aber eines Tages vom Hundezwinger zurückkehrte, wo seine letzten beiden Jagdhunde »krepiert« waren, wie sich sein Hundewärter ausdrückte, traf er die Magd, die ihm mit zitternder Stimme mitteilte, Marija Akinfijewna ließe grüßen und ausrichten, dass sie ihm alles Gute wünsche, aber nicht mehr zu ihm zurückkehre. Tschertopchanow drehte sich zweimal um sich selbst, stieß ein krächzendes Gebrüll aus und stürzte der Flüchtigen sofort hinterher, sicherheitshalber nahm er auch die Pistole mit.

Zwei Werst von seinem Haus entfernt, bei einem Birkenwäldchen, auf der Landstraße, die in die Kreisstadt führte, holte er sie ein. Die Sonne stand schon niedrig am Horizont, alles war mit purpurnem Licht übergossen: die Bäume, das Gras, die Erde.

»Sie geht zu Jaff, zu Jaff!« stöhnte Tschertopchanow, kaum dass er Mascha sah, »zu Jaff!« wiederholte er, als er, fast bei jedem Schritt stolpernd, auf sie zulief.

Mascha blieb stehen und drehte sich um. Sie stand mit dem Rücken zum Licht und wirkte ganz schwarz, ganz so, als sei sie aus dunklem Holz geschnitzt. Nur das Weiß ihrer Augen schimmerte wie silberne Mandeln, die Augen selbst aber, die Pupillen, waren noch dunkler als sonst.

Sie warf ihr Bündel zu Boden und kreuzte die Arme.

»Zu Jaff bist du unterwegs, du Nichtswürdige!« wiederholte Tschertopchanow und wollte sie an der Schulter packen, als ihn jedoch ihr Blick traf, erstarrte er und blieb verwirrt stehen.

»Nicht zu Herrn Jaff gehe ich, Pantelej Jeremeitsch«, antwortete Mascha langsam und ruhig, »aber ich kann nicht mehr mit Ihnen leben.«

»Was heißt, du kannst nicht mehr mit mir leben? Weshalb denn nicht? Habe ich dich etwa gekränkt?«

Mascha schüttelte den Kopf.

»Sie haben mich nicht gekränkt, Pantelej Jeremeitsch, es ist das Fernweh, das mich gepackt hat ... Ich danke Ihnen für alles, was war, bleiben aber, das kann ich nicht!«

Tschertopchanow war wie vor den Kopf geschlagen; er hieb sich sogar auf die Schenkel und hüpfte in die Höhe.

»Was soll das bedeuten? Hast in Frieden gelebt, hattest dein Vergnügen und deine Ruhe, und plötzlich hat dich das Fernweh gepackt? Hast dir gedacht, ach, dann verlasse ich ihn eben! Hast dir das Tuch um den Kopf gebunden und bist losgegangen. Alle haben dich geachtet wie eine Herrin ...«

»Das wäre gar nicht nötig gewesen«, unterbrach ihn Mascha.

»Was heißt, nicht nötig? Aus einer Vagabundin ist eine Herrin geworden, und sie sagt, das wäre nicht nötig gewesen? Was heißt, nicht nötig, du Ausgeburt des Ham? Das soll ich glauben? Da steckt Untreue dahinter, Untreue!«

Wieder raste er vor Wut.

»Von Untreue kann gar keine Rede sein, nicht einmal in Gedanken«, sagte Mascha mit ihrer klingenden, klaren Stimme. »Ich habe es Ihnen doch schon gesagt: Das Fernweh hat mich gepackt.«

»Mascha!« rief Tschertopchanow und schlug sich mit der Faust gegen die Brust. »Hör auf, es reicht, hast mich genug gequält … Lass es gut sein! Bei Gott, denk doch nur, was Tischa sagen wird; hab wenigstens mit ihm Mitleid!«

»Grüßen Sie Tichon Iwanowitsch von mir und sagen Sie ihm …«

Tschertopchanow fuchtelte mit den Armen.

»Nein, das ist alles nicht wahr – du wirst nicht fortgehen! Dein Jaff kann lange warten!«

»Herr Jaff«, wollte Mascha gerade sagen …

»Was für ein H-e-r-r soll der denn sein«, äffte Tschertopchanow sie nach. »Ein Halunke ist das, ein Schurke, und eine Fratze hat er wie ein Affe!«

Eine halbe Stunde lang rang Tschertopchanow mit Mascha. Bald kam er dicht an sie heran, bald sprang er zurück, bald holte er zum Schlag gegen sie aus, bald verneigte er sich tief vor ihr, weinte, fluchte …

»Ich kann nicht«, wiederholte Mascha, »ich bin traurig … Das Fernweh quält mich.«

Allmählich nahm ihr Gesicht einen so gleichgültigen, fast schläfrigen Ausdruck an, dass Tschertopchanow sie fragte, ob man ihr nicht einen Schlaftrunk gegeben hätte.

»Das Fernweh«, sagte sie zum zehnten Mal.

»Und wenn ich dich töte?« schrie er plötzlich und zog die Pistole aus der Tasche.

Mascha lächelte; ihr Gesicht belebte sich.

»Na wennschon, töten Sie mich, Pantelej Jeremeitsch, Ihr Wille geschehe; zurückkehren aber, das werde ich nicht.«

»Du kehrst nicht zurück?«

Tschertopchanow spannte den Hahn.

»Ich kehre nicht zurück, mein Lieber. Nie im Leben kehre ich zurück. Ich stehe zu meinem Wort.«

Tschertopchanow drückte ihr plötzlich die Pistole in die Hand und setzte sich auf den Boden.

»Nun, dann töte *du* mich! Ohne dich will ich nicht leben. Wenn du mich satthast, dann ist mir alles egal.«

Mascha bückte sich, nahm ihr Bündel, legte die Pistole ins Gras, die Mündung von Tschertopchanow abgewandt, und trat auf ihn zu.

»Ach, mein Lieber, warum quälst du dich so? Kennst du uns Zigeunerinnen etwa nicht? So sind wir, das ist bei uns Sitte. Wenn uns die Schwermut packt, diese Plage, und die Seele in die Ferne lockt, sind wir machtlos, dann können wir nicht bleiben. Behalte deine Mascha in guter Erinnerung, eine Freundin wie mich wirst du nicht noch einmal finden, und auch ich werde dich nicht vergessen, mein Falke; unser gemeinsames Leben aber, das ist zu Ende!«

»Ich habe dich geliebt, Mascha«, murmelte Tschertopchanow hinter den Händen, die er vor das Gesicht geschlagen hatte …

»Auch ich habe Sie geliebt, mein Freund, Pantelej Jeremeitsch!«

»Ich habe dich geliebt, ich liebe dich, wahnsinnig, besinnungslos. Und wenn ich mir jetzt vorstelle, dass du mich mir nichts, dir nichts verlässt, ein fröhliches Leben führst und durch die Welt ziehst, dann will mir scheinen, du hättest mich nicht verlassen, wäre ich nicht ein armer Schlucker!«

Über diese Worte lächelte Mascha nur spöttisch.

»Dabei hast du doch selbst gesagt, dass ich nicht auf Gold und Silber aus bin«, sagte sie und schlug Tschertopchanow temperamentvoll auf die Schulter.

Er sprang auf.

»So nimm wenigstens Geld von mir an, du kannst doch nicht ohne einen Groschen gehen? Am besten aber wäre es, du würdest mich töten! Ich sage es dir im Ernst: Töte mich auf einen Schlag!«

Wieder schüttelte Mascha den Kopf.

»Dich töten? Und weswegen kommt man nach Sibirien, mein Lieber?«

Tschertopchanow erbebte.

»Also nur deshalb, aus Angst vor der Zwangsarbeit …«

Wieder warf er sich ins Gras.

Schweigend stand Mascha über ihm.

»Du tust mir leid, Pantelej Jeremeitsch«, sagte sie seufzend, »bist ein guter Mensch … aber es ist nicht zu ändern, leb wohl!«

Sie wandte sich ab und tat zwei Schritte. Die Nacht war schon hereingebrochen, aus allen Richtungen kamen trübe Schatten angeschwommen. Tschertopchanow erhob sich hastig und packte Mascha von hinten an beiden Ellbogen.

»Du gehst also, du Schlange? Zu Jaff!«

»Leb wohl!« wiederholte Mascha schroff und unmissverständlich, riss sich los und ging davon.

Tschertopchanow blickte ihr nach, lief zu der Stelle, wo die Pistole lag, ergriff sie, zielte und schoss … Bevor er aber auf den Abzug drückte, riss er seine Hand in die Höhe: die Kugel surrte über Maschas Kopf hinweg. Im Gehen warf sie ihm über die Schulter einen Blick zu und ging dann, sich wiegend, weiter, ganz so, als mache sie sich über ihn lustig.

Er schlug die Hände vors Gesicht und lief davon …

Er war aber noch keine fünfzig Schritte gelaufen, als er plötzlich wie angewurzelt stehenblieb. Eine nur allzu bekannte Stimme drang an sein Ohr. Mascha sang. Sie sang

»Du herrliche Jugendzeit«; jeder Ton schwebte durch die Abendluft – feurig und klagend. Tschertopchanow lauschte. Die Stimme wurde leiser und leiser; bald verhallte sie, bald kam sie wieder herbeigeweht, ein kaum vernehmbarer, doch immer noch ergreifender Klang …

»Sie will es mir zeigen«, dachte Tschertopchanow, aber sogleich stöhnte er: »Ach, nein! Sie nimmt Abschied von mir, für immer!«, und er brach in Tränen aus.

***

Tags darauf erschien er im Hause des Herrn Jaff, der als wahrer Mann von Welt die ländliche Einsamkeit nicht mochte und in der Kreisstadt lebte, »näher bei den Fräuleins«, wie er sich ausdrückte. Tschertopchanow traf Jaff nicht an; seinem Kammerdiener zufolge war er am Tag davor nach Moskau abgereist.

»Es stimmt also!« rief Tschertopchanow rasend. »Verabredet haben sie sich; sie ist mit ihm geflohen … na warte!«

Ungeachtet des Widerstands des Kammerdieners stürzte er ins Kabinett des jungen Rittmeisters. Dort hing über dem Diwan ein Ölgemälde des Hausherrn in Ulanenuniform.

»Ha, da bist du ja, du schwanzloser Affe!« wütete Tschertopchanow, sprang auf den Diwan, schlug mit der Faust gegen die Leinwand und hinterließ ein großes Loch.

»Sag deinem nichtsnutzigen Herrn«, wandte er sich an den Kammerdiener, »dass der Adlige Tschertopchanow ihm, in Ermangelung seiner leibhaftigen gemeinen Visage, die gemalte verunstaltet hat; sollte er Genugtuung von mir wünschen, so weiß er, wo er den Adligen Tschertopchanow findet! Andernfalls werde ich ihn selbst finden. Und wenn ich den niederträchtigen Affen auf dem Meeresgrund suchen müsste!«

Mit diesen Worten sprang Tschertopchanow vom Diwan und entfernte sich feierlich.

Der Rittmeister Jaff jedoch forderte keinerlei Genugtuung von ihm, ja, er vermied es, ihm zu begegnen, und Tschertopchanow seinerseits dachte auch nicht daran, seinen Feind ausfindig zu machen, so kam es zu keinerlei Händel zwischen ihnen. Mascha aber war bald danach spurlos verschwunden. Tschertopchanow ergab sich dem Trunk; allerdings kam er wieder »zur Besinnung«. Doch dann ereilte ihn das zweite Unglück.

II

Und zwar: es starb sein engster Gefährte, Tichon Iwanowitsch Nedopjuskin. Zwei Jahre vor seinem Ende begann sich Tichons Gesundheitszustand zu verschlechtern: er litt an Atemnot, nickte ständig ein und konnte sich, war er aufgewacht, nicht gleich zurechtfinden; der Arzt versicherte, das seien leichte »Schlaganfällchen«. Während der drei Tage, die Maschas Weggang vorausgegangen waren, jene drei Tage, da sie »das Fernweh« gepackt hatte, lag Nedopjuskin bei sich in Besselendejewka im Bett: er war stark erkältet. Umso unerwarteter traf ihn Maschas Tat, sie traf ihn beinahe stärker als Tschertopchanow selbst. Wegen seiner Sanftmut und Schüchternheit ließ er sich allerdings außer dem zartfühlendsten Mitgefühl mit seinem Freund und dem schmerzlichsten Unverständnis nichts anmerken … doch innerlich war etwas in ihm geborsten und entzweigebrochen.

»Sie hat mir das Herz aus dem Leibe gerissen«, flüsterte er vor sich hin, wenn er auf seinem geliebten Wachstuchdiwan saß und Däumchen drehte. Selbst als sich Tschertopchanow wieder gefasst hatte, konnte er, Nedopjuskin, die Fassung nicht wiedergewinnen, er spürte weiterhin eine Leere in seinem Inneren. »Hier«, sagte er bisweilen und deutete dabei auf die Mitte seiner Brust etwas oberhalb des Magens. Auf diese Weise ging es bis zum Winter. Als die ersten Fröste einsetzten, besserte sich seine Atemnot, dafür aber suchte ihn nun nicht mehr bloß ein Schlaganfällchen heim, sondern ein echter Schlaganfall. Er verlor nicht sofort das Bewusstsein; noch konnte er Tschertopchanow erkennen und auf den verzweifelten Ausruf seines Freundes: »Wie kannst du mich nur ohne meine Erlaubnis im Stich lassen, Tischa, genau wie Mascha?« sogar noch mit ersterbender Stimme antworten: »Ich ha … do … imme … auf Sie ge … hö … t, P … a … lej Je … itsch.« Das hinderte ihn jedoch nicht, noch am selben Tag zu sterben, ohne den Besuch des Arztes abgewartet zu haben, dem beim Anblick seines kaum erkalteten Körpers im traurigen Bewusstsein der Vergänglichkeit alles Irdischen nur übrigblieb, um einen Wodka und ein Stück gedörrten Störrücken zu bitten. Sein Gut hinterließ Tichon Iwanowitsch, wie nicht anders zu erwarten, seinem hochverehrten Wohltäter und hochherzigen Beschützer, Pantelej Jeremeitsch Tschertopchanow; dem hochverehrten Wohltäter brachte es jedoch keinen großen Nutzen, denn bald darauf musste es öffentlich versteigert werden, teilweise um die Summe für das Grabdenkmal aufzubringen – eine Statue, die Tschertopchanow (bei dem offenbar eine väterliche Ader zum Vorschein gekommen war) über der sterblichen Hülle seines Freundes zu errichten gedachte. Diese Statue, die einen betenden Engel darstellen sollte, ließ er aus Moskau kommen; der ihm empfohlene Kommissionär jedoch, der davon ausging, dass sich in der Provinz selten Kunstkenner fänden, schickte ihm statt des Engels die Göttin Flora, die viele Jahre lang in der Nähe von Moskau einen verwilderten Park aus der Zeit Katharinas geschmückt hatte, wobei ihm, dem Kommissionär, diese Statue im Rokokostil, die im Übrigen außerordentlich apart war, mit rundlichen Händchen, wallenden Locken, einer Rosengirlande auf der entblößten Brust und mit gebogenem Leib, umsonst überlassen worden war. So steht die mythologische Göttin – einen Fuß graziös erhoben – nun also über Tichon Iwanowitschs Grab und betrachtet mit dem Mienenspiel der Pompadour die umherspazierenden Kälber und Schafe, diese unvermeidlichen Besucher unserer Dorffriedhöfe.

III

Nachdem er seinen treuen Freund verloren hatte, ergab sich Tschertopchanow erneut dem Trunk, diesmal bereits ernstlicher. Es ging ganz bergab mit ihm. Für die Jagd fehlte es ihm an allem, das letzte Geld war ausgegeben, die letzten Diener waren fortgelaufen. Pantelej Jeremeitsch vereinsamte nun völlig: es war niemand da, mit dem er ein Wort hätte wechseln, geschweige, dem er sein Herz hätte ausschütten können. Sein Stolz allerdings war keineswegs geschmälert. Im Gegenteil: je schlechter es um ihn bestellt war, desto hochmütiger, dünkelhafter und unzugänglicher benahm er sich. Schließlich wurde er endgültig zum Einsiedler. Ein einziger Trost, eine einzige Freude war ihm geblieben: ein Grauschimmel vom Don, ein wunderbares Reitpferd, das er Malek-Adel nannte, tatsächlich ein prächtiges Pferd.

In den Besitz dieses Pferdes war er folgendermaßen gekommen:

Als er eines Tages durch das Nachbardorf ritt, hatte er von der Schenke her das wüste Geschrei und den Lärm einer Menschenmenge gehört. Inmitten dieser Menge, immer am selben Fleck, hoben und senkten sich unablässig kräftige Fäuste.

»Was geht da vor?« fragte er in dem ihm eigenen Befehlston eine alte Frau, die an der Schwelle ihrer Kate stand.

An den Türbalken gelehnt, schaute die Frau schläfrig in Richtung der Schenke. Ein kleiner weißblonder Junge im Kattunhemd, ein Kreuz aus Zypressenholz auf der nackten Brust, saß mit gespreizten Beinen und geballten Fäusten zwischen ihren Bastschuhen; neben ihm pickte ein Küken an einer steinharten Roggenbrotrinde herum.

»Weiß der Himmel, Batjuschka«, antwortete die Alte, beugte sich vor und legte dem Jungen ihre faltige dunkle Hand auf den Kopf, »unsere Leute schlagen, scheint's, einen Juden.«

»Wieso einen Juden? Was für einen Juden?«

»Weiß der Himmel, Batjuschka. Der ist bei uns aufgetaucht, der Jud; woher es ihn hierher verschlagen hat, das weiß niemand. Wassja, geh zu Mama, mein Liebling; ksch, ksch, du garstiges Vieh!«

Die Alte verscheuchte das Küken, Wassja aber hielt sich an ihrem Rock fest.

»Sie schlagen ihn eben, gnädiger Herr!«

»Was heißt schlagen? Wofür?«

»Das weiß ich nicht, Batjuschka. Wahrscheinlich hat er es verdient. Wieso sollten sie ihn auch nicht schlagen? Immerhin hat er Christus ans Kreuz genagelt, Batjuschka!«

Tschertopchanow stieß einen Schrei aus, schlug mit der Peitsche auf sein Pferd ein und jagte geradewegs auf die Menge zu. Als er hineingeprescht war, begann er mit derselben Peitsche wahllos nach rechts und links auf die Männer einzuhauen und rief mit stockender Stimme:

»Selbst... justiz! Selbst... jus... tiz! Das Gesetz soll strafen, nicht aber Pri... vat... per... sonen! Das Gesetz! Das Gesetz!! Das Ge... setz!!!«

Es waren keine zwei Minuten vergangen, da war die Menge schon in alle Richtungen auseinandergestoben, vor der Tür zur Schenke blieb auf dem Boden ein kleines, mageres, dunkelhäutiges Wesen im Nankingkaftan zurück, zerfetzt und gemartert ... Ein bleiches Gesicht, verdrehte Augen, ein offenstehender Mund ... Was war das? Die Folge des Entsetzens oder schon der Tod?

»Weshalb habt ihr den Juden erschlagen?« schrie Tschertopchanow donnernd und schwang drohend die Peitsche.

Die Menge brummte leise eine Antwort. Einer hielt sich die Schulter, ein anderer die Seite, ein Dritter fasste sich an die Nase.

»Der haut aber zu!« hörte man aus den hinteren Reihen.

»Mit der Peitsche! Das ist keine Kunst!« sagte eine andere Stimme.

»Weshalb ihr den Juden erschlagen habt, frage ich euch, ihr Asiatenbrut!«

Plötzlich aber sprang das auf dem Boden liegende Wesen hastig auf die Beine, flüchtete hinter Tschertopchanow und klammerte sich krampfhaft an den Rand seines Sattels.

Die Menge brach in Gelächter aus.

»Der ist zäh!« hörte man wieder aus den hinteren Reihen. »Wie eine Katze.«

»Euer Hochwohlgeboren, helfen Sie mir, retten Sie mich!« stammelte indessen der unglückliche Jude und presste sich mit der Brust an Tschertopchanows Bein. »Sonst bringen sie mich um, sie werden mich umbringen, Euer Hochwohlgeboren!«

»Aber warum denn?« fragte Tschertopchanow.

»Das weiß ich nicht, bei Gott! Ihnen ist Vieh verendet … da haben sie mich verdächtigt … ich aber …«

»Nun, das werden wir später klären«, unterbrach ihn Tschertopchanow, »jetzt halte dich am Sattel fest und komm mit. Ihr aber«, fügte er an die Menge gewandt hinzu, »kennt ihr mich? Ich bin der Gutsbesitzer Pantelej Tschertopchanow aus Bessonowo, ihr könnt euch also über mich beschweren, wenn ihr wollt, und über den Juden auch!«

»Wieso beschweren?« sagte mit tiefer Verbeugung ein graubärtiger, würdiger Mann, der aussah wie ein Patriarch aus biblischen Zeiten. (Er hatte übrigens nicht weniger als die anderen auf den Juden eingeprügelt.) »Wir kennen dich gut, Batjuschka Pantelej Jeremeitsch; und wir danken dir, gnädiger Herr, dass du uns eine Lehre erteilt hast!«

»Wieso beschweren«, fielen andere ein. »Und mit dem Ungläubigen werden wir schon noch abrechnen! Der entkommt uns nicht! Den werden wir jagen wie einen Hasen auf dem Feld …«

Tschertopchanow zwirbelte seinen Schnurrbart, schnaufte und ritt im Schritt in sein Dorf, begleitet vom Juden, den er ebenso aus der Hand seiner Bedrücker befreit hatte wie einst Tichon Nedopjuskin.

IV

Einige Tage später meldete der einzige Tschertopchanow noch verbliebene Botenjunge, dass ein Reiter gekommen sei, der mit ihm sprechen wolle. Tschertopchanow trat auf die Vortreppe hinaus und erblickte das ihm bekannte Jüdlein auf einem herrlichen Don-Pferd, das reglos und stolz mitten auf dem Hof stand. Der Jude trug keine Mütze: er hatte sie unter die Achsel geklemmt, und die Füße steckten nicht im Steigbügel, sondern in dessen Riemen; seine zerrissenen Kaftanschöße hingen zu beiden Seiten des Sattels herab. Als er Tschertopchanow erblickte, schnalzte er mit den Lippen, ruderte mit den Ellenbogen und schlenkerte mit den Beinen. Tschertopchanow jedoch beantwortete seinen Gruß nicht nur nicht, sondern wurde sogar zornig und aufbrausend: der räudige Jude wagt es, auf einem so prächtigen Pferd zu sitzen … wie ungehörig!

»He, du äthiopische Fratze!« schrie er. »Steig sofort ab, wenn du nicht im Schlamm landen willst!«

Der Jude gehorchte sofort, ließ sich wie ein Sack vom Sattel fallen, hielt mit einer Hand die Zügel fest und näherte sich Tschertopchanow lächelnd und sich verbeugend.

»Was willst du?« fragte ihn Pantelej Jeremeitsch in Anbetracht seiner Würde.

»Wollen sich Euer Wohlgeboren das Pferdchen nicht einmal ansehen?« sagte der Jude unter immerwährenden Verbeugungen.

»Tja … in der Tat … ein gutes Pferd. Wie bist du dazu gekommen? Hast es wohl gestohlen?«

»Aber woher denn, Euer Wohlgeboren! Ich bin ein ehrlicher Mann, hab's nicht gestohlen, sondern für Euer Wohlgeboren besorgt. Hab mir solche Mühe gegeben! Ein Pferd ist das! Solch ein Pferd findet man am ganzen Don nicht ein zweites Mal. Schauen Sie nur, Euer Wohlgeboren, was das für ein Pferd ist! Kommen Sie bitte näher! Hü-hü … dreh dich um, stell dich seitwärts hin! Wir wollen ihm den Sattel abnehmen. Was für ein Tier! Was sagen Sie, Euer Wohlgeboren?«

»Ein gutes Pferd«, wiederholte Tschertopchanow mit gespielter Gleichgültigkeit, sein Herz aber hüpfte ihm nur so im Leib. Er war ein großer Pferdenarr und kannte sich aus.

»Streichen Sie ihm doch einmal übers Fell, Euer Wohlgeboren! Streichen Sie ihm über den Hals, hi-hi-hi! So!«

Tschertopchanow legte scheinbar unwillig seine Hand auf den Hals des Pferdes, tätschelte ihn zweimal, fuhr dann mit den Fingern den Rist entlang über den Rücken und drückte, als er an eine bestimmte Stelle über den Nieren kam, auf Kennerart leicht darauf. Das Pferd krümmte sofort das Rückgrat, sah Tschertopchanow mit seinem hochmütigen schwarzen Auge von der Seite an, schnaubte und trappelte mit den Vorderbeinen.

Der Jude lachte und klatschte leise in die Hände.

»Es erkennt seinen Herrn, Euer Wohlgeboren, es erkennt seinen Herrn!«

»Na, erzähl keine Märchen«, unterbrach ihn Tschertopchanow ärgerlich. »Abkaufen kann ich dir dieses Pferd nicht, hab kein Geld, Geschenke aber, die habe ich noch nie angenommen, weder von einem Juden noch von Gott dem Herrn höchstpersönlich!«

»Wie könnte ich es wagen, Ihnen etwas zu schenken, ich bitte Sie!« rief der Jude. »Kaufen Sie es, Euer Wohlgeboren … auf das Geld kann ich warten.«

Tschertopchanow dachte nach.

»Wie viel verlangst du?« presste er schließlich hervor.

Der Jude zuckte die Schultern.

»Was ich selbst bezahlt habe. 200 Rubel.«

Das Pferd war das Doppelte wert, möglicherweise auch das Dreifache dieser Summe.

Tschertopchanow wandte sich ab und gähnte nervös.

»Und wann … willst du das Geld?« fragte er, ohne den Juden anzusehen, und zog jäh die Brauen zusammen.

»Wann es Euer Wohlgeboren beliebt.«

Tschertopchanow warf den Kopf zurück, sah aber nicht auf.

»Das ist keine Antwort. Rede verständlich, du Brut des Herodes! Glaubst du, ich will dein Schuldner sein?«

»Nun, dann sagen wir, in sechs Monaten«, sagte der Jude schnell, »sind Sie einverstanden?«

Tschertopchanow antwortete nicht.

Der Jude versuchte ihm in die Augen zu sehen.

»Sind Sie einverstanden? Soll ich es in den Stall führen?«

»Den Sattel brauche ich nicht«, sagte Tschertopchanow abgehackt. »Nimm den Sattel ab, hörst du?«

»Aber ja, aber ja doch, das mache ich«, stammelte der Jude erfreut und warf sich den Sattel über die Schulter.

»Das Geld«, fuhr Tschertopchanow fort, »bekommst du in sechs Monaten. Und nicht zweihundert, sondern zweihundertfünfzig. Schweig! Zweihundertfünfzig, habe ich gesagt, die bin ich dir schuldig!«

Noch immer konnte sich Tschertopchanow nicht entschließen, den Blick zu heben. Niemals zuvor hatte ihm sein Stolz so sehr zugesetzt.

»Ganz offensichtlich soll es ein Geschenk sein«, dachte er, »aus Dankbarkeit hat er es mir gebracht, der Teufel!«

Er hätte ihn umarmen können, diesen Juden, und gleichzeitig schlagen …

»Euer Wohlgeboren«, begann der Jude, kühner geworden, schmunzelnd, »nach russischer Sitte müssten wir es von Rockschoß zu Rockschoß …«

»Was du dir alles ausdenkst. Ein Hebräer … und russische Sitten! He, ist jemand da? Nimm das Pferd und führe es in den Stall. Und streu ihm Hafer vor. Ich komme gleich nach. Und damit du es weißt: sein Name ist Malek-Adel!«

Tschertopchanow wollte schon die Treppe hochsteigen, drehte sich jedoch noch einmal jäh um, lief auf den Juden zu und drückte ihm fest die Hand. Der verbeugte sich, spitzte schon die Lippen, Tschertopchanow jedoch sprang zurück, sagte noch halblaut: »Zu niemandem ein Wort!« und verschwand hinter der Tür.

V

Seit diesem Tag war Malek-Adel Hauptsache, Hauptsorge und Freude in Tschertopchanows Leben. Er liebte ihn so, wie er nicht einmal Mascha geliebt hatte, und hing mehr an ihm als an Nedopjuskin. Was war das aber auch für ein Pferd! Das reinste Feuer, geradezu Schießpulver, und dabei würdevoll wie ein Bojar! Unermüdlich, ausdauernd, sanftmütig, wohin man es auch lenkte; und sein Futter kostete rein gar nichts: wenn nichts anderes da war, nagte es eben am Boden, auf dem es stand. Lief es im Schritt, war es, als trüge es einen auf Händen, lief es im Trab, so meinte man, auf Wellen zu schaukeln, im Galopp aber konnte es nicht einmal der Wind mit ihm aufnehmen! Niemals ging ihm der Atem aus, denn es hatte eine kräftige Lunge. Die Beine waren wie aus Stahl; dass es je gestolpert wäre, davon konnte keine Rede sein! Über einen Graben zu springen oder einen Zaun, das war eine Kleinigkeit für dieses Pferd; und wie klug es war! Auf Anruf kam es herbeigelaufen, den Kopf in die Höhe geworfen; befahl man ihm stehenzubleiben und ging fort, rührte es sich nicht vom Fleck; erst wenn man zurückkehrte, wieherte es leise, als wollte es sagen: Hier bin ich. Und es fürchtete nichts und niemanden: in der tiefsten Finsternis oder im Schneesturm suchte es sich seinen Weg; Fremde aber ließ es nicht an sich heran, eher biss es sie tot! Auch Hunde durften ihm nicht zu nahe kommen: gleich schlug es sie mit dem Vorderfuß gegen die Stirn – bumm, aus war es. Ein ambitioniertes Pferd: die Peitsche durfte man nur der Zierde wegen über ihm schwingen, Gott verhüte, dass man es damit anrührte! Aber wozu viele Worte verlieren: Es war ein Prachtstück, kein Pferd!

Wenn Tschertopchanow über seinen Malek-Adel sprach, ging ihm förmlich der Mund über! Und wie er ihn striegelte und hätschelte! Sein Fell glänzte wie Silber, nicht wie altes Silber, sondern wie neues, mit dunklem Schimmer; fuhr man mit der Hand darüber – der reinste Samt! Der Sattel, die Schabracke, das Zaumzeug – das ganze Geschirr war so gut aufeinander abgestimmt, ordentlich und geputzt, dass man hätte zum Pinsel greifen mögen! Tschertopchanow flocht seinem Liebling sogar eigenhändig das Stirnhaar, wusch ihm die Mähne und den Schwanz mit Bier und schmierte nicht selten auch seine Hufe selbst mit Fett ein …

Bisweilen setzte er sich auf Malek-Adel und ritt los, nicht um seine Nachbarn zu besuchen – er verkehrte nach wie vor nicht mit ihnen –, sondern über ihre Felder, an den Gütern entlang … Schaut her und bewundert ihn, ihr Tölpel, sollte das wohl heißen! Hörte er, dass irgendwo eine Jagd angekündigt war und ein reicher Gutsherr zu einem entlegenen Jagdgebiet aufbrach, so ritt er sogleich los, vollführte weitab von der Gesellschaft, am Horizont, allerlei Kunststücke und setzte alle Zuschauer durch die Schönheit und Schnelligkeit seines Pferdes in Erstaunen, nahe kommen aber durfte ihm niemand. Einmal war ihm ein Jäger mit dem gesamten Gefolge nachgejagt; als er feststellte, dass Tschertopchanow vor ihm zurückwich, begann er aus vollem Halse zu schreien: »He, du! Hör mal! Verlange für dein Pferd, was du willst! Auch ein Tausender ist mir nicht zu schade! Meine Frau gebe ich dir, meine Kinder! Alles, was du willst!« Tschertopchanow brachte Malek-Adel jäh zum Stehen. Der Jäger jagte heran.

»Batjuschka!« rief er. »Sag, was du haben willst. Teuerster!«

»Selbst wenn du der Zar wärst«, sagte Tschertopchanow langsam (obwohl er nie im Leben etwas von Shakespeare gehört hatte), »und wenn du mir dein ganzes Reich für mein Pferd geben würdest, ich würde es nicht nehmen!« Sagte es, lachte, ließ Malek-Adel sich aufbäumen, wirbelte ihn in der Luft herum, einzig auf den Hinterbeinen, wie einen Kreisel, und fort war er! Wie der Blitz jagte er über das Stoppelfeld. Der Jäger aber (ein steinreicher Fürst, wie es hieß) schleuderte seine Mütze zu Boden, warf sich hin und barg das Gesicht in der Mütze! Eine halbe Stunde lang blieb er so liegen.

Wie hätte Tschertopchanow sein Pferd auch nicht in Ehren halten sollen? Hatte er ihm nicht eine neuerliche unverkennbare Überlegenheit zu verdanken, die letzte Überlegenheit über alle seine Nachbarn?

VI

Die Zeit indessen verging, die Frist für die Begleichung der Schuld rückte näher, Tschertopchanow jedoch besaß nicht nur keine zweihundertfünfzig Rubel, er besaß nicht einmal fünfzig. Was sollte er tun, welche Lösung finden?

»Nun gut«, beschloss er schließlich, »sollte der Jude kein Einsehen haben und mir keinen Aufschub gewähren, überlasse ich ihm das Haus samt Grund und Boden, steige aufs Pferd und reite fort, immer der Nase nach! Auch wenn ich hungers sterben sollte, Malek-Adel gebe ich nicht mehr her!«

Er war sehr beunruhigt und wurde sogar nachdenklich; das Schicksal jedoch hatte, zum ersten und letzten Mal,

Erbarmen und lächelte ihm zu: eine ihm nicht einmal dem Namen nach bekannte entfernte Verwandte hatte Tschertopchanow in ihrem Testament eine in seinen Augen gewaltige Summe hinterlassen, ganze zweitausend Rubel! Und er erhielt dieses Geld genau zur rechten Zeit: einen Tag bevor der Jude kommen sollte. Tschertopchanow verlor vor Freude fast den Verstand, doch von einem Gedanken an Wodka konnte keine Rede sein: seit dem Tag, da Malek-Adel bei ihm war, hatte er keinen Tropfen mehr angerührt. Er lief in den Pferdestall, küsste seinen Freund aufs Maul, zu beiden Seiten über den Nüstern, dort, wo die Haut der Pferde ganz zart ist. »Jetzt werden wir uns nie mehr trennen!« rief er und klopfte Malek-Adel unterhalb der gekämmten Mähne auf den Hals. Zurück im Haus, zählte er zweihundertfünfzig Rubel ab und versiegelte das Päckchen. Dann hing er, auf dem Rücken liegend und eine Pfeife rauchend, seinen Gedanken nach, was er mit dem übrigen Geld anfangen würde, vor allem, was für Hunde er anschaffen wollte: echte Kostroma-Hunde, und zwar rotgescheckte! Er unterhielt sich sogar mit Perfischka, versprach ihm eine neue Uniform mit gelben Tressen an allen Nähten und legte sich in seligster Gemütsverfassung schlafen.

Doch er hatte einen schlechten Traum. Ihm träumte, dass er zur Jagd ausreitet, aber nicht auf Malek-Adel, sondern auf einem merkwürdigen Tier, das aussieht wie ein Kamel; ihm entgegengelaufen kommt ein schneeweißer Fuchs … Er will die Peitsche schwingen und die Hunde auf ihn hetzen, statt der Peitsche aber hält er einen Bastwisch in der Hand, und der Fuchs läuft vor ihm her und streckt ihm die Zunge heraus. Er springt von seinem Kamel, stolpert, fällt … und fällt einem Gendarmen direkt in die Arme, der ihn zum Generalgouverneur bringt, in dem er Jaff erkennt …

Tschertopchanow erwachte. Im Zimmer war es dunkel; eben erst hatten die Hähne zum zweiten Mal gekräht …

Von fern hörte er ein Pferd wiehern.

Tschertopchanow hob den Kopf … Noch einmal vernahm er ein leises Wiehern.

»Das ist Malek-Adel, der da wiehert«, ging es ihm durch den Kopf … »Das ist doch sein Wiehern! Aber wieso aus der Ferne? Mein Gott … Das kann nicht sein …«

Tschertopchanow gefror das Blut in den Adern, er sprang vom Bett auf, suchte tastend seine Stiefel, seine Kleider, zog sich an, ergriff den Schlüssel zum Pferdestall unter seinem Kopfkissen, und stürzte aus dem Haus.

VII

Der Pferdestall befand sich am Ende des Hofs; eine seiner Wände ging zum Feld hinaus. Tschertopchanow hatte Mühe, den Schlüssel ins Schloss zu stecken, seine Hände zitterten, auch gelang es ihm nicht sofort, den Schlüssel umzudrehen … Reglos, mit angehaltenem Atem, stand er da: wenn sich doch nur etwas hinter der Tür geregt hätte! »Maleschka! Malez!« rief er halblaut: Totenstille! Tschertopchanow bewegte den Schlüssel im Schloss: die Tür knarrte und ging auf … Sie war gar nicht abgeschlossen. Er trat über die Schwelle und rief wieder nach seinem Pferd, diesmal rief er es bei seinem vollen Namen: »Malek-Adel!« Sein treuer Gefährte aber antwortete nicht, nur eine Maus huschte über das Stroh. Dann stürzte Tschertopchanow in jenen der drei Stände des Pferdestalls, in dem Malek-Adel untergebracht war. Er fand ihn sofort, obwohl ringsum eine derartige Finsternis herrschte, dass man die Hand nicht vor den Augen sah … Er war leer! Tschertopchanow schwindelte; in seinem Kopf dröhnte es. Er wollte etwas sagen, zischte aber nur und bewegte sich – nach oben, unten und seitlich tastend – keuchend und mit versagenden Knien vorwärts, vom ersten Stand zum zweiten … im dritten, der fast bis zur Decke mit Heu vollgestopft war, stieß er an eine Wand, dann an eine weitere, fiel hin, überschlug sich, erhob sich wieder und stürzte dann Hals über Kopf durch die halb offenstehende Tür ins Freie …

»Gestohlen! Perfischka! Perfischka! Er ist gestohlen!« schrie er wie am Spieß.

Im bloßen Hemd kam der Botenjunge Perfischka aus dem Verschlag herbeigestürzt, in dem er schlief …

Wie Betrunkene stießen sie mitten im Hof zusammen, der Herr und sein einziger Diener; wie von Sinnen drehten sie sich umeinander. Weder war der Herr imstande zu erklären, was geschehen war, noch verstand der Diener, was man von ihm wollte. »Wie schrecklich, wie schrecklich!« stammelte Tschertopchanow. »Wie schrecklich, wie schrecklich!« wiederholte der Junge. »Eine Laterne! Hol eine Laterne! Licht! Licht!« entrang sich schließlich Tschertopchanows vor Schreck erstarrter Brust. Perfischka stürzte ins Haus.

Eine Laterne anzuzünden und Licht zu machen war jedoch schwierig: Zündhölzer waren damals in Russland eine Seltenheit; in der Küche waren die letzten Kohlen schon längst verglommen, Feuerstahl und Feuerstein fanden sich nicht sogleich und wollten auch nicht recht funktionieren.

Zähneknirschend riss Tschertopchanow sie dem verdutzten Perfischka aus den Händen und begann selbst Feuer zu schlagen: Funken regneten reichlich herab, noch reichlicher Verwünschungen und Gestöhn, doch der Zunder wollte entweder nicht brennen oder er erlosch wieder, ungeachtet der einmütigen Anstrengungen von vier angestrengten Backen und Lippen! Nach etwa fünf Minuten begann endlich der Talgstummel auf dem Boden der zerbrochenen Lampe zu glimmen, und Tschertopchanow hastete, von Perfischka begleitet, in den Pferdestall, hob die Laterne über den Kopf, sah sich um …

Alles war leer!

Er stürzte auf den Hof, lief ihn in alle Richtungen ab – nirgends war das Pferd zu sehen! Der Flechtzaun, der Pantelej Jeremeitschs Gut umgab, war schon lange verfallen, an vielen Stellen hatte er sich auf die Seite gelegt und zu Boden geneigt … Beim Pferdestall war er völlig umgestürzt, einen ganzen Arschin breit. Perfischka zeigte Tschertopchanow diese Stelle.

»Barin! Schauen Sie mal: das war heute noch nicht. Da liegen auch die Pflöcke, die hat wohl jemand herausgerissen.«

Tschertopchanow eilte mit der Laterne herbei und beleuchtete den Boden …

»Hier sieht man Hufe, Hufe, Spuren von Hufeisen, lauter Spuren, frische Spuren!« murmelte er atemlos. »Hier hat man ihn herausgeführt, hier, hier!«

Im Nu sprang er über den Zaun und lief mit dem Ruf »Malek-Adel! Malek-Adel!« ins Feld hinein.

Perfischka blieb verwirrt zurück. Der helle Schein der Laterne verschwand bald vor seinen Augen, verschluckt von der dichten Finsternis der sternenlosen, mondlosen Nacht.

Schwächer und schwächer waren Tschertopchanows verzweifelte Rufe zu vernehmen …

VIII

Der Morgen war schon angebrochen, als er nach Hause zurückkehrte. Er sah zum Fürchten aus, seine Kleidung war völlig verschmutzt, das Gesicht hatte einen wilden, furchterregenden Ausdruck angenommen, finster und stumpf blickten seine Augen. Mit krächzendem Flüstern jagte er Perfischka fort und schloss sich in seinem Zimmer ein. Vor Müdigkeit konnte er sich kaum auf den Beinen halten, er legte sich jedoch nicht ins Bett, sondern setzte sich neben der Tür auf einen Stuhl und griff sich an den Kopf.

»Gestohlen! … Man hat ihn gestohlen!«

Aber wie war es dem Dieb nur gelungen, Malek-Adel des Nachts aus dem verschlossenen Stall zu stehlen? Malek-Adel ohne Lärm und Getöse zu stehlen, der doch auch bei Tage niemand Fremden nahe an sich heranließ? Und wie war es zu erklären, dass kein einziger Hofhund gebellt hatte? Es waren zwar nur zwei kleine Hündchen, und auch die hatten sich vor Kälte verkrochen, aber dennoch!

»Was soll ich nur anfangen ohne Malek-Adel?« dachte Tschertopchanow. »Jetzt habe ich meine letzte Freude verloren, es ist an der Zeit zu sterben. Soll ich ein anderes Pferd kaufen, da ich nun Geld habe? Aber wo finde ich noch einmal ein solches Pferd?«

»Pantelej Jeremeitsch! Pantelej Jeremeitsch!« hörte man eine schüchterne Stimme hinter der Tür.

Tschertopchanow sprang auf.

»Wer ist da?« schrie er wie von Sinnen.

»Ich bin's, Ihr Bursche Perfischka.«

»Was willst du? Hat er sich eingefunden und ist nach Hause gekommen?«

»Nein, nein, Pantelej Jeremeitsch; aber der Jud, der ihn verkauft hat …«

»Na?«

»Er ist da.«

»Ho-ho-ho-ho-ho«, polterte Tschertopchanow und riss die Tür auf. »Her mit ihm, her mit ihm, her mit ihm!«

Als der Jude, der hinter Perfischka stand, die plötzlich auftauchende zerzauste, verwahrloste Gestalt seines »Wohltäters« erblickte, wollte er sich schnell aus dem Staube machen; Tschertopchanow aber holte ihn mit zwei Sätzen ein und ging ihm wie ein Tiger an die Kehle.

»Ha! Willst wohl dein Geld holen? Willst dein Geld holen, wie?« röchelte er, als sei nicht *er* es, der würge, sondern als würge man *ihn*. »In der Nacht hast du ihn gestohlen, und am Tag kommst du das Geld holen? Wie? Wie?«

»Erbarmen, Euer Wohlgeboren«, stöhnte der Jude.

»Dann sag mir, wo mein Pferd ist? Wohin hast du es verschleppt? Wem hast du es verkauft? Na, so red schon, red schon, red schon!«

Der Jude konnte nicht einmal mehr stöhnen; aus seinem blau angelaufenen Gesicht war sogar der Ausdruck der Angst gewichen. Seine Arme hingen schlaff herunter; sein gesamter Körper, den Tschertopchanow wütend schüttelte, schaukelte vor und zurück wie ein Schilfrohr.

»Das Geld zahle ich, ich zahle es, die volle Summe, bis zur letzten Kopeke«, schrie Tschertopchanow, »aber ich werde dich erwürgen wie das kümmerlichste Küken, wenn du mir nicht sofort sagst …«

»Sie haben ihn ja schon erwürgt, Barin«, bemerkte der Botenjunge Perfischka gleichmütig.

Erst da kam Tschertopchanow zur Besinnung.

Er ließ den Hals des Juden los; der stürzte zu Boden. Tschertopchanow hob ihn auf, setzte ihn auf eine Bank, goss ihm ein Glas Wodka in die Kehle und brachte ihn wieder zu sich. Nachdem er ihn wieder zu sich gebracht hatte, begann er ein Gespräch mit ihm.

Wie sich herausstellte, hatte der Jude nicht die leiseste Ahnung vom Diebstahl Malek-Adels. Wieso auch sollte er ein Pferd stehlen, das er selbst für den »verehrtesten Pantelej Jeremeitsch« besorgt hatte?

Tschertopchanow führte ihn in den Pferdestall.

Zu zweit untersuchten sie die Stände, die Futterkrippen, das Türschloss, durchwühlten das Heu, das Stroh und gingen dann wieder nach draußen; Tschertopchanow zeigte dem Juden die Spuren der Hufe am Flechtzaun und schlug sich plötzlich auf die Schenkel.

»Warte mal!« rief er. »Wo hast du das Pferd gekauft?«

»Im Landkreis Maloarchangelskoje, auf dem Jahrmarkt von Werchossensk«, entgegnete der Jude.

»Von wem?«

»Von einem Kosaken.«

»Warte! War das ein junger oder ein alter Kosak?«

»Mittelalt, ein gesetzter Mann.«

»Und sonst? Wie sah er aus? Wahrscheinlich ein gerissener Gauner?«

»Wird wohl ein Gauner gewesen sein, Euer Wohlgeboren.«

»Und, was hat er dir erzählt, der Gauner, hat er das Pferd schon lange besessen?«

»Ich glaube, er hat gesagt, schon lange.«

»Dann kann es niemand anderer gestohlen haben als er. Urteile selbst, hör mal, komm her … wie heißt du eigentlich?«

Der Jude fuhr zusammen und warf Tschertopchanow aus seinen schwarzen Augen einen Blick zu.

»Wie *ich* heiße?«

»Na, wie du genannt wirst?«

»Moschel Lejba.«

»Urteile selbst, Lejba, mein Freund, bist doch ein kluger Mann: wem außer seinem alten Herrn hätte Malek-Adel gehorcht! Er hat ihn ja gesattelt, gezäumt, hat ihm die Decke abgenommen – da liegt sie doch, auf dem Heu! … Hat sich benommen, als sei er hier zu Hause! Jeden anderen außer seinem Herrn hätte Malek-Adel doch unter den Hufen zerstampft! Einen Heidenlärm hätte er veranstaltet und das ganze Dorf in Aufruhr versetzt! Stimmt das nicht?«

»Es stimmt, ja, es stimmt, Euer Wohlgeboren …«

»Das bedeutet also, zuallererst muss man diesen Kosaken ausfindig machen!«

»Aber wie soll man den denn ausfindig machen, Euer Wohlgeboren? Ich habe ihn ja nur ein einziges Mal gesehen, wo er aber jetzt ist und wie er heißt? Aj, waj, waj!« setzte der Jude hinzu und schüttelte bekümmert seine Schläfenlocken.

»Lejba!« schrie Tschertopchanow plötzlich. »Lejba, sieh mich an! Ich habe den Verstand verloren, ich erkenne mich selbst nicht wieder! … Ich werde Hand an mich legen, wenn du mir nicht hilfst!«

»Aber wie könnte ich denn …«

»Lass uns zusammen losfahren und den Dieb ausfindig machen!«

»Aber wohin sollen wir denn fahren?«

»Über die Jahrmärkte, die Hauptstraßen, die Nebenstraßen, zu den Pferdedieben, durch Städte und Dörfer und Weiler – überallhin. Um das Geld mach dir keine Sorgen: ich habe geerbt, mein Lieber! Ich gebe die letzte Kopeke her, um meinen Freund zurückzubekommen! Unser Feind, der Kosak, wird uns nicht entkommen! Wohin auch immer er sich wendet, wir werden da sein! Und sei es unter der Erde, dann folgen wir ihm unter die Erde! Wenn er zum Teufel geht, dann gehen wir eben zu Satan selbst!«

»Aber weshalb denn zu Satan«, bemerkte der Jude, »das muss nicht sein.«

»Lejba!« sagte nun Tschertopchanow. »Lejba, du bist zwar ein Hebräer und dein Glaube ist unrein, aber du hast eine bessere Seele als so mancher Christ! Hab Mitleid mit mir! Allein ist es sinnlos zu fahren, allein kommt nichts dabei heraus. Ich bin ein Heißsporn, du aber hast Verstand, goldenen Verstand! Euer Stamm ist nun einmal so geschaffen: ihr erfasst alles auch ohne die Wissenschaft! Vielleicht wunderst du dich und denkst: woher hat er denn plötzlich Geld? Komm mit hinein ins Haus, ich zeige dir das Geld. Du kannst es haben, auch das Kreuz auf meiner Brust kannst du haben, wenn du mir nur Malek-Adel zurückbringst, bring ihn mir zurück, bring ihn mir zurück!«

Tschertopchanow zitterte wie im Fieber; der Schweiß floss ihm in Strömen über das Gesicht, mischte sich mit

Tränen und versickerte in seinem Schnurrbart. Er presste Lejba die Hände, flehte ihn an, ja, er hätte ihn beinahe geküsst … Er war außer sich. Der Jude wollte Einspruch erheben, versichern, dass er unabkömmlich sei, dass er zu tun habe … Erfolglos! Tschertopchanow wollte nichts davon hören. Es war nichts zu machen: der arme Lejba willigte ein.

Anderntags verließ Tschertopchanow gemeinsam mit Lejba auf einem Bauernwagen Bessonowo. Der Jude schaute etwas verlegen drein, hielt sich mit einer Hand an den Streben des Wagens fest und hüpfte mit seinem gebrechlichen Körper auf dem rüttelnden Sitz auf und nieder; die andere Hand hatte er gegen die Brust gedrückt, wo unter dem Hemd der in Zeitungspapier gewickelte Packen Geldscheine lag; Tschertopchanow saß da wie ein Ölgötze, ließ nur die Augen schweifen und atmete aus voller Brust; in seinem Gürtel steckte ein Dolch.

»Nimm dich bloß in Acht, du gemeiner Verbrecher!« murmelte er, als sie auf die Landstraße einbogen.

Sein Haus hatte er dem Botenjungen Perfischka anvertraut und der Köchin, einem tauben, alten Weib, das er aus Mitleid bei sich aufgenommen hatte.

»Auf Malek-Adel komme ich zu euch zurück«, rief er ihnen zum Abschied zu, »oder ich komme nie mehr zurück!«

»Du könntest mich ruhig heiraten!« scherzte Perfischka und stieß die Köchin mit dem Ellbogen in die Seite. »Wir werden den Barin sowieso nicht wiedersehen, man kommt hier ja um vor Langeweile!«

IX

Ein Jahr war vergangen ... ein ganzes Jahr ohne Nachricht von Pantelej Jeremeitsch. Die Köchin war gestorben; Perfischka wollte das Haus schon im Stich lassen und sich in die Stadt aufmachen, wohin ihn ein Cousin lockte, der dort als Geselle bei einem Friseur lebte, da verbreitete sich plötzlich das Gerücht, der Barin kehre zurück! Der Gemeindediakon hatte von Pantelej Jeremeitsch einen Brief erhalten, in dem dieser ihm seine Absicht mitteilte, nach Bessonowo zurückzukehren, und darum bat, seine Diener zu benachrichtigen, damit die nötigen Vorkehrungen für seinen Empfang getroffen werden könnten. Diese Worte verstand Perfischka in dem Sinne, dass er wohl zumindest ein wenig Staub wischen müsse, allzu großes Vertrauen in die Richtigkeit der Nachricht hatte er allerdings nicht; er konnte sich aber überzeugen, dass der Diakon die Wahrheit gesagt hatte, als einige Tage darauf Pantelej Jeremeitsch höchstselbst auf Malek-Adel auf dem Gutshof eintraf.

Perfischka stürzte seinem Barin entgegen, hielt den Steigbügel fest und wollte ihm helfen, vom Pferd zu steigen; der aber sprang allein ab, warf einen triumphierenden Blick in die Runde und rief laut: »Ich habe ja gesagt, dass ich Malek-Adel finden werde – und ich habe ihn gefunden, allen Feinden und sogar dem Schicksal zum Trotz!« Perfischka wollte ihm die Hand küssen, Tschertopchanow jedoch schenkte dem Eifer seines Dieners keine Beachtung. Er führte Malek-Adel am Zügel hinter sich her und strebte mit großen Schritten zum Pferdestall. Perfischka betrachtete seinen Barin nun genauer und erschrak: wie abgemagert und gealtert er in diesem Jahr war, und wie streng und hart sein Gesicht aussah! Pantelej Jeremeitsch hätte sich doch eigentlich freuen müssen, dass er sein Ziel erreicht hatte; ja, er freute sich auch, so war es … dennoch war Perfischka bang zumute, er ängstigte sich sogar.

Tschertopchanow brachte das Pferd in seinem früheren Stand unter, klopfte ihm sacht auf die Kruppe und sagte: »Jetzt bist du also wieder zu Hause! Sieh mal einer an! …« Noch am selben Tag stellte er einen zuverlässigen Wächter an, einen von Abgaben befreiten landlosen Tagelöhner, richtete sich wieder in seinem Haus ein und führte sein Leben fort wie früher …

Allerdings nicht ganz so wie früher … Doch darüber später.

Am Tag nach seiner Rückkehr rief Pantelej Jeremeitsch Perfischka zu sich und erzählte ihm, in Ermangelung eines anderen Gesprächspartners, im Basston, auf welche Weise es ihm gelungen war, Malek-Adel wiederzufinden – natürlich immer darauf bedacht, seine Würde zu wahren. Tschertopchanow saß, während er sprach, mit dem Gesicht zum Fenster und rauchte eine Pfeife mit langem Pfeifenrohr; Perfischka dagegen stand auf der Türschwelle, die Hände auf dem Rücken, blickte ehrfürchtig den Nacken seines Barin an und lauschte der Geschichte, wie Pantelej Jeremeitsch nach vielen vergeblichen Versuchen und Reisen schließlich auf den Jahrmarkt von Romny gelangt war, bereits allein, ohne den Juden Lejba, der es aus Charakterschwäche nicht ausgehalten habe und fortgelaufen sei; wie er dort am fünften Tag schon Anstalten machte abzureisen, dann aber doch noch ein letztes Mal die Reihen der Wagen abgelaufen sei und plötzlich zwischen drei anderen Pferden Malek-Adel erblickt habe, mit vorgebundenem Futtersack!

Wie er ihn sofort erkannt habe und wie auch Malek-Adel ihn erkannt und zu wiehern begonnen habe, sich losreißen wollte und mit dem Huf auf dem Boden scharrte.

»Er war gar nicht bei dem Kosaken«, fuhr Tschertopchanow fort, noch immer abgewandt und mit Bassstimme, »sondern bei einem Pferdehändler, einem Zigeuner; ich stürzte mich natürlich sofort auf mein Pferd und wollte es mit Gewalt zurückholen: der Zigeuner, diese Bestie, schrie aber wie am Spieß, dass es über den ganzen Platz hallte, beteuerte bei Gott, dass er das Pferd einem anderen Zigeuner abgekauft habe, wollte Zeugen holen ... Ich pfiff darauf und zahlte ihm, was er verlangte: soll ihn doch der Teufel holen! Für mich ist vor allem wichtig, dass ich meinen Freund wiedergefunden habe und meine Seelenruhe. Dabei hatte ich mich zuvor im Karatschewsker Landkreis, wie es der Jude Lejba gesagt hatte, auf den Kosaken gestürzt, den ich ja für den Dieb gehalten hatte, und ihm die Visage zerschlagen; der Kosak aber entpuppte sich als Popensohn und hat mir hundertzwanzig Rubel abgeknöpft, wegen der Schmach. Aber Geld lässt sich ersetzen, Hauptsache, Malek-Adel ist wieder da! Jetzt bin ich glücklich und werde mich der Ruhe hingeben. Für dich aber, Porfiri, habe ich eine Anweisung: Solltest du, was Gott verhüten möge, hier in der Gegend jemals einen Kosaken sehen, so lauf noch in derselben Sekunde, ohne ein Wort zu sagen, und bring mir meine Flinte, ich werde dann schon wissen, was ich zu tun habe!«

So sprach Pantelej Jeremeitsch zu Perfischka; so drückte es sein Mund aus; in seinem Herzen jedoch war es nicht so ruhig, wie er glauben machen wollte. Oje! Im Innersten seiner Seele war er nicht ganz sicher, ob das von ihm heimgebrachte Pferd tatsächlich Malek-Adel war!

X

Für Pantelej Jeremeitsch begannen schwere Zeiten. Am allerwenigsten genoss er die ersehnte Ruhe. Zwar gab es auch gute Tage, dann schien ihm der aufgekommene Zweifel unsinnig; er verscheuchte den törichten Gedanken wie eine zudringliche Fliege und lachte sogar über sich; aber es gab auch schlechte Tage: der beharrliche Gedanke begann dann erneut verstohlen an seinem Herzen zu nagen wie eine Maus unter den Dielen, und er quälte sich insgeheim fürchterlich.

Im Laufe des denkwürdigen Tages, an dem er Malek-Adel gefunden hatte, war Tschertopchanow von nichts erfüllt gewesen als seliger Freude … am nächsten Morgen jedoch, als er sein Fundstück, neben dem er die ganze Nacht zugebracht hatte, unter dem niedrigen Vordach der kleinen Herberge satteln wollte, versetzte es ihm zum ersten Mal einen Stich … Er schüttelte nur den Kopf, der Same aber war gelegt. Auf dem Heimweg (der etwa eine Woche dauerte) suchten ihn die Zweifel selten heim: stärker und deutlicher wurden sie, als er in sein Bessonowo zurückgekehrt war und sich wieder dort befand, wo sein früherer, unzweifelhafter Malek-Adel gelebt hatte … Meist war er langsam schaukelnd im Schritt geritten, hatte um sich geschaut, Tabak aus einer kurzen Pfeife geraucht und an nichts gedacht; höchstens dachte er: »Wenn sich die Tschertopchanows etwas in den Kopf setzen, dann erreichen sie es auch! Das wäre ja gelacht!« und hatte geschmunzelt; als er aber wieder zu Hause war, brach ein anderes Kapitel an. All das behielt er natürlich für sich; allein schon die Selbstachtung verbot ihm, über seine innere Unruhe zu sprechen. Er hätte jeden »in der Luft zerrissen«, der auch nur im Entferntesten darauf angespielt hätte, dass der neue Malek-Adel nicht der alte sei; er nahm die Glückwünsche über den »gelungenen Fund« von den wenigen Personen entgegen, mit denen er zufällig zusammentraf, doch er suchte diese Glückwünsche nicht und vermied den Verkehr mit den Menschen noch mehr als zuvor – ein schlechtes Zeichen!

Fast ständig examinierte er Malek-Adel, wenn man das so ausdrücken kann; er ritt mit ihm weit ins Feld hinaus und stellte ihn auf die Probe; oder er schlich in den Stall, schloss die Tür hinter sich, stellte sich direkt vor das Pferd, schaute ihm in die Augen und fragte flüsternd: »Bist du es wirklich? Bist du es? Bist du es? …« Oder er betrachtete es stundenlang schweigend und aufmerksam, freute sich und murmelte: »Ja, er ist es! Natürlich ist er es!«, oder er zweifelte und quälte sich gar.

Tschertopchanow quälten nicht so sehr die physischen Unterschiede zwischen *diesem* Malek-Adel und *jenem* … es waren übrigens nicht viele: bei *jenem* waren Schwanz und Mähne weniger dicht gewesen, die Ohren spitzer, die Fesseln kürzer, die Augen heller, doch das schien vielleicht nur so; was Tschertopchanow quälte, waren die sozusagen sittlichen Unterschiede. *Jener* hatte andere Gewohnheiten gehabt, sein ganzes Verhalten war anders gewesen. Zum Beispiel: *jener* Malek-Adel hatte sich jedes Mal, wenn Tschertopchanow in den Stall gekommen war, umgeblickt und leise gewiehert; *dieses* Pferd aber kaute weiter Heu, als ob nichts wäre, oder schlummerte mit hängendem Kopf. Beide rührten sich nicht von der Stelle, wenn sein Herr vom Sattel sprang; *jener* aber kam sofort gelaufen, wenn man ihn rief, *dieser* jedoch blieb stehen wie angewurzelt. *Jener* galoppierte ebenso schnell, doch sprang er höher und auch weiter; *dieser* lief freier im Schritt, im Trab aber zitterte er und »klirrte« bisweilen mit den Hufen, das heißt, er stieß mit dem hinteren gegen den Vorderhuf: bei *jenem* war eine solche Schande nie vorgekommen, um Himmels willen! *Dieser*, so dachte Tschertopchanow, wackelte ständig mit den Ohren, irgendwie einfältig, *jener* aber hatte im Gegenteil oft ein Ohr zurückgelegt und in dieser Haltung seinen Herrn beobachtet! *Jener* hatte, wenn er bemerkte, dass es um ihn herum unsauber war, sogleich mit dem Hinterbein gegen die Wand des Standes geschlagen; *diesem* aber machte es nichts aus, selbst wenn er bis zum Bauch im Mist stand. Stellte man *jenen* zum Beispiel gegen den Wind, so atmete er sogleich aus vollen Lungen und schüttelte sich, *dieser* aber schnaubte gerade einmal; *jenem* machte Regenfeuchte zu schaffen, *dieser* aber störte sich nicht daran … Und plumper war er, plumper! So gar nichts Anziehendes hatte er an sich wie jener, er war Durchschnitt, keine Frage! Jener war ein liebenswertes Pferd gewesen, dieser aber …

Das war es, was Tschertopchanow bisweilen durch den Kopf ging, und bitter wurde ihm ums Herz. An anderen Tagen wiederum ritt er mit seinem Pferd im Galopp über ein frisch gepflügtes Feld oder zwang es, auf den Grund einer ausgewaschenen Schlucht zu springen und anschließend den Steilhang wieder hinaufzugaloppieren, und sein Herz stockte vor Begeisterung, ein lauter Jubelruf entrang sich seiner Brust, und er wusste, wusste nun genau, dies unter ihm war der echte, zweifelsfreie Malek-Adel, denn welches andere Pferd wäre imstande zu tun, was dieses tat?

Doch Unannehmlichkeiten und Ärger blieben nicht aus. Die lange Suche nach Malek-Adel hatte Tschertopchanow viel Geld gekostet; von den Kostroma-Hunden konnte keine Rede mehr sein, und er ritt wie früher allein aus. Eines Morgens stieß Tschertopchanow fünf Werst von Bessonowo entfernt auf jene fürstliche Jagdgesellschaft, vor der er anderthalb Jahre zuvor so verwegene Kunststücke aufgeführt hatte. Und genau wie an jenem Tag ergab es sich, dass an einem Abhang aus dem Feld ein Hase direkt vor den Hunden herausgesprungen kam!

»Fasst ihn, fasst!« Die ganze Jagdgesellschaft preschte hinterher, auch Tschertopchanow, allerdings nicht mit ihr gemeinsam, sondern zweihundert Schritte entfernt, genauso wie damals. Eine breite ausgespülte Schlucht, die in Windungen den Hang durchschnitt und immer enger wurde, je höher sie sich hinaufzog, kreuzte Tschertopchanows Weg. Dort, wo er sie hätte überspringen müssen und wo er sie vor anderthalb Jahren tatsächlich übersprungen hatte, maß sie nur noch acht Schritt in der Breite und zwei Sashen in der Tiefe. Im Vorgefühl des Triumphs, des sich auf so wunderbare Weise wiederholenden Triumphs, brach Tschertopchanow in siegessicheres Gelächter aus, schwang die Peitsche, die Jäger galoppierten weiter, ließen den tollkühnen Reiter aber nicht aus den Augen. Sein Pferd jagte dahin wie ein Pfeil, schon war es direkt vor der Schlucht, nur noch ein Satz, wie damals! …

Malek-Adel jedoch sträubte sich jäh, brach nach links aus und galoppierte *am Rand* der Schlucht entlang, wie sehr ihm Tschertopchanow auch den Kopf in Richtung des Grabens zerrte.

Hatte es also mit der Angst bekommen, kein Selbstvertrauen gehabt!

Tschertopchanow ließ, vor Scham und Zorn bebend und

beinahe weinend, schließlich die Zügel locker und trieb das Pferd vorwärts, den Berg hinauf, fort, bloß fort von den Jägern, um nur nicht hören zu müssen, wie sie ihn verspotteten, um nur so schnell wie möglich aus ihren verfluchten Augen zu verschwinden!

Mit zerschundenen Flanken und ganz mit Schaum bedeckt, galoppierte Malek-Adel nach Hause, wo sich Tschertopchanow auf der Stelle in seinem Zimmer einschloss.

»Nein, das ist er nicht, das ist nicht mein Freund! Der hätte sich eher den Hals gebrochen, als mich bloßgestellt!«

XI

Den endgültigen Tiefschlag, wie man sagt, versetzte Tschertopchanow folgender Vorfall: Eines Tages ritt er auf Malek-Adel über die Wirtschaftshöfe des Popengehöfts, in deren Mitte die Kirche stand, zu deren Gemeinde der Flecken Bessonowo gehörte. Die Fellmütze tief in die Augen gezogen, mit krummem Rücken, beide Hände auf den Sattelbogen gelegt, bewegte er sich langsam vorwärts; er war traurig und niedergeschlagen. Plötzlich hörte er, wie ihn jemand anrief.

Er zügelte das Pferd, hob den Kopf und sah ein ihm bekanntes Gesicht, den Diakon. Mit seiner braunen Pelzmütze auf dem braunen, zum Zopf geflochtenen Haar, in einen tief unter der Taille mit einem hellblauen Strick gegürteten gelblichen Nankingkaftan gehüllt, war der Diener des Altars herausgekommen, um seine Vorratsspeicher zu inspizieren. Als er Pantelej Jeremeitschs ansichtig wurde, hatte er es für seine Pflicht erachtet, ihm seinen Respekt zu zollen und ihn bei dieser Gelegenheit vielleicht gleich auch noch um eine milde Gabe zu bitten. Ohne derartige Hintergedanken richten geistliche Herren das Wort bekanntlich nie an Weltliche.

Tschertopchanow aber stand der Sinn nicht nach dem Diakon; er beantwortete kaum seinen Gruß, brummte etwas durch die Zähne und schwang schon die Peitsche …

»Was für ein prachtvolles Pferd Sie haben«, sagte der Diakon eilfertig, »das gereicht Ihnen wirklich zur Ehre. Sie sind wahrlich ein Mann von großem Verstand, einem Löwen gleich!«

Der Vater Diakon war bekannt für seine Redegewandtheit, was den Vater Popen sehr ärgerte, denn dem war die Gabe des Wortes nicht gegeben: nicht einmal der Wodka löste ihm die Zunge.

»Ein Geschöpf haben Sie durch die Hand böser Menschen verloren«, fuhr der Diakon fort, »sind aber nicht verzagt und haben sich, im Gegenteil, auf die göttliche Vorsehung vertrauend, ein anderes angeschafft, das nicht im Geringsten schlechter, gar wohl noch besser ist … weil …«

»Was faselst du?« unterbrach ihn Tschertopchanow finster. »Was heißt, ein anderes Pferd? Es ist dasselbe; es ist Malek-Adel … Ich habe ihn ausfindig gemacht. Was der zusammenschwatzt …«

»Hm, hm, hm, hm!« sagte der Diakon bedächtig und gleichsam schleppend, spielte dabei mit den Fingern im Bart und starrte Tschertopchanow mit seinen hellen, vorwitzigen Augen an. »Aber wie kann das sein, gnädiger Herr? Ihr Pferd wurde doch, wenn mich mein Gedächtnis nicht täuscht, im vergangenen Jahr gestohlen, zwei Wochen nach

Mariä Schutz und Fürbitte, jetzt haben wir aber schon Ende November.«

»Ja, ja, aber was soll das heißen?«

Der Diakon spielte noch immer mit den Fingern im Bart.

»Das bedeutet, seitdem ist mehr als ein Jahr vergangen, Ihr Pferd aber, das damals ein Apfelschimmel war, ist nach wie vor ein Apfelschimmel; es ist sogar noch dunkler geworden. Wie kann das sein? Schimmel hellen in einem Jahr doch beträchtlich auf.«

Tschertopchanow zuckte zusammen … als hätte ihm jemand mit einem Spieß direkt ins Herz gestochen. Es stimmte ja tatsächlich, die graue Färbung verändert sich mit der Zeit! Wieso war er selbst nicht darauf gekommen?

»Mach, dass du fortkommst, verfluchter Zopf!« brüllte er mit vor Wut blitzenden Augen und war im nächsten Augenblick aus dem Blickfeld des verblüfften Diakons verschwunden.

»Tja! Jetzt ist alles aus!«

Nun war tatsächlich alles aus, alles war zerplatzt, die letzte Karte verspielt! Alles war in sich zusammengestürzt, durch ein einziges Wort – aufhellen!

Schimmel hellen auf!

Du kannst so schnell galoppieren wie du willst, du Verfluchter! Diesem Ausdruck entkommst du nicht!

Tschertopchanow jagte nach Hause und schloss sich abermals ein.

XII

Dass dieser elende Klepper nicht Malek-Adel war, dass zwischen ihm und Malek-Adel nicht die geringste Ähnlichkeit bestand, dass jeder auch nur im Geringsten mit Verstand begabte Mensch dies auf den ersten Blick sehen musste, dass er, Pantelej Tschertopchanow, sich aufs einfältigste getäuscht hatte, nein, dass er sich absichtlich, vorsätzlich etwas vormachte und dieses Wunschbild geschaffen hatte, daran bestand jetzt nicht mehr der geringste Zweifel! Tschertopchanow ging in seinem Zimmer auf und ab und machte an der Wand jedes Mal auf den Hacken kehrt wie ein Tier im Käfig. Sein Stolz litt unerträglich; doch es war nicht nur der Schmerz des gekränkten Stolzes, was ihn quälte: Verzweiflung hatte ihn gepackt, Erbitterung schnürte ihm die Luft ab, Rachedurst brannte in ihm. Doch gegen wen? An wem sollte er sich rächen? Am Juden, an Jaff, an Mascha, am Diakon, am Kosaken, am Dieb, an allen Nachbarn, an der ganzen Welt oder schließlich an sich selbst? Sein Geist verwirrte sich. Die letzte Karte war verspielt! (Dieser Vergleich gefiel ihm.) Wieder war er ein Nichts, der verachtungswürdigste aller Menschen, preisgegeben dem allgemeinen Gespött, ein Hanswurst, ein ausgemachter Tölpel, Zielscheibe des Spottes – für einen Diakon!! … Er stellte sich vor, klar stand es ihm vor Augen, wie diese widerliche Zopffratze überall vom grauen Pferd herumerzählte und vom dummen Barin … Verflucht! … Vergebens versuchte Tschertopchanow die überlaufende Galle zurückzudrängen; vergebens versuchte er sich einzureden, dass dieses … Pferd zwar nicht Malek-Adel war, doch immerhin … ein gutes Pferd, das ihm noch viele Jahre würde dienen können: sofort wies er diesen Gedanken vehement von sich, als läge darin eine neue Beleidigung für *jenen* Malek-Adel, vor dem er sich auch ohnedies schon schuldig fühlte … Das fehlte noch! Diesen Gaul, diesen Klepper, hatte er wie ein Blinder, wie ein Tölpel mit ihm, mit Malek-Adel, gleichgesetzt! Und was den Dienst betraf, den dieser Klepper ihm noch leisten könnte … würde er sich denn jemals wieder auf seinen Rücken setzen? Um nichts in der Welt! Niemals!! … Eher würde er ihn an die Tataren verkaufen oder den Hunden zum Fraß vorwerfen – etwas anderes hatte er nicht verdient … Ja! Das wäre das Beste!

Mehr als zwei Stunden lief Tschertopchanow in seinem Zimmer auf und ab.

»Perfischka!« kommandierte er plötzlich. »Lauf sofort in die Schenke; hol mir einen halben Eimer Wodka! Hast du gehört? Einen halben Eimer, aber flink! Und dass der Wodka im Handumdrehen hier auf dem Tisch steht.«

Der Wodka ließ auf Pantelej Jeremeitschs Tisch nicht lange auf sich warten, und er begann zu trinken.

XIII

Wer Tschertopchanow damals hätte sehen können, wer Zeuge jener finsteren Verbitterung geworden wäre, mit der er Glas um Glas leerte, den hätte unwillkürlich die Angst gepackt. Es war Nacht geworden; auf dem Tisch glomm matt ein Talglicht. Tschertopchanow hatte seine Wanderung durch das Zimmer eingestellt; rot angelaufen und mit trüben Augen, die er bald zu Boden senkte, bald starr auf das dunkle Fenster richtete, saß er da; immer wieder stand er auf, schenkte sich Wodka ein, trank, setzte sich, richtete die Augen erneut auf einen Fleck und rührte sich nicht – nur sein Atem ging schneller und das Gesicht rötete sich immer mehr. In ihm schien ein Entschluss zu reifen, der ihn selbst bestürzte, an den er sich aber allmählich gewöhnte; ein Gedanke kam beharrlich und unaufhörlich näher und näher, ein Bild zeichnete sich immer klarer ab, in seinem Herzen hatte sich unter dem brennenden Ansturm des schweren Rausches der erregte Zorn mittlerweile zu einer animalischen Gewalttätigkeit gesteigert und um seine Lippen spielte ein unheilverkündendes Lächeln …

»Nun also, es ist so weit«, sagte er in einem sachlichen, fast teilnahmslosen Ton, »das wird mir Abkühlung bringen!«

Er trank ein letztes Glas Wodka, holte eine Pistole unter dem Bett hervor, jene Pistole, aus der er auf Mascha geschossen hatte, lud sie, steckte »für alle Fälle« einige Pistons in die Tasche und begab sich in den Pferdestall.

Der Wächter kam herbeigelaufen, als er die Tür öffnen wollte, aber er schrie ihn an: »Ich bin's! Siehst du das denn nicht? Verschwinde!«

Der Wächter rückte zur Seite. »Verschwinde, geh schlafen!« schrie Tschertopchanow wieder. »Hier gibt's nichts zu bewachen. Was soll hier schon Besonderes sein, ein Schatz vielleicht?«

Er betrat den Stall. Malek-Adel, der falsche Malek-Adel, lag auf der Streu. Tschertopchanow stieß ihn mit dem Fuß an und sagte: »Steh auf, du Krähe!« Dann machte er das Halfter von der Krippe los, nahm dem Pferd die Decke ab und warf sie zu Boden, wendete das gehorsame Pferd grob in seinem Stand um und führte es auf den Hof hinaus und vom Hof aufs Feld, zum äußersten Erstaunen des Wächters, der nicht begreifen konnte, wohin der Barin in der Nacht mit dem ungesattelten Pferd noch wollte. Ihn danach zu fragen, fürchtete er sich natürlich, so folgte er ihm nur mit den Augen, bis Tschertopchanow hinter einer Biegung des Weges, der zum nahen Wald führte, verschwunden war.

XIV

Ohne innezuhalten oder sich umzusehen, schritt Tschertopchanow mit Riesenschritten aus; Malek-Adel – wollen wir ihn bis zum Schluss bei diesem Namen nennen – lief ihm gehorsam hinterher. Es war eine ziemlich helle Nacht; Tschertopchanow konnte die gezackten Umrisse des Waldes erkennen, der als großer dunkler Fleck vor ihm lag. Als ihn die nächtliche Kälte umfing, hätte der getrunkene Wodka sicherlich seine berauschende Wirkung entfaltet, wenn sich nicht … wenn sich nicht ein anderer, weitaus stärkerer Rausch seiner bemächtigt hätte. Der Kopf wurde ihm schwer, das Blut klopfte dröhnend in seinem Hals und in den Ohren, doch er schritt fest aus und wusste, wohin er ging.

Er hatte den Entschluss gefasst, Malek-Adel zu töten; den ganzen Tag hatte er nur daran gedacht … Jetzt war er entschlossen!

Er schritt nicht unbedingt ruhig zu dieser Tat, doch selbstbewusst, fest entschlossen, wie ein Mensch, der sich vom Pflichtgefühl leiten lässt. Diese »Sache« schien ihm sehr »einfach«: indem er den Hochstapler beseitigte, würde er zugleich mit »allem« abrechnen – sich selbst für seine Dummheit strafen, sich gleichzeitig vor seinem wahren Freund reinwaschen und der ganzen Welt zeigen (Tschertopchanow sorgte sich sehr um die Meinung der »ganzen Welt«), dass mit ihm nicht zu spaßen sei ... Und die Hauptsache: er würde sich zusammen mit dem Hochstapler beseitigen, denn wozu sollte er weiterleben? Wie sich das alles in seinem Kopf festgesetzt hatte und warum es ihm einfach erschien, lässt sich nicht ohne Weiteres erklären, obgleich es auch nicht ganz unmöglich ist: gekränkt, einsam, ohne eine nahestehende Menschenseele, ohne einen Groschen in der Tasche, noch dazu mit vom Branntwein erhitztem Blut, befand er sich in einem Zustand, der an Wahnsinn grenzte, es besteht aber kein Zweifel, dass die unsinnigsten Einfälle Wahnsinniger in ihren eigenen Augen eine gewisse Logik und gar Berechtigung besitzen. Von der Berechtigung war Tschertopchanow jedenfalls völlig überzeugt; er schwankte nicht, sondern eilte, das Urteil an dem Schuldigen zu vollstrecken, ohne sich allerdings Rechenschaft zu geben, wen er eigentlich mit dieser Bezeichnung meinte? ... Genau genommen dachte er wenig über das nach, was er vorhatte. »Ich muss einen Schlusspunkt setzen«, das war es, was er immerzu wiederholte, stumpf und unerbittlich, »einen Schlusspunkt!«

Der unschuldig schuldig Gewordene aber trottete in gehorsamem Trab hinter ihm her ... In Tschertopchanows Herzen jedoch war kein Platz für Mitleid.

XV

Unweit des Waldrandes, wohin er sein Pferd gelenkt hatte, zog sich eine kleine Schlucht dahin, die halb mit Eichengesträuch zugewuchert war. Dort hinab stieg Tschertopchanow … Malek-Adel stolperte und wäre beinahe auf ihn gestürzt.

»Willst mich wohl zerquetschen, du Verfluchter!« schrie Tschertopchanow und riss die Pistole aus der Tasche, als wolle er sich verteidigen. Es war nicht mehr Ingrimm, was er empfand, sondern jene besondere Fühllosigkeit, die, wie man hört, Menschen überkommt, bevor sie ein Verbrechen begehen. Er erschrak vor seiner eigenen Stimme – so wild klang sie unter dem Dach der dunklen Zweige in der modrigen, stickigen Feuchte der Waldesschlucht! Hinzu kam, dass, wie ein Echo auf seinen Schrei, im Wipfel eines Baumes über seinem Kopf plötzlich ein großer Vogel mit den Flügeln zu schlagen begann … Tschertopchanow fuhr zusammen. Ihm schien, als habe er einen Zeugen für seine Tat geweckt – aber wo war er denn nur, an diesem abgelegenen Ort, von dem er doch angenommen hatte, kein einziges lebendes Wesen anzutreffen …

»Verschwinde, du Teufel, in alle vier Himmelsrichtungen!« murmelte er durch die Zähne. Er hatte Malek-Adels Zügel losgelassen und schlug ihm voller Wucht mit dem Pistolenlauf auf die Schulter. Malek-Adel drehte sofort um, kletterte aus der Schlucht heraus … und lief davon. Nach kurzer Zeit verhallte der Schlag seiner Hufe. Wind war aufgekommen, der alle Geräusche verschluckte.

Auch Tschertopchanow stieg langsam aus der Schlucht nach oben, erreichte den Waldrand und schleppte sich langsam nach Hause. Er war unzufrieden mit sich; die Schwere, die er im Kopf und im Herzen verspürt hatte, breitete sich nun in allen Gliedern aus; verärgert, düster, unbefriedigt und hungrig schritt er aus, ganz so, als hätte ihn jemand gekränkt und ihm seine Beute, seine Nahrung weggenommen …

Jeder Selbstmörder, der daran gehindert wird, seine Absicht in die Tat umzusetzen, kennt derartige Empfindungen.

Plötzlich stieß ihn etwas von hinten an, zwischen den Schulterblättern. Er schaute sich um … Mitten auf dem Weg stand Malek-Adel. Er war seinem Herrn gefolgt und berührte ihn mit dem Maul, um auf sich aufmerksam zu machen …

»Ha«, schrie Tschertopchanow, »bist selbst gekommen, um zu sterben! Na bitte schön!«

Im Handumdrehen hatte er die Pistole herausgerissen, den Hahn gespannt, die Mündung auf Malek-Adels Stirn gesetzt und abgedrückt …

Das arme Pferd wankte zur Seite, bäumte sich auf, sprang zehn Schritt weit zurück, brach dann schwer zusammen, röchelte und wand sich zuckend auf dem Boden …

Tschertopchanow hielt sich mit beiden Händen die Ohren zu und lief davon. Die Knie knickten ihm ein. Der Rausch, die Wut und die dumpfe Selbstsicherheit – alles war im Nu verflogen. Geblieben war allein das Gefühl der Scham und des Abscheus – und die Erkenntnis, die unbezweifelbare Erkenntnis, dass er sich diesmal auch selbst den letzten Stoß versetzt hatte.

XVI

Sechs Wochen später hielt es Perfischka für seine Pflicht, den Polizeihauptmann anzuhalten, der gerade am Gut von Bessonowo vorüberfuhr.

»Was willst du?« fragte der Ordnungshüter.

»Wenn Sie bitte zu uns ins Haus kommen wollten, Euer Wohlgeboren«, antwortete Perfischka und verneigte sich tief, »der Barin scheint sterben zu wollen; ich habe Angst.«

»Wie, sterben?« fragte der Polizist.

»Wie ich es sage. Zuerst hat er jeden Tag Wodka getrunken, jetzt aber hat er sich ins Bett gelegt, und ganz dünn ist er geworden. Ich glaube, er versteht auch nichts mehr. Und redet überhaupt nicht.«

Der Polizeihauptmann kletterte aus dem Wagen.

»Hast du wenigstens den Geistlichen geholt? Hat dein Barin gebeichtet? Die Sakramente empfangen?«

»Nein.«

Der Polizeihauptmann verfinsterte sich.

»Aber wie konntest du nur, Freundchen? Ist denn das die Möglichkeit? Oder weißt du etwa nicht, dass du, dass du … eine große Verantwortung hast, wie?«

»Ich habe ihn ja vorgestern und auch gestern gefragt«, sagte der verschüchterte Junge, »soll ich vielleicht zum Geistlichen laufen, Pantelej Jeremeitsch, hab ich gesagt. Schweig, Dummkopf, sagt er. Misch dich nicht in fremde Angelegenheiten. Und als ich heute Bericht erstatten wollte, hat er mich nur angeschaut und mit dem Schnurrbart gewackelt.«

»Hat er denn viel Wodka getrunken?« fragte der Polizeihauptmann.

»Ungeheuer viel! Haben Sie doch die Güte, Euer Wohlgeboren, und gehen Sie zu ihm hinein.«

»Na, dann bring mich hin!« brummte der Polizeihauptmann und folgte Perfischka.

Ein erstaunliches Schauspiel erwartete ihn.

Im hintersten Zimmer des Hauses, das feucht war und dunkel, lag Tschertopchanow unter einer Pferdedecke in seinem armseligen Bett, ein löchriger Umhang ersetzte ihm das Kopfkissen. Er war schon nicht mehr bleich, sondern gelblichgrün, wie ein Toter, mit eingesunkenen Augen unter glänzenden Lidern und spitzer, doch noch immer rötlicher Nase über dem zerzausten Schnurrbart. Angetan mit seinem unvermeidlichen Archaluk mit den Patronen auf der Brust und den blauen Tscherkessen-Pluderhosen lag er da. Eine hohe Pelzmütze mit purpurfarbenem Besatz bedeckte seine Stirn bis zu den Brauen. In der einen Hand hielt Tschertopchanow die Jagdpeitsche, in der anderen einen bestickten Tabaksbeutel, das letzte Geschenk von Mascha. Auf dem Tisch neben dem Bett stand eine leere Flasche; über dem Kopfende aber hingen an der Wand zwei mit Stecknadeln befestigte Aquarellzeichnungen: eine davon zeigte, soweit man es erkennen konnte, einen dicken Mann mit Gitarre in der Hand, vermutlich Nedopjuskin; die andere einen galoppierenden Reiter … Das Pferd glich jenen Fabeltieren, wie sie Kinder an Hauswände und Zäune malen; die sorgfältig getuschten Flecken in seinem Fell aber und die Patronen auf der Brust des Reiters, die scharfen Spitzen seiner Stiefel und der gewaltige Schnurrbart ließen keinen Zweifel aufkommen: diese Zeichnung zeigte Pantelej Jeremeitsch hoch zu Ross auf Malek-Adel.

Der verblüffte Polizeihauptmann wusste nicht, was er

tun sollte. Im Zimmer herrschte Totenstille. »Er wird doch nicht gestorben sein«, dachte er, erhob die Stimme und sagte: »Pantelej Jeremeitsch! Na, Pantelej Jeremeitsch!«

Nun geschah etwas Ungewöhnliches. Tschertopchanows Augen öffneten sich langsam, die erloschenen Pupillen bewegten sich zuerst von rechts nach links, dann von links nach rechts, hielten beim Besucher inne, erkannten ihn … Etwas flackerte in ihrem trüben Weiß, eine Art Blick war zu erkennen; die bläulich angelaufenen Lippen lösten sich allmählich voneinander und eine krächzende Stimme war zu vernehmen, die reinste Grabesstimme:

»Der Adlige von Geburt, Pantelej Tschertopchanow, stirbt; wer kann ihn daran hindern? Er ist niemandem etwas schuldig und stellt keine Forderungen … Lasst ihn in Ruhe, ihr Menschen! Geht!«

Die Hand mit der Peitsche versuchte sich zu heben … Vergeblich! Die Lippen schlossen sich wieder fest, die Augen klappten zu – Tschertopchanow lag wie zuvor auf seinem harten Bett, starr ausgestreckt, die Füße aneinandergelegt.

»Gib Bescheid, wenn er gestorben ist«, flüsterte der Polizeihauptmann Perfischka beim Verlassen des Zimmers zu, »und den Popen, denke ich, kannst du auch jetzt noch holen. Es muss doch alles seine Ordnung haben, er muss die Letzte Ölung erhalten.«

Perfischka holte noch am selben Tag den Popen; am folgenden Morgen musste er dem Polizeihauptmann mitteilen, dass Pantelej Jeremeitsch in der Nacht gestorben war.

Als man ihn beerdigte, begleiteten zwei Menschen den Sarg: der Botenjunge Perfischka und Moschel Lejba. Die

Nachricht von Tschertopchanows Ende war irgendwie bis zu dem Juden gelangt, und der hatte nicht gezögert, seinem Wohltäter die letzte Ehre zu erweisen.

DIE LEBENDE RELIQUIE

Mein Land unendlicher Langmut,
des Volks der Russen Land.

F. Tjutschew

Eine französische Redewendung besagt: »Ein trockener Fischer und ein nasser Jäger sind ein trauriger Anblick.« Ich habe mich nie für den Fischfang begeistert und kann nicht beurteilen, was ein Fischer an schönen, klaren Tagen empfindet und inwieweit das Vergnügen, das ihm ein reicher Fang bei regnerischem Wetter beschert, die Unannehmlichkeit aufwiegt, nass zu werden. Für einen Jäger jedoch ist der Regen die reinste Katastrophe. Eine solche Katastrophe ereilte Jermolai und mich während eines unserer Jagdausflüge auf Birkhühner im Landkreis Beljow. Vom frühen Morgen an regnete es unablässig. Was taten wir nicht alles, um uns zu schützen! Wir zogen unsere gummierten Umhänge fast bis über die Köpfe und suchten Zuflucht unter Bäumen, wo es etwas weniger stark tropfte … Abgesehen davon, dass die wasserdichten Umhänge uns beim Schießen behinderten, rann das Wasser in schamloser Weise hindurch; unter den Bäumen hatte man zuvor zwar das Gefühl gehabt, dass es nicht tropfte, dann jedoch ergoss sich mit einem Mal das auf den Blättern gesammelte Wasser, und von jedem Zweig stürzte es auf uns nieder wie aus einer Regenrinne. Das kalte Rinnsal drang unter die Halsbinde und lief einem den Rücken hinab … Das aber war, wie sich Jermolai ausdrückte, wirklich das Letzte.

»Nein, Pjotr Petrowitsch«, sagte er schließlich. »So geht das nicht! … Heute können wir nicht jagen. Den Hunden kommt durch das Wasser der Spürsinn abhanden, und die Flinten werden auch versagen … Pfui! Das ist aber eine Bescherung!«

»Was sollen wir tun?« fragte ich.

»Ich weiß, was wir tun könnten! Lassen Sie uns nach Alexejewka fahren. Sie kennen es wahrscheinlich nicht, ein kleiner Weiler, er gehört Ihrer Frau Mutter; acht Werst werden es von hier aus sein. Wir übernachten dort, und morgen dann …«

»Kehren wir hierher zurück?«

»Nein, hierher nicht … Ich kenne eine Gegend hinter Alexejewka, die für Birkhühner viel besser ist als diese hier!«

Ich fragte meinen treuen Gefährten nicht, warum er mich nicht gleich dorthin geführt hatte, und wir begaben uns noch am selben Tag in jenen Weiler meiner Mutter, von dessen Existenz ich offen gestanden bis dahin nichts geahnt hatte. In diesem Weiler gab es ein kleines, sehr baufälliges Gebäude, das unbewohnt und daher sauber war; dort verbrachte ich eine recht ruhige Nacht.

Am nächsten Tag erwachte ich in aller Frühe. Die Sonne war eben aufgegangen; kein einziges Wölkchen stand am Himmel; ringsum glänzte alles in doppeltem Glanz: dem der jungen Morgenstrahlen und dem des gestrigen Regens. Während mein Cabriolet angespannt wurde, spazierte ich durch den früheren kleinen Obstgarten, der jetzt verwildert war und das Haus mit seinem duftenden, üppigen Dickicht von allen Seiten umgab. Wie angenehm es an der frischen Luft war, unter dem klaren Himmel, an dem die Lerchen flatterten und wo der silberhell perlende Gesang ihrer Stimmen ertönte! Auf ihren Flügeln trugen sie wohl die Tautropfen fort, auch ihre Lieder schienen mit Tau getränkt. Ich nahm sogar die Mütze ab und atmete froh in vollen Zügen … Am Hang einer kleinen Senke direkt neben einem Flechtzaun standen Bienenstöcke; zu ihnen führte ein schmaler Pfad, er schlängelte sich dahin zwischen hohem Gestrüpp von Brennnesseln und Steppengras, über dem die spitz zulaufenden Stengel dunkelgrünen Hanfs in die Höhe ragten, den es wer weiß aus welcher Gegend hierhergeweht hatte.

Ich folgte diesem Pfad und gelangte zu den Bienenstöcken. Auch ein Schuppen aus Flechtwerk stand hier, ein sogenannter Wintersitz, in den man die Stöcke zum Überwintern stellt. Ich lugte durch die halboffene Tür: es war dunkel, still und trocken und duftete nach Minze und Melisse. In einer Ecke stand ein Brettergestell, auf dem unter einer Decke eine kleine Gestalt lag … Ich wollte schon weitergehen, da vernahm ich eine schwache, schleppende, heisere Stimme, es klang wie das Rascheln von Riedgras im Sumpf.

»Barin, Barin, Pjotr Petrowitsch!«

Ich hielt inne.

»Pjotr Petrowitsch! Kommen Sie doch näher«, wiederholte die Stimme. Sie kam aus der Ecke, in der ich das Brettergestell bemerkt hatte.

Ich näherte mich und erstarrte vor Überraschung. Vor mir lag ein lebendiges menschliches Wesen, aber was war mit ihm?

Der Kopf – völlig eingeschrumpft, von gleichmäßig bronzener Farbe, haargenau wie eine altertümliche Ikone; die Nase schmal wie eine Messerschneide; die Lippen kaum zu erkennen, nur die Zähne und die Augen schimmerten hell, und unter einem Tuch hingen spärliche Strähnen blonden Haars herab auf die Stirn. Am Kinn bewegten sich in einer Falte der Decke langsam zwei winzige, ebenfalls bronzefarbene Hände, deren Finger sich wie kleine Stöcke langsam regten. Ich sah genauer hin: das Gesicht war nicht nur nicht hässlich, es war sogar hübsch, doch dabei schrecklich und außergewöhnlich. Und es erschien mir umso schrecklicher, als ich sah, wie sich in ihm, auf seinen metallisch glänzenden Wangen, ein Lächeln bilden wollte, aber nicht zustande kam.

»Erkennen Sie mich nicht, Barin?« flüsterte die Stimme wieder; sie verdampfte gleichsam auf den sich kaum bewegenden Lippen. »Wie sollten Sie mich auch erkennen? Ich bin Lukerja … Erinnern Sie sich, ich bin die, die die Reigentänze bei Ihrer Frau Mutter in Spasskoje angeführt hat … ich war auch die Vorsängerin.«

»Lukerja!« rief ich. »Du bist das? Ist es denn möglich?«

»Ich bin es, ja, Barin, ich bin es. Ich bin Lukerja.«

Ich wusste nicht, was ich sagen sollte, entgeistert betrachtete ich dieses dunkle, reglose Gesicht mit den auf mich gerichteten hellen, toten Augen. Konnte das sein? Diese Mumie sollte Lukerja sein, das schönste Mädchen unseres Gesindes, die so hoch gewachsen, füllig, weißhäutig und rotbäckig war und so gern lachte, tanzte und sang! Lukerja, die kluge Lukerja, der sämtliche junge Burschen den Hof gemacht hatten und in die auch ich als sechzehnjähriger Junge insgeheim verliebt gewesen war!

»Aber sag doch bloß, Lukerja, was ist denn geschehen?« fragte ich schließlich.

»Mir ist ein Unglück zugestoßen! Ekeln Sie sich nicht vor mir, Barin, lassen Sie sich nicht abschrecken von meinem Elend, setzen Sie sich hier auf den Bottich, etwas näher, sonst können Sie mich nicht hören … was ist nur aus meiner Stimme geworden! … Wie ich mich freue, Sie einmal zu sehen! Wie hat es Sie denn nach Alexejewka verschlagen?«

Lukerja sprach sehr leise und schwach, doch ohne Atempause.

»Der Jäger Jermolai hat mich hergebracht. Aber erzähle du mir doch …«

»Von meinem Unglück soll ich erzählen? Nun gut, Barin. Es geschah vor langer Zeit, vor sechs oder sieben Jahren. Ich war damals gerade mit Wassili Poljakow verlobt worden – erinnern Sie sich an ihn, ein stattlicher Bursche, so ein Lockenkopf, er hat bei Ihrer Frau Mutter als Büfettier gedient. Aber Sie waren damals nicht mehr da; sind nach Moskau gegangen, zum Studieren. Wir waren sehr verliebt, der Wassili und ich; er ist mir nicht mehr aus dem Kopf gegangen. Es war im Frühling. Eines Nachts … kurz vor Tagesanbruch … konnte ich nicht schlafen: die Nachtigall sang so süß im Park! … Ich hielt es nicht aus, stand auf und ging nach draußen, auf die Treppe, um zuzuhören. Sie sang und sang … und plötzlich schien mir, als rufe mich jemand mit Wassilis Stimme, ganz leise: ›Luscha! …‹ Ich gucke mich um, stolpere, schlaftrunken, wie ich war, und stürze von oben in die Tiefe – direkt auf den Erdboden! Ich hatte mich wohl nicht so schlimm verletzt, deshalb stand ich schnell auf und kehrte zurück in mein Zimmer. In meinem Innern aber, in meinem Leib, schien etwas gerissen … Lassen Sie mich einen Moment … Luft holen … Barin.«

Lukerja verstummte, ich aber sah sie erstaunt an. Mich erstaunte vor allem, dass sie fast heiter sprach, ohne Ach und Weh, ohne zu klagen oder Mitgefühl zu erwarten.

»Von da an«, fuhr Lukerja fort, »begann ich abzumagern und dahinzusiechen; meine Kräfte verließen mich immer mehr, das Gehen fiel mir schwer, und später konnte ich meine Beine überhaupt nicht mehr benutzen; weder stehen konnte ich noch sitzen; nur noch liegen. Und weder trinken noch essen wollte ich, immer schlimmer wurde es. Ihre gute Frau Mutter hat mich von Ärzten untersuchen lassen, auch ins Krankenhaus wurde ich geschickt. Eine Besserung aber ist nicht eingetreten. Kein einziger Arzt hat mir sagen können, was ich eigentlich für eine Krankheit habe. Was sie nicht alles mit mir angestellt haben: den Rücken haben sie mir mit glühendem Eisen gebrannt, sie haben mich in gehacktes Eis gesetzt, alles vergebens. Schließlich bin ich ganz zum Gerippe abgemagert … Da hat die Herrschaft beschlossen, dass es zwecklos ist, mich weiter zu kurieren, einen Krüppel im Herrenhaus zu halten, das ging aber auch nicht … also hat man mich hergebracht, weil ich hier Verwandte habe. So lebe ich also, wie Sie sehen.«

Wieder verstummte Lukerja und versuchte zu lächeln.

»Aber das ist ja schrecklich«, rief ich, und da ich nicht wusste, was ich noch sagen sollte, fragte ich sie:

»Was ist denn aus Wassili Poljakow geworden?« Eine sehr dumme Frage.

Lukerja wandte den Blick ab.

»Was aus Poljakow geworden ist? Ein Weilchen hat er sich gegrämt und dann eine andere geheiratet, ein Mädchen aus Glinnoje. Kennen Sie Glinnoje? Das ist nicht weit von uns. Sie heißt Agrafena. Er hat mich sehr geliebt, aber er ist ein junger Mann, kann doch nicht ewig Junggeselle bleiben. Was für eine Gefährtin hätte ich ihm schon sein können? Er hat eine gute, liebe Frau gefunden, auch Kinder haben sie. Er lebt hier beim Nachbarn, als Gutsverwalter: Ihre Frau Mutter hat ihm den Pass gegeben und ihn ziehen lassen, es geht ihm, Gott sei Dank, sehr gut.«

»Und du liegst immerzu hier?« fragte ich wieder.

»Ja, Barin, ich liege hier, schon das siebente Jahr. Im Sommer liege ich in dieser Hütte, und wenn es kalt wird, tragen sie mich in den Vorraum des Badehauses. Dann liege ich dort.«

»Wer versorgt dich denn? Kümmert sich jemand um dich?«

»Hier gibt es auch gute Menschen. Sie lassen mich nicht im Stich. Viel brauche ich nicht. Ich esse ja kaum was und Wasser habe ich hier im Krug: dort steht immer ein Vorrat an reinem Quellwasser. Bis zum Krug kann ich allein langen: einen Arm kann ich noch bewegen. Dann haben wir hier auch ein Mädchen, eine Waise; die schaut ab und zu nach mir, dafür bin ich ihr dankbar. Sie war gerade da … Sind Sie ihr nicht begegnet? Ein hübsches Mädchen, ganz zart. Es bringt mir jedes Mal Blumen mit; ich liebe sie sehr, die Blümelein. Gartenblumen haben wir keine, wir hatten welche, doch sie sind eingegangen. Aber wilde Blumen sind auch schön, sie duften sogar noch besser als Gartenblumen. Zum Beispiel Maiglöckchen … was kann es Schöneres geben!«

»Und langweilst du dich nicht oder fürchtest dich, meine arme Lukerja?«

»Was bleibt mir übrig? Ich will nicht lügen – zuerst war

es sehr schwer; aber dann habe ich mich daran gewöhnt, habe mich abgefunden, es macht mir nichts mehr aus; anderen geht es noch schlechter.«

»Wie meinst du das?«

»Manch einer hat nicht mal ein Obdach! Oder ist blind oder taub! Ich aber sehe Gott sei Dank sehr gut und ich höre alles, wirklich alles. Wenn ein Maulwurf unter der Erde gräbt, dann höre ich das auch. Und ich kann alles riechen, jeden Geruch, auch wenn er noch so schwach ist! Wenn der Buchweizen auf dem Feld blüht oder die Linden im Park, braucht man es mir nicht zu sagen: ich rieche es als Erste, kaum dass ein leises Lüftchen herüberweht. Nein, wieso Gott erzürnen? Vielen geht es schlechter als mir. Zum Beispiel: so mancher Gesunde kann sich sehr leicht versündigen; mir aber ist selbst die Sünde verwehrt. Vor kurzem habe ich von Vater Alexej das Abendmahl empfangen, er hat gesagt: ›Du hast sicher nichts zu beichten: in deinem Zustand wirst du wohl kaum sündigen können?‹ Aber ich habe ihm geantwortet: ›Und wenn ich in Gedanken sündige, Batjuschka?‹

›Nun‹, sagte er und lachte, ›das ist keine große Sünde.‹ Aber ich habe mich wohl auch in Gedanken nicht sehr versündigt«, fuhr Lukerja fort, »ich habe es mir angewöhnt, nicht zu denken und vor allem, mich nicht zu erinnern. So vergeht die Zeit schneller.«

Ich gestehe, ich wunderte mich.

»Aber du bist doch immer allein, Lukerja; wie kannst du verhindern, dass dir Gedanken durch den Kopf gehen? Oder schläfst du die ganze Zeit?«

»O, nein, Barin! Schlafen, das kann ich nicht immer. Auch wenn ich keine großen Schmerzen habe, so tut es doch im Inneren weh und auch in den Knochen; das lässt mich nicht richtig schlafen. Nein … ich liege da, liege und liege und denke an nichts; ich fühle, dass ich lebe, atme und immer noch da bin. Ich schaue, lausche. Die Bienen summen und brummen in ihren Stöcken; eine Taube setzt sich aufs Dach und gurrt; eine Glucke kommt mit ihren Küken herein und pickt Krümel auf; manchmal fliegt auch ein Spatz zu mir oder ein Schmetterling, darüber freue ich mich dann sehr. Im vorletzten Jahr haben dort in der Ecke sogar Schwalben ein Nest gebaut und Junge ausgebrütet. Wie viel Freude habe ich gehabt! Eine kam herbeigeflogen, hat sich über das Nestlein gebeugt, die Jungen gefüttert und ist wieder fortgeflogen! Kaum hatte man sich's versehen, war schon eine zweite zur Ablösung da. Manchmal kam sie auch nicht herein, ist nur an der offenstehenden Tür vorbeigehuscht, gleich haben die Jungen losgepiepst und die Schnäbel aufgesperrt … Im nächsten Jahr habe ich auf sie gewartet, aber ein Jäger hat sie wohl mit der Flinte abgeschossen. Was hat er sich davon versprochen? So eine Schwalbe ist doch nicht größer als ein Käfer … Wie böse Ihr Herren Jäger doch seid!«

»Ich schieße nicht auf Schwalben«, beeilte ich mich zu erklären.

»Einmal habe ich so gelacht«, begann Lukerja wieder, »da kam ein Hase angesprungen, wahrhaftig! Vielleicht haben ihn Hunde gehetzt, jedenfalls ist er direkt zur Tür hereingestürmt! … Hat sich dicht neben mich gesetzt und ist lange sitzen geblieben, hat mit der Nase gewackelt und mit dem Schnurrbart gezuckt, wie ein Offizier! Und mich angeschaut. Hat wohl gespürt, dass ich ihm nichts tun werde. Schließlich hat er sich erhoben, ist zur Tür gehoppelt, hat sich auf der Schwelle noch mal umgesehen, und weg war er! Was für ein komischer Geselle!«

Lukerja sah mich an … das ist doch lustig, sollte es wohl heißen. Um ihr einen Gefallen zu tun, lachte ich. Sie biss sich auf die verdorrten Lippen.

»Im Winter, wenn es dunkel ist, ist es natürlich schlimmer; es ist aber schade um die Kerzen, und, wozu auch? Zwar kann ich lesen und habe es immer gern getan, aber was sollte ich lesen? Bücher gibt es hier keine, aber selbst wenn es welche gäbe, wie sollte ich ein Buch halten? Vater Alexej hat mir einmal zur Ablenkung einen Kalender mitgebracht; als er aber sah, dass ich nichts damit anfangen kann, hat er ihn wieder mitgenommen. Aber auch wenn es dunkel ist, gibt es ja immer etwas zu hören: entweder zirpt ein Heimchen oder eine Maus fängt an zu knabbern. Hauptsache: nicht denken!«

»Manchmal spreche ich auch Gebete«, fuhr Lukerja nach einer kleinen Pause fort. »Leider kenne ich nur wenige. Und wieso soll ich auch dem Herrgott lästig fallen? Worum könnte ich ihn schon bitten? Er weiß besser als ich, was gut für mich ist. Er hat mir das Kreuz aufgebürdet, also liebt er mich. So sollen wir es verstehen. Ich spreche das Vaterunser, das Mariengebet, das Bittgebet für alle Notleidenden, und dann liege ich wieder da, ohne einen einzigen Gedanken. Und das ist gut!«

Eine kurze Weile schwiegen wir beide, und ich rührte mich nicht auf dem schmalen Bottich, der mir als Sitz diente. Die grausame, steinerne Unbeweglichkeit des vor mir liegenden lebendigen, unglücklichen Wesens übertrug sich auch auf mich: ich verfiel gleichsam ebenfalls in eine Starre.

»Hör mal, Lukerja«, begann ich schließlich. »Hör mal,

was ich dir vorschlagen möchte. Wenn du willst, veranlasse ich, dass man dich ins Krankenhaus bringt, in ein gutes Krankenhaus in der Stadt? Wer weiß, vielleicht kannst du doch geheilt werden? In jedem Fall wirst du dort nicht allein sein …«

Lukerja bewegte kaum merklich die Augenbrauen.

»Ach, nein, Barin«, flüsterte sie bekümmert, »bringen Sie mich nicht ins Krankenhaus, lassen Sie mich hier. Dort werde ich mich nur noch mehr quälen müssen. Heilung gibt es für mich sowieso nicht! … Einmal ist ein Doktor hergekommen, wollte mich untersuchen. Ich habe ihn gebeten: ›Rühren Sie mich bitte nicht an, um Christi willen!‹ Von wegen! Er hat mich hin und her gedreht, meine Arme und Beine geknetet und verbogen; hat gesagt: ›Das tue ich für die Wissenschaft; das ist mein Amt, ich bin schließlich Gelehrter! Und du‹, sagt er, ›wage nicht, dich zu widersetzen, ich habe für meine Arbeiten einen Orden bekommen und mühe mich schließlich für euch ab, ihr Tölpel.‹ Herumgezerrt hat er an mir, hat gesagt, wie die Krankheit heißt – ganz klug dahergeredet hat er –, und dann ist er wieder abgefahren. Und mir haben eine Woche lang alle Knochen wehgetan. Sie sagen, dass ich allein bin, immer allein. Nein, nicht immer. Ich bekomme auch Besuch. Ich bin ja ruhig, störe niemanden. Die Bauernmädchen kommen und schwatzen mit mir; manchmal kommt eine Pilgerin vorbei, erzählt von Jerusalem und von Kiew und von anderen heiligen Stätten. Ich fürchte mich auch gar nicht, allein zu sein. Es ist sogar besser so, ja, ja! … Bitte, lassen Sie mich hier, Barin, bringen Sie mich nicht ins Krankenhaus … Ich danke Ihnen, Sie sind ein guter Mensch, aber lassen Sie mich hier, mein Lieber.«

»Nun, wie du willst, wie du willst, Lukerja. Ich habe ja nur das Beste für dich gewollt ...«

»Ich weiß, dass Sie das Beste für mich wollen, Barin. Aber wer kann einem anderen wirklich helfen, mein lieber Barin? Wer kann ihm ins Herz schauen? Jeder muss sich selbst helfen! Sie werden es nicht glauben, manchmal liege ich allein hier ... und es scheint mir, als gäbe es niemanden sonst auf der ganzen Welt außer mir. Nur ich bin am Leben! Und dann kommt es mir vor, als hätte ich eine Erleuchtung ... Gedanken suchen mich dann heim, es ist erstaunlich.«

»Worüber denkst du denn nach, Lukerja?«

»Das weiß ich gar nicht zu sagen, Barin: das kann man nicht erklären. Auch vergesse ich es bald wieder. Es kommt wie eine Wolke, ergießt sich über mich, mir wird leicht und wohl zumute, was das aber war, das begreife ich nicht! Dann denke ich: wären Menschen um mich gewesen, ich hätte nichts dergleichen erlebt, hätte nichts gefühlt außer meinem Unglück.«

Lukerja seufzte mühsam. Ihre Brust gehorchte ihr nicht, ebenso wenig wie die anderen Glieder.

»Wenn ich Sie so ansehe, Barin«, begann sie wieder, »dann sehe ich, dass ich Ihnen sehr leidtue. Aber bemitleiden Sie mich nicht allzu sehr! Ich will Ihnen etwas sagen: manchmal ... Sie erinnern sich doch noch, wie fröhlich ich früher war? Ein Wirbelwind! ... Und wissen Sie was? Manchmal singe ich auch jetzt noch Lieder.«

»Lieder ... du?«

»Ja, Lieder, alte Lieder, Chorgesänge, Wahrsagelieder, Weihnachtslieder, alle möglichen. Ich kannte doch viele und habe sie nicht vergessen. Nur Tanzlieder singe ich nicht. Das gehört sich nicht in meinem Zustand.«

»Aber wie singst du sie denn … in Gedanken?«

»In Gedanken und auch laut. Richtig laut singen, das geht nicht, aber verstehen kann man es. Ich habe Ihnen doch erzählt, manchmal kommt ein Mädchen zu mir. Ein aufgewecktes Kind, eine Waise. Ihm habe ich einige Lieder beigebracht; vier hat es schon von mir gelernt. Sie glauben mir nicht? Warten Sie, ich will es Ihnen gleich beweisen …«

Lukerja hielt kurz inne, um zu Atem zu kommen … Der Gedanke, dass dieses halbtote Geschöpf singen wollte, jagte mir unwillkürlich einen Schrecken ein. Doch bevor ich noch ein Wort sagen konnte, drang schon ein zitternder, langgezogener, kaum hörbarer, doch reiner und richtiger Ton an mein Ohr… Ihm folgte ein zweiter, ein dritter. »Auf der Wiese, der grünen«, sang Lukerja. Sie sang, ohne den Ausdruck ihres versteinerten Gesichts zu verändern, auch ihre Augen blickten starr geradeaus. Doch wie rührend diese arme, angestrengte, wie ein Rauchwölkchen schwankende Stimme klang, wie sehr sie ihre ganze Seele hineinlegen wollte … Es war schon kein Schrecken mehr, den ich empfand: unsagbares Mitleid zerriss mir das Herz.

»Ach, ich kann nicht mehr«, sagte sie plötzlich, »meine Kräfte reichen nicht aus … Es ist eine zu große Freude für mich, dass Sie da sind.«

Sie schloss die Augen.

Ich legte meine Hand auf ihre winzigen kalten Finger … Sie schaute mich an, und ihre dunklen Lider mit den goldenen Wimpern, Lider, wie sie alte Statuen haben, schlossen sich erneut. Kurz darauf blitzten sie im Halbdunkel … eine Träne hatte sie benetzt.

Ich saß noch immer reglos.

»Wie dumm von mir!« sagte Lukerja plötzlich mit unerwarteter Kraft, öffnete weit die Augen und versuchte, die Träne abzuschütteln.

»Ich sollte mich schämen! Was tue ich denn? Das ist mir lange nicht geschehen … seit jenem Tag, als Wassja Poljakow mich im letzten Frühjahr besucht hat. Solange er bei mir gesessen und mit mir gesprochen hatte, ging es; kaum aber war er fort und ich wieder allein, habe ich angefangen zu weinen! Woher das nur kam? Aber wir Frauen sind ja freigiebig mit Tränen. Barin«, fügte Lukerja hinzu, »haben Sie vielleicht ein Taschentuch … Scheuen Sie sich nicht, trocknen Sie mir die Augen.«

Ich beeilte mich, ihren Wunsch zu erfüllen, und ließ ihr das Taschentuch da. Zuerst wollte sie es nicht annehmen … Was soll ich, hieß das wohl, mit einem solchen Geschenk anfangen. Es war ein sehr einfaches Tuch, doch sauber und weiß. Dann ergriff sie es mit ihren schwachen Fingern und ließ es nicht mehr los. Ich hatte mich inzwischen an die Dunkelheit gewöhnt, die uns beide umgab, und konnte ihre Züge deutlich unterscheiden, sogar eine zarte Röte war zu erkennen, die unter der Bronze ihres Gesichts hervorschimmerte, und ich konnte in diesem Gesicht auch – zumindest schien es mir so – Spuren ihrer einstigen Schönheit erkennen.

»Sie haben mich gefragt, Barin«, sagte Lukerja wieder, »ob ich schlafe? Ich schlafe selten, doch jedes Mal träume ich, und es sind gute Träume! Und nie bin ich krank im Traum: immer jung und gesund … Traurig ist nur: wenn ich aufwache und mich ausstrecken will, dann bemerke ich, dass ich daliege wie festgeschmiedet. Einmal hatte ich einen sehr schönen Traum! Wenn Sie möchten, erzähle ich ihn.

So hören Sie. Ich sehe mich in einem Feld stehen, ringsum Roggen, so hoch und reif und golden! ... Und dann war da ein Hündchen, ein rotbraunes, ganz böse war es, wollte mich immerzu beißen. Ich halte eine Sichel in der Hand, aber keine gewöhnliche Sichel, sondern den Mond, wenn er die Form einer Sichel hat. Und mit diesem Mond soll ich Roggen schneiden, den ganzen Roggen. Ich bin aber matt von der Hitze, und der Mond blendet mich, und ich werde müde; überall wachsen Kornblumen, ganz große! Und alle haben mir ihre Köpfchen zugedreht. Ich denke: ich will Kornblumen pflücken; Wassja wollte ja kommen, zuerst winde ich mir einen Kranz; das Schneiden, das schaffe ich dann immer noch. Ich beginne also Kornblumen zu pflücken, aber sie lösen sich auf zwischen meinen Fingern, lösen sich einfach auf! Ich kann mir keinen Kranz winden. Da höre ich plötzlich, dass sich jemand nähert, er ist schon ganz nah und ruft. Luscha! Luscha! ... Oje, denke ich, wie schade, hab's nicht geschafft! Aber das macht nichts, dann setze ich mir eben den Mond auf den Kopf, wenn ich keine Kornblumen habe. Ich setze also den Mond auf, wie eine Haube, und leuchte nun selber und beleuchte auch das Feld ringsum. Und mit einem Mal kommt über die Spitzen der Ähren ganz schnell auf mich zugeschwebt – nicht Wassja, sondern Christus selbst! Woher ich wusste, dass es Christus war, kann ich nicht sagen, denn auf den Bildern sieht er anders aus, aber er war's. Ohne Bart, hochgewachsen, jung, ganz in Weiß, nur sein Gürtel war golden – und er streckt mir die Hand entgegen. Fürchte dich nicht, sagt er, meine lieblich geschmückte Braut, folge mir; du wirst in meinem himmlischen Reich die Reigen anführen und paradiesische Lieder singen. Wie habe ich mich gleich an seine Hand geschmiegt! Mein Hündchen packt mich noch einmal bei den Beinen … Aber wir schwingen uns schon empor! Er voran … Seine Flügel breiten sich über den ganzen Himmel aus, sie sind weit wie die einer Möwe, und ich folge ihm! Das Hündchen musste mich nun loslassen. Erst da habe ich begriffen, dass dieses Hündchen meine Krankheit war, die im Himmelreich nichts mehr zu suchen hatte.«

Lukerja verstummte für einen Augenblick.

»Noch einen anderen Traum hatte ich«, begann sie wieder, »vielleicht war es auch eine Erscheinung, ich weiß es nicht. Ich träumte, dass ich hier in der Hütte liege und meine seligen Eltern kommen zu mir, Mama und Papa. Sie verneigen sich tief vor mir, sagen aber kein Wort. Ich frage sie: Wieso verneigt ihr euch vor mir, Mama und Papa? Weil du so viel leiden musst auf dieser Welt, sagen sie, hast du nicht nur deine eigene Seele erleichtert, sondern auch uns eine große Last abgenommen. Deshalb geht es uns jetzt im Jenseits viel besser. Deine Sünden hast du schon abgebüßt; jetzt büßt du unsere Sünden. Nachdem sie dies gesagt hatten, verneigten sich meine Eltern abermals vor mir und waren nicht mehr zu sehen: nur noch die vier Wände waren da. Ich habe dann lange gegrübelt, was das gewesen ist. Hab's sogar dem Batjuschka in der Beichte erzählt. Er nimmt aber an, dass es keine Erscheinung war, denn Erscheinungen haben nur geistliche Männer.

Und dann hatte ich noch einen Traum«, fuhr Lukerja fort. »Ich sehe, wie ich an der Landstraße sitze, unter einer Weide, mit einem glattgehobelten Stock in der Hand, einem Bündel über der Schulter und den Kopf in ein Tuch gehüllt, wie eine Pilgerin! Irgendwohin weit, weit bin ich unterwegs auf Wallfahrt. Lauter Pilger ziehen an mir vorüber; langsam, fast widerstrebend gehen sie, alle in dieselbe Richtung; ihre Gesichter sind niedergeschlagen und ähneln einander sehr. Da sehe ich, wie sich zwischen ihnen eine Frau durchdrängt, die einen ganzen Kopf größer ist als die anderen und ein ungewöhnliches Kleid trägt, keins von hier, kein russisches. Auch ihr Gesicht sieht ungewöhnlich aus, mager und streng. Alle anderen scheinen ihr aus dem Weg zu gehen; sie aber kommt direkt auf mich zu. Bleibt stehen und schaut mich an; ihre Augen sind gelb, groß und ganz hell, wie bei einem Falken. Ich frage sie: ›Wer bist du?‹ Sie sagt: ›Ich bin dein Tod.‹ Statt zu erschrecken, habe ich mich sehr gefreut und mich bekreuzigt. Da sagt diese Frau, also mein Tod: Leid tust du mir, Lukerja, aber ich kann dich nicht mitnehmen. Leb wohl! Mein Gott! Wie traurig war mir zumute! … Nimm mich mit, sage ich, Matuschka, meine Liebe, nimm mich doch mit! Da dreht sich mein Tod zu mir um und beginnt allerlei zu reden … Ich verstand, dass mir meine Stunde bestimmt wird, aber alles undeutlich, nicht recht verständlich … Nach den Petrifasten, so habe ich es verstanden … Und dann bin ich aufgewacht … Solche merkwürdigen Träume habe ich!«

Lukerja hob die Augen … und versank in Gedanken …

»Schlimm ist nur eines: manchmal kann ich eine ganze Woche lang nicht einschlafen. Im letzten Jahr war einmal ein Fräulein auf der Durchreise hier, ist zu mir gekommen und hat mir ein Fläschchen mit einer Arznei gegen die Schlaflosigkeit gegeben; zehn Tropfen, hat sie gesagt, sollte ich nehmen. Das hat mir sehr geholfen, danach konnte ich schlafen; jetzt ist das Fläschchen aber schon lange ausgetrunken … Wissen Sie vielleicht, was das für eine Arznei war und wo man sie bekommen kann?«

Das Fräulein hatte Lukerja vermutlich Opium gegeben. Ich versprach, ihr ein solches Fläschchen zu besorgen, und konnte mich wieder nicht enthalten, laut ihre Geduld zu bewundern.

»Ach, Barin«, entgegnete sie. »Was reden Sie da? Was heißt Geduld? Der heilige Simeon auf der Säule, der hat wirklich große Geduld gehabt: dreißig Jahre hat er auf der Säule gestanden! Und ein anderer Gerechter hat sich bis zur Brust in der Erde eingraben lassen und die Ameisen haben sein Gesicht zerfressen … Ein gelehrter Mann hat mir einmal erzählt, dass es ein Land gab, in das die Hagarianer eingefallen waren, sie haben alle Bewohner gepeinigt und getötet; was die Bewohner auch taten, sie konnten sich nicht befreien. Da erschien unter ihnen plötzlich eine heilige Jungfrau; sie ergriff ein großes Schwert, legte sich eine zwei Pud schwere Rüstung an, zog in den Kampf gegen die Hagarianer und jagte alle übers Meer. Als sie sie aber verjagt hatte, sagte sie zu ihnen: Jetzt verbrennt mich, denn es war mein Gelübde, für mein Volk den Feuertod zu sterben. Und die Hagarianer haben sie ergriffen und verbrannt, das Volk aber ist seitdem frei für immer! Das ist eine Heldentat! Was bin ich dagegen!«

Ich wunderte mich im Stillen, woher und auf welche Weise die Legende von Jeanne d'Arc hierhergelangt sein konnte, und fragte Lukerja nach kurzem Schweigen, wie alt sie sei.

»Achtundzwanzig … oder neunundzwanzig … Noch nicht dreißig. Aber wieso die Jahre zählen! Ich will Ihnen noch etwas erzählen …«

Dann hustete Lukerja plötzlich tonlos und ächzte …

»Du sprichst zu viel«, bemerkte ich, »das schadet dir.«

»Das stimmt«, flüsterte sie kaum hörbar, »unsere Unterhaltung ist zu Ende, so soll es sein. Wenn Sie fort sind, kann ich wieder schweigen. Hab zumindest meine Seele erleichtert …«

Ich nahm Abschied, wiederholte mein Versprechen, ihr die Arznei zu schicken, bat sie, noch einmal nachzudenken und mir zu sagen, ob sie nicht doch noch etwas brauche.

»Ich brauche nichts, bin zufrieden, Gott sei Dank«, sagte sie mit größter Anstrengung, aber ergriffen. »Gebe Gott allen Gesundheit! Sie aber, Batjuschka, könnten Ihre Frau Mutter bitten, den armen hiesigen Bauern ein wenig von den Abgaben zu erlassen! Sie haben nicht genug Land, keinen Boden … Zum Dank würden sie für Sie zu Gott beten … Ich aber, ich brauche nichts, bin zufrieden.«

Ich gab Lukerja mein Wort, ihre Bitte zu erfüllen, und ging schon zur Tür, da rief sie mich noch einmal zurück.

»Erinnern Sie sich, Barin«, sagte sie, und etwas Wundersames blitzte in ihren Augen und umspielte die Lippen, »was für einen Zopf ich hatte? Bis zu den Knien, erinnern Sie sich! Lange konnte ich mich nicht entschließen … Solche Haare! … Aber wie hätte ich sie kämmen sollen? In meiner Lage! So habe ich den Zopf abgeschnitten … Ja … Nun, leben Sie wohl, Barin! Ich kann nicht mehr …«

Am selben Tag, noch bevor ich mich wieder auf die Jagd begab, hatte ich mit dem Dorfschutzmann ein Gespräch über Lukerja. Ich erfuhr von ihm, dass man sie im Dorf »Lebende Reliquie« nannte, aber keinerlei Scherereien mit ihr habe; weder Murren noch Klagen höre man von ihr. »Sie fordert nichts, im Gegenteil, ist für alles dankbar; eine ganz Stille ist sie, das muss man sagen. Von Gott gestraft«, schloss der Schutzmann, »wohl für ihre Sünden; doch das geht uns nichts an. Verurteilen aber, nein, verurteilen tun wir sie nicht. Wir nehmen sie, wie sie ist!«

***

Einige Wochen darauf erfuhr ich, dass Lukerja gestorben war. Der Tod hatte sie also doch geholt … »nach den Petrifasten«. Man erzählte sich, sie habe am Tag ihres Todes Glockengeläut gehört, obwohl es von Alexejewka bis zur Kirche mehr als fünf Werst sind und es außerdem ein normaler Wochentag war. Lukerja soll gesagt haben, dass der Ton nicht von der Kirche gekommen sei, sondern »von oben«. Vermutlich hat sie nicht gewagt zu sagen, »vom Himmel«.

ES RASSELT!

»Was ich Ihnen melden muss«, sagte Jermolai, nachdem er ins Haus hereingekommen war – ich hatte gerade zu Mittag gegessen und mich auf dem Feldbett ausgestreckt, um nach einer ziemlich erfolgreichen, doch ermüdenden Birkhahnjagd ein wenig zu ruhen, es war um den zehnten Juli herum und unglaublich heiß –, »was ich Ihnen melden muss: unser ganzes Schrot ist verbraucht.«

Ich sprang vom Bett.

»Das Schrot ist verbraucht! Wie kann das sein! Wir haben doch mindestens dreißig Pfund von zu Hause mitgenommen! Einen ganzen Sack!«

»Genau; einen großen Sack: es hätte für zwei Wochen reichen sollen. Wer kennt sich da schon aus! Vielleicht hat er ein Loch? Jedenfalls ist jetzt kein Schrot mehr da … es reicht höchstens noch für zehn Ladungen!«

»Was sollen wir denn jetzt machen? Die besten Stellen liegen doch noch vor uns – für morgen hat man uns sechs Gesperre angekündigt …«

»Ich könnte nach Tula fahren. Das ist nicht weit von hier: nur fünfundvierzig Werst. Im Handumdrehen bin ich wieder zurück, und Schrot bringe ich ein ganzes Pud mit, wenn Sie wünschen.«

»Und wann willst du los?«

»Von mir aus jetzt gleich. Wieso warten? Es gibt nur eine Schwierigkeit: wir müssen Pferde mieten.«

»Wieso Pferde mieten! Und unsere, was ist mit denen?«

»Mit unseren kann ich nicht fahren. Das Deichselpferd lahmt … Und zwar gewaltig!«

»Seit wann denn?«

»Seit kurzem, der Kutscher war mit ihm zum Beschlagen, aber sie haben es vernagelt. War wohl ein schlechter Schmied, wie's aussieht. Jetzt kann es nicht mehr auftreten. Es ist der Vorderfuß. Es zieht ihn ein … wie ein Hund.«

»Ach, haben sie ihm wenigstens das Hufeisen wieder abgenommen?«

»Nein, abgenommen wurde es nicht; das muss unbedingt gemacht werden. Der Nagel sitzt, wie's aussieht, direkt im Fleisch.«

Ich ließ den Kutscher kommen. Wie sich herausstellte, hatte Jermolai die Wahrheit gesagt: Das Deichselpferd konnte tatsächlich nicht auftreten. Ich gab Anweisung, unverzüglich das Hufeisen abnehmen zu lassen und das Pferd auf feuchten Lehm zu stellen.

»Und? Soll ich nun Pferde für Tula mieten?« beharrte Jermolai.

»Kann man in dieser Einöde überhaupt welche auftreiben?« entgegnete ich etwas ärgerlich …

Das Dorf, in dem wir uns befanden, lag weit abgelegen in der Wildnis; seine Bewohner schienen samt und sonders arme Schlucker zu sein; mit Müh und Not hatten wir ein einigermaßen geräumiges Haus gefunden, wenn auch ohne Schornstein.

»Kann man«, antwortete Jermolai mit der ihm eigenen Unerschütterlichkeit. »Das stimmt schon, was Sie über das Dorf gesagt haben; aber hier hat einmal ein Bauer gewohnt – klug war der. Und reich! Neun Pferde hat er gehabt. Er ist gestorben, sein ältester Sohn hat jetzt den Hof übernommen. Einen dümmeren Menschen kann man sich kaum denken, das väterliche Vermögen durchzubringen, das hat er aber noch nicht geschafft. Von ihm werden wir Pferde besorgen. Wenn Sie einverstanden sind, bringe ich ihn her. Seine Brüder sind durchtriebene Kerle, wie man hört … aber er ist ihr Oberhaupt.«

»Warum denn das?«

»Er ist der Älteste! Da haben sich die Jüngeren zu fügen!« Hier äußerte sich Jermolai in starken, nicht druckreifen Worten über jüngere Brüder im Allgemeinen.

»Ich gehe ihn holen. Ist ein einfacher Bursche. Wir werden mit ihm schon einig werden!«

Während sich Jermolai auf den Weg machte, den »einfachen Burschen« zu holen, überlegte ich, ob ich nicht besser allein nach Tula fahren sollte. Erstens besagte meine Erfahrung, dass man sich schlecht auf Jermolai verlassen konnte; einmal hatte ich ihn in die Stadt geschickt, um Besorgungen zu machen, er versprach, alle meine Aufträge innerhalb eines Tages auszuführen, blieb dann allerdings eine ganze Woche verschwunden, vertrank das ganze Geld und kehrte zu Fuß zurück – gefahren aber war er in meiner Renndroschke. Zweitens kannte ich in Tula einen Pferdehändler; bei ihm würde ich, als Ersatz für das lahme Deichselpferd, ein Pferd kaufen können.

»So mache ich's!« dachte ich bei mir. »Ich fahre selbst; schlafen kann ich auch unterwegs, und ich habe ja auch einen bequemen Reisewagen.«

***

»Hier ist er!« rief Jermolai eine Viertelstunde später und stürzte herein. Ihm folgte ein hochgewachsener Mann in weißem Hemd, blauen Hosen und Bastschuhen, er war weißblond, kurzsichtig, hatte einen roten Spitzbart, eine lange, fleischige Nase, sein Mund stand offen, er sah tatsächlich aus wie ein »Einfaltspinsel«.

»Hier bringe ich ihn«, sagte Jermolai, »er hat Pferde und ist einverstanden.«

»Also, das heißt, ich …«, begann der Mann stockend mit krächzender Stimme, schüttelte seine spärlichen Haare und knetete die Mütze, die er in den Händen hielt, zwischen den Fingern. »Also, ich …«

»Wie heißt du?« fragte ich.

Er schlug die Augen nieder und schien nachzudenken.

»Wie ich heiße?«

»Ja; wie ist dein Name?«

»Mein Name ist Filofej.«

»Es geht um Folgendes, Filofej; wie ich gehört habe, besitzt du Pferde. Bring mir eine Troika, die spannen wir vor meinen Reisewagen, er ist nicht schwer, und dann bring mich nach Tula. Nachts scheint jetzt der Mond, es ist hell und auch kühl. Wie sind eure Wege?«

»Die Wege? Die Wege sind gut. Bis zur Landstraße sind es zwanzig Werst, mehr nicht. Nur an einer Stelle ist es … nicht geheuer; sonst aber geht es.«

»Was ist daran denn nicht geheuer?«

»Wenn man über den Fluss will, muss man durch eine Furt.«

»Wollen Sie denn selbst nach Tula fahren?« erkundigte sich Jermolai.

»Ja, ich fahre selbst.«

»Aha!« sagte mein treuer Diener und schüttelte den Kopf. »Ahaaaa!« wiederholte er, spuckte aus und ging hinaus.

Die Fahrt nach Tula hatte für ihn offenbar jeden Reiz verloren; sie war nutzlos und uninteressant geworden.

»Kennst du den Weg gut?« wandte ich mich an Filofej.

»Wie sollte unsereins den Weg nicht kennen! Nur, wenn Sie belieben, ich kann nicht ... weil, so plötzlich ...«

Wie sich herausstellte, hatte Jermolai Filofej, als er ihn gedingt hatte, zugesichert, dass er auch bezahlt würde, damit keine Zweifel aufkämen! Filofej war zwar, Jermolai zufolge, dumm, gab sich aber mit dieser Zusicherung nicht zufrieden. Er forderte fünfzig Rubel in Assignaten von mir – ein enormer Preis; ich bot ihm zehn Rubel an, was wenig war. Wir fingen an zu handeln; Filofej sträubte sich zuerst, gab dann aber nach, allerdings nur langsam. Jermolai kam für einen Augenblick herein und begann mir auseinanderzusetzen, dass »dieser Dummkopf« (dieses Wort hat es ihm aber angetan! bemerkte Filofej halblaut), »dass dieser Dummkopf« den Wert des Geldes überhaupt nicht kenne, und er erinnerte mich auch gleich daran, wie vor zwanzig Jahren die Herberge, die meine Mutter an der Kreuzung zweier Landstraßen, einer belebten Stelle, hatte einrichten lassen, völlig heruntergewirtschaftet war, weil der alte Mann aus ihrem Gesinde, den sie zum Wirt bestimmt hatte, den Wert des Geldes tatsächlich nicht kannte und es nach seiner Menge bewertete – das heißt, er gab beispielsweise einen Viertelsilberrubel für sechs Kupferfünfer her, wobei er allerdings laut fluchte.

»Ach, Filofej, bist mir ein rechter Filofej!« rief Jermolai schließlich und schlug beim Hinausgehen ärgerlich die Tür zu.

Filofej antwortete nicht, denn er wusste ja, dass Filofej zu heißen nicht unbedingt angenehm war und dass man jemandem einen solchen Namen sogar vorwerfen konnte, eigentlich aber war daran der Pope schuld, dem man sich bei der Taufe nicht so erkenntlich gezeigt hatte wie üblich.

Schließlich einigten wir uns auf zwanzig Rubel. Er ging die Pferde holen und kam eine Stunde später mit gleich fünfen zur Auswahl zurück. Es waren ordentliche Pferde, obwohl ihre Mähnen und Schwänze verfilzt und die Bäuche groß und aufgetrieben waren wie Trommeln. Filofej hatte zwei seiner Brüder mitgebracht, die ihm überhaupt nicht ähnelten. Klein, schwarzäugig und spitznasig machten sie tatsächlich den Eindruck »durchtriebener« Burschen, sie redeten viel und schnell, »schwafelten«, wie sich Jermolai ausdrückte, ordneten sich dem Ältesten jedoch unter.

Gemeinsam holten sie den Wagen unter dem Schutzdach hervor und machten sich anderthalb Stunden mit ihm und den Pferden zu schaffen; bald lösten sie die Stricke der Zugstränge, bald zogen sie sie fest an! Beide Brüder wollten als Deichselpferd unbedingt den »Grauscheckichten« einspannen, weil der gut bergab laufe, Filofej aber entschied: der Zottlige! So spannten sie also den Zottligen in die Deichsel.

Der Wagen wurde mit Heu ausgelegt, unter den Sitz schoben sie das Kummet des lahmen Deichselpferdes, für den Fall, dass es in Tula einem neu gekauften Pferd angepasst werden müsste … Filofej, der schnell nach Hause gelaufen war und in einem langen weißen Kittel wiederkam, den er von seinem Vater geerbt hatte, einen hohen kegelförmigen Hut auf dem Kopf und in Schmierstiefeln, stieg feierlich auf den Bock. Ich setzte mich in den Wagen und sah auf die Uhr: es war viertel elf. Jermolai hatte sich nicht einmal von mir verabschiedet, er war damit beschäftigt, seinen Hund Valetka zu prügeln; Filofej zog die Zügel an, schrie mit dünner Stimme: »He, ihr Winzlinge!« – seine Brüder sprangen von beiden Seiten herbei, schlugen auf die Bäuche der Seitenpferde ein –, der Wagen setzte sich in Bewegung und bog aus dem Tor auf die Straße; der Zottlige wollte auf seinen Hof einschwenken, Filofej brachte ihn jedoch mit einigen Peitschenhieben zur Vernunft, dann waren wir schon aus dem Dorf hinaus und rollten zwischen dichtem Haselnussgebüsch dahin über die ziemlich ebene Straße.

Es war eine stille, herrliche Nacht, gerade recht für eine Fahrt. Bald raschelte der Wind in den Büschen und ließ die Zweige erzittern, bald erstarb er ganz; am Himmel sah man hier und da unbewegliche silberne Wölkchen; hoch oben stand der Mond und beschien die Landschaft. Ich streckte mich auf dem Heu aus und wollte schon einschlafen … da fiel mir die Stelle ein, die »nicht geheuer« war, und ich fuhr zusammen.

»Sag mal, Filofej, ist es noch weit bis zur Furt?«

»Bis zur Furt? Acht Werst vielleicht.«

»Acht Werst«, dachte ich. »Vor einer Stunde werden wir nicht ankommen. Da könnte ich inzwischen ein wenig schlafen.«

»Kennst du den Weg gut, Filofej?« fragte ich erneut.

»Wieso sollte ich *den* nicht kennen? Ich fahre hier doch nicht das erste Mal lang …«

Er sagte noch etwas, ich aber hörte ihn nicht mehr … Ich schlief.

***

Nicht mein eigener Entschluss weckte mich, genau nach einer Stunde aufzuwachen, wie das ja oft geschieht, sondern ein seltsames, wenn auch schwaches Plätschern und Glucksen direkt an meinem Ohr. Ich hob den Kopf …

Was war das? Ich lag nach wie vor im Wagen, rings um den Wagen aber – etwa einen halben Arschin, nicht mehr, von seinem oberen Rand entfernt – flimmerte und zitterte der Wasserspiegel, sich sacht kräuselnd und vom Mond beschienen. Ich schaute nach vorn – auf dem Bock saß wie ein Ölgötze mit hängendem Kopf Filofej, den Rücken gekrümmt, und dahinter, über dem murmelnden Wasser, sah man die gebogene Linie des Kummets und die Pferdeköpfe und -rücken. Und alles so still, so lautlos, wie in einem Zauberreich, im Schlaf, in einem märchenhaften Traum … Was hatte das zu bedeuten? Ich schaute unter dem Verdeck des Wagens hindurch nach hinten … Wir waren tatsächlich mitten im Fluss und das Ufer mindestens dreißig Schritt entfernt!

»Filofej!« rief ich.

»Was ist?« entgegnete er.

»Was heißt, was ist? Ich bitte dich! Wo sind wir denn?«

»Im Fluss.«

»Das sehe ich, dass wir im Fluss sind. Wir gehen doch gleich unter. Das meinst du mit: die Furt durchqueren? Wie? Du schläfst ja, Filofej! So antworte doch!«

»Hab mich ein klein wenig verfahren«, sagte mein Fuhrmann. »Bin leider vom Weg abgekommen, jetzt müssen wir abwarten.«

»Was heißt abwarten? Worauf wollen wir denn warten?«

»Warten wir ab, bis sich der Zottlige zurechtfindet: wohin er sich wendet, dahin müssen wir fahren.«

Ich richtete mich auf dem Heu auf. Reglos stand der Kopf des Deichselpferdes über dem Wasser. Beim hellen Mondlicht konnte man lediglich sehen, wie sich eines seiner Ohren leicht vor und zurück bewegte.

»Aber dein Zottliger schläft ja auch!«

»Nein«, antwortete Filofej, »er schnuppert am Wasser.«

Wieder wurde es still, nur das Wasser plätscherte leise. Auch ich erstarrte.

Das Mondlicht, die Nacht, der Fluss, und wir mitten drin …

»Was fiept denn da?« fragte ich Filofej.

»Das? Das sind Enten im Schilf … vielleicht auch Schlangen.«

Plötzlich bewegte das Deichselpferd den Kopf nach rechts und links, spitzte die Ohren, schnaubte und rührte sich.

»Hü-hü-hü-hüü!« schrie Filofej unvermittelt aus voller Kehle, erhob sich und schwenkte die Peitsche. Der Wagen ruckte sofort von der Stelle, machte einen Satz nach vorn, quer zur Strömung, und fuhr dann stockend und schaukelnd geradeaus … Zuerst kam es mir vor, als ginge es in die Tiefe, als versänken wir, nach zwei, drei Stößen und Sprüngen jedoch schien die Wasseroberfläche auf einmal abzusinken … Sie sank tiefer und tiefer, der Wagen stieg aus dem Wasser empor, schon kamen die Räder zum Vorschein und die Schwänze der Pferde, und dann zogen sie uns unter mächtigen Spritzern, die im matten Mondschein wie diamantene, nein, nicht diamantene, wie saphirne Garben auseinanderstoben, beschwingt und einträchtig ans sandige Ufer und weiter auf dem Weg bergan, ihre vor Nässe glänzenden Beine traten nun wieder sicher auf dem Boden auf.

»Was wird Filofej jetzt wohl sagen«, ging es mir durch den Kopf. »Sagt er: ich hatte recht, oder etwas in der Art?« Aber er sagte nichts. Deshalb hielt auch ich es für unnötig, ihm seine Fahrlässigkeit vorzuwerfen, legte mich wieder aufs Heu und versuchte erneut einzuschlafen.

***

Doch ich konnte nicht einschlafen, nicht, weil ich nicht von der Jagd müde gewesen wäre, und auch nicht, weil die ausgestandene Aufregung mir den Schlaf vertrieben hätte, es war einfach eine zu schöne Landschaft, durch die wir fuhren. Weite, ausgedehnte Schwemmwiesen mit einer Vielzahl kleiner Pfützen, Tümpel, Bäche und Altwasser – die Ufer mit Weidengesträuch zugewachsen, eine russische Landschaft, wie jeder Russe sie liebt, ähnlich jener, in die die Recken unserer alten Heldensagen ritten, um weiße Schwäne und Grauenten zu schießen. Als gelbliches Band wand sich der Fahrweg dahin, die Pferde liefen in leichtem Trab; ich konnte die Augen nicht abwenden und schaute und schaute! Sanft und ebenmäßig glitten die Bilder unter dem freundlichen Mond vorüber. Auch Filofej war gefesselt.

»Das sind die Sankt-Georgs-Wiesen«, wandte er sich mir zu. »Und dahinter beginnen die Großfürstenwiesen; solche Wiesen findet man in ganz Russland nicht noch einmal ... Wie schön sie sind!« Das Deichselpferd schnaubte und schüttelte sich ... »Du lieber Himmel!« sagte Filofej bedächtig und halblaut. »Wie schön sie sind!« wiederholte er, seufzte und räusperte sich lange. »Bald beginnt die Heuernte, wie viel Heu man hier machen kann! Und wie viele Fische es in den Altwassern gibt. Was für Brassen!« setzte er langgezogen hinzu. »Kurz gesagt: leben kann man.«

Plötzlich hob er die Hand.

»Oho! Sieh mal einer an! Über dem See … steht da nicht ein Reiher? Fängt der etwa auch nachts Fische? Ach, das ist ein Ast, kein Reiher. Hab mich ins Bockshorn jagen lassen! Das ist der Mond, der führt einen in die Irre.«

So fuhren wir dahin … Dann hörten die Wiesen allmählich auf, es folgten Waldstücke und gepflügte Felder. Ein Dörflein, an dem wir vorbeikamen, blinkte mit zwei, drei Lichtern. Bis zur Landstraße waren es nur noch fünf Werst. Ich nickte ein.

Und wieder erwachte ich nicht von selbst. Diesmal war es Filofejs Stimme, die mich weckte.

»Barin … Barin!«

Ich richtete mich auf. Der Wagen stand mitten auf der Landstraße, an einer ebenen Stelle; Filofej hatte sich auf dem Bock zu mir umgedreht, die Augen weit aufgerissen (ich staunte, dass sie so groß waren) und flüsterte geheimnisvoll:

»Es rasselt! … Es rasselt!«

»Was redest du da?«

»Ich sage: es rasselt! Beugen Sie sich vor und lauschen Sie. Hören Sie es?«

Ich steckte den Kopf aus dem Wagen, hielt die Luft an und hörte tatsächlich weit, weit hinter uns ein schwaches, immer wieder abbrechendes Rasseln, wie von rollenden Rädern.

»Hören Sie es?« wiederholte Filofej.

»Ja, ja«, antwortete ich. »Da fährt ein Wagen.«

»Hören Sie es nicht … pscht! Das sind Schellen … und ein Pfeifen … Hören Sie es? Nehmen Sie die Mütze ab … dann können Sie besser hören.«

Die Mütze nahm ich nicht ab, lauschte aber angestrengt.

»Ja, ja … kann sein. Aber was ist denn damit?«

Filofej drehte sich wieder zu den Pferden um.

»Da kommt ein Pferdewagen ohne Ladung … mit eisenbeschlagenen Rädern«, sagte er und nahm die Zügel in die Hand. »Das sind schlechte Menschen, Barin; hier, in der Tulaer Gegend, ist es nicht geheuer.«

»Was für ein Unfug! Wie kommst du darauf, dass das schlechte Menschen sein sollen?«

»Es stimmt, was ich sage. Mit Schellen … und noch dazu in einem leeren Wagen … Wer macht denn so was?«

»Ist es noch weit bis Tula?«

»Fünfzehn Werst werden's noch sein und weit und breit kein Haus in der Nähe.«

»Na, dann fahr zu und trödele nicht.«

Filofej schwang die Peitsche, und der Wagen setzte sich wieder in Bewegung.

***

Obwohl ich Filofej keinen Glauben schenkte, konnte ich nicht mehr einschlafen. Und was, wenn er recht hätte? Ein unangenehmes Gefühl ergriff von mir Besitz. Ich setzte mich im Wagen auf – bis dahin hatte ich gelegen – und sah mich nach allen Seiten um. Während ich geschlafen hatte, war ein leichter Nebel aufgestiegen, gegen den Himmel zu; er stand hoch oben, der Mond hing darin wie ein weißer Fleck, wie in Rauch gehüllt. Alles war trübe und verschwommen, obwohl man weiter unten noch etwas sehen konnte. Ringsum flaches, trostloses Land: nichts als Felder, hier und da kleine Büsche, Senken – und wieder Felder und Brachland mit spärlichem Unkraut. Öde war es …

ausgestorben! Hätte wenigstens irgendwo eine Wachtel geschlagen.

Wir fuhren jetzt ungefähr eine halbe Stunde. Filofej schwang immer wieder die Peitsche und schnalzte mit den Lippen, doch weder er noch ich sagte ein Wort. Dann erreichten wir eine Anhöhe ... Filofej hielt die Troika an und sagte im gleichen Atemzug:

»Es rasselt ... Es ra-asselt, Barin!«

Wieder lehnte ich mich aus dem Wagen; doch ich hätte auch unter dem Verdeck bleiben können, so deutlich, wenn auch von ferne, drang jetzt das Rasseln der Wagenräder an mein Ohr und das Pfeifen von Menschen, das Klingen von Schellen und selbst das Getrappel von Pferdehufen; ich vernahm sogar Gesang und Gelächter. Zwar wehte der Wind aus ihrer Richtung, doch es gab keinen Zweifel daran, dass sich die unbekannten Reisenden uns auf eine, vielleicht auch auf zwei Werst genähert hatten.

Filofej und ich wechselten Blicke – er schob sich den Hut aus dem Nacken in die Stirn und gab jetzt, über die Zügel gebeugt, den Pferden die Peitsche. Sie galoppierten los, doch lange konnten sie nicht im Galopp laufen und fielen wieder in Trab. Filofej schlug weiter auf sie ein. Wir mussten doch entkommen.

Ich kann nicht sagen, warum ich, der ich Filofejs Verdacht zuerst nicht geteilt hatte, plötzlich auch überzeugt war, dass uns tatsächlich böse Menschen verfolgten ... Zwar hörte ich nichts Neues, dieselben Schellen, dasselbe Rasseln des leeren Wagens, dasselbe Pfeifen, denselben undeutlichen Lärm, doch jetzt hatte ich keinen Zweifel mehr. Filofej irrte sich nicht!

Wieder verstrichen zwanzig Minuten ... In den letzten

dieser zwanzig Minuten hörten wir durch das Rasseln und Dröhnen unseres eigenen Wagens bereits das andere Rasseln, das andere Dröhnen …

»Halt an, Filofej«, sagte ich, »fügen wir uns ins Unausweichliche!«

»Brr«, rief Filofej verängstigt. Die Pferde blieben augenblicklich stehen und schienen sich über die Möglichkeit zu freuen, verschnaufen zu können.

Du lieber Himmel! Die Schellen dröhnten nun direkt hinter uns, der Wagen kreischte und klirrte, die Menschen pfiffen, schrien und sangen, die Pferde schnaubten und stampften den Boden mit den Hufen …

Sie hatten uns eingeholt!

»Weh uns!« sagte Filofej gedehnt und halblaut. Unentschlossen schnalzend begann er die Pferde anzutreiben. Doch just in diesem Augenblick war es, als stürze etwas über uns herein, brüllend und krachend, und ein riesengroßer, ausladender, mit einer Troika magerer Pferde bespannter Bauernwagen überholte uns plötzlich wie ein Wirbelwind, preschte vor, fuhr dann im Schritttempo weiter und versperrte uns dadurch den Weg.

»So macht es die Räuberbrut«, flüsterte Filofej.

Ich gebe zu, mir blieb das Herz stehen … Angestrengt versuchte ich, etwas im Halbdunkel des von Nebelschwaden verschleierten Mondlichts zu erkennen. Im Wagen vor uns saßen oder lagen etwa sechs Männer in Bauernkitteln und offenstehenden Röcken; zwei von ihnen hatten keine Mützen auf; lange Beine in Stiefeln hingen baumelnd über die Seitenstreben des Leiterwagens, sinnlos hoben und senkten sich Arme … die Körper schwankten … Keine Frage: sie waren betrunken. Manche grölten ohne Sinn und

Zweck; einer pfiff durchdringend und schrill, ein anderer fluchte; auf dem Bock saß ein Riese im Halbpelz und lenkte. Sie fuhren im Schritttempo und schienen uns keine Beachtung zu schenken.

Was sollten wir tun? Wir folgten ihnen ebenfalls im Schritttempo … Notgedrungen.

Eine Viertelwerst etwa bewegten wir uns auf diese Weise vorwärts. Quälendes Warten … Sich retten, verteidigen … aber wie! Es waren sechs und ich hatte nicht einmal einen Stock bei mir! Kehrtmachen? Aber sie würden uns im Nu einholen. Ich musste an eine Zeile von Shukowski denken (an die Stelle, wo er über den Mord an Feldmarschall Kamenski spricht):

»Verachtenswerte Axt des Räubers …«

Und wenn nicht mit der Axt, so schnüren sie dir mit einem schmutzigen Strick die Kehle zu … und dann ab in den Graben … dort kannst du röcheln und zappeln wie ein Hase in der Schlinge … Verflixt! Sie aber fuhren weiterhin im Schritttempo und schenkten uns keine Beachtung.

»Filofej«, flüsterte ich, »versuch doch mal, sie von rechts zu überholen.«

Filofej versuchte es – er lenkte nach rechts … sie aber lenkten sofort ebenfalls nach rechts … es war unmöglich, vorbeizukommen.

Filofej versuchte es noch einmal: er lenkte nach links … Doch auch hier ließen sie uns nicht überholen. Sie lachten sogar. Also wollten sie uns nicht vorbeilassen.

»So ist es, das Räubergesindel«, flüsterte mir Filofej über die Schulter zu.

»Aber worauf warten sie denn?« fragte ich ebenfalls flüsternd.

»Da vorn in der Senke führt eine kleine Brücke über einen Bach … Dort werden sie uns auflauern! Das machen sie immer so … immer an Brücken. Unser Los ist besiegelt, Barin«, fügte er seufzend hinzu, »lebend werden wir wohl kaum davonkommen; denn die Hauptsache für sie ist doch, alle Spuren zu beseitigen. Nur eines tut mir leid, Barin: meine Troika ist verloren, meine Brüder werden sie nicht erben können.«

Ich hätte mich wundern sollen, dass Filofej sich in dieser Situation noch Sorgen um seine Pferde machte, aber ich gestehe, mir stand der Sinn nicht danach …

»Sie werden uns doch nicht tatsächlich umbringen?« fragte ich mich immer wieder in Gedanken. »Wieso? Ich würde ihnen ja alles überlassen, was ich habe!«

Die Brücke aber kam näher und näher und war immer deutlicher zu erkennen.

Plötzlich erscholl lautes Geschrei, die Troika vor uns bäumte sich gleichsam auf, flog dahin und blieb, als sie die Brücke erreicht hatte, etwas abseits der Straße wie angewurzelt stehen. Mir stockte das Herz.

»Ach, mein lieber Filofej«, sagte ich, »unser Ende ist gekommen. Vergib mir, ich war es ja, der dich ins Verderben gestürzt hat.«

»Es ist nicht deine Schuld, Barin! Seinem Schicksal entkommt man nicht! Na, du Zottliger, mein treues Pferdchen«, wandte sich Filofej an das Deichselpferd, »lauf vorwärts, mein Lieber! Tu uns diesen letzten Dienst! Es ist alles einerlei … Herr im Himmel, steh uns bei!«

Und er setzte seine Troika in Trab.

Wir näherten uns der Brücke und jenem unbeweglich dastehenden, furchterregenden Gefährt … Dort war es still geworden, wie zum Hohn. Kein Mucks! So hält der Hecht inne, der Habicht, jedes Raubtier, wenn sich Beute nähert. Nun waren wir auf gleicher Höhe mit dem Pferdewagen ... plötzlich sprang der Riese im Halbpelz vom Wagen und kam direkt auf uns zu!

Er hatte kein Wort zu Filofej gesagt, doch der zog von selbst die Zügel an ... Unser Wagen hielt.

Der Riese legte beide Hände auf den Wagenschlag, streckte seinen zottligen Kopf vor, lächelte breit und sagte mit leiser, ruhiger Stimme und in der Art der Fabrikarbeiter das Folgende:

»Verehrter Herr, wir kommen von einem ehrbaren Festmahl, von einer Hochzeit nämlich; haben unseren wackersten Burschen verheiratet; haben ihn zur Ruh gebettet, wie es sich gehört; wir sind alle jung und verwegen, haben viel getrunken, nun aber ist nichts mehr da, um den Kater zu vertreiben; wollen Sie nicht die Güte haben, uns ein klitzekleines bisschen Geld zu spendieren, für eine halbe Flasche pro Nase? Wir würden auf Ihre Gesundheit trinken und Euer Ehren gedenken; wenn Sie aber nicht die Güte haben wollen, bitten wir, es uns nicht krummzunehmen!«

»Was hat das zu bedeuten?« ging es mir durch den Kopf. »Macht er sich lustig? Verspottet er mich?«

Mit hängendem Kopf stand der Riese da. In diesem Augenblick brach der Mond durch den Nebel und beleuchtete sein Gesicht. Es schmunzelte, dieses Gesicht, auch an den Augen und den Lippen konnte man es sehen. Eine Drohung war nicht zu erkennen ... Einzig gespannte Aufmerksamkeit ... Und die Zähne, wie weiß und groß sie waren ...

»Aber gern ... hier, nehmen Sie ...«, sagte ich hastig, zog

meine Börse aus der Tasche und nahm zwei Silberrubel heraus; damals waren in Russland noch Silbermünzen in Umlauf. »Bitte, wenn das genügt.«

»Danke gehorsamst!« schrie der Riese nach Soldatenart, und seine dicken Finger ergriffen in Windeseile – nicht die gesamte Börse – nur die beiden Rubel. »Danke gehorsamst!«

Er schüttelte die Mähne und lief zum Wagen zurück.

»Leute!« rief er. »Der Herr Reisende hat uns zwei Silberrubel spendiert!«

Alles brach in schallendes Gelächter aus … Der Riese kletterte wieder auf den Bock …

»Alles Gute!«

Und weg waren sie! Die Pferde zogen an, der Wagen rumpelte einen Berg hoch, noch einmal schimmerte er in der Dunkelheit, die die Erde vom Himmel schied, wurde kleiner und kleiner und verschwand schließlich.

Nun hörte man weder das Rasseln mehr noch das Schreien oder die Schellen …

Totenstill war es geworden.

***

Filofej und ich waren wie betäubt.

»Ach, dieser Spaßvogel!« sagte er schließlich, nahm den Hut ab und bekreuzigte sich. »Tatsächlich, ein Spaßvogel«, fügte er hinzu und drehte sich freudestrahlend zu mir um. »Muss ein guter Mensch sein, wahrhaftig. Ho-ho-ho, ihr Winzlinge, bewegt euch! Es wird euch nichts geschehen! Uns allen wird nichts geschehen! Er war es ja, der uns nicht vorbeigelassen hat; er hat die Pferde gelenkt. Was für ein Spaßvogel! Ho-ho-ho-ho! Gott befohlen!«

Ich schwieg, doch auch mir war nun leicht ums Herz.

»Es wird uns nichts geschehen!« wiederholte ich im Stillen und streckte mich auf dem Heu aus. »Sind billig davongekommen!«

Es war mir sogar ein wenig peinlich, dass ich an den Vers von Shukowski hatte denken müssen.

Plötzlich fiel mir etwas ein:

»Filofej!«

»Ja?«

»Bist du verheiratet?«

»Bin ich.«

»Und hast du Kinder?«

»Ich habe Kinder, ja.«

»Wieso hast du nicht an sie gedacht? Um die Pferde tat es dir leid, aber was war mit deiner Frau und den Kindern?«

»Wieso sollten sie mir leidtun? Sie wären den Räubern ja nicht in die Hände gefallen. Gedacht aber habe ich die ganze Zeit an sie – auch jetzt noch … tja.« Filofej verstummte. »Vielleicht hat uns der Herrgott ihretwegen verschont.«

»Aber wenn es gar keine Räuber waren?«

»Woher soll man das wissen? In eine fremde Seele kann man schließlich nicht hineinsehen. Eine fremde Seele liegt bekanntlich im Dunkeln. Mit Gott aber, da ist es immer besser. Nein … an meine Familie, an die habe ich immer gedacht … Ho-ho-ho, ihr Winzlinge, Gott befohlen!«

Es dämmerte schon, als wir uns Tula näherten. Ich lag im Halbschlaf des Vergessens auf dem Heu …

»Barin«, sagte plötzlich Filofej zu mir, »schauen Sie doch mal; da stehen sie, an der Schenke … das ist doch ihr Wagen.«

Ich hob den Kopf … tatsächlich, sie waren es: ihr Wagen und ihre Pferde. Auf der Schwelle der Wirtschaft erschien plötzlich der bewusste Riese im Halbpelz.

»Herr!« rief er und schwenkte die Mütze. »Wir vertrinken Ihre Rubelchen! Was ist, Kutscher«, fügte er hinzu und deutete mit dem Kopf auf Filofej, »hast wohl einen Schreck bekommen, wie?«

»Ein Scherzbold«, bemerkte Filofej, nachdem wir vielleicht zwanzig Saschen von der Schenke entfernt waren.

Schließlich erreichten wir Tula; ich kaufte Schrot, auch gleich noch Tee, Branntwein und sogar ein Pferd bei einem Pferdehändler. Gegen Mittag machten wir uns auf den Rückweg. Als wir an jener Stelle vorbeikamen, an der wir das Rasseln des Wagens hinter uns zum ersten Mal gehört hatten, brach Filofej, der sich in Tula einen Schwips angetrunken hatte und plötzlich ganz gesprächig geworden war – sogar Märchen erzählte er mir –, als wir also an jener Stelle vorbeikamen, brach er plötzlich in Lachen aus.

»Weißt du noch, Barin, wie ich dauernd zu dir gesagt habe: es rasselt … es rasselt!«

Mehrmals holte er weit mit den Armen aus … Sehr komisch kam ihm dieses Wort jetzt vor.

Am selben Abend kehrten wir zurück in sein Dorf.

Ich erzählte Jermolai, was wir erlebt hatten. Da er nüchtern war, zeigte er keinerlei Regung und brummte nur – ob zustimmend oder vorwurfsvoll, das wusste er wohl selbst nicht. Zwei Tage später aber berichtete er mir aufgeräumt, dass in jener Nacht, als ich mit Filofej nach Tula gefahren war, auf derselben Straße ein Kaufmann ausgeraubt und ermordet worden war. Zuerst wollte ich es nicht glauben; dann aber musste ich es glauben, denn die Richtigkeit bestätigte mir ein Polizeihauptmann, der in Sachen der Untersuchung dieses Falles vorübergeritten kam. Kamen unsere verwegenen Kerle nicht vielleicht von dieser »Hochzeit« und hatten sie vielleicht diesen wackersten Burschen zur Ruh gebettet, wie sich der spaßige Riese ausgedrückt hatte?

Ich blieb noch fünf Tage in Filofejs Dorf. Jedes Mal, wenn ich ihn traf, sagte ich zu ihm: »Na, rasselt es?«

Und jedes Mal antwortete er mir »ein lustiger Mensch« und lachte.

WALD UND STEPPE

Und ganz allmählich zog es und doch stark
Zurück aufs Land ihn, in den dunklen Park,
Wo Lindenbäume groß und schattig stehen,
Der Maienglöckchen keusche Düfte wehen,
Wo runde Weiden sich zum Wasser neigen
Vom Damm des Teichs hinab in stillem Reigen,
Wo Eichen ragen überm grünen Hag,
Wo es nach Hanf und Nesseln riechen mag …
Dahin, dahin, wo freies Feld sich weitet
Und sich wie Samt die schwarze Erde breitet,
Wo Roggen wogt, so weit die Augen reichen,
Wenn sanfte Windeswellen drüberstreichen,
Wo schwer in goldnem Strahl das Sonnenlicht
Aus schimmernd weißen, runden Wolken bricht;
Dort ist es schön …

(Aus einem den Flammen übergebenen Poem)

Meine Aufzeichnungen langweilen die Leser vielleicht schon, so beeile ich mich, sie mit dem Versprechen zu beruhigen, es mit den vorliegenden Fragmenten bewenden zu lassen; zum Abschied aber kann ich nicht anders, als noch ein paar Worte über die Jagd zu verlieren.

Die Jagd mit Flinte und Hund ist an sich schon herrlich, *für sich*, wie man in alten Zeiten sagte; aber nehmen wir an, Sie seien nicht zum Jäger geboren, doch Sie lieben die Natur; folglich kommen Sie nicht umhin, unsereins zu beneiden … So hören Sie denn.

Wissen Sie zum Beispiel, welche Wonne es ist, im Frühling vor dem Morgengrauen aufzubrechen? Sie treten auf die Vortreppe hinaus … Am dunkelgrauen Himmel blinken hier und da die Sterne; bisweilen kommt ein feuchter Windhauch herbeigeweht, wie eine sanfte Welle; man hört das verhaltene, undeutliche Wispern der Nacht; die im Schatten liegenden Bäume rascheln sacht. Schon wird ein Teppich im Wagen ausgebreitet und die Kiste mit dem Samowar zu Füßen hineingestellt. Die Seitenpferde frösteln, schnauben und trappeln elegant auf der Stelle; ein Paar eben erst erwachter weißer Gänse überquert langsam und stumm die Straße. Hinter dem Flechtzaun, im Garten, schnarcht friedlich der Wächter; jeder Laut bleibt gleichsam stehen in der erstarrten Luft, er steht in der Luft und erstirbt nicht. Sie steigen ein; mit einem Ruck ziehen die Pferde an, laut poltert der Wagen … Vorbei geht es an der Kirche, rechts den Berg hinunter, dann über den Damm … Kaum merklich dampft der Teich. Ein wenig kalt ist es, Sie schlagen den Mantelkragen vors Gesicht und werden schläfrig. Geräuschvoll stampfen die Pferde durch die Pfützen; der Kutscher pfeift ein Liedchen. Schon haben Sie vier Werst zurückgelegt … Der Himmelsrand rötet sich; in den Birken erwachen die Dohlen und flattern ungeschickt umher; bei den dunklen Scheunen tschilpen die Sperlinge. Es wird heller, nun sieht man den Weg, der Himmel klart auf, die Wolken schimmern weiß und die Felder grün. In den Katen brennen rot die Kienspäne, hinter den Toren sind verschlafene Stimmen zu hören. Und derweil entflammt die Morgenröte; schon ziehen goldene Streifen über den Himmel, in den Senken ballt sich der Nebel; hell singen die Lerchen, es weht ein Morgenlüftchen und still kommt die purpurne Sonne emporgeschwommen. Nun ergießt sich das Licht übers Land; Ihr Herz erschauert wie ein Vögelchen, das sich schüttelt. Frisch und fröhlich ist Ihnen zumute, eine Freude! Wie weit man sehen kann. Dort, hinter dem Wäldchen, liegt ein Dorf; etwas weiter ein zweites mit einer weißen Kirche, da, auf dem Berg, ein Birkenhain; dahinter Sumpfland, und dorthin fahren Sie …

Schneller, ihr Pferde, schneller. Vorwärts, in scharfem Trab! … Drei Werst noch, nicht mehr. Die Sonne steigt schnell empor; der Himmel ist klar … Ein herrlicher Tag kündigt sich an. Aus einem Dorf kommt Ihnen eine Herde entgegen. Nun sind Sie auf dem Berg … Was für eine Aussicht! Zehn Werst weit windet sich der Fluss dahin, matt blinkt sein Blau durch den Nebel; dahinter feuchte grüne Wiesen; hinter den Wiesen sanfte Hügel; in der Ferne ziehen Kiebitze laut rufend ihre Kreise über dem Sumpf; durch den feuchten Glanz, der die Luft erfüllt, zeichnet sich klar die Ferne ab … ganz anders als im Sommer. Wie frei atmet die Brust, wie munter bewegen sich die Glieder, wie kommt der Mensch, vom frischen Atem des Frühlings erfasst, zu Kräften! …

Und dann im Sommer, an einem Julimorgen! Wer, wenn nicht der Jäger, hat je das Glück empfunden, in der Morgenröte durch das Gehölz zu streifen? Die Spur Ihrer Füße hinterlässt im vom Tau weiß schimmernden Gras einen grünen Pfad. Sie biegen einen feuchten Busch beiseite und schon umgibt Sie das warme Aroma der Nacht; die Luft ist erfüllt von der frischen Bitterkeit des Wermuts, dem Honigduft des Buchweizens und des Wiesenklees; in der Ferne ragt wie eine Mauer ein Eichenwald, rötlich schimmernd glänzt er im Sonnenlicht; es ist noch frisch, doch man spürt bereits das Nahen der Hitze. Süß schwindelt einen von der Fülle der Wohlgerüche. Das Buschwerk nimmt kein Ende … Nur in der Ferne schimmert das Gelb des reifenden Roggens und in schmalen Streifen der rötliche Buchweizen. Da knarrt ein Wagen; langsam kommt ein Bauer gefahren, fürsorglich stellt er sein Pferd in den Schatten … Sie wechseln einen Gruß mit ihm und setzen Ihren Weg fort – das helle Klirren seiner Sense klingt Ihnen hinterher, und die Sonne steigt höher und höher. Schnell trocknet das Gras. Nun ist es schon heiß geworden. Eine Stunde vergeht, eine weitere … Der Himmelsrand färbt sich dunkel; sengende Glut lastet nun schwer in der brütenden Luft.

»Wo findet man hier etwas zu trinken, mein Lieber?« fragen Sie einen Schnitter.

»Dort in der Senke ist ein Quell.«

Durch dichtes Haselnussgesträuch, das in einem Gewirr von rankendem Gras miteinander verflochten ist, steigen Sie hinab auf den Boden der Senke. Tatsächlich: hier verbirgt sich eine Quelle; ein Eichenbusch hat seine Zweige wie Tatzen durstig über dem Wasser ausgestreckt; große, silbrige Blasen steigen glucksend hoch vom Grund, der bedeckt ist von feinem, samtenem Moos. Sie werfen sich auf den Erdboden, trinken sich satt und sind zu träge, sich zu rühren. Sie liegen im Schatten, atmen die duftende Feuchte; Sie fühlen sich so wohl, dort in der Sonne aber glühen die Sträucher, ja, sie scheinen in der Hitze auszubleichen. Doch was ist das? Ein Wind ist aufgekommen und braust herab; die Luft erzittert: es hat doch nicht gedonnert? Sie steigen aus der Senke nach oben … was ist das für ein bleifarbener Streifen am Horizont? Ist die Glut drückender geworden?

Zieht eine Wolke auf? ... Da blitzt es auch schon in der Ferne ... Ja, ein Gewitter! Noch scheint ringsum hell die Sonne: noch kann man jagen. Doch die Wolke wächst: ihr vorderer Rand reckt sich vor wie ein Arm und beschreibt einen Bogen. Das Gras, die Büsche, alles verfinstert sich plötzlich ... Schnell! Fort von hier, dort scheint eine Scheune zu stehen ... Nur schnell! ... Sie erreichen sie gerade noch rechtzeitig, treten ein ... Was für ein Regen! Was für Blitze! Hier und da tropft Wasser durch das Strohdach ins duftende Heu ... Doch bald kommt wieder die Sonne zum Vorschein. Das Gewitter ist vorüber; Sie treten ins Freie. Mein Gott, wie heiter alles ringsum funkelt, wie frisch und rein die Luft ist, wie es nach Erdbeeren und Pilzen riecht! ...

Dann bricht der Abend an. Wie Feuer lodert das Abendrot und überzieht den halben Himmel. Die Sonne versinkt. Die Luft ist besonders durchscheinend, ja kristallklar; in der Ferne ballt sich zarter, warmer Dampf; mit dem Tau legt sich ein roter Schein auf die Auen, die eben noch übergossen waren von Strömen flüssigen Goldes; Bäume, Sträucher und hoch aufragende Heuschober werfen lange Schatten ... Die Sonne ist untergegangen; ein Stern steht am Himmel und blinkt im feurigen Meer des Sonnenuntergangs ... Nun verblasst das Abendrot; der Himmel färbt sich blaugrau; die vereinzelten Schatten schwinden, Nebel wallt durch die Luft. Zeit heimzukehren, ins Dorf, in das Haus, in dem Sie Ihr Nachtlager aufschlagen. Die Flinte über die Schulter geworfen, gehen Sie schnellen Schrittes, ungeachtet der Müdigkeit ... Indessen bricht die Nacht herein; weiter als zwanzig Schritt kann man nicht sehen; die Hunde schimmern nur noch vage im Dunkel. Über den schwarzen Büschen wird plötzlich ein matter heller Schein am Himmel sichtbar … Was ist das? Ein Brand? … Nein, der Mond geht auf. Dort unten aber, rechts, schimmern schon die Lichter des Dorfes … Endlich sind Sie angekommen. Durch das Fenster des Hauses sehen Sie den mit einem weißen Tuch gedeckten Tisch, eine brennende Kerze, das Abendessen …

Oder Sie lassen den leichten offenen Kutschwagen anspannen und fahren auf Haselhuhnjagd in den Wald. Was für ein Vergnügen, auf einem schmalen Weg dahinzufahren, hindurch zwischen hoch aufragenden Wänden von Roggen. Die Ähren streichen Ihnen sacht übers Gesicht, Kornblumen bleiben an Ihren Füßen hängen, die Wachteln schlagen und das Pferd läuft in gemächlichem Trab. Da ist schon der Wald. Schatten und Stille. Stattliche Espen wispern hoch über Ihnen; die langen, herabhängenden Zweige der Birken regen sich kaum; eine mächtige Eiche steht wie ein Recke neben einer schönen Linde. Sie fahren über einen grünen, von Schatten gesprenkelten Waldweg; große, gelbe Fliegen schweben reglos in der golden flimmernden Luft und schwirren plötzlich davon; Kriebelmücken wirbeln in Säulen, hell im Schatten und in der Sonne dunkel, friedlich zwitschern die Vögel. Die goldene Stimme eines Rotkehlchens ertönt in unschuldiger, geschwätziger Freude: wie gut sie zum Duft der Maiglöckchen passt. Weiter, weiter, tiefer hinein in den Wald … Der Wald wird immer dichter … Unbeschreibliche Stille erfüllt die Seele; auch ringsumher ist es schläfrig und still. Doch da kommt ein Windzug auf, die Baumwipfel rauschen wie brandende Wogen. Unter dem braunen vorjährigen Laub sprießt hier und da hohes Gras;

vereinzelt stehen Pilze unter ihren Hüten. Plötzlich springt ein Schneehase auf, der Hund jagt ihm mit lautem Gebell hinterher …

Wie herrlich ist derselbe Wald im Spätherbst, beim Strich der Waldschnepfen! Sie halten sich nicht im tiefen Dickicht auf: man muss sie am Waldrand suchen. Kein Wind weht, weder Sonne noch Licht, noch Schatten, Bewegung oder Geräusch; die weiche Luft ist erfüllt vom Herbstduft, sie duftet wie Wein; zarter Nebel steht über den gelben Feldern in der Ferne. Durch die nackten, braunen Zweige der Bäume schimmert friedlich der reglose Himmel; hier und da hängen letzte goldene Blätter an den Linden. Unter den Füßen federt der feuchte Boden; die hohen, trockenen Grashalme rühren sich nicht; lange Spinnfäden blinken auf dem ausgeblichenen Gras. Ruhig atmet die Brust, das Herz aber ist von seltsamer Unruhe erfüllt. Man geht am Waldrand entlang, schaut nach dem Hund und es kommen einem geliebte Bilder, geliebte Menschen, tote wie lebende, in den Sinn, unverhofft werden längst verblasste Eindrücke wach; die Phantasie strömt dahin, schwingt sich empor wie ein Vogel, alles steht einem klar und lebendig vor Augen. Bald erbebt das Herz, beginnt zu pochen und vorwärtszustürmen, bald versinkt es unwiederbringlich in Erinnerungen. Leicht und rasch rollt das Leben vor einem ab; die gesamte Vergangenheit, alle Gefühle und Kräfte, seine ganze Seele hat man in der Hand. Und nichts ringsum stört, keine Sonne, kein Wind oder Geräusch …

Oder ein klarer, ein wenig kalter, am Morgen frostiger Herbsttag, wenn sich die Birken, wie Märchenbäume, golden am blassblauen Himmel abzeichnen, die niedrigstehende Sonne schon nicht mehr wärmt, doch heller strahlt als im Sommer, der kleine Espenhain funkelt, ganz so, als freue er sich, nackt und bloß dazustehen, wenn auf dem Talgrund noch weiß der Reif schimmert und ein frischer Wind raschelnd das verwelkte Laub vor sich hertreibt, wenn fröhlich blaue Wellen über den Fluss eilen und versprengte Gänse und Enten sich sacht in die Höhe heben; in der Ferne klappert, von Weiden halb verdeckt, eine Mühle, über ihr ziehen, bunt schimmernd, Tauben ihre Kreise in der klaren Luft …

Schön sind auch diesige Sommertage, obwohl Jäger sie nicht lieben. An solchen Tagen kann man nicht schießen: die Vögel, die Ihnen zu Füßen aufflattern, verschwinden sogleich im weißlichen Dunst des reglosen Nebels. Doch wie still, wie unbeschreiblich still es ringsum ist! Alles ist erwacht, doch alles schweigt. Sie kommen an einem Baum vorüber – er rührt sich nicht, genießt den Frieden. Durch den zarten Dunst, der die Luft erfüllt, schimmert vor Ihnen schwarz ein langer Streifen. Sie halten ihn für den nahen Wald; Sie kommen näher – der Wald wandelt sich zu einer hohen Reihe Wermut am Feldrain. Über Ihnen, ringsum – überall Nebel … Doch da kommt ein leichter Wind auf, und ein Stück des blassblauen Himmels tritt schemenhaft aus dem sich lichtenden, gleichsam verdampfenden Dunst, ein goldgelber Sonnenstrahl bricht sich plötzlich Bahn, strömt dahin, fällt auf die Felder, den Hain, dann aber umwölkt sich der Himmel wieder. Lange währt dieser Kampf; doch wie unsagbar herrlich und klar wird der Tag, wenn das Licht schließlich triumphiert und die letzten Wogen des erwärmten Nebels sich bald herabsenken und wie Tischtücher ausbreiten, bald aufsteigen und sich in der hohen, zart leuchtenden Höhe verlieren …

Ein andermal sind Sie auf dem Weg in die Steppe, zu einem abgelegenen Jagdgrund. Zehn Werst sind Sie auf Feldwegen unterwegs gewesen, dann kommt endlich die Landstraße in Sicht. Vorbei an endlosen Wagenkolonnen, an Herbergen vorbei mit dem zischenden Samowar unter dem Vordach, dem sperrangelweit offenstehenden Tor und dem Brunnen, von einem Dorf zum nächsten, durch unübersehbare Felder, an grünen Hanfpflanzungen entlang fahren Sie lange, lange dahin. Elstern fliegen von Weide zu Weide; Bauersfrauen mit langen Rechen in den Händen ziehen aufs Feld; ein Wanderer im abgetragenen Nankingkaftan, das Bündel über der Schulter, schleppt sich langsamen Schrittes voran; eine unförmige Gutsbesitzerkutsche mit einem Sechsergespann großer, ermatteter Pferde kommt Ihnen entgegengerollt. Aus dem Fenster ragt ein Kissenzipfel, und auf dem Wagentritt sitzt auf einem Sack, zur Seite gewandt und sich an einem Strick festhaltend, ein bis an die Brauen bespritzter Lakai im langen Mantel. Dann kommt auch schon die Kreisstadt in Sicht, mit ihren schiefen Holzhäusern, den endlosen Zäunen, den leerstehenden steinernen Kaufmannshäusern und der alten Brücke über der tiefen Schlucht … Weiter, weiter! … Nun sind wir in der Steppe. Man schaut von einem Berg herab – was für eine Aussicht! Runde, niedrige Hügel, bis oben hin gepflügt, mit keimender Saat, ziehen sich in breiten Wellen durchs Land; mit

Buschwerk überwucherte Senken winden sich zwischen ihnen dahin: kleine Haine liegen hier und da wie längliche Inseln verstreut; von Dorf zu Dorf führen schmale Wege; Kirchen schimmern weiß; zwischen Weidengehölz glitzert ein Flüsschen, das an vier Stellen von Wehren gestaut wird; weit hinten auf den Feldern ragen Trappen in langer Reihe in die Höhe; ein altes Herrenhaus mit seinen Wirtschaftsgebäuden, dem Obstgarten und der Tenne schmiegt sich an einen kleinen Teich. Doch Sie fahren weiter, immer weiter. Die Hügel werden flacher, Bäume sind kaum mehr zu sehen. Und dann schließlich liegt sie vor Ihnen – die grenzenlose, unübersehbare Steppe!

Oder eines Wintertags durch hohe Schneewehen auf Hasenjagd zu gehen, die scharfe Frostluft zu atmen, unwillkürlich die Augen zusammenzukneifen, geblendet vom feinen Glitzern des weichen Schnees, sich erfreuen an der grünlichen Färbung des Himmels über dem rötlichen Wald! … Und die ersten Frühlingstage, wenn ringsum alles glänzt, in sich zusammensinkt und es im schweren Dunst des tauenden Schnees schon nach der erwärmten Erde zu riechen beginnt, wenn unter dem schrägen Sonnenstrahl an den vom Eis befreiten Stellen zutraulich die Lerchen singen und mit fröhlichem Getöse und Gebrause sich von Senke zu Senke Schmelzwasserströme ergießen …

Doch es ist an der Zeit zu schließen. Da ich gerade vom Frühling sprach: im Frühling ist es leicht, Abschied zu nehmen, im Frühling zieht es die Glücklichen in die Ferne … Leben Sie wohl, lieber Leser; ich wünsche Ihnen alles erdenklich Gute.

ANHANG

NACHWORT

Die Jagd auf Federwild – eine beliebte Beschäftigung (nicht nur) des russischen Adels und eine Passion Iwan Turgenjews –, das Streifen durch Feld und Flur, über Dutzende von Kilometern, bietet, ein sehendes und verstehendes Auge und ein offenes Herz vorausgesetzt, Gelegenheit, Land und Leute in ihrem Alltag kennenzulernen. So wie der legendäre Held des zum Inbegriff der russischen Literatur gewordenen Romans *Tote Seelen* Tschitschikow durch die russische Provinz fährt und sein Autor Nikolai Gogol bei dieser Gelegenheit der Gesellschaft den Spiegel vorhält, zeichnet auch Iwan Turgenjew mit den aus der Perspektive eines Icherzählers beschriebenen Streifzügen über Land ein Sittengemälde seiner Zeit und beschenkt uns zugleich mit einer Liebeserklärung an die heimatliche Natur. Und wie bei Gogol kann der Titel des Buches in die Irre führen. Genauso wenig wie es in *Tote Seelen* um Schauergeschichten geht, ist bei Turgenjew von der konkreten Jagd die Rede (bis auf sehr wenige Ausnahmen, wenn doch einmal ein Vogel erlegt wird).

Die Formulierung *Aus den Aufzeichnungen eines Jägers* war vielmehr ursprünglich als wohlüberlegtes Ablenkungsmanöver gedacht. Iwan Panajew, der Herausgeber des »Sowremennik« (Der Zeitgenosse), hatte sie als Untertitel für die erste, 1847 in seiner Zeitschrift publizierte Erzählung über das ungleiche leibeigene Freundespaar »Chor und Kalinytsch« gewählt, um nicht den Argwohn der allgegenwärtigen Zensur zu wecken. Später, nachdem die durch den Erfolg von »Chor und Kalinytsch« peu à peu entstandenen und zunächst separat abgedruckten weiteren Skizzen in einer ersten Buchausgabe vereinigt wurden, übernahm Turgenjew diesen Titel für den gesamten Band der *Aufzeichnungen*, die, einer Äußerung von 1874 zufolge, »wahrscheinlich das Bleibendste sind von allem dem, was ich geschrieben« (im Original deutsch*).

Vor uns fächert sich, je weiter wir in der Lektüre voranschreiten, ein Panorama des ländlichen Russland zu Zeiten der Leibeigenschaft auf. Wir tauchen ein in eindrucksvolle Naturschilderungen, Alltagsbeobachtungen, Porträts der Vertreter aller Stände, der Leibeigenen, der freien Bauern, Kaufleute und Gutsbesitzer, lesen mit wachsendem Interesse, Anteilnahme und großem Erkenntnisgewinn, es erschließen sich uns Mechanismen, die bis in das Russland unserer Zeit fortwirken und erfahren auf diese Weise vieles, das zum besseren Verständnis des uns auch heute noch oft rätselhaft erscheinenden Landes beiträgt. »Wer das Dichten will verstehen, muss in's Land der Dichtung gehen; wer den Dichter will verstehen, muss in Dichters Lande gehen«, sagt Goethe. 150 Jahre nach der Erstveröffentlichung der *Aufzeichnungen* könnte man ergänzen: Wer das heutige Russland verstehen will, lese Turgenjews Schilderungen aus der russischen Provinz.

Der poetisch und mit großer Liebe zum Detail beschriebenen Natur seiner Heimatregion setzt Turgenjew in den *Aufzeichnungen* ein in der russischen Literatur wohl nur

* Da Turgenjew das Deutsche beinahe perfekt beherrschte, schrieb er Briefe an seine deutschen Bekannten in deutscher Sprache. Im Folgenden als »i. O. d.« gekennzeichnet.

durch Nikolai Gogols Naturschilderungen übertroffenes Denkmal, zumal sich die beschriebenen Landstriche, ihre Flora und Fauna während der vergangenen hundertfünfzig Jahre vielerorts massiv gewandelt haben, Dörfer verschwunden sind und Sümpfe trockengelegt wurden. In einer biographischen Skizze von 1873 (die Turgenjew in der dritten Person verfasste) gibt er Auskunft über den Stellenwert, den die Naturschilderungen für ihn besaßen: »Im Jahre 1848 war er nahezu entschlossen, Russland zu verlassen und für immer im Ausland zu bleiben [*was T. knapp zehn Jahre später dann tatsächlich tat*]. Die Trauer, die ihn unwillkürlich beim Gedanken an diesen Entschluss befiel, fand ihren Niederschlag in den damals geschriebenen *Aufzeichnungen eines Jägers* – besonders ist sie in den Schilderungen und Bildern der Natur zu spüren, die Turgenjew nie mehr wiederzusehen glaubte.«

Auch kann man die Erzählungen geradezu als ethnologische Aufzeichnungen verstehen, kostbar für uns insbesondere angesichts der gewaltsamen Umbrüche im 20. Jahrhundert. Detailliert werden Sitten und Gebräuche beschrieben, die Willkür der Gutsbesitzer, der Aberglaube, überhaupt Glaubensvorstellungen, Kleidung, Speisen, Gewohnheiten, kurz, das kulturelle, soziale und politische Leben jener Zeit in der Mitte des 19. Jahrhunderts, dessen Widerhall bis in unsere Tage dringt. Die Vielfalt des Figurenreigens, vor allem aber die Porträts der geschilderten leibeigenen Protagonisten, die erstmals in der russischen Literaturgeschichte nicht als stumpfes, beschränktes Dienstpersonal, plumpe Tölpel oder Beiwerk, sondern mit eigenen Gefühlen, Ansichten, mit Intelligenz, ja, überhaupt mit individuellen Zügen ausgestattet und als »Menschen« dargestellt sind, macht die Erzählungen so wertvoll und unverwechselbar. Bei nicht wenigen zeitgenössischen Lesern löste ebendies Unverständnis, ja, gar Empörung aus, man empfand es als anstößig und skandalös, mit den Problemen jener belästigt zu werden, mit denen man laut verbrieftem Recht nach Gutdünken verfahren konnte. Turgenjew war dies beim Schreiben wohl bewusst, weshalb er seine potenziellen Leser in den Texten immer wieder augenzwinkernd anspricht. 29-mal wendet sich der Autor in den Erzählungen direkt an den »lieben Leser«, vergewissert sich, ob seine »geneigten Leser« ihm auch folgen wollen, in Bereiche, vor denen sie gewöhnlich die Augen verschließen. Formulierungen wie »Ich bitte den Leser, mir zu gestatten, dass ich ihm diesen Mann vorstelle«; »die Erlaubnis meiner Leser vorausgesetzt«; »vielleicht aber hat der Leser schon genug davon«; »ich fürchte ohnehin schon, dass ich die Gefühle meiner Leser verletzt habe« ziehen sich als ironische Kommentare durch das Buch …

Von den 25 Texten, die später den berühmten Zyklus bilden sollten, erschienen vorab 21 in der Zeitschrift »Sowremennik«, die erste, »Chor und Kalinytsch«, 1847. Es waren zunächst eigenständige, in loser Folge veröffentlichte Erzählungen, die kein roter Faden miteinander verband, wenn man vom Jäger absieht, der durch die Lande streift. 1852 wurden sie von Turgenjew zu einem Band zusammengefasst (in einer späteren Buchausgabe kamen die Erzählungen »Tschertopchanows Ende«, 1872, »Die lebende Reliquie« und »Es rasselt!«, beide 1874, hinzu).

Über lange Jahre reiften die einzelnen Erzählungen in ihm, wie wir einem Brief an Jelena Blaramberg vom August 1877 entnehmen können, eine Schriftstellerin, die damals am Beginn ihrer literarischen Laufbahn stand: »Ich bin gewiss, Ihr Aufenthalt auf dem Lande wird auch in Bezug auf Ihre literarischen Arbeiten für Sie von Nutzen sein: sammeln Sie möglichst viele Eindrücke – denken Sie aber – vorläufig – noch nicht daran, sie wiederzugeben. Das kommt dann mit der Zeit. Ein Reservoir kann Wasser nicht gleichzeitig aufnehmen und wieder abgeben. Die *Aufzeichnungen eines Jägers* hatten sich ganze zehn Jahre in mir angesammelt.«

Da jedes Druckerzeugnis (selbst ein Kochbuch) in Russland zunächst der Zensurbehörde vorgelegt werden musste, können wir allerdings davon ausgehen, dass Turgenjew sich bereits beim Schreiben einer Selbstzensur unterwarf und bestimmte Probleme nur andeutete, denn offen über die unzähligen Facetten der Leibeigenschaft zu sprechen war insbesondere im Russland der repressiven Herrschaft Nikolais I. ein riskantes Unternehmen. So fragt Turgenjew beispielsweise anlässlich der Veröffentlichung von »Kassjan von der Krassiwaja Metsch« in einem Brief vom 24. März 1851 einen befreundeten jungen Literaten, Jewgeni Feoktistow, »*notgedrungen* [ist] vieles ungesagt geblieben, ich würde gern wissen, ob man versteht, worum es geht?« Und in einem Brief an Theodor Storm vom 30. November 1865 (i. O. d.): »Die besten Menschen wie die besten Bücher sind die, wo man viel zwischen den Zeilen liest.« Dennoch wurden vor Erteilung der Druckerlaubnis für die Zeitschriftenausgaben der einzelnen Texte seitens der Zensurbehörde diverse Kürzungen vorgenommen. Vor Erscheinen der ersten Buchausgabe 1852, die 22 Erzählungen enthielt (zusätzlich zu den bereits vorabgedruckten 21 Texten kam »Zwei Gutsbesitzer« hinzu), überarbeitete

Turgenjew die Erzählungen noch einmal stilistisch, machte viele der Zensurkürzungen stillschweigend rückgängig und legte eine neue Reihenfolge fest.

Nachdem der Band erschienen war, löste er großes Aufsehen aus, vor allem auch, weil Turgenjew einige Monate zuvor für vier Wochen in Polizeigewahrsam gekommen war und anschließend für knapp zwei Jahre auf sein Gut in Spasskoje-Lutowinowo verbannt wurde. In einer von ihm wiederum in der dritten Person verfassten autobiographischen Notiz von 1875 liest sich das so: »Zu einer unwesentlichen Unterbrechung dieser Tätigkeit [*seiner schriftstellerischen Arbeit*] kam es im Jahre 1852, als I. S. anlässlich des Abdrucks seines Artikels über den Tod Gogols, oder genauer gesagt, auf Grund des Erscheinens einer Buchausgabe der *Aufzeichnungen eines Jägers*, für einen Monat in Polizeihaft kam und anschließend auf sein Dorf verbannt wurde.« Hier hat Turgenjew die Ereignisse zeitlich etwas zusammengefasst. Die Verhaftung erfolgte drei Monate vor Erscheinen des Buches, dennoch aber galt die Strafe seiner in den vorabgedruckten *Aufzeichnungen* formulierten jahrelangen offenen Kritik an den unhaltbaren Zuständen im Land.

Lew Tolstois Schwester Marija Tolstaja berichtet über diese vierwöchige Haft, man sei in der Stadt über die harte Strafe nicht minder erstaunt gewesen als er selbst. »Außer Freunden und Bekannten fanden sich bei ihm oder mit Fragen nach ihm im Polizeirevier unzählige Besucher ein. Die schmale Straße, an der es lag, war mit Kutschen vollgestellt, schließlich musste ein Posten abgeordnet werden, um die Ordnung wiederherzustellen und die Kutschen zur schnellstmöglichen Weiterfahrt zu bewegen, da der Polizeichef erfahren hatte, dass Zar Nikolai Pawlowitsch sehr verärgert über die öffentliche Anteilnahme und allgemeine Sympathie für den Inhaftierten gewesen sei.«

Im Rückblick schreibt Turgenjew 1879 an Gustave Flaubert über diese Zeit: »Sie gehen nicht gern spazieren, aber Sie müssen sich dazu zwingen. Ich war einmal im Gefängnis (in Einzelhaft), über einen Monat lang: die Zelle war klein – die Hitze erstickend. Zweimal am Tag trug ich 104 Karten (zwei Spiele) – einzeln – von einer Ecke der Zelle in die andere ... das machte 208 Runden; 416 am Tag – 8 Schritte pro Runde – das ergab über 3300 – fast 2 Kilometer! Möge diese geniale Berechnung Ihnen Mut geben! An den Tagen, an denen ich keinen Spaziergang gemacht hatte, stieg mir alles Blut in den Kopf!«

Während der auf die Inhaftierung folgenden Zeit der Verbannung auf sein Gut nach Spasskoje-Lutowinowo, eine Art erweiterten Hausarrests, konnte er sich zwar frei auf seinen Ländereien bewegen, durfte das Gouvernement Orjol aber nicht verlassen und stand unter Polizeiaufsicht, die er indes nicht selten ignorierte, wie wir aus den Erinnerungen von Marija Tolstaja erfahren: »Wir hatten uns schon vorher kennengelernt, doch wir kamen uns sehr nahe, als Turgenjew als Verbannter in Spasskoje lebte, gerade einmal 18 Werst [19 km] von unserem Pokrowskoje entfernt, und uns täglich besuchte. Er versicherte, dass er mit Bangen zu uns käme, mit einem Schuldgefühl wegen des Verbotenen, da Pokrowskoje ja im Landkreis Tschern lag, er aber die Grenzen des Landkreises Mzensk nicht verlassen durfte und unter ständiger Polizeiaufsicht stand.«

Die in der Nachbarschaft wohnenden Gutsbesitzer scheuten sich zunächst, den unter Beobachtung stehenden

Schriftsteller in Spasskoje zu besuchen, nur die mutigsten wagten es, doch »nachdem die ersten Pioniere in Spasskoje gewesen waren, ohne irgendwelche Folgen für sich gespürt zu haben, taten es ihnen alle anderen gleich und suchten ihn furchtlos in Spasskoje auf«.

Zwar waren der Arrest und die Verbannung auf sein Gut mit einer nicht von der Zensur genehmigten Publikation eines Artikels über den Tod von Nikolai Gogol begründet worden, Turgenjew selbst aber, wie auch seine Umgebung, sah darin eine weiterreichende Strafmaßnahme. In einem aus der Haft geschmuggelten Brief an das Ehepaar Viardot (vom Mai 1852): »Ich befinde mich auf höchste Anordnung im Polizeiarrest, weil ich in einer Moskauer Zeitung einen einige Zeilen langen Artikel über Gogol veröffentlicht habe. Dies diente lediglich als Vorwand, der Artikel selbst ist völlig unbedeutend. Doch man betrachtet mich schon seit langer Zeit voller Misstrauen und hat deshalb die erste sich bietende Gelegenheit ergriffen [...] In zwei Wochen werde ich aufs Land geschickt, wo ich bleiben muss, bis eine neue Order eintrifft. Das alles ist, wie Sie sehen, nicht besonders lustig; doch ich muss dennoch sagen, dass man mich recht menschlich behandelt; ich habe ein gutes Zimmer, Bücher, kann schreiben; in den ersten Tagen konnten mich Bekannte besuchen, aber das wurde dann verboten, da allzu viele kamen. [...] Ich muss Ihnen natürlich nicht sagen, dass all dies der tiefsten Geheimhaltung unterliegt; die geringste Erwähnung, die geringste Andeutung in einer Zeitung reichen aus, um mich für immer zu vernichten.« Und an Moritz Hartmann – in deutscher Sprache verfasst – schreibt er 1863, dass er »im Jahre 1852 mit einem beinahe zweijährigen Exil von Kaiser Nikolaus bestraft [wurde]. Der Vorwand dazu war ein Artikel über Gogol, der eben gestorben war: man wollte nämlich die jungen Schriftsteller einschüchtern« (*zum besseren Verständnis habe ich den »Brief aus Petersburg« in diesen Band aufgenommen, siehe S. 559 ff.*).

Die Druckgenehmigung für die Buchausgabe der *Aufzeichnungen* war im August 1852 nur möglich geworden, weil sich Turgenjew an die weniger strenge Zensurbehörde in Moskau gewandt hatte (statt an jene in der Hauptstadt St. Petersburg). Der mit ihm persönlich bekannte Zensor Fürst Lwow kam seinen Obliegenheiten offenbar nur unaufmerksam nach und musste dies am Ende mit der Amtsenthebung bezahlen, darüber hinaus wurde ihm das Anrecht auf eine Pension gestrichen, für Turgenjew wurden nach der Veröffentlichung des Buchs die Bedingungen in seinem Verbannungsort verschärft.

Was warf man Turgenjew vor? In einem späteren Rapport aus der Zensurbehörde an den Minister für Volksbildung heißt es u. a.: »Ist es beispielsweise angebracht, […] zu zeigen, dass unsere Einhöfer und Bauern, die der Autor in einem Maße poetisiert, dass er Administratoren, Rationalisten, Romantiker, Idealisten, Enthusiasten und Träumer in ihnen sieht (weiß der Himmel, wo er solche gefunden hat!), dass also diese Bauern geknechtet sind, dass die Gutsbesitzer, die der Autor so verhöhnt, indem er sie als Wüstlinge und Tollköpfe zur Schau stellt, sich schamlos und ungesetzlich verhalten, dass die Geistlichkeit auf dem Land vor den Gutsbesitzern liebedienert, dass die Kreispolizeichefs und andere Amtspersonen bestechlich sind und schließlich, dass es besser für die Bauern sei, in Freiheit zu leben?«

Turgenjew wusste, wovon er schrieb, entstammte er doch selbst einer Familie von Grundbesitzern, die zahlreiche Dörfer, Ländereien und mehr als 5000 Leibeigene besaß, über die sie despotisch verfügte. »Den frühen Hass der Sklaverei und Leibeigenschaft hat mir die Umgebung eingeimpft, die herzlich hässlich war«, so Turgenjew in einem in deutscher Sprache an seinen Berliner Freund Ludwig Pietsch verfassten Brief vom April 1875. Pietsch schreibt in seinen Lebenserinnerungen über Turgenjew, er sei ein Mensch »von fast weiblicher Zartheit und Weichheit des Gemüts [gewesen], dessen kräftigste Leidenschaft der tiefe Hass gegen das Unrecht, gegen die Brutalität, gegen die Unmenschlichkeit in jeder Form war und somit am heftigsten durch und gegen die Sünden und Frevel wider Humanität, Recht und Wahrheit erregt werden musste. Und gerade diese sah er, wie in der Geschichte seines eigenen Hauses, überall in seinem ganzen Vaterlande unter der Regierung Nikolais' die unbedingte, grausame Herrschaft führen. Was Leibeigenschaft heißt, hatte er auf seinen elterlichen Besitzungen und denen seiner Nachbarn an der Quelle studieren können. Was brutale Geistesknechtschaft, gewaltsame Erstickung des geistigen Lebens einer ganzen großen Nation sagen will – überall in Russland, in den glänzenden Hauptstädten und ihren Palästen wie in den Hütten des kleinsten Dorfes …«

In seinen Briefen und auch publizistischen Schriften äußerte sich Turgenjew immer wieder über dieses Thema, so in einem Aufsatz von 1868, nachdem 1861 in Russland endlich die Leibeigenschaft aufgehoben worden war und man offener darüber sprechen konnte: »Beinahe alles, was ich um mich herum sah, rief in mir ein Gefühl der Verwirrung, des Unwillens und letztlich der Abscheu hervor. […] Ich musste mich unbedingt von meinem Feind entfernen [*d.h. ins Ausland gehen*], um ihn dann aus ebenjener Ferne umso heftiger anzugreifen. In meinen Augen hatte dieser Feind eine ganz bestimmte Gestalt, und er trug einen bekannten Namen: Dieser Feind war die Leibeigenschaft. Unter diesem Namen fasste ich alles zusammen, wogegen ich entschlossen war, bis zum Ende zu kämpfen, mit dem ich mich nie abzufinden geschworen hatte … Das war mein Hannibalschwur.«

Bis zu seinem Tod lebte Iwan Turgenjew, fern von seinem »Feind«, mit Unterbrechungen in Westeuropa (vor allem in Frankreich und Deutschland), wo fast alle Erzählungen des Zyklus entstanden, ganz ähnlich wie Nikolai Gogol, die große und in ihrer Begabung von keinem der nachfolgenden Schriftsteller erreichte literarische Leitfigur der russischen Schriftsteller (nicht nur) des 19. Jahrhunderts: In *Tote Seelen* heißt es in diesem Zusammenhang: »Russland! oh Russland! ich sehe dich, aus meiner wunderbaren, herrlichen Ferne sehe ich dich […] Warum klingt mir ohne Unterlass dein trauriges Lied im Ohr, das dich in deiner ganzen Länge und Breite, von Meer zu Meer durchtönt? Was hat es damit auf sich, mit diesem Lied? Was ruft mich und schluchzt und greift mir ans Herz? Was sind das für Töne, die mich schmerzlich liebkosen, die in meine Seele dringen und mein Herz berühren?«

***

Dieses Nachwort beschränkt sich auf einige wenige Aspekte im Umfeld der Entstehungsgeschichte der *Aufzeichnungen eines Jägers* und auch dies in geraffter Form. Vieles muss deshalb notgedrungen ungesagt bleiben; zusätzliche Informationen jedoch sind in die Anmerkungen eingegangen. Ausführlich auf Leben und Werk Iwan Turgenjews einzugehen, auf seine bedeutende Rolle in den Ideenkämpfen seiner Zeit zwischen Westlern und Slawophilen, seine großen Verdienste als Brückenbauer zwischen Russland und Westeuropa, ist auf einigen wenigen Seiten kaum möglich. Hingewiesen sei dennoch auf seinen immensen Bekanntenkreis, sein unermüdliches Vermittlerwerk für die westeuropäische Literatur und Kultur nach Russland und die russische Literatur und Kultur nach Westeuropa und nicht zuletzt auf seine Leistungen als Übersetzer (als Beispiele seien nur seine Gogol-Übersetzungen ins Französische genannt, gemeinsam mit Louis Viardot, und die Übersetzung seines Freundes Flaubert ins Russische) …

Ein letztes Zitat aus einem Brief vom August 1874 an Anna Filossofowa sei an den Schluss gesetzt: »Man wirft mir auch einen Mangel an Überzeugungen vor. Die Antwort hierauf kann meine gesamte dreißigjährige literarische Tätigkeit geben. Wegen keiner einzigen von mir geschriebenen Zeile brauchte ich je zu erröten – keine einzige zu widerrufen. Das soll erst mal ein anderer von sich sagen können!«

BRIEF AUS PETERSBURG*

Gogol ist tot! Gibt es eine russische Seele, die diese drei Worte nicht erschüttern? Er ist tot. Der Verlust, den wir erlitten haben, ist so hart, er kam so unerwartet, dass wir es noch immer nicht glauben wollen. Zu einer Zeit, da wir alle hoffen durften, er würde endlich sein langes Schweigen brechen, uns erfreuen und unsere ungestümen Erwartungen übertreffen [*mit der Veröffentlichung des seit zehn Jahren erwarteten zweiten Bandes von »Tote Seelen«*], kam diese verhängnisvolle Nachricht! Ja, er ist tot, dieser Mann, den wir jetzt das Recht haben, ein bitteres, uns durch den Tod verliehenes Recht, einen Großen zu nennen; dieser Mann, dessen Name für eine Ära in der Geschichte unserer Literatur steht; der Mann, auf den wir als auf einen unserer Ruhmreichsten stolz sind! Er ist tot, dahingerafft in der Blüte seiner Jahre, auf dem Höhepunkt seiner Schaffenskraft, ohne das begonnen Werk vollendet zu haben, ganz wie die edelsten seiner Vorgänger … Sein Verlust erneuert den tiefen Schmerz über jene unvergesslichen Verluste der Vergangenheit, wie eine neue Wunde den Schmerz alter Verletzungen wieder aufflammen lässt. Hier und jetzt ist nicht der Ort, über seine Verdienste zu sprechen, dies bleibt der künftigen Kritik überlassen; es ist zu hoffen, dass sie

* Aufgrund dieses Zeitungsartikels wurde Iwan Turgenjew im März 1852 verhaftet (veröffentlicht in »Moskowskije wedomosti«, 13. März 1852, Nr. 32). Ich habe ihn in den Band des *Jägers* aufgenommen, um die näheren Umstände zu verdeutlichen, die zur Verhaftung führten. – V. B.

sich ihrer Aufgabe bewusst sein und ihn unvoreingenommen, doch von Achtung und Liebe geleitet beurteilen wird, wie es Menschen wie ihm angesichts der Nachwelt zukommt; uns steht der Sinn jetzt nicht danach, wir möchten lediglich einen Widerhall jenes großen Kummers zum Ausdruck bringen, den wir allüberall verspüren; nicht beurteilen möchten wir ihn, sondern beweinen; wir sind heute nicht imstande, ruhig über Gogol zu sprechen … das über alles geliebte, so überaus vertraute Bild verschwimmt vor den tränenfeuchten Augen … An dem Tag, an dem ihn Moskau zu Grabe trägt, möchten wir der Stadt von hier aus die Hand reichen und uns mit ihr im Gefühl der gemeinsamen Trauer vereinen. Wir konnten ihm nicht noch einmal ins leblose Antlitz schauen; wir senden ihm jedoch von fern unseren Abschiedsgruß – voller Ehrfurcht zollen wir seinem frischen Grab den Tribut unseres Schmerzes und unserer Liebe, es war uns nicht vergönnt, wie die Moskauer eine Handvoll Heimaterde hineinzustreuen! Der Gedanke, dass seine Hülle in Moskau ruhen wird, erfüllt uns mit trauriger Genugtuung. Ja, mag er dort ruhen, in diesem Herzen Russlands, das er so genau kannte und liebte, so innig liebte, nur oberflächliche oder kurzsichtige Menschen spüren sie nicht, die Anwesenheit dieser Flamme der Liebe in jedem seiner Worte! Wie unsagbar schwer für uns, glauben zu müssen, dass die letzten, reifsten Früchte seines genialen Geistes für uns unwiederbringlich verloren sind, voller Entsetzen vernehmen wir die schrecklichen Gerüchte über ihre Vernichtung … [*d.h. die Vernichtung des druckreifen Manuskripts des zweiten Bandes von »Tote Seelen«, das Gogol unmittelbar vor seinem Tod verbrannte*] …

Auf jene wenigen Menschen, denen unsere Worte übertrieben oder gar unangebracht vorkommen, lohnt es wohl kaum einzugehen … Der Tod hat eine reinigende und versöhnende Kraft; üble Nachrede und Neid, Feindschaft und Missverständnisse – alles verstummt schon angesichts des allergewöhnlichsten Grabes, wie viel mehr erst über dem Grabe Gogols. Welches auch immer der endgültige Platz ist, dem ihm die Geschichte zuweisen wird, wir sind überzeugt, dass es niemand ausschlägt, mit uns zu sagen: Friede seiner Asche, ewiges Gedenken seinem Leben, ewiger Ruhm seinem Namen!

T…w.

***

Soweit der Wortlaut des inkriminierten Artikels Iwan Turgenjews vom 13. März 1852. Auf sämtliche Ereignisse und Reaktionen Turgenjews im Zusammenhang mit Gogols Tod kann hier nicht eingegangen werden. Die im Folgenden ausgewählten Zitate mögen zumindest einen kleinen Einblick vermitteln.

Am 27. Februar 1852 schrieb Turgenjew aus St. Petersburg Pauline Viardot (seiner engsten Vertrauten, der auf allen großen Opernbühnen umjubelten Sängerin, Komponistin und Gesangspädagogin, der er vierzig Jahre lang in inniger Freundschaft, ja Liebe verbunden war): »Ein großes Unglück hat uns getroffen. Gogol ist in Moskau gestorben […] Sie können sich das ganze Ausmaß dieses so bitteren, alles umfassenden Verlustes kaum vorstellen. Kein Russe, dessen Herz in diesem Augenblick nicht blutet. Er war uns nicht nur Schriftsteller: er hat uns erkennen lassen, wer wir sind; in vielerlei Hinsicht war er für uns ein Nachfolger Peters des

Großen. Möglicherweise werden Ihnen diese Worte übertrieben erscheinen, vom Leid hervorgerufen, doch Sie kennen ihn nicht; Sie kennen nur die unbedeutendsten seiner Werke [*die von Turgenjew ins Französische übersetzt worden waren, »Taras Bulba«, »Aufzeichnungen eines Wahnsinnigen«, »Die Kalesche«, »Gutsbesitzer aus alter Zeit«, »Der Wij«*], doch selbst wenn Sie alle kennen würden, wäre es dennoch schwer für Sie zu verstehen, was er uns war, man muss Russe sein, um dies zu fühlen. Die scharfsinnigsten und klügsten der Ausländer wie beispielsweise Mérimée haben in Gogol lediglich einen Humoristen englischen Typs gesehen, seine historische Bedeutung ist ihnen völlig entgangen. Ich wiederhole, man muss Russe sein, um zu begreifen, wen wir verloren haben.«

Und an den befreundeten Publizisten Iwan Aksakow, am 3. März 1852: »Ich sage es Ihnen ohne zu übertreiben, seit ich denken kann, hat mich nichts so sehr erschüttert wie der Tod Gogols […], dieser schreckliche Tod – ein historisches Ereignis – ist nicht sofort zu begreifen; es ist ein Geheimnis, ein schmerzliches, schreckliches Geheimnis – man muss versuchen, es zu entschlüsseln … doch der, der es zu entschlüsseln vermag, wird keinen Trost finden … darin sind wir uns alle einig. Das tragische Schicksal Russlands findet bei jenen Russen sein Echo, die seinen Ursprüngen am nächsten stehen – kein Mensch kann das Ringen eines ganzen Volkes in seinem Innern aushalten, nicht einmal der allerstärkste – Gogol ist daran zerbrochen! […]. Alle aufrechten Menschen müssen jetzt, mehr denn je, zusammenstehen. Möge der Tod Gogols zumindest diesen Nutzen haben …«

Fast zwei Jahrzehnte später notierte Turgenjew 1869 in Baden-Baden, aus welchem Grund der an sich harmlose »Brief aus Petersburg« den Anlass für seine Verhaftung und die sich anschließende zweijährige Verbannung auf sein Gut hatte liefern können:

»Ich sandte diesen Artikel an eine der Petersburger Zeitungen; ausgerechnet zu jener Zeit aber war eine Verschärfung der ohnehin schon strengen Zensur in Kraft getreten [...] Mein Artikel erschien an keinem der folgenden Tage. Als ich den Herausgeber [*Andrej Krajewski, Herausgeber der Tageszeitung »St. Peterburgskije wedomosti«*] auf der Straße traf, fragte ich ihn, was das zu bedeuten habe. ›Sehen Sie sich die Wetterlage an‹, antwortete er allegorisch, ›daran ist nicht zu denken.‹ – ›Der Artikel ist doch aber völlig harmlos‹, sagte ich. ›Harmlos oder nicht‹, entgegnete der Herausgeber, ›das ist ganz einerlei; wir haben Anweisung, den Namen Gogol nicht zu erwähnen. Sakrewski [*Arseni Sakrewski, der damalige gefürchtete Generalgouverneur von Moskau, der persönlich über die Einhaltung der Ordnung während der Trauerfeierlichkeiten wachen sollte, da man politische Demonstrationen befürchtete*] hat mit dem Andreasband an der Beerdigung teilgenommen [*der am blauen Band getragene Andreasorden war der höchste Orden im Kaiserreich*]: damit wird man hier nicht fertig.‹ Bald darauf erhielt ich von einem Moskauer Freund einen Brief voller Vorwürfe: ›Wie kann das sein!‹, erregte er sich, ›Gogol ist tot und keine einzige Zeitung bei Euch in Petersburg schreibt darüber [*die beiden Hauptstädte standen in Konkurrenz, zu jener Zeit war Sankt Peterburg die offizielle Hauptstadt Russlands*]! Dieses Schweigen ist eine Schande!‹ In meiner Antwort erklärte ich meinem Freund –

zugegebenermaßen in recht scharfen Worten – den Grund für dieses Schweigen und legte ihm als Beweis meinen verbotenen Artikel bei. Er leitete ihn sofort zur Prüfung an den damaligen Kurator des Bezirks Moskau weiter, General Nasimow [*Wladimir Nasimow, für Gymnasial- und Universitätsbelange in Moskau zuständig und gleichzeitig Vorsitzender der Moskauer Zensurbehörde*] und erhielt von ihm die Genehmigung, ihn in den ›Moskowskije wedomosti‹ abzudrucken. Dies geschah Mitte März, und am 16. März wurde ich wegen Ungehorsam und Verstoß gegen die Zensurbestimmungen für einen Monat in Polizeigewahrsam genommen (die ersten vierundzwanzig Stunden verbrachte ich in der Arrestzelle und plauderte mit einem ausgesucht höflichen und gebildeten Polizeiunteroffizier, der mir von seinem Spaziergang im Sommergarten erzählte und vom ›Aroma‹ der Vögel), später [*nach einem Monat*] wurde ich in mein Dorf geschickt. […] Ich beabsichtige aber keinesfalls, die damalige Regierung anzuklagen; der Kurator des Bezirks St. Petersburg, der bereits verstorbene Mussin-Puschkin, stellte aus mir unverständlichen Gründen den gesamten Vorgang als offenen Ungehorsam meinerseits dar; er zögerte nicht, der höchsten Instanz zu versichern, er habe *mich persönlich einbestellt und mir persönlich das Verbot des Zensurkomitees mitgeteilt, meinen Artikel zu drucken* (das Verbot seitens der Zensur der einen Zensurbehörde stand – gemäß den geltenden Bestimmungen – allerdings nicht der Möglichkeit im Wege, meinen Artikel einem anderen Zensor vorzulegen), *ich aber habe Herrn Mussin-Puschkin nie im Leben gesehen und keinerlei Unterredung mit ihm gehabt.* Die Regierung konnte natürlich einen hohen Beamten, eine Vertrauensperson, nicht verdächtigen, die Wahrheit zu verzerren! Doch es hat alles sein Gutes; der Aufenthalt in der Haft und später auf dem Land war mir unzweifelhaft von Nutzen: er brachte mir Seiten des russischen Alltags nahe, die bei einem normalen Gang der Dinge meiner Aufmerksamkeit vermutlich entgangen wären […].«

ZUR NEUÜBERSETZUNG

Es muss also doch etwas an uns sein,
wenn die Deutschen,
die unsereinem sonst keine Liebe
und kein Vertrauen entgegenbringen,
uns übersetzen …

I. Turgenjew an A. Pissemski,
Baden-Baden, 21.12.1869

… und zwar immer wieder aufs Neue! Bereits vor Erscheinen der russischen Buchausgabe der *Aufzeichnungen eines Jägers* (ab 1847 waren die Erzählungen in loser Folge in der St. Petersburger Zeitschrift »Sowremennik« abgedruckt worden) erschienen 1852 in der »Novellen-Zeitung« in Leipzig die ersten Texte in deutscher Sprache, übersetzt von August Viedert, einem Russlanddeutschen aus Moskau. 1854 brachte Viedert dann unter dem Titel *Aus dem Tagebuche eines Jägers* zehn der Erzählungen in Buchform heraus, ein zweiter Band mit weiteren Erzählungen des Zyklus wurde, zu Turgenjews Enttäuschung, 1855 in der – offenbar sehr fehlerhaften – Übersetzung von August Boltz publiziert. In seinen Briefen klagte Turgenjew nicht selten über die Übersetzungen seiner Werke. So machte er seinem Ärger über die Übersetzung des Romans *Rauch* ins Deutsche in einem Brief an den Berliner Freund Ludwig Pietsch in drastischen Worten Luft: »In Mitau hat man eine Separatausgabe gedruckt, zu der ich leider die Autorisation gegeben habe – das ist das Grandioseste von ärgerlich bornirter Schweinerei! Alles Lebendige unbarmherzig ausgemerzt – ein Caput mortuum von Gemeinplätzen. Und das Schwein von einem Buch wird überall herumgeschickt [...] Es ist zum Vomieren.«*

1875 folgte eine weitere deutsche Ausgabe, *Skizzen aus dem Tagebuche eines Jägers*, von namentlich nicht überlieferten Übersetzern der »Mitauer Ausgabe«, die Turgenjew »viel zu schaffen« machte. An den Verleger Bernhard Erich Behre in Mitau (heute Jelgava), der Hauptstadt von Kurland: »Ich muss Sie bitten, die beiden neuen Fragmente einem *guten* Übersetzer anzuvertrauen«. Und bald darauf: »... der Übersetzer ist nicht sehr stark im Russischen« – »Nein – einen so miserablen Übersetzer hat es noch nicht gegeben« – »Der Herr Übersetzer hat eine höchst oberflächliche Kenntnis der russischen Sprache; jedes nicht ganz gewöhnliche Wort, jede etwas originelle Wendung ist ihm wildfremd, und er stürzt sich dann in das so missliche Reich des ›Ungefähr‹, wobei die wunderlichsten, unglaublichsten Sachen herauskommen!! Zu hunderten könnte ich Ihnen die Exempel zitiren, wo der Sinn des Originals geradezu auf den Kopf gestellt wird! [...] Das kann nicht so weitergehen.«

***

Bis 2004 erschienen elf weitere Übersetzungen ins Deutsche, deren Titel leicht variierten (*Federzeichnungen eines Jägers*; *Memoiren eines Jägers*; *Erzählungen eines Jägers* und

* Dieses wie auch die folgenden Turgenjew-Zitate sind im Originalwortlaut wiedergegeben, Turgenjew beherrschte das Deutsche wie auch das Französische nahezu perfekt.

eine Auswahl mit dem Zusatz *Jäger, Bauern und Barone. Aufzeichnungen eines Jägers*).

Nun stellt sich die Frage: Warum ein Buch neu übersetzen, von dem es bereits ca. ein Dutzend Übersetzungen ins Deutsche gibt? Jeder meiner Vorgänger* wird eigene Beweggründe gehabt haben. Uns alle eint aber sicherlich die Liebe zur russischen Literatur allgemein, die Hochachtung vor Iwan Turgenjew im Besonderen und wohl auch das Bedürfnis, Brücken zwischen den Ländern und Kulturen zu schlagen. Gemeinsam ist uns ganz sicher auch, was Turgenjew folgendermaßen ausdrückte: »Dass ich mein Vaterland dem europäischen Publicum etwas näher gerückt habe – betrachte ich als das große Glück meines Lebens.«

Ich meinerseits empfinde es als großes Glück und besondere Ehre, mich in die Reihe meiner Vorgänger einreihen zu dürfen und den deutschen Lesern möglicherweise ebenfalls nicht nur Turgenjews Vaterland, sondern darüber hinaus Iwan Turgenjew selbst ein wenig nähergebracht zu haben, denn auch wenn es sich beim Jäger um eine literarische Figur handelt, so ist doch unschwer der Autor dahinter zu erkennen.

* In chronologischer Folge jene, deren Namen bekannt sind (nicht immer wurde in früherer Zeit im Buch auch der Name des Übersetzers vermerkt), wobei hier nur die im *deutschen Sprachraum* erschienenen Übersetzungen erwähnt werden (einige Erzählungen erschienen in deutscher Übersetzung auch in deutschsprachigen Zeitschriften in Russland): August Viedert, August Boltz, Manfred von der Ropp, Alexis Markow, Hans Moser, Benno Baron Toll, Alexander Eliasberg, Dora Berndl-Friedmann, Johannes von Guenther, Herbert Wotte, Elisabeth und Wladimir Wonsiatsky und Peter Urban.

Aus dem intensiven Zwiegespräch mit Iwan Turgenjew während der Arbeit an diesem Buch sind mir viel Kraft und Anregungen zugeflossen, ich konnte zahlreiche Erkenntnisse gewinnen und wäre glücklich, wenn es den Lesern ebenso ginge. Vielleicht kann die Lektüre der *Aufzeichnungen,* die anlässlich des 200. Geburtstags des großen russischen Europäers am 9. November 2018 in dieser Neuübersetzung erscheinen, auch dazu beitragen, manches rätselhaft Erscheinende im heutigen Russland besser zu verstehen. »Russland ist doch ein Mitglied der europäischen Familie und werth, besser bekannt zu werden, besonders von den Deutschen«, wie Turgenjew es formulierte.

***

Jeder Übersetzer nähert sich einem fremdsprachigen Text auf seine Weise, mit seinem Vokabular, seinen Gefühlen, seinem Wissen und seinen Erfahrungen. Es versteht sich, dass ein jeder bemüht ist, so gut wie möglich den Wortlaut, den Stil, die Tonlage, den Rhythmus des Originals wiederzugeben. Die heutige Übersetzerzunft ist gegenüber unseren früheren Kollegen allerdings sehr privilegiert, denn der Werkzeugkasten hat sich im Laufe der Jahrhunderte, ja Jahrzehnte immens gewandelt und zu unseren heutigen Gunsten sehr vergrößert. Wir haben im 21. Jahrhundert die Möglichkeit, auf eine immense Zahl von Quellen und wissenschaftlichen Erkenntnissen in Bibliotheken, Archiven, Universitäten und Akademien in aller Welt zurückzugreifen, die zur gründlichen Entschlüsselung eines Textes über Sprachbarrieren, Zeit- und Ländergrenzen hinweg beitragen. Sie zu nutzen war noch vor wenigen Jahren völlig undenkbar. Das Gleiche gilt für historische Lexika, die für die

Arbeit an einem Werk aus dem 19. Jahrhundert unverzichtbar sind. Zwar erhöht sich die aufgewendete Arbeitszeit durch die intensive Recherche erheblich, doch welch Geschenk, wenn versunkene Welten, Verhaltensweisen, Gebräuche, Redewendungen oder Zusammenhänge auf diese Weise lebendig und verständlich werden. Im Ergebnis kann der Erkenntnisgewinn schließlich als »Mehrwert« in die Übersetzung oder den Kommentar einfließen und auf diese Weise in den Anmerkungen zusätzliches Zeit- und landeskundliches Kolorit liefern und auch manche der geschilderten Situationen oder Fakten plastischer verdeutlichen, denn was zwischen den Zeilen mitschwingt und von Turgenjews Zeitgenossen mühelos verstanden wurde, erschließt sich heutigen Lesern nicht mehr in jedem Fall.

Ein besonders kurioses Beispiel sei hier zur Illustration zitiert: Der Einhöfer Owsjanikow (in der gleichnamigen Erzählung) berichtet dem Jäger von einem lasterhaften Gutsherrn: »Er war ein Trunkenbold und hat gern auch andere freigehalten, und wenn er was getrunken hatte und auf Französisch ›c'est bon‹ gesagt und sich die Lippen geleckt hat, hätte man am liebsten *alle Heiligenbilder rausgetragen*!« Man liest diese Wendung und ahnt natürlich, was damit gemeint sein könnte. Welche Hochstimmung stellt sich aber ein, wenn man nach langer, mühseliger Suche in diversen Quellen plötzlich auf eine anschauliche Schilderung der Hintergründe für diese Redewendung stößt! In einem Buch aus dem 17. Jahrhundert fand ich eine Beschreibung dieser »Vorsichtsmaßnahme« durch den Holländer Jans Janszoon Struys, den ausgedehnte Reisen auch nach Russland führten. Struys beschreibt das Verhalten der Moskowiter, die zunächst das Kreuz von der Brust nahmen und darauf achteten, dass im Zimmer kein Heiligenbild hing, wenn sie sich Ausschweifungen hingaben. War aber nur ein einziger Raum vorhanden, so mussten zunächst die Ikonen zugedeckt werden. Bei Struys (in einer Übersetzung ins Deutsche aus dem 17. Jahrhundert) liest sich dies folgendermaßen: »Jedoch halten sie sich ehrbar und abergläubisch in auswendigen Manieren und beschlafen selten eine Frauensperson, ehe und bevor sie ihr Taufkreuz abgelegt haben. Sie tun keine Unzucht wo Bilder stehen und so es anderswo nicht geschehen kann, bedecken sie dieselbigen, halten das Gegenteil für größere Sünde und Unreinigkeit als die Hurerei selbst. Eben als ob Gottes allsehende Augen weniger als die blinden Bilder müssten gescheut werden.«*

Eine wahre Fundgrube für das Verständnis von heute nicht mehr geläufigen Realien oder Zusammenhängen sind auch deutschsprachige Enzyklopädien aus der Epoche, in der die *Aufzeichnungen* entstanden sind. So bietet die *Oeconomische Encyclopädie oder allgemeines System der Staats- Stadt- Haus- und Landwirthschaft* von Johann Georg Krünitz mit ihren 242 Bänden (und insgesamt ca.

* Joh. Jansz. Straußens sehr schwere, wiederwertige und denckwürdige Reysen durch Italien, Griechenland, Lifland, Moscau, Tartarey, Meden, Persien, Türckey, Ost-Indien, Japan und unterschiedliche andere Länder. Worinnen außerhalb der gewissen gründlichen Beschreibung ermeldeter Oerter und derer Eygenschafft und Natur wunderliche Zufälle und wahrhafftige Geschichte angewiesen werden, welche der Author selbst durch gefährliche Schiffbrüche, Plünderungen, schwere Dienstbarkeit, unter den Türcken, Persiern und Tartern, grosse Hungersnoth, Marther und vielerley Ungemach ausgestanden. Aus dem Holländischen übergesetzet von A. M., Amsterdam 1678.

170 000 Seiten), die bis zur Mitte des 19. Jahrhunderts erarbeitet wurde, ein beinahe unversiegbares Reservoir an Schätzen, die geradezu darauf warten, gehoben zu werden (und aus denen ich in den Anmerkungen immer wieder zitiert habe). Nicht genug danken kann man der Universitätsbibliothek Trier, in der im Rahmen eines Digitalisierungsprojektes »der Krünitz« in einer sehr gut recherchierbaren elektronischen Version zugänglich gemacht wurde. Wenn es in »Der Dorfschulze« beispielsweise heißt: »Der Nachtwächter schlug auf seine *Eisentafel*«, stutzt man zunächst. Was könnte gemeint sein? Sagt man es im Deutschen so oder doch anders? Die *Oeconomische Encyclopädie* gibt unter dem Stichwort »Nachtwächter« auf 47 (!!) Seiten über die Gepflogenheiten der Nachtwächter in aller Welt Auskunft und man erfährt: »Sogar in St. Petersburg ist die Gewohnheit, dass die Wächter, welche auf einzelnen Höfen, oder in gewissen Theilen der Stadt gehalten werden, die Stunden durch Schlagen auf eine frey hangende eiserne Tafel anzeigen«, so dass auch dieser Brauch belegt und erläutert werden konnte, wobei anzumerken ist, dass man sich im »Krünitz« mit Vergnügen festliest und wunderbare Entdeckungen machen kann.

Das *Deutsche Wörterbuch* von Jacob und Wilhelm Grimm war mir bei der Suche nach dem richtigen Wort im Deutschen ebenfalls eine wichtige Quelle, insbesondere um bei der Wiedergabe des Textes den Sprachstand der Mitte des 19. Jahrhunderts zu wahren, dabei aber auch heute noch geläufige Ausdrücke zu verwenden wie *Dickwanst, Dummerjan, Hinterwäldler, Luder, papperlapapp, scharwenzeln, schwafeln, spendieren,* Redewendungen wie *einen Abstecher machen, aus der Klemme helfen, vor die Hunde gehen* usw., die den Erzählungen eine leichte Patina verleihen, ohne altertümelnd zu wirken.

Auch und immer wieder lieferte mir die Lektüre von Werken Theodor Fontanes, der Turgenjews Zeitgenosse war, wertvolle Anregungen, um mittlerweile aus dem Sprachgebrauch verschwundene Begriffe, Wörter und Redewendungen im Deutschen adäquat wiederzugeben. So heißt es in »Der Himbeerquell und in »Zwei Gutsbesitzer«, zur Strafe seien junge Männer »unter die Soldaten gesteckt worden«. Im *Stechlin* findet sich dazu: »›Na, na‹, sagte Czako. ›Da hab' ich doch noch diese letzten Tage von einem armen russischen Lehrer gelesen, der *unter die Soldaten gesteckt wurde* …‹«, womit sich der Gebrauch dieser Wendung im Deutschen belegen ließ.

Bei den so beeindruckenden, reich in die Texte eingestreuten Beschreibungen der Natur (gewissermaßen ebenfalls ein wichtiger »Protagonist« im *Jäger*-Band) fand ich Trost und Verständnis bei Kurt Tucholsky, wenn sich die Wiedergabe im Deutschen allzu schwierig gestaltete. In seinem Essay »Mir fehlt ein Wort« schreibt Tucholsky: »Ich werde ins Grab sinken, ohne zu wissen, was die Birkenblätter tun. Ich weiß es, aber ich kann es nicht sagen. Der Wind weht durch die jungen Birken; ihre Blätter zittern so schnell, hin und her, dass sie . . . was? Flirren? Nein, auf ihnen flirrt das Licht; man kann vielleicht allenfalls sagen: die Blätter flimmern . . . aber es ist nicht das. Es ist eine nervöse Bewegung, aber was ist es? Wie sagt man das? […] Steht bei Goethe ›Blattgeriesel‹? Ich mag nicht aufstehen, es ist so weit bis zu diesen Bänden, vier Meter und hundert Jahre. Was tun die Birkenblätter?«

Ja, was tun sie nur, wie das richtige Wort im Deutschen

finden? Iwan Turgenjews bisweilen überbordende, gefühlvolle Beschreibungen der Natur, die von großer Sehnsucht nach seiner Heimat zeugen (die meisten der hier versammelten Erzählungen schrieb er im Ausland), waren mir eine besondere Herausforderung, musste ich doch versuchen, sie zumindest annähernd so poetisch im Deutschen wiederzugeben, wie sie im russischen Original klingen. Da ist die Rede vom »geschwätzigen Rascheln« der Blätter, sie »zitterten in der Höhe« oder »rauschten sacht«, sie »raschelten und murmelten«, bald sind sie »durchscheinend wie Smaragde, bald verdichten sie sich zu einem golden schimmernden, fast schwarzen Grün«. – »Irgendwo, weit, weit entfernt, am Ende eines dünnen Zweiges, steht unbeweglich ein einzelnes Blatt vor einem blauen Stück des klaren Himmels, neben ihm schaukelt ein zweites und gemahnt mit seiner Bewegung an das Spiel der Schwanzflosse eines Fisches, als sei es eine willkürliche, und nicht vom Wind verursachte Bewegung. [...] plötzlich geht ein Zittern durch dieses Meer, und die gleißende Luft, die sonnenübergossenen Zweige und Blätter, alles erbebt in flüchtigem Glanz, ein munteres zitterndes Rauschen hebt an, dem endlosen, leisen Plätschern der plötzlich heranrollenden Dünung gleich.«

Was wohl Kurt Tucholsky dazu sagen würde?

Eine unerschöpfliche Quelle von Hintergrundinformationen boten auch Turgenjews Briefe. Durch ihre Lektüre und das Studium und Durchforsten der Erinnerungen zahlreicher Zeitgenossen an Iwan Turgenjew konnte ich in den Anmerkungen biographische Parallelen aufzeigen, aber auch manche landeskundlichen Eigenheiten verstehen, beispielsweise den russischen Begriff клин; klin, der wegen seiner Spezifik nicht übersetzbar ist. Turgenjew erläuterte in einem Brief an Ludwig Pietsch, was darunter zu verstehen ist:

«Hier mein werther Freund, die umständliche Erklärung [...] Das ganze urbare Land eines Guts wird nach altem Brauch (und bis jetzt noch) in 3 *gleiche* Teile geteilt: der eine Teil wird mit Roggen, der zweite mit Hafer, Buchweizen etc. besäet, der dritte liegt *brach*, und jedes Jahr wird damit gewechselt. Das ist eine primitive Kultur, besteht aber bis jetzt und wird die Dreiackerwirtschaft genannt. Nun kommt noch dazu Wald u. Wiesen, wo Heu gemäht wird und endlich noch das sogenannte unbrauchbare Land (entweder schlechtes, oder Garten, Parks; Wohnungsland überhaupt). Jeder der 3 Teile heißt auf Russisch ›*Klin*‹.«

Übersetzen lässt sich der Begriff dennoch nicht, so dass ich ihn lediglich mit »Acker« wiedergegeben habe, in den Anmerkungen jedoch konnte dank Turgenjews Erklärung der Hintergrund aufgezeigt werden.

Auch die 86 digitalisierten Bände des russischen Konversationslexikons von Brockhaus-Jefron waren mir bei der Arbeit eine große Hilfe, um aus dem Sprachgebrauch verschwundenen russischen Begriffen, Realien und Zusammenhängen auf die Spur zu kommen.

Und natürlich ist dank der Möglichkeit der elektronischen Kommunikation via E-Mail mit Literaturwissenschaftlern und russischen Turgenjew-Spezialisten in Russland und anderswo die Klärung von schwierigen Problemen heute immens erleichtert.

***

EINIGE ANMERKUNGEN ZUR TEXTGESTALT

Die Namen: Im Russischen existiert eine Vielzahl von Ableitungen der Vornamen wie auch – je nach Situation – von Nuancen des Vatersnamens. Wenn im Text ein und dieselbe Person entweder Michajla oder Michajlo, Fjodor oder Fedja genannt wird, oder die Vatersnamen variieren, Iwan Matweitsch oder Iwan Matwejewitsch, Sachar Trofimytsch oder Sachar Trofimowitsch, Iwan Alexeitsch oder Iwan Alexejewitsch, Michej Andreitsch oder Michej Andrejewitsch usw., so signalisiert dies entweder eine familiäre, vertrauliche (Fedja/-itsch/-ytsch) oder eine neutrale, offizielle Anrede (Fjodor/-owitsch/-ewitsch).

Im deutschen Text wurden einige russische Begriffe belassen wie *Batjuschka, Matuschka, Barin, Domowoi* usw., da sich die darin mitschwingenden Nuancen im Deutschen nicht immer knapp und adäquat wiedergeben lassen. Sie wurden jeweils in den Anmerkungen erklärt.

In den Band aufgenommenes Zusatzmaterial: Neben zahlreichen Zitaten aus Briefen und anderen Quellen, die in die Anmerkungen eingeflossen sind, habe ich Iwan Turgenjews im März 1852 in einer Moskauer Zeitung veröffentlichten »Brief aus Petersburg« über den Tod Nikolai Gogols in den Band aufgenommen, um zu verdeutlichen, was den Anlass für Turgenjews Haft und Verbannung lieferte.

Die dem Band beigegebenen, bisweilen ausführlichen Anmerkungen zum Text wie auch das Nachwort verstehen sich als Angebot und wollen Hintergründe, Zwischentöne und kulturelle Gegebenheiten beleuchten, nicht aber Interpretation sein.

Mutete eine Formulierung bisweilen seltsam an, wie beispielsweise der »gekünstelt lächelnde Hund« (»Chor und Kalinytsch«), so habe ich für all jene, die nicht unbedingt Hundespezialisten sind und darüber stolpern könnten, in einer Anmerkung zur Erläuterung einen Satz aus einer anderen *Jäger*-Erzählung zitiert (»Jermolai und die Müllersfrau«), in dem der Autor erläuternd feststellt: »Bekanntlich besitzen Hunde die Fähigkeit zu lächeln, sie lächeln sogar sehr lieb.«

Bisweilen ergaben sich auch Übersetzungsprobleme, wenn ein verwendetes russisches Wort mehrere Bedeutungen besitzt, sich aus dem Kontext aber nicht eindeutig erschließen lässt, welche gemeint sein könnte. In diesen Fällen musste eine Entscheidung zugunsten eines Worts getroffen werden. In »Mein Nachbar Radilow« beispielsweise heißt es über einen Gutsbesitzer, er hätte keine einzige Leidenschaft erkennen lassen, weder für die Jagd noch für die russische Literatur, weder für das Karten- oder Billardspiel noch für Tanzabende, weder für Passgänger noch für *Husarenuniformen* usw. Das hier verwendete russische Wort венгерка; wengerka, bezeichnet aber sowohl einen Balltanz (den Csardas), als auch die Ungarin oder eben die Husarenuniform. Da hier aller Wahrscheinlichkeit nach die Uniform gemeint ist, habe ich mich dafür entschieden, zusätzlich jedoch in einer Anmerkung auf die anderen Möglichkeiten hingewiesen.

Gelegentlich wurde auch ausführlicher auf Zusammenhänge eingegangen, die heutigen Lesern nicht mehr ohne weiteres verständlich sind. Neben der Funktion, Sachzusammenhänge oder zeittypische Realien zu erläutern, will der Anhang schließlich auch Auskunft über die Persönlichkeit des Autors und seine Intentionen geben sowie Bezüge zwischen seinem Leben und Werk herstellen.

DANKSAGUNG

Allen, die mich während der Arbeit an diesem Buch unterstützt haben, gilt mein herzlicher Dank. Sie haben mich ermuntert, ermutigt, mich bei der Lösung zahlreicher Fragen beraten und manchmal einfach durch einen Gedankenanstoß auf die richtige Fährte gesetzt. Besonderer Dank gilt Jelena Lewina, Turgenjew-Museum Spasskoje-Lutowinowo, Marija Loskutnikowa, Pädagogische Universität Moskau (MGPU), und Valentina Lukina, Institut für Russische Literatur der AdW (Puschkin-Haus), St. Petersburg, für die Hilfe bei der Klärung zahlreicher Verständnisfragen. Großer Dank gebührt auch meiner Kollegin Ganna-Maria Braungardt und meinem Lebensgefährten Javad Zoul, die beide meine ersten Leser bzw. Hörer waren und mir durch ihr Urteil und ihre Anregungen ebenfalls wertvolle Hilfe leisteten. Sehr herzlich gedankt sei schließlich dem Carl Hanser Verlag und seinem Lektor Wolfgang Matz, die diese Neuausgabe der *Aufzeichnungen* überhaupt erst möglich machten.

Berlin, im Mai 2018 Vera Bischitzky

ZU DIESER AUSGABE

TEXTGRUNDLAGE

Die Übersetzung folgt der von Iwan Turgenjew durchgesehenen Ausgabe letzter Hand von 1880, Textgrundlage ist der Band 3 der Gesammelten Werke in 30 Bänden, Полное собрание сочинений и писем в тридцати томах, Moskau 1979.

Die 25 Erzählungen wurden zunächst separat in Zeitschriftenausgaben abgedruckt (in den Anmerkungen wird auf das jeweilige Erscheinungsjahr hingewiesen). Zum ersten Mal in einem Buch und von Turgenjew in neuer Reihenfolge zusammengestellt wurde der Zyklus 1852 veröffentlicht.

TEXTGESTALT UND EIGENNAMEN

Die Wiedergabe russischer Namen und Realien entspricht der Duden-Transkription; der russische Konsonant ж wurde mit »sh« wiedergegeben (auszusprechen wie »J« in Jalousie). Die Zeichensetzung orientiert sich an jener des Originals. Sämtliche Quellen wurden, wenn nicht anders gekennzeichnet, für diese Ausgabe von der Herausgeberin übersetzt.

VERWENDETE LITERATUR

Die Arbeit an der Übersetzung, am Kommentar, Nachwort usw. stützt sich u.a. auf folgende Quellen:

Belowinski, L.W., *Иллюстрированный энциклопедический историко-бытовой словарь русского народа XVIII – начало XX в.* [Illustriertes enzyklopädisches Lexikon der Geschichte und des Alltags des russischen Volkes vom 18. Jahrhundert bis zum Beginn des 20. Jahrhunderts], Moskau 2007.

Brockhaus, F. A. und Jefron (auch als Efron bekannt), I., *Энциклопед-*

ический словарь Брокгауза и Ефрона [Enzyklopädisches Lexikon von Brockhaus und Jefron in 82 Bänden und 4 Supplementbänden], St. Petersburg 1890–1907, nutzbar unter: http://www.vehi.net/brokgauz/

Flaubert, G., Turgenev, I., *Briefwechsel 1863–1880* [dt. von E. Moldenhauer], Zürich 2008.

Fridljand, W. G., Petrow, S. M. (Hrsg.), *И. С. Тургенев в воспоминаниях современников в двух томах* [I. S. Turgenjew in den Erinnerungen seiner Zeitgenossen in zwei Bänden], Moskau 1969.

Gogol, Nikolai, *Tote Seelen* [dt. von V. Bischitzky], Düsseldorf 2009.

Grimm, J. und Grimm, W., *Deutsches Wörterbuch* in 32 Bänden, 1854–1961, nutzbar unter http://woerterbuchnetz.de/cgi-bin/WBNetz/wbgui_py?sigle=DWB

Günther-Hielscher, K., Glötzner, V., Schaller, H. W., *Real- und Sachwörterbuch zum Altrussischen*, neu bearbeitet von Ekkehard Kraft, Wiesbaden 1995.

Krünitz, J., *Oeconomische Encyclopädie oder allgemeines System der Staats- Stadt- Haus- und Landwirthschaft in 242 Bänden*, 1773 bis 1858, nutzbar unter: http://www.kruenitz1.uni-trier.de/

Langenscheidts Sachwörterbücher Land und Leute in Russland, Berlin, St. Petersburg 1909.

Ludwig, J., *Wörterbuch der Waidmannssprache*, Berlin 1987.

Meyers Konversationslexikon in siebzehn Bänden, Leipzig, Wien 1893–1897.

Neueste Völker- und Länderkunde. Ein geographisches Lesebuch für alle Stände. Dritter Band, Russland. Neueste Kunde vom Russischen Reiche in Europa und Asien, nach dessen gegenwärtigem Zustande, Prag 1808.

Pietsch, L., *Wie ich Schriftsteller geworden bin. Der wunderliche Roman meines Lebens*, Berlin 2000.

Turgenjew, I., И. С. Тургенев, *Полное собрание сочинений и писем в тридцати томах, том третий* [I. S. Turgenjew, Gesammelte Werke in dreißig Bänden, Band 3], Moskau 1979.

Turgenjew, I., *Briefe* [dt. von Günter Dalitz, Irene Zimdahl und Friedrich Baadke], Berlin 1985.

Turgenjew, I., *Literaturkritische und publizistische Schriften* [dt. von W. Schade], Berlin 1994.

Turgenjew, I., И. С. Тургенев, *Собрание сочинений в пятнадцати томах. Том 14. Биографические очерки и некрологи 1856–1877. Автобиографические материалы. Письма 1831–1856.* [I. S. Turgenjew, Gesammelte Werke in 15 Bänden. Band 14. Biographische

Skizzen und Nekrologe 1856–1877. Autobiographisches Material. Briefe 1831–1856], Moskau 1998.

Turgenjew, I., И. С. Тургенев, *Собрание сочинений в пятнадцати томах. Том 15. Письма 1856–1883*. [I. S. Turgenjew, Gesammelte Werke in 15 Bänden. Band 15. Briefe 1856–1883], Moskau 1998.

Turgenev, I., *Werther Herr! Turgenevs deutscher Briefwechsel* [Hrsg. P. Urban], Berlin 2005.

Sinjawskij, A., *Iwan der Dumme. Vom russischen Volksglauben* [dt. von S. Geier], Frankfurt/M. 1990.

Sowie weitere russischsprachige Werke und Wörterbücher.

ANMERKUNGEN

Die mit * versehenen Anmerkungen lehnen sich teilweise oder ganz an den Kommentar zur russischen Ausgabe an (Band 3 der Gesammelten Werke Iwan Turgenjews in 30 Bänden, Moskau 1979).

Die Daten werden nach dem gregorianischen Kalender angegeben. Die Briefe Turgenjews sind häufig mit beiden Datumsangaben versehen, dem Datum nach dem julianischen Kalender (der bis 1918 in Russland maßgeblich war) und jenem nach dem in Europa üblichen gregorianischen Kalender (in Briefen, die er im Ausland schrieb, verwendete er nur die gregorianische Datumsangabe). Um Verwirrung zu vermeiden, wurde hier die Angabe nach dem julianischen Kalender weggelassen.

CHOR UND KALINYTSCH
Erste Veröffentlichung 1847

7 *Chor:* Das Wort »chor« (хорь) bezeichnet im Russischen den Iltis. Es ist der Spitzname des Helden der ersten Erzählung des Zyklus. Einen Eigennamen »Chor« gibt es im Russischen nicht.

7 *Bolchow:* Stadt im Gouvernement (heute Oblast, d.h. Verwaltungsgebiet) Orjol.

7 *Shisdra:* Stadt im Gouvernement (heute Oblast) Kaluga. Aus einem Brief an J. P. Polonski vom 29. Juni 1855: »In zehn Tagen fahre ich von hier [vom Stammgut in Spasskoje-Lutowinowo] zweihundertfünfzig Werst weit [267 km] zur Birkhahnjagd – in den Kreis Shisdra.«

7 *Frondienste:* Arbeiten, die die leibeigenen Bauern zusätzlich zu den Zinsabgaben, die in Form von Geld und Naturalien geleistet wurden, für ihre Herren bis zu vier Tage pro Woche als Gegenleistung für die Nutzung des Landes der Gutsbesitzer zum eigenen Bedarf – Bestellung der Böden, Erntearbeiten usw. – erbringen mussten. Eigenes Land durften Leibeigene jedoch nicht besitzen.

7 *Werst:* Eine Werst (ehemaliges russ. Längenmaß) entspricht 1,06 km.

8 **Als ich einmal im Kreis Shisdra auf der Jagd war:* Allein in diesem Landkreis im Gouvernement Kaluga befanden sich sieben Dörfer mit

mehr als 450 Leibeigenen, die Turgenjew nach dem Tod seiner Mutter erbte und für die er in der Folge den Zins um die Hälfte niedriger ansetzte als im Kreis üblich. Insgesamt besaß die Familie Turgenjew etwa 5000 Leibeigene, eine enorme Anzahl. Auch wenn es sich bei den *Jäger*-Erzählungen um ein autonomes literarisches Werk und einen fiktiven Icherzähler handelt, können wir davon ausgehen, dass die Erlebnisse auf Turgenjews eigenem Erleben beruhen, wie er in seinen Briefen immer wieder betont.

8 **Akim Nachimow:* Akim Nachimow (1783–1815), ein heute in Vergessenheit geratener Verfasser von eher zweitrangigen Satiren, Epigrammen, Fabeln und Gedichten.

8 **Pinna:* triviale Erzählung von Michail Markow (1810–1876). Den Worten des Kritikers Wissarion Belinski zufolge vergaß man Markows Erzählungen im selben Moment, in dem man sie aus der Hand legte.

10 *Susdaler Bild:* kolorierte Holzschnitte, die, bisweilen satirisch, Themen aus Politik und Gesellschaft aufgriffen und im Volk sehr beliebt waren. Da die Mehrheit der Bevölkerung nicht lesen konnte, dienten diese Volksbilderbögen auch der Belehrung, beispielsweise fanden sich darunter Illustrationen des Evangeliums, Darstellungen der »Tugenden und Laster der Frauen«, von Sagen und Heldenlegenden und vieles andere mehr. Viele dieser Bilder wurden in der Stadt Susdal produziert.

10 *Lauter junge Iltisse:* siehe Anm. zu S. 7 – »Chor«.

10 *Barin:* Gutsbesitzer, Gutsherr, der gnädige Herr. Das russische Wort барин; barin, leitet sich her vom altrussischen боярин; bojarin, dem Bojaren, siehe Anm. zu S. 84.

10 *gekünstelt lächelnden Hund:* In der Erzählung »Jermolai und die Müllersfrau« (siehe S. 28) heißt es erläuternd: »Bekanntlich besitzen Hunde die Fähigkeit zu lächeln, sie lächeln sogar sehr lieb.«

11 *ein einäugiger Alter:* Hier ergibt sich eine Übersetzungsschwierigkeit, da das russische Adjektiv (кривой; kriwoj) sowohl einäugig, mit verletztem Auge, als auch gekrümmt, schief, verwachsen bedeuten kann. In einer späteren Erzählung (»Der Hamlet des Landkreises Schtschigry«, siehe S. 382) wird dieses hier und anderswo von Turgenjew verwendete Wort für einen eindeutig Einäugigen (auf einem Auge Erblindeten) verwendet (Kirila Selifanytsch), weshalb in der Übersetzung durchgängig »einäugig« gewählt wurde.

11 *einen guten Zins zahlen:* die Abgaben der leibeigenen Bauern in Naturalien oder Geldeswert.

11 *Batjuschka:* die traditionelle, volkstümliche Anrede des Vaters oder eines Geistlichen, etwa wie »Vater«; ehrerbietig und liebevoll, auch darüber hinaus im vertrauten Gespräch allgemein gebraucht (etwa – mein Lieber, mein Bester, kann respektvoll, aber auch herablassend gemeint sein). In früheren Übersetzungen oft wörtlich als »Väterchen« wiedergegeben, was die Intention des Sprechers nicht immer treffend wiedergab. Zur Charakteristik der russischen Lebenswelt werden einige Begriffe im Text im Originalwortlaut belassen. »An Schmeichelworten ist die russische Sprache sehr reich, und diese werden auch im Umgange sehr häufig gebraucht. Wo z.B. der Teutsche [...] sagt: mein Freund, mein Lieber, mein Kind usw., da gebraucht der Russe die Wörter Brüderchen (Bratez), Väterchen (Batjuschka), Großväterchen (Deduschka), Mütterchen (Matuschka), Seelchen (Duschenka), Täubchen (Golubuschka) und viele andere mehr« (Neueste Völker- und Länderkunde. Ein geographisches Lesebuch für alle Stände. Dritter Band, Russland, Prag 1808).

12 *Kauf dich frei:* Die Leibeigenschaft wurde in Russland erst 1861 abgeschafft.

14 *Sokrates:* Dieser Vergleich eines Leibeigenen mit Sokrates löste Empörung bei einigen Lesern aus.

15 **würden sich die Bartlosen über Chor stellen:* Mit den »Bartlosen« sind die Beamten und Staatsdiener gemeint. Unter ihre Abhängigkeit würde Chor geraten, wenn er sich aus der Leibeigenschaft freikaufen würde. Einem Erlass des Zaren Nikolai I. aus dem Jahr 1837 zufolge war es Beamten untersagt, Bärte zu tragen, siehe auch Anm. zu S. 85, »Der Einhöfer Owsjanikow«.

19 *Assignaten:* russische Banknoten, die 1769 unter Katharina II. ausgegeben wurden und bis 1849 im Umlauf waren. Ein Silberrubel entsprach dreieinhalb Rubeln in Assignaten. Diese Banknoten wurden 1849 abgeschafft, demzufolge kann anhand der Erwähnung dieses Zahlungsmittels der Zeitpunkt der Handlung bestimmt werden, d.h. vor 1849.

20 *Trachtenröcke:* Hier handelt es sich um einen unübersetzbaren Begriff (понёва; ponjowa), der mit Trachtenrock nur unzureichend umschrieben werden kann. Er bezeichnet einen über der eigentlichen Kleidung getragenen bunt gemusterten Rock, den verheiratete Frauen trugen. Zu diesem Rock gehörten ein besonderer Kopfputz und ein Schultertuch. Je nach Herkunft (Gouvernement, Kreis, Dorf), Vermögen, Anzahl der Kinder und Alter der Trägerin hatten diese Röcke unterschiedliche Muster und Farben.

21 *Pud:* altes russisches Gewichtsmaß, entspricht 16,38 kg.

21 *dass Peter der Große vor allem Russe gewesen ist:* Unter anderem die Reformen, die Peter I. (1672–1725) teils unter Zwang in Russland einführte, um das Land zu modernisieren und näher an Europa heranzuführen, die staatliche Einmischung in die Belange der russisch-orthodoxen Kirche, die Einbeziehung von Ausländern bei Hofe, in der Verwaltung, Wirtschaft und den Künsten, dies alles brachte ihm den Unmut der russischen Bevölkerung ein. Hier spiegelt sich die Auseinandersetzung zwischen den »Slawophilen« und den »Westlern« wider. Die »Slawophilen« hielten die Umgestaltungen Peters I. für künstlich aus Westeuropa nach Russland verpflanzte Zwangsmaßnahmen, die dem russischen Wesen zuwiderliefen und den natürlichen Gang der Entwicklung störten. Dass Chor Neuerungen aufgeschlossen gegenübersteht, siehe z.B. S. 21: »Was gut ist, das gefällt ihm, was vernünftig ist, das will er haben, woher es aber kommt, das ist ihm einerlei«, brachte Turgenjew den Unmut der »Slawophilen« ein.

22 *lesen und schreiben gelernt:* Eine verbindliche Schulpflicht gab es im Zarenreich nicht, sie wurde erst 1918 eingeführt. »In Russland gab es bis 1870 ganze Provinzen, in denen unter 100 Einwohnern 90, ja 95 des Lesens und Schreibens gänzlich unkundig waren« (Langenscheidts Sachwörterbücher, Land und Leute in Russland, 1909).

In einem Brief an die Bauern seines Gutes in Spasskoje-Lutowinowo schrieb Turgenjew ein Jahr vor seinem Tod, am 16. September 1882, aus Frankreich u.a.: »Ich habe Euren Brief erhalten und danke Euch für Euer freundliches Gedenken und die guten Wünsche. Es tut mir selbst sehr leid, dass meine Krankheit mich daran gehindert hat, dieses Jahr nach Spasskoje zu kommen. [...] Ich habe gehört, seit einiger Zeit wird bei Euch viel weniger Alkohol getrunken; darüber freue ich mich sehr und hoffe, Ihr werdet Euch auch künftig davon fernhalten: Trunksucht ist für den Bauern der sichere Untergang. Leider musste ich aber auch hören, dass Eure Kinder nur selten in die Schule gehen. Vergesst nicht, wer heutzutage nicht lesen und schreiben kann, ist ebenso schlimm dran wie einer, der blind ist oder keine Hände hat« (zitiert nach Iwan Turgenjew, Briefe, Deutsch von Günter Dalitz u.a., Aufbau-Verlag 1985).

22 *deine Frau schlägst du nicht:* Die Ausübung von Gewalt wurde als verbrieftes Recht des Familienoberhaupts betrachtet. Laut dem »Domostroi« (russ. Hausordnung), einer Sammlung von Regeln und Normen der Lebensführung in religiösen, staatlich-gesellschaftlichen und insbesondere häuslich-familiären Belangen aus dem 16. Jahrhun-

dert, nach dem man sich jahrhundertelang richtete und dessen Widerhall in der russischen Gesellschaft noch heute nachklingt, heißt es unter anderem: »Auch Gesinde und Kinder strafe und züchtige je nach Schuld und Missetat. Nur wenn Weib oder Sohn oder Tochter Worte und Ermahnungen nicht beachten und nicht hören wollen, sie nicht beherzigen, sich nicht fürchten noch so handeln, wie es der Mann, der Vater oder die Mutter sie heißen, sollen sie je nach Schuld mit der Peitsche gestriegelt werden. Schlage sie nicht vor den Leuten, sondern wenn du mit ihnen allein bist, und begegne ihnen danach in Freundlichkeit und lasse Milde walten. Für welches Vergehen auch immer, niemals schlage auf das Ohr oder auf das Auge, auch nicht mit der Faust unter das Herz, und tritt nicht mit den Füßen, prügele weder mit einem Knüppel noch mit Eisen oder Holz … bei schwangeren Frauen kann das Kind im Mutterleibe Schaden nehmen. Mit der Knute züchtige behutsam und mit Vernunft, damit es schmerzt, Furcht einflößt und der Gesundheit nicht Abbruch tut« (übersetzt von Klaus Müller).

23 *aus Mammutleder gefertigt:* Dies ist ein interessantes, ungewöhnliches Detail. Mammute wurden in Russland erst seit Anfang des 19. Jahrhunderts allgemein bekannt, nachdem 1806 ein erstes vollständiges Mammutskelett, an dem teilweise noch Muskelgewebe und Haut vorhanden war, nach St. Petersburg gebracht und dort ausgestellt wurde. Zuvor hatte man nur Knochen und Stoßzähne in der Kunstkammer von St. Petersburg sehen können.

24 *wechsle den Dorfältesten öfter aus:* Der Dorfälteste stand der Dorfgemeinschaft vor und war gegenüber dem Gutsbesitzer für die Ordnung und die Erfüllung der Pflichten der leibeigenen Bauern verantwortlich. Er wurde entweder vom Gutsbesitzer eingesetzt oder von der Dorfgemeinschaft gewählt. Wegen der oft monatelangen Abwesenheit der Gutsherren schalteten und walteten viele der Dorfältesten (wie auch die Gutsverwalter) nach eigenem Gutdünken und wirtschafteten in die eigene Tasche. Siehe auch Anm. zu S. 95 (»Der Einhöfer Owsjanikow«).

24 **vergiss uns nicht:* Die allermeisten der in den *Aufzeichnungen eines Jägers* geschilderten Personen, Örtlichkeiten und Ereignisse basieren auf Turgenjews Erlebnissen während seiner Jagdausflüge. So schildert er auch in der Gestalt des Chor eine reale Person. Im Gegensatz zur literarischen Figur konnte er lesen, weshalb, wie es in einer Zeitungsnotiz anlässlich des 50. Erscheinens dieser Erzählung heißt, Turgenjew ihm die Erzählung nach der Veröffentlichung geschickt und der alte Chor sie jedem Besucher stolz vorgelesen habe.

JERMOLAI UND DIE MÜLLERSFRAU

Erste Veröffentlichung 1847

27 *Schnepfenstrich:* »Das Streichen der Waldschnepfe im Frühjahr und Herbst morgens und abends« (J. Ludwig, Wörterbuch der Waidmannssprache, Berlin 1987).

»Unter allen Zugvögeln machen die Jäger auf die Waldschnepfen vielleicht am meisten Jagd, theils wegen ihres vortrefflichen Fleisches, theils weil sie sich so leicht dieses guten dummen Vogels, der gegen die Mitte des Oktobers zu einerlei Zeit mit den Krammtsvögeln in nahen Gehölzen ankömmt, bemächtigen können« (Oeconomische Encyclopädie von Johann Georg Krünitz).

27 **Jermolai:* Auch die Gestalt des im Folgenden als ständiger Jagdbegleiter des Erzählers anzutreffenden Jermolai beruht auf einem authentischen Vorbild. Es handelt sich um den Leibeigenen Afanassi Timofejewitsch Alifanow, der einem der Nachbarn Turgenjews gehörte (die Leibeigenschaft wurde in Russland erst 1861 aufgehoben). Turgenjew kaufte ihn später frei und unterstützte nach Alifanows Tod noch viele Jahre finanziell dessen Familie.

Turgenjew erwähnte Afanassi in seinen Briefen immer wieder, so z. B. in einem Brief aus Frankreich an A. A. Fet vom 30. Juni 1859: »Dieser Brief wird Sie wahrscheinlich nach Ihrer Rückkehr aus Stschigrowka erreichen, wohin Sie sicherlich mit Afanassi gefahren sind. Teilen Sie mir doch um Himmels willen mit, wie die Jagd gewesen ist. Gab es viele Birkhähne? Wie haben die Hunde sich angestellt [...]? All das interessiert mich brennend. Sie glauben nicht, wie gern ich jetzt bei Ihnen wäre: ›Rauch ist alles ird'sche Wesen, alles ist Staub und Eitelkeit, nur die Jagd nicht: *Wie des Rauches Säule weht, schwindet jedes Erdeleben, nur die – Schnepfen, Birk-, Reb-, Hasel- und andere Hühner, die Hasen, die Enten, Becassinen, Doppel- und Waldschnepfen – bleiben stet*« (abgewandelt nach Schillers »Das Siegesfest«). Hier zitiert nach Iwan Turgenjew, Briefe, Deutsch von Günter Dalitz u. a., Aufbau-Verlag 1985. Die kursivierte Passage schrieb Turgenjew im Original in deutscher Sprache.

27 *Nanking:* Nach der chinesischen Stadt Nanjing benannt, ein im 19. Jahrhundert beliebtes, besonders festes bräunlich-gelbes Baumwollgewebe.

29 *Valetka:* Valet, der Bube im Kartenspiel; Valetka – das Bübchen.

30 *an die sechzig Werst:* altes russisches Längenmaß, 1 Werst entspricht 1,06 km.

31 *ein bitteres Los:* »Die Weiber der gemeinen Russen, haben im ganzen genommen, in Vergleichung mit anderen Europäerinnen, ein ziemlich hartes Los, sie müssen strenge arbeiten, werden von ihren Männern gewöhnlich roh behandelt […], denn die meisten gemeinen Russen, Leibeigene des Adels, sind Tyrannen ihrer Weiber« (Neueste Völker- und Länderkunde. Ein geographisches Lesebuch für alle Stände. Dritter Band, Russland, Prag 1808).

32 *Ista:* rechter Zufluss der Oka.

32 *Döbel:* eine Karpfenart. »Sie schwimmen meistentheils in der Höhe, weil sie sich auch von Fliegen, Mücken und dergleichen Ungeziefer nähren« (Oeconomische Encyclopädie von Johann Georg Krünitz).

36 *Stadtbürger:* Das russische Wort мещанин; meschtschanin, wurde in früheren Übersetzungen oft als »Kleinbürger« wiedergegeben, was wegen des heute abwertenden Beiklangs zu Missverständnissen führen kann. Gemeint sind Angehörige einer Stadtbürgerschicht, wie Handwerker, Krämer usw., die unter der Schicht der Kaufleute rangierte.

38 *Coco:* mein Schatz.

39 *auch Tee durfte sie trinken:* Tee, Kaffee und Zucker waren teuer und wurden unter Verschluss gehalten.

39 *ein Engel:* Hier wie auch in anderen Erzählungen der vorliegenden Sammlung finden sich Hinweise auf Turgenjews hartherzige, herrschsüchtige, teilweise erbarmungslose Mutter, Warwara Petrowna Turgenjewa geb. Lutowinowa. Besonders ihre Leibeigenen (aber auch die beiden Söhne) behandelte sie despotisch, was u. a. dazu beitrug, dass Turgenjew zu einem unerschütterlichen Gegner der Leibeigenschaft wurde. »Meine Jugend habe ich weit von dem sogenannten öffentlichen oder Städte-Leben zugebracht: den frühen Hass der Sklaverei und Leibeigenschaft hat mir die Umgebung eingeimpft, die herzlich hässlich war.« Aus einem in deutscher Sprache geschriebenen Brief Turgenjews an Ludwig Pietsch vom 13. April 1875 (zitiert nach Ivan Turgenev, Werther Herr! Turgenevs deutscher Briefwechsel, herausgegeben von Peter Urban, Friedenauer Presse 2005).

42 *Bei den Soldaten:* Möglicherweise ein Hinweis darauf, dass der Diener zur Strafe zwangsweise unter die Soldaten gesteckt wurde, zu jener Zeit bedeutete dies 20 Jahre (bis 1834 waren es 25 Jahre bzw. vor 1793 sogar lebenslanger Dienst).

DER HIMBEERQUELL
Erste Veröffentlichung 1848

43 **Himbeerquell:* Die hier beschriebene Quelle trägt auch heute noch die Bezeichnung Himbeerquell; sie fließt in die Ista (Tulaer Gebiet).

Aus den Erinnerungen des Journalisten Jelissej Kolbassin: »Wir passierten den Himbeerquell, machten bei einem Mann halt, den der Jagdgehilfe Afanassi kannte [Afanassi Timofejewitsch Alifanow, in den *Jäger*-Erzählungen figuriert er als Jermolai, siehe »Jermolai und die Müllersfrau«], ließen uns auf dem Heuboden ein Nachtlager bereiten und den Samowar aufstellen und begaben uns nach Sonnenuntergang in den Sumpf. Als ich die erste Schnepfe entdeckt hatte, blieb ich zurück, legte an und traf. Der Hund stürzte hinzu, um den erlegten Vogel zu apportieren, doch in diesem Augenblick drehte sich Turgenjew zu mir um und sagte ernst: ›Hören Sie, Kolbassin, das sollten Sie nicht tun. Auf einen sitzenden Vogel oder ein schlummerndes Tier zu schießen gilt als Mord, das machen nur die Gewerbsmäßigen, Jäger aber nicht …«

44 *winterfesten Pflanzenschutzhäusern:* Im Russ. грунтовый сарай; gruntowy saraj. Es handelt sich hierbei um auf Pfählen errichtete und im Winter mit Holzbrettern verschlossene Schuppen, in denen Obstbäume und andere frostempfindliche Gewächse geschützt direkt im Erdreich wuchsen. Auch auf dem Turgenjewschen Gut in Spasskoje-Lutowinowo gab es ein solches spezielles Schutzhaus (siehe nächste Anm.).

44 *bis auf den Grund niederbrannte:* Das hier beschriebene Herrenhaus lässt an den weitläufigen Besitz der Familie Turgenjew in Spasskoje-Lutowinowo denken, das bis auf ein Nebengebäude, in dem heute das Turgenjew-Museum untergebracht ist, 1839 niederbrannte.

45 **Barkenplanken:* Barken wurden aus Planken ohne Nägel gebaut. Sie waren zur Beförderung von Fischen im Frühjahr nur eine Saison lang im Einsatz, wurden dann auseinandergenommen und die Planken als billiges Bauholz verkauft.

46 *Deputat:* Das Gesinde bekam sein Essen gewöhnlich in der Gesindestube oder, wenn es verheiratet war, in Form eines monatlichen Deputats in Naturalien, das abgewogen wurde, weshalb es im Russischen wörtlich »Abgewogenes« heißt, sowie meist eine kleine Geldsumme, »für Schuhe«. Das verheiratete Gesinde der Mutter Turgenjews bekam monatlich eine bestimmte Menge Mehl, Graupen, Öl, Speck, Fleisch und Tee.

46 *Revisionsliste:* die namentliche Auflistung aller leibeigenen Bauern, für die der jeweilige Gutsbesitzer die Kopfsteuer an den Staat zahlen musste. Bis 1833 wurden nur die männlichen Leibeigenen verzeichnet, da diese Listen auch der Aushebung von Rekruten zugrunde gelegt wurden. Aufgeführt werden mussten Vorname, Vatersname, Familienname, das Alter sowie der Name und Vatersname der Familienmitglieder, einschließlich ihres jeweiligen Alters und ihrer Beziehung zum Familienoberhaupt. Es gab in größeren Abständen insgesamt zehn Revisionen, die erste in einem Zeitraum von 1718 bis 1727, die letzte 1851 bis 1858. 1861 wurde die Leibeigenschaft aufgehoben.

46 *Türkin:* Hier ist vermutlich der Russisch-osmanische Krieg während der Herrschaft Katharinas II. von 1768 bis 1774 gemeint, in dessen Ergebnis die südliche Ukraine, der Nordkaukasus und die Krim unter die Herrschaft Russlands kamen.

46 *Brigadier:* Militärrang, 5. Rang in der Rangtabelle (durch die 1722 von Peter dem Großen eingeführte Rangtabelle wurden im Zarenreich die oberen Laufbahnen in der Staatsverwaltung und bei Hofe sowie die Offizierslaufbahnen geregelt und die Gesellschaft in vierzehn Rangklassen eingeteilt, wobei die vierzehnte die niedrigste war). Der Brigadier stand meist im Generalsrang und war Kommandeur einer Brigade. Dieser Rang wurde von Pawel I. (der bis zu seiner Ermordung 1801 regierte) wieder abgeschafft. Anhand dieser Bezeichnung kann man das Geschehen zeitlich einordnen.

47 *Osterkuss:* Zu Ostern war (und ist) es üblich, sich gegenseitig zur Auferstehung Christi zu beglückwünschen, den Osterkuss zu tauschen, indem man sich dreimal küsst, dabei »Christus ist auferstanden, er ist wahrlich auferstanden« sagt und einander rot gefärbte Eier schenkt.

47 *Vorraum des Badehauses:* Das traditionelle russische Badehaus (russisch баня, banja) ist ein Dampfbad, der finnischen Sauna vergleichbar. Es befand sich in jedem noch so ärmlichen Dorf, damit sich die Dorfbewohner vor dem sonntäglichen Kirchgang reinigen konnten. »Die russischen Bäder sind Schwitzbäder, die in diesem Lande schon seit undenklichen Zeiten heimisch sind. […] Das Bad ist bei dem gemeinen Manne ein so wesentliches Bedürfnis, dass er es auch in gesunden Tagen und ohne jede Veranlassung, so oft als möglich, wenigstens aber wöchentlich ein Mal besucht […] Einige Bäder haben Vorzimmer zum Aus- und Ankleiden« (Neueste Völker- und Länderkunde. Ein geographisches Lesebuch für alle Stände. Dritter Band, Russland, Prag 1808).

48 *Tuman:* russisch: Nebel. Tuman (Toman) ist ebenfalls die Bezeichnung für eine alte persische Goldmünze. Welchen Hintergrund der Spitzname hat, lässt sich nicht ermitteln.

49 *ein reicher Würdenträger:* Heimatforschern zufolge gehen über die Verschwendungssucht und das ausschweifende Leben dieses Gutsherren, des Obersten außer Dienst W. I. Protassow, der von 1793 bis 1795 Adelsmarschall in seinem Landkreis war, noch heute Legenden unter den Dorfbewohnern um.

49 *Römischen Lichter:* Feuerwerkskörper.

49 *Haushofmeisters:* ein Leibeigener, der für die Aufsicht über den Tisch, die Getränke, Vorräte und die Ordnung in der Wirtschaft verantwortlich war und das Gesinde beaufsichtigte.

49 *aus den Zeiten Katharinas:* Katharina II. herrschte von 1762 bis 1796.

50 *aus Kurland:* heute im Westen Lettlands gelegene Region. Kurländische Bracken galten als gute Jagdhunde.

51 *Hundeknechte:* »Ein Knecht, so fern er zur Wartung der Jagdhunde bestimmt ist. Besonders ein geringer Jagdbedienter, welcher bey einer Parforce=Jagd die Aufsicht über die Hunde führt« (Oeconomische Encyclopädie von Johann Georg Krünitz).

51 *Seine Erlaucht:* die vorgeschriebene Anrede für Fürsten und Grafen.

52 *mit ihren blauen Schärpen:* Vermutlich ist hier der Weiße Adlerorden gemeint, ein selten verliehener Orden, der mit einer blauen Schärpe getragen wurde.

52 *Fierwerke:* Da er keine Fremdwörter aussprechen kann, ist ihm auch das im Russischen übliche Lehnwort aus dem Deutschen Feuerwerk, fejerwerk, fremd, ebenso wie Eau de Cologne (*Ladekolon*), Mätressen (*Matresskis*), Europa (*Europija*) und Schokolade (*Scheklade*).

52 *Musikanten:* Viele der wohlhabenden Gutsbesitzer hielten sich Leibeigenenorchester, so u. a. auch die Familie Iwan Turgenjews. Unter der Leitung des deutschen Kapellmeisters Kupferschmidt musizierten bei ihnen etwa zwanzig bis fünfundzwanzig Leibeigene. Im Allgemeinen gehörten die Musiker dem Hofgesinde an und besaßen in den allermeisten Fällen nur begrenzte musikalische Fähigkeiten, einige dieser Orchester jedoch erreichten auch ein hohes Niveau. So studierte Michail Glinka mit dem Leibeigenen-Orchester seines Onkels u. a. Mozartopern ein. Aus den Lebenserinnerungen eines Zeitgenossen von Iwan Turgenjew, Alexander Nikitenko, erfahren wir, wie ein solches Orchester zusammengesetzt sein konnte: »Es gab: den einarmigen

Waldhornisten Iwan, den Geiger Bibik, der zugleich Kapellmeister war, einen zweiten Geiger, Trofim […], Kontrabass, Fagott, Flöte und Zimbal.«

52 **Lakosses-Matradura:* eine Verballhornung von *Écossaise*, einem ursprünglich schottischen Rundtanz, und *Matradur*, einem altertümlichen Balltanz.

53 *Polizeigehilfen:* russ. десятский; desjatski (wörtl. etwa Zehntmann), für diesen Posten wurde bis 1917 von je zehn bis höchstens dreißig Höfen aus der Bauernschaft eine Amtsperson gewählt, die polizeiliche und andere gesellschaftliche Funktionen ausführte.

53 *unter die Soldaten gesteckt:* siehe Anm. zu S. 42, »Jermolai und die Müllersfrau«.

54 *bin nach Moskau gewandert:* die Entfernung von der beschriebenen Gegend am Fluss Ista bis nach Moskau beträgt ca. 300 km.

DER LANDARZT

Erste Veröffentlichung 1848

58 *Er war nicht dumm:* Ärzte entstammten in Russland meist der Schicht der Geistlichkeit, der Kaufleute u. ä. und genossen keinen angesehenen gesellschaftlichen Status, sie verdienten wenig und lebten meist unter angespannten Bedingungen. Über die von unserer heutigen Wertschätzung abweichende gesellschaftliche Stellung der Ärzte Mitte des 19. Jahrhunderts in Deutschland gibt z. B. Thomas Mann in den *Buddenbrooks* Auskunft: Der Medizinstudent Morten Schwarzkopf, Sohn eines Lotsenkommandanten, kommt als »Partie« für die Tochter des Hauses nicht in Frage. Und wenngleich der Hausarzt der Buddenbrooks, Doktor Grabow, quasi zum Inventar der Patrizierfamilie zählt, so wird doch auch er mit seinem Standardrezept »ein wenig Taube, ein wenig Franzbrot« im Roman gehörig ironisiert.

Auch vom Landarzt Doktor Sponholz im *Stechlin* von Theodor Fontane wird mit jovialer Leutseligkeit gesprochen.

59 *zur Zeit der Großen Fasten:* die vierzigtägige Fastenzeit vor Ostern.

59 *dem Beamten:* im russ. Original hier ein Begriff für einen vom Ministerium des Inneren in diversen staatlichen Einrichtungen eingesetzten Beamten, der für das Bauernressort zuständig war (непременный член; nepremenny tschlen). Da es im Deutschen kein Äquivalent für diesen Begriff gibt, hier allgemein mit »Beamter« wiedergegeben.

60 *Ein höllischer Weg:* In einem Brief vom 29. März 1867 an Pauline Viardot beschreibt Turgenjew diese Zeit des Tauwetters: »… im Augenblick erwarten mich die Schlaglöcher mit offenem Rachen. Wenn diese furchtbaren Untiefen doch schon begradigt wären! Wenn man in ihnen versinkt, hat man ein Gefühl ähnlich wie auf einem schlingernden Schiff, und dazu die Püffe, die man auf den Kopf, in die Seiten, ins Kreuz und so weiter bekommt!« (zitiert nach Iwan Turgenjew, Briefe, Deutsch von Günter Dalitz u. a., Aufbau-Verlag 1985).

60 **zwei Scheinchen:* im Original депозитки; depositki – hier: Zehnrubelscheine.

69 *Trifon:* Der heilige Tryfon fiel im 3. Jahrhundert der Christenverfolgung unter Kaiser Decius zum Opfer, er wird von der orthodoxen Kirche als Märtyrer und Heiliger verehrt – siehe unten, Anm. zu »Akulina«. Unabhängig davon ist in Russland das Gleichnis von »Trischkas Kaftan« für eine unsinnige Handlung sprichwörtlich geworden – nach einer Fabel von Iwan Krylow, in dem sich der Held, um seinen Rock zu flicken, Stücke der Ärmel abschneidet und damit die Ellenbogen ausbessert, als er aber wegen der kurzen Ärmel ausgelacht wird, schneidet er kurzerhand die Rockschöße ab und verlängert damit die Ärmel. Trischka (die Kurzform von Trifon) wird demzufolge gern als Beiname verwendet, um jemanden zu verspotten.

71 *Akulina:* Die christliche Märtyrerin Aquilina erlitt der Überlieferung zufolge dasselbe Schicksal wie der heilige Trifon – siehe oben.

MEIN NACHBAR RADILOW
Erste Veröffentlichung 1847

72 *Desjatinen:* altes russisches Flächenmaß, eine Desjatine entspricht 1,09 ha.

72 *Linden:* Linden galten als heilige Bäume.

72 *Adelsnester:* Eine Charakterisierung, die Turgenjew 1859 auch im Titel seines gleichnamigen Romans *Ein Adelsnest* verwendete.

72 *den entschlafenen Vätern und Brüdern:* Zitat aus einem Gebet des Totengedenkens.

74 *Fischkasten:* Behälter zur Aufbewahrung oder Aufzucht von lebenden Fischen (auch Setzkasten). «Die einfachsten Hälter sind diejenigen, welche ein Jeder bey seiner Wohnung in der Nähe haben kann, wenn er einen Fluss, eine Quelle, oder auch nur einen See hat, worin in einer beträchtlichen Tiefe klares Wasser ist. Diese Hälter sind weiter

nichts, als ein großer von eichenen Brettern gemachter Wasser-Kasten« (Oeconomische Encyclopädie von Johann Georg Krünitz).

74 *Vogelbauer:* Man hielt Vögel im Haus (auch besonders in Kinderzimmern), die einerseits wegen ihres Gesangs der Erbauung dienten, andererseits aber auch als Indikator für die Gefahr einer Kohlengasvergiftung, da sie empfindlich auf das Ausströmen von Kohlenmonoxid reagieren. So wurden z. B. auch im Bergbau seit alters her besonders empfindliche Kanarienvögel eingesetzt, um Gefahren für die Bergleute zu signalisieren. War die Kohlenmonoxidkonzentration hoch, starben die Vögel. Da russische Öfen oft keine oder mangelhafte Abzüge hatten, war die Kohlenmonoxidvergiftung (угар; ugar) eine häufige Krankheits- ja Todesursache.

74 *Kabinett:* »Cabinet nennet man überhaupt ein kleines Zimmer, oder ein Nebenzimmer, darinnen man studiret, schreibt, die kostbarsten Dinge verwahret, oder sich mit andern von geheimen Dingen unterredet. Daher werden die Cabinete an die Ecken der Gebäude gelegt, wo sie am meisten von dem Eingange in das Haus, oder von dem Vorsaal, abgesondert sind. Sie werden auch kleiner gemacht, als andere Gemächer, weil sie nur für einzelne oder wenig Personen erbauet werden« (Oeconomische Encyclopädie von Johann Georg Krünitz).

76 *jetzt lebt er bei mir:* In seinen *Briefen von einer Weltreise* gibt Iwan Gontscharow im Kapitel »Silhouette eines Engländers und eines Russen« auf höchst amüsante und anschauliche Weise eine Beschreibung der jeweiligen Lebensweise in beiden Ländern. So heißt es über die Kostgänger der russischen Landadligen: »Wie verwundert sich der Gast, der für einen Tag unseren Gutsherrn besucht, am Vormittag allein im Gastzimmer weilt und niemand sieht als den Hausherrn und die Hausherrin. Zum Mittagessen erblickt er jedoch plötzlich eine ganze Schar alter Männer und Frauen, die aus den Hinterzimmern herbeigeschlurft kommen und ihre ›üblichen Plätze‹ einnehmen. Sie blicken scheu, sprechen wenig, aber essen viel. Und Gott bewahre, dass man ihnen ihren ›Happen‹ zum Vorwurf macht! Sie verhalten sich ehrerbietig zum Hausherrn wie zu den Gästen. Greift der Gutsherr nach der Tabakdose in seiner Tasche, findet sie nicht, sucht mit den Augen rundum, schon springt ein Alterchen auf, findet sie und bringt sie. Der gnädigen Frau rutscht der Schal von der Schulter; eine von den alten Frauchen legt ihn ihr wieder um und bringt bei dieser Gelegenheit gleich noch ein Bändchen an der Haube in Ordnung. Du fragst: Wer sind diese Leute? Von der alten Frau heißt es, sie sei eine Witwe und heiße Nastassja Tichonowna [...], eine verarmte Adlige, ihr Mann sei

ein Spieler gewesen oder habe Haus und Hof vertrunken […] Von dem alten Herrn, irgendeinem Kusma Petrowitsch, heißt es, er habe zwanzig Seelen besessen, aber die Cholera habe die meisten dahingerafft, so dass er sein Land für zweihundert Rubel verpachtet habe, die er seinem Sohn schicke, während er selbst ›bei Leuten‹ lebe« (Iwan Gontscharow, Briefe von einer Weltreise, übersetzt von Erich Müller-Kamp).

77 **Lasst den Ruf des Sieges erschallen:* quasi die inoffizielle Nationalhymne Ende des 18. und des frühen 19. Jahrhunderts (Text von G. Dershawin), in der die Einnahme der türkischen Festung Ismail im Donaudelta (heute Ukraine, südlich von Odessa) durch den General Alexander Suworow im Jahr 1790 besungen wird, die zum Ende des fünften Russisch-Türkischen Krieges führte.

78 *Kursker Nachtigallen:* Der Gesang der Kursker Nachtigallen soll besonders wohltönend und kunstreich sein, siehe auch Anm. zu S. 174, »Kassjan von der Krassiwaja Metsch«.

78 *Husarenuniformen:* Hier ergibt sich ein Übersetzungsproblem, da das verwendete russische Wort венгерка; wengerka, sowohl einen Balltanz bezeichnet (den Csardas) als auch die Ungarin und die Husarenuniform. Hier ist aller Wahrscheinlichkeit nach die Uniform gemeint.

78 *die Hauptstädte:* gemeint sind Moskau und St. Petersburg; St. Petersburg wurde 1703 in einem Sumpfgebiet an der Mündung der Newa in den Finnischen Meerbusen von Zar Peter I. als Hauptstadt des Russischen Reichs und »Fenster nach Europa« konzipiert und 1712 zur Hauptstadt erklärt. Nach dem Tod Peters I. wurde der Status Moskaus als Hauptstadt für kurze Zeit – 1728 bis 1732 – wiederhergestellt. Nach dieser Episode blieb St. Petersburg bis 1918 die offizielle Hauptstadt; seit 1918 ist Moskau wieder Hauptstadt Russlands resp. von 1922 bis 1991 der Sowjetunion.

79 *Adelsmarschall:* Der Adelsmarschall stand an der Spitze der regionalen Ständevertretung (der Adelsversammlung, zu der ausschließlich Angehörige des Erbadels zugelassen waren), vertrat den Adel gegenüber der Administration (bis zum Zaren) und rangierte gleich nach dem Gouverneur.

80 *auf den Tisch gelegt:* Der Körper von Verstorbenen wird nach russisch-orthodoxem Ritus zunächst gewaschen, eingekleidet und dann, mit dem Gesicht in Richtung der Heiligenbilder, auf dem Tisch aufgebahrt, bevor er in den Sarg gelegt wird.

81 **alles in dieser Welt hat sein Gutes:* Eine in *Candide oder der Optimismus* von Voltaire häufig wiederholte Wendung.

81 **in der Türkei im Lazarett:* Es handelt sich um den Russisch-Türkischen Krieg von 1828 bis 1829.

82 **die allseits bekannte »Ziege«:* Ein als Ziege verkleideter Junge begleitete gewöhnlich den Schausteller eines dressierten Tanzbären, der Kunststücke aufführte.

82 *Einhöfer:* siehe die Anmerkung zu S. 84, »Der Einhöfer Owsjanikow«.

83 *Das ganze Gouvernement war in Aufruhr:* Nach den Vorschriften der russisch-orthodoxen Kirche ist die Eheschließung zwischen Schwager und Schwägerin ausgeschlossen.

83 *Vor meiner Abreise:* Turgenjew lebte seit Mitte der fünfziger Jahre dauerhaft im Ausland und stattete seinen Gütern nur hin und wieder kurze Besuche ab.

DER EINHÖFER OWSJANIKOW

Erste Veröffentlichung 1847

84 **Owsjanikow:* Die Gestalt des Owsjanikow geht auf ein Vorbild aus dem Umfeld der Besitzungen der Familie Turgenjews zurück – den gleichnamigen Einhöfer Owsjanikow aus dem Dorf Golopleki im Tulaer Gebiet.

84 *Einhöfer:* Einhöfer (однодворцы; odnodworzy) »hießen die im 16./17. Jahrhundert im südlichen Grenzgebiet staatlich angesiedelten [freien] Grenzbauern, die den niederen Dienstleuten angehörten, im Kriegsfalle Verteidigungspflichten zu erfüllen hatten und ihre kleine Parzelle selbst bearbeiten mussten […] Der Terminus wurde bis 1866 offiziell gebraucht« (Real- und Sachwörterbuch zum Altrussischen, Wiesbaden 1995). Diese Staatsbauern unterlagen nicht der Leibeigenschaft und besaßen auch eigenes Land zur Bearbeitung (für einen Hof). Sie nahmen eine Zwischenstellung ein zwischen Adligen und Bauern.

84 *Krylow:* der Fabeldichter Iwan Krylow (1769–1844).

84 *die russischen Bojaren:* der Titel der altrussischen Adligen und hohen Beamten der vorpetrinischen Zeit, sie bildeten den Rat der Fürsten. Der Bojarenstand existierte bis ins 17. Jahrhundert und wurde von Peter I. im Zuge seiner Reformen abgeschafft.

84 *ihr Paraderock:* knöchellanges, kragenloses (im Winter pelzgefüttertes) Obergewand der Bojaren (ферязь; ferjas), je nach Anlass aus verschiedenen Materialien wie Seide, Samt usw., wurde über dem Kaftan oder von Frauen über dem Kleid getragen.

85 *Arbeitsmänner:* Da Owsjanikow aufgrund seines Status als Einhöfer den Wert der Freiheit, der Arbeit usw. schätzte, achtete er seine Leute und behandelte sie nicht wie Sklaven, weshalb er seine Wertschätzung für ihre Arbeit im Wort »Arbeitsmann« ausdrückte (работник; rabotnik – heute könnte man es auch als »Mitarbeiter« übersetzen, für das 19. Jahrhundert klingt dieser Begriff aber ungewöhnlich, weshalb ich »Arbeitsmann« gewählt habe).

85 *Pferdefuhrwerk:* ein einfacher bäuerlicher Wagen, der ungefedert und oft ohne Wetterschutz ist, auch Leiterwagen.

85 *Rundschnitt:* eine Frisur mit verhältnismäßig langem, gescheiteltem, gleichlang geschnittenem Haar.

85 *Den Bart allerdings rasierte er sich:* Traditionell trug die männliche russische Bevölkerung seit alters her Vollbärte. Der Mann sei von Gott mit einem Bart geschaffen, verkündete die russisch-orthodoxe Kirche, jeder Christ müsse den heiligen Schriften zufolge auch äußerlich Jesus Christus gleichen, andernfalls sei ihm das Himmelreich versagt. Das Tragen eines Bartes bzw. keines Bartes signalisierte jedoch eine bestimmte Einstellung. Unter Zar Peter I. war lediglich Geistlichen und auf dem Land lebenden Bauern das Tragen von Bärten gestattet, ab 1705 wurde eine Bartsteuer eingeführt, die auch jene Bauern entrichten mussten, die in die Städte kamen, im Gegenzug erhielt man eine Bartsteuermarke, die stets bei sich geführt werden musste. Im Staatsdienst oder Militär war es bis 1832 nur Husaren und Ulanen gestattet, Schnurrbärte zu tragen, später wurde dieses Verbot gelockert. 1837 allerdings verschärfte Nikolai I. das Bartverbot wieder, indem er Beamten streng untersagte, Bärte oder Schnurrbärte zu tragen (die sie wegen der vorangegangenen »bartlosen Zeit« ohnehin selten trugen). 1848 schließlich verlangte Nikolai I. von sämtlichen Adligen, selbst von jenen, die nicht im Staatsdienst standen, sich die Bärte zu scheren, da er fürchtete, die revolutionären Bewegungen in Westeuropa könnten auf Russland abfärben, wobei die Bärte als Erkennungszeichen gedeutet wurden.

86 *Flurgrenzen:* siehe Anm. zu S. 94, Landvermessung.

88 *den Acker zwischen Tschaplygino und Malinino:* Im Russischen wird hier für »Acker« das Wort клин; klin, gebraucht, das wegen seiner Spezifik nicht übersetzbar ist. Turgenjew hat in einem in deutscher Sprache geschriebenen Brief an Ludwig Pietsch vom 8. Dezember 1879 erläutert, was man unter »klin« versteht: «Hier mein werther Freund, die umständliche Erklärung […] Das ganze urbare Land eines Guts wird nach altem Brauch (und bis jetzt noch) in 3 *gleiche* Teile geteilt: der

eine Teil wird mit Roggen, der zweite mit Hafer, Buchweizen etc. besäet, der dritte liegt *brach,* und jedes Jahr wird damit gewechselt. Das ist eine primitive Kultur, besteht aber bis jetzt und wird die Dreiackerwirtschaft genannt. Nun kommt noch dazu Wald u. Wiesen, wo Heu gemäht wird und endlich noch das sogenannte unbrauchbare Land (entweder schlechtes, oder Garten, Parks; Wohnungsland überhaupt). Jeder der 3 Teile heißt auf Russisch ›*Klin*‹ und wenn man wissen will, wie viel Desjatinen (Acker) im Gute existiert, so fragt man: ›Wie viele im Klin?‹. Sollte die Antwort z. B. 100 sein, so weiß man, dass im ganzen Gute ungefähr 400 Desjatinen sind, 300 in den drei Klins und ungefähr 100 (so ist das gewöhnliche Verhältnis) unter Wiesen, Garten, Wald und unbrauchbarem Land« (zitiert nach Ivan Turgenev, Werther Herr! Turgenevs deutscher Briefwechsel, herausgegeben von Peter Urban, Friedenauer Presse 2005).

89 *alle Heiligenbilder rausgetragen:* eine russische Redewendung im Zusammenhang mit etwas Empörendem, Unanständigem. In früheren Zeiten wurden während großer Gelage, Tanzvergnügen und anderer Belustigungen die Heiligenbilder abgehängt, damit die Heiligen nicht Zeugen ungebührlichen Verhaltens würden. Aus dem 17. Jahrhundert gibt es eine kuriose Veranschaulichung dieser Sitte durch den Holländer Jans Janszoon Struys, den seine Reisen auf den Weltmeeren auch nach Russland führten. Er beschreibt das Verhalten der Moskowiter, wenn sie sich Ausschweifungen hingaben, wie folgt: »Jedoch halten sie sich ehrbar und abergläubisch in auswendigen Manieren und beschlafen selten eine Frauensperson, ehe und bevor sie ihr Taufkreuz abgelegt haben. Sie tun keine Unzucht wo Bilder stehen und so es anderswo nicht geschehen kann, bedecken sie dieselbigen, halten das Gegenteil für größere Sünde und Unreinigkeit als die Hurerei selbst. Eben als ob Gottes allsehende Augen weniger als die blinden Bilder müssten gescheut werden.«

89 *Troikas:* Dreigespanne, von drei Pferden gezogene Wagen.

89 *Piter:* liebevoll für St. Petersburg, »zur Erinnerung an den Namen ›Piter‹, unter dem der Zar [Peter I.] auf der Schiffswerft in Zaandam als schlichter Arbeiter die Schiffsbaukunst erlernt hatte, bis auf den heutigen Tag hat sich im Volksmunde neben dem amtlichen Sankt Petersburg die Benennung Питер (Piter) für die Newaresidenz erhalten« (Land und Leute in Russland. Langenscheidts Sachwörterbücher, 1909). Auch heute noch spricht man in Russland, vor allem in der Stadt selbst, von »Piter«.

89 *an der Fontanka:* Die Fontanka ist ein Nebenarm der Newa im

Zentrum St. Petersburgs, entlang ihres Ufers befinden sich zahlreiche Adelspaläste.

91 *Alexej Grigorjewitsch Orlow-Tschesmenski:* Alexej Orlow (1737–1807) entstammte dem Adelsgeschlecht der Orlows, war der Bruder von Grigori Orlow, dem Favoriten Katharinas II., und einer der Verschwörer der Palastrevolution von 1762 gegen den Zaren Peter III., in deren Ergebnis Peter III. ein halbes Jahr nach der Thronbesteigung gezwungen wurde abzudanken, Katharina II. zur russischen Zarin gekrönt und Peter III. schließlich ermordet wurde.

91 *Haushofmeister:* siehe Anm. zu S. 49, »Der Himbeerquell«.

92 *die Türken geschlagen:* 1768 wurde Alexej Orlow zum Admiral der russischen Flotte über 14 Kriegsschiffe ernannt, die 1769 in der Seeschlacht von *Çeşme* erfolgreich gegen das Osmanische Reich war und ihm den Beinamen Tschesmenski einbrachte.

92 *küsste ihn auf den Mund:* Die russische Sitte, einen Fremden zum Zeichen der Liebe, Freundschaft und Ehrerbietung auf den Mund zu küssen, hat sich bis heute erhalten. Besonders fremden Gästen gegenüber beachtete man seit alters her diese höchste Form der Ergebenheit, denn Gäste wurden im alten Russland als Sendboten des Schicksals betrachtet. Oft waren die Fremden reisende waffentragende Kaufleute, die es durch Zuvorkommenheit und Entgegenkommen günstig zu stimmen galt.

93 *nie jemanden gekränkt:* In dieser Bemerkung des Erzählers schwingt Ironie mit, denn von Alexej Orlow (siehe oben) heißt es, er habe eigenhändig den Zaren Peter III. erwürgt, nachdem Katharina II. zur Zarin ausgerufen worden war. Aus einem Brief Katharinas an Graf Poniatowski vom 2. August 1762: »Dann schickte ich den abgesetzten Kaiser unter dem Befehl von Alexej Orlow mit vier Offizieren und einer Abteilung ruhiger ausgesuchter Leute nach einem ganz abgelegenen und sehr angenehmen Ort namens Ropscha, fünfundzwanzig Werst von Peterhof.« Vier Tage vor Peters Tod meldete Alexej Orlow der neuen Zarin: »Unser Scheusal ist sehr krank geworden und es hat ihn unvermutet eine Kolik befallen. Ich fürchte, dass er diese Nacht am Ende stirbt und fürchte mich noch mehr davor, er könne wieder aufleben.« In einem späteren Schreiben Orlows an die Zarin heißt es dann: »Er ist jetzt so krank, dass ich nicht glaube, dass er bis zum Abend leben wird und ist schon fast besinnungslos, wovon schon das ganze hiesige Kommando weiß, das Gott bittet, dass wir ihn möglichst bald loswerden« (alle Zitate nach: Katharina II. in ihren Memoiren, herausgegeben und übersetzt von E. Boehme, Suhrkamp Verlag 1972).

93 *Piqueur:* der leitende Parforcejäger (d.h. der Hetzjagd mit Pferd und Hundemeute); Piqueure halten die Meute bei einem Stopp im Kreis, indem sie die Hetzpeitschen hin und her bewegen und so einen imaginären Zaun um die Meute bilden.

94 **die Landvermessung:* 1836 wurden in Russland staatlicherseits Kommissionen eingesetzt, die beauftragt waren, die Gutsbesitzer zu veranlassen, sich »gütlich« über eine neue Grenzziehung zwischen ihren Ländereien und dem bäuerlichen Pachtland zu einigen. Dabei sollten insbesondere weit auseinanderliegende Flurstücke der Bauern, die oft auch weitab der Dörfer lagen, durch Landtausch vereint und den Dörfern angenähert werden. Diese Neuordnung der Landaufteilung zog sich über viele Jahrzehnte hin und ging nicht ohne Zusammenstöße zwischen den Landbesitzern ab. 1846, ein Jahr vor Erscheinen der vorliegenden Erzählung, war die Frist für den Abschluss der »gütlichen« Einigung zum dritten Mal verlängert worden. In einem Brief an Iwan Aksakow berichtet Iwan Turgenjew am 3. November 1859, dass er – anlässlich eines seiner seltenen Aufenthalte in Russland – nun ebenfalls diese neue Grenzziehung veranlasst habe: »Mit den Bauern habe ich fast überall glücklich die Grenzen zwischen den Besitzungen festgesetzt (natürlich unter Belassung der alten Menge Land), habe sie umgesiedelt (mit ihrem Einverständnis), und ab diesen Winter gehen sie alle in Obrok [Pachtzins der leibeigenen Bauern, in Form von Natural- oder Geldabgaben], für drei Silberrubel je Desjatine« (zitiert nach Iwan Turgenjew, Briefe, Deutsch von Günter Dalitz u.a., Aufbau-Verlag 1985).

95 *die Verwalter … haben sie völlig in der Gewalt:* Wegen der oft monatelangen Abwesenheit der Gutsherren schalteten und walteten viele der auf den Gütern eingesetzten Verwalter (wie auch die Dorfältesten) hemmungslos und wirtschafteten in die eigene Tasche. Auch Turgenjew, der sich mit kurzen Unterbrechungen jahrelang im Ausland aufhielt, machte ähnliche Erfahrungen. Am 12. März 1867 schrieb er anlässlich eines Aufenthalts in der Heimat an Pauline Viardot: »Ich habe meinen neuen Verwalter gesehen und ein ziemlich langes Gespräch mit ihm geführt. Er gefällt mir, er ist ein Mann in den Vierzigern mit einem energischen und ehrlichen Gesicht, der einem gerade in die Augen blickt. Er hat mir einen schriftlichen Bericht über den Zustand meines Gutes vorgelegt, und ich habe mich überzeugen können, dass es höchste Zeit war, ein wenig Ordnung und Regelmäßigkeit in dieses Chaos zu bringen.« Knapp zehn Jahre später heißt es dann in einem Brief an Gustave Flaubert vom 8. August 1876: »Ich habe einen Verwal-

ter vor die Tür gesetzt, der mir ungefähr 130 000 Francs gestohlen hat – einen beträchtlichen Teil meines Vermögens. Warum war ich so dumm? Ich habe mich aus Faulheit zu blindem Vertrauen hinreißen lassen, obwohl ich genau spürte, wenn ich dieses honigsüße bärtige Gesicht ansah, dass es einem Schurken gehörte. Nun, sei's drum, soll er mein Geld schlucken!« (zitiert nach Gustave Flaubert, Ivan Turgenev, Briefwechsel 1863–1880, Zürich 2008, übersetzt von E. Moldenhauer)

95 *Schiedsmann:* Vom Gouverneur eingesetzte Beamte, die Streitigkeiten zwischen Gutsbesitzern und Bauern schlichteten und die Institutionen der bäuerlichen Selbstverwaltung kontrollierten. Die meisten Schiedsleute vertraten vor allem die Interessen der Gutsherren.

95 *Werschok:* altes russisches Längenmaß, 4,4 cm.

98 *Deutsche Inspektoren:* Das teilweise negative Bild der Deutschen im Russland des 19. Jahrhunderts (das auch in den *Aufzeichnungen* immer wieder thematisiert wird, z.B. in »Der Himbeerquell«, »Pjotr Petrowitsch Karatajew«, »Der Hamlet des Landkreises Schtschigry« oder »Der Dorfschulze«) hat vielfältige Ursachen, ist aber wohl bereits durch die Reformen Peters I. bedingt, der seinem Land den Anschluss an Europa ermöglichen und ihm gleichzeitig einen westlichen Lebensstil aufzwingen wollte. Er holte (wie auch seine Nachfolger, insbesondere Katharina II., die ja selbst Deutsche war, und Alexander I.) zahlreiche deutsche Handwerker, Kaufleute, Wissenschaftler, Architekten, Ärzte, Apotheker, Bankiers, Militärs, Künstler und vor allem Kolonisten ins Land. Sie alle leisteten einen gewichtigen Beitrag zur wirtschaftlichen Entwicklung Russlands und waren als loyale Untertanen des Zaren geschätzt. Gegen Ende des 19. Jahrhunderts war ihre Zahl bereits auf ca. eine Million angewachsen. Ihnen wurden Privilegien wie Religionsfreiheit, Befreiung vom Militärdienst, kostenlose Landzuteilung und dreißig Jahre Steuerfreiheit garantiert, was zwangsläufig dazu führte, dass sich bei der eingesessenen russischen Bevölkerung ein ambivalentes, teilweise auch negatives Verhältnis zu den Deutschen im Land einstellte. Die deutsche Herkunft vieler Angehöriger des russischen Herrscherhauses sowie des Hofstaats sorgte ebenfalls für Unmut in der Bevölkerung, die Abgrenzung der russisch-orthodoxen Kirche von den Andersgläubigen, die als »Ungläubige« betrachtet wurden, tat ein Übriges.

98 *Ljuboswonow:* In der Gestalt des Ljuboswonow erkannten Zeitgenossen einen ironischer Kommentar Turgenjews zum Themenkomplex der Bewegung der Slawophilen, die im Gegensatz zu den »Westlern«, zu denen Turgenjew gerechnet wurde, ausschließlich auf

althergebrachte »russische Werte«, den russisch-orthodoxen Glauben usw. setzten und sich von Europa abgrenzten. Führende Vertreter der Slawophilen in dieser ideologisch sehr aufgeladenen Zeit Mitte des 19. Jahrhunderts waren die Brüder Iwan und Konstantin Aksakow, mit denen Turgenjew 1841 bekannt geworden war. »Das Slawophilentum war damals gerade im Entstehen begriffen, doch Turgenjew hat es schon damals abgelehnt«, schrieb Turgenjew später selbst über sich in einer biographischen Skizze.

Im Ljuboswonow hatte sich Konstantin Aksakow wiedererkannt, sein Bruder beklagte dies in einem Brief an Turgenjew. Der auf Harmonie bedachte Turgenjew antwortete ihm darauf das Folgende: »Mein lieber Iwan Sergejewitsch, Ihren Brief vom 4. Oktober [1852] habe ich erst gestern erhalten. Ehe ich Ihnen darauf antworte, muss ich Ihnen unbedingt erklären, warum diese dumme Stelle über Herrn Ljuboswonow in meinen ›Aufzeichnungen‹ stehengeblieben ist. Sie haben vielleicht gehört, dass dieses Buch in meiner Abwesenheit herausgegeben und gedruckt wurde. Ich hatte das Manuskript [...] nur flüchtig durchgesehen, erinnerte mich, dass es in den ›Aufzeichnungen‹ irgendwo eine Anspielung auf die Slawophilen gab, [...] jene Stelle aber ist zu meinem großen Verdruss stehengeblieben. Ich kann Ihnen versichern, als ich sie schrieb, habe ich nicht im geringsten an Ihren Bruder gedacht, und Sie können sich unschwer vorstellen, dass ich sie auf jeden Fall gestrichen hätte, nachdem wir uns näher kennengelernt haben – wäre sie mir nur erinnerlich gewesen. Möge Ihr Bruder meine Zerstreutheit verzeihen, und das wird ihm umso leichter fallen, als derartige unfreundliche Scherze auf den zurückfallen, der sie macht« (zitiert nach Iwan Turgenjew, Briefe, Deutsch von Günter Dalitz u. a., Aufbau-Verlag 1985). Alexander Herzen (1812–1870) überliefert in seinen Erinnerungen, *Gedachtes und Erlebtes* (auch unter dem Titel *Erlebtes und Gedachtes* bekannt), dass in ganz Russland außer den Slawophilen niemand Samtkäppchen trage, Aksakow aber sei so volkstümlich kostümiert gewesen, dass ebendieses Volk ihn auf der Straße für einen Perser gehalten habe. Selbst Konstantin Aksakows Bruder Iwan Aksakow stellt in einem Brief an seine Familie vom 22. Juli 1844 die Frage: »Ich wüsste gern, welchen Eindruck Kostjas [Konstantins] Kleidung auf die Bauern gemacht hat. Ich denke, er hat sich redlich bemüht, ihnen weiszumachen, dass man sich einst so in Russland kleidete.«

101 *Schutzleuten:* wörtlich etwa Hundertmänner (соцкий; sozki), von je hundert Höfen gewählte Amtsperson der Dorfpolizei. »Die Landpolizei zerfällt in Polizeiwachtmeister, Hundertmänner und

schließlich Zehntmänner (siehe Anm. zu S. 53) in den Dörfern« (Langenscheidts Sachwörterbücher, Land und Leute in Russland, 1909).

104 *Leibeigenenland:* gemeint ist Pachtland, das Recht auf Landbesitz besaßen Leibeigene nicht.

108 *in zwanzig verschiedenen Zungen:* Als die Truppen Napoleons im Juni 1812 die russische Grenze überschritten, zählten sie etwa eine halbe Million Menschen, neben Franzosen (etwa die Hälfte) waren auch Polen, Dänen, Deutsche, Holländer, Italiener, Kroaten, Österreicher, Portugiesen, Schweizer, Spanier und andere Nationalitäten darunter, weshalb man sie auch als Armee der zwanzig Zungen oder der zwanzig Nationen bezeichnete.

108 *das Kreuz von Iwan dem Großen weggeschleppt:* Es handelt sich um das Kreuz auf der Spitze des Glockenturms »Iwan der Große«. Dieser 1503 bis 1508 erbaute Glockenturm ist das höchste Gebäude des Moskauer Kreml. Der Name bezieht sich auf eine einst an derselben Stelle stehende Kirche, die dem heiligen Johannes (Iwan) Klimakos geweiht war, der Beiname »der Große« auf die Höhe des Turms. Nach dem Sieg in der Schlacht von Borodino und dem Einzug französischer Truppen in Moskau wollte Napoleon 1812 das vergoldete Kreuz (das er für pures Gold hielt) als Trophäe nach Paris bringen lassen. Beim Versuch, es abzumontieren, fiel das Kreuz jedoch herunter und zerbrach.

110 *in den Adelsstand erhoben:* In Russland unterschied man zwischen Erbadel, der sich nach der Abstammung definierte, und Verdienstadel (oder persönlichem Adel), der sich ausschließlich von der Leistung ableitete und für verschiedene Verdienste verliehen wurde. Zum Unterschied vom Erbadel hatte der Verdienstadel u. a. kein Recht, Leibeigene zu besitzen. Da Lejeune im Staatsdienst gedient hatte, wurde ihm für seine Verdienste ein Adelsprädikat verliehen.

LGOW

Erste Veröffentlichung 1847

111 **ein großes Steppendorf:* Das Dorf Lgow (zu damaliger Zeit bestand es aus mehr als 300 Höfen) befindet sich im Gouvernement Orjol, vier Werst vom Dorf Turgenjewo entfernt, einem der zahlreichen Güter der Familie des Autors und Stammgut väterlicherseits.

111 *In diesem See:* Dieser See existiert heute nicht mehr, das Sumpfland wurde trockengelegt, Flora und Fauna haben sich seit Turgenjews Zeit sehr verändert, die reiche Vogelwelt wurde dezimiert.

112 *gris-de-lin:* nach der Farbe der Leinblüte, hellblau.

112 *bleu d'amour:* blaugrau.

112 *Kwas:* durch Milchsäuregärung aus Wasser, Roggen (oder Roggenbrot) und Malz hergestelltes leicht alkoholisches Erfrischungsgetränk. »Kwas, ein Roggenbier, das Hausgetränk aller niederen Volksklassen, das beinahe in jedem gemeinen russischen Hause bereitet wird, indem man Wasser auf Malz gießt, etwas Sauerteig dazu thut, es gähren läßt, bis es klar und ein säuerliches, etwas scharf schmeckendes Getränk wird, das sich aber nur einige Tage hält« (Neueste Völker- und Länderkunde. Ein geographisches Lesebuch für alle Stände. Dritter Band, Russland, Prag 1808.)

114 *Sutschok:* Möglicherweise geht der Spitzname zurück auf das russische Wort für kleiner Ast (сучок; sutschok), er könnte sich auch von trocken, dürr (сухой; suchoj) ableiten, eventuell aber auch vom türkischen Wort sucuk, einer kräftig gewürzten Wurst. Dies könnte im Zusammenhang stehen mit den Russisch-Türkischen (Osmanischen) Kriegen im 18./19. Jahrhundert oder dem Austausch mit Aserbaidschan oder Armenien, wo diese Wurst ebenfalls bekannt war.

114 *Urne:* Urne im Sinne von Grabschmuck. »›Wenn ich an Deiner Urne stehe und weine‹, figürlich, für bei Deinem Grabe, als eine Anspielung auf die Todtentöpfe der Alten. Auch werden noch jetzt dergleichen Urnen auf die Gräber der Verstorbenen gesetzt, so auch zu deren Andenken in Kirchen, Gewölben, auf Kirchhöfen von Sandstein, Marmor etc.; auch findet man sie auf Leichengedichten, auch auf andern auf Verstorbene sich beziehenden Gedichten, auf gedruckten Leichenreden etc., in Kupfer gestochen, Holz geschnitten oder lithographirt, und mit sinnvollen Verzierungen geschmückt« (Oeconomische Encyclopädie von Johann Georg Krünitz).

115 **vicomte de Blangy:* Auf dem Dorffriedhof von Lgow befindet sich tatsächlich das Grab eines Grafen Blangy, der Hauslehrer in einer Adelsfamilie der Gegend war. Das hier zitierte Epitaph ist ebenfalls authentisch, stammt allerdings von einem anderen Grabstein auf dem Friedhof des Stammgutes mütterlicherseits, Spasskoje-Lutowinowo, und soll von Turgenjews Großonkel I. I. Lutowinow verfasst worden sein.

118 *Koffischenk:* vom deutschen Lehnwort »Kaffeeschenk«.

118 **hieß Anton, und nicht Kusma:* Auch die Gestalt des Sutschok geht auf ein authentisches Vorbild zurück, auf den Leibeigenen der Mutter Turgenjews, Anton, mit Beinamen Sutschok. Sein eigentlicher Name war Kusma, von seiner Herrin wurde er in Anton umbenannt.

119 *Kamadiant; Kejater:* Auch auf dem Gut der Turgenjews wurden Theateraufführungen gegeben, in denen die Familienmitglieder und auch Gäste mitspielten und, wie beschrieben, auch die Leibeigenen.

119 *eine Erbse gesteckt:* Die Schilderung einer derartigen Theateraufführung mit leibeigenen Schauspielern vom Beginn des 19. Jahrhunderts mag die unbarmherzigen Sitten illustrieren: »›Wo sind denn die Dekorationen?‹ fragten die Zuschauer, als sich der Vorhang hob und eine Gruppe Bauernjungen zum Vorschein kam, jeder mit einer dichtbelaubten Birke in der Hand. – ›Mein Theater ist noch sehr neu und mein hauseigener Gonzaga ist mit seiner Arbeit nicht bis zu meinem Namenstag fertig geworden‹, lautete die Antwort. Als sich dann ein in eine Wolfsfelldecke gehüllter Schauspieler, der einen Bären darstellte, auf der Bühne brüllend auf die Jäger stürzte, warf sich der riesige Hund des Hausherrn mit lautem Gebell und blitzartiger Geschwindigkeit auf die vermeintliche Bestie und biss sich unbarmherzig fest. Allgemeines Entsetzen, der Wald fiel den Jungen aus den Händen, Chaos breitete sich aus, alles lief bestürzt und weinend davon; manche Zuschauer konnten vor Lachen kaum an sich halten, andere hatten Mitleid mit dem gepeinigten Unglücksraben. Allein der allgewaltige, harte Hausherr bewahrte seinen Gleichmut, ruhig riss er den tobenden Zerberus von seiner Beute fort und sagte mit der Unschuld des goldenen Zeitalters: ›Macht weiter, ihr Dummköpfe! Den Hund hängen wir auf, aber wir wollen doch sehen, wie es weitergeht!‹« (A. Jazewitsch, Krepostnoj Peterburg Puschkinskogo wremeni; Das leibeigene Petersburg der Puschkinzeit, Leningrad 1937).

121 *Jegudiil:* Aufgrund der großen Volksfrömmigkeit trugen viele Russen Namen von Heiligen, christlichen Märtyrern oder biblischen Gestalten, dieser Brauch hat sich im 20./21. Jahrhundert verloren. Jegudiil ist die russische Form des Namens Jehudiel – »Ruhm und Lobpreis Gottes«, einer der sieben Erzengel in der orthodoxen Kirche. Siehe z. B. auch »Der Landarzt« – Trifon (heiliger Tryphon) oder Akulina (heilige Aquilina); der Jäger des Erzählers – Jermolai (Hermolaus); »Owsjanikow« – Luka (Lukas, der Evangelist); »Kassjan von der Krassiwaja Metsch« – Kassjan (Johannes Cassianus); »Der Dorfschulze« – Anpadist (Anempodist, Märtyrer) usw. Meist wurde dem Kind der Name des Heiligen jenes Tages im Kirchenkalender gegeben, an dem es geboren wurde. Demzufolge wurde auch dem Namenstag (auch Tag des Schutzengels genannt) größere Bedeutung beigemessen als dem Geburtstag, häufig jedoch fielen beide Tage zusammen.

DIE BESHIN-WIESE
Erste Veröffentlichung 1851

132 *als Beshin-Wiese bekannt:* Die hier beschriebene Beshin-Wiese liegt 13 km vom Gut der Familie Turgenjew (Spasskoje-Lutowinowo) entfernt, das Turgenjews Mutter, eine geborene Lutowinowa, in die Ehe einbrachte und unweit des Stammgutes der väterlichen Linie, Turgenjewo, in dem sich auch die in den Erzählungen mehrfach erwähnte Papierfabrik und ein Pferdezuchtbetrieb befanden.

132 *Dianka:* Aus den Tagebuchaufzeichnungen Turgenjews wird ersichtlich, dass er den Jagdhund Diana 1849 gekauft hatte. In einem Brief an Pauline Viardot heißt es im Dezember 1850 aus Moskau: »Diana ist bei mir; sie ist sehr dick geworden, so Gott will, wird sie in weniger als drei Monaten Junge zur Welt bringen, die ihr ähneln werden, denn ich habe hier einen Kavalier für sie gefunden, der ihr sehr ähnlich sieht und der berühmt ist für seine Talente. Ich will den Grundstein für eine neue, großartige Hunderasse legen und möchte, dass man in späteren Zeiten sagt: ›Sehen Sie diesen Hund? Das ist der Enkel der berühmten Diana.‹ Ich habe Diana gerade gefragt, ob sie sich noch an Sultan erinnert, sie hat die Ohren gespitzt und mir dann vielsagend zugeblinzelt.«

Als die Hündin 1858 gestorben war, schrieb Turgenjew seiner Tochter, Polina Turgenjewa: »Meine arme Diana ist vorgestern gestorben, gestern Morgen haben wir sie begraben. Ich habe geweint und ich schäme mich nicht, das zuzugeben; ein Freund hat mich verlassen, Freunde sind so selten, sei es auf zwei Beinen oder auf vier.«

133 *in alten Halbpelzen:* Hierbei handelt es sich um bis zu den Knien reichende, taillierte Schafsfellmäntel (im Gegensatz zu den in Russland im 19. Jahrhundert üblichen bodenlangen), bei denen das Leder nach außen, das Fell nach innen getragen wurde.

136 *Bastmatte:* Die *Oeconomische Encyclopädie* von Johann Georg Krünitz gibt folgende Auskunft: »Die wichtigsten für den Handel machen die russischen Bast=Matten (russ. Rohoshi) aus, welche von Archangel und St. Petersburg in erstaunlicher Menge in alle Gegenden der Welt verfahren werden. Die meisten davon werden in Sibirien aus dem Bast der Lindenbäume verfertigt.«

137 *Papierglätter:* Hier und in den Erzählungen »Chor und Kalinytsch«, »Lgow« und »Die Sänger« ist von Papierfabriken die Rede. Turgenjew spielt auf die Papierfabrik seiner Familie im Dorf Turgenjewo an, die zu jener Zeit Turgenjews älterem Bruder Nikolai gehörte.

Hier befindet sich heute das kleine Museum »Beshin-Wiese« zum Werk Turgenjews.

137 *Domowoi:* Der Domowoi (домовой), ein »unreiner, aber guter Hausgeist«, ist ein »heimlicher Mitbewohner und heimlicher Herr des Hauses«, der mit »Herr, noch häufiger mit Großväterchen« angeredet wird, wie Andrej Sinjawskij in seinem Buch *Iwan der Dumme. Vom russischen Volksglauben* erläutert: Er ist »ein alter Mann mit grauem Bart und struppigem Haar. Sein ganzer Körper ist mit weichem Flaum bedeckt. [...] Obwohl er unsichtbar bleibt, ist seine Anwesenheit jederzeit spürbar. Die Hausgenossen hören ihn manchmal leise weinen oder stöhnen. Sie hören auch, wie er nachts im Haus umhergeht, sich hinter dem Ofen zu schaffen macht oder mit den Töpfen klappert. Er erfüllt die Rolle eines treuen Wächters und beschützt Mensch, Vieh und den Hühnerhof. [...] Seine besondere Vorliebe gilt den Pferden, die er nachts häufig im Stall besucht« (zitiert nach Andrej Sinjawskij, Iwan der Dumme. Vom russischen Volksglauben, S. Fischer Verlag 1990, übersetzt von S. Geier).

139 *Russalka:* Ein weiblicher Wassergeist, diese Geister leben der Mythologie zufolge tagsüber am Grund von Flüssen und gehen nur nachts an Land, dann sitzen sie in den Bäumen.

139 *Karauschen:* eine Fischart aus der Familie der Karpfenfische.

140 *Totkitzeln wollte sie ihn:* Andrej Sinjawski schreibt dazu folgendes: »Die Helferin des Wodjanoj [des Wassergeistes] ist die Nixe Russalka. Wie in den Mythologien aller europäischen Völker sind die Wasserjungfrauen meist mit einem Fischschwanz ausgestattet. [...] Die Nixen sind darauf aus, den Menschen zu Tode zu kitzeln und ins Wasser zu locken. Einst sind sie junge Mädchen gewesen, die sich ertränkten oder Kinder, die ungetauft starben und somit den Unreinen [Teufeln] in die Hände gerieten. Manchmal steigen die Nixen ans Ufer und klettern auf die Bäume. Das ist ein wichtiges Detail: Die Bäume waren nach dem Glauben der alten Slawen die Wohnungen der Toten« (zitiert nach Andrej Sinjawskij, Iwan der Dumme. Vom russischen Volksglauben, S. Fischer Verlag, 1990 übersetzt von S. Geier).

141 *einen langgezogenen ... Laut:* im Volksglauben der Ruf des Waldgeists, des Herrn des Waldes.

144 *der Unreine:* Da dem russischen Volksglauben zufolge das Wort »Teufel« nach Möglichkeit nicht ausgesprochen werden soll, um nicht seine Aufmerksamkeit zu wecken, existieren verschiedene Euphemismen, »der Unreine«, »der Verfluchte« usw., auch Wassergeister und Waldgeister gehören zu dieser Kategorie.

144 *den seligen Barin:* Das beschriebene Warnawizy befand sich eine halbe Werst vom Gut der Turgenjews in Spasskoje-Lutowinowo entfernt. Beim »seligen Barin« handelt es sich um einen despotischen Vorfahren Turgenjews, Iwan Iwanowitsch Lutowinow (1753–1813), dessen Geist den Überlieferungen der Dorfbewohner zufolge des Nachts in der Gegend umging.

144 *Zauberkraut:* Mit Hilfe dieses magischen Krauts können dem Volksglauben zufolge sämtliche Schlösser, Fesseln u. ä. gesprengt werden.

150 *hat ihn durch den Wald geführt, immer im Kreis:* Die Aufgabe des Waldgeists besteht in der Vorstellung des Volkes darin, dem Menschen Angst einzujagen. »Mit furchtbarer Stimme ruft er Unartikuliertes, pfeift, bricht in wildes Gelächter aus und klatscht in die Hände. [...] Heimtückisch hetzt er den Menschen durch den Wald, bringt ihn vom rechten Weg ab und führt ihn immer wieder in die Irre. [...] Wenn der Mensch sich verlaufen hat, läuft er meistens im Kreis und kommt zum Ausgangspunkt zurück« (zitiert nach Andrej Sinjawskij, Iwan der Dumme. Vom russischen Volksglauben, S. Fischer Verlag 1990, übersetzt von S. Geier).

150 *hat er ihn gesehen:* »Meistens erscheint dieser Geist in Gestalt eines kräftigen Mannes, zottig, ohne Mütze, mit bläulicher Gesichtsfarbe, die von seinem blauen Blut herrührt, und leuchtend grünen Augen« (zitiert nach Andrej Sinjawskij, Iwan der Dumme. Vom russischen Volksglauben, S. Fischer Verlag 1990, übersetzt von S. Geier).

152 *Wassergeist:* »Der Wodjanoj [Wassergeist] hat ein abstoßendes Äußeres – er erscheint in der Regel als nackter alter Mann mit grünem moosigem Bart, aufgedunsenem Leib und einem vom unaufhörlichen Saufen verquollenen Gesicht [...] Der Wodjanoj hat die Gewohnheit, Badende unter Wasser zu ziehen. Er packt sie mit seinen kräftigen Händen und schleppt sie augenblicklich auf den Grund, meistens in jenes Wasserloch, in dem er wohnt. So verfährt er mit allen, die vergessen, das Kreuz zu schlagen, bevor sie ins Wasser steigen, oder zur falschen Zeit ins Wasser gehen, das heißt nach Sonnenuntergang oder, ebenso schlimm, am Mittag« (zitiert nach Andrej Sinjawskij, Iwan der Dumme. Vom russischen Volksglauben, S. Fischer Verlag 1990, übersetzt von S. Geier).

154 *Schnepfen, sie pfeifen:* Neben dem Balzgesang stoßen Schnepfen, die zur Ordnung der Regenpfeiferartigen gehören, auch Angstlaute und Alarmrufe aus, die sich wie Pfeifen anhören.

KASSJAN VON DER KRASSIWAJA METSCH

Erste Veröffentlichung 1851

161 *Siedlung:* Im Russischen hier ein Begriff (выселки; wyselki) für eine kleine Siedlung weit entfernt vom eigentlichen Dorf. Häufig wurden leibeigene Bauern zur Strafe von ihren Gutsherren in solche abgelegene Weiler umgesiedelt.

166 *Gottesnarr:* Auch als Narr in Christo bezeichnet (юродивый; jurodivy), jemand, der wunderlich, närrisch, kauzig, nicht ganz bei Sinnen ist. Gottesnarren waren entweder tatsächlich psychisch oder geistig beeinträchtigte Menschen oder christliche Asketen, die eine Geisteskrankheit vortäuschten, auf Stand und Ehre verzichten, um den Herrschenden die Wahrheit zu sagen. Im Volk genossen sie hohes Ansehen und wurden fast wie Heilige verehrt.

168 *Arschin:* altes russisches Längenmaß; 1 Arschin entspricht 0,71 m.

169 *Klafter:* altes Längen-, Raum- und Flächenmaß, etwa 1,8 m breit.

169 *Gesperre:* »Familienverband mit Jungen und Alten bei Auer-, Birkwild, Fasanen usw.« (Ludwig, Wörterbuch der Waidmannssprache, Berlin 1987).

171 **Es scheint, als blicke man in ein bodenloses Meer:* Am 25. Oktober 1852 schrieb Turgenjew an Pauline Viardot: »Ach, meine liebe Freundin, welche Gänsehaut überkam mich bei der Erinnerung an diese Siestas unter den Pappeln, deren Blätter sich sacht von den Zweigen lösten und sanft auf uns niederfielen! Oh, ja! Wie blau der Himmel damals war, ich fürchte sehr, eine solche Schönheit nie mehr zu Gesicht zu bekommen. Dies alles hat einen so tiefen, lebendigen Eindruck bei mir hinterlassen, dass ich nur die Augen schließen muss und schon höre ich das leise Flüstern dieser schon toten Blätter, die aber im Himmelsblau, das sie umflutete, besonders schön leuchteten! Wissen Sie, dass ich an einer Stelle meines Buches (haben Sie es bekommen?), genau wie Sie, von den Bäumen spreche, die sich gleichsam vom Himmel herabsenken? Es ist nicht das erste Mal, dass wir dieselben Gedanken haben …«

174 *Kursk:* siehe Anmerkung zu S. 78, »Mein Nachbar Radilow«.

174 *lesen und schreiben:* Erst 1918 wurde in Russland eine allgemeine (vierjährige) Schulpflicht eingeführt, siehe Anm. zu S. 22, »Chor und Kalinytsch«.

175 *Die habe ich … ja … also:* In der Gestalt des Kassjan beschreibt

Turgenjew den Anhänger einer priesterlosen Sekte, vermutlich jener der »Stranniki« (Pilger). Er musste dies verklausuliert tun, denn die Zensur hätte die Erzählung sonst nicht genehmigt, da diese Sekten, die vom Staat als Raskolniki (Abtrünnige; Ketzer; Spalter) bezeichnet und verfolgt wurden, die Staatskirche ablehnten. Das hatte zur Folge, dass ihre Anhänger nicht offiziell heiraten konnten, denn nur eine vor einem Geistlichen der orthodoxen Kirche geschlossene Ehe hatte offizielle Gültigkeit. Andere Formen des Zusammenlebens galten als Unzucht und wurden mit Verbannung bestraft, die Kinder nahm man weg und steckte sie zur «rechtgläubigen Erziehung« in Klosterschulen, weshalb Kassjan nicht über sein Familienleben sprechen will (Annuschka ist ja vermutlich seine Tochter). Da Turgenjew all dies nur andeuten konnte, fragte er in einem Brief vom 24. März 1851 einen befreundeten jungen Literaten, J. M. Feoktistow, um seine Meinung über die Erzählung, da »*notgedrungen* vieles ungesagt geblieben« sei. »Ich würde gern wissen, ob man versteht, worum es geht?« Feoktistow umgeht jedoch eine direkte Antwort: »Ihr Beitrag über Kassjan ist wunderbar! Es ist zweifellos eine Ihrer besten Erzählungen – das finden hier alle. Außer dem Charakter, der sehr plastisch und verständlich ist, scheint es, als sähe man alles vor sich, das Dorf, menschenleer an diesem heißen Sommertag, und schließlich auch die Beschreibung des Tages selbst – man meint, man sei gerade eben aus diesem Dorf abgereist. Überhaupt – eine wahrhaft meisterliche Erzählung.«

176 *Vormundschaft:* Unter bestimmten Bedingungen konnten Güter unter Vormundschaft des Staates gestellt werden: wenn es keine Erben gab; wenn das Gut verschuldet war; wegen Machtmissbrauchs gegenüber den Leibeigenen – übermäßige Abgaben, Grausamkeit usw. In diesem Falle wurde der Gutsbesitzer aus seinem Gut ausgewiesen, es wurde staatlicherseits ein Verwalter eingesetzt, der Eigentümer erhielt lediglich bestimmte regelmäßige Zahlungen.

176 *Krassiwaja Metsch:* heute Krassiwaja Metscha – Fluss im Gouvernement Tula, rechter Zufluss des Don. Mit seinen hohen, felsigen, gewundenen Ufern galt die Gegend als eine der malerischsten des europäischen Russland.

177 *Gamajun:* ein Paradiesvogel aus der russischen Folklore, mit dem Kopf und der Brust einer Frau, der dem Volksglauben zufolge denen, die ihn zu verstehen fähig sind, die Zukunft prophezeit.

177 *goldene Äpfel wachsen:* in der Mythologie sowohl bei den Griechen bekannt (sie wuchsen im Garten der Hesperiden und verliehen den Göttern ewige Jugend), als auch in der nordischen Mythologie, der

zufolge Idun, die Göttin der Jugend und Unsterblichkeit, Hüterin der goldenen Äpfel ist. Diese Vorstellungen fanden Eingang in die russischen Märchen.

177 *Romny:* eine Stadt im Nordosten der Ukraine; ca. 450 km von Kassjans Wohnort entfernt.

177 *Sinbirsk:* Stadt an der Wolga, ab 1780 Simbirsk genannt, seit 1924 in Uljanowsk umbenannt, da W. I. Lenin (Uljanow) dort geboren wurde; ca. 1000 km von Kassjans Wohnort entfernt.

180 *zum ersten Mal mit »Sie« anredete:* Der Wechsel in der Anrede, von du zu Sie, erklärt sich (hier und in anderen Erzählungen) daraus, dass man in Russland erst seit ca. dem 18. Jahrhundert die Höflichkeitsform »Sie« aus Westeuropa in die Alltagsrede einführte. Im Volk behielt man auch der »Herrschaft« gegenüber meist die alte Anredeform »du« bei bzw. wechselte nur bisweilen zum »Sie«.

DER DORFSCHULZE
Erste Veröffentlichung 1847

185 *il faut prendre cela en considération:* das muss man in Betracht ziehen.

186 *den »Ewigen Juden«:* Der Roman von Eugène Sue, 10 Bde., *Le Juif errant*, 1844–45, war damals gerade in aller Munde.

186 *La sonnambula:* »Die Nachtwandlerin« oder »Die Schlafwandlerin«, Oper von Vincenzo Bellini.

187 *Mais c'est impayable!«:* Das ist ja köstlich!

187 *Mais comment donc!:* Wieso denn das!

188 **Maßnahmen veranlassen:* Anlässlich des 100. Geburtstags von Iwan Turgenjew sagte W. Korolenko 1918 in einer Rede: »… Penotschkin, der Mann mit den besten Manieren, der kaltblütig befiehlt: ›Im Falle von Fjodor … Maßnahmen veranlassen‹ und auch Herr Swerkow [aus »Jermolai und die Müllerin«], der zutiefst von der Undankbarkeit des leibeigenen Mädchens überzeugt ist, […] all dies sind für jene Zeit alltägliche Erscheinungen, alltägliche Menschen, von denen es damals unzählige gab. Und schrecklich war gerade die Alltäglichkeit.«

188 *Voilà, mon cher, les désagréments de la campagne:* Tja, mein Lieber, das sind die Unannehmlichkeiten des Landlebens.

189 *Ce sera charmant:* Das wird wunderbar.

189 *C'est arrangé:* Abgemacht.

189 *c'est leur affaire:* Das ist ihre Sache.

189 *une forte tête:* Ein kluger Kopf.

190 *Unmenge an Wäsche, Proviant, Kleidung:* Zeitgenossen berichteten, dass Turgenjews Mutter, wenn sie ihre Güter in den Gouvernements Orjol, Tula oder Kursk inspizieren fuhr, ebenfalls mit einem ganzen Tross an Fahrzeugen aufbrach: die Kutsche der Herrin, eine Kutsche mit ihrem Arzt, eine Kutsche mit der Wäscherin und der Zofe, eine Kutsche mit dem Koch und den Küchenutensilien.

190 *so mancher sparsame, genügsame Deutsche:* Über die Deutschen (siehe auch Anm. zu S. 98, »Der Einhöfer Owsjanikow«) kursierten und kursieren in Russland allerlei Klischeevorstellungen, »sparsam« gehört ebenso dazu wie »fleißig« und »arbeitsam«. In einem Brief vom 24. Februar 1862 an Paul Heyse beispielsweise schreibt Turgenjew aus Paris: »Ich hoffe, dass Ihre Gesundheit gut und Ihr Aufenthalt in Meran für Sie und Ihre Familie heilsam gewesen ist. Ich bin sicher, dass Sie auch gearbeitet haben – Sie sind nicht umsonst ein Deutscher – während ich als Slawe nichts getan habe« (zitiert nach Iwan Turgenjew, Briefe, Deutsch von Günter Dalitz u. a., Aufbau-Verlag 1985).

190 *Carême:* Marie-Antoine Carême (1784–1833) war einer der bekanntesten Köche seiner Zeit, der wesentlich zur Ausprägung der klassischen französischen Küche beigetragen hat. Er arbeitete u. a. für Napoleon, den britischen König Georg IV., Zar Alexander I. und Kaiser Franz von Österreich.

191 *der Dorfälteste:* староста; starosta, der Vorstand der Dorfgemeinschaft, der gegenüber dem Gutsbesitzer für die Ordnung und die Erfüllung der Pflichten der leibeigenen Bauern verantwortlich war. Er wurde entweder vom Gutsbesitzer eingesetzt oder von der Dorfgemeinschaft gewählt.

192 *kalten Haushälfte:* Die Räumlichkeiten in einem Haus ohne Ofenstelle.

193 *Dorfschulze:* Dieses im Russischen mit dem deutschen Lehnwort бурмистр; burmistr, bezeichnete Amt wird im *Wörterbuch von Pawlowski* (1911) folgendermaßen beschrieben: »Im Inneren Russlands der vom Gutsbesitzer mit der Aufsicht über das Gut betraute Bauer, der Gutsälteste, Gutsvogt, Amtmann, Dorfschulze.«

194 *N'est-ce pas que c'est touchant:* Ist das nicht rührend.

195 *Flurgrenzen:* siehe Landvermessung, Anm. zu S. 94, »Der Einhöfer Owsjanikow«.

195 *Schiedsmann:* siehe Anm. zu S. 95, »Der Einhöfer Owsjanikow«.

196 *Polizeihauptmann:* Ihm unterstanden auf dem Land die Schutzleute und die Polizeigehilfen.

196 *Quel gaillard:* Was für ein Spitzbube.

197 *schlug auf seine Eisentafel:* »Sogar in St. Petersburg ist die Gewohnheit, dass die Wächter, welche auf einzelnen Höfen, oder in gewissen Theilen der Stadt gehalten werden, die Stunden durch Schlagen auf eine frey hangende eiserne Tafel anzeigen« (Oeconomische Encyclopädie von Johann Georg Krünitz).

198 **kauft ruhig … auf meinen Namen:* Leibeigene besaßen nicht das Recht auf Landbesitz, so dass ein derartiger Kauf nur auf den Namen ihres Gutsherrn möglich war.

201 *Rekruten:* siehe auch Anm. zu S. 42, »Jermolai und die Müllerin«.

202 *Je vous demande bien pardon, mon cher:* Bitte entschuldigen Sie, mein Lieber.

202 *C'est le mauvais côté de la médaille …:* Das ist die üble Seite der Medaille.

DAS KONTOR

Erste Veröffentlichung 1847

206 **wie eine alte Jungfer:* Diese Bemerkung löste bereits bei den Zeitgenossen Turgenjews Unbehagen aus, so z. B. bei Iwan und Konstantin Aksakow. Iwan Aksakow empfand sie als Turgenjews unwürdig, so schrieben lediglich zweitrangige Verfasser von Vaudevilles, sein Bruder Konstantin Aksakow in einem Brief: »Es finden sich Lieblingswendungen, die oft nicht am Platze sind, althergebrachte Spötteleien über alte Jungfern, auf die ernsthafte Menschen heutzutage verzichten sollten.«

209 **das herrschaftliche Hauptkontor:* Auch Turgenjews Mutter hatte ein derartiges Hauptkontor eingerichtet, wodurch ein weiteres Amt geschaffen wurde (der Hauptkontorist) und die Zahl derjenigen, die ihre Macht über die Leibeigenen ausübten, noch vergrößert wurde.

210 **aßen zwei alte Männer eine Wassermelone:* Ein Gemälde, das zwei Männer zeigt, die eine Wassermelone essen, hing im Haus der Turgenjews in Spasskoje und befindet sich auch heute noch im Turgenjew-Museum in Spasskoje-Lutowinowo.

210 *en raccourci:* perspektivisch verkürzt.

211 *Polizeigehilfen:* siehe Anm. zu S. 53 (»Der Himbeerquell«), russ. десятский; desjatski – unterster Rang der Landpolizei, wurde von den Bauern gewählt (für 10 bis 30 Höfe, desjat' = 10), unterstand dem сотский; sotski, der für 100 bis 200 Höfe zuständig (sto = 100). Sie waren verantwortlich für die Ordnung während der Gottesdienste in den Kirchen, die Sauberkeit in den Dörfern, an Flüssen und Seen, den Brandschutz, die Ordnung auf den Märkten usw. und wurden für ein Jahr gewählt. Auch »Dorfschutzmann«.

212 **Koskenkin:* die volkstümliche Form des Vornamens Konstantin.

214 *Fünfunddreißig Rubel:* Gemeint ist der Betrag pro Jahr.

216 *Fastenöl:* Der russische Kirchenkalender schreibt verschiedene mehrwöchige Fastenzeiten vor, in denen keine Produkte tierischen Ursprungs gegessen werden dürfen. Darüber hinaus fasten russisch-orthodoxe Christen am Mittwoch und Freitag. Aus diesem Grund trifft man in der russischen Alltagssprache häufig auf Wörter, die den Begriff »Fasten« enthalten (z. B. Fastensuppe u. ä., um zu verdeutlichen, dass kein Fleisch mitgekocht wurde).

217 *zwei graue Scheinchen:* Banknoten (nach ihrer Farbe), die 1769 unter Katharina II. ausgegeben wurden und bis 1849 im Umlauf waren – ein »Grauer« im Wert von 200 Rubeln.

217 *einen weißen:* Banknote im Wert von 25 Rubeln.

221 **Farbton Adelaide:* dunkelblau.

222 *Pass:* Unter dem im 18. Jahrhundert in Russland eingeführten »Pass« verstand man ein Dokument, das Namen und Wohnort einer (männlichen) Person bezeugte, wenn sie sich von ihrem Wohnort entfernte. Eingetragen wurden auch Ehefrau, Kinder und alte Angehörige, sofern sie im Haushalt des Passinhabers lebten. Entfernte man sich ohne einen von der Obrigkeit oder vom Gutsherrn ausgestellten Pass für längere Zeit und in einer bestimmten Entfernung von seinem Wohnort, galt dies als Flucht und wurde bestraft.

224 *Botenjungen:* Im russischen Original hier das schwer wiederzugebende Wort казачок; kasatschok, wörtlich »kleiner Kosak«. Der besseren Verständlichkeit wegen (und um Verwechslungen mit einem Kosaken zu vermeiden) in der Übersetzung als »Botenjunge« umschrieben. Ein kasatschok war ein zum Gesinde gehöriger minderjähriger Diener, der eine Kosakenuniform trug. Zu seinen Aufgaben zählte es, die Herrschaft über die Ankunft von Besuchern zu informieren, verschiedene Botengänge zu erledigen, Erfrischungen anzubieten und anderes mehr.

225 *der Deutsche:* siehe Anm. zu S. 98, »Der Einhöfer Owsjanikow«.

225 *hohen, engen Halsbinde; nickte mühsam:* »Es gibt Mannspersonen, welche ein blutrothes Gesicht, mit strotzenden Adern und heraustretenden Augen, für eine besondere männliche Schönheit halten, und sich einbilden, dass dieses Ansehen eines Erwürgten dem Frauenzimmer nicht wenig gefalle. Um nun dieses desto gewisser zu erhalten, schnüren sie die Hals=Binden so fest zusammen, dass sie, um zu gefallen, sich halb erdrosseln« (Oeconomische Encyclopädie von Johann Georg Krünitz). Es gab Halsbinden, die aus Rosshaar gewebt oder mit Rosshaar verstärkt und dadurch besonders steif waren.

227 *Jeremejew, auch Jeremeitsch:* umgangssprachliche Varianten des Vatersnamen Jeremejewitsch.

DER ISEGRIM
Erste Veröffentlichung 1848

232 *der Isegrim:* im Russischen hier das Wort бирюк; birjuk, mit dem in den russischen Märchen ein wildes Tier, meist der Wolf, bezeichnet wird. Das Wörterbuch von Pawlowski vermerkt unter diesem Stichwort u. a. »der Wolf; der Werwolf; ein finsterer Mensch, Murrkopf; finster, mürrisch, grimmig aussehen«. Im Deutschen als Isegrim aus der Fabel bekannt. »In Niedersachsen nennet man noch einen jeden mürrischen und trotzigen Menschen einen Isegrimm« (Oeconomische Encyclopädie von Johann Georg Krünitz).

233 **wie ein Kahn in den Meereswogen:* Bezieht sich auf eine Gedichtzeile von M. Lermontow.

234 *die Zwischendecke:* полати; polati, laut Wörterbuch von Pawlowski »ein Brettergerüst; eine Art Pritsche (Schlafstelle) unterhalb der Decke der Bauernstuben«.

236 *Saughörnchen:* im Russischen рожок; roshok, wörtlich Hörnchen. Ein kleines Gefäß zum Füttern der Säuglinge mit Milch; auf dem Land wurde häufig ein Kuhhorn mit einem Loch am spitzen Ende verwendet.

ZWEI GUTSBESITZER
Erste Veröffentlichung 1852

245 *wie Saadi, Puschkin zufolge, gesagt hat:* Saadi, persischer Dichter (13. Jahrhundert). Anspielung auf Zeilen aus *Jewgeni Onegin*.

245 *für einen Armenier ausgab:* aufgrund der Geringschätzung, häufig auch Feindseligkeit, die Juden entgegengebracht wurde, da Armenier zwar auch keine Russen sind, aber »immerhin« Christen.

246 *einen Kleinrussen:* damalige Bezeichnung für Ukrainer (bzw. Kleinrussland für die Ukraine).

247 *Kopfputz:* Die Ironie dieser Äußerung erschließt sich erst, wenn man berücksichtigt, dass die mit den russischen, im Deutschen nicht adäquat wiederzugebenden Begriffen кокошник; kokoschnik, und кичка; kitschka, bezeichneten Kopfbedeckungen aufwendig gearbeitete Hauben bezeichnen. Dieser Kopfputz ist reich geschmückt und türmt sich hoch auf, demzufolge bot diese doppelte Haube einen höchst seltsamen, komischen Anblick.

248 *Journal des Débats:* französische Zeitung, erschien seit 1789 bis 1944 (zunächst als Wochenzeitung, später als Tageszeitung).

248 *Wahlen:* Gemeint sind die Wahlen zur Adelsversammlung, die alle drei Jahre stattfanden, siehe auch Anm. zu S. 79, »Mein Nachbar Radilow«. Mit dem Amt des Adelsmarschalls waren große Ausgaben verbunden, denn er sah sich verpflichtet, ein offenes Haus zu führen und bedürftigen Adligen auch materiell zu helfen, ohne jedoch für dieses Amt eine Gratifikation o. ä. zu erhalten. Es war dem Adelsmarschall auch untersagt, Geschenke anzunehmen.

248 *Birkenrute:* Im russischen Dampfbad schlägt man sich oder anderen mit einem Reisigbesen leicht auf den Körper. Zuvor wird das getrocknete Birken- oder Eichenreisig in heißes Wasser getaucht und aufgeweicht. Dies regt die Blutzirkulation an. »Die Badenden legen sich ganz nackt auf eine der Bänke und schwitzen daselbst mehr oder weniger, nach Maßgabe des heißern Dunstkreises, in welchem sie sich befinden. Um die Ausdünstung noch mehr zu befördern, lassen sie sich mit Besen von belaubten Birkenreisern sanft schlagen« (Neueste Völker- und Länderkunde. Ein geographisches Lesebuch für alle Stände. Dritter Band, Russland, Prag 1808).

250 *Postmeister:* Beamter, der nicht nur dem Gouvernements- oder Kreispostkontor vorstand und für die Beförderung der Korrespondenz und anderer Postsendungen zuständig war, sondern auch die Aufsicht über den Transport der Passagiere mit der Pferdepost führte.

250 *Stationsvorsteher:* Beamter, der für das Wechseln der Pferde in den Poststationen zuständig war und der niedrigsten (14. Rangklasse) angehörte. (Zu Rangklassen, siehe Anm. zu S. 384, »Der Hamlet des Landkreises Schigry«.)

250 *vieux grognard:* ein alter Haudegen.

251 *fünfhundert Seelen:* Unter den Seelen sind Leibeigene zu verstehen, für die Steuern gezahlt werden mussten. Bis zur Aufhebung der Leibeigenschaft in Russland (1861) war etwa ein Drittel der Bevölkerung leibeigen. Die Leibeigenen wurden als Zubehör des Bodens betrachtet, demzufolge wurde der Besitz eines Adligen neben dem Flächenmaß auch nach der Anzahl der Leibeigenen bemessen, die das Gut bewirtschafteten. Die Gutsbesitzer wurden in drei Gruppen unterteilt: kleine Grundbesitzer (мелкопоместные; melkopomestnyje), die bis zu 100 Seelen besaßen, mittlere Grundbesitzer (среднепоместные, srednepomestnyje), deren Besitz an Seelen einige Hundert betrug, und Großgrundbesitzer (крупные; krupnyje), die mehr als tausend Seelen besaßen. Turgenjews Mutter beispielsweise besaß allein auf ihren Orjoler Gütern mehr als 5000 Leibeigene. Darüber hinaus besaß sie Güter in den Gouvernements Kaluga, Tula, Tambow und Kursk.

251 *Butenop:* Johann und Nikolai Butenop, aus Holstein stammende Fabrikanten, die in den dreißiger Jahren des 19. Jahrhunderts in Moskau eine Fabrik für landwirtschaftliches Gerät gründeten.

252 *Batjuschka:* siehe Anm. zu S. 11, »Chor und Kalinytsch.

255 *Fischkästen:* siehe Anm. zu S. 74, »Mein Nachbar Radilow«.

255 *umgesiedelt:* siehe Anm. zu S. 161, »Kasjan von der Krassiwaja Metsch«.

256 *Landvermessung:* siehe Anm. zu S. 94, »Der Einhöfer Owsjanikow«.

256 *unter die Soldaten gesteckt:* siehe Anm. zu S. 42 (»Jermolai und die Müllersfrau«).

LEBEDJAN
Erste Veröffentlichung 1848

259 *Lebedjan:* Im 19. Jahrhundert war die Stadt Lebedjan (im Gouvernement Tambow, ca. 250 km vom Gut Turgenjews entfernt) durch ihre Pferdemärkte berühmt, seit 1826 gab es dort auch die erste Pferderennbahn Russlands.

260 *Petschora:* Der Fluss entspringt im nördlichen Ural und fließt

ins Nordpolarmeer, ist also mehr als 2000 km von den beschriebenen Örtlichkeiten entfernt.

260 *Remonte:* »Remonte heißen diejenigen Pferde, welche zum Ersatz des Abganges der im Kriegswesen nöthigen Pferde angeschafft und gebraucht werden. Das Remontiren oder Ergänzen dieses Abganges geschieht bey den europäischen Heeren entweder durch Aufziehen der Pferde in eignen Militärgestüten, oder durch Aufkaufen im In= oder Auslande« (Oeconomische Encyclopädie von Johann Georg Krünitz).

260 *Pan Twardowski:* Held verschiedener polnischer Werke, die Parallelen zu Goethes *Faust* aufweisen.

260 **Zigeuner singen würden:* Der Jahrmarkt von Lebedjan war auch berühmt wegen der dort auftretenden Zigeunerchöre, die sich in Russland in allen gesellschaftlichen Schichten großer Beliebtheit erfreuten.

262 *Konfederatka:* traditionelle polnische Kopfbedeckung, getragen wurde die hohe Konfederatka von polnischen Ulanen in der Polnischen Legion des Napoleonischen Heeres. Die Mütze wurde in verschiedenen Phasen der Geschichte Polens als Ausdruck des polnischen Nationalgefühls getragen.

262 *Kastorhüten:* von lat. castor für Biber, ein aus Biberhaar gefertigter Filzhut, Vorläufer des Zylinders.

262 **schon Aeneas wusste:* Bezieht sich auf Verse aus dem 2. Buch des Epos *Aeneis* von Vergil – »Doch, ist so groß das Gelüst, mein Trauergeschick zu vernehmen und in der Kürze den Schluss zu hören von Ilions Nöten. Wenn gleich schaudernd der Geist zurückbebt vor der Erinnrung, will ich beginnen« (Übersetzung nach W. Hertzberg, bearbeitet von E. Gottwein).

263 *Billardzimmer:* In Russland war und ist eine Billardvariante verbreitet, die auch als Pyramidenbillard bekannt ist. Es wird mit 15 Bällen gespielt, die größer sind als Karambolagebälle. Die Regeln ähneln jenen des Poolbillards, es existiert jedoch keine Trennung zwischen Spielball und Objektbällen: nur beim Anstoß hat der (rote) Spielball eine eigene Bedeutung, danach darf mit jedem der Bälle jeder andere Ball oder der Spielball versenkt werden.

265 *Markeur:* Er ist für den fairen Verlauf des Spiels verantwortlich und zeichnet die Punkte auf.

265 *Rakallion:* Hier kann nur vermutet werden, worauf sich dieses Wort bezieht, möglicherweise auf racaille, französisch für Pack, Gesindel.

265 *Triplet:* Wenn der Ball zweimal an der Bande des Billards anschlägt, ehe er an den beabsichtigten Ort seiner Bestimmung gelangt.

266 *Kickser:* vom Englischen kicks, ein Abgleiten des Queues am Ball, meist, wenn das Queueleder nicht richtig präpariert ist (z. B. nicht gekreidet).

267 *Baklaga:* russisch Fässchen für Branntwein für die Reise; Feldflasche.

268 *Hasenpelz:* mit Hasenfell gefütterter knielanger Mantel, wobei das Fell nach innen getragen wird.

271 *Zar Iwan Wassiljewitsch:* Iwan IV. Wassiljewitsch, mit dem Beinamen »der Schreckliche« (1530–1584), der erste Moskauer Großfürst, der sich zum russischen Zaren krönen ließ.

271 *J'aime ça:* Das gefällt mir.

274 *Ingwer:* Ingwer wurde und wird bei Pferden gegen Entzündungen und Arthrose eingesetzt. Ursachen von Lahmheit usw. können auf diese Weise aber nicht beseitigt werden, so dass bei Belastung die Schmerzen und demzufolge die Lahmheit wiederkehren.

274 *Schlempe:* Rückstände der Destillation von Branntwein, wurde wegen des Gehalts an Eiweiß, Fetten u. a. als Viehfutter benutzt.

274 *von Rockschoß zu Rockschoß:* Beim Pferdekauf wurden in alter Zeit die Zügel (oder das Geld) unter den Rockschößen weitergegeben, zum Zeichen, dass der Besitzer das Pferd guten Willens abgibt, ohne Missgunst.

275 *dämpfig:* »Die Entzündung der Lunge und der Brust=Muskeln, welche bey den Pferden besonders mit dem Nahmen der Herzschlächtigkeit belegt, und wovon ein keichendes, engbrüstiges und bauchschlagendes oder herzschlächtiges Pferd im Fr. Cheval poussif, genannt wird, ist eine der gefährlichsten Krankheiten des Viehes« (Oeconomische Encyclopädie von Johann Georg Krünitz).

TATJANA BORISSOWNA UND IHR NEFFE

Erste Veröffentlichung 1848

Am 14. Dezember 1847 schrieb Turgenjew aus Anlass der Erzählung »Tatjana Borissowna und ihr Neffe« an Pauline Viardot: »Vor drei Tagen las ich zweien meiner russischen Bekannten eine gerade eben beendete Geschichte vor. Sie konnten vor Lachen kaum an sich halten … Das hat überaus seltsam auf mich gewirkt und war mir gleichzeitig auch sehr angenehm … Ich habe nicht geglaubt, dass ich die Fähigkeit besitze, andere zum Lachen zu bringen.«

278 *Matuschka:* russisch Mütterchen.

279 *Beschließerin:* »eine der nöthigsten und nützlichsten Hausgenossen bei herrschaftlichen Wirthschaften, sowohl in Städten als auf dem Lande. Sie muss ein vollkommen erfahrnes, fleißiges und ehrbares Weib, oder eine betagte Jungfer seyn, welche alles, was zur städtischen und ländlichen Wirthschaft gehört, wohl verstehet und anzuordnen weis; z. E. den wohlfeilen Einkauf der Eß= und Trink=Waaren, das Kochen, Brodbacken, Bier= und Wein=Auffüllen und Abziehen, Branntweinbrennen, Waschen, Plätten, Honig läutern, Wachssieden, Lichtziehen, Spinnen, Weben, Bleichen, Obstdörren, Gartengewächse und andere Früchte einlegen, Einsalzen, Säuern und Räuchern des Fleisches, u.s.w. Unter ihre Verwahrung gehören die Speise= Milch= Obst= und andere Vorraths=Kammern, die Bier= und Wein=Keller etc. Sie regieret die Küchen= Wasch= Spinn= und andere Dienst=Mägde eines Hauses; daher zu einer guten Ordnung unter andern auch nothwendig ist, daß die Ausgeberinn ihr Cabinet, Stube oder Cammer in der Nähe bei den Mägden habe, damit sie dieselben in einer guten Zucht halte, und ihnen die gehörige Arbeit zutheile. In manchen städtischen vornehmen Wirthschaften bedienet man sich zu den meisten vorbenannten Verrichtungen einer sogenannten Haus=Jungfer, welche, wenn sie von guter Geburt und Erziehung, oder wohl gar aus der Verwandtschaft des Hauses ist, mit an dem herrschaftlichen Tische speiset, und außerdem mehr auf freundschaftlichen als Bedienten=Fuß behandelt wird« (Oeconomische Encyclopädie von Johann Georg Krünitz).

281 *Büfettier:* russ. буфетчик; bufetschik. Einem Büfettier unterstand in wohlhabenden Häusern das Büfettzimmer, das sich neben dem Speisezimmer befand. Hier wurden sämtliche für die Tafel notwendigen Dinge aufbewahrt (wie Besteck, Geschirr, Tischdecken, aber auch Kaffee, Zucker und andere teure Vorräte), die Speisen wurden aus der Küche zunächst hierher getragen. Dem Büfettier oblag die Aufsicht über das Decken des Tisches wie über das Servieren der Speisen.

281 *Verehrer Viottis:* Giovanni Battista Viotti (1755–1824), gefeierter italienischer Geigenvirtuose und Komponist, konzertierte auch in St. Petersburg.

285 *leidenschaftlichen Briefwechsel:* Die Turgenjew-Forschung erkennt in der Beschreibung der »alten Jungfer« die siebenundzwanzigjährige Schwester des russischen Sozialrevolutionärs Michail Bakunin. Mit Bakunin war Turgenjew durch seine Studienzeit in Berlin sehr gut

bekannt, u. a. teilten sie sich 1840 ein Zimmer. Zwischen dem dreiundzwanzigjährigen Turgenjew und Tatjana Bakunina (1815–1871) entwickelte sich eine Schwärmerei, die sich bei Tatjana Bakunina bald zu einer großen Liebe entwickelte, die auch in exaltierten Briefen ihren Niederschlag fand. Im März 1842: »Wenn Sie wüssten, was ich fühle. Ich würde diese Tage nicht überleben, hätte ich nicht die vage Hoffnung, Sie noch ein Mal, mein Gott, nur noch ein einziges Mal zu sehen … Erzählen Sie es ruhig jedem x-Beliebigen, dass ich Sie liebe, dass ich mich sogar erniedrigt habe, Ihnen meine unerbetene, unnötige Liebe zu Füßen zu legen, mag man mich steinigen, glauben Sie mir, ich würde es ertragen, ohne mich zu schämen … Könnte ich Ihnen alles geben, was das Leben an Herrlichem, Heiligem, Großem bereithält, könnte ich Gott bitten, Ihnen sämtliche Freuden zu schenken, alles Glück der Welt, so scheint mir, ich würde nichts für mich selbst fordern. Eines Tages, daran glaube ich, werden Sie so glücklich werden, wie ich es möchte, dann denken Sie daran, Turgenjew, dass ich mich für Sie freuen werde, so sehr freuen werde, wie eine Mutter sich für ihren Sohn freut, denn ich empfinde die tiefe, grenzenlose, blinde Zärtlichkeit einer Mutter und deren heilige Selbstlosigkeit […] Manchmal protestiert alles in mir gegen Sie. Dann bin ich bereit, die Bande zwischen uns zu zerreißen, die mich in meinen eigenen Augen erniedrigen, und ich bin imstande, Sie für jene Macht zu hassen, der ich mich gewissermaßen unfreiwillig unterworfen habe. Doch wenn ich Sie dann aus der Tiefe meiner Seele anschaue, bezwinge ich diese Gefühle. Ich kann nicht anders als an Sie zu glauben … Seit ich Sie liebe, sind mir Stolz, Eigenliebe und Angst abhandengekommen. Ich habe mich ganz meinem Schicksal ergeben. Wenn Sie mich fragten, warum ich Ihnen schreibe, könnte ich nicht antworten, ich weiß es selbst nicht, ich bin traurig und mache mir Sorgen, denn ich weiß nicht, wie es Ihnen geht. Vielleicht sind Sie krank, vielleicht leiden Sie, und wir wissen es nicht und ich kann Ihnen nicht helfen. Mein Gott, warum halten Sie sich von uns fern! Bin ich etwa der Grund dieser plötzlichen Entfremdung? Aber weshalb? Was ist die Ursache? […] Denken Sie daran, Turgenjew, es gibt jemanden auf der Welt, der nur auf ein Zeichen von Ihnen wartet, um Ihnen seine ganze Kraft, seine ganze Liebe, seine ganze Hingabe zu schenken … Ich könnte Ihnen furchtlos die reine Zuneigung einer Schwester anbieten, sie würde Sie nicht länger beunruhigen, so wie Sie einst jene merkwürdige Beziehung beunruhigt hat, die ich unüberlegt herbeigeführt hatte, sie würde Sie Ihrer Freiheit nicht berauben und würde Sie niemals einengen.«

286 *Namenstagen:* auch Tag des Schutzengels genannt, gefeiert zu Ehren des Heiligen, dessen Namen jemand trägt, oft wurde dem Kind der Name des Heiligen jenes Tages gegeben, an dem es geboren wurde. Die Namenstagfeier hatte in Russland einen hohen Stellenwert, der eigentliche Geburtstag wurde, wich er vom Namenstag ab, seltener gefeiert, siehe auch Anm. 121 zu »Lgow«.

287 **im Schoße der ländlichen Stille:* aus Puschkin, *Jewgeni Onegin*, Kap. 7, Vers 11.

290 *Jacopo Sannazaro:* Drama von Nestor Kukolnik (1834). In einer zeitgenössischen Darstellung wird Kukolnik als »fleißiger Produzent« im Fach der Dramenverfertigung bezeichnet. Es handelt sich um »eine Phantasie in vier Handlungen. Der Inhalt ist die Jugendliebe des berühmten italienischen Dichters zu Carmosina Bonifacia, die durch vier Akte spielt, 1466 anfängt und 1477 endet [...] Gegen die Anlage des Dramas lässt sich vielerlei einwenden, besonders ist es zur szenischen Darstellung nicht geeignet, da die Hauptperson darin von Akt zu Akt größer und wenigstens in der äußeren Erscheinung ein anderer wird«, dem Stück mangele es aber nicht an ergreifenden Szenen (zitiert nach Blätter für literarische Unterhaltung, Jahrgang 1837, Leipzig).

292 *Assignaten:* Russische Banknoten, die 1769 unter Katharina II. ausgegeben wurden und bis 1849 im Umlauf waren. Oft wurden sie nach ihrer Farbe benannt:

1 Rubel – Gelber.
3 Rubel – Grüner.
5 Rubel – Blauer.
10 Rubel – Roter.
25 Rubel – Weißer.
100 Rubel – Regenbogenfarbener.
200 Rubel – Grauer.

294 *die stümperhaften Poleshajews:* Alexander Poleshajew (1804–1838), von Alexander Puschkin beeinflusster russischer Dichter, der wegen seiner offen gesellschaftskritischen Schriften ein schweres Schicksal hatte.

DER TOD
Erste Veröffentlichung 1848

296 *Suscha:* Fluss in der Region Tula und Orjol, rechter Zufluss der Oka, unweit des Turgenjewschen Gutes Spasskoje-Lutowinowo.

297 *Leroy-Tropfen:* nach Jean-Jacques-Joseph Leroy d'Étiolles (1798–1860), französischer Arzt, mit dessen Sohn Turgenjew in Paris bekannt war.

298 **den Platz getauscht:* aus Alexander Puschkins *Jewgeni Onegin*:
»Wo seid ihr göttlich Anmutsgleichen?
Ist euer Wirbel heut verrauscht?
Habt ihr mit andern, auch, nicht gleichen,
Zu meinem Schmerz den Platz getauscht?«
(Nachgedichtet von Theodor Commichau)

299 **Kolzow:* Zitat aus dem Puschkins Andenken gewidmeten Gedicht »Der Wald« von Alexej Kolzow (1809–1842).

303 *auf dem Ofen:* In früheren Übersetzungen wurde das traditionelle Lager (der Schlafplatz) auf dem russischen Ofen, лежанка; leshanka, mit »Ofenbank« wiedergegeben, was auf eine falsche Fährte führt, da das Wort »Ofenbank« im Deutschen eine um den Ofen herumlaufende Bank assoziiert. Die russische leshanka nimmt eine größere Fläche oberhalb eines russischen Ofens ein, eine Art gemauerte Fläche, Nische oder Koje, wo man schlafen konnte und die Wärme gespeichert wurde.

305 *Dans ces beaux lieux, où règne l'allégresse ...:* An diesem schönen Ort herrscht Fröhlichkeit.

305 *heiraten zu dürfen:* Leibeigene konnten nur mit Erlaubnis ihrer Herren heiraten.

309 *großrussischen Gutsbesitzer:* großrussisch – vom Beginn des 19. bis zum Beginn des 20. Jahrhunderts offizielle Bezeichnung des europäischen Territoriums Russlands, das bis zur Mitte des 17. Jahrhunderts in den Machtbereich des russischen Staates gekommen war.

314 **eine alte Gutsbesitzerin:* Diese Szene geht auf eine Episode aus Turgenjews Familie zurück: auf Turgenjews Stiefgroßmutter, Jekaterina Somowa (1768–1834).

DIE SÄNGER
Erste Veröffentlichung 1850

In einem Brief an Pauline Viardot vom 7. November 1850 schreibt Turgenjew über diese Erzählung, dass er hier in etwas ausgeschmückter Weise den Wettstreit zweier Sänger aus dem Volk dargestellt habe, bei dem er zwei Monate zuvor anwesend gewesen sei, die Sänger hätten ihn an Homer denken lassen. »Der Wettstreit fand in einer Schenke statt, dort waren viele originelle Persönlichkeiten, die ich à la Teniers zu zeichnen versucht habe … Zum Teufel! Was für große Namen ich bei jeder nur passenden Gelegenheit zitiere! Sie müssen wissen, dass wir kleinen, gerade einmal zwei Sous werten Literaten starke Krückstöcke brauchen, um vorwärtszukommen. Mit einem Wort, meine Erzählung hat Gott sei Dank gefallen!«

316 *Sänger:* »Auf dem ganzen Erdenrund wird schwerlich in irgend einem Lande mehr, fröhlicher und einförmiger gesungen als in Russland. Vom Kinde bis zum Greise singt, die alten Weiber ausgenommen, alles, und bei jeder Gelegenheit, auch bei der schwersten Arbeit, und meistens aus vollem Halse […] Die Landstraßen widerhallen von dem Gesange der Fuhrleute, so wie die Dorfstraßen von der Stimme lustiger Mädchen, und vollends in den Trinkhäusern, da verstummt der Gesang beinahe nie« (Neueste Völker- und Länderkunde. Ein geographisches Lesebuch für alle Stände. Dritter Band, Russland, Prag 1808).

316 *Kolotowka:* Dorf unweit des Turgenjewschen Gutes.

316 **Die Kahlschererin:* im Russischen hier wörtlich: »Stryganicha« (Стрыганиха), was sich auf das Kahlscheren in der Armee bezieht, d. h. die zwangsweise Rekrutierung, bis 1834 waren es 25 Jahre bzw. vor 1793 sogar lebenslanger Militärdienst.

Hier spielt Turgenjew auf eine für ihren sadistischen Umgang mit den ihr gehörenden Leibeigenen bekannte Gutsbesitzerin an (Darja Nikolajewna Saltykowa, genannt Saltytschicha, 1730–1801), die für den gewalttätigen Umgang mit den ihr anvertrauten Leibeigenen berüchtigt und für den Tod einiger Dutzend von ihnen verantwortlich war. Auf Beschluss des Senats und der Zarin Katharina II. wurde ihr das Adelsprädikat aberkannt und sie zu lebenslanger Isolation in einem Kloster verurteilt. Bei der Erstpublikation dieser Erzählung in der Zeitschrift »Sowremennik« wurde diese Stelle von der Zensur gestrichen.

316 *ein Deutscher aus Petersburg:* siehe Anm. zu S. 98, »Der Einhöfer Owsjanikow«.

316 *mit einem Schornstein:* siehe auch Anm. zu S. 74, »Mein Nachbar Radilow«. Die Katen hatten häufig keine Schornsteine, der Ofenrauch zog durch ein dafür vorgesehenes Fenster ab, das an der der Tür gegenüberliegenden Wand lag. Damit er abziehen konnte, wurde während des Heizens die Tür geöffnet. Oft kam es zu Rauchgasvergiftungen durch das entweichende Kohlenmonoxid.

318 *der Zivilgeneral:* Als Zivilgeneral wurden jene bezeichnet, die in der Rangtabelle einen der obersten vier Ränge bekleideten und wichtige staatliche Posten innehatten (siehe auch Anm. zu S. 384, »Der Hamlet des Landkreises Schtschigry«).

321 *Der Wilde Barin:* barin, russ. der Herr, siehe Anm. 10 zu »Chor und Kalinytsch«.

321 *Verdinger:* jemand, der Arbeit vermittelt und Arbeitskräfte engagiert.

321 *ein Achtel Bier:* ein Achtel (ca. 1,5 l) bezieht sich auf das alte Flüssigkeitsmaß Eimer (siehe Anm. zu S. 483, »Tschertopchanows Ende«).

321 *einen Kuss:* »Überhaupt ist das Küssen als Freundschaftsbezeugung bei beiden Geschlechtern sehr gebräuchlich. Auch die geringsten Leute begegnen einander mit Artigkeit und Höflichkeit. Geringere küssen Vornehmere auf die Brust, oder noch Vornehmeren küssen sie den Rockschoß« (Neueste Völker- und Länderkunde. Ein geographisches Lesebuch für alle Stände. Dritter Band, Russland, Prag 1808).

322 *guten Stube:* russisch белая изба; belaja isba – weißes Gemach, weiße Stube, da diese einen Rauchabzug für den Ofen hatte, im Gegensatz zur черная изба; tschornaja isba, der schwarzen Stube, in dem der Rauch nur durchs Fenster abzog und alles verrußte, siehe auch Anm. zu S. 316.

328 *was Spitznamen betrifft:* In *Tote Seelen* schreibt Nikolai Gogol sehr treffend: »Deftig drückt es sich aus, das russische Volk! Und hat es erst einmal jemanden mit einem Ausdruck bedacht, geht er in sein Geschlecht und in seine Nachkommenschaft ein, und im Dienst und im Ruhestand und in Petersburg und am Ende der Welt schleppt er ihn dann mit sich herum. Wie raffiniert er es auch anstellen und seinen Spitznamen veredeln oder gar die Schreiberzunft anstiften mag, ihn gegen gutes Geld auf ein altes Fürstengeschlecht zurückzuführen, es hilft alles nichts: der Spitzname wird für sich sprechen, wird aus vollem Halse krächzen, so laut seine Krähenkehle es vermag, und klar und deutlich davon künden, woher der Vogel geflogen kam. Was einmal treffend ausgesprochen, ist wie Geschriebenes mit keiner Axt der Welt

mehr auszumerzen. Wie treffend aber ist erst all das, was aus den Tiefen Russlands kommt, wo es weder deutsche noch finnische oder sonstige Volksstämme gibt, sondern allein urwüchsiges Volk mit seinem lebhaften, schlagfertigen russischen Geist, der nicht lange nach dem treffenden Wort sucht und es nicht ausbrütet wie eine Glucke ihre Küken, sondern es dir sofort um die Ohren haut, wie einen Pass auf ewige Zeiten, so dass man später nicht mehr hinzufügen muss, was für eine Nase oder was für Lippen du hast, mit einem Pinselstrich bist du skizziert – vom Scheitel bis zur Sohle!«

329 *auf den Erdwällen:* russ. завалинка; sawalinka, rund um die Bauernhäuser war Erde aufgeschüttet, festgeklopft und meist mit Holzbrettern oder dünnen Holzstangen befestigt, um das Haus gegen eindringende Feuchtigkeit und Kälte zu schützen.

332 *tenore di grazia, ténor léger:* lyrischer Tenor.

339 *alle waren betrunken:* Diese Schlusspassage wurde von den Slawophilen, denen die Schilderung des Sängerwettstreits sehr gefiel, die jedoch in einer Idealisierung des Volkslebens verharrten, als Dissonanz wahrgenommen.

PJOTR PETROWITSCH KARATAJEW
Erste Veröffentlichung 1847

342 *Poststation:* Die Stationen, an denen die Pferde gewechselt wurden, befanden sich im Abstand von etwa 20 bis 30 km. Der hier beschriebene Mangel an frischen Pferden wird in einer Publikation über das Transportwesen in Russland folgendermaßen beschrieben: »So verlieren die Reisenden mit der Post über weite Entfernungen [...] sehr viel Zeit, weil die Poststationshalter regelmäßig zu wenig Pferde an ihren Stationen halten, ohne sich richtig um die Aufstockung ihres eigentlich vorgeschriebenen Kontingents zu kümmern. Der Pferdemangel ist zumeist dem Umstand geschuldet, dass einige Durchreisende vom Stationshalter mehr Pferde als auf ihrem Reisepass vermerkt einfordern, und dieser sich bei angemessener außertariflicher Zuwendung einem solchen Wunsch sicher nicht verschlossen haben dürfte. Es ist daher keine Seltenheit, dass manch einer, der sich solche Geschenke nicht erlauben kann, deswegen mehrere Tage an der Poststation verbringen muss, bis frische oder überhaupt Pferde für die Weiterfahrt zur Verfügung stehen« (Roland Cvetkovski, Modernisierung durch Beschleunigung: Raum und Mobilität im Zarenreich, Campus Verlag 2006).

343 *Archaluk:* orientalische (kaukasische) taillierte Jacke (bis etwa Knielänge), meist aus bunt gestreiftem Kaschmir, Atlas oder Satin, mit Stehkragen. Vom russischen Adel und der Beamtenschaft gern als Hausjacke getragen.

343 *Tulaschmuck:* Die Stadt Tula war bekannt für ihre Waffen- und Samowarproduktion, daneben wurde aus billigen Materialien wie Kupfer, Messing oder Bronze auch Schmuck gefertigt (Ringe, Broschen, Ohrringe usw.).

345 *Piter:* Petersburg, siehe Anm. zu S. 89, »Der Einhöfer Owsjanikow«.

345 *Hauptstadt:* siehe Anm. zu S. 78, »Mein Nachbar Radilow«.

346 *zwölf Koppeln:* »Eine Koppel Hunde, bey den Jägern zwey vermittelst der Koppel mit einander verbundener Jagd= oder Rüden=-Hunde« (Oeconomische Encyclopädie von Johann Georg Krünitz).

346 *Vorstehhund:* ein Jagdhund, der dem Jäger gewittertes Wild durch Stehenbleiben anzeigt.

347 *Zigeuner:* siehe Anm. zu S. 260, »Lebedjan«.

354 *umsiedeln:* siehe Anm. zu S. 161, »Kassjan von der Krassiwaja Metsch«.

355 *außen scharlachroter Samt:* Pelzmäntel hatten (und haben), der großen Kälte wegen, den Pelz meist nach innen gewendet.

359 *Swjatoslaw-Kaftane:* nach Swjatoslaw I. Igorjewitsch (um 942–972), Großfürst der Kiewer Rus. Dies ist ein Hinweis auf die Slawophilen (siehe Anm. zu S. 21, »Chor und Kalinytsch« und zu S. 98, »Der Einhöfer Owsjanikow«). Die Slawophilen propagierten u. a. auch eine Abkehr von europäischer Kleidung (Gehröcke, Fräcke, Hüte), die Peter I. per Dekret hatte einführen lassen, und trugen demonstrativ volkstümliche, altrussische bzw. Phantasiekostüme und Vollbärte.

359 *russische Zeitungen:* auch dies ein Hinweis darauf, dass es sich um ein slawophil ausgerichtetes Kaffeehaus handelte, während in den eher westlich orientierten vor allem französische und westeuropäische Blätter gelesen wurden.

361 **Poleshajew:* Abschriften seiner verbotenen Gedichte kursierten unter der Hand. Siehe auch Anm. zu S. 294, »Tatjana Borissowna«.

362 *›Nichts weiter!…‹:* William Shakespeare: *Hamlet.* Übersetzt von August Wilhelm von Schlegel, III. 1; I. 2; II, 2.

DAS RENDEZVOUS

Erste Veröffentlichung 1850

371 *Rainfarn:* In der Tierheilkunde wird Rainfarn Kälbern und Kühen bei Durchfall verabreicht.

372 *Monokel:* Im russischen Original wird hier das Wort лорнет; lornet, verwendet, Lorgnette; Lorgnon, Lesehilfe mit einem Griff (Stiel). Da im Text nur von einem runden Glas die Rede ist, das man vor das Auge klemmt, wurde in der Übersetzung das eindeutige Wort »Monokel« gewählt, um Missverständnisse zu vermeiden.

DER HAMLET DES LANDKREISES SCHTSCHIGRY

Erste Veröffentlichung 1849

In dieser Erzählung finden sich zahlreiche Hinweise auf die Biographie Turgenjews: der Besuch der Universitäten in Moskau und Berlin, die Italienreise, die philosophischen Zirkel, die Zurückgezogenheit auf dem Land usw., die auch typisch waren für eine ganze Generation.

377 *Landkreises Schtschigry:* Das administrative Zentrum des Landkreises befindet sich in der Stadt Schtschigry.

377 **eine Einladung zum Diner:* Prototyp dieser Erzählung war ein außerordentlich reicher Gutsbesitzer, der eines seiner Gutsgebäude zu einem Hotel für seine Jägerfreunde hatte umbauen lassen, die ihn zu Hunderten besuchten. Eine seiner Eigenheiten war die Abneigung gegen Frauen, die auf seinen Besitzungen nicht zugelassen waren.

379 *Backenbartaner:* siehe Anm. zu S. 85, »Der Einhöfer Owsjanikow«.

382 *Bauern sind nicht verpfändet:* Die leibeigenen Bauern konnten, ebenso wie das Land, verpfändet werden. »Der gesamte Landadel Russlands ist an die Kreditbanken (von der Krone eingerichtet) mit einer Summe von 400 000 000 Silberrubel verschuldet, wofür etwa 13 000 000 Leibeigene an diese Banken verpfändet sind« (Karl Marx, Über die Bauernbefreiung in Russland). Neueren Untersuchungen zufolge waren 1850 etwa zwei Drittel der Adelsgüter und zwei Drittel der Leibeigenen verpfändet.

384 *General, Zivilgeneral:* In der Umgangssprache wurden statt der zivilen Ränge häufig die entsprechenden Bezeichnungen der Militärränge verwendet. »General« für all jene, die den 4. oder einen höheren Rang besaßen (4. Rang – Geheimrat; Wirklicher Staatsrat). Durch die

1722 von Peter dem Großen eingeführte Rangtabelle wurden die oberen Laufbahnen in der Staatsverwaltung und bei Hofe sowie die Laufbahn der Offiziere geregelt. Es gab vierzehn Rangklassen, von denen die vierzehnte die niedrigste war. Jeder Rangklasse war eine vorgeschriebene Anredeformel zugeordnet. Die Einführung der Ränge führte zur Entstehung des Verdienstadels, der sich ausschließlich von der Leistung ableitete, die jeweiligen Ränge wurden verliehen. Der Adelsstand, der sich zuvor als Erbadel nur nach der Abstammung definierte, wurde durch das neue System erweitert.

385 *ein Deutscher:* siehe Anm. zu S. 98, »Der Einhöfer Owsjanikow«.

385 *betrachtete entrüstet, ja empört:* Im russischen Original findet sich hier eine rätselhafte, von der russischen Literaturwissenschaft und Linguistik nicht entschlüsselte Stelle (»с негодованием, доходившим до голода«), etwa: »Entrüstung, die sich bis zum Hunger steigerte«. Da man dies im Deutschen ebenfalls nicht verstehen würde, wurde in der Übersetzung »empört« gewählt, was dem Sinn der Aussage entspricht. Die Forschung vermutet einen über die vielen Ausgaben mitgeschleppten Satzfehler, den Turgenjew möglicherweise bei seiner sorgfältigen Lektüre und Korrektur der verschiedenen Ausgaben, auch jener von 1880, die der vorliegenden Übersetzung zugrunde liegt, übersehen hat.

390 *Unmittelbares:* in Anlehnung an Hegel: »Das Sein ist das unbestimmte Unmittelbare; es ist frei von der Bestimmtheit gegen das Wesen sowie noch von jeder [Bestimmtheit], die es innerhalb seiner selbst erhalten kann. Dies reflexionslose Sein ist das Sein, wie es unmittelbar nur an ihm selber ist« (Hegel, Wissenschaft der Logik).

391 **Um mein Schicksal…:* Zitat aus dem Gedicht »Das Vermächtnis« von M. J. Lermontow.

392 **Mon verre n'est pas grand:* Mein Glas ist nicht groß, doch ich trinke aus meinem Glas, Zitat nach Alfred de Musset, Dédicace à M. Alfred Tattet, La Coupe et les lèvres, 1831.

393 *Enzyklopädie: Enzyklopädie der philosophischen Wissenschaften im Grundrisse* von Georg Wilhelm Hegel (1770–1831), neben dem Überblickscharakter über die Philosophie war es zugleich als Vorlesungskompendium gedacht.

394 *Kursker Nachtigallen:* siehe Anm. zu S. 78, »Mein Nachbar Radilow«.

394 *zu den Ungläubigen:* Als Ungläubiger galt jeder, der nicht der »rechtgläubigen« (russisch-orthodoxen) Kirche angehörte, demzu-

folge auch die Christen anderer Konfessionen. Zwar hatte Peter I. 1702 Katholiken und Protestanten freie Religionsausübung im ganzen Reich zugebilligt, dennoch bewegte sich die Duldung fremder Konfessionen in engen Grenzen und war nicht selten von Verachtung seitens der mehrheitlich »rechtgläubigen« Bevölkerung begleitet. In einem Brief an Flaubert schreibt Turgenjew (am 18. Juni 1876 von seinem Landgut in Spasskoje) in diesem Zusammenhang z. B.: »Vor mir in einer Ecke des Zimmers hängt ein altes byzantinisches Heiligenbild, ganz schwarz, in silbernem Rahmen, nichts als ein riesiges, düsteres und strenges Gesicht – es verdrießt mich ein wenig – aber ich kann es nicht entfernen lassen – mein Diener würde mich für einen Heiden halten – und damit ist hier nicht zu spaßen« (zitiert nach Gustave Flaubert, Ivan Turgenev, Briefwechsel 1863–1880, Zürich 2008, übersetzt von E. Moldenhauer). Siehe auch Anm. zu S. 454, »Tschertopchanows Ende«.

395 *Wenn ich verprügelt werden sollte:* Auch hier findet sich ein Widerhall der eigenen Kindheit. »Keine einzige schöne Erinnerung. Meine Mutter fürchtete ich wie das Feuer. Wegen jeder Kleinigkeit wurde ich bestraft, kurz, man drillte mich wie einen Rekruten. Es verging kaum ein Tag ohne Rutenhiebe; wenn ich zu fragen wagte, weshalb ich bestraft werde, erklärte meine Mutter kategorisch: Das weißt du selbst am besten.«

395 *englische Krankheit:* Rachitis.

396 *Neshiner Griechen:* In der Stadt Neshin (Ukraine) gab es eine große griechische Gemeinde, die auf eine griechische Handelskolonie zurückging, die im 17. Jahrhundert in der Stadt gegründet worden war.

396 *Gefährlich ist's, den Leu zu wecken:* Zitat aus Friedrich Schillers »Das Lied von der Glocke«.

400 **Verklärung Christi:* Gemälde von Raffael.

400 **Venus:* Venus de Medici (La Venere de' Medici), antike Statue eines unbekannten Künstlers, war im Besitz der Medici und diente Botticelli als Vorbild für dessen berühmtes Gemälde »Die Geburt der Venus«. Befindet sich in den Sammlungen der Uffizien in Florenz.

401 **alten Jungfern männlichen Geschlechts:* siehe Anm. zu S. 206, »Das Kontor«.

401 *Arbat, Trubnaja, Siwzew-Wrashek:* Straßen im historischen Zentrum Moskaus.

404 *Katharinas Zeiten:* der Regierungszeit der Zarin Katharina II. (regierte von 1762 bis 1796).

404 **Bildnis der blonden Jungfrau:* Eines dieser in zahlreichen Va-

rianten beliebten sentimentalen Gemälde des französischen Malers Jean-Baptiste Greuze (1725–1805) hing im Stammgut der Turgenjewschen Familie in Spasskoje-Lutowinowo.

407 *Ikonostas:* Bilderwand, die mit Ikonen geschmückte Wand trennt den Altarraum vom Kirchenraum.

407 *Königlichen Pforte:* Der Ikonostas hat 3 Türen, die mittlere davon ist die »Königliche Pforte«.

410 *Wahlen:* Hier sind die Wahlen zur Adelsversammlung gemeint, siehe die Anm. zu den S. 79, »Mein Nachbar Radilow«, und 248, »Zwei Gutsbesitzer«. Erste Parlamentswahlen (zur Duma) fanden in Russland 1906 statt.

412 *Den Staub von meinen Füßen oder den Saum meines Mantels geküsst:* »Geringere küssen Vornehmere auf die Brust, oder noch Vornehmeren küssen sie den Rockschoß, ja wenn der Unterschied gar groß ist, so fallen sie nieder und berühren mit ihrer Stirne den Schuh des Vornehmen« (Neueste Völker- und Länderkunde. Ein geographisches Lesebuch für alle Stände. Dritter Band, Russland Prag 1808).

TSCHERTOPCHANOW UND NEDOPJUSKIN
Erste Veröffentlichung 1849

Aus einem Brief Turgenjews an P. W. Annenkow vom 6. November 1872 geht hervor, dass die Gestalt des Tschertopchanow und seine Lebensumstände einem Gutsbesitzer aus Turgenjews Nachbarschaft nachempfunden waren, dessen tatsächlicher Name Tschertow lautete. »Es ereignete sich genau das, was ich schildere; seine Tochter berichtete mir davon, sie wird jetzt sicher wegen meiner Ungehörigkeit böse auf mich sein«, wobei er in einer Anmerkung hinzufügte: »Sie gehört allerdings nicht zu jenen, die lesen.«

415 *Archaluk:* siehe Anm. zu S. 343, »Pjotr Petrowitsch Karatajew«.

419 **Orbassan:* Gestalt aus der Tragödie »Tankréde« von Voltaire.

419 **ein Huhn sei kein Vogel:* gemeint ist der Rang eines Fähnrichs, von dem es scherzhaft hieß: ein Huhn sei kein Vogel und ein Fähnrich kein Offizier.

420 *Dünnbier:* »Aus den Träbern der Gerste oder des Weizens und des Hopfens verfertiget man für das Gesinde und für arme Leute ein Nachbier, Dünnbier, Speisebier […], indem man gesotten Wasser darauf gießt, und durchseihet« (Oeconomische Encyclopädie von Johann Georg Krünitz).

421 *Suppe aus Kletten:* Tatsächlich sind die jungen Blätter, Stengel und Wurzeln der Kletten essbar. »Die Wurzeln sind süßlich von Geschmack, und angenehm von Geruch, sie sind genießbar, und schmecken fast wie Artischocken. Auch lassen sich die zarten Stängel der jungen Blätter im Frühlinge zur Speise zubereiten. Man zieht nämlich von denselben die äußere bittere Haut ab, schneidet die Stängel schräg wie Schmink=Bohnen, mit denen sie denn an Gestalt und Geschmack völlig überein kommen; nur muss man sie schnell kochen, und das erste Wasser abgießen, damit sie weder zähe werden, noch wild schmecken; man brühet sie wie Spargel ab, und kocht sie entweder in Butter, oder bereitet sie mit Essig, Oehl und Pfeffer, oder mit Salz zu« (Oeconomische Encyclopädie von Johann Georg Krünitz).

425 *Einhöfer:* siehe Anm. zu S. 84, »Der Einhöfer Owsjanikow«.

426 *Kostgänger:* siehe Anm. zu S. 76, »Mein Nachbar Radilow«.

428 *Branntweinpächter:* Gegen eine bestimmte Gebühr an den Fiskus konnte man das Branntweinmonopol (für den Handel mit Branntwein in einer bestimmten Region) erhalten – eine sowohl für die Staatskasse als auch für den Pächter überaus gewinnbringende Einnahmequelle, Branntweinpächter waren nicht selten Millionäre.

428 *Seelen:* siehe Anm. zu S. 251, »Zwei Gutsbesitzer«.

431 *duellieren … über das Schnupftuch:* Diese heute nicht mehr recht verständliche Forderung – die Bedingung (und damit die Gefährlichkeit des Duells) hing von der Schwere der Beleidigung ab – bedeutete, dass die Duellanten ein Taschentuch an den Enden festhielten und gleichzeitig schossen, wobei aber nur eine (durch das Los bestimmte) Pistole geladen war. »Die sicherste Art, einen von beiden fallen zu machen, ist freilich das Schießen über das Schnupftuch oder den Mantel, wobei nur eine Pistole geladen ist. Diese Weise ist aber in höchstem Grade unritterlich« (Morgenblatt für gebildete Leser, Stuttgart/Tübingen 1837).

433 *Dershawin:* Gawriil Romanowitsch Dershawin (1743–1816), russischer Dichter.

433 *Marlinski:* Alexander Alexandrowitsch Bestushew (1797–1837), Pseudonym A. Marlinski, populärer Autor, gehörte zum Kreis der Dekabristen (deutsch auch Dezembristen), Adlige, die dem Zaren Nikolai I. im Dezember 1825 bei seiner Amtseinführung aus Protest gegen das autokratische System und die Leibeigenschaft den Eid verweigerten. Die Führer dieser Bewegung wurden hingerichtet, 600 weitere Mitstreiter zu Zwangsarbeit und Verbannung in Sibirien verurteilt.

433 **Ammalat-Beg:* Held des gleichnamigen Romans von A. Marlinski (1831).

433 *gekleidet wie ein Botenjunge:* siehe Anm. zu S. 224, »Das Kontor«.

TSCHERTOPCHANOWS ENDE
Erste Veröffentlichung 1872

444 *Ausgeburt des Ham:* Diese Textstelle bezieht sich darauf, dass der biblische Noah die Nachkommen seines Sohnes Ham verfluchte (zu denen später auch das »fahrende Volk« gezählt wurde, das wegen dieses Fluchs, der Legende zufolge, in der Zerstreuung leben muss).

452 **Malek-Adel:* Held eines Romans der populären französischen Schriftstellerin Sophie Cottin (1770–1807), *Mathilde ou Mémoires tirés de l'histoire des croisades.* In seiner autobiographischen Novelle *Erste Liebe* erwähnt Turgenjew Malek-Adel ebenfalls: »Ich musste an ein Bild denken, das bei uns im Salon hing: Malek Adel, der Mathilde entführt.« (Eigentl. Abu-Bakr Malik al-ʿAdil I., gest. 1218, u. a. Sultan von Ägypten.)

452 *schlagen, scheint's, einen Juden:* Um Turgenjews Mitmenschlichkeit zu illustrieren, sei hier etwas ausführlicher auf eine spätere Zeit eingegangen. Es ist ein Brief vom 3. Dezember 1881 aus Paris an den Gouverneur von Orjol, Konstantin Boborykin, überliefert, in dem sich Turgenjew – damals ein Akt überaus seltener Zivilcourage und Mitgefühls – für zwei jüdische Schwestern einsetzt, die wie unzählige andere Juden aus ihren Wohnorten vertrieben werden sollten. Im März 1881 hatte ein Attentat der revolutionären Bewegung Narodnaja Wolja (Volkswille) auf den Zaren Alexander II. stattgefunden, bei dem der Zar und der Attentäter (ein polnischer Adliger) getötet worden waren. Im Gefolge dieses Attentats kam es auf der Suche nach den »Schuldigen« landesweit zu Unruhen und offener antijüdischer Propaganda, die zwischen 1881 und 1884 in Pogromen und anderen gewalttätigen Übergriffen auf die am Attentat unbeteiligte jüdische Bevölkerung, Plünderungen, Vergewaltigungen und Morden mündeten. Nachdem darüber hinaus zahllose diskriminierende Gesetze gegen die jüdische Bevölkerung erlassen worden waren, kam es unter dem wachsenden Druck und den sich immer mehr verschlechternden Lebensumständen zwischen 1881 und 1914 zu einer Massenauswanderung, ca. 2 Millionen Juden verließen Russland, viele von ihnen emigrierten in die USA.

Dies und das Schweigen der allergrößten Mehrheit der russischen Intelligenzija zu diesen Akten von Gewalt und Willkür muss man mitbedenken, wenn man Turgenjews Brief an den Gouverneur vom Dezember 1881 liest:

»Erlauben Sie mir, [...] mich mit der folgenden Bitte an Sie zu wenden. Die im Gouvernement Orjol ansässigen Juden werden jetzt ausgewiesen. Ich will nicht näher auf die Ursachen eingehen, welche die Regierung zu einer solchen Maßnahme veranlasst haben, aber sicher sind Sie mit mir einer Meinung, dass es dabei bisweilen zu schreiender Ungerechtigkeit und zu unverdienten Härten kommt. Mit diesen Worten lässt sich auch durchaus die Situation der beiden Schwestern eines guten Bekannten von mir kennzeichnen, des Bildhauers Silberman, der hier in Paris in der Werkstatt des bekannten Antokolski arbeitet. Die Schwestern heißen Marja Issaakowna Izikson und Olga Issaakowna Zechnowitscher – beide sind verwitwet; sie leben seit frühester Kindheit in Bolchow, verfügen über keinerlei Mittel und verdienen sich daher ihren Lebensunterhalt durch Weißnähen. (Sie besitzen Aufenthaltsgenehmigung und Gewerbeschein.) Beide haben Kinder – die eine fünf, die andere vier – die noch in die Schule gehen. Jetzt hat man sie ein Revers unterschreiben lassen, binnen Monatsfrist aus dem Gouvernement Orjol auszureisen. Aber diese zwei Frauen zwingen, mit den minderjährigen Kindern ihr angestammtes Heim zu verlassen, bedeutet nicht nur, ihren endgültigen Ruin herbeizuführen, sondern sie schlechterdings dem Hungertod preiszugeben. Natürlich müssen die Herren Gouverneure als erste die Vollstrecker der Gesetze sein – aber es ist ihnen auch die Macht gegeben, die Anwendung dieser Gesetze nach ihrem Ermessen zu mildern. Ich bin so kühn zu glauben, dass Sie, hochverehrter Konstantin Nikolajewitsch, es im Falle dieser zwei armen Witwen für angebracht halten werden, von dieser Macht Gebrauch zu machen – und ihnen eine Möglichkeit bieten, sich wenigstens eine Zeitlang am Rande des Abgrunds zu halten, in den sie ohne Ihren Schirm und Schutz unweigerlich hinabstürzen müssten.

Das also ist mein Anliegen an Sie. In der Hoffnung, Sie möchten es nicht unbescheiden finden, bitte ich Sie, die Versicherung meiner vollkommensten Hochachtung entgegenzunehmen, und bleibe Ihr aufrichtig ergebener I. Turgenjew« (zitiert nach Iwan Turgenjew, Briefe, Deutsch von Günter Dalitz u.a., Aufbau-Verlag 1985).

454 *Asiatenbrut:* Im Russischen hier eine schwer wiederzugebende Wendung оглашённые азиаты, oglaschjonnyje asiaty; etwa: asiatischer Vortäufling, Taufschüler, Ungetaufter; laut Wörterbuch von Paw-

lowski »der zur Annahme des christlichen Glaubens sich Vorbereitende, Glaubenslehrling«.

454 *Ungläubigen:* Auch wenn Juden besonders verachtet wurden, so galt überhaupt jeder als »ungläubig«, der nicht der »rechtgläubigen« (russisch-orthodoxen) Kirche angehörte, auch die Christen anderer Konfessionen. So heißt es beispielsweise im *Oblomow* von Iwan Gontscharow über den Vater von Andrej Stolz, einen Lutheraner: »›Dieser alte Ungläubige!‹ bemerkte eine Mutter. ›Als hätte er ein Katzenjunges auf die Straße geworfen: weder umarmt hat er ihn, noch eine Träne vergossen!‹«

458 *von Rockschoß zu Rockschoß:* siehe Anm. 274 zu »Lebedjan«.

459 *Bojar:* siehe Anm. zu S. 84, »Der Einhöfer Owsjanikow«.

462 *Kostroma-Hunde:* bis zu 45 kg schwere Jagdhunde (auch Bracken genannt) mit rötlich-gelbem Fell.

465 *Arschin:* 0,71 cm.

478 *zwei Sashen:* ca. 4,3 m. Das alte russische Längenmaß Sashen entspricht 2,13 m.

480 *einem Löwen gleich:* Turgenjew, der perfekt Deutsch sprach, klagte in seinen Briefen immer wieder über Hunderte von Übersetzungsfehlern in den Übersetzungen seiner Werke ins Deutsche. Wenn möglich, überarbeitete er die Texte vor Drucklegung, bisweilen aber war es schon zu spät. In solchen Fällen flüchtete er sich in Humor. Ein Beispiel sei hier zitiert: »In ›Tschertopchanows Ende‹ sagt zum Beispiel der Diakonus: ›Ihr seid ein kluger Mann, *Aki Rebb*!‹ Wer ist dieses neue talmudartige Individuum? Auf Russisch steht ›aki lew‹ – wie ein *Löwe*! Und sic in infinitum. Das war eine wahre Qual – dieses Verbessern!« – aus einem in deutscher Sprache verfassten Brief an Ludwig Pietsch vom 16. November 1874 (zitiert nach Ivan Turgenev, Werther Herr! Turgenevs deutscher Briefwechsel, herausgegeben von Peter Urban, Friedenauer Presse 2005).

481 *Apfelschimmel:* Laut *Oeconomischer Encyclopädie* von Johann Georg Krünitz haben Apfelschimmel ein »Haar, was aus weißem und schwarzem vermischt ist, und die Beine solcher Pferde pflegen schwarz zu seyn, welche, je höher nach dem Leibe, immer grauer und heller werden. Der Leib, insbesondere aber die Kruppe ist mit weißen Äpfeln, welche mit schwarzem Haar umgeben sind, überzogen. Je älter diese Pferde werden, desto mehr verlieren sich die schwarzen Haare und Äpfel, und im hohen Alter werden sie ganz weiß.«

483 *Eimer:* altes Flüssigkeitsmaß, etwa 12 Liter.

484 *Pistons:* Befestigungsvorrichtung für Zündhütchen bei Waffen.

DIE LEBENDE RELIQUIE
Erste Veröffentlichung 1874

493 **Mein Land unendlicher Langmut:* aus dem Gedicht »Diese armen Dörfer …« von F. I. Tjutschew (1855)

Aus einem Brief Turgenjews an George Sand vom 15. April 1874: »Was soll ich Ihnen über das Lob sagen, mit dem Sie meine ›Reliquie‹ bedenken? Es ist so herrlich überwältigend, dass ich Ihnen dafür kaum zu danken wage. Aber es hat mich so froh gemacht, ich versichere es Ihnen, und bei dieser Gelegenheit muss ich Ihnen etwas sagen: ich hatte die Absicht, Ihnen diese kleine Erzählung zu widmen; aber Viardot, den ich konsultierte, riet mir zu warten, bis ich etwas weniger Unbedeutendes und weniger des großen Namens, mit dem ich es schmücken wollte, Unwürdiges geschrieben hätte« (zitiert nach Iwan Turgenjew, Briefe, Deutsch von Günter Dalitz u. a., Aufbau-Verlag 1985).

Auch das hier beschriebene Erlebnis »ist nämlich eine wahre Geschichte«, wie Turgenjew am 22. April 1874 (in deutscher Sprache) an Ludwig Pietsch schreibt. Ein »Arzt wird Ihnen sagen können, wie es möglich war, dass das Fleisch des armen Wesens absolut so hart wie Bronze wurde – und also von einem Durchgelegtsein keine Rede sein konnte! Es ist wahr, ich habe sie im Sommer besucht – und der Raum war luftig, und die Thür … es gab gar keine Thür – aber ma parole! Gestank habe ich nicht gespürt! Ihre Krankheit soll eine Rückenmarkserschütterung gewesen sein« (zitiert nach Ivan Turgenev, Werther Herr! Turgenevs deutscher Briefwechsel, herausgegeben von Peter Urban, Friedenauer Presse 2005).

494 *Cabriolet:* »Eine Art leichten Fuhrwerks, das nur zwei Räder hat, und nur mit einem Pferde in einer Gabel bespannet wird« (Oeconomische Encyclopädie von Johann Georg Krünitz).

499 *den Pass gegeben:* siehe Anm. zu S. 222, »Das Kontor«.

499 *Badehauses:* siehe Anm. zu S. 47, »Der Himbeerquell«.

504 *Wahrsagelieder:* im Russischen hier подблюдые песни; podbljudnyje pesni (wörtlich: Lieder, unter der Schüssel). Es sind Lieder, »die zwischen Weihnachten und dem Fest der Heiligen Drei Könige in Gesellschaften junger Mädchen und Frauen gesungen werden (wobei man aus einer umgestülpten Schüssel nach und nach verschiedene Gegenstände herauszieht)« (Wörterbuch von Pawlowski, 1911).

508 *Batjuschka:* siehe Anm. 11 zu »Chor und Kalinytsch«.

509 *diese Frau, also mein Tod:* das russische Wort für Tod, смерть; smert, ist weiblich.

509 *Petrifasten:* Gedenktag für die Apostel Peter und Paul, Fastentag am 29. Juni (12. Juli des heutigen, gregorianischen, Kalenders, der erst 1918 in Russland eingeführt wurde. Bis dahin richtete man sich im Russischen Reich nach dem julianischen Kalender).

510 *Hagarianer:* im Russischen агаряне; agarjane, die Agarjaner (Hagarianer), auch Ismaeliten genannt – abgeleitet von der biblischen Gestalt der Hagar, der Nebenfrau Abrahams und Mutter Ismaels, der als der Stammvater der Araber gilt.

ES RASSELT!
Erste Veröffentlichung 1874

513 *Es rasselt:* Turgenjew schlägt seinem Mitauer Verleger Bernhard Erich Behre als deutsche Übersetzungsvarianten vor: *es pocht; es klopft; es rasselt.* Am 15. Juli 1874 heißt es in einem in deutscher Sprache verfassten Brief: »Ich schicke Ihnen hierbei das Manuscript des bis jetzt im Druck nicht erschienenen Fragments der ›Jägerskizzen‹ – Стучит (Es pocht, oder: es klopft).« Und am 30. September 1874, »Russisch heißt sie: ›Es klopft!‹ oder ›Es rasselt!‹« (zitiert nach Ivan Turgenev, Werther Herr! Turgenevs deutscher Briefwechsel, herausgegeben von Peter Urban, Friedenauer Presse 2005).

Über diese Erzählung heißt es in einem Brief an P. W. Annenkow vom 24. Juni 1874, er habe für die geplante Werkausgabe »aufbauend (wie schon bei der ›Lebenden Reliquie‹) auf dem Fragment eines […] alten Manuskripts eine kleine Erzählung mit dem Titel ›Es rasselt!‹ geschrieben. Es handelt sich um eine Begebenheit aus meinem Jägerleben – besondere Bedeutung kommt ihr nicht zu« (zitiert nach Iwan Turgenjew, Briefe, Deutsch von Günter Dalitz u. a., Aufbau-Verlag 1985).

513 *Gesperre:* siehe Anm. zu S. 169, »Kassjan von der Krassiwaja Metsch«.

514 *ohne Schornstein:* siehe Anm. zu S. 74, »Mein Nachbar Radilow«, und S. 316, »Die Sänger«.

518 *Schmierstiefeln:* »Bauerstiefel, Stiefel von gewöhnlichem Leder, deren Schäfte grobnarbig sind, aber doch haltbar und wasserdicht; sie werden, um sie weich zu erhalten, mit Fischthran oder sonst einem fetten Oele zum öfteren eingeschmiert, wodurch auch besser jede Nässe abgehalten wird, die, obgleich sie wasserdicht sind, doch leicht mit der Zeit bei der Abnutzung des Leders eindringen könnte. Man zerlässt

auch Rinds= und Hammeltalg und schmiert sie damit ein. Geschwärzt werden sie mit Kienruß, welches man in Kornbranntwein zergehen lässt und sie damit vor dem Einschmieren überstreicht.« (Oeconomische Encyclopädie von Johann Georg Krünitz).

517 *Filofej:* griech. Philotheus, die Kurzform Filja wird im Russischen als Synonym für Dummkopf, Einfaltspinsel, Schlafmütze gebraucht.

WALD UND STEPPE
Erste Veröffentlichung 1849

534 *Und ganz allmählich zog es:* Dieses Gedicht wurde nicht neu übersetzt, da mir die von Herbert Wotte aus einer alten Übersetzung der *Aufzeichnungen eines Jägers* gut gefiel und eine neue Version überflüssig erschien.

INHALTSVERZEICHNIS

AUFZEICHNUNGEN EINES JÄGERS

ANHANG